何伟 著

七〇行

上

北方文艺出版社

图书在版编目（CIP）数据

七〇行 / 何伟著. -- 哈尔滨：北方文艺出版社，2022.3
 ISBN 978-7-5317-5161-8

Ⅰ.①七… Ⅱ.①何… Ⅲ.①长篇小说－中国－当代 Ⅳ.①I247.5

中国版本图书馆CIP数据核字(2021)第113911号

七〇行
QILING XING

作　　者/何伟
责任编辑/王　爽　　　　　　特约编辑/陈长明
装帧设计/汇蓝文化

出版发行/北方文艺出版社　　　邮　编/150008
发行电话/（0451）86825533　　经　销/新华书店
地　　址/哈尔滨市南岗区宣庆小区1号楼　网　址/www.bfwy.com

印　　刷/济南精致印务有限公司　开　本/880×1230　1/32
字　　数/658千字　　　　　　　印　张/24.5
版　　次/2022年3月第1版　　　　印　次/2022年3月第1次印刷

书　　号/ISBN978-7-5317-5161-8　定　价/148.00元（上、下）

目录

第1章	001	第20章	118
第2章	006	第21章	123
第3章	012	第22章	131
第4章	017	第23章	137
第5章	022	第24章	142
第6章	027	第25章	150
第7章	033	第26章	157
第8章	039	第27章	165
第9章	046	第28章	170
第10章	054	第29章	174
第11章	062	第30章	181
第12章	069	第31章	186
第13章	075	第32章	193
第14章	082	第33章	201
第15章	090	第34章	207
第16章	096	第35章	213
第17章	104	第36章	222
第18章	110	第37章	230
第19章	115	第38章	239

第 39 章	243	第 61 章	386
第 40 章	251	第 62 章	395
第 41 章	260	第 63 章	400
第 42 章	266	第 64 章	405
第 43 章	272	第 65 章	417
第 44 章	277	第 66 章	424
第 45 章	283	第 67 章	430
第 46 章	291	第 68 章	438
第 47 章	297	第 69 章	446
第 48 章	304	第 70 章	452
第 49 章	312	第 71 章	457
第 50 章	318	第 72 章	462
第 51 章	323	第 73 章	467
第 52 章	330	第 74 章	472
第 53 章	337	第 75 章	478
第 54 章	345	第 76 章	485
第 55 章	349	第 77 章	491
第 56 章	354	第 78 章	497
第 57 章	363	第 79 章	502
第 58 章	369	第 80 章	506
第 59 章	374	第 81 章	511
第 60 章	381	第 82 章	515

第83章	523	第105章	641
第84章	525	第106章	647
第85章	533	第107章	654
第86章	538	第108章	660
第87章	543	第109章	666
第88章	544	第110章	673
第89章	549	第111章	680
第90章	557	第112章	685
第91章	559	第113章	695
第92章	564	第114章	702
第93章	572	第115章	707
第94章	578	第116章	713
第95章	583	第117章	718
第96章	588	第118章	726
第97章	594	第119章	731
第98章	600	第120章	739
第99章	608	第121章	744
第100章	613	第122章	749
第101章	618	第123章	756
第102章	622	第124章	762
第103章	628	第125章	768
第104章	634		

第1章

　　昨天是小满，下了一夜的小雨，天一亮便放晴了，太阳出来，凉风习习，格外清爽。老是电流声很大的广播里，《新闻和报纸摘要》栏目还在播着几个月前陕西发现秦始皇兵马俑的消息，生产队里各家各户烟囱里的烟还在袅袅上升，白雁五队队长韩开国已经开始敲锣，吆喝声向四方传去："七点半了，已经七点半了，出工啦。"

　　吃过早饭的社员们陆续从家里出来，没吃过的也三下五除二几口吃完，带上锄头、簸箕、镰刀，慢腾腾来到各小组组长头天下午安排的地点集合。小组长拿着工分记录本点名，被点到的都高声答应一声"到"，男人们掐熄旱烟，女人们放好带着针线的鞋帮子，说笑着到田间地头，开始一天的劳动。

　　东永县五河公社白雁大队第五队，共有四个生产小组，二百九十五人。根据昨天队里会上做出的安排，今天开始，一组用三天时间负责把前不久大雨冲塌的土渠全部修理完毕，以待今后灌溉放水；二、三组负责最后一批麦子的收割，四组的女劳力全部被安排到二三组，男劳力全部耱秧。

　　生产队安排各个组组长负责考勤记工，按规定，每个男人全天不缺工，工分是六分，妇女是五分，若谁哪天有耽搁，提前跟组长说，第二天就算请假，直接不记工分，否则按旷工算，要扣两分。一般情况下都没有人被扣工分，因为谁即使有事，也可以找其他社员帮请假，组长也是认的。生产队有两个闹钟，一个在生产队公房里，一个在队长家里，两个上发条的机械闹钟还是大队发的，质量都特别好，五年了也没出过一次故障。社员们若想把握时间，要么听每天早上五点五十分、中午十一点五十分、晚上六点整，五河公社广播站开播时响起的《扬鞭催马运粮忙》或《大海航行靠舵手》的歌声，做出简单判断，家家都有广播，这是没问题的；其他时段要想获得准确时间，只有去生产队公房里看一下闹钟。队长家的闹钟，主要就是为了方便队长每天按时叫社员们出工、收工，队长提在手上。

按照安排，今天下午晚饭过后，社员不论男女老少，七点钟准时到生产队公房进行政治学习。凡是生产队晚上开会，到会的都要记加班工分两分半，相当于女人半天的工分，这点不分男女，当然没到的就没有，这是惯例，所以大家特别踊跃。今年政治学习，已进行过好几次。每次开会，都要在生产队"歌唱家"韩叙芳的带领下，先唱革命歌曲。

韩叙芳与丈夫陆选南结婚已经十四年，娘家是林岗公社大坪大队的，离白雁大队有四五十里路。因为嗓子好、爱唱歌，她来到白雁五队以后，渐渐地就成了队里不可多得的"人才"，被安排在每次会议的时候，负责教大家或带领大家唱歌。陆选南也没有啥文化，只是上过几年私塾，按韩队长的说法，相当于小学毕业。据说字写得好，至少比队长写得好，所以全队所有标语都是他写的，他偶尔参与队长发言稿的写作。韩叙芳在每次政治学习的时候，教大家唱歌，每教一次都可以多记一分工分，而陆选南写标语，是没有工分的，全靠政治觉悟和对写字的爱好，以及大家的夸羡。夫妇二人共育有三个孩子，大儿子陆运新，第二个孩子出世后夭折，三女儿陆运芹，然后又生了一个儿子，今年才四岁，还没取名字。陆运新在五河区中学念初一住校，陆运芹在大队念小学三年级，小儿子还没念书，成天淘气玩泥巴，花头花脸脏兮兮的，被大家称作"小四花猫"。这几乎就成了他的正式名字，谁见了他都要逗一番，他和他的小伙伴是全生产队大人们共同的宠物。

小四花猫就是咱们小说的主人公。

今天，他和小伙伴们玩泥巴玩够了，回家来，他娘韩叙芳正做红薯切碎掺的午饭。他娘说："又到哪里去疯了，快把脸洗洗，一刻不沾家，你昨天已经满四岁了。"

娘不说，他根本不知道呢，茫然地望着娘问："我为什么昨天四岁了？"

"再过两年，你就可以去上学堂了。"

"我为什么再过两年可以去上学堂了？"

"三姐不都已经上三年级了吗，你难道不上学？上学堂好和她一路。"

"上学堂干啥嘛？"

"七岁才报名嘛，还早，还早。"在灶下帮着照看柴火的陆选南说。

"后年，让陆运芹带他去，多报一岁嘛，早点好点。"娘看着他，对丈夫说。

"我不，上学堂一点都不好耍。"

"你不，那就拿着锄头，跟着我们一起去挣工分。"

"我不，也不好耍。"

韩叙芳打开蒸饭的盖子，从里拿出一个白生生的、圆圆的东西，是一个鸡蛋："你拿去找个地方，悄悄吃吧。"

小四花猫伸手抓过来，不管三七二十一，急忙揣在衣兜里，还没回过神来，问娘："为什么我吃蛋？"

娘说："你昨天过生日呀，母鸡今天才下蛋，补上。"

他再没追问，揣上蛋，像偷来似的跑了出去，来到屋后的草堆旁边。家里的小花狗羡慕地跟着他，他把衣兜里的蛋小心翼翼地拿出来，还有点烫，但烫得人格外舒服。去年吃过一次蛋，是三姐生日的时候分着吃的，大哥陆运新至今还不知道，今天可以自己完整地吃一个了！可爱的蛋在手里摩挲了许久，慢慢变温，他还舍不得下手，头脑中渐渐冒出一个想法，要不要等三姐放学回来，分给三姐一半呢？要还是不要？他犹豫了许久，鸡蛋终于在犹豫间被敲破，然后在犹豫中被剥开，又在犹豫中一点一点被塞到嘴巴里，最后全进了肚子里。小花狗垂涎三尺地望着他吃完，一点好处也没得到，只得怏怏地跟着他返回去。

三姐下午放学回来，什么也不知道。

生产队的公房在陆选南家左上边不到三百米的平坡上，中间隔着一条田坎和一个山坡,公房由四栋土瓦房组成,其中三栋主要是堆放生产队的粮食,一栋开会时用。在公房晒坝外,有个浑圆的大石头,两三丈见方,围绕着大石头的是一圈杂草,有时杂草丛中有蛇出入。一根三个人合围才能抱住的桢楠树靠着石头生长,是队里的风水树。树上面总有乌鸦搭的巢,时不时几只乌鸦在上面叫个不停,可树太高,大家都拿它们没有办法。小孩子们有时拿着橡皮筋加石子去弹,还是弹不着。虽然大家都说听到乌鸦叫不吉利,经常听着,也没见那么多不吉利的事情发生,久了就没人再理会。桢楠树根抱在大石头上,其中一条根将石头胀开了条手掌宽的裂缝,树根旁有一个石龛,石龛里有一个雕刻于清朝同治年间的菩萨,龛和菩萨是整块被雕在石头里的,菩萨闭目端坐,大约有一米高。"破四旧"的时候,被红卫兵用铁锤敲坏,面部五官都不见了,手指也没有了,菩萨手中的"净瓶"被敲掉,后来有人将净瓶拾起,重新放在菩萨怀里,之后再没谁来破坏过。有一次,小四花猫在龛下面玩的时候,把净瓶拿下来,被父亲狠狠地骂了一顿,说他的肚子会痛,他就不敢再拿去玩,并且告诉几个小伙伴,拿了肚子会痛,于是谁也不再去拿。隔三岔五,总有人还来这个面目全非的菩萨面前偷偷地烧香,求拜。

全队只有生产队的公房,地主程永安以及队长韩开国、副队长程永华家的房子是瓦房。程永华的堂弟程永江家只有正屋是瓦房,其他社员的房子全是土墙茅草房。在陆选南家左后边不到二十米的地方,是生产队的"堆草场",这是专门放稻草的地方。每一年稻谷收割后,所有稻草除了分一部分给社员盖房或作他用,其余的被堆放在这里,供全队耕牛过冬时作干粮。堆草场旁边是三间看管房,看管房也是稻草盖的草房,里面有床,有个柜子,可它平时都是锁着的,没人看守,因为稻草很贱,一般没有谁去偷。若生产队里谁家真缺那么点稻草垫铺什么的,跟队长说一声,拿上一些也没啥。因为离陆选南家最近,队长就把看管房的钥匙放在陆选南这里,有时谁家里来客人,没床睡时,也可以把客人带到这里,睡上一两晚。

队长韩开国因为和韩叙芳同姓,陆选南以孩子的名义认他做舅舅。生产队里有近五十户三百来人,大家都是几乎天天见面的,相互之间有这样那样的亲戚关系,有的虽然没亲戚关系,但也能被转弯抹角地理出些亲戚关系来,于是大家就几乎都成了"亲戚":谁是谁的大舅,谁是谁的二伯,谁是谁的三叔,或者四娘,或者五婶,六姐……已是习惯。

生产队有两个副队长,一个叫秦正高,另一个叫程永华,程永华和陆选南家的关系很好,小四花猫称呼他为大伯,大伯的内人就是他大伯母。大伯母是全队乃至周围几个队中唯一有缝纫机的人,每到年底或分粮食的季节,她在家里就忙起来。大家用分得的布票把布买来,再把孩子带上,找她量体做衣,每做件衣服,收一元二或者一元五。因为这个原因,副队长家是队里比较富裕的家庭。他家在一组,与四组的距离还比较远,平时一起玩耍的几个小伙伴,除程增福家的程林外,都是四组的。小四花猫记得上次去大伯母家,还是两年前做新衣服的时候,他被母亲带着去量尺码,还得到大伯母给的两颗很甜的糖。

韩叙芳教大家唱歌,她的歌声特别好听。进入七月份,政治学习开始的时候,队长让她一边教,一边带着大家唱那支广播里常播放的,也是由她喜欢唱的民歌《采花》改编的歌曲《盼红军》:

正月里采花无呦花采,
采花人盼着红呦军来,
采花人盼着红呦军来;
三月里桃花红呦似海,
采花人盼着红呦军来,
采花人盼着红呦军来;
七月里谷米黄呦金金,
造好了米酒等呦红军,
造好了米酒等呦红军;
九月里菊花艳呦在怀,
红军来了给呦他戴,

红军来鲜花给哟他戴；

青枝绿叶迎哟风摆，

红军来了鲜哟花开，

红军来鲜花遍哟地开。

而每次会议结束时，队长都让她带着大家唱《大海航行靠舵手》。

第2章

队里最让人羡慕的两家人，是副队长程永华和三组社员韩仁清家。程永华有一个表叔，叫张国荣，在县里工业局工作，据说在工业局当科长。也就是说，张国荣是程永华的城里亲戚，而且是当官的，所以有人怀疑程永华家富，也有他表叔暗中接济的原因，而程永华从不否认，遇到众人的猜测，他只是微笑而不回答。只是大家几乎都没见过他的表叔来过，或许人家当官的就不会下乡来。韩仁清也让人羡慕，他有位市里的亲戚，是他表弟，在云津地区国营糖厂上班，还是一个生产班的班长。老一辈早就过世了，五十多岁的冯世明和韩仁清虽说隔了两代，但并没有一代亲、二代疏，他倒不嫌弃乡下的穷亲戚，加之秦仁清常去云津市里看望他，他也经常下乡来耍。冯世明经常到白雁五队来，不少社员都认识他，他见了谁也是姑妈伯娘三哥二弟的叫，于是全生产队几乎都成了他的娘家，社员都被他当成娘家人。大家之所以都和他亲近，一方面是以结识城里人为荣，另一方面在农村，糖很稀奇，每到过年过节的时候，队上往往才按人头分配，每人也就那么一二两。而他是糖厂的，如果谁家有点事，私下找他帮忙买三两斤红糖，他是能办到的。

队上的人一般不和地主程永安公开来往，但是，小四花猫的小伙伴三三有个伯父，也就是秦祖寅的哥哥秦祖年，却偏要和这位地主来往。秦祖年六十多岁，和妻子结婚多年一直没有生育，五年前他妻子生病死去后，他就一个人过活，加上腿上有毛病，使不上力，没在生产队里做活。他有自己的手艺，就是补锅，绰号就叫"补锅匠"。每逢赶集，他都早早地，一瘸一瘸地到五河场上，把铝皮拿出来，把补锅摊子摆好，生上煤炭火，拉着风枪，把各处收集来的铁屑融化，每补一个铁锅洞，收两毛到五毛钱，每场都能有点收入。他每月交十元给生产队，生产队按正常劳力给他计算工分，分配粮食。周围的社员们，谁家锅烂了，就直接拿到他家里。他一个人的生活，还自在富足。一个人无聊没事的时候，偏要找程永安闲聊，两人一边抽着烟，一边说以前的事，或干脆就是坐在一起，什么话也没有，默默地抽烟打发时间。韩开国三番五次要他和程永安保持距离，不要站错了立场，他就是不理会他的忠告，并且骨子里瞧不起副队长秦正高，尽管秦正高还是他的堂外甥。秦正高派人命令他来参加大会，他就假装头痛病发作，不来，秦正高故意派两个人用箩筐把他抬到会场来，他一言不发，大会开完，还要把他抬回去。几次过后，社员们不干了，韩开国和秦正高拿他没办法，只好假装不知道他的存在。但是，当韩开国和秦正高不理会他了，他却又故意抽着烟，从会场外经过，把头伸进来，瞧上一眼，又一声不吭地离开。

小四花猫家里有三张床，大哥陆运新和父亲同住一屋，他和父亲各一张床，小四花猫平时偏要和三姐、母亲挤一张床。陆运新已经在中学念书，除星期六回来睡家里，平时都在学校住。每天晚上，小四花猫挨着母亲睡一头，三姐睡脚下那头。他总是很好动，睡不着就翻来翻去地蹬着三姐，三姐马上告状："娘，你看嘛，他又蹬我。"说着，就狠狠地蹬回去。然后姐弟二人在被子里互相报复，直到都被母亲教训才消停。夜里十一点了，他还在被窝里兴奋着，母亲就教他唱《盼红军》或者《歌唱二小放牛郎》催眠，教着哼着，他好不容易在母亲身边睡着。

他最期盼的是晚上在床上听母亲故事，讲《安安送米》的故事。这个故事姐弟二人听了四五遍，还没听够，只有在听这个故事的时候，他才能安静下来，隔三岔五，还要缠着母亲讲。母亲挑亮煤油灯，一边给姐弟二人补衣服,一边讲故事。最后,母亲讲上句,他都能接出下一句了,还听不厌。这大概是母亲会讲的唯一的故事,母亲也是小时候听外婆讲的。小四花猫知道了,好想马上想听外婆亲自讲一遍啊。

"外婆还要多久来我们家?"

"不知道。"

"安安为什么姓姜呢?"

"因为安安父亲姓姜。"

"我可不可以姓姜哪?"

"不可以,你姓陆。"

"我想姓姜。"

"胡说,笑死先人。"

星期六,在五河中学住校读初一的大哥陆运新回到家里,那是小四花猫很快乐的时候。大哥放下书包,他最爱翻哥哥书包,因为哥哥书包里有时会藏有小人书,比如《收租院》,或者《黑人小兄弟》,或者《王二小的故事》,他让大哥对着每页画讲来听。然后,他跟着大哥背上背篓,去割猪草,大哥一边割草,一边继续讲那些故事。小四花猫拿上一把镰刀,胡乱割些草塞在大哥背的背篓里,也没谁责备。他们把割的猪草背到生产队的养猪场,每五十斤猪草可以记一分半。养猪场收猪草的八婶过完秤后,总要夸奖大哥陆运新几句:"好能干哟,挣工分了,啧啧。"这个时候,小主人公忙从背篓里找到自己割的猪草,大约有两三把,把自己的功劳和大哥的区分开来,对八婶特别强调:"这是我割的。"

"哟,你更能干,更能干。"

他听着,才满足地争着帮大哥背空背篓,哥俩一块回家去。这个时候,往往身上更脏,脸更花。

家里只有父亲和母亲在生产队劳动,每天挣十一分,全家五口人吃饭,日子过得很紧。而韩队长家三个孩子,大的是女儿,去年出嫁了,其余两个是儿子,老二叫韩南,老三叫韩东,都小学毕业,没升上初中,在生产队里务农,每天可以挣得和妇女们一样的工分,全家每天可以挣二十多分。队长家是队里劳动力最强的家庭。地主程永安每天劳动只能挣得一般社员一半的工分,他的儿子程增福为了家庭不受他的影响,已经和他划清界限,甚至分了家。程永安虽然和儿子媳妇还是住在一起,在同一屋檐下,却是分开吃饭的,至少在别人眼里是这样的。

程永安的大孙女程夏,初一后就没再念书,因为她爷爷是有"学问"的人,以前常教她念些书,她是同龄人中识字最多的女孩。去年大队办扫盲班的时候,让全队不识字的人每天下午收工之后,都去生产队里的公房里学习识字。当时和程永安关系较好的秦祖才提议让程夏来教大家,队长同意,让她教过一周,没有工分。后来大队说,每个生产队给扫盲老师记工分,还有五元补助,就有人提出她年龄不大,于是她就被排斥了,由家在三队,和五队紧挨着的大队的妇女主任来教。她被排斥后,待在家里帮母亲喂猪。她渐渐地长大,十六岁多了,老在家里帮喂猪不是办法,她父母好不容易找到队长央求,让她参加队里的劳动,可以挣点工分,队长开会后才同意的。程夏的弟弟程林比小四花猫还小。最让人感到不平的是程夏,虽然年龄还不大,但是大家私下里公认她漂亮,社员们甚至暗暗地认为,将来全大队最漂亮的女人,如果程夏排第二的话,那没人能排第一。总之,那种漂亮是社员们在自己的文化水平之内找不到恰当的词语来形容的。

小伙伴三蛮子也是四岁,因为瘦,看起来很小,比小四花猫小得多,其实两人是同年出生的,而且他只比小四花猫小十天。他成天只和小四花猫他们一块玩,转陀螺、玩泥巴、打水漂。他家现在也是两个人挣工分——他父亲和母亲。他母亲李守珍和韩叙芳年龄差不多,被分在三组。他父亲钟向尧,说话很大声而且做事很麻利,肚子里有很多烂点子,生产队里有人称他为鬼头鸟。钟向尧夫妇原来有三个孩子,可惜前几年十五岁的大女儿突然得病夭折,二儿子有些呆傻,今年十岁,没念过书。他们和队长说了说,想让二儿子跟着大人在生产队里挣点工分，因为年龄太小，队长没同意。

　　自从三蛮子拜了韩叙芳做干妈后，三蛮子在名义上就相当于韩叙芳家的人，韩叙芳给他取一个象征性的名字韩强，这是本地跟着干妈姓的习惯，一般不用的，这个"强"字表明他将来会强壮。三蛮子同样称呼小四花猫的大哥陆运新为大哥，称三姐为三姐，称小四花猫为小四哥，不过也常互相称呼大人们给的绰号。

　　这天，邻居四奶奶家要来亲戚，一早，她儿子黄大文和媳妇张少群、两个孙子都出工去了，她在家里开始做好吃的，用石磨磨糯米做黄粑。小四花猫吃过早饭，等三蛮子过来玩，可等了半天，他都没来。他就去看四奶奶磨石磨，四奶奶年龄大了，很费力地磨，又因为有点腿瘸，每磨一把米，都要花好长时间。小四花猫想帮她添糯米，可够不着，他搬个凳子来，站在上面，要小木瓢舀。四奶奶想制止，也许由于确实力不从心，就让他学着添加，教他怎么舀米和水，可他添了两次，第三次就被碰翻了。四奶奶勉强笑了笑，不让他添了，让他去玩。他只好在旁边待着，坐着，看着四奶奶一个人磨糯米，直到中午还没磨完。母亲收工回来，看见他守在四奶奶的磨子前，立即大声喊他回家来，他忙回来。

　　"你去守着四奶奶的磨子干啥？又讨吃的样子？"母亲把他拉进屋，低声训斥。

　　"我没有，我在那里耍。"

　　"耍，到别处去耍，不要老在人家门前那副没饭吃的模样。"

　　他被母亲冤枉了，可不敢在母亲面前顶嘴，母亲因为类似的事训斥过他好多回了。等母亲说完，他躲到旁边去。

　　整个下午，他都一个人在家里没有出去，翻看大哥留下的小书，再不敢去看四奶奶推磨子。大人们要收工的时候，让他意想不到的是，四奶奶忽然一瘸一瘸地过来了，手里端着一个盘子，里面装着几块热腾腾的刚蒸熟的黄粑。他看到了，心里突突地跳。四奶奶把黄粑放到他旁边的桌上，喘着气对他说："小四花猫，来，来，四奶奶给你的，你趁热吃吧。"

小四花猫激动得二话不说，嘿嘿笑着，把小书丢在旁边，夹过一块，就大吃开来，可是刚吃上就发生了不幸的事。他忽然发现爹和娘回来了，就站在门口，娘瞪着他，四奶奶背对着还不知道。他瞬间僵住，黄巴咬在嘴里不敢动，几乎要哭。四奶奶终于发现，回过身来，愣了愣，对韩叙芳说："三婶你们收工了？……别怪小四花猫，别怪他，我送来点让他尝尝，不多，不多。人家小花猫多懂事啊，这么小，今天还帮我添磨子。"

"四奶奶，你坐，你老人家这样惯着孩子，要把他惯坏的。"韩叙芳赔着笑带着歉意说。

"你说啥嘛，什么惯不惯的，就拿这么点儿给娃，我都不好意思。"四奶奶说。

"你们家也不多，还要招待客的。"陆选南一边放锄头一边说。

"还不谢谢四奶奶，白吃惯了啊？"母亲继续瞪他。

小四花猫还不知道"谢谢"二字是怎么说的，把嘴角的黄巴塞完，嘿嘿地搔搔头。四奶奶说："不谢，不谢。"她把余下的几大块给夹来放在桌上的一个碗里，然后拿出盘子走了，韩叙芳代表孩子连声说着道谢的话送四奶奶出去。

四奶奶一走，小四花猫立即感到自己面临一场灾难，留下的几块黄巴简直要成罪证，他站在墙角里咬着指头不敢动。母亲回来把锄头放好，再舀过水倒在瓷盆里，洗了手。整个过程，他的目光随着母亲的手移动。最后，母亲站在桌旁，看着碗里的几块黄巴，没说话。他大气也不敢出，紧紧靠着墙。陆选南过来，看看孩子，又看看黄巴，说："算了算了，又不是娃娃去要来的。"

他说着，也就顺便用手直接拿一块吃起来，看来他也是受不了黄巴的香气才这么说的。韩叙芳没好气地补了一句："你也是这副德行！"

事情就算这样结束了，小四花猫小心地把手指从嘴里拿出来，慢吞吞地走到桌边，伸手想再拿一块。母亲又对他说："记得不，不要像叫花子似的想别人的东西吃。"

"嗯。"

碗里只剩有三块,母亲看着他说:"你一人吃完了,你三姐放学回来呢,不给她留啊?还有你大哥呢,明天星期六,也要回来了。"

这么算来,大哥、三姐,加上母亲,刚好三块,自己已经没有再吃一块的希望。他只得缩回手,母亲走过来,拿了一块,掐了个角尝尝,然后递给他,把剩下的两块端来放在碗柜里。下午三姐放学回来,才又拿了一块。

第3章

中秋过后,生产队里新增加一个人,说是省城来的,高中毕业,十六七岁,是来插队的知青,叫范朝。他背着个布包和大箱行礼,还带着些不知名的书,队里开会的时候,队长向大家介绍了他。在此之前,"知青"两个字,大家只是在广播和报纸上听说过,这次活生生地来到了生产队里,大家都有着说不出的好奇。和范朝一块来到白雁大队插队的知青一共有十三个,也就是刚好每个生产队一个,而他是来白雁大队的所有知青中年龄最小的。队长把他介绍完,话音刚落,他拿出一篇稿子,怯生生地照着念自我介绍:

"感谢乡亲们,感谢伯伯叔叔阿姨们,我叫范朝,感谢大家给我这个机会,能参与到你们火热的生活中。'农村是一个广阔的天地,到那里是可以大有作为的',我就是响应毛主席的号召,来虚心向你们学习的。我要和你们一起,把白雁大队建设得更美丽,像大寨一样美丽富饶……"

队长带领大家鼓掌并表示欢迎:"范朝同志就是在毛主席教导下成长起来的优秀青年代表,相信你来到我们白雁五队,一定能为我们的生产和革命注入新的力量。"

小四花猫和几个伙伴一起,在会场门口好奇地打量着这位新鲜人物。队长又安排这一周的生产,把范朝先安插在四组,让他试着和大家一起劳动,工分和队上成年男劳力一样。可是他刚来,人地生疏,在谁家搭伙食也不方便,该住哪儿呢?谁也没有多余的房子,新建房子,一时半晌也不可能成。队长家和副队长家里倒比较宽敞,而且是瓦房,可是他们两家人口也多,确切地说,他们不太喜欢不熟悉的人打扰。其他社员家里条件都不好,谁也不想让城里人去家里去见识自己的穷。一时间,知青成了谁也不愿意收留的人。过了好一阵,陆选南说大儿子在中学念书住校,平时刚好有张空床,只是实在太简陋,木板钉成的,垫的稻草,只怕城里人住不习惯,如果知青不嫌弃,可以暂时来家里住。范朝急忙表示:"我哪儿都能住下,我是能吃苦的,谢谢叔叔,我就要打扰你们了。"

韩队长忙在旁边赞扬:"选南,你怎么能这么说呢?人家就是专门下乡来吃苦锻炼的,这是锤炼革命意志,你这么说就是瞧不起人家知识青年。"父亲忙笑着向队长承认自己说错了。于是散会后,陆选南、韩叙芳和小四花猫带着范朝一块往家里走。

家里来了陌生人,那就是客人,小四花猫暗中是很高兴的,因为按惯例,这时父母都会准备好吃的,至少有白米饭,没掺杂菜,没掺红薯,说不定还有肉。范朝一路走一路问:"陆叔叔,小弟弟有几个兄弟姐妹,都没上学吗?"

"他的大哥在上中学,还有三姐,上小学三年级,他才四五岁,上不成。"

"怪不得,还穿着开裆裤哩。"知青笑着说。陆选南和韩叙芳也笑了:"咱们这些农村娃娃都是这样的。"小四花猫茫然地听着他们的笑声。范朝来到家里,放下行李,母亲去灶下收拾饭菜,父亲去收拾床铺。家里三张床,平时姐弟二人和母亲一块睡,父亲单独睡,只有这两张床有床罩,还有很多处补丁,陆运新睡的木板床上没有床罩。小四花猫没去看父亲整理床铺,专门来灶下,看母亲准备什么饭菜。

他看清楚了,母亲煮的午饭确实是白米饭,没掺杂菜,是待客人的。他跟在母亲后面，等啊等，令人失望的是始终没见到母亲拿出肉来的迹象，其实他不敢奢望，知道平时家里不可能有肉，生产队里又很久没杀猪分肉。但母亲也没完全让他失望，她打了两个蛋，用温水搅拌匀，放上盐，然后放在甑子里，和饭一块蒸，至少今天中午可以有蒸蛋吃了。

父亲还在收拾，把自己的床换给范朝，准备自己睡木板床。母亲已经把饭摆好，中间是蒸蛋，还有炒青菜、白菜汤、红豆腐、泡酸姜。范朝一边连声说"添麻烦了"，一边帮着添饭。此时，队长韩开国来串门，韩叙芳忙招呼："舅舅，还没吃饭吧，来，坐下坐下。小四花猫，喊你舅舅吃饭。"

"舅舅吃饭。"小四花猫奉命说了一声，范朝也忙向队长问好。

韩叙芳添碗筷，韩开国说："刚好，刚好没吃。我说选南啊，我和程永华、秦正高商量过了，小范来咱们这里，即便暂时和你们住，也不好，你们家地方也不宽绰，我这样说你别见怪。这后面料场看管房不是空着吗？刚好没有人，不如小范就把那里当家吧。收拾一下就是，小范，你看呢？另外，国家给你们建房拨的款，就抵一半嘛。你自己也留点，生产队也有点，就不单独给你建房了。"

"可以，可以，怎么都行。"范朝忙说。陆选南见队长和范朝这么说，也觉得行，因为长久相处，毕竟会有许多不便的。比如陆运新如果星期六回来，就只能挤在一块睡，可能人家知青也不习惯。队长说着，不客气地端着饭一边吃，一边和范朝聊着。小四花猫拿起条匙，对着蓄谋已久的蒸蛋小心翼翼地舀点在碗里，生怕舀多了父亲和母亲骂。还是队长舅舅理解人，拿过条匙，扎扎实实地舀了两匙放在孩子碗里，小主人公高兴得忙端着碗下桌了。

最后，范朝没住在家里，陆选南打开料场的看管房，帮他收拾一下午，并送给他一盏煤油灯，帮他搭了个简易的灶。范朝还要等赶集的时候去五河场上买小锅、小背篓、竹篮、水桶，还要买个烧料罐当水缸，总之还有许多事要做。这几天还只能在陆选南家里搭伙。

搭伙第一天，母亲竟然煮了块肉，不知以前藏在哪儿的！她煎了放在甑子里，吃饭的时候才端出来招待知青。小四花猫和三姐发现了，心潮澎湃，可是不敢动筷子夹，母亲和父亲一个劲地劝知青吃菜，让知青夹肉吃。他们不时用眼神示意旁边的两个孩子要自觉，不准夹。两个孩子是明白的，当然只好强忍着，筷子只敢在那盘肉周围的菜盘子里转来转去。好不容易，知青吃过了，姐弟二人再也不顾父母的眼神，马上抢着夹盘子里的肉，筷子还在盘里打架，母亲又狠狠地瞪了三姐一眼，三姐才勉强让着小四花猫，等他抬。

或许知青来插队之前，他家里教过他怎么和乡下农民相处，他搭伙三天，说什么也要坚持给两斤粮票。韩叙芳说什么也不收，他急得满脸通红，好不容易想到往旁边小四花猫的衣兜里塞，韩叙芳忙从孩子身上抢过来，塞回去。又推拉一阵，最后韩叙芳只得收下一斤粮票，他才作罢。他才来这儿，还没有菜地种菜，韩叙芳告诉他，要吃青菜尽管到地里去摘。

一天晚上，知青吃过饭，来家里坐，陆选南和韩叙芳全家都已经吃过了，小四花猫还端着碗慢嚼。知青在他脸上捏了捏，蹲下来说："小四花猫，晚上给我做伴，一块睡好吗？"

"不。"

"为什么？"

"不。"他说不出原因，总之就是不。知青向陆选南和韩叙芳问候过，和他们聊起来。原来这个大小伙子第一次独自远在他乡生活，没几天就特别想家，晚上一个人睡得眼泪汪汪的。堆草场后面有几个老坟堆，堆草场又是老鼠窝，看管房里常有老鼠出没，半夜外边又有猫头鹰的叫声，让他觉得害怕，不寒而栗。住了几晚上，他要熬不住了，好希望有个伴，哪怕极小的伙伴，也能壮壮胆。陆选南忙鼓励儿子："去吧，就在咱们家旁边，又不远，去陪范哥哥，做伴。"

"不，我怕。"

"有什么怕的？范哥哥给你讲故事。"

"对，对，我可以给你讲很多故事，你从来没听到过的，好听的故事，比如讲《高玉宝》，讲《半夜鸡叫》的故事。"

"《高玉宝》和《半夜鸡叫》的故事，我听大哥讲过，他书上就有。"小四花猫不屑地说。

"那你还有哪些没听过？我还会讲《鸡毛信的故事》《草船借箭》，讲《孙悟空三打白骨精》的故事，我还有很多故事书。"

"嗯……你会讲《安安送米》吗？"

"会，会讲，晚上我给你讲。"知青不知道《安安送米》是什么故事，不管三七二十一先答应再说。

晚上，小四花猫在知青和父亲母亲的连哄带攘下，来到家后边的看管房里，给知青做伴。两人睡在一块，知青果然兑现承诺，给他讲"他从来没听过的好听的"故事，不过知青给他讲的只是毛主席在延安的故事。小四花猫说："我舅舅也认识毛主席，他经常听毛主席讲话。"

"那我讲朱总司令的扁担的故事。"

"朱总司令，我舅舅也认识。"

"你舅舅是谁？"知青有些吃惊。

"就是队长舅舅。"

"哦。"知青笑起来，才明白原来他是指队长开会时常讲的话。然后，知青准备给他讲《草船借箭》的故事，他不想听，非要他讲《安安送米》。知青没辙，估计他可能听过，所以才这么说的，于是说："你先讲一遍给我听，然后我再讲，好不好？"

"嗯……好。"小四花猫迫不及待地答应，然后把母亲讲过多遍的，他也已经记得滚瓜烂熟的故事讲出来，直到知青听得睡着了。

没多久，对《安安送米》开始厌腻的小主人公愿意接受新故事了，才听他讲《草船借箭》和《孙悟空三打白骨精》。一次，知青回省城老家拿生活用品，来的时候给他带来六七本彩色画报书。小四花猫人生第一次看到这么精美的画报书，爱不释手，同小伙们玩泥巴的兴趣瞬间转移过来，对范朝的好感加深了。他经常随父母参加生产队的会，虽然不认识字，但显然能骄傲地认出其中的毛主席、周总理、朱总司令。范朝给他讲解，这是国家领导人接见外宾的照片。范朝比较喜欢苏联历史，又带来了更多的关于苏联的画报，拿出两本给小四花猫翻看，小四花猫很快认出斯大林，又翻到斯大林和其他高鼻子的领导人在一起的照片，却一个也不认识，要范朝给他讲。

这几本画报太好看了，没几天，小四花猫等知青出工去，就把几本画报带着，向小朋友们炫耀，与他们共同分享。他可以很带优越感地告诉他们，这画报中的人，他都知道，全是大人物。他愿意给范朝做伴了，除了这些画报书，还因为他发现了范朝带了块很香的肥皂，没事他可以偷偷拿来闻闻，可惜不能吃。

第4章

生产队有十七条耕牛，负责全队的庄稼耕种，耕牛的饲养是承包给社员的，谁家喂养耕牛一条，每天记五分，相当于一个劳动力的工分，所以社员们都争着养。队长为了保证公平，每年将得到养牛任务的社员根据家庭劳力情况进行分配，有的分到一个季度，有的分到半年。陆选南家里这回分到的是春夏两季，每年从元月到六月，可是过年期间喂养最难，雪盖了厚厚的一层，青草很难找，牛不可能只喂堆草场里的干稻草，否则来年开春掉膘，没力气拉犁。耕牛牵来家里没几天，放寒假了，大哥陆运新和三姐陆运芹都可以帮父亲割草喂牛。冬天天冷得吓人，路又滑，有时二人背着竹篓，走了几湾几里，只割到点儿青草，万不得已，每次补允着采些青竹叶回来，虽然很苦，但这算不了什么，幸福在后面等着呢。什么幸福？就是大年！三个孩子用倒计时的方法天天盼着大年的到来，因为过年生产队里喂着的猪要杀几头来分肉，过年有肉吃，还可以走亲戚，有好吃的，吃净白米饭的机会也多得多。

过年期间，生产队不放假。但是，队里还是心照不宣地变通着让大家闲，地里庄稼差不多都完事了，而且天冷得厉害，队长天天组织大家在公房里开学习会，读报纸，读读歇歇，韩叙芳带着唱唱歌，大家工分照计。

这一天，生产队搞完决算，准备分一次过冬粮。生产队公房里一片沸腾，全队老老少少都来了，政治学习提前结束，老人们吸着旱烟，有的拄着拐杖，男人们挑箩筐，女人们背篾篓，大家有说有笑。韩队长正在让副队长程永华核对大家的工分，和应分得的冬粮数量，每核对完一个，高声念一遍，让每户当家的签字。本次冬粮平摊下来，基本上每人有六十斤稻谷，还有十斤小麦，这可是历年冬粮分得最多的一次，全队人都欢乐开怀。忙了一个小时，终于全核对完。队长告诫大家，不要忘本，然后让大家学习一段语录，然后再让韩叙芳带领大家唱《南泥湾》：

花篮的花儿香

听我来唱一唱，唱一呀唱

来到了南泥湾

南泥湾好地方，好地呀方

好地方来好风光

好地方来好风光

到处是庄稼遍地是牛羊

……

开始分冬粮，粮食保管员王进昌亲自过秤，陆选南全家分得三百零五斤稻谷和五十二斤小麦，分得的数量在队里属于中上水平。知青范朝也分得了一份，可是因为他来得迟，工分按比例来算，只分得了三十多斤稻谷，小麦也只有六斤。平心而论，生产队没有亏待他，主要是队长韩开国还算是个少见的较包容的人，加之他患有治不好的偏头痛，不时发作，很难受，对生产队的事情不太上心，早想不当队长，对人更宽容。据范朝打听，与他同来白雁大队被安排到其他生产队的知青，不少可就没有这样的幸运了，不仅工分比社员们少，而且隔三岔五还得给队长送礼,不然要被穿小脚鞋,有的已经和他们的生产队社员们搞得格格不入。而范朝只是刚来队上的时候,给韩开国送过一回见面礼,两斤红糖,还有一瓶酒而已。或许是因为来的知青少,生产队的土地也不是那么紧张,增加一个人,也没让大家感到有什么麻烦,所以大家对他都比较友好。

分完粮后,如果过冬还有困难,需要借粮的,经几个干部讨论后,适当再借给一些。陆远南家里以前还借有三百多斤没还,本次还了五十斤,然后韩叙芳、陆运新、陆运芹,背的背,挑的挑,小四花猫跟在后面又蹦又跳,高兴得合不拢嘴。全家把冬粮搬运回家,装在柜子里,陆选南又和邻居黄大文一起回到队上,帮缺劳力的几家人挑粮,一直忙了好久才回来。

总之,到了年底,让人愉快的事一桩接着一桩,队里又将公积金提取一部分来分配,按工分计算,陆选南家里应当分得三十五元,可是以往因为陆运新和陆运芹读书的事,还有其他原因,借了生产队十二元,扣回之后,还有二十三元,这就是今年全家过年的钱了,还要留足明年兄妹二人的读书开销,至少先预备十元,说不定届时还得向生产队借。分钱的时候,队长韩开国家分得最多,达到七十多元,这私下里引起不少人的嫉妒,可谁也不敢说。

终于,在过年前五天,生产队里开始杀年猪,这预示着新年的序幕正式拉开,这是队里年前最喜庆的日子,公房坝子里又一次热闹开来。队长组织开个短会,让韩叙芳再带着大家唱一支歌——《社员都是向阳花》:

公社是棵长青藤,
社员都是藤上的瓜,
瓜儿连着藤,藤儿牵着瓜,
藤儿越肥瓜儿越甜,
藤儿越壮瓜儿越大,
公社的青藤连万家,

齐心合力种庄稼，
手勤庄稼好，心齐力量大，
……

接下来开始杀猪，四头大猪被十多个力大的社员从饲养场里强扭出来，猪声嘶力竭地叫着，最终在大家的谈笑和观摩中被杀掉，烫水去毛，然后开剖，清洗干净后称重。年猪肉是按人头分配，按成分的顺序拈纸花，最先拈的是贫下中农，然后是中农，最后是富农；拈完后，依次开始割块，程永安一家和钟德一家是不能参与拈纸花的，只能得到社员们割完后余下的，这是多年的惯例，也没人再说什么。大家围绕着几头白花花的倒挂的猪，快乐地点评着屠师手中割刀的锋利，小孩子们用力地挤进来，有的干脆被大人抱着观看，而心急的妇女们已经开始回家准备煎肉的蒜苗。

割肉的屠师名叫韩万民，是生产队从外地请来的，他一边割一边对大家高声说："肉割回去，要放好啊，谨防被偷啊，年关了。三队那边，前几天分肉，当天晚上就有几户被偷了。"

"我们今天拿回去就先装在肚皮里，看他咋个偷。"有人笑着说。

"炕腊肉的，晚上睡觉时要清醒些，要不然提来放到枕头旁边。"

"好的，好的，多谢提醒。"

最后，陆选南家里分得十二斤肉，还有一斤油。韩叙芳提着往家里走，小四花猫紧紧跟在后面，用心地盯着这几块大大的肉，生怕它们不翼而飞。没一会儿，回到家里，大哥和三姐也回来了，母亲一边把肉挂好，一边问父亲，今年分的肉多点，要不要分出两三斤赶集的时候去卖，换点钱存好，不然明年花钱的地方还多着。小四花猫一听，几乎要哭了，一边拉着母亲的手，一边嚷着不要卖，父亲犹豫了片刻，还是答应了孩子的要求："算了，就不卖了吧，留着，明年的事开年再说。"

母亲似乎还犹豫着今天是否煮肉，父亲已经先开口了："今天就煮点，娃儿们早就盼望着。"

母亲倒没反对，征求丈夫的意见：

"那请四奶奶他们到咱们家吃午饭吧？"她开始一边舀水煮饭，一边说。

"我去请。"父亲说。

"还有，还有人家范朝呢，他一个人，肯定也来不及做饭。"

"嗯，小四，你就去叫范哥哥来吃中午饭。"父亲吩咐。

小四花猫忙蹦蹦跳跳地出去，转到侧边屋角，望着看管房大声喊"范哥哥"。范朝刚到家，把肉挂好，听到忙出来，问："小花猫，喊什么？"

"娘说，来我们家吃午饭，咱们吃肉啦。"

"跟你娘说，我不来了，我煮饭了。"

"不，你别煮，你要来。"小四花猫生怕客人请不来，母亲连肉也暂时不煮了，急得忙跑过去，不由分说就拽，拽着不放。范朝只好关上门，随他来到家里。结果四奶奶家也在煮肉，父亲没把他们请来，还差点被留下了。小四花猫主动地坐在灶下，帮母亲加柴火。范朝客气了一阵，和陆运新聊天去了，聊他的期终考试，给他讲一道二次方程题的解法。

总之，这一顿午饭，母亲绝没有吝啬，割下了至少两斤肉，全家和范朝一块，享受了年前最好的一次待遇。

次日，母亲开始将仅有的糯米匀了一半，掺了些饭米泡好，准备做黄巴，又买了新的彩色画贴上。找父亲帮写春联的人也多起来，父亲文化水平不高，编不来对联，专门有一个本子收集着一些春联，每一年都可以翻出来，照着写给大家，家里大门和侧门上也写了两副贴上。

虽然天还很冷，但有肉吃，这个年就没有白过。人年初一，社员们大都窝在家里，也有三三两两的人将手笼在袖子里，到亲友家里坐坐，望着飘飞的雪，简单地祝贺、问候。小四花猫和几个小伙伴都冻得不敢出门，每天只蒙在被子里。今年家里没谁做新衣服，在范朝的建议下，韩叙芳终于将大哥陆运新穿过的封裆裤子改小，给小儿子穿，这样既防寒，也结束了他穿开裆裤的历史。小四花猫一看不喜欢，不要，闹着不想穿，除非母亲把裆剪开，因为尿尿太不方便了。大哥陆运新帮着母亲威吓，范朝也在旁边帮着哄，取笑，同时帮着他穿，教他新的撒尿技巧，他才不好意思地穿上，满身的不自在。所幸在大哥和范朝的执着哄逗下，两天他就习惯了，于是他成了几个小伙伴中第一个不再穿开裆裤的。正月初三，在一起玩的时候，大家都奇怪了好一阵。

进入三月份以来，生产队暗中传来一个隐隐约约的消息，原来程永安家被评为地主，是很勉强的，他家只是比较富而已，顶多算富农。还有个消息是白雁大队的支书兼大队长王向荣的大儿子，看上了程永安的孙女程夏，私下已经托媒人说亲，尽管程夏还只有十六岁，程永安的儿子程增福已经答应。两家若结为亲家，事情就变了。消息应该是真的，因为接下来生产队开大会的时候。队长韩开国含含糊糊地向大家说明："我们一向是实事求是的，是有错就要改的，有些同志的成分被划错了，肯定是要纠正的。"总之风向已经改变。接下来每次开会，就只学习语录，让大家谈心得，然后让韩叙芳带领大家唱唱歌。

第 5 章

范朝让小四花猫给做伴睡觉已经习惯了，尤其是特别想家的时候。晚上睡觉，吹熄灯，他就给小四花猫讲海娃送鸡毛信的故事，讲三国的故事，讲孙悟空的故事。小孩子开始对海娃的聪明很佩服，接着又表示自己也会把信藏在羊尾巴下面，没什么了不起，自己还可以把信捏在玩的泥巴里，日本鬼子也发现不了，范朝忙表示佩服。听孙悟空大闹天宫的故事的时候，小四花猫立即对孙悟空腾云驾雾飞到天上偷玉皇大帝的东西又飞回来，还变化多端的本领羡慕极了，一遍又一遍地问范朝："我要怎么做才能练成孙悟空的本领？怎么才会呀？""是假的，是假想的，人不可能成的。"范朝一遍又一遍地告诉他，他还是不大相信。最后孙悟空被更厉害的如来佛祖一掌打倒在五行山下，他开始更向往如来佛祖。第二天早上起来,他把手比来比去,问范朝,如来佛是不是这样把孙悟空打败的,范朝只好告诉他,就是这样的。

生产队分的稻谷和麦子,总是不够吃的,每年幸好分有不少红苕,可以抵半年的粮食,可是这人畜共用的粮食,大多数社员家里大人小孩都吃伤了。能吃上一顿没掺杂粮的白米饭,总是让人向往的事,一般只有家里来客人的时候才有。除此之外,花生是生产队种的,可是也是比较稀奇的,生产队种的花生是不用煮熟就能入口的,年年还没成熟的时候经常被人偷摘,夜里更甚。其实白天多半是本队或其他生产队的小娃娃们出来偷,晚上则很难说,几乎每个队都遇到这样的事情。白天组织一般社员巡逻,晚上专门组织政治觉悟高的干部带着社员各个山头巡逻。队长韩开国,副队长程永华、秦正高,四个组长韩仁清、钟仕年、秦家和、吴友民,以及陆选南和五六个政治上积极的社员,带上知青范朝,组成三个夜巡组。他们都带有绳子,还有棍子、电筒,如果在巡查中现场发现阶级敌人,就会立即抓获捆绑归案。

夜里,父亲和范朝都出去巡逻了,因为外婆病了,母亲回娘家去看外婆,今天没回来。小四花猫不敢一个人睡觉,只好又和三姐一块睡。姐弟二人睡到半夜的时候,父亲回家的声音把他们惊醒了。父亲已在堂屋,把灯点燃,警觉的小四花猫从床上坐起来透过床罩和裂开的墙缝向堂屋偷看,原来是几个巡逻的大人,除了父亲,还有副队长程永华、四组组长吴友民,以及知青范朝。他们几个人放好麻绳和棍子,还有一个大袋子一个小袋子,父亲把门关好,程永华使个眼色,对范朝小声说:"就麻烦你把大袋子里的苕水淘洗干净,就在陆三叔家灶里煮了,二叔,把娃娃也喊起来吃些。"

范朝打开袋了,抓了一大捧放在桌上,几个巡逻队成员把煤油灯调暗了些。副队长和几人坐在一边剥着吃,小声说着什么。范朝忙拿去灶下洗,父亲也过去帮生火。一会儿,花生煮熟了,两个孩子已被响动惊醒,穿好衣服出来,父亲小声告诉他们是追贼追来的,别多嘴,别出去讲。然后大家一块围着桌子,不一会儿,就把大袋煮花生吃完了。副队长吩咐陆选南和范朝把花生壳清理干净，趁黑在屋后找个地方埋掉，然后和吴友民一块提着小袋子回去了。

第二天，听队上开会说，昨天晚上，副队长程永华他们巡逻组发现偷花生的敌人，可是不慎惊动了对方，对方逃跑了，他们只捡到一小袋掉落的花生。而队长带领的巡逻队也发现了敌人的踪迹，也是对方溜得太快，没抓住，于是强调晚上还要加强巡逻。小四花猫和三姐则盼望着又有这样的好事到来，可很长时间都没有了。他已明白了是父亲和队长他们自己在做贼，但知道不能对人说。他想晚上跟大人们一块出去巡逻，可刚跟父亲说，父亲瞪了他两眼，他不敢再说。

生产队里虽然不禁止大家养家禽，但社员们一般也养得比较少，因为每家种菜的自留地很少，鸡鸭鹅一旦出门就要糟蹋生产队的庄稼，每年开会就要被队长骂，还要组织估产，然后被扣粮；而且要在庄稼地里放药，散养的鸡容易被毒死。养成的家禽，自己食用的少，大都到集市上去卖。五河公社所在的五河场是一个不大的集镇，只有十字相交的两条街，总长度不到八百米，街道的宽度也只有四五米，青石板铺成的，每旬赶集两次，逢五逢十。赶集的时候，五河公社及外公社的社员从四面八方的山路上来到窄窄的街道上，补锅的、补鞋的、卖席的，还有卖膏药的，很热闹。大家把自留地上的梨、桃或者土瓜拿到集市上卖，每三个或四个一堆，大致分均匀，然后每堆两毛或两毛五。秤还是比较少见的，公社挂有一把公平秤在集市的东头，有专门的人负责着，有需要称重交易的，双方来当面称重，过一次秤，守秤员收取一分或者两分钱。大家将家里的东西拿来卖，再买些必需的生活用品，主要是盐和豆油，还有碱、火柴或打火石、针、线，或者给家里的孩子买几颗宝塔糖。小孩子们非常渴望能够跟着大人到五河场上赶一次集，因为白雁大队离五河场远，路又不好走，一般家里都不带小孩子去。孩子们在家里老早就盼着大人回来，能带着好吃的。这一点小四花猫很少失望，母亲每次赶场，回来的时候都至少带了两颗糖或者一个米泡卷，或者一块米糕。

东永县城到五河公社一直没有公路，五河场上所有供销社供应的物资，都是用船送来的，遇到涨大水的时候，又不敢通行。今年初，县里提出要修建从县城到五河场的公路，消息传到白雁大队，所有人都兴奋又好奇。因为路要从白雁大队经过，测量队已经来测量过两次了，五队的地界上都插着测量员们打的红木桩标记，而且刚好就从陆选南家左侧不到二十米的地方经过。终于，七月初的时候，队里召开大会，这次会上没再进行政治学习，队长直接进行工作安排，五河公社到县城的通县公路本月要正式开工，是全县的重要工程。从五河场到县城沿线所涉及的所有公社和大队，都参与建设，每个大队每个生产队都要负责一段，已由抽签决定，白雁大队抽到的是安顺大队中的八百米，其中五队负责其中的一百二十米，一半开挖，一半填方。全队每家都要原则上都抽出一个男劳力参加，每天记十分，如果是女劳力，每天记八分。队长又说满十四岁的男劳力参加，可以每天计六分，所有社员伙食自带，工具自带，到了现场，一切听施工人员指挥，副队长程永华专门负责本队社员修建公路的接洽安排。

　　因为安顺大队离白雁大队约有十里路，也远，家里又有陆运芹和小四花猫要照顾，韩叙芳不可能去参加修路挣工分。第三天，陆选南一大早就带着妻子准备好的饭和大锄，和知青范朝等二十几个人在程永华的吆喝中一起上路了。因为还没开学，陆运新被父亲带着去参加修路，可以挣六分。到中午，又有四五十个其他大队抽签抽到白雁大队路段的社员来到白雁五队的地界上，他们一路举着红旗，喊着号子。韩队长和对方的带头人一块看线路走向标志桩，然后根据他们前几天从施工技术员那里得到的要求，让七八个社员拿来大桶石灰，开始洒灰线。生产队里一下子来这么多人，小四花猫和一群小伙伴一路跟着看热闹，高兴得不可救药。更让人兴奋的是，到了下午，有十多个和母亲年龄差不多的妇女来到家里，和母亲商量，要在家里借宿一段时间，他们是伏龙大队的，到这儿有二十多里远，每天不可能从家里来，修了路再赶回家去。母亲犹豫着，因为家里没有多的床铺，而且灶下煮饭可能也不方便。她们在屋里看看，说没关系，希望能将堂屋和旁边的那间屋收拾一下，然后用稻草在地上铺上，她们自己回去带上席子、被子就行。至于做饭，她们自己带上粮食来，用家里的灶就行，每天她们抽出一人，做工到一半的时候来做饭。这段时间主人家里的饭，他们也可以一起做，又要给点柴火费。她们中有一位也姓韩，和母亲套近乎，年龄差不多，认成了姐妹。她说她家也有三个孩子，同样两个男孩一个女孩。小四花猫在旁边，就被母亲吩咐称呼对方"孃孃"。没一会儿她们谈成了，母亲说啥也不收对方说的柴火费，又推拉了一阵。最后她们就表示不收柴火费，那这段时间，主人家里的生活，他们就一并包下，这样才算公平，母亲只好接受了。

母亲准备和范朝说说，让小四花猫这段时间每晚都到看管房里跟他睡，陆选南每天回来也可以暂时在看管房里搭个草铺睡睡，腾出的床铺和自己的床铺、大儿子留下的床铺，稍挤一点可以安顿上七个人，然后用木板在旁屋里搭了两张简易的床，再铺上稻草，尽量不将稻草直接铺在地上，因为地上难免潮湿。结果她一安排，十多个人都基本能睡在"床"上了。

从此，每天参加修建公路的伏龙大队的社员们就在家进进出出，他们依然每天举着红旗，喊着号子，干得热火朝天的，而且他们每天在家里都做一餐白米饭，不让家里出一粒米。小四花猫和三姐每天都能吃上一次白米饭了，从他们有记忆以来，这是破天荒的。在饭桌上，从母亲同他们的交谈中，小四花猫才知道，原来他们伏龙大队的条件好得多，每年每个社员分得的稻谷和小麦比白雁五队的社员们多一百五十多斤，这让母亲羡慕得很。

公路是个全新东西，几个小伙伴看着，就多了一样新鲜的玩法，学着大人们修路的样子，在公房坝子的周围用泥巴垒成一个个的小丘，然后在小丘上用竹片造公路，或在天然的小土包上直接用小刀削泥巴。一条条弯弯曲曲的小型公路，如同微雕景观。根据范朝的指点，他们做出了几个火柴盒大小的泥巴汽车，强行捉了些不能飞的虫子，放在泥车上,用软泥把它们固定好,充当乘客。然后几个小家伙各自推着在"公路"上跑,往往跑着跑着,"车"坏了,"乘客"也被折腾得无一幸存,甚至尸骨无存。即便幸存的小虫子,也被马上拿来喂养更弱小的蚂蚁。首先把它放在一个正在寻找食物的小蚂蚁面前,小蚂蚁"发现"了巨大的美味,用力拖啊,其实拖不动,即便拖动了,大家也要用小竹枝死死按住虫子,按在"公路"上,让小蚂蚁误认为食物沉重,只得回去搬部队。片刻的工夫,一大队蚂蚁浩浩荡荡地来到,它们才把食物放开,看着它们齐心合力地沿着"公路"拖进洞里。孩子们都为它们的团结精神所感动,第二天继续为它们找食物。

不久,生产队的公房里进驻了修建通县公路的一伙技术人员,四五个人,带着图纸和测量工具,每天在公路上测来测去,指导着什么。或许是野外生活太枯燥,他们下午下班吃过饭以后,在公房坝子周围转,被坝子旁边小土堆上小娃娃们还没做完的"工程"逗笑了,一个个蹲下来研究,并给予指点。几个小家伙越修越带劲,没多久,只要是他们经过的适合建"公路"的地方,都出现了蚯蚓般的痕迹,甚至延伸到庄稼地里,践踏了豆苗。队长发现了,又喝令几家的家长把娃娃管好。几位家长害怕又被当成破坏生产,各自把孩子骂回去。

第 6 章

家里吃了几天的红薯,娃娃们都开始想念白米饭的味道。天气有点热,生产队的庄稼也被晒得奄奄欲枯的样子,父亲和范朝他们一早修路去了,伏龙大队修路的社员们休息一周,都没来。母亲有点不舒服,浑身没力气,在床上躺一会儿。大哥和三姐也去割猪草挣工分了,小四花猫没去玩,高声朗气地拿着三姐的语文书乱念,尽管一字不识。中午时分,母亲从床上强撑着起来做饭,已经没米,她打开柜子,从余下的百十米斤谷子中舀了四十来斤盛在袋子里,然后用竹篓背上,准备去打米。白雁村没有打米厂,三四五六队这边的人打米是到邻近的胜利大队打米厂去,有两里的山路和田埂路。母亲背上稻谷刚要走,小四花猫把书扔下,要跟着母亲去玩。母亲让他和花狗看屋,他扭着硬要去,只把花狗拴门口看屋,母亲只好同意,让他一块去。

母亲背着稻谷,走了一会儿,靠在路坎边歇下。他问母亲:"娘,你是不是饿了?"

"有点饿。"母亲随便说,"我想睡一会儿。"

小四花猫倒不算饿,沿着路摘旁边的红红的野刺莓,摘了一把,要拿给母亲吃。母亲也接过吃了,过了会儿,好像积蓄起力气,背着稻谷继续走。胜利大队打米厂在一座小山坡上,山坡四周光秃秃的,没有人家,也没有树林,只有杂草。打米厂下方不远处是一片野坟地,十几个土坟,乱乱的。母子二人歇了几歇,到胜利大队打米厂的时候,打米厂里排着等候打米的人有六七个,听前面排队的说打米机没油了,打米的师傅去五河场上买油了,要好一会儿才能回得来,母亲只好把背篓放下排着队。前面排队打米的几个人大概是附近不远的,见打米师傅许久没回来,都回去吃饭了,让韩叙芳顺便帮忙看着稻谷。太阳烤着打米厂瓦房,房里热烘烘的,母亲昏昏沉沉坐在稻谷上靠着墙半睡着,等候打米的师傅回来。小主人公待着无事,对母亲说:"娘,你再教我唱歌嘛。"

母亲强打起精神,开始教儿子哼唱:

正月里采花无呦花采,

采花人盼着红呦军来,

采花人盼着红呦军来

三月里桃花红呦似海,

采花人盼着红呦军来。

采花人盼着红呦军来

……

母亲唱着唱着,靠着墙睡着了,小主人公在打米厂里玩了一圈,没见好玩的,就走出来,到下方荒地杂草里寻找野刺莓,没一会儿就走到了野坟地里。土坟上野刺莓最多,也最大。大白天,大太阳的,对面坡上还有一个人在耨草,所以他不害怕,他忽然发现草丛中有一堆白生生的东西,仔细一看,原来是鸡蛋,他数了数,一共有七个。他欢喜地捡上,揣上,两个荷包全满了。他立即不再摘野刺莓,小心地保护着蛋,欢快地向米厂跑去,要向母亲报喜。

打米房里还是只有母亲一人,她靠着墙还在睡。他擦擦汗,把蛋拿出来,放在母亲面前的背篓里,然后把母亲叫醒,以为母亲肯定会高兴地表扬自己一通。母亲见到这么多蛋,吓一跳,问:"这是怎么来的?"

"我……我捡到的。"他被母亲的表情吓着了。

"捡的?哪儿捡的?你运气这么好?"母亲厉声斥问。

"在那儿……下面,那儿。"他慌忙指指门外。

"谁家的,给还回去,你跟谁学的?"母亲看也不看,不由分说,从旁边竹扫帚上抽过一根竹条,就朝小四花猫的腿上和脚上密密实实地打。小四花猫来不及分辩,已经着实地挨了四五下,疼痛让他哇地哭开了,急急地靠墙壁躲让。母亲继续打,他慌忙用手遮挡脚。母亲的竹条又打在手上,一道道红印在腿上、手上立即出现。母亲一边打,一边还在训斥:"饿虫钻了肚子?什么都想吃啊?别人的东西随便拿,谁教你的?"

小四花猫无处可躲,也不敢跑,只好蹲下,抱着头哭,任随母亲的竹条打在身上。一会儿,母亲好像累了,坐下来,气喘吁吁的,又问:"还不还回去?别人的东西,你想捡就捡走?"

小四花猫再不敢争辩一个字,只是哭。母亲又大声说:"还哭?走,拿着,我跟你一块,还回去。"

小四花猫只得站起来,揩揩眼泪,一个个地把蛋捡来揣上。母子二人刚走到门外,打米的师傅打柴油回来了。见有人来,小四花猫如同见到了救星,哭得更委屈,母亲立即喝住。打米师傅劝了劝母亲,叫她别吓孩子,孩子即使有错,说一说改了就是。然后他看看小四花猫手上的蛋,问他:"你在哪儿捡到的呢?"

他对着米厂下面的那片野坟堆说:"在那儿。"

打米师傅向坟地看看,笑了,对他母亲说:"这可怪不得小孩子,那野坟杂草堆里有窝野鸡,老在那儿飞出,上个月我还在那儿网到两只,拿回家改善过一回生活呢……只是我捕了两只之后,就再也没看见过,怎么又有野鸡来了?不对,不对,这个时候也不应该是野鸡产蛋的时候。噢,肯定是前次我捕两只野鸡时,它们产在那儿的,我当时没想到去寻蛋。瞧,这也不是家养鸡生的蛋啊,它个头偏小,而且有麻点,明显是野鸡蛋。况且周围人家这么远,谁家的鸡会跑到那儿去生蛋?怎么也不搞清楚就打孩子?"

母亲愣着,也拿个蛋看了许久。打米师傅又对小四花猫说:"拿回去,这是老天爷奖励你的。只是你把野鸡惊动了,它们肯定不再回来了,我也网不到了,哈哈。"

小四花猫止住了哭,母亲好像知道自己错了,放下竹条,望着他,片刻后又对他说:"这些野东西,不要随便去捡,又是在坟地里,很不吉利,吃了会生病的。"

"什么不吉利,挺有营养的。"打米师傅说。

母亲没再让小四花猫把野鸡蛋放回去。其他打米的人还没来,打米师傅先给他们打米。母亲收拾好糠和米,背着往回走,小四花猫在前面走着。过会儿,母亲又歇下,对他说:"你赶回去,看你大哥回来没有,叫他来帮我背背,我走不动了。"

他只想逃离母亲,忙在前面小跑着回去,不一会儿就回到家里,把野鸡蛋放好。大哥和三姐已经回家,大哥听他说了,忙沿着山路去接母亲,准备帮母亲背米。

足足半个小时,大哥才背着米,和母亲一块回来。母亲有气无力地坐在门前的石凳上,说:"你们做饭吧,我要歇一会儿。"

大哥和三姐把饭做好,叫母亲的时候,发现母亲靠在凳子边的墙上,晕了过去。大哥急忙地大声喊娘,使劲摇着。好一阵,母亲醒过来，大哥急了，忙让三姐盛了碗饭泡上米汤，给母亲喝下。他忙往大队小学跑，去找赤脚医生。

小四花猫忙帮三姐扶着母亲，母亲把他们的手推开，说："没事的，我自己吃。"

小四花猫忘了刚才母亲对自己的打骂，三姐陪着母亲，他偷偷回屋里，把刚才捡来的蛋全部放在刚蒸过饭的热水里，再烧着火煮。没一会儿煮熟了，给母亲端来，母亲看了他一眼，摸摸蛋，说："你吃吧，我担心……"

小四花猫将蛋都剥好，塞给母亲，母亲勉强吃了一个，余下的让姐弟三人吃。一会儿，大哥和赤脚医生来了。赤脚医生是女的，叫王和珍，四十多岁，平时都在走乡串户，对大队十里八乡的社员家里都熟悉，因此她也兼做媒，大队里不少年轻人的婚姻，都是她附带促成的。她把母亲的手拿着号了会儿脉，说："可能是心脏病或心肌缺血，心脏的功能受到影响，心慌，四肢无力。有点低血糖，一定注意生活要有规律，待症状缓解后，去县医院检查一下吧。"

王医生从医箱里拿些药，交给母亲，吩咐她先多喝点糖水。然后她坐了会儿，离开了，过了大约一个小时，母亲缓解了。大哥问："娘，王医生刚才说去县医院检查，什么时候去？"

"一点小毛病，医生说得多严重，这不就好了，去什么县医院！"母亲说。

姐弟三人和母亲吃过午饭，母亲几乎痊愈了，她瞧着姐弟三人吃着煮的蛋，又对小儿子说："以后，你别去坟地里捡这些东西，不吉利。这次，估计我躲过了，可是啊，我担心你们中谁要遇到事。"

事情就这样不幸被母亲言中。

第二天，本来什么事也没有，吃过饭，小四花猫在家里翻看画报。到了傍晚，他忽然不明不白地发高烧，浑身没力气，一点不想吃东西，就和母亲、三姐一块睡。到了半夜，又头痛，发冷，直打哆嗦，一会儿又觉得热。母亲还在补衣服，忙放下手中的针线，抚了抚他的额头，很烫。他再也熬不住了，哇哇地伏在床沿吐，满是清水，头痛得更厉害。母亲忙一边给他拍背，一边取过一根麻丝小绳，在灯上点燃，在他太阳穴和眉心等穴位上刺烧。小四花猫仍然头痛得眼发花，母亲忙把父亲叫醒，让他把四奶奶叫来看看。四奶奶年龄大，见识多，可能会有法子。父亲又看了看孩子，摸了摸孩子的身体，浑身烫得吓人，说："这是重感冒还是疟疾？"

他说着，马上打着马灯出门了，不一会儿，把四奶奶请来了。

四奶奶懂得一些简单的医术，比如"肚子痛，吃稀饭；脑壳痛，滚鸡蛋；腰杆痛，拔火罐"一类的土方法。她看了看孩子，马上找个小玻璃瓶来，点上纸，对着孩子的太阳穴按去，可按上去就掉了，连掉几次，好不容易才左右两边都拔住火罐。四奶奶焦急地看了好一会儿，孩子一点没有好的迹象，反而痛得更凶，她内疚地说："我没法了，还是往医院里送吧。"

忽然，孩子脸色绯红，眼睛瞪着不说话，夫妻二人吓坏了，手忙脚乱立即将孩子扶起，父亲背上，母亲在后面拿着马灯，急匆匆地深一脚浅一脚往五河公社医院送。母亲在后面叫着小儿子的名字，他偶尔听见，好像来自遥远的天空，含含糊糊地答应着，渐渐没了知觉。不知过了多久，才到公社医院，值班医生来抢救，一边抢救，他一边吐。母亲在旁边焦急得一个劲地哀求医生，问是什么病，要感谢医生的在恩大德，又慌忙地求菩萨保佑。

时间渐渐地过去，天已经亮了，孩子虽然没出声，浑身湿透，但体征平稳，医生也累了，擦擦额头对他们说："这疟疾好凶险，暂时没大问题了，要静养，谨防反复。"

父亲要回去修路，离开了。母亲在医院里守着虚弱到了极点的孩子。果然，中午又开始发作，母亲急得几乎要流泪，一个劲地在心里求菩萨保佑，求鬼神宽恕，孩子做错了，以后再也不敢了，幸好医生们早有准备，很快控制住。

病情稳住了，他们不敢在医院里久住，第二天，母亲让医生给孩子开了药，背着他离开医院回到家里。整整一个多星期，小四花猫在家里不敢出门，病情反反复复，只是症状在逐渐减轻，前后十来天没得安宁。

孩子几乎死里逃生，花了整整七元医药费。母亲不放心，又找机会悄悄去问了三组的三老爷程永安，孩子究竟是犯了什么邪。程永安把孩子的八字排了一遍，说他恰恰犯五鬼，和捡野鸡蛋没关系，是今年命中有此一劫，接着他帮扎五个小纸人，青红黑白黄，然后念咒符之后，说用火化掉就可以，今年就一切平安了。韩叙芳说什么也经受不起这种折磨了，不再顾得上什么，忙求三老爷帮忙。晚上，舀了升米给程永安送去，作为谢礼，程永安说什么不收，韩叙芳要他无论如何也得收下。推让了片刻，程永安只拿个小碗，舀了半碗米，算领情，然后无论如何也不收，她只好拿回来。

小四花猫躲在家里，一个星期的折磨，让他瘦得脱了形，勉强病好了，可走路也有气无力的，脸白得像纸，没点血色。母亲心疼极了，一边继续责备他不该捡那窝野鸡蛋，一边将家里秘密藏在石灰罐里的一块刀头肉取出来，悄悄地背着丈夫和女儿，每顿切几片给他埋在碗里的饭下面，让他一个人吃。

第7章

范朝有事请假又回趟省城的家里，返回队上的时候，带来了一大包的衣服和裤子，说是他表弟穿过的，也有他穿过的，成色都还很新，可以给小四花猫改改就穿，甚至不用改就能穿。韩叙芳看到后很高兴，可以两三年不用给小儿子缝制衣服了，而且小儿子显然穿不完，他穿后，下面又没有孩子接着穿了，她就送了两条裤子和两件衣服给干儿子——钟向尧家的三蛮子，又送了两件衣服给小猪儿。范朝还带来了两本厚厚的书，一本是《三国演义》，还有一本是《贝姨》。小四花猫第一次看到这么厚的大书，奇怪了好一阵，发现自己真读不了，好多字都不认识，而且他只喜欢中间有许多插图的书，这两本大书一个图也没有。可是，晚上和范朝一块睡的时候，范朝就要在煤油灯下看很久。吹灯睡的时候，范朝就给他讲书中的故事。讲着讲着，没过几晚上，他渐渐地被迷住，开始比较三国故事中谁的武艺最厉害，接着很快崇拜上了张飞，他武艺太高了，可为什么没把坏人吕布杀了呢，他在虎牢关前都能独自战胜吕布的啊。当听到吕布和貂蝉、董卓的故事的时候，他又开始喜欢貂蝉了，觉得她是个很伟大的人。当吕布把董卓杀了的时候，他又发现吕布不算坏人，也喜欢上了吕布。他暗中把张飞当成了书中最厉害的人。范朝讲完睡着了，可他还没有睡着，开始幻想，虚构了一幅幅战斗场面，比如某一天，吕布和张飞相遇，在哪儿？就在生产队的公房的坝里吧，然后他们大战，至少一百回合，吕布打不赢，就跑了，从哪儿跑？跑到了二组的地里，还踩坏不少庄稼，把父亲写的那块"最高指示"牌也撞坏了，该死！于是张飞赶到，一矛刺倒他……吕布该不该死呢？算了吧，没死，只是受了点伤，跟张飞求饶，张飞放过了他。

第二天一大早，他就问范朝，后来吕布是怎么死的呢？范朝告诉他，是后来被曹操杀的。他听到这个结果如鲠在喉，怎么被曹操杀了呢，至少也该被张飞杀嘛。总之，凡是听到张飞打胜了的时候，比如长坂坡、擒严颜、战张任、败张合等情节，他都高兴得无以复加，还可以把被子蹬得高高的，要知青把情节补充得更完美些。知青终于发现他对张飞的喜欢达到了难以想象的地步，假如谁要冒充张飞和他做朋友的话，他肯定无比幸福。为了逗乐他，他也故意乱编几个张飞打胜仗的故事，让他充分满足。要入睡了，他还在用想象力把张飞赢得胜利的过程补充得让自己更舒服些。

童年大多数时候就这样无忧无虑，然而，接下来他又遇到了一点倒霉事。

父亲又争取到了喂牛挣工分机会，把牛牵到家里来，一个月可以挣一百五十分。于是，兄弟二人又必须帮着父亲和母亲割草。这天早上，小雨刚停，二人拿着割草刀，陆运新背着背篓，从家里出去，去一组方向的山坡上寻找有草的地方。因为争着喂牛的人多，割草的人也多，很多地方的草都被割了。陆运新一路给弟弟讲平原游击战的故事，走到白雁大队与驻马大队的交界处豆地边，对面坡上驻马大队第三队社员们正在耨草。兄弟二人割了半背篓草，正准备离开，小四花猫发现豌豆地里有不少豌豆被人摘去了豆荚和豆尖，余下的扔在路边，都还青青翠翠的，很可惜，如果能捡到背篓里回家里喂牛，就是牛的大福气了。他忙叫大哥回来，自己弯下身去捡。陆运新看见，迟疑了一下，说肯定是谁家人饿极了，晚上偷偷出来，毛手毛脚地把豌豆和豆尖采去吃了，然后扔下的，他也觉得可惜，扔下的根藤段喂牛倒是最好。陆运新正犹豫要不要捡到背篓里，从坡地左下方忽然走上来三个巡查庄稼的大人，是驻马大队的，原来这里已经是驻马大队三队的地了。几个社员立即把兄弟二人围住，望着地里被人扔下的豌豆藤和手里还抓着几根的小四花猫：

"你们是谁，哪家的？怎么跑到我们这里搞破坏？"

"不是我们破坏的，我们割草，从这儿路过。"大哥急忙辩解。

"路过？看，这些豌豆都是刚被扯掉的。把这扯回家去喂猪喂牛，亏你们想得出来。"

"怪不得有的人总见不得我们的庄稼好，总是来破坏。"

几个人声音越来越大，完全就是抓了现行的口气，根本就不让他们离开，并且高声招呼对面坡上其他的人，说抓住了两个贼，不一会儿就过来了十多个人，兄弟二人再怎么说也无济于事。他们拿了二人的背篓和割草刀，再把"罪证"——那些豌豆藤捡来顺便塞到他们背篓里带上，然后捉住手，押搡着往他们驻马三队公房去。这一下，围上来指责他们的人更多了，几个"第一发现人"带着立了大功的表情添油加醋地把捉住坏人的经历反复讲述。又有人怀疑他们多半是来自反动分子家庭，对人民的劳动成果怀着很深的仇恨。陆运新急得说自己来自贫下中农家庭，是不会搞破坏的，没有人理会。不一会儿他们的队长来了，另外又有不少社员来了，共有百余人，还有不少娃娃看热闹。队长首先让社员们都站开些，再让人把兄弟二人带到临时抬来的桌子前面，命令他们规规矩矩站好，然后表扬了几个"第一发现人"，要给他们记工分，厉声质问兄弟二人是哪里的人，父母叫什么名字，为什么来这里偷采豌豆秧，破坏生产。队长问一句，几个立了功的社员就高声重复着队长的话威逼一句，还有人在旁边记录。兄弟俩都吓蒙了。小四花猫还被几个同龄的男孩女孩推搡几下，吓得大哭。陆运新结结巴巴地回答，根本就没人听他的任何解释，他基本就要被当成坏人了，怎么回家跟父亲和娘说啊！

嘈杂了两个小时，直到中午，这场会越开越激烈，只有少数挨不住饿的人回去吃饭去。到了中午，这么长时间都没见到两个儿子回家，韩叙芳和陆选南收工回家就开打听，很快就听人传来消息说，相邻的驻马三队捉到两个割牛草的乱割人家的庄稼，破坏生产，被抓住了，正在审问。夫妻两人吓着了，焦急地朝这方赶过来，他们怎么也不相信两个儿子会做这种事，恰巧路上碰到队长韩开国，忙央求韩开国来帮忙，看怎么救孩子，三人一路过来了。

因为白雁大队五队与驻马大队三队地界相邻，两个队的队长也还相识。韩队长带着夫妻二人来到驻马三队公房。小四花猫看见父母和队长舅舅来了，委屈爆发出来，更伤心地哭了起来。大哥陆运新却不敢吭声，父亲气愤瞪他的眼神，让他已经意识到马上要受到一顿空前的打骂。韩队长见了对方队长，先问候了一句，赔着笑脸问："张队长，这是咱这两个侄子，给你们带来了麻烦，对不起，可……可是怎么回事？运新，过来，给张队长说清楚，这是怎么回事？"

刚才没有任何人听兄弟二人解释，现在两个队长在交涉，场面基本安静了。陆运新忙过去，把事情的经过详细地说一遍，再没人插话打断。可他刚讲完，那几个立了功的社员立即反驳，说就是他俩割的豌豆，他们亲眼所见。陆选南走到背篓面前，翻看了一遍背篓里的豌豆藤，几乎全是根部，豌豆荚和豆尖部分只有很少，不禁疑惑。韩队长一边和对方张队长交谈，一边看他们刚才的审问记录，说："陆选南家里人都是贫下中农，是阶级弟兄，最痛恨地主分子，是不会破坏生产的。如果真是孩子不懂事，犯了傻，求多原谅，让他父母严格教育。大家都是阶级弟兄、一家人，不要让敌对分子看笑话。"半晌，张队长说："我考虑一下。"

张队长抱着手，傲然地抽着叶子烟，显然在想要给韩队长面子，但也要让他们赔偿生产队的损失。着急的父亲已经和三个"亲眼所见"的社员争论开了："你们三个真亲眼所见，是他们二人拿刀割的？"

"我们三人亲眼所见！我们巡逻这么多天，今天终于抓到个现场。"三人还在嘴硬。

"那他们二人，谁拿刀割的？"

"……他们，他们两人都在割。"

"好，如果你们说的是对的，那这些豌豆藤上肯定全是刀的割口，你们过来仔细看，请你们全部过来，仔细看，这哪有刀割的样子？全是用手扭断的摘的痕迹，长短不齐，断口死青，哪有刀口？"父亲抓一大把在众人面前晃过，又放到对方队长面前，对方一下子没人开腔了。韩队长马上接过来看看，说："对，对，这是手扭的痕迹，谁都能看得出来。"

"你们三个既然看到他们用什么刀割成这模样的，你们能不能现场用刀割来试试看？"父亲转身质问三人。三人面面相觑，找不到话说。

母亲也对三人说："他俩既然要把这些豌豆扯来拿回家，为什么事先还要用刀割断一次？不是多此一举？另外，这全是豌豆藤根部，请问，既然你们亲眼见到是他们割的，那割下的豌豆尖，还有不少豌豆肯定还在，请问在哪里？难道他们两个拿来生吃了？"

现场一直就没有见到所有豌豆苗尖，零星有点豌豆荚，可都不显眼，显然是失落的，完全不能跟大堆的根藤段相配。三人哑口无言，全场一片安静，韩队长微笑着望着张队长，不再说话。张队长窘得下不了台，放下了傲然的姿态，熄了叶子烟，望着三位"立功人员"，大概是要他们救场，三人已经开始往后缩。知青范朝也和五队其他几个社员早赶到了，他听了陆运新讲述的情况，又把兄弟二人的背篓翻了片刻，对着三人说："你们对面坡上那么多人看着，他们两个孩子就敢大胆地割你们的庄稼吗？你们自己信吗？他们只是割草路过，可能是想把这些别人偷留在路边的装回去喂牛，并且仅仅是想，你们就把这些豌豆藤抓来塞在他们背篓里当罪状？想立功，也不能拿娃娃开刀啊，娃娃说不出来话，你们就下得了手！说不定这就是你们几人和地主分子一块，弄回去煮来吃了，然后专门躲在附近抓人顶罪，不然怎么这么巧？不敢找大人，就找娃娃？"

这类的事，他早见识过，歪打正着，说到了点子上，或许所有人都心知肚明，有的社员甚至在窃窃私笑。三个人慌了："你别冤枉好人，我们……我们……张队长是知道的……肯定是别人偷的……张队长，我们都是生产队积极分子，没和地主分子……"

张队长脸上一阵红一阵白，已经不好意思再沉默，大声呵斥三人："不要说了，回去，滚回去……今天这个事，是我们弄错了，对不起你们。陆选南兄弟，对不起，大家都是阶级弟兄，阶级弟兄，我们会认真查查。韩队长，这事你也多担待，有误会，属于咱们人民内部矛盾，不要让敌对分子看笑话，你说得对。"

一场祸事差点惹成，好不容易结束，兄弟二人回到家里，仍然受到父亲的一顿责骂，只是没挨打。

知青的生活说是火热的，其实是枯燥的。范朝孤独地来到白雁五队，和他同来的知青虽说都来自省城，可是互相都不熟悉，又分散在大队的每个队，相距也远，几乎没有来往。幸好在五队里，堆草场看管房和陆选南家紧挨着，可以常走动走动，又哄来小四花猫做伴，还不算寂寞。他除了晚上看看书，或给小四花猫讲故事，苦寂的日子几乎让他开始感到度日如年，甚至有恐惧感，对未来恐惧。一年过去了，他虽然没有受到排斥，但还是没有完全融入生产队的生活中，除了和陆选南家熟悉外，和其他的社员都只是不陌生而已。

终于这天，他发现这个生产队值得留恋了，因为他发现了一个人。

平时，他是和四组社员们一起劳动。前不久一次耨豆荚地杂草的时候，三组和四组合在一起，他发现其中有一个女子，十六七岁的样子，高挑的身材，红扑扑的脸，一根短辫子搭在左肩上，眼睛像潭水那么幽深的，衣服虽然旧，但洗得很干净。他一下子就被吸引住。她的长相和他拿来的一九七三年第四期《人民画报》封面上纺线的女工人很像。女子没和谁说话，只是低着头，认真地铲草，时不时地咬咬嘴唇。忽然之间他想起，眼前的这个女子可能就是大家说的程夏！和大队支书儿子谈朋友的，地主程永安的孙女程夏，可是这么久，他只听人偶尔说起过程夏，就没见过她，开会也没见过她。社员们少有人提到她和她家，也许是为了和地主分子家庭成员保持一定距离，可是听说她家里和他爷爷程永安划清界限了啊。

范朝心里忽地跳个不停，一边铲草，一边不自觉地偶尔瞟瞟她。或许是因为家里长期受到社员们心照不宣的孤立，程夏眼中隐藏着一丝让人不易觉察的孤傲，这让他心里有些畏怯。她也主动地和大家保持距离，只和杨代晴偶尔说说话。说的什么，他用心听也听不清，他只猜到杨代晴是她的母亲，因为长得有几分相似。两个小时后，草锄完，三四组的组长分别拿出本子点名，记工分，他听清楚了，那个女子确实就是程夏。她低低地回了一声，然后拿着锄头，跟着她母亲回家。

其实平时不出工时，程夏就待在家里，很少外出，爷爷的身份让她总感到低人一等。即使开大会，她也不参加，除了同一个组的人，其他人很少见到她。范朝和她不在同一个组，更难见到她。

第 8 章

邻居黄大文家传出消息，他儿子黄学勇要结婚了。黄大文家和陆选南家隔得很近，两家虽然平时偶有矛盾，但邻居之间胳膊碰胳膊的矛盾在所难免，加之男人们都会处事，矛盾就不会升级。遇到大事时，互相帮忙的时候多，谁都会不计前嫌。在生产队里，黄大文家的借粮也多，主要是因为他家劳力只有三个，吃饭的人却有五六个，也是老欠款户，欠款是他爷爷在世的时候拖下的。现在儿子要结婚了，结婚的对象是邻近的驻马大队九队的女孩，叫赵桂芬。女方好不容易才答应这门亲事的，希望婚事办得体面些，于是黄大文他来找陆选南帮出出主意。黄大文说他已经设法买好二十斤肉，又向老婆的娘家借了二十斤，一共四十来斤，应该够。陆选南告诉他，如果婚事办得体面些，生产队的人几乎都要来，不为啥，就为能饱饱地吃上一两顿饭和肉。肉就算勉强够了，不够的话大家也都不能说啥，本来就稀贵。可米的事，全队社员再加上亲戚，三顿饭，怎么也得花上两百来斤米吧。黄大文说他欠生产队的粮食太多，有四百来斤了，再去借肯定借不到了，只能跟私人借，然后他就开口向陆选南借点儿。陆选南家里也少，只能勉强答应借他四十斤谷子，他说四十斤也行，再找其他人借点儿。

四奶奶为了孙子的事，半年前就悄悄在家里忙开了，因为她年老，没在生产队里出工挣工分，就待在家里做点活计。她会编竹刷，还有编竹扇、针线篓，就自己把家里的竹子砍来，慢慢地编，逢五河公社赶集的时候去卖，可以一毛两毛地积攒，也为孙子攒了几十元费用。上个月她就在家里收拾内外，还把迎亲要经过的路上的草铲得很干净，老人家只想着有生之年能见到重孙子就行了。她还把酒米泡了二十斤，柴也找来堆了老多，然后又盘算着借锅，借碗筷，借桌子。提前两天，黄大文借粮和借桌凳时，消息就在全队里传开，然后队里帮忙的人开始多起来。大家收工之后就到他家里，帮着打点。以前队里这事，都靠程永安帮助计划安排，现在他老了，身子不行，几乎不出门了，队长韩开国就担起了这个任务。刚好是星期天，生产队里虽然是安排出工，当然出工的有工分，可谁都愿意不要这一天的工分来帮忙，何况队长都没出工。

正日子到了，一大早，吃过早饭，接受接亲任务的几个妇女和十个男社员们，一块向女方家进发。读高中回来的陆运新也加入了十几个人的接亲队伍，帮着挑鸡鸭。队里的妇女们也几乎都来了，煮饭的煮饭，切菜的切菜，蒸馍的蒸馍，照顾柴火的照顾柴火，收拾碗筷的收拾碗筷，帮忙请客的忙着到处跑。大家嘻嘻哈哈，小孩子们都被大人们允许来玩，他们三五成群在桌子、大人中间穿来穿去，快乐地捉着迷藏，不时被大人呵斥几声，又跑开，或围在煮着肉的热气腾腾的锅边，闻着香气，幸福地互相瞟上一眼。韩叙芳帮着切菜，陆选南被队长安排登记礼单。全队的人家都有人来了，陆选南帮着记礼，礼金最多一元五角，最少的也有五角，或者一封白糖。陆选南家给的贺礼是一封白糖另加五角钱。程增福家他的老婆杨代晴来了，他女儿程夏居然也来了，她们登记过礼金一元钱，杨代晴看哪儿需要帮忙就去帮。程夏怯生生地站在一边，范朝早就盼着她到来，他正帮着搬柴到各个灶下，看着程夏来，心里立即跳个不停。他想过去和她搭讪，总感到有千万双眼睛在盯着自己。程夏根本没注意到他，她和几个人简单地打个招呼，就无所适从地站着，茕茕孑立，然后盯着在玩圈的钟强、秦明明、秦小军、小四花猫他们一伙。临近中午，接亲的队伍回来了，大家抬着两个柜子、一张床，还有一张饭桌、四张长凳、一床鲜红的被子。女方的陪嫁很丰富，大家一齐放下手中的事跑过去围观，羡慕的声音啧啧地响起来，范朝趁机从程夏身边过去，轻轻说了一句："快去看新娘是谁啊！"

程夏看了他一眼，脸微微红，说："我认识的，不用看。"她说着，转身过去帮着照看一口暂时没人照看的锅，在锅边坐下了，显然是为了避免尴尬。

把新娘子接到家里，接亲的过程就算完成，余下的就是吃中午饭。妇女们开始忙着摆碗筷，范朝瞅着大家都坐得差不多了，程夏坐的那张桌还没坐满，他乘机过去，坐在她的对面，然后挤上来两个孩子，全满了。桌上有程夏、她母亲、范朝和另外两个老人，四奶奶的亲戚，都是七十来岁的人，剩下的就是几个孩子。

范朝这下可以偷偷地打量程夏了。程夏穿的衣服虽然旧，但总洗得很特别干净，漆黑的长发下面，一对眼睛美得让他的心发慌，他不敢多看。程夏的母亲坐在女儿旁边，母女二人正襟危坐。他向程夏母亲问候："婶婶，怎么只有你和程夏来，程叔呢？"

"他生病了，不方便出门，在家里。"程夏母亲杨代晴说，她几乎不敢相信，知青会主动和她说话。

菜上来了，大家开始吃饭。每桌有两盘回锅肉，还有粉条、萝卜炖鸡肉汤、大头菜肉丝。范朝忙首先给两位老人夹菜，两人忙谦让。然后，他又给程夏的母亲夹菜，程夏母亲也忙谦让。最后，他给程夏夹，程夏慌忙把碗拿开避让，说："我自己夹，自己夹。"

他夹上回锅肉的手悬在半空，故意不好意思地停住，程夏母亲忙替女儿谦让："范大哥你自己吃吧，别客气，别只忙着我们，他小姑娘家，自己夹。"

"嗯，那……好，好吧，程夏你就自己多吃点。"

他顺利地找到了和程夏的话题切入点，然后大家一边吃饭，一边交谈，他知道程夏因为来自地主家庭，初中没念完就不再念了，于是问程夏平时喜欢看什么书。程夏说，初中毕业以后，没再看过书。她母亲忙替她补充说，家里除读过的课本，还有一本《矛盾论》，程夏平时就看。她好像是在替女儿说明她追求进步。范朝本来还想向他推荐自己带来的小说，看来没有可能了。他只好说："我也喜欢看《矛盾论》，它是我生活中的指南针。"

这天晚上，范朝和小四花猫讲了一段三国故事，然后转移话题，问："革命小伙伴，你知道我们队有个叫程夏的女子吗？"

"唔，知道，程夏姐姐是五伯母家的，她家是地主。"小四花猫说。他和程林在他家那边玩的时候，见过程夏，只是很少见到。

"我感觉她不是坏人。"

"可是她爷爷是地主分子。"

"可她不是。"

"嗯,她应该不是。"小四花猫承认,因为他从来没见到过程夏被批斗。

"所以,她应该是好人。"

"唔,应该是。"

后来几次,他给小四花猫讲三国故事之后,都会不经意地说到程夏。一天晚上,他刚说到,小四花猫忽然想到,问:"你是不是喜欢她?像吕布喜欢貂蝉一样?"

范朝吓了一跳,反问他:"你说我会喜欢她吗?"

小四花猫没回答他,可已经遐想开了,如果范朝哥哥喜欢程夏姐姐,肯定就会和吕布与貂蝉的故事一样,那生产队里谁是可恶的董卓呢?肯定就是那个副队长,害自己挨过打的秦正高队长。如果他敢像董卓一样干坏事,霸占程夏,他一定要站在范朝哥哥与程夏姐姐一边,帮助他们战胜董卓。

他是这么想的,就想要参与到他所设想的故事中去,就这么对范朝说了:"你肯定会喜欢她,我可以帮你。"

范朝听得想笑又感动,他不完全清楚自己对程夏是动了真情的,一见钟情那种,四周黑洞洞的,没有路子通过去。所以当小四花猫说要帮他的时候,他居然有点相信了,如同看到了一线希望,恨不能变得像小四花猫一样小,可以名正言顺地去程夏家。他一点没意识到这点爱情的冲动,就把自己的智商和判断力降低到了可笑的程度。

陆运新每个星期六都回家,小四花猫晚上有时和大哥一块睡,有时和范朝一块睡。和范朝睡一起的时候,继续听他讲三国故事。陆运新也把范朝的书借来看,小四花猫只能看着他们看得津津有味,因为书上的字他基本都不认识,只能干着急。总之他已经全方位地爱上了三国故事,三国里面主要的人物,他都记得,而且把他们的名字都能记正确,又喜欢上了被刘备三顾茅庐请出来的诸葛亮。一个人编故事的时候,他一会儿把自己当成张飞,一会儿又把自己当成诸葛亮,总之智勇双全吧。

范朝对程夏已经暗暗地入迷，只是因为程夏在和大队支书的儿子谈朋友，他只好痛苦地压抑住自己。每每和小四花猫一块睡觉的时候，就不自觉地要问起他去没去她家，见没见到她。小四花猫不能给他提供更多消息，但小四花猫已经完全知道，他非常喜欢程夏。

这天晚上，范朝等他完全入睡了，再不顾什么，悄悄地给程夏写信，把自己对她的喜欢，对她的爱慕和相思，和着泪写了进去。信写好，他自己已经泣不成声，半夜才睡着。

范朝把信写好，装好，寻思好久，谁能帮自己送这封信呢？想了又想，除了身边的小四花猫，简直就无人可托，但是他又发现，小四花猫其实是挺机灵的，能让自己"托以大事"。他把信拿在手里，犹豫再三，对小四花猫说："小四花猫，我知道你是最会办事的，把我把这个信封，悄悄地，交给你程夏姐姐，好不好？"

小主人公就想表现自己，看了他的信封，马上拿过来，满口答应。范朝总有些不放心，又反复交代他，千万不准让任何人知道，包括他三姐、他爹和他娘，尤其是他的小伙伴们。如果做成了，他可以每天晚上都给他讲三国故事。还有，所有事情没成功之前都要保密，否则要失败的。接着还用海娃送鸡毛信的故事鼓励他，诸葛亮草船借箭又是怎么做成的，你知道吗？谁都不让知道！

小四花猫已不去想海娃送鸡毛信的事，此时他已全方位地崇拜诸葛亮，海娃算不了啥，他俨然要把自己当成诸葛亮使用了，想到他授予跟刘备前往招亲的赵云三条锦囊妙计的故事，踌躇不已。他要体现自己的"足智多谋"，大脑里马上就冒出计谋来。计谋是这样的：明天早上的时候，不再和三三、小猪儿玩（原来打算和他俩玩的），也不和三姐去割草，然后走小路绕道经过地主三老爷家，假装去和好久没在一块玩的程林玩一会儿。在他家，肯定能碰到他姐程夏，就可以悄悄把信给她。一会儿，他在被窝里就把自己的计策设计完成了，又考虑了一遍，简直不亚于诸葛亮初出茅庐第一计，而且他相信肯定会成功，原因很简单，因为诸葛亮都成功了，自己不可能不成功！

考虑完美了，为使自己的"计策"更像计策，他又添油加醋地构思了些惊险的情节在其中，比如自己哄三姐的话如何差点被三姐识破，三姐差点就发现这封信，然后自己又如何再编理由将她瞒过；三三和小猪儿如何发现了秘密，暗暗跟踪自己，又被自己甩掉，他们又差点发现信，等等。总之，最后都是自己排除万难，成功了。至于要不要也像诸葛亮一样做个锦囊把范朝的信装起来呢？到时打开来看，这样才更像啊！可是他想了会儿，很多字都不会写，还有"锦囊"究竟是什么布做的呢？还不清楚，算了。

这场爱情故事简直就成了一大一小两个孩子导演的故事，一个敢相托，一个敢接受，但情节是不是能按他们的构思发展，却是很大的问题。

小四花猫是这样想的，也是这样做的。早上，他老早就对三姐说要和三三、小猪儿一块去玩，吃过饭就溜了出去，怕待会儿三三和小猪儿来找自己。他一路小跑着沿小路向三老爷家方向去。因为平时很少和小伙伴程林玩耍，很少去他家，他有些怕生，来到他家背面，他家烟囱里还在冒烟，可能正在煮饭。

情节并没有按他的思路发展。他怯生生地到了小伙伴程林家，人家程林还没起来，可他家黄狗发现他了，朝着他汪汪大叫着冲来。他吓得拔腿就往旁边跑，可他越跑，黄狗越追，差点就追上，幸好后面有人赶来，一个脆脆的声音把黄狗喝住，那人还拿起棍子赶。他回首一看，恰恰就是程林的姐姐程夏，原来她正在屋旁抱柴准备做早饭呢。黄狗在主人的喝令下，讪讪地跑开去，回头又朝站着的小四花猫勉强汪了两声，音量明显降低，好像表示今天的事没完，以后找机会再说。

恰恰只有程夏姐姐一个人在，这机会是昨晚构思的计谋中不曾有的，他忽然又感到慌了，该怎么跟她说呢？他把手伸进包里，把范朝的信捏捏，脸开始发红。程夏反倒招呼他："小四花猫，这么早来这儿干啥，找程林玩吗？"

他涨红着脸，鼓着勇气把信拿出来，迅速跑到程夏面前，给她，小声说:"范朝哥哥给你的,没有人知道。"

不管程夏接不接,硬塞到她手里,他再不说一句话,迅速跑了,向大路方向跑去。一路上,他反复回想着刚才交信给程夏的经过,感到自己刚才手足无措的表现很丢人,心里开始责骂自己:你怕什么,怕什么,怕什么!

又不是你要找她,张飞怕过谁?

小四花猫,你滚吧。他一边骂着自己,一脚将路边的小石子踢得老远。

总之,事情经过和自己设想的计谋并不相符合,虽然完成了,但他并不完全满意,因为一点都不惊险,毕竟诸葛亮设计的所有计策中都不包括碰到过狗啊。整个上午,他都在想着这个事,下一次如果范朝哥哥再找自己,该怎么做才算计谋成功?他一会儿又想到程夏姐姐,以前都没觉得她有什么好不好,忽然觉得原来她挺好看的,没一会儿就觉得是最好看的了,怪不得范朝哥哥会喜欢她!

中午范朝回来,他飞一般去范朝那里,等范朝坐下换鞋的时候,凑到他耳边,把送信的经过告诉他。范朝听着,急急地问他:"她是什么表情呢,你看到了吗?"

"我没有看到,但她收下了,而且周围一个人也没有。"他肯定地说。

"好的,小四花猫,噢,革命小同志。"范朝满意地扭了他的脸一下。

第 9 章

程夏的爷爷程永安去世了,她父亲程增福找了几个人帮忙收拾,也没做道场,在他家山后的自留菜地里挖个坑,把老人埋掉了。生产队里唯一的地主一死,程增福家里好像突然间卸掉了一个最大的负担,看到了一线曙光。可程永安去世,周围看风水算命的人好像也没有了,大家心里暗暗有些遗憾。幸好不久暗中传来消息，他的儿子程增福其实也会看，是他父亲偷偷教他的，只是少有人知道，于是大家才勉强放心。不久，队里开会研究，他家里的成分地地道道地变为富农了，当然，这其中更有他家程夏与大队队长王向荣儿子定亲，两家结为亲家的缘故。

程夏的漂亮，以前是队里社员们私下时谈论的话题，有的人甚至愤愤不平，为什么地主家的女娃娃反而长得比贫下中农家的还漂亮？以往大家都因为她是地主的孙女，对她疏远，其实暗中老早有人想和他家结亲，但也只是想想，不敢轻易付诸实践，因为队里的贫下中农都是瞧不起她的。当大队队长家和他家结亲的时候，大家又嫉妒他家。范朝送给程夏的信，迟迟没有回音，他不敢抱过高的期望，也不知道该怎样进一步和程夏联系，再托小四花猫，有点不放心，只能把对程夏的思恋搁在心里。可事情有时奇巧，就在程永安去世不到一个月的时候，大队支书的儿子突然间也得急病死去了，于是，马上有人说程夏命大克夫，嫉妒地说她以后根本嫁不出去，谁娶谁倒霉。

范朝听到这个消息，又惊又喜，他就不信这些，别人对程夏的议论，他假装什么也不知道。现在大队队长的儿子死了，他不容自己再错过机会，第一次信送出之后，他就如坐针毡。晚上，小四花猫和他一块睡的时候，他再没心思给他讲三国故事。小四花猫反复地缠着他讲，他才胡乱地讲一段蒋干盗书、庞统审案之类的情节来应付他，骗他入睡，然后一个人自言自语，叫着程夏的名字。然而，小四花猫听了故事之后又是最兴奋的，睡在旁边一声不响地补充刚听过的情节，一时半响不会入睡。他听到范朝说话，翻过身来悄悄地问他："吕布就像你想程夏姐姐一样想貂蝉吗？"

范朝吓了一下，被他搞得不好意思："这么久了，你还没睡着，你在干什么啊？"

"唔。"

范朝催他："快睡了，要不然明天早上老迟醒不了，你爹要打你。"

"你说曹操看了蒋干偷回来的信，怎么就把蔡瑁、张允杀了呢，周瑜的字迹难道与蔡瑁、张允他们的一样，他分不出来吗？"他问。因为父亲经常写标语，他听父亲说过，各人写的字迹都不相同。

"原来你是为这个事没睡啊？"

"是不是曹操当时喝酒醉了呢？"

"正是，正是，正是……快睡了。"

"曹操做过那么多坏事，为什么还有那么多人要听他的？"

"不是跟你说过他挟天子以令诸侯吗，知道什么是挟天子以令诸侯吗？"

"知道，就是他把汉献帝关起来，不许他见人，然后对人说自己说的话都是汉献帝说的，其实人家汉献帝啥都没说。"

"就是，所以有很多人要听他的，不敢反对他啊。对了……对了，快睡。"

小四花猫还是没睡，而且显然睡不着，继续不声不响地展开他的瞎想。范朝更睡不着，想再给程夏写一次信，可没收到第一次回信，心里已经七上八下。爱情这东西，越想得到，就越怕失去，一想到程夏漂亮的影子和孤傲的眼神，他就心里发慌。他甚至设想，如果在去生产队的路上忽然碰到她，自己该怎么办才好，逃跑吗？想到这里，他的心已经跳个不停了，他对小四花猫说："小四花猫，你第一次送信完成得很好，谁也不知道，你再帮我给程夏送一回信好吗？"

"我不给你送了，她家的狗吓人着呢。"小四花猫权衡一阵后对范朝说。

"你再帮我送一次，行不？就一次了。我求你，我的革命小同志，你是最勇敢的，小英雄雨来碰到敌人都不怕，都会机智地躲开，你为什么怕狗呢？"

"我给你想了一条计谋。"

"你？想的什么计谋？"

"生产队公房坝子外面那个大石头里，不是有个菩萨吗？你把信放在那儿,在菩萨身子后面藏好,让程夏姐自己去取。安安送米的时候,就是把米藏在菩萨那儿的,没人能发现。"

"你倒是活学活用啊!"知青被他的"奇谋"惹乐了,苦笑一声。想了一会儿,他发现并不是完全不行。那个桢楠树下的菩萨龛他知道,虽说在坝子外边,但因为有杂草环绕,平时少有人去。傍晚暗中拜佛的人,都会匆匆拜过就走,如果能将信放在那儿,尤其是菩萨身后,别人根本就不可能知道,至少比老是让小孩子联系安全得多。想到这里,他对他说:"可是,必须再送一次,我好在信里告诉她,让她去菩萨那里取啊。"

"嗯。"小四花猫说。

他用心地把小四花猫哄了半天,小四花猫放弃只出"计谋"不出头的打算,决定再帮他传一次信,而且明天最好,小四花猫也马上答应了。第一次算没失败,第二次就更不担心。范朝把信写好,交给他,他又满不在乎地应承下来。

第二天,知青跟他说,准备一根很粗的棍子,拿在手上,就可以防狗,也用不着专门学雨来。他把范朝给的信揣在衣服口袋里。吃过饭,范朝去出工,一路跟着他走到生产队公房前,才分开。可刚一分手,小四花猫就有自己的盘算,他一定要学安安送米,要让自己的"计谋"成功,按现在的说法,就要有那么一点"仪式感"。他决定就把信放在公房外菩萨后里边,待会儿和程林玩的时候,悄悄告诉他姐姐,让她自己去取。

他这样想,就开始这样做。全生产队的社员们都出工了,公房坝了里根本没人停留,他见四下没人,就迅速跑到公房晒坝外那棵桢楠树下面,踩到菩萨龛下,看看,然后把信取出放到菩萨后面,又回过头来,看看,没人,带着成就感快乐地离开了。

他去程林家里找程林玩,可事情还是没有按他想象的那样发展,因为他在路上就碰到了三组出工的社员们,发现程夏也在其中,不过她落在后面。前面的社员长辈们见到他,还在"小四花猫"地逗个不停，问他要到哪儿去，拿着棍子干什么，他支支吾吾着，躲过众人的戏弄，最后就是程夏。程夏见着他，好像什么事也没发生一样，随口问："小四花猫，又要到哪儿去？"

"嗯……"他发现程夏其实对他很亲切，回过头看看，没有人注意，站住了，小声对她说，"程夏姐，你知道公房外那个菩萨吗？"

程夏愣了愣，抿着嘴问："知道啊，有什么事吗？"

"你去那里拿吧，菩萨后面，有范朝哥哥给你的信，在那里，没人知道的。"他说。

他的话让程夏又羞又惊，她不知道这个小四花猫在扮演什么角色。前年媒人给她介绍的对象是大队队长王向荣的儿子，她见过那个人，比自己大四岁，虽然没有什么好印象，但也没什么坏印象，何况人家是大队队长家，能和自己结亲，家里是求之不得的。所以她父母答应的时候，她也就同意了，至少没反对，当男方突然死去，她甚至难过得偷偷哭了一场。前些天突然收到范朝的信，她看了，藏着。对于范朝，她以前是不了解的，只知道他是插队知青，是城里人，平时因为不在一个生产组，很少能见到。她知道队里的人几乎都在疏远她家，因此相信城里人范朝肯定更瞧不起她，所以也没留意过他。范朝来生产队里这么久，她和他一句话都没有过。可当她收到范朝的求爱信，心里顿时有一股前所未有的温暖。她几天夜里都没睡好，认真地回忆记忆中范朝的点点滴滴，回忆来回忆去，只记得他的长相，瘦，面相周正，眼睛好像很机灵，不像生产队其他男人那样土气，除此之外就没有了。但就是这一封信，让她对范朝的好感汹涌上升，却因为已经谈了朋友，她不敢抱其他想法，就当什么也没发生。可范朝的信，已经点燃了她心里那一盏灯，尤其在这个节骨眼上，大队支书的儿子死后，她霎时间明白了自己原来是在稀里糊涂地被大人们牵着往不知名的方向走。所以，她渴盼着他能再一次给自己写信。或许是爱屋及乌，她对小四花猫的好感也随之高涨，觉得他特别聪明，原来他和弟弟程林一块玩的时候，她怎么从来没觉得呢？

小四花猫去找程林玩了，她把他的话记着，心里一阵突突乱跳，慌慌地看看四周，前面大家并没走太远。她不知该怎么办才好。也许，爱情有时又能急速提升人的智商，她大声向她母亲说，她要回家去拿鞋垫和针线，休息的时候做，然后反身往回跑，很快就追上小四花猫，悄悄对他说："小四花猫，你就去帮我取来嘛？"

"嗯，不，你自己去取。"小四花猫执意要让自己的"计谋"在形式上完整。程夏无奈，不好过多和他纠缠，也担心被人发现惹出麻烦，只好领着他回家，让他和弟弟程林玩，然后磨蹭一下，拿上鞋垫和针线，又沿路返回。

经过公房坝子的时候，周围已经没有人，她迅速去小四花猫说的地方，果然取到了范朝的信，忙揣好快速地离开了。她可不知道，小四花猫和程林玩了一个上午，回去的时候，悄悄去菩萨龛放信的地方检查，信不在了，确信自己的"计谋"成功了，才得意扬扬地回去。他们的这场爱情就这样在社员们的毫无知觉中开始，小四花猫没再参与。

两人在信中怎样的情意绵绵，我们暂且不知道，只是他们的感情很快地升温，一个长期在外的孤寂，一个长期被人疏离的孤独，就这样碰到了一起。而且通过菩萨龛联络两次之后，他们没有再那样联系，因为一旦被人发现，不引起轩然大波才怪。也许这种地下爱情，在特定的环境里，才有它的惊险与刺激，显得格外动人和吸引人，一时间两人都以为找到了真正的纯洁的爱情。

渐渐地，小四花猫被范朝动员回家里睡，他说他再也不怕，但此时的小四花猫每天晚上都想着范朝给他讲三国故事，已经住在范朝这儿习惯了。好不容易，两人才达成条件，先把三国故事讲完，小四花猫就可以回到家里去睡。于是，范朝化了几个晚上，三下五除二把三国故事给他讲完，然后跟他说没有了。他半信半疑地拿着《三国演义》回家，等大哥星期六回来讲给他听。回到家里，他和父亲同住一间屋。

又有人开始向程夏父亲提亲，这次是副队长秦止高，他为他的大儿子秦勇找媳妇。他以前就留意程夏，可惜当时程夏还小，而且又让大队队长家抢先一步。终于大队支书儿子死掉，他又有了机会。这天程增福和老婆杨代晴、大女儿程夏一块，正在和三组社员一块挖地，他检查生产的时候，又把程夏留意地看了一阵，越看越满意，生怕机会再失去，就把他的妹夫王进昌拉到旁边林子下，唧唧咕咕地商量了一阵，要他替儿子做媒。下午收工的时候，王进昌就把程增福叫到一边，和他直接说起这个事，在王进昌看来，程增福会很痛快地答应的，很有可能是求之不得的。程增福虽然平时心里暗暗地恨秦正高，可因为在同一生产队，他又是队长，担心受到他的报复，听了他妹夫的话，犹豫着说，自己家里成分不好，怕高攀不起秦队长，这事要回家和老婆孩子商量了再说。王进昌对他说："老程啊，你们做亲家，咱们也就是亲家了，互相有个帮衬，秦队长可以照应照应你，你看？"

一般说来，生产队里孩子的婚事，父母说定，也就基本定了，少有孩子会极力反对的。程增福左想右想，还是准备答应秦正高，其中一个原因是秦正高的儿子秦勇人长得结实，很诚实，并不像他父亲那样坏心眼多，而且他家还有较好的亲戚背景。王进昌离开后，他在心里权衡了许久，收工回家，老婆问他："王进昌找你谈什么？"

他把事情跟老婆和女儿说了，老婆马上说："我就知道他可能是说这个事。"

"你是什么想法？"

老婆还没回答，女儿程夏就说："我不。"

程增福有些意外："你为啥不？"

"不就不。"程夏说。

她母亲在旁，没反对女儿也没反对丈夫，片刻后她对女儿说："你总得说个理由啊。"

杨代晴对秦正高家里也讨厌，对这个婚事基本处于中间态度，女儿张口就来个不字，她就开始偏向女儿这方，没等丈夫再说话，她也说："不就算了嘛。"

程增福怕这个事惹得秦正高报复，给他家穿小鞋。老婆说："总不可能为了不穿小鞋就把女儿送给他家嘛。以前斗孩子他爷,秦正高是最积极的,以后娃儿去他家,成分又不好,不被他踩在脚下压迫才怪。"

此时的程夏,好希望范朝能像其他人一样,托媒人来向自己的父母提亲。可她和他的这场恋爱,不是走的生产队的传统路子,他没请人做媒,双方家长没正式相约见面,确定关系走下去。他没完全融入生产队的生活,恋爱对象的成分不好,众人的眼光让他不敢公开追求,他在爱情的路上走了条旁门左道。母亲的支持,给了程夏勇气。晚上,她和母亲一块的时候,就把自己和范朝的事告诉了母亲。她母亲听完,惊得没主张,对女儿说:"你怎么能这样啊?人家是省城里的人,将来会回去的,你能跟他回去吗?咱们成分又不好,刚刚变为富农,如果有人认真计较起来,我们怕是又要被打倒的。你赶快和他断绝,趁现在还没有人知道,如果事情敞亮出去,咱们家就又要被人嘲笑,说刚跳出深坑就想往高处爬。"

"你们是怎么想的?范朝他不是这样的人。"程夏说。

"胡说。你想,你以后能和他进城吗?"

"他说他要留在这里,不回城的。"

程夏母亲没说话,可她没完全相信女儿的话,过了会儿,说:"你外公他们大队上,有的知青已经开始回去了,如果他哪一天也回去,不要你了呢?那时你怎么办啊,咱们脸往哪儿搁啊?"

"那我就去死。"

从内心深处,程夏母亲也希望女儿能攀上一个城里人,至少脸上有光,众人就不会这样瞧不起自己。可她和丈夫说起这事的时候,丈夫认为,让女儿和秦正高的儿子秦勇结亲算了,或者以后让娘家人在其他生产队给相一个也行,只要人诚实本分就好,总之和范朝在一起不大可靠。

女儿执拗地不同意,老婆态度又犹豫,程增福的态度也开始动摇,只好替女儿先把一切事情瞒着,回复王进昌,说正在做女儿的思想工作。王进昌有点诧异，又对他说："你家地主成分变为富农，这事秦队长也是帮过忙的，你还不清楚其中的某些缘由，以后，我慢慢地告诉你。"

"我知道，我再做做女儿的工作。"程增福说。他听着王进昌这句话，心里大不舒服。

王进昌知道不能强求，只好说等着他回话。

第10章

小四花猫今年已满六岁，因为前年和去年都差点惹出大事，母亲老早就想把他送到白雁小学去，只是距开学还有段时间。

白雁大队的白雁小学，建在与五队接壤的小狮山下大平地里，原是一座清朝遗留下来的周姓人家的三进四合院和旁边的白雁寺改建的。周姓人家原来是此地的大户，新中国成立前曾遭遇两次土匪抢劫，还损失了人口，没了男丁，两个女儿外嫁他乡后杳无音信。后来四合院被收归大队，改成大队小学，有八间教室。按地主程永安生前的说法，这个周家四合院和白雁寺所在的位置是全县难得的风水宝地，谁坐谁发。尤其是周家大院，它是标准的坐北向南，背靠小狮山，是"金鸡抱蛋"之地，贵不可言。程永安常望着这个地方说：

"玄武高来富重重，前堂朱雀水西东，青龙回首来作案，门开巽位一帆风。"

他老把这四句常挂在口上，乃至一些常和他聊天的老人都记得。可开批斗会的时候，韩队长就曾质问："什么富重重，请问周家为什么遭遇土匪呢？为什么没一帆风顺呢？看，如今一切牛鬼蛇神、一切封建迷信都会不灵，都会现出原形。"

这时他哑口无言，于是，他的那套风水学问就受到更猛烈的批判。如今更没人提了。

四合院右边即"白虎砂"尾部，就是白雁寺。传说很久以前，大队这方圆十里的地方，森林密布，常有老虎出入伤人，于是修了这个寺庙以伏虎，初叫伏虎寺，后来改名白雁寺。新中国成立前，寺里遭遇过土匪抢劫，后来再没人出家来做和尚。后来，仅有的两名老和尚在"破四旧"的时候，被勒令还了俗；大雄宝殿里的大佛、金刚、天王、菩萨、罗汉和各路护法神塑像，全被"请"出庙里，打倒在地，扔在白雁寺周围，白雁寺的经堂一度被改成了大队的办公地点。因为白雁寺与周家四合大院相距不远，直线距离不到百米，中间的小山坳后来被平上了，建成学生们上课间操和体育课的操场。白雁寺里有些空的废弃的僧房，老师们的学校办公室也迁到白雁寺里，前几年白雁寺里也改出两间禅房做了教室，于是白雁大队小学共有十间教室，学校五个年级共十个班，相当于每个年级有两个班了。白雁大队和邻近的驻马大队两个大队的小学生都在这里上学读书。为方便学生们生病时治疗，白雁大队的赤脚医生站点也设在白雁寺里，还是一间僧房改的。四合院和白雁寺这两座大队地盘上最大的建筑就相当于连在一起了。有了学生们的读书声和蹦蹦跳跳的吵闹，这里成了全大队平日里最热闹的地方。

四合院学校的下面不远处，是白雁林，一大片的树林，里面有白雁寺以前圆寂的僧人的坟墓，十多座，多是清朝宣统时期以前的。其中有几座是原来寺庙的住持法师的墓，还有周家以前的几座祖坟，都修得高大巍峨，雕刻也很精美。周围夹杂着许多附近的老百姓的低矮坟墓，或有碑，残破，多是无主墓。所有坟墓全在荒草树林中，阴森森的，可是白雁五队孩子们上学的道路恰巧就从这白雁林中穿过，路的两旁不远处就是高高矮矮的土坟石坟，甚至还有垮塌而外露、无人理会的破朽棺木，很骇人，这也就是小四花猫父亲讲鬼故事的发源地之一。

中学已经提前开学，陆运新前天上学去了。大队小学随后也报名开学，母亲韩叙芳打了很久的主意，一心想要小孩了早进学校念书，不然老是每天玩来玩去的，说不定又闯祸。她和丈夫陆选南商量，陆选南认为孩子还不满七岁，还小，怕不行的。韩叙芳认为小四花猫和七岁的孩子相比，至少看不出来，报名的时候，就说已经七岁，也没人知道，总之早点到学校念书让老师管教起来好些。而且，听说秦正高的小娃儿也要读小学了，陆选南听到这个消息，马上表示同意。

这天晚上，家里开始公开讨论小四花猫上学的事。母亲要后天开学的时候，三姐陆运芹带着他去学校，找一年级老师报名，还没打听今年的一年级老师是谁。三姐说："五年级的学生刚毕业，两个老师肯定就都负责一年级，是王老师和陶老师。"

"你听说过没有，哪个老师教得好呢？"母亲问。

"人家王老师是正式公家老师，陶老师是民办代课老师，他们俩教的毕业班，陶老师班有三个学生考上了初中，王老师班有七个学生考上了初中。"

"那就报王老师那个班嘛。"

"王老师班报名的人肯定多，因为她教得好。"

"……实在不行，去陶老师班也行。"父亲说。

小四花猫有些茫然地望着他们替自己决定，此时他倒不像往年一样反对念书了，因为他已经认为念书也是很好玩的，要不然怎么那么多人都在念书。范朝拉着小四花猫比了比身高，又把他举了举，放下，笑着说："有一米一，三十六七斤吧，可以上学了。"

"成天花头戏脸的，后天去报名，老师问起叫什么名字，就叫小四花猫吗？"三姐鄙夷地讥笑。队上和小四花猫年龄差不多的孩子，大多数只有个绰号，没有名字。

"噢，报名的时候，让老师帮取一个也行嘛，老师的文化水平比我们高。"父亲说。

"别让老师取名，老师们每次给报名的孩子现场取名字，要么全是明，蒋明、李明、黄明；要么全是强，周强、黄强、蒋强强；或者全是军，李军、周军、蒋军。他不叫陆军，就叫陆明或者陆强了。"三姐说。

"不,不,中间要加个字,按咱们字辈来取。你和你大哥的名字,还是当初你爷在世的时候取的,按字辈取,运字辈。"父亲一边说,一边开始思考。

半响,他仍然没想好,对旁边的范朝说:"范大哥,你们城里人学问高,见识广,帮想想看。"

"我看,叫陆运飞,好听不?"范朝想了想说。

"现在就到处飞,成天不沾家,将来肯定更不听话,还要到处飞。"陆选南和韩叙芳还没发表看法,陆运芹就说。

"陆运红,或者陆运青。这个红,表示小四花猫将来运气也很红呗,而且一颗红心向着党嘛。青呢,这个……陆三叔,刚好你名字中有个'南'字,青就表示青出于蓝,将来超过你们。"范朝随口又提供了两个。

"嗯,可以,都好听。"母亲说。接着父亲也表示可以,说:"那就红吧,一颗红心向着党。"

于是,小四花猫的名字就定了。范朝揪揪他的脸蛋,说:"从现在起,就叫运红,我就不叫你小四花猫了?是不是,运红、运红?哈哈。"

"嗯,不……"他对这个称呼感到陌生,和自己有什么关系?可不由得他了。于是,小四花猫从此有了正式的名字。末了,母亲反复向三姐强调,报名的时候,说是七岁。

第二天一大早,他被三姐催促着起来,满身的不自在。母亲已给他准备好一套干净的衣服,还是大哥运新以前穿过的,他不情愿地在三姐的威吓下穿上,还有一个布书包,先让三姐带着。二人往学校方向去,一路上也有不少哥哥带着弟弟,姐姐带着妹妹,或直接由大人带着的孩子去学校报名。路过公房的坝子,他和几个小伙伴修建的"公路"还在,他走过去,踹了几脚,踢坏。还碰到了小伙伴三蛮子和三三、四娃,都被大人拉着去学校。在这不是平常相见的场合相见,他们都忽然感到不好意思,好像都被人带上了刑具,扭扭捏捏好一会儿才恢复如初,一块朝学校蹦去。

去学校的路,经过那片森林,里面有许多坟墓,父亲曾讲过的吓人的鬼故事,有的就发生在这里!可是今天人特别多,谁也没想到,谁也没害怕。

一年级分甲乙两班,甲班王老师任班主任,甲班被安排在白雁寺那边,乙班被安排在四合院这边。姐弟二人穿过操场,去白雁寺那边王老师班的报名处。王老师是个女老师,四十来岁,他的报名桌前挤着大堆的娃娃和大人。王老师在评判着前来报名的孩子。好不容易,三姐才拉着弟弟拼命挤到报名桌前,王老师看看他,问:"你报名?叫什么名字?"

"陆运红。"三姐替说。

"是什么成分?"

"贫下中农。"三姐说。

"别让人帮你说,你自己说。"王老师面无表情地对着他要求。

他忽然感到害怕,可由不得他,只好吞吞吐吐地学着三姐说一遍:"贫下中农。"

"你有七岁吗?"王老师疑惑地问。

"……有。"他回答。三姐在旁边补充:"他今年七岁了。"

王老师不信,让他用左手从头顶绕过去,看能不能摸到右耳。三姐拿着他的左手做,结果他用尽全身力气也摸不到。三姐又暗示他把颈往下缩一缩,可还是摸不到右耳,两人涨红了脸。王老师看看,说:"算了,你肯定没有七岁,回去,明年再来。"然后,她不再理会姐弟二人,继续选别的孩子报名。

咱们的"陆运红"愣愣的,不知所措,三姐没完成爸妈交给的任务,几乎要哭了。小伙伴三三的父亲秦祖寅刚给孩子报了名过来,他的孩子三三是真有七岁的。三姐忙拉着他央求:"二舅公,你帮帮小四花猫,跟王老师说一说吧。"

秦祖寅拉过小四花猫,半晌对三姐说:"王老师我不太熟,人家教得好，报名的人太多。陶老师吧，我和她说说，咱们家三三都是报的陶老师班。"

"好好好。"此时三姐不再想什么，她害怕陶老师也会因为弟弟摸不到右耳而不给报名。

秦祖寅拉着小四花猫，离开白雁寺这边，又穿过操场去四合院那边陶老师班的报名处。三姐紧张地跟在后面，此时的小四花猫听说三三都报名了，心里开始着急，怕以后没人和自己玩了。或许是老天保佑，或许是二舅公与陶老师比较熟，他把小主人公拉到陶老师面前，和陶老师交谈了几句，陶老师居然没让他摸耳朵，只叫他背一段语录。小四花猫平时听得不少，此时紧张，急忙背了两句：

"人民，只有人民，才是历史发展的真正动力！"

"一切反动派都是纸老虎。"

最后，陶老师没有说啥，交上一元二角钱的学费，直接给他报名，然后跟他交代，后天来学校正式上课的时候，到生产队开一张家庭成分是贫下中农的证明。三姐还要去报名领书，小四花猫就跟着三三和二舅公秦祖寅一块往回走。

"你叫什么名字？"他好奇地问三三。

"我叫秦小军。"三三兴奋地说，"是陶老师给取的，你呢？"

"嗯，叫陆运红了。"他说着，笑起来，还不太相信这三个字和自己有了关系。

终于上学了，几个每天在一块的小伙伴，除小猪儿和程永安的孙子程林因为太小没报名念书，三蛮子、四娃和三三都上了小学。他们都有了学名，三蛮子叫钟强，四娃叫秦明明，三三叫秦小军，小四花猫叫陆运红。其中三蛮子和四娃在甲班，小四花猫和三三在乙班。

他背上三姐背过的书包，三姐用大哥背过的书包，大哥已经不用书包了。上学第一天，他就被三姐管教起来了。三姐和四五个同学一块，让他走前面，她在后面监督着他走路的姿势对不对，不准他在路上捡石子玩，不准他折路旁的树枝，见到狗，不要跑，还有林子里有人家种的橘子，瞧见了不准打坏主意。

上课铃声响了，姐姐将他推进教室，要他随便找个位置坐，他刚好看到三三，就挤过去和他一块坐着，然后姐姐上课去了。论辈分，三三其实比小四花猫高一辈，小四花猫应该叫他小表叔，因为他喊三三的父亲秦祖寅二舅公，可都是小孩子、小玩伴，没谁去想这些，生气时还打来打去，一会儿又和好，现在两人是玩伴加同学了。不一会儿，班上挤满了和他年龄相仿的四五十个孩子，大家挤着、攘着，有的怯生生地坐着，等着老师。

陶老师来了，小四花猫这才看清楚，老师是个瘦瘦的年轻的女子，短发、面相凶凶的，让人一看就害怕那种。她站在讲台上，用竹棍敲敲讲桌，让全部小孩安静下来，各自先找座位坐好，然后开始点名。结果她点完，有四个名字没有人回应，她又数了下人数，都对，没有落下的，就叫没被点到名的站起来。有四个同学站起来了，她问他们，原来他们将前天老师给取的名忘了，她又跟他们核对，让他们必须记住，四个孩子才坐下。

接着老师让大家站起来，按身高从第一排开始重新调整座位。看来陆运红还不是最矮小的，矮小的被排在了第一排，他被排在了第二排，这下他和小伙伴秦小军被隔开了，秦小军被安排在第三排靠边上。和小四花猫同桌的是个女生，扎着两个冲天鬏，胖乎乎的，他感到天大的不自在，可是不容他有丝毫反对。忽然间，他感到这个同桌的女同学眼熟，好像在哪里见过，一会儿就想起了，去年和大哥一块割牛草，到驻马三队被人说割豌豆苗，在那边公房里被人团团围住时有几个和自己差不多大小的孩子推攮自己，这个女孩就是其中一个，唯一的那个女孩！没错，就是！此时他心里既恨又怕，怕她说前不久的事，好希望她把事情早已忘了。女孩打量了他好一会儿，果然对他说："我认识你，你曾经偷我们队里的豌豆苗。"

"我没有，我们根本没有，是你们自己人偷的，却说成是我们偷的。"他红着脸忙大声反驳。

女孩倒没再说啥，撇了撇嘴巴，好像表示瞧不起。班上闹哄哄的，也没人听他们说的啥，两人就没了交流。

他发现，生产队里副队长秦正高的儿子也在这个班上，他的名字叫秦超。他家和秦正高一直关系不好，去年还因为画报丢在地上的事，秦正高害得他和几个小伙伴挨了打，所以，他一直没和秦正高的儿子玩过，也不想和他说话。

乱哄哄整整一节课，接下来，老师鼓励能背数的同学，站起来背数，看谁能从一背到一百。过了好一阵，有四个同学站起来背，两个背到一百，其中一个男生叫冯小强，听说是驻马大队支部书记的孙子；另一个就是挨着他坐的女生，于是他知道了她的名字叫许韵芹，也就是说，和他的三姐同名，只是姓不同，他感到更不自在，好像就是三姐坐在旁边时时刻刻监督着他一样。接着，老师定冯小强当全班同学的班长，许韵芹当副班长，然后让两个班长带着几个较高的同学，一块去学校办公室搬新书和作业本，让大家一个个来到讲台前，依次分发。

语文课、数学课都是陶老师一个人教。课程表上有美术课和体育课，每周一节课，可没有专门的美术老师，美术老师也是陶老师。体育老师是个姓程的男老师，三十多岁，去年调来的，是学校的副校长。音乐老师高老师是一二年级的音乐老师，也是五年级甲班的班主任，陆运芹就在五年级甲班。

第二天，早早地放学了，他不想等三姐，因为三姐要下午四点才放学。他和三三背着新发的书回家，一路上没有其他同学，两旁坎边或山壁间，有那些残缺的被乱扔的佛像，凶恶的金刚像什么的，都缺肢少腿，怪吓人的。而经过那恐怖的白雁林，两人紧张地往两边林子里望，就隐隐约约看到树林中东一座西一座的阴森森的墓碑、石砌坟，好像还有一座新坟！想着父亲以前讲过的故事，两个人吓得拉着手，不敢出声，飞跑着出了树林。这片树林成了两个小孩子每天必须经过的鬼门关，每次上学放学从这里过，不是和同学一块走以壮胆，就是两人拉着手，憋着气，很快跑过。

星期三，学校举行开学典礼和革命教育。开学典礼在操场上举行，四合院和白雁寺两边十个班约四百个学生，按班级在操场上划定的位置，各班学生自带着板凳坐好。礼台就靠着四合院教室的右侧外，几个校领导坐在长凳上。高校长是个五十来岁就长着白胡子的中老年人，穿着洗得发白的中山装，吸着叶子烟，咳嗽几声。举行升旗仪式时，他带领着大家唱国歌，号召大家要好好学习，天天向上。操场上闹哄哄的。小四花猫记得，校长姓高，叫高校长，在学校里还负责教三年级的语文。

第11章

下午放学，陶老师通知，县剧团组织样板戏下乡慰问革命师生群众，每个小学一场，后天来白雁小学，大家一阵欢呼，这可是白雁小学成立以来难得的热闹活动。

后天也就是开学的第五天，演出的地点在学校操场，演出的戏是《红灯记》。第二天，校长就在课间操的时候宣布，所有同学明天早上带上板凳，在指定的位置分班坐好，不准吵闹，不准高声喧哗，要怀着对革命前辈崇敬的心情认真看戏。看完后，所有同学都要写观后感，认真体会我们今天的幸福生活来之不易，学习革命先辈的英勇献身精神，听毛主席的话，听党的话。当然，一年级的孩子们字都不会写，回到班上，班主任老师说就不写观后感了，但一定要认真学习，做革命事业的接班人。

次日一早，操场前台上已经搭好了戏台，台前最近的两排是校长和老师，还有大队的干部们，后面坐满了各班的同学。同学们还是闹嚷嚷的，周围也有不少群众站着看。第一次看戏的小四花猫，以前在大哥的书上看到过《红灯记》的图片，也在队上大伯母家看到过贴在墙上的画，印象最深的就是那个李玉梅和她奶奶一块举着的红灯。为什么要举那么高啊，那红灯也不重啊，今天他就想弄个明白。

校长令人讨厌的讲话结束后,戏开始上演。一年级乙班坐得离台子比较远,始终有嘈杂声。演员们老是在唱,唱的什么,他听不清,只能根据自己的想象猜测他们的意思,根据他们的动作再猜测他们在干什么,有时猜得离题万里,只有他自己知道,但有一点是猜对了,就是戏里演的是好人和坏人之间的斗争。而且,和他想的一样,好人都应该长得好看,坏人都应该长得很难看,最让他开心的是结尾,"我们"最终取得了胜利,坏人们大败了。然后大家在校长的带领下,热烈地长时间地鼓掌,感谢县剧团的演员们的精彩表演。

放学路上,关于戏里没看懂的地方,他问了三姐,三姐也不是很懂,说戏里演的是打日本鬼子,那个男的叫李玉和,那个叛徒叫王连举,还有李铁梅和她奶奶,这个小四花猫是看懂了的。还有日本鬼子鸠山,磨刀人怎么怎么了,他勉强闹懂了,总之是好看极了。

星期六,生产队里发生了一件大事。

一般生产队里的粮食晒干后,平时就放在生产队的公房里,然后由粮食保管员王进昌打上印灰,每晚由生产队指派的社员轮流在公房里住宿,看守防盗。公房堆放粮食的房是土墙瓦房,墙背后边连着小山坡野桑坡,后面又有荒石堆延伸出去,一直到河滩,平时很少有人到这公房背面的野桑坡和乱石滩上去。这天晚上,公房里值班的是秦明明的父亲秦代清,第二天一早,有人发现公房后的土墙上被人挖出一个洞,从洞里捅坏了稻谷围圈,稻谷被人从洞里盗走了,估计至少二百斤,这显然是敌对分子所为。敌对分子挖墙洞很讲究,先用水浇湿土墙再挖,挖后又浇水,又挖,所以响动不大,墙洞还是湿的。很快,消息就在全队里传开了,生产队里的两个队长和几个组长都来到现场,又派人飞快地去五河公社派出所报案。社员们围得水泄不通,气愤地谈论分析着是谁公然偷稻谷。不少社员一边咒骂偷盗分子,一边急于表明自己从来不会做这种事情。秦代清蹲在旁边,愁眉苦脸,反复地解释着昨晚实在太困,一点没觉察,就睡到了天明,自己有罪,说着说着,小声哭起来。

派出所来了两个公安人员,两个队长忙把社员们吼开,让大家不要破坏现场,马上召集生产队的积极分子,配合公安人员梳理线索,然后发动社员,要以最快的速度把盗窃分子抓出来。谁要是包庇罪犯,立即与其同罪;对于立功人员,奖励工分五十分。两个公安人员,队长韩开国和副队长秦正高、程永华,保管员王进昌和四个组长,从盗洞开始,沿痕迹搜索,查脚迹,查偶尔洒落的稻谷颗粒,一路向野桑坡、乱石滩里找。找着找着,足迹不明晰了,不一会儿,基本看不见了,而盗贼掉的稻谷,开始东一粒西一粒,查出去一里路后,基本没有了,侦查工作一时无法推进。

下午,公安人员和队长又带着大家回到公房办公室,召开会议分析。根据分析,基本可以确定犯罪分子是本生产队的人,因为要挑两百斤稻谷,是走不了多远的,外队的人也不熟悉生产队堆放稻谷的屋子,不可能如此精确地挖洞。一会儿,大家列出了生产队重点怀疑对象,程永安已死,不可能的,他儿子程增福又从来胆小,借他十个胆子也不敢。钟德虽然瘫,但他的儿子是重点!值班看守的秦代清本人,是不是监守自盗,不能排除怀疑,要不然为什么别人挖墙,他居然一点动静都没觉察?再就是生产队里最困难的,借粮最多的七八户社员。公安人员分析完了,就离开了。大家并没有把事情引向保管员秦正高的妹夫王进昌,因为管理员平时只负责给堆放好的粮食记数、打灰印、撒老鼠药、防止粮食受潮等事,粮食防盗是全队社员轮流负责看管的。最后,生产队里形成了决定,首先对几个重点怀疑户进行挨户搜查,一户不漏。为了防止盗窃分子转移,两个队长和保管员及四个组长马上行动,十来户被列为重点怀疑对象的家庭先是对被列为怀疑对象表示不满,然后为了洗脱嫌疑,都急忙表态,请先搜查自己的家里。队长决定仍然从地主家庭开始,其次是秦代清,最后是七八户欠粮最多的社员。

下午五点半,搜查正式开始。社员和孩子们不少也跟着队长他们看热闹,小四花猫和小猪娃一块跟着去了。

大家先拥到二组,清查钟德的儿子家,钟德的儿子已把门打开,一声不吭地坐在屋里,几个人开始在他家里四处翻找。他家只有里屋角落堆着前不久分的玉米、十多斤花生,还有三十斤稻谷。床下也翻了,没有什么。然后又到屋后,草堆柴堆全部翻看了,也没有。接着,他们又去不远处的程增福家,程增福夫妻和女儿程夏、小儿子程林都站到了堂屋里,队长、组长们同样搜了一遍,什么也没有。队长说声"走",大家一同往下一家——秦代清家。

秦明明抓着父亲秦代清的手,站在屋外。他的两个哥哥也在旁边站着。秦代清一边还在婆婆妈妈地说自己有罪,一边请大家尽量搜仔细些。几个人把他家里家外同样搜个遍,别的没发现什么,但有个疑问,他家柜子里的稻谷现在还有两百来斤。秦正高问:"你家六口人,平时是怎么吃的,还有这么多谷子?按道理,现在应该吃得差不多了。"

秦代清急忙解释,按往年,到这个时候,又要分稻谷了,确实要吃得差不多了,可是今年自己大女儿出嫁办婚事,这是男方家给送来的,加上这半年女儿没在家吃,所以才有这么些。

两个邻居也帮他说,确实是这样的,两个组长也说是,于是秦正高没再说什么,又去下一家。洗脱了嫌疑,秦明明也跟着陆运红他们一块去看热闹。

作为欠粮最多的几户人家之一,陆选南家里同样被列入搜查范围。不过他家是最后一家,搜查人员来到他家的时候,已经天黑了许久,大多数跟随看热闹的社员和小孩子也散去了。六七个搜查人员进了门,韩叙芳刚煮好腊菜饭,因为丈夫最近很累,她特别煎了两碗白菜和一盘炒蛋,还用猪油渣蒸了碗豆豉,香喷喷的蒸豆豉马上把搜查了一下午已饿得不行的几个人吸引住,三个组长连声赞叹:"三嫂啊,好香,好香。"韩叙芳和陆选南只好招呼他们一块吃饭,几个人大概实在饿了,抵挡不住香气的入侵,假装谦虚两句,就都坐上桌开始吃。秦正高没有吃,他说自己一点都不饿,不想吃。陆选南象征性地又招呼两句,就不管他,因为大家都知道他们两家有矛盾,也不劝秦正高。大家一边吃着，一边说着搜查的情况。不一会儿吃完了，大家把蒸豆豉基本吃完了。韩队长说："选南啊，知道你们是不可能做这种事的，但事情是这么定的，我们也来了，还是要走一遍，没意见吧？"

"没啥，没啥，你们搜就是。来，来，我给你们拿灯。"陆选南说。

几个人拿着灯，在几间屋里走了一圈，秦正高拍了拍他家的柜子，是半空声响，就没再打开看，也没说啥，然后几个人就道谢走了。

这个事情仍然没有结果，还有黄大文等两个欠粮大户没搜查，黑天黑地的，再搜效果又不好。晚上九点钟，生产队里几个队长和组长还在开会，大家通报今天的搜查结果，另外研究决定，对于值班失职的秦代清，先扣工分三十分，然后罚连续值班一个星期，不计工分。对这个处分，秦代清哭丧着脸，还是接受了。他决定晚上让大儿子和自己一块值守，因为他一个人也有些害怕了。秦正高提议明天一早把剩下的两个欠粮户搜查完，如没有，还要扩大搜查范围，全队所有队员家都查一遍。队长虽然觉得这样工作面过大，效果也不好，但也不好反对。其他人谁也不反对，因为谁反对可能就被列为怀疑对象，大家都沉默。

搜查的对象太多，几个队长和组长显然不够，几个队长临时又决定明天抽几个社员，组成两个搜查组。范朝和陆选南被抽到第二搜查组，其余社员们继续劳动，搜查从明天早上开始，不抓出敌对分子决不收兵。

家里吃过晚饭后，三姐去给四婶做伴去了，小四花猫要和母亲一块睡，他躺下了，母亲还在做针线。忽然听到敲门声，接着听到父亲在那边起床，响起开门的声音，听到进来了一个人，门关上了，接着，来人去了父亲的屋子里，小声地说着什么，已经听不清。母亲也放下针线，仔细地听，好像也听不清，不过她没起床。小四花猫马上要爬起来，好奇地要去看是什么人来了，他胡乱穿上母亲的鞋，蹑手蹑脚刚走到堂屋门口，父亲看见他，喝了声："你来做什么，回去睡觉。"

他急忙退回来，不过看清了，和父亲坐在一块的是邻居四奶奶的大儿子——他六伯黄大文，也听到了他们刚说到被偷谷子什么的。他爬回床上，跟母亲说，母亲愣了愣，马上让他睡好，别对人说。

过了好一阵，黄大文走了，小四花猫可没睡着，脑子里一直在构思着一幕幕的三国情节。母亲以为他睡着了。父亲过来，在床边小声对母亲说："这事有些麻烦了，该怎么办？"

"怎么回事？"

"黄大文刚才来跟我说，事情是他做的，他家黄学勇去年结婚，跟人借了两百多斤粮，他本来欠生产队的粮又多，今年分稻谷的话，肯定要被扣完，实在是没法还人家私人的……他一共偷了三百多斤谷，就藏在他家后面的柴堆里，今天幸好没搜查到他，他吓死了。明天我们搜查咱们组，要怎么搜查？柴堆、草堆、柜子、床下、地窖是必搜的，你叫我们怎么办？"

母亲沉默着，好一阵说："没想到是他。让他挑到我们这里来吗？我们不帮他，没有人帮他了，刚才他走的时候，好像听到他抽泣。"

"是啊，他没想到生产队会这样挨家挨户地搜，他一时脑袋发昏，做出这种事来。他说如果查出来，他就没脸在生产队过下去了，已经想到死，如有万一，他让我们以后帮照看他老娘和孩子……可是啊，你就敢保证他一点痕迹都没有吗？现在也不敢保证咱们家不会被再次搜查，到时咱们就黄泥巴裹裤裆，不是屎都是屎。"父亲说。

"让他放在范朝哥哥看的堆草场上，谁也不会去搜。"小四花猫忽然从床上坐起来。

父亲吓了一跳，没想到他一点没睡，在偷听，举起手做了一个打的姿势。小四花猫忙躲到母亲身旁用铺盖连头带脚裹住。父亲和母亲都许久没开腔。好一阵，父亲勉强说："虽然堆草场也要搜，但是，这还是个办法，因为堆草场大，又没围栏，即使查，一时半晌也检查不完。让他今晚随便找个地方先塞进去，藏好，明天我们搜查时，我尽量想法在各家拖延一下，拖到最后查堆草场，估计到时已经近晚上，黑灯瞎火的，大家也累了，说不定也不好找。"

母亲想了想，又说："我估计着时间，你们开始查堆草场之前，在家里做好饭。等你们刚开始查，我就叫你和大家到家里来吃饭，你随即敷衍着，随便查查了事，把大家喊来家里吃饭。这样行不？"

"嗯，行，这样最好。只是让黄大文藏粮的事要跟范朝说说才好。"

父亲出去了。母亲又反复告诫儿子千万不能对任何人说，他满口答应，并且以为自己帮着出了计谋，又被采纳了，成就感很强烈。

第二天继续搜查，陆选南他们一组按他的计划搜查完，又是傍晚了。最后搜查知青范朝的住处，以及堆草场。大家也不想明天还跑路，于是六七个人拿着棍子，提着一个马灯，在各处草堆旁胡乱地东拍拍，西拍拍。刚开始片刻，韩叙芳就走出屋来喊陆选南吃饭了。陆选南忙说自己确实饿得禁不住了，然后热情邀大家一块到家吃饭。韩叙芳也大声邀请大家，说刚煮好的饭，大家不要嫌弃菜不好。搜查组几个人经不住夫妇二人的热情，于是搜查结束，他们推托后来到陆选南家里吃饭，吃完饭后散去。

这场声势浩大的搜查最后无果而终。

知青和程夏悄悄交往的事，还是被外人发现了。发现的第一人不是别人，正是韩叙芳。一天傍晚，她到屋后菜地里割菜做晚饭，看到堆草场边范朝的住处旁，有两个人手拉着手，对面站着，好像在小声说着什么。由于天色较暗，相隔二十多米，她看不清，可明显是一男一女，男的就是范朝，女的她一时不确定。因为好奇，她小心凝神看了片刻，觉得像程夏，她吓一跳。由于两人太用心，都没注意到她，她轻手轻脚地把菜割好，回到家里，仔细想了想，那女的就是程夏，应该没错。原来范朝不再让小儿子给他做伴睡觉，原因在这里。虽然国家提倡年轻人自由恋爱，但在这里，她还没看到过哪对夫妻是自由恋爱结婚的。她也感到新奇。她也觉得两人有些不合适，因为范朝是城里的人，程夏是农村的，除非范朝就在这里扎根了，二人才有可能。只是程夏漂亮，好吃的果子谁都喜欢。虽然社员们对程夏还没出嫁就死了未婚夫的事多有议论，但韩叙芳和陆远南一直对他们家没有成见，以前不时因为算命看屋基的事找程夏的爷爷帮忙，只是因为没在同一个生产组，隔得较远，平时少有往来。她暂时把这个消息埋在了心里，没对谁说。

第 12 章

　　读书的日子开始有规律地行进。每天早上，三姐先起来，帮着母亲把饭做好，吃过饭后，小四花猫和三姐一块上学；每天下午回到家里，三姐除了做自己的作业，还要监督着小四花猫做老师布置的作业，满篇的拼音字母，不过他学得挺认真的，而且他发现拼拼音是十分好玩的事情。以前大哥和三姐读的书，还有范朝哥哥带来的很多书，上面的字，为什么每个字要那么念，"马克思"为什么要念成马克思，自己的名字"陆运红"为什么必须念成陆运红，他一直不明白，这下他知道了。

　　他不喜欢同桌许韵芹，不仅因为她的名字像三姐，还因为他上课的时候老喜欢东张西望，而许韵芹总是瞪他。第四周学习完所有声母之后，星期三下午陶老师听写。按老师的交代，听写就是将语文书合上，放在抽屉里，把本子放在桌上，然后老师念一个字母，同学们写一个。他和同学们都按老师的交代将语文书放好了，可是他和许韵芹坐的桌子很破旧，中间有一道很宽的裂缝，从裂缝往下看，可以看到抽屉里木板上也写有字母，有的正是刚学过的。原来这是上个五年级毕业班的桌椅，应该是毕业考试的时候，有的学生为作弊写了些拼音字母在抽屉里，方便从缝隙里看的。小四花猫从缝隙里发现这个秘密，高兴了，合上语文书放在抽屉里，以为这样一边听老师念，一边从缝隙里看，肯定不会写错。可老师念的时候，速度快，他从缝隙里往下看不太看得清，他执着地想扩大缝隙，被同桌副班长举报："陶老师，他……他在偷看。"

　　陶老师走过来，看看他，立即抓到了开学以来全班第一个作弊的家伙，教鞭在他的桌上"啪"了一下，吓得他差点把笔掉下去。老师一边继续高声念字母，一边把他的语文书和听写本全收了，让他就坐着。不一会儿听写完了，她让全班同学把听写本按组交上来，准备改。然后叫他站到黑板前，说："刚开始就这么精怪，公然学会作弊了，谁教你的？你来单独听写，听写一遍给大家看，写错一个，今天就不准走，而且明天整天站到后面听课。"

陶老师开始改刚才同学们听写的作业，让班长冯小强在座位上站起来给他念，他重新单独写。直到老师狠巴巴地叫了第二遍，他才磨蹭着走到讲台上。当着全班同学的面站在讲台上，没有一个伙伴了，他感到前所未有的孤单和害怕，好像被脱得光光地站到光天化日之下，嘴巴一扁，两行泪就流下来。老师可不管这些，拿支粉笔塞到他手里，一边继续改本子，一边继续大声催："快写，快写。"

他一边抽泣一边拿着粉笔，班长念一个，他磨蹭着写一个，好不容易写完了，歪歪斜斜的。老师回过头看了片刻，居然全部正确，没再说啥，让他回到座位上去。

老师继续改，同学们按老师的安排，朗读前面教的内容。他回到座位上，低着头坐着，大气也不敢出。书被老师放在讲桌上，忘了还回来，他也不敢问，只好坐着玩手指，胡思乱想，对念书感到恐惧，如果能不念了，回去玩多好哇，同学们的朗读声覆盖了一切。不一会儿，老师改完，让前面几个同学把听写本帮发下去，各人看看错了多少。她站到讲台上，用那根棍子在讲桌上用力地打了两下，很不高兴地说："居然全班没有一个全部写正确的！我们班就要比甲班差啊？你们是怎么学的？冯小强，你看，你怎么也写错了，还错了两个，平时你学得最好的。许韵芹也是，错了三个。最差的两人，秦小军和黄生林，都只写了十二个，黄生林还错了两个，你们怎么学的？每天专吃干饭啊？"

陶老师平时本来就让同学们害怕，她一凶起来，更把全班吓得不敢吱声。老师骂了一通，又回过头看看黑板，勉强露出点笑："居然出了一个作弊的……还全对了,怪事。"

最后,老师让全班错得最多的十个同学留下来,读半个小时后再走,其余的放学回家。

该走的都走了,小四花猫还不敢走,因为语文书还在老师的讲桌上,他等着,又不敢去拿,听着留下来的十个同学大声朗读拼音。他盼望老师有什么事忽然出去一会儿,自己马上去取回讲桌上自己的书,逃离教室。

班主任老师收拾完讲台,终于发现他的书和本子还在,主动给他拿过来,放下凶巴巴的表情,和悦地对他说:"你可以走啊,怎么还坐着?以后好好学习,别用这些精怪的歪法子。"

小四花猫刚才严重受伤的心在老师几句话的温暖下痊愈了,他忙揣好书和本子离开,再不等伙伴秦小军。从此,他对告状的同桌更讨厌,再不理她。

他只是对拼音好奇,头两个月下来,老师把拼音教完,他就几乎能独自用拼音识字了。识字课上的字,不用老师再教,他也能拼出来了,能把整个语文书后面还没教的课文都拼着读。《乌鸦喝水》《民兵叔叔志气高》《吃水不忘挖井人》,他都能断断续续地念完。他还把三姐和大哥念过的书拿来,一边拼一边认。三姐学到了五年级,还分不清前鼻韵字和后鼻韵字,卷舌音字和不卷舌音字,可他一下子就分清了,几次和三姐争论"英明""温暖""战士"这些字的拼音,次次让三姐输,最后还翻书为证,赢得很彻底。三姐气得够呛,他却得意扬扬地笑了。

音乐课赵老师教的第一支歌是《大海航行靠舵手》。这支歌几乎不教大家都会唱,每天广播里都在放,然后老师又教国歌,这也是大家基本会唱的。每次音乐课,老师带着大家合唱,唱到下课。美术课还是班主任陶老师教,她理所当然地全部改成了数学或者语文,大家都不知道美术课是什么意思,也没有美术书。每天中午放学的时候,同学们都没带吃的,都是熬到下午放学回家的时候吃午饭。中午放学后的时间成了大家玩耍的时间。有时，分别在白雁寺那边和四合院这边的甲乙两班四个小伙伴钟强、秦明明、秦小军、陆运红，能重在一起，在陆运红的要求下玩老师教的识字游戏，而赢得最多的当然是他。渐渐地，大家都没了兴趣。而他发现识字游戏比以前玩的游戏还有趣。下午甲班和乙班同时放学的时候，他们四个可以一块回来。可是，因为分别在白雁寺和四合院两边，中间有个操场的距离，而且各自有了新的伙伴圈子，加之从森林到学校这段路同路，剩下的路都不同路，乙班的两人和甲班的两人友谊开始渐渐地淡化。回家的时候，小猪儿来找他们玩，可也渐渐地玩不到一块了。

　　没多久，他发现家里的那本《新华字典》的用处，上面什么字都可以读了。他背着父亲，把它带到书包里，向同学炫耀，因为同学们都没有，也不知道它的具体用处。他最先用它查到了令他害怕的"鬼"字，战战兢兢地翻到那页，看看，急忙合上，生怕从中猛地跳出一个怪物来。过些日子，又壮起胆子打开来看看，赶快合上，而晚上是绝不敢一个人打开看这个字的。

　　班主任陶老师在抽同学到黑板上拼音写生字的时候，抽到他几次，渐渐就发现他一次也没错过，而且写得很快，比她认为学习好的班长、副班长和其他几个成绩好的同学都快。一次又抽他念了一篇前一天的预习课文《雷锋小时候的故事》，抽了四个同学，只有他把课文读完了，虽然是结结巴巴的，但基本没读错字。这下子，他似乎就超过了全班同学，老师也发现他平时并没认真地念书，上课老时东张西望的，甚至心不在焉的，不知在想什么，有时教鞭在讲桌上"啪"地猛打一下，他才又惊醒回过神来听课。

　　期中考试，老师把全班同学的课本和作业本都收到讲台上堆放好，然后她在黑板上写题，同学们在下面看着黑板，将考试题答在老师发的空白纸上。不少同学趁老师在黑板上写题的时候，互相偷瞄着答案，他有过一次教训，再也不敢了，怕再一次被捉到讲台上出丑，结果考得也不错，名列前茅，经常和他结伴而行的秦小军却排在班倒数，但没有影响他们的友谊。另外在甲班的两个小伙伴钟强、秦明明，也比他差足足二十分。他的语文和数学成绩都排全班第四名，总分第三名，一百六十一分。班长冯小强是第一名，一百七十三分。秦正高的儿子秦超是第二名，陆运红因为对秦超不喜欢，从来不和他在一块玩，秦超也不和他玩。而讨厌的同桌许韵芹才第三名，只比他高两分。老师表扬前五名的同学，就把他和许韵芹共同表扬了，因为他们同桌。他只感到老师把自己的名字和许韵芹连在一块很不自在，故意把头扭向旁边，许韵芹似乎也对他只差自己两分不满意，认为他该差得更多，在小声气呼呼地说："你肯定是抄我的。"

他听清楚了，早就对她不悦，便立即小声反驳："你比我多就是我抄你的了，谁规定的？"

"你就是，你学都不学。"

两人你一句，我一句，嘀嘀咕咕。幸好下课了，秦小军过来拉他出去玩。他用力地瞪了她一眼：哼，下次肯定要超过你！他心里说。

父亲早已知道他和秦正高的儿子同一个班，知道了他的考试成绩，又打听了班上的排名，就问他："你怎么也得努力，超过秦队长家的秦超嘛，你看人家考得多好。"

"懒和他比。"他说。

通县公路还在修，伏龙大队负责的涉及白雁五队的路段不长，基本按施工员的要求做完了，在陆选南家里暂住的十来个人也离开了。临走的时候，她们还是坚持要给韩叙芳十元钱柴火费，她怎么也不收，她们就合伙捉个鸡来，还采了她们那儿一大袋香梨来，她只得收下。她把香梨拿出些分给来家里玩的孩子们，剩下的就留着，给姐弟二人每天带一个到学校，权当中午充充饥，因为家里没饭让两个孩子带到学校。

这时，小四花猫又得了一场病，出痘子，又被母亲背着去了好几趟医院，来来回回，耽误了一个星期。他去学校的时候，语文和数学都已经教很远了，老师要求他自己想法补上。他心里有了紧迫感，但这难不着他，身子一恢复，劲就上来了。他在课余时间一边哼着歌，一边看看，就几乎懂了。而班上学习不好的十来个同学，老是被抽起来一边被老师训斥一边背课文，或在黑板上做数学题，他听着听着，看着看着，再对照着翻翻书，就能过关了。

接下来级期末考试，他原来想超过班长和几个平时排在自己前面的同学，可生病耽搁这么久，没信心了，准备下次考试再超过他们。期末考试甲乙两班是同样的考题，一年级老师监考二年级，二年级老师监考三年级，依次类推，最后监考乙班的是五年级的老师，就是三姐的班主任。每次考试还是老师把题写在黑板上，每人发两张大纸对着黑板做试题。语文、数学考完了，小四花猫忙把书翻开对答案，发现自己好像还没有错的，疑惑了。

过了几天，他和小伙伴秦小军一块去拿通知书的时候，半路上就碰到了班主任陶老师，他们想躲，被班主任发现了。班主任叫住他俩："陆运红、秦小军，过来过来。"

两人只好磨蹭着来到陶老师面前，班主任的口气格外温和，完全没有平时让人害怕的凶巴巴样子。她说："陆运红考得很好，考了咱们班第一名、咱们年级第二名，和甲班的卢红芬并列年级第二名，只比第一名王洪亮少四分。"

小四花猫又惊又喜，不太相信，忙问："真的啊？冯小强和秦超呢？"

"他俩的分数都没你高，冯小强比你少十分。"

"啊！"他心里马上暗暗得意极了，终于超过了你们，你们本来就不是我的对手！他眼前晃过张飞战胜吕布、大败张合的画面。

"秦小军也不错，比期中有进步吧。"陶老师敷衍式地说，大概刚表扬完陆运红，不忍批评秦小军。秦小军怯生生地问："陶老师，我考多少分呢？"

"还好，待会儿在班上发通知书。"

他对老师的好感又倍增，再也不觉得她凶了，甚至觉得她是最喜欢自己的人。全班同学都到齐了，大家坐好，班主任老师用棍子拍拍讲台，示意大家安静，让班长和副班长将通知书都发下去，然后念了成绩。刚念完，她就高声说："在这里，我要特别表扬陆运红同学，人家还生病请了一个星期假，这次人家考到咱们年级第二名、咱们班第一名。在这里，我建议，大家用掌声鼓励他，向他学习。"

全班响起掌声，老师又说："我们请陆运红同学来给大家讲讲他在学校是怎么听老师讲课的，在家里又是怎么听爸爸妈妈的话，怎么勤奋学习的。"

他不知所措，憋红了脸，手在抽屉里使劲地掐着缝隙。陶老师大概突然觉得让小学生谈学习经验，太为难他，她知道农村的家长每天都在劳动出工，自身文化水平也不高，孩子基本处于散养状态，不可能有啥经验。她又自我化解："陆运红同学一向专心听讲，课后认真复习，按时完成作业，一丝不苟，大家一定要向他学习。"然后给前五名的同学发了奖状。

后来，他才得知，原来班主任陶老师以前所教的班，每次成绩都比甲班差不少，就拿期中考试来说，年级的前三名都在甲班，乙班的第一名冯小强也仅排年级第四名。所以，他的这次成绩，几乎让民办老师陶老师也感到扬眉吐气了，所以老师隆重地表扬了他，而考这么好，他自己也感到意外。

回到家里，他得意非凡地向父亲报告了成绩，父亲看着他的通知书，听说他超过了秦超许多，说："这就好，这就好，一定要超过他们家。"

第13章

假期里和秦小军一起的时候，他就把范朝讲过的三国故事添油加醋地讲给他听，特别向他表明了张飞的武艺最高，想让他也加入崇拜张飞的队伍。果然，秦小军跟着入迷了，两人回到家里，甚至还拿刀来，削了两根长长的棍子，硬要冒充"丈八蛇矛"和"方天画戟"，一个演张飞,一个演吕布,开战了。拿长矛的他失手把拿画戟的秦小军打痛,秦小军差点哭了,"张飞"和"吕布"才中止战争,"张飞"把"吕布"安慰了好一阵。没多久,他就把三国中的人物开始往生活中移植,他把班上学习好的班长冯小强想象成武功最高的吕布,令他反感的秦超被他直接当成了张飞的敌人张合,他自己理所当然是张飞,是要战胜吕布的,至少和他一样高。至于讨厌的同桌许韵芹是哪个角色,他还没想好。是貂蝉吧,她不漂亮,人家貂蝉是最漂亮的,不让她当貂蝉!而且她肯定要败给自己的。

因为受母亲韩叙芳的影响,上音乐课的时候,小四花猫唱歌特别好,而且发音很准很动听。老师教的歌,都是革命歌曲,大都是韩叙芳也会唱的,也就是说,是小四花猫听过的,他几乎一学就会。老师虽然不是专业音乐老师,但也怀疑他有音乐天赋,其实倒误解了。每次音乐课,音乐老师教几遍后,发现他会唱,就干脆让他给同学们带唱,自己落得休息休息,他几乎就沿袭了母亲韩叙芳在生产队的角色,但他并不特别喜欢音乐课。

新学期开始,班里出了变化,有三个同学不读了,班长冯小强家里可能觉得乙班老师教得不好,找关系转到甲班去了。冯小强成绩好,所以甲班王老师就收下了。冯小强的转班,肯定让班主任陶老师的自尊受了伤,她更担心班上的第一名陆运红也转去,好几天一直就青着脸,直到发现陆运红来报名,她才放心。这天上课,她就虎着脸说:"这学期,我们重新选班长,我建议,班长由上学期我们班的第一名陆运红来当,大家有没有意见?"

同学们平时都怕老师,谁也没想到自己敢有意见,异口同声地表示没有。然后老师宣布,陆运红就当班长了,副班长仍然是许韵芹,他的同桌。老师的决定让他意外极了。令他浑身感到不舒服的就是同桌许韵芹。既然有三个同学不来了,还有冯小强也转班,空出来有四个座位,他好想让老师把座位换开,和其他随便哪个同学一块坐都行,如果能和秦小军一块坐最好,或自己单独坐都行。可老师想都没想过,只把少了同桌的同学合并，撤两张桌子就完了。

当选班长，激发了他的自豪感。第二天上课的时候，他首先故意看了同桌许韵芹一眼，再撇撇嘴，表示可以正式瞧不起你了，虽然许韵芹没看到，但他感到很痛快。第三天，班上又来了一个新同学，原来是高年级降班来的，叫韩兴贵，高高大大的，班主任老师要大家和他友好相处，共同进步。

第二周，又转来一个学生，叫石兵。石兵是随她母亲来学校的，她母亲就是教四年级的高老师，也是学校的音乐老师。她和陶老师关系很好，高老师家住在五河公社场上，本来场上有小学，而且老师也教得好，可是她还是把儿子带到这儿来，主要是让孩子在她身边，看着放心。而且她自己也是教书的，所以不在乎陶老师教得好不好。

石兵瘦瘦小小的，一双大大的眼睛，他来到班上，就获得了班主任老师的喜欢，不仅因为他母亲和陶老师关系好，还因为他能一口气背数，从一背到三百，中间不会出错，他被陶老师称作神童。他来到班上的第一天，就被陶老师叫起来当众背了一次，马上让陆运红感到莫大的威胁。因为他随后在下面暗中背了一次，虽然背完了，但错了四五次，他怀疑石兵会战胜自己。

又一个月过去了，语文、数学单元考试，他暗中鼓足劲，考完后，提心吊胆地等着成绩。让他意外的是，他只考了全班第二名，一百六十三分，第一名是他根本没想到的人，不是石兵，而是新来的那个高高大大的同学韩兴贵，数学和语文总分比他高两分。石兵倒没他想的那样超过他，他只考了一百五十六分，但他仍然觉得他是很强的对手，把他当成小霸王孙策。他差点怀疑自己的班长要被老师取消，给韩兴贵了。陶老师倒没这样想，反而批评了韩兴贵几句："你这不该错的题都错，还学过一次的！"

本来冯小强转班，陆运红就没把他当成对手，他已与自己无关了，可班主任老师批评完韩兴贵，还对他说："陆运红要加劲啊，人家冯小强转到甲班，这次单元考试成绩就和你拉近了，一百六十分，只差你两分，人家是甲班的第五名了。"

他听着，心里立即感到慌慌的，刚坐上班长的位置，就体会到前后很大的威胁。考差了，自己就不配喜欢张飞，他马上把注意力都集中到学习上来。

石兵也是很调皮的，一下课，就和同学们玩在一起，在墙角一个劲地挤，掰手腕，下石子棋，总好胜。陆运红和他掰手腕，次次都把他赢了，很高兴，可和他下石子棋，就势均力敌了。石兵有个不好的脾气，下棋连续输就要哭，可是陆运红该赢还是要非赢不可，两人为下棋吵了两次，还差点打了起来，但上完一节课，又都忘了。石兵隔三岔五就带好吃的到学校来，饼干、糖、甜泡筒这些平时同学们不可能吃到的东西。他会和小伙伴们分吃，尤其要分给班长陆运红吃，他们的友谊加深了。

他依旧好玩，又害怕成绩被别人追上，班长丢了很不好。每天放学回来，他首先把老师布置的家庭作业都完成，然后再去玩。而为了完成作业，他总是飞快地写字，飞快地背课文，背完把课本往书包里一塞，就放心玩去。

大哥陆运新这学期初中要毕业了，三姐也马上小学毕业，能不能考上中学，是家里关注的事情。因为家里这一年供三人念书，已经很吃力了，如果三姐不能考上，那家里顺理成章地就让她帮着做农活挣工分，这在队里是很平常的事。队里的女孩子中现在还只有程夏是上过两年初中呢，其他大多数小学都没毕业，家长就不让念了。陆运芹能念到小学毕业，家里已经算尽力，父亲从心底还是希望她能考上，可估计她是考不上的。

每天上课，他老在分神胡思乱想，或是精力特别充沛，老师讲的内容，他稍一留神就全记住了，多余的时间就不由自主地想着三国故事，一会儿把自己当成诸葛亮，一会儿又把自己当成庞统，当成赵云，还有姜维，唯独不喜欢做关羽，因为他发现关羽打仗是靠运气赢的，可也不讨厌他。他头脑中老是有打打杀杀的场景。这次期中考试，他的成绩又一次名列前茅,而且比他想的还好,降班的韩兴贵也被他超过,他反超过了五分,被他当成对手"小霸王孙策"的石兵,比他少八分。看来这是应该的,小霸王怎么能战胜张飞呢?至于许韵芹,则比他落后十二分,活该!

老师又把班上的成绩和甲班的成绩比较,甲班的第一名王洪亮只比他高两分,这又让他有点不甘心,为什么王洪亮总要超过自己?而转到甲班的原班长冯小强,也进步很大,考了年级第三名,只比他少四分。

老师再次隆重地表扬陆运红,给前五名发了奖状,还特别发一个崭新的作业本给他,作为物质奖励。

在学习上,他始终比别的同学轻松。范朝给他讲的故事,比课文复杂多了,书本对他简直就不算一回事。考试的时候,他对自己总是很有信心,每回不费吹灰之力就在班上第一名或第二名的位置上,他老想着要超过甲班的最高分,而且肯定要超过。每次单元测验,老师在黑板上写试题,同学们在本子上做,老师写完他就把题做完了,甚至比别的同学要快上一倍。然后他就开始走神,一边检查,一边想着三国故事,帮刘备构思计谋收拾曹操,帮姜维设计收拾邓艾,结果几次的成绩都没超过甲班的尖子生们,而且在甲乙两班排名中,最高一次仅排到第三名。最后拿到老师改好的考试题后,才发现草稿上都是答对的,可誊在考试本上的时候,就誊错了。

从五河公社到县里的公路完全修通了,全铺成了碎石路,据说在县城里举行了通车典礼。于是从白雁大队第五队到五河公社原来的青石板小路几乎作废了,新路是那么宽敞,每逢赶集,人格外多,而且路上开始有车从县城开来,或开往县城去。每每老远听到汽车声响,老人们和孩子们就争着跑到路边看稀奇,看了好多回,才收住好奇心。有几台拖拉机常来,在大家眼里,拖拉机师傅简直就是高人一等的职业,如果能上车坐一坐,那就是神仙般的亨受。这天早上赶集,胖胖的司机开着拖拉机从县城方向来,经过白雁大队五队的时候,由于天刚下过雨，碎石路很洼，拖拉机陷在泥里，震天吼地挣扎着，仍然爬不起来。司机忙叫村民们来帮忙，五六个人一拥而上，帮着推，把拖拉机推出了泥坑。司机就让大家上了拖拉机，一路冒着黑烟向五河公社开去，大人和小孩一共就挤上十来个人，大家高兴地蹲在车厢里，互相抓着，任其颠簸，幸福地哈哈笑着。

　　队上六十岁以上的老人，据说到过县城的，只有一个人，就是地主秦祖寅。其他人中，也只有几个到过县城，队长到过云津市；到过省城的，全大队只有两人。如今，大家开始议论，现在走路去县城也很方便了，至少不会迷路了。总之，大家都充满了对县城的好奇。程永华的表叔叫张国荣，在县里工业局工作。程永华对大家说，以后，他去县城里看他的表叔，方便多了。而这条路修好以后，白雁大队社员们还有一个好处，每年送公粮，也可以走公路，不会再像走小路一样，一不留神摔跟头。甚至有人建议，把生产队里的几个独轮车拿来送粮，能省事了。

　　就在公路全通的时候，县里组织了一支放映队，沿线慰问曾经参加修建公路的社员们，放映电影《洪湖赤卫队》《闪闪的红星》《难忘的战斗》《金锁》《车轮滚滚》等，每天晚上一个生产队放两场。县放映队进入白雁大队的第一场电影，就是在五队公房坝子里放的，提前一天就通知了。这天星期六，得到消息的其他生产队的大人、娃娃们下午收工，都从四面八方涌来。大家提着马灯，拿着预备的火把、手电筒，几乎每家只留一个人看家。陆运新这星期没回家。外队的人赶集般地开始来到，公房坝子里放映的喇叭已经响了，播放着《映山红》，陆运红三下五除二把陶老师布置的家庭作业草草做完，等不及吃晚饭，要去占一个好的位置。姐弟两人各自拿了个蒸熟的红薯吃着，从家里抬了凳子，就往公房坝子跑。到公房坝子的时候，发电机的声音响得正欢，白屏布已经拉好，计划好的要占的放映机前边的位置早就被小猪儿和他的哥哥们占去，一群人围绕着放映机叽叽呱呱地讨论着，指点着，不时大胆地摸摸。二人挤不过去了，只好选择靠近白屏布的地方赶快占住。坝子里面挤满了人,大家嘈杂地等着,听说放映的队长正在队长家里用饭,一会儿就来,助手正在调试。谁家的孩子跑丢了,大人在白屏布前大声地叫喊,可是环境太嘈杂,根本传不了多远,又费力地挤到放映机面前,让调试员在喇叭里帮喊几声:"六队杨友明家的小三娃,杨友明家的小三娃,你父亲在找你,你父亲在找你,听到广播快到屏布下面,快到屏布下面来,你爸在等你,别乱跑。"

最后,韩叙芳和陆选南来了,范朝也来了,他四处张望着,好像在搜寻着什么,过一会儿又回到白屏布下,人已经满了,他们只有站在屏布的反面看。天已经暗下来,放映师傅来了,发电机忽然出了故障,停了,又响起一片嘈杂声,接着传来发电机启动的声音,可好几次都刚启动就熄了。陆运红已憋了很久的尿,忙让三姐把位置占好,要到外面去尿。他挤出去,往菩萨龛那边跑去,可刚跑到坝子边上就撞到一个人怀里,差点摔倒。他抬头一看,正是程夏姐姐,还有他的弟弟程林。程夏把他拉住,问:"小四花猫,跑什么?"

"我要尿。"他急忙说。程夏和程林忍不住笑了,他顾不了这么多,忙跑到大石头后面,尿完。痛快地回来,挤回屏布下,见到父亲、母亲等十来人站在屏布反面,还有范朝。范朝看到他,一下子把他拉到旁边,问:"你往哪儿挤?"

"那儿。"他往三姐那儿指了指,正准备跑,范朝拉着他走到旁边,小声附他耳朵说:"碰到没?程夏在哪儿呢?你知道不?"

他用手指了指方向,然后迅速挤到三姐旁边。发电机已经正常,放映员也来了,队长韩开国在喇叭里讲话,特意告诉队员们,一定要留人看家,或把门关好,免得强盗钻空子。然后电影正式开始,大家渐渐安静下来,他站起来看,父亲和母亲还在那儿,没见到范朝,他忙坐下来,和三姐挤在一起看。

就是在这次电影之后,范朝和程夏的爱情被人知道了,并且很快在全队悄悄传开。据说是看电影的时候,他俩趁黑在晒坝外的地边约会，拉着手，蹲着说什么，被其他看电影过程中挤出来撒尿的人发现，手电筒晃着他们，他们就红着脸跑开了。不过传言在暗中迅速走样，有的人说他们二人抱在一起，有的说他们正在亲嘴，有的说他们睡在地上，总之越来越刺激人的神经。于是人们也终于找到，程夏不答应与秦正高儿子秦勇订婚的原因，说范朝和程夏私下交往很久了。

第14章

星期一早上，传来一个消息，班主任陶老师生孩子，有两三个月的时间不能来了。她没在班上提前对大家说，听到消息，同学们沸腾了，压抑好久的欢呼声爆发出来，大家又唱又跳。第一节课上课铃声响过，好一会儿没有老师来，大家特别舒畅，都很珍惜这难得的自由时间，教室里闹哄哄的。有的同学甚至准备出去打乒乓球。学习好的秦超和石兵在聊着什么，还用书遮着脸，偷偷笑着。韩兴贵在低着头看小人书《果园里的斗争》。许韵芹在大声地念书，好像是要给大家起带头作用，可她的读书声淹没在大家的吵闹中。陆运红盯着语文书，又在漫天漫地地构思补充着三国故事。好一阵，高校长来到班上，这是校长第一次来班上，大家迅速安静下来。校长问："谁是班长？"

"他，陆运红。"几个人争先恐后地跟校长说，陆运红忙站起来。

"坐下，坐下。嗯，你们陶老师有事要耽搁一段时间，暂时教你们的老师是金老师，五河公社中心校派来的，她在路上，下节课能到。嗯，这么办，这节课，就让班长带领你们，把这学期以来的课文，从第一课开始，朗读。开始吧。"

校长安排后走了，陆运红只好翻开语文书，翻到第一课，带领大家朗读。《燕子飞回来了》《这个办法真好》《挑担茶叶上北京》，刚读三课，下课铃声响了，大家一拥而散。

第二堂课，新老师金老师到了，金老师也是个二十多岁的老师，只不过她没戴眼镜，瓜子脸，笑起来特别好看，至少比狠巴巴的班主任陶老师好看多了。因为她一点都不让人害怕,大家带着好奇打量着她。听人说,金老师是陶老师的表妹,她们是亲戚。显然她和班主任老师已经沟通过,对班上的情况比较了解,她接着陶老师还没讲完的《小白兔和小灰兔》讲,还抽班长陆运红站起来读课文。陆运红为了给新老师留个好印象,马上站好,一口气就把课文读完,一个字也没漏。老师说了两声好,让他坐下。然后抽副班长许韵芹到黑板上写生字,副班长到黑板前,也全写对了,接下来,她又让秦超讲课文的中心思想,秦超站起来,吞吞吐吐了一会儿,还是讲对了:只有自己种,才有吃不完的菜。老师把他们几个成绩最好的都抽出来验证一遍,认识了,然后开始正式讲课。

总之,新来的金老师不骂人,加之新鲜感作怪,大家都喜欢上了她。

金老师和陶老师不同,每天正课上完以后,最后一节课她都要安排同学们复习之前学的内容,并且要求所有同学都要把课堂作业完成以后才能回家。以前陶老师也是这样的,可每次都是老师自己守在教室里,监督着大家,没人敢偷懒。金老师不是班主任,大家就不太怕了,于是每天都有十多个落后分子到放学的时候,课堂作业还拖拖拉拉地没做完。放学的时候,老师开始布置家庭作业,布置完就回办公室,然后就把没完成课堂作业的同学全交给陆运红监督,所有人都交完作业,他才能走。而此时,往往学校里都走得没几个人了。小伙伴秦小军这学期进步很大,几乎没拖班上的后腿,作业也完成得很快,早早就走不等他了,这让他又有些讨厌新来的老师。

金老师住在五河公社集镇上,每天从镇上来,要走很远,因为不习惯农村的路,她来到学校的时候,大多数同学都到了。没儿大,金老师又把早上打开教室的任务交给他,钥匙让他保管,让他每天提前来到教室,这让他更难和秦小军一块。三姐和母亲也不可能都那么早专门给他做饭,每天早上,他早早地自己起床,然后自己热饭,吃过又早早地上学了。路过学校外边白雁林的时候,虽然对坟墓和鬼魂还有着解不开的好奇,但他还是有些害怕。所以,每天一个人经过林子,他跑得特别快，直到跑到学校门口，才大大地松一口气。到学校了，才发现只有他一个人，有时最多还有其他年级和班上的两三个同学。没过多久，他也适应了，因为金老师比陶老师温和，又好看，每天下午把落后的同学们的作业收上去交给金老师，能看老师一眼，偶尔还能得到老师的表扬，这还成了他的一种渴望呢。

　　随着范朝与程夏的事情暗暗传开，生产队里大家做工时的话题多起来了。队里李大财、黄老二、叶歪嘴几个老光棍成天把这事挂在嘴边，垂涎三尺，舔着嘴唇，充分运用他们的想象力把情节演绎得让他们自己心驰神往。在他们看来，地主家的女人，就该像浮财一样让自己这样的贫苦人优先选择。他们又懒又龌龊，衣服脏得像自盘古开天辟地以来就没洗过，散发出来的气味足以把人熏得三魂七魄离位，就连其他社员都嫌弃他们，休息的时候都不愿和他们坐在一起。他们只有相互交流，不敢把这种意思当众表示出来，而他们一碰到程夏，在她孤傲的眼神下又不敢吱声。秦正高让王进昌为儿子做媒的事在程增福的"做做女儿工作"的拖延和知青的介入下，不了了之，他非常恼火。他首先没想到来自地主分子家庭的程增福，居然会拒绝自己，简直是不识抬举，更没想到知青从中搅事，他很想在会上给知青扣个帽子，说他不和地主阶级划清界限，让他饱吃一顿。此时形势又变了，他还是想把知青的问题跟韩开国谈一谈，这是对知青负责。

　　秦正高因为自己的舅是公社书记的背景，对韩开国一直就有点轻视，可韩开国在社员中威信高，加之他对自己还很尊敬，所以他不好说啥。他在心里一直对队长韩开国的作风很有气，韩开国以前对待程永安和钟德表面上很坚决严肃，可私下和他们碰到的时候，还是像对其他社员一样打招呼，这是立场不坚定，还是骨子里一直就对他们讨好？只是因为韩开国多年是队长，他不好多说。韩开国其实清楚秦正高得罪的人过多，瞧不起秦正高的作风，也不想得罪他。他在处理生产队社员们的事情的时候，都尽量地不露痕迹地把自己和秦正高区别开来，以免让大家恨自己，久而久之就养成了和事佬脾气。近半年来，他的偏头痛越来越频繁地发作，搞得他有时生不如死，他早已不想当队长，已经跟大队说了，大队也已经同意，准备下个月让秦正高当队长。

秦正高得罪的社员很多，因为平时他从心底就见不得队里哪个社员比自己好。在全队里，他只能接受队长韩开国和程永华比自己好，别的人如果比他好，他心里就很难受。分配积余款的时候，如果哪个社员家里分的数额超过了他的预计，他会反复地核算，要查点出来扣款，心里才好过。已有不少人对他儿子被程增福家拒绝幸灾乐祸，他的自尊受伤了，前往队长家里，说知青范朝到生产队插队以来，没有和广大人民群众打成一片，反而长期和地主家庭眉来眼去、勾勾搭搭，和地主家女人乱搞男女关系、通奸，生产队给他的工分够高的，他却劳动上偷奸耍滑，等等。队长韩开国听着，知道他的心病。他对范朝没啥好感，可也不反感，只是觉得他还是个十八九岁的城里人，来白雁五队两三年来，还有些方面不太适应，也正常。据他打听，范朝比其他生产队的知青好多了，与他同来的其他队的知青，甚至有明目张胆偷鸡摸狗、耍横耍赖的。或许范朝来自城里知识分子家庭，平时规矩得多，他几乎没跟他同来的其他生产队的知青们一块鬼混。至于他和程夏夜里私会的事，他也觉得他都十八九岁了，在农村里都到了结婚的年龄，人家要朋友可以理解：“至于通奸，是不是被抓的现场？如果没有，就别这样说。你娃娃秦勇再迟个几年谈亲事也不迟。要不然，我老伴给侄子留心留心，看有没有更适合的。那程永安地主家的娃娃，本来成分就不好，你怎么能去沾呢？"

秦正高听到最后，窝一肚子气找不到地方发作，想到他马上不当队长了，不想和他计较，转身离开。他要把范朝彻底搞臭。第二天，他老婆就在社员中散话，范朝来到队里，从来就没做过一件好事，就是个好吃懒做，成天瞄着女人，心怀鬼胎的人，城里的二流子。社员们都知道她丈夫的做事风格，从她的话中就已经听出范朝极有可能面临一场麻烦事，大家都不敢多说，怕惹火烧身。

秦正高差点想让儿子秦勇暗中将知青收拾一顿报仇，可担心暴露了影响不好。他又吩咐儿子晚上悄悄盯程夏的行踪,等她和范朝勾搭成奸的时候,把他们抓个正着,然后把他们暴露在光天化日之下,扭送公安机关。秦正高的儿子秦勇原来就对程夏想入非非,对这场婚事抱了很大的希望。程夏的拒绝,让他顿感颜面扫地,爱转化为仇恨。听说是知青捣鬼后,他对知青恨之入骨,程夏和知青约会的消息让他痛苦得身体发凉。即使没有父亲的建议,他也已经想到这里了,这是让他能打击女方,挽回面子的唯一方法。

范朝与程夏在生产队放电影时约会的事被人发现后,二人一时间不敢来往了。程夏由衷地希望能像别人家一样,找人大胆地向自己提亲,一切都就顺理成章。范朝也知道这是可以避免闲话,打破局面的最好办法。终于,这天晚上,他来到小四花猫家里,全家正在吃饭,他等他们吃过,半红着脸把自己和程夏的事跟韩叙芳说了,请她帮忙,去向程夏的父母提亲。韩叙芳听着,问:"你以后就在生产队里,不回城里去了?"

"我不想回去了,在这里,大家对我都挺好的,我已经喜欢上这里。"

韩叙芳倒是愿意为他去向程增福夫妇说,可她担心这样更会得罪秦正高。她说:"我觉得,你还是先征求你家里父母的意见吧,如果你父母同意,能够亲自来一趟,更好。"

陆选南也考虑到这一点,他也担心这时去为范朝提亲,对秦正高家来说,就是火上浇油,与他作对。他说:"估计此时其他社员也没谁愿为你去提,去跟秦正高结仇……你既然决定了,真想这辈子和程夏在一起,那就得不怕,大胆地在一起,让大家瞧瞧,知道你们是自由恋爱的,大家就没话说。可是,你一定要跟你家里报告清楚。"

知青犹豫着,好像不敢给家里写信,害怕父母不同意。

生产队四组靠公房左侧野桑坡后面那片叫乱石滩的荒石坝子,足足有四五十亩,乱石滩下面就是河。坝子里面是远古时候不知什么原因形成的乱石堆、沙石堆、泥堆,足足有两三百堆,有的有四五米高,有的两三米高，如同一个个小馒头，里面有大蛇、野獾等动物，还有老人们的关于鬼的传说，怪吓人的。五年前"农业学大寨"的时候，大队支书王向荣被公社派往山西参观了大寨，回来后在大队搞几个农业学大寨的典型，向荒山要地，向荒山要粮。于是生产队组织大家唱着歌，喊着号子，对这片乱石堆进行了大规模的整理。因为乱石堆数量太多，当时清理了大约三分之二，清理后变成了耕地。还有小部分没清理的乱石堆，约占三分之一，十五六亩，一直杂草、杂树丛生，平时没有人进去。因为里面杂草杂树深得能没过人头，而且在乱石阵中人还会迷失方向。韩开国、程永华和秦正高召开会议，又决定全队动员，继续发扬大寨精神，要把剩下的荒石堆全变好田地。刚好入冬，天气还比较暖，庄稼又基本侍弄完了，于是，这天生产队把全部五个组的社员统一安排，在队长的带领下，大家又敲着锣，打着鼓，韩叙芳又领唱那支唱过的歌曲：

毛主席号召农业学大寨，

大寨精神记心怀，

自力更生，艰苦奋斗，

誓把山河重安排……

大家唱着来到荒石坝。队长带着几个组长，一边拿着大镰刀、大木棍劈草劈树开路，一边画线，分成五个区域，五个组负责一个区域，要把所有石堆夷平，再铺上泥土，让它成为能耕种的土地。

这又是生产队里热闹的时候，孩子们都跟随着大人来到这片荒地上，因为冬天一般不可能有蛇，所以大人们也任孩子们三五成群地在乱石丛中玩。大家拿着刀、锄头、大锤、铁锹开始搅动乱石堆。乱石堆基本都是风化石，首先得全部撬松撬垮，这几乎都是男人们的事，妇女们只将男人们撬垮的石块敲碎弄平整，然后再从附近挑泥覆盖。男人们砍下来的杂树堆成了小山堆，没参加的老人们就忙着往家里拖，晒干做柴，几个老人还争得差点吵起来。不时从大家的嘈杂声中传来惊叫声，原来是飞出的野鸡被谁抓住了，忽然又跑出了几只野兔，大家喊声震天地围堵。陆选南他们这个组的区域杂树少得多，石堆消灭起来也容易些。这些乱石堆是上百年没人理会的，小四花猫和小猪儿一块，跟在大人后面，也希望能发现稀奇的野物。陆选南和韩开佑、范朝几个人撬开一个石堆，果然从里面跑出来一只大老鼠，可它迅速逃到别的石堆里去了。陆选南沿着鼠洞清理，结果发现了让孩子们惊喜的东西，原来这个鼠洞居然是老鼠的"储粮洞"，在洞的角落里储存着一小堆花生，有的已经被咬碎，可大部分是好的，足足有三四十粒。几个大人高兴地马上把它弄出来，各人吃了几粒尝尝，然后全给两个孩子，让他们赶快拿到别处去悄悄享用。

不一会儿，大家都不时地挖出了蛇，有很大的乌蛇，还有花蛇，因为是冬天，这些蛇正在冬眠，一动不动的，都没有伤到人，全部被打死，埋在石块下面。乱石头全铺在坝子里不行，因为有的石块一时难以风化，又难打碎，即使像以前那样，在上面铺上层土，种庄稼收成也不好。有人建议，平整度好的石头，这次选出来直接用于砌地中间的生产道路，其他的不要。队长同意了，然后让大家一边挑选砌路，一边把没用的大石块抬到坝子周边，重新堆放，做成围墙的样子，实在堆放不了的就直接扔到河里。还有大堆大堆没人要的枯草，放火烧成灰，撒在地里。

每天早上，队长吹着出工的哨子，各个组的社员到乱石滩集合，大家在韩叙芳的带领下，唱一支歌，每天换着唱，然后开始动手做。虽然开始都干得如火如荼，但劳动量大，渐渐地，大家懈怠了，一周过后，生产队决定把任务分解到各个家庭，各自完成后记工分，如果自己不能完成的，可以任务和工分同时转让给其他人，这是个创新的做法，立即得到不少人的支持。可在具体划分任务的时候，争执就起来了，这家说自己家负责的搬运的石块多了，别人少了，那家又说自己家负责的面积宽了，别家窄了，总之争吵了一个上午，最后还是勉强分下去了，大家都基本认可。范朝只要了一个人的任务，他的任务地块和程夏家的任务地块只隔两三户，有社员就看见他一边搬运石块，一边和程夏眉来眼去,就故意提醒他,要认真干活,别不留神石块砸着脚。对于他和程夏的事,他由开始的躲避,到经过韩叙芳的开导后,自己也忽然间想明白了,不就是自由恋爱吗?为什么还被人当成异端呢?明枪暗箭的议论就是种落后!要给他们正面的回击。如此一想,他的胆量迅速地就大起来。

他发现,生产队分给程夏家的地块面积虽然和大家一样大,可上面的乱石多得多,他们也没敢多说。只有程增福一个男劳力,他还带着病的样子,程夏和她母亲两个女的搬弄石块非常吃力,他看在眼里,疼在心头。他把自己的地块整理了一半,就直接走到程夏她家的地块上,故意大声地说:"程叔、婶子、程夏,我的活轻松些,帮你们做做。"

附近几个地块的社员,齐刷刷地看着他,好像发现了怪事,可谁也没说话。他大方地走过去,动手就帮他们搬石块。程增福夫妇对他的举动也非常意外,望着他说不出话,半响才慌忙推辞:"我们能做,我们能做,你忙你的。"

他望着程夏微微一笑,程夏脸红了,可明显是认可他的做法。程增福夫妇虽然推辞,但也不便硬生生地拒绝人。范朝就这样勇敢地跨过了第一步,在大家的惊诧中,他和程夏一块搬石块;或者程夏铲泥,他帮着挑,两人虽然一句话也没说,可已经达成了默契。收工的时候,他终于擦擦汗,望着心上人笑了,程夏也报之一笑。

接下来的几天,范朝很快就把自己的地块整理完了,然后全心全意地帮程夏他们平整石块,完全和程夏在一块,一块挖泥,一块抬土。两人越做越有精神,程增福夫妇看着这一切,在众人的眼光和范朝的热情中,渐渐地默认了。

因为收拾乱石滩的劳动量很大,生产队临时决定,杀一个猪,为大家改善一下生活。只是这时的猪不大,是个老不长的"长寿猪",喂一年多,毛重才一百三十多斤。选送了个小的到公社屠场,然后把这个"长寿猪"杀掉,大家都欢欣鼓舞,平均每人分得肉二两五,算打一回牙祭，把"学大寨"推向了一个高潮。范朝和程夏的事，在这回"农业学大寨"中，也被众人接受，没有谁再阴阳怪气地说话了。

第15章

儿童节来了，今年公社为各个小学校安排了一场免费电影，是动画片《乌鸦喝水》《小猫钓鱼》《大闹天宫》三个合放，在五河公社的电影院放映，这是电影院首次放动画片。课间操的时候高校长宣布，明天上午，各位同学自行到五河公社的电影院前面的坝子上会合，各班的班主任老师会提前在那里等候，各位同学到后，在老师的带领下排好队，按场次进场。因为明天要播放六场，每场安排五河公社的两个大队的小学生，而白雁小学被安排在第四场，中午十二点半进场，所以上午十一点半必须到电影院外全体集合等候。这个消息让大家欢呼开来，唯一让人不舒服的是老师安排看完电影后，下周每人要交一篇三百字的作文。大家听着又响起一片"啊"的叫苦声。新来的金老师理解大家的心情，笑了，最后宣布算了，不写了，并且决定今天也不布置其他家庭作业。叫苦声马上变成一片欢呼声，刚放学，大家就一窝蜂走光。

第二天老早，陆运红悄悄把自己存的零花钱拿了两毛揣在身上。钟强、秦明明、秦小军，已经来家里叫他，四人凑在一块，慌忙地沿着新修的公路向五河公社去，一路上全是三三两两的同学，吵闹着。不一会儿到了乡场上，这天不是赶集，小小的集镇上全是学生，六七个小摊点和供销社里到处都挤满了来看热闹的同学。因为来得早，其他学校的同学正在电影院坝子里排队等候，挤得满满的，闹嚷嚷的，也还没见到班主任老师。总之还早，几个人就跑到外面街上耍，不经意就看到了三三的伯父秦祖年摆的补锅摊，今天不赶集，他也来了，原来前天的生意很好，收的锅一时没补完，今天也凑学生们的热闹来继续补。几个人围着补锅摊蹲下看，秦祖年正拉着风枪，他笑眯眯地看了几个娃娃一眼,说待会儿要和他们一块去看电影,然后拿两毛钱给秦小军,让他招待大家,然后继续忙。秦小军接过他伯父给的钱,和其他伙伴一起走开了。走过凉水摊前,陆运红挺慷慨地给几个小伙伴每人买了一杯红色的甜甜的凉水,每杯一分钱,一共四分钱。他担心喝凉水的时候碰到班上的其他同学,如果同学来多了,肯定就不好了,幸好没碰到。然后又去供销社的柜台上买八颗糖,每颗一分钱,他一共花了一角二分钱。秦小军将伯父给的钱在外面小摊上买了五分一杯的瓜子两杯,花了一毛。这个节日,四人的零食算是丰盛的。

几个人欢喜地一边吮着糖,一边在五河场上各个角落里乱闯。公社小学校和中学在电影院隔河的对面,有一座两米宽的钢缆桥相连,他们又沿着晃荡的缆桥走到对面,到学校里去看一圈。学校里还有好些学生在打乒乓球。人家公社小学果然好得多,很多教室都是砖砌的,木板房教室只是少数。从窗口往他们的教室里看,课桌都很整齐,没有破的,也没有木黑板,黑板是贴在墙上的。他们又跑到旁边的五河中学去玩。中学里正在上课,四人沿着教室窗口窥探各个班级,他想到大哥陆运新也在中学,就带着几个小伙伴找。好一阵找到了,几个人挤在窗口看,老师正在讲数学,忽然老师转过身来,看到他们,喝了一声:"到其他地方去玩,别影响上课。"几个人吓得赶快溜走。

他们回到电影院坝子的时候,又等了许久,终于等到白雁小学的排队时间。金老师也来了,高校长也来了,他们各自站到自己的班级里,虽然仍然闹哄哄的,但大家终于把队排好,校长站在坝子的前台上,给大家讲话:

"今天,我们全校同学尤比欢快地聚在这里,过自己的节日。我们应该牢记,是在党中央的英明领导下,我们才有了今天的幸福生活,过上快乐的儿童节。想我们的前辈们,抗日战争时期的儿童们,他们过的是怎样的日子呢,日本鬼子四处轰炸,饥寒交迫,小英雄王二小还牺牲了……"

最后校长提议,在进场之前,大家唱一支歌。可歌刚唱到了一半,前场已经散场，大批的其他学校的同学涌出来，大家担心挤不进去，就开始往里挤，歌不唱了，队伍马上乱动，老师招呼也不听，大家喧嚷着各自凭着气力往前挤。不一会儿，主人公和秦小军手攥着手，进去了，里面根本没人听招呼按班级坐，他们忙找个最好的位置坐好，随别人怎么挤。这时他们发现，前面的座位下还躲着三位上一场没出去的其他学校的学生，他们原来想多看一遍，已经没有人能把他们清查出去了。

二十分钟以后，在闹哄哄当中，灯熄了，电影开始，大家安静下来。第一次看到动画电影，他们感觉特别新奇。课本上学过的《乌鸦喝水》《小猫钓鱼》不说了，最让人激动的《大闹天宫》的故事，陆运红曾经听范朝讲过，所以并不陌生。最让他佩服的倒不是孙悟空的武艺高强和七十二变，而是如来佛的法力。因为孙悟空那么厉害，最后被如来佛祖轻轻一掌就压住，他曾经做梦都想能有那样的法力，如果张飞也能有，那打败吕布、马超那些大将就是不费吹灰之力的事，他用不着替张飞操心了。他一边看着，一边以先知知觉的优越感给秦小军讲着屏布上即将出现的下一个情节的镜头，可令他如鲠在喉的是《大闹天宫》要完的时候，他已经向秦小军预告了孙悟空要被如来压住，却没出现这样的结局，而是齐天大圣的旗帜插上了花果山，就没了。明明还有啊，他气得手在膝盖上狠狠地捶了几下，只得痛苦地接受现实。

这场结束了，电影院的门打开，看着往外蜂拥而出的人群，他马上和秦小军想到一块了，不出去，像前场那几个人一样，躲起来，多看一场。接着他们就找几个暗的座位躲起来。其实因为人多，又都是学生，电影院里根本就没认真清场，下一场的学校同学们进来，门关了，灯关了，又开始了。他们又随便占个位置坐着，只是为了不被发现，两人都一声不响的，做贼一般，又看一遍，简直相当于过了两个儿童节。看完这场，确实没被发现，于是秦小军说要不要躲起来，再看一场。陆运红也想再看，可想到再看的话，说不定回家时天要黑了，二人还是犹豫着挤出来了。走出电影院大门的时候,白雁小学的老师和同学们早都走光了,还有最后两个学校的同学们正在准备排队,他们急忙往回赶。

儿童节过后没多久,期末考试就来到了,而且这次期末考试特别不同于以往。

学校里平时政治活动虽然抓得紧,但还是很重视教学的,每个年级每次考试,老师都要把甲班和乙班学生的成绩拿出来比较。前一次单元测验,乙班的前五名是陆运红、秦超、许韵芹、韩兴贵、石兵,甲班的前五名是王洪亮、冯小强、卢红芬、周晓玲、孙舰,而陆运红在甲乙两个班的总排名中,依然只是第三名,比冯小强低了三分。他不服气,可也闹不明白究竟是什么原因,每次都要丢三落四的。接近期末考试了,他又一次下决心要超过甲班乙班所有人。可刚下决心没几天,听说是全县统一考试,并且要发油印的试卷,这对大家来说是很新鲜的,因为以前每次考试都是老师在黑板上写题,大家拿白纸或本子在下面做。

这回期末考试,比历次考试都隆重,校长甚至为此召开了全校大会。学校按要求把各个年级打乱来考。一年级和四年级被打乱了,每张桌子上,坐个四年级的同学,再坐个一年级的同学。监考老师也是从其他大队学校互换过来的。这给大家增添了紧张气氛。金老师又忙安慰大家,别过于放在心上,就像平时考试一样就行了。语文和数学被安排在一天内考完。

考试很快到来了,陆运红依然不以为然,估计就像金老师说的,应该和平时考试是一样的,所以他像以前一样成竹在胸,信心满满的。可来到四年级教室,当身边坐着个陌生的高年级同学的时候,他还是有一点点小紧张。这一次,他决定认真地做,绝不能像以前每回考试那样溜溜地老早就做完后坐着乱想。

语文考试卷发下来,他拿到试卷一看,心里忽然紧张,头道题是很陌生的看拼音填空题,回忆了一下,基本确定无误了才填上去。

接下来的题，一大半的题不能像以前考试那样做完了可以百分之百感觉是对的，总是磕磕碰碰，让人满腹狐疑。题做完时，离考试结束时间还不到十分钟。以前每次考试往往不到一半的时间，他就能把题做完而且信心满满。可这次仓促得连检查的时间也不够，并且一半的题没有把握，他感到自己要完了，原本要超过所有人拿第一的野心一下子被打趴下去了。他匆匆检查一遍，许多题依然只是模棱两可，时间到了，他失望地走出教室。

和同学们对答案的时候，让他感到有些松口气的是居然听不少同学说，题目太难了，他们没做完，也有老师说题目超过了大纲范围。可他和石兵说的时候，石兵挺高兴地说这题他觉得不难，他就喜欢做这种题目，这让他刚有点放松的心又高悬起来。上午的考试结果直接影响到了下午的数学考试，考完的结果和上午几乎一样让人灰心，他简直没信心和大家对答案，直接一个人就回家去了。一路上，他甚至开始恨学习，要不下学期不读了！

他度日如年地盼着成绩早点下来，又怕听到成绩。三姐和大哥也考完放假回家。三姐知道他以前在班上名列前茅，这次回到家，看到他苦着一张脸，知道他肯定考糟了，幸灾乐祸地说："我就知道你越往上读，就会越往下滑，跟我们一样，活该，嘻嘻，肯定还不如我当初读一年级的时候。"

他气得马上把面前的一个烂红薯块给三姐踢去，烂红薯块飞到三姐小腿上，溅开来，把她的裤子搞脏了。三姐气得马上跑过来，抓住他的衣服，手指骨在他的头上重重地敲了几下。两人扭在一起，大哥看到了，吼了一声，把二人吼开。

接下来几天，三姐又开始故意戳他的痛处："今天我意外碰到你们老师，他说你的成绩出来了，一百三十三分，降到班上第十名了。"

"不可能。"他大声说，可非常惊慌，这和他估计的成绩差不多。

"打赌？"陆运芹说。

他信以为真，怕极了，也不再问，几乎要哭，三姐却在旁边火上浇油:"今年甲乙两班合在一起算,你十名都不止,可能在十七八名左右。"

他飞起一脚,要向三姐踢去,又被大哥喝住了。

总之,他受了整整一周的精神折磨。星期一,他和秦小军、秦明明、钟强一块去学校拿通知书。几个小伙伴没事一样,一路叽呱着,他提心吊胆地往学校走,每走一步都像离毁灭更近一步,总之,他有些不想读了。

成绩在金老师手上。金老师说都考得不好,可当着全班同学公布所有人的成绩的时候,她还带着笑容,说结果并不让人意外又让人意外。并不让人意外的是所有人都考得不好,甲乙两班中的最高分,只有一百五十八分,足足比期中考试的最高分低了二十五分,第二名又比第一名足足低了十二分。陆运红心里咚咚地跳,不知道自己差到什么样子,金老师又说:"令我欣慰的是,这一次考试,年级的最高分也就是第一名,落在了咱们乙班……"

金老师故意拖延了一阵,然后说:"我们的班长陆运红,这回考了第一名。"

全班同学开始鼓掌,老师也鼓掌祝贺,陆运红听了,差点信不过,可立即也相信了,一块石头顷刻间落下,过程可谓惊心动魄,他忽然感到前所未有的轻松。掌声过后,老师继续通报考试的情况:年级第二名是甲班的王洪亮,一百四十六分;第三名是石兵和甲班的卢红芬并列,一百四十分;许韵芹和秦超、韩兴贵以及甲班的冯小强、周晓玲、孙舰,都在一百三十分以上,相差不多。而两个班不及格的人数,乙班比甲班仍然多七八个,两班的平均分,甲班还是比乙班高。

老师给班上的前五名都发了奖状,除了奖状外还发了两个崭新的作业本,还有一个图画本、一个写字本。陆运红带着前所未有的得意回到家里,故意把奖品拿在三姐面前晃了又晃,三姐仍然鄙夷地撇撇嘴,假装一点都不眼红。父亲听说他又是班上的第一,总之是超过秦正高的儿子,就渐渐地不再过问了。

这一回考试成绩的全面下滑，大概给学校的教学敲了个警钟，学校开始对教学进行一些调整，更严格了。

第 16 章

三姐毕业了，她考上五河中学，比录取分数线一百三十二分只高了零点五分，全校甲乙两个班考上中学的仅九个人。既然三姐考上了，父亲和母亲下学期还是要让她继续读书的。没多久，初中毕业的大哥也得到通知，他考上了县里渡头中学的高中班，也仅仅比录取分数线高三分。渡头中学里办有两个高中班，录取分数线比县中学低二十分，能考上渡头中学的高中班，这在全生产队也是没有的事，可是，家里的经济压力更大了。父亲已打听过，陆运新念高中，学费每期就要七元，每周生活费至少要一元五毛。而从家里到渡头镇，走路有三十公里，如果从五河场坐船，每次要一毛，到凤凰公社后才能坐上车，坐车要三毛，每周来回的话，就要多八毛，每周要二元三毛。陆运芹念中学，下学期学费又要五元，住校，生活费每周也要一元二毛。晚上，大哥正在灶下做饭，父亲和母亲在堂屋商量，再三权衡，是不是让陆运新不念了，回队里挣工分。母亲说高中也只有两年啊，再苦也就苦两年吧，下个月跟生产队说，照顾一下，争取家里能喂上半年牛，让孩子多读些书。大哥表示如果去渡头镇念书，每个月回家一次，可以走路，不用坐车和船。于是，父亲也没过分坚持自己的想法，又准备去求韩队长和秦队长，分粮的时候要向生产队里再借点粮，打成了米，然后赶集的时候拿去卖，能划算些。

一般年底的时候，借粮的人比较多，而此时提出借粮，应该是特殊原因。以前借的粮，每年还点又借，借点又还，到现在还差生产队五百多斤，几乎要抵家里一个半人每年分的全部稻谷、小麦、玉米、高粱。因为和秦正高关系比较僵，父亲最先找韩队长说，韩队长为难地说："选南啊，不是我说啊，你们家里现在欠的粮，在生产队里已经是比较多的了,再借,就是我同意,别人也要说,我怕镇不住啊。"

"舅舅,你就再帮个忙吧,帮我向秦队长和队里党员同志们说说,娃娃们都开销大啊,就借一百斤吧,再多我也不敢借。"父亲原打算开口借二百斤的,此时忙减了一半。

韩队长沉默好一阵,说:"我跟他们说说看吧。选南啊,你这么年年借不是办法。"

过了两天,韩开国告诉他,他同党员干部们都说过了,大家考虑了一阵,粮食保管员王进昌认为不能高于八十斤,秦正高也只同意八十斤,就这样吧。陆选南听了,只好连声对韩开国表示感谢,在队里借了八十斤谷子,准备打米给大儿子陆运新,卖点再换点粮票。

结果父亲跟生产队说,今年照顾喂半年牛,没成,争着喂牛的人多。刚好生产队里母猪下了一窝小猪,猪场圈舍养不了,准备包给社员们养,养到五十斤以后再还给队上,计工分。其中有个最后生产的小猪,满月后比其他小猪小一半,并且带有残疾,拖着腿,专吃不长,没人想要喂,队里就准备扔掉,韩叙芳愿意养这个不要钱的小猪,就把它捡回家里喂。

陆运红外婆家在离白雁五队五十多里的大坪公社,全是山路,外公去世多年,外婆七十多岁了。外婆因为脚小,走路很不方便,所以很少来看女儿韩叙芳。陆运红出生的时候,她来过,这些年就没再来了,韩叙芳每年都要回娘家看母亲一次。韩叙芳有两个哥哥,也就是陆运红的大舅和二舅。大舅带着生病的五表哥去渡头镇里治完病回家,顺便折到白雁大队来看望妹妹韩叙芳,他给家里捉来刚孵出八只鸡崽,韩叙芳忙将用笼子把小鸡养了起来。

五表哥韩雷只比陆运红大五个月,也刚念完小学一午级,可他们是第一次见面。在韩叙芳的介绍后,他们很快就玩在了一起。他们先从成绩比起,然后比各自班上谁的力气最大,谁最受老师喜欢,谁最讨厌。韩叙芳向大哥问老家今年的情况,还有陆运红的二舅家的情况。吃过午饭,下午,大舅执意要带着五表哥回去,母亲留不住,只好让陆运新和陆运红送他们一程，到五河公社场上去坐船。

　　兄弟二人背着背篓，拿着草刀，准备送大舅离开，回来的时候顺便割些猪草去生产队里过秤。也许是就该他们有笔小小的收入，他们陪着大舅父子二人沿着新修的公路朝五河公场去，把二人送上船，又沿河湾一边割草一边往回走的时候，陆运红忽然在草丛里发现了五朵特别大的鸡枞菇。陆运新忙过来，二人又惊又喜，小心翼翼地用刀撬开泥，然后全部挖出来，准备拿回家，今天晚上可以吃一次美味。他们返回到大路上，碰到七八个人，与他们擦身而过。这些人看到了二人背篓里这几朵大大的鸡枞菇，一起惊呼开来，接着有两个人急着问陆运新："你们这菇卖吗？怎么卖？"

　　陆运新还在犹豫，其他几人也围过来，让二人将背篓放下，每人手里拿了一朵，一边欣赏赞叹，一边继续问价。陆运新还来不及说价，其中一个急着开价了："每朵两毛，行吗？"

　　另外一个抽着烟的男子却立即涨价："每朵三毛，我全要。"

　　五朵菇就是一元五，陆运新动心了，正要说行，另外一个戴着草帽的马上又加价："别把人家当小孩子哄，做人像样点，我出四毛，每朵四毛，全要。"

　　"我出八毛！"受到指责的抽烟那位赌气地吼了一句。

　　"老子一元。"戴草帽的也不示弱。

　　"老子一元五，你要咋样？"抽烟的说。

　　"老子两元。"戴草帽的把手中的那朵菇往地下一摔，顿时摔个粉碎。

　　两个被迫充当卖主的人插不上话，可蘑菇被摔坏了，他们不知所措。此时抽烟男子讥笑似的挤兑戴草帽的："我看你今天就得出两元买了，你都已经给人家摔坏了，怎么办？"

　　其他几个人忙将手里的蘑菇放回背篓里，要置身事外。草帽男子受不了对方的话，烟一扔，从裤兜里拿出个黑色钱包，拿出一张面额十元整的钞票，猛地塞到陆运新手上，对抽烟男子说："老子买了，你敢咋样？"

他将余下的四朵蘑菇拿在手上，一路骂着，一路走了。哥俩拿着这张有生以来摸到的最大的钞票，蒙了，以为是梦。陆运新急忙拉着弟弟，背着半背篓草，一路小跑着回到家里，还害怕买家后悔追上来退钱。

兄弟二人回到家里，却打起了小算盘，没将事情告诉父母。陆运新告诉弟弟，准备给他两元钱，其余的他留着念高中的时候做生活费。这下陆运红感到太不公平了，说蘑菇是自己发现的，无论如何至少也要五元钱。两人嘀咕了半天，大哥勉强让步，同意给他五元，可大哥身上只有存了很久的私房钱一元，没法给他五元，这十元整钞一时还找不到地方换开。大哥准备先给他一元，明天换开后再给他余下的，他勉强接受这个方案。可第二天中午了，大哥还什么也没提，他怀疑大哥不会再给他了，于是和他扭着要。陆运新被他缠得烦，喝一句："没了，今天早上掉了，不知道掉到哪儿去了。"

这还了得，他马上哇地哭起来，而且哭得很伤心，把大哥给他的那一元钱扔在地上。恰巧三姐回来，发现了，惊得不知怎么回事，以为他拿了爹和娘的钱，忙把一元钱捡到手里，他立即又哭着去和三姐抢。

他抢不过三姐，结果哥俩发横财的事晚上就被父母追问清楚了，十元钱被母亲收缴，父亲把兄弟二人骂了一顿，二人谁也不敢再说。五朵蘑菇，一共大不了能值两元钱，却卖得十元钱。末了，母亲说："早有这个钱，咱们也不用去求生产队找王进昌、秦正高再借粮。"她说这钱就留着给陆运新开学用，加上八十斤谷子打米卖的钱，可以当学费和两二个月生活费。然后，母亲把陆运新的那一元还是还给他，又从自己荷包里拿出一张面值两毛、一张面值一毛的钞票，将两毛的给小儿子，算作奖励和安慰；另外一毛给了女儿陆运芹，算分享。至此，陆运红再也不敢奢望五元，甚至是大哥的那一元，只得垂头丧气地拿着。陆运芹也把嘴巴噘得老高，说给弟弟多了，自己少了。母亲又责备好几句,最后谁也不敢再说。大哥陆运新大方地把自己的那一元钱拿来,在母亲那儿换开,又给妹妹和弟弟每人一毛,两人才破涕为笑。三姐表示,下次赶集的时候,她可以招待陆运红喝一杯很甜的凉水,陆运红鄙视地表示记着了,因为三姐的承诺很多都没兑现过。

又是新的一学期,家里三人都上学了。大哥和同大队的另外一个同学上渡头高中班,两人结伴而行,徒步去学校。三姐上初中,也只能住在学校了。家里平时就只剩下陆运红和父母,有时他还要去听范朝晚上讲故事。每天早上,母亲给把早饭给他热好,他吃完就去叫小伙伴秦小军一块上学。可是秦小军越来越懒,好多时候叫他,他还没起床,他就一个人上学了。

新学年刚开始几天,陶老师在班上宣布一个消息,班上经济困难的同学,可以申请减免学费。减免的学费最高可以到一元,但享受减免待遇的只能是贫农和贫下中农家庭的学生,由学生家庭提出申请,到生产队和大队盖章,然后交到学校,由老师们根据情况评定。老师刚把话讲完,同学们就嘈杂起来。老师显然想偏向学习好的学生,直接就说:"比如陆运红同学,家里是贫下中农,平时最听党的话,勤奋好学,是最应该享受减免待遇的。"

他回到家里,跟父亲说了老师的话。于是父亲写了个申请,申请减免一元钱学费,找韩队长盖个章,签了字,又到大队里盖了章,交给儿子,带给老师。老师收下了,说申请要两个月才能批复下来。班上一共有十个同学交了减免申请。

大哥和三姐都基本不在家里了,家里空荡荡的,他忽然感到不适应,开始盼着星期天,大哥和三姐能回到家里来。三姐倒是每周六下午回家,大哥却一去就好像没了消息,他现在有些后悔跟大哥争卖蘑菇的钱了,因为大哥在外面念书确实需要钱。每每想大哥的时候,他就越讨厌自己。身上揣着的几毛钱,他没用,藏在上学期的语文书里夹着,然后把语文书藏在自己的一个小木盒子里,每过些时候,拿出来看看就挺满足了。他想等大哥回来,把他给的那一毛钱还给他。

自上回清理乱石滩时生产队里杀猪，好久都没吃肉了。平时，哪家想要吃回肉，只有自己想法子，偶尔有少数人家会将分的肉卖掉，换别的生活用品，这时可用钱在赶集的时候买点，五河公社屠场里凭肉票供应。小伙伴三蛮子钟强得了肺结核，请假休学，他父亲"鬼头鸟"钟向尧在公社医院里开了诊断书。得了这种病，凭诊断书和医生的处方，每三天可以去供销社领半斤肉票，然后拿到公社屠场割半斤肉。以前从来没谁知道有这种好事，于是，三蛮子生病期间，他父亲"鬼头鸟"就巴望着去割肉，一来二去，和医生熟悉了，因为同一个姓，认了兄弟，就常找医生开处方。医生也是很善良的人，没多计较就给开。一段时间里，队员们不时都看到三蛮子家在公社屠场割肉吃，这个消息悄悄地在队里蔓延开去。有人怀疑他家拾得了金元宝，或者在家里的地下挖到了前人埋的银子，悄悄在外面换了钱。各种传言都有，因为韩叙芳是三蛮子的干妈，他们两家走得比较近。这天傍晚，陆选南和韩叙芳从大寨地上回来，正准备吃饭，三蛮子的母亲李守珍拿着一个瓷盅，悄悄来到家里。李守珍把瓷盅从怀里掏出来，放在桌上，对韩叙芳和陆选南说："你们全家也尝尝。"

一盅香喷喷的炖肉，让全家人都意外，父亲惊异地小声问："现在还有这东西吃，是在哪儿发了财啊？"

"你们说笑话，不是的，我们家能发什么财呢？"李守珍小声地说。接着她把孩子得病，丈夫怎么得到公社医院医生的照顾，怎么去开处方的事说了。原来他家这段时间吃肉是这么回事，全家人吃过她送来的这盅肉，鬼鬼祟祟感谢了她。接下来，隔三岔五，"鬼头鸟"就偷偷送来一盅肉，让孩子们打打牙祭，全家一边享受着，一边提心吊胆地保守着秘密。

但没有不透风的墙，不久，副队长程永华也知道了这事，他甚至托"鬼头鸟"帮忙，也给孩子开处方单，假装得了肺结核。"鬼头鸟"也办到了，没多久，这成了公开的秘密，小半个队的人都知道了。托他的人多起来，三组好几家人都心照不宣的，都有肉吃了，在公社屠场排队割肉碰到的时候，也都假装不认识，或者说是帮别人割的。终于事情传开去，副队长家也经常割肉的事明显不正常。另一个副队长秦正高也想通过三蛮子家弄点肉票，可是因为人实在太多，"鬼头鸟"怕出事，加之对秦正高反感，就不找医生办了。秦正高马上心里不痛快，把这件事悄悄捅到了供销社，接着又反映到大队，于是锅盖一下子被揭开，大队让队长开大会全面清查。全队除了三蛮子一家，牵涉的有八户之多，他们的孩子清一色得了肺结核，诊断书和处方都是仿造的，吃过肉的就更多了。从公社医院开始清查，开处方的医生说是处方单被人盗了。然后大队责成队里问钟强的父亲"鬼头鸟"，盖好章的处方笺是哪里得来的，"鬼头鸟"说是在医院为孩子看病时从过道上捡到的，捡到后他对着医生的处方笺模仿着填病情。于是韩仁清、钟仕年、秦家和等八户人家的孩子都得上了肺结核病，多的骗取肉票三四十斤，少的也有五六斤。这是大队发现的惊天大案，尤其是副队长程永华参与其中，问题就严重了。公社派出所成立了专案调查组，历时一个星期才调查完。

"鬼头鸟"迅速被抓进去，以仿造票据罪被拘三个月，还罚款三十元。副队长程永华差点也坐牢，据说他那个在县工业局的亲戚张国荣帮忙说了几句话，后来，他被开除党籍，还被撤销了副队长职务。秦正高成了仅次于韩队长的人。其余八家社员分别被重重地罚款，陆选南家因为没有参与伪造处方骗取肉票，仅是吃了几次"鬼头鸟"送来的肉，被批评教育了。按秦正高的建议，生产队写标语之类的事情，再不能让他这种觉悟低的人参与，韩叙芳也不准再教大家唱歌。于是陆选南一家成了普通社员，贫下中农的身份带来的仅有的一点优越感失去了。

三蛮子的父亲被抓去坐牢了，三蛮子的母亲伤心地哭着回家，因为主要劳力不在，她一个女的要养两个孩子，虽然三个月时间不算长，但这几个月没工分，又挨了三十元罚款，本来日子就难过，今年该怎么过？这成了她家最大的难题，被处理的队长程永华感到过意不去，他把受了她家好处，总的来说没受太大处理的几家请到一块商量，要不每家先匀一点粮食给这母子三人，帮帮他们。陆选南倒没意见，可另外有几家人闷着不开腔，其实大家家里也很困难。末了，程永华表示，各人量力而行，不拘多少，暂时就这样说定。

其实这事对韩叙芳的打击是很大的，因为她喜欢唱歌，也喜欢上了教大家唱歌，还能挣点工分，大家也喜欢听她唱。她还有一个小本子，上面记录着许多歌曲的歌词，她不识谱，这些歌曲都是听广播自学的，对着歌词她就能唱得很好。有《十送红军》《社员都是向阳花》《盼红军》《王二小》等三十多首，现在再也不能带着大家一块唱了，工分丢了还是次要的。她独自伤心了许久，把记录歌词的本子放在木箱里锁上了，再也不看它。

在把乱石滩改造成良田的劳动中，范朝和程夏的事已经彻底公开。现在生产队里又有人私下里开始议论，议论地主家庭（虽然已经改成了富农，大家还是记着其地主成分）不知天高地厚，想攀高枝，巴结城里人，将来不会有好结果，基本和韩叙芳的想法一样。这些议论，其实又夹着丝嫉妒的成分，希望程增福倒霉，总之地主家庭是不该有这样的好运的。也有人开始说知青不和地主家庭划清界限，反而对其讨好，这是个别的。主要是秦正高的老婆为儿子的事愤愤不平，可她的说法也没人理会。总之，范朝和程夏的关系已经大白于天下，嚼舌头的舆论改变不了事实。

他们现在经常在一块，每天收工，范朝都会去程夏所在的三组，送她回家，帮她家挑水。没做工的时候，还专门去她家，和她一块去割草送猪场，程夏也不像以前那样阴郁了，脸上荡漾着的笑更迷人。

这个冬天直到过午前，这块上百年无人理会的乱石滩被全部清理，整个乱石滩变成了一块平整的大地。生产队里又增加十多亩地，和先前学大寨时平出来的地加起来一共有四十八亩，这一块地也成为范朝与程夏相识走到一起的见证。

最后，范朝听从陆选南的建议，给家里写信，把自己和程夏的事说了，说他非常爱程夏，虽然她家里以前是地主成分，可她是出淤泥而不染的女子，和自己志同道合，他要在队里安家落户。

　　秦正高的儿子每到晚上，偷偷地躲在暗地里，盯着程增福家，偷看程夏是不是出门，什么时候出门，结果几天没见到程夏有什么动静，他失去了耐心，在愤怒中慢慢地接受了现实。范朝的信发出去十来天，才收到家里的信，回信是他父亲写的，但是，他父亲的信完全出他的意料。在信里，父亲告诉他，他正在疏通关系，让他能够尽快回城，单位档案局内招还有个名额。听说要恢复高考了，让他先上班，再参加高考。

　　能够回城，是知青很渴盼的，经过两三年的盼望和失落，以及适应，以及青春的冲动，他已经基本习惯了这里的生活。可父亲的信让他一下子又点燃了久违的希望，顷刻陷入了两难境地。他不敢把信给人看，更不敢让程夏知道消息，甚至没敢去见程夏，刚刚勇敢争取到的幸福迅速变为痛苦的选择，哪怕父亲的这封信早两个月来，自己都好办些！没想到第三天，他忽然又收到家里的一封电报，他急忙撕开，电报里说他母亲突然患病，要他马上回家。他吓着了，急忙收拾东西，去向队长韩开国请了假，匆匆忙忙地往公社赶，转车去县城，再转车去省城。

第 17 章

　　就在范朝离开后的第二天晚上，堆草场旁的看管房发生了意外。早上陆选南去后面地里采菜的时候，发现他的门开着，他知道范朝走了，为什么门没关？走近一看，原来门被撬坏了，锁也被撬变形了，肯定是谁撬不开锁了，才把门撬坏的。他马上意识到这是遇盗了，没敢进去，忙去叫队长韩开国和副队长秦正高。不一会儿，韩开国来了，秦正高没来，跟随而来的有七八人。他们小心地走进屋里，左右看看，床上的被子不见了，衣架上一件衣服都没有了，小米柜里一粒米也没有了。再看盛谷子的柜子，锁被撬开，里面的谷子被盗，还余了几斤是没弄干净的。大家叹息着，商量了一阵，这样的事太多，已经见惯不惊了，因为范朝又不在，这事更不好办。大家暂时把门关好，来到陆选南家里坐下，喝了会儿茶，讨论一阵，待范朝回来的时候，实在没吃的，生产队的救助粮给他点。

第四天，韩开国因为病的原因，不再当队长了，在他的主持下，队里开大会，进行新的队长任命，刚结束三个月拘役回家的"鬼头鸟"钟向尧也来听会了。根据大队的建议，由秦正高当队长，他建议同意的社员举手，不同意的不举手，结果全部人都举了手，让人意外的是，平时和他矛盾最多的堂叔秦代清还发言表示，完全支持秦正高当队长。

生产队还要选一个副队长，由大家提名。钟向尧马上站起来，提名陆选南，随即就有大半人表示赞成，可陆选南就是因他的事受累的，只是没真正参与，所以受牵连不深。秦正高大声斥责他："你一个才坐过牢的，胡说什么。"

"我坐过牢，可是结束了，现在我没有被剥夺政治权利啊，没有被剥夺选举权和被选举权啊！"钟向尧这句话立即就把秦正高问哑了，看来他在坐牢时接受的政治学习不少，见过世面"深造"过，说话都进步了。

马上又有人提名程永华，因为程永华以前处事可以，不少社员都服他，社员们同意的声音也多。可是程永华同样因为几个月前钟向尧的肉票事件受牵连而丢了副队长，韩开国也说："程永华就算了，鬼头鸟你那事闹得太大，牵扯了他，大队也不会同意的。"

"陆选南也是你那祸事影响的，拿到大队去，也通不过，大家还是另外提吧。"秦正高说。

公房里一片沉静，片刻后秦正高说："我提议，保管员王进昌来当副队长。"

王进昌是他的妹夫，在众人眼里，几乎就是他的帮凶，他的提议只有少数几个人表示同意。声音稀稀拉拉的，为了扩大影响，他高声说:"我们来个举手表决吧?"

举手表决就是逼大家同意,因为这种形势下谁也不好不举手。钟向尧马上知道了他的意图,不信邪地故意要和他对抗到底,说:"允许犯错误,也允许改正错误嘛。不如这样,咱们写纸蛋,每人写个'王'。或者'陆',放到桌上,最后看结果。我们在牢里,有事就是这么做的。"

这样争下去没完没了,而钟向尧提的意见在理,还不好反对,秦正高也不敢以威压人。队长韩开国说:"好,好,就这样吧,大家拿个本子去撕张纸,写一个字就行,交上来。"

有几个人到台上扯了几页纸,分别撕成小块,每人发一块,然后从台上拿过笔来,各人轮流写。可是不少人都写不出字,因为王字简单,直截了当就写个王字,陆字太复杂了,投陆选南的,大都把陆字写得千奇百怪,缺横少竖的。最后韩开国和秦正高全部把纸蛋打开,清点一下,竟然两个人的票数一样多,都是一百零四票。于是韩开国决定,把两个名字都给大队报上去。

结果,第二天下午传来消息,大队同意了,两个副队长被大队认可,韩开国正式休息,他准备专心去治治他的病。

生产队的这场会议,范朝因为回家去了,没有参加。他这一去,就整整十天,程夏在队里,天天悄悄盼着,盼着他的好消息。

陆选南当上了副队长,韩叙芳也很替丈夫高兴,可是生产队的会议越来越少了,并且开会也不唱歌了。

陆选南当上副队长后的第三天晚上,一家人正在吃晚饭,外面狗叫了起来,忽然从门外进来了两个人,一老一少。年轻的正是知青范朝,他手里提着大包东西。年老的是个干部模样的人,五十来岁,提着个皮包,穿得规规矩矩的,白衬衣,灰色下装,皮鞋,一脸的严肃。范朝把行李放下,忙着介绍:"爹,这就是我常跟你说的陆三叔和韩三婶……这是我爹。"

只听说范朝的爹是省城所在地区梁中地区档案局的副局长,今天什么事让他突然来到,而且还是夜里?陆选南全家都很意外,急忙招呼他们坐下，把凳子抹了又抹，又让他吃饭。范朝的父亲摆摆手，说已经用过了，不客气，一边伸出手，要和夫妇二人握手。夫妇二人都不习惯这种礼仪，局促地握了握，又谦让了好一阵。

二人带来不少的礼物，有两瓶酒、十个饼子、两筒肉罐头，还有一封冰糖。范朝的父亲说："陆老弟，早就听范朝说起你们，你们很好，很感谢你们，感谢你们对他的照顾。三年来，给你们添了不少麻烦。"陆选南忙一边客气，一边给二人倒了茶，问范朝："你还没去你的看管房吧？"

"还没有，待会儿上去，有什么事吗？"

陆选南忙把几天前被盗的事告诉他，他听着张大了嘴巴，急忙问查到是谁没有，要上去看。他父亲倒挺平静地说："盗就盗了，现在去也没用，不用去追究了，先坐一会儿。"

范朝说他屋子里还有一斤半肉、十斤米，谷子还有七八十斤，看来全部被盗了。他父亲切住他的话，说："那你先去看看吧。"

范朝马上起身去，他父亲重新坐下，对陆选南夫妇说："我这次特意来啊，是为了范朝的事，还要麻烦老弟你们。"

接着他对陆选南说，他准备让儿子回城，不让儿子在这里结婚，他已经替他联系好工作，一刻也不停，今晚就走。他来的目的，是要在今晚，替儿子办好生产队出具的插队鉴定意见并盖章，拿回去立即上班，他不想让儿子再和那个叫程夏的女子见面了。陆选南听着，感到吃惊又为难，只好对他说："生产队刚换了队长，现在权力在秦正高手上，章也在秦正高那里，而且，范朝因为程夏的事，和秦正高矛盾很深，怕这事难办。"

范朝父亲听他讲述了详细经过，默然片刻后说："这事我来办，今晚办妥，我们要走。他家在哪儿，我直接去见他。陆老弟，你给我指指路就行。"

陆选南只好带着他，一路往秦正高家走。不一会儿，到了秦正高家对面的大田边，陆选南说："范局长，就是中间正亮着灯的那家。"

"噢，行，行，陆老弟，你去忙吧，让我单独去见见他，多谢了。"

陆选南知道他是要和秦正高私下商谈，也就不多说，让他小心狗，然后返回家去。

范朝去把看管房清看了一遍，确实什么东西都没有了，只有锅碗还在，书也在，他懊恼地又回到陆选南家里，坐着。韩叙芳想打听范朝对他与程夏的事情的打算，但此时的情况，觉得不打听好些。她想不明白，他这一去十来天，就彻底变了？他与程夏的关系发展到了什么阶段？他如果就这样走，会不会对程夏没丝毫交代？从他父亲的口气和他现在的表情看，他们简直就没把程夏当回事！隐隐约约间，她对这父子二人充满了疑惑和不安。范朝好像简直没想到与程夏的事情似的。他和陆运红说着，要把那套《三国演义》送给他，陆运红已经欢喜得抓耳挠腮。他又问陆运新高中毕业后的打算，陆运新说如果能参加高考更好，如果不能，想去入伍当兵。范朝表示非常不错，说他曾经也想当兵。二人谈了一阵，韩叙芳几次想提程夏，话到嘴边又咽下，范朝丝毫没提及程夏的意思。末了，她旁敲侧击地说："以后回城里，找个般配的姑娘，自己满意，家里也满意，是最好的了。"

"嗯，我暂时不想谈对象了，我想先继续学习参加高考。"范朝说。

几人正谈着，范朝的父亲回来了，他已经把事情办妥，手里拿着从秦正高那里得来的插队鉴定意见，随后放进皮包里，对范朝说："你给我弄出的事啊，你看看，我费了多少神才给你扭转过来！不说了……嗯，陆老弟，还有妹子，就这样，我和范朝这就告辞了，给你们添麻烦了。"

"这么晚了，你们果真就走？"

"车在外面路上等着呢，不碍事。"

"你们……你们，再就不来了吗？也不收拾一下屋里的东西？"

"噢，不用了，那些不用收拾了，不用了，如果还有些啥，你们用得着，拿去用就是。"范朝父亲说。

"这么晚了，要不明天走吧，范朝来了这么久，和大家都相处得很好,生产队也该安排个欢送会的。"

"不用了,不用了,谢谢你们的美意。"范朝父亲一边说,一边让儿子走前面,已经打亮电筒,往外面走了。陆选南只好在后面送着他们。陆运红忽然明白范朝哥哥再不会回来了,有些舍不得,忙追出去,拉着他的手,要他留下来。范朝摸着他的头,也有些伤感地说:"小四花猫,以后我会常想你的。噢,我这里还有只口琴,上个月家里寄来的,一直还没打开吹过,也送给你吧,留着当纪念吧。"

他把口琴从包里拿出来,给了陆运红,其实这口琴原本是准备拿来送给程夏的,现在显然用不着了。陆运红拿着,没见过这玩具,该怎么用?他好奇地瞧着。陆选南夫妇把他们送到才修的公路上,果然有辆吉普车在那儿等着,父子二人再没停留,匆匆上车,趁着黑夜走了。

夫妇二人默然地回到家里,坐在桌前,望着幽幽暗暗的煤油灯,怅然若失,又好像应该如此,总之一切太突然,二人好一阵没说话。陆运新和弟弟睡觉去了,过了会儿,陆选南说:"他找秦正高,可能花了大代价交易的,这样快地把咱们看来根本不可能办成的事办下来,果然是省城里当大官的,处事决断,不拖泥带水,水平高。"

韩叙芳没听丈夫说啥,只想到程夏的事,说:"当初他让我们为他做媒,幸好没做,要不然,今天这样的结局,以后我在队里如何做人?如何面对增福他们?唉,城里的男人啊,原来就是这样的!"

"算了,这事我们也管不了那么多。"陆选南说。夫妇二人叹息了一阵。

第二天,知青昨晚来了就走,已经离开生产队回城的事,全队都知道了,这个消息对程夏来说简直就是晴天霹雳,她从社员们口中刚刚得知,脸色发白,忽然往家里跑,锄头也丢了。她母亲伤心又气愤,吓得不知如何是好,急忙跟着女儿,生怕她出意外。幸灾乐祸的议论此起彼伏地泛滥开来,接下来,生产队出工,大家没再看到程夏。有人傍晚从他们家后边的大路路过的时候,听到屋里传来哭声。程增福夫妇每天出工,青着脸,与众人隔得远远的,也怕别人问程夏的情况。

当然，最感到痛快的是秦正高一家，当初儿子被拒绝，丢的颜面这下子完全挽回来了，他老婆以一股少见的扬眉吐气的口吻对人宣扬："现在，那个贱胚子被人扔下了，嫁得出去才怪，这辈子送人都没人要。"

"地主家的女儿，居然想嫁吃供应粮的城里人，癞蛤蟆想吃天鹅肉。"

总之程夏没再出过门，半个月后的一天，有人看见她呆呆地坐在门口，没有表情，脸色苍白。韩叙芳通过向儿子陆运红打听，知道了这个事居然和他有关，儿子懵懂无知而又得意的口气让她很气愤，她把他狠狠地骂了一顿。陆运红这才知道自己的"计谋"已经闯了祸，他对知青范朝也很不满了。

第 18 章

韩叙芳娘家以前是富农，还差点被评成地主，其实家里只比一般人稍好点，那个遭遇她有体会。她从心里对程增福与她娘家相似的遭遇总有点同情，尤其是已经死去的程永安和她已经死去的父亲有些相似，她父亲曾经也是队上懂点风水看相算命的人。嫁到白雁五队以后，她也不敢和程增福家多说话。增福家里人和大家平日来往比较少，唯一一次可以和秦正高儿子结亲，改善关系的机会又这样被知青误了，她也为他家感到可惜又无奈。韩叙芳也以为程增福是因为女儿没靠上吃供应粮的人，没攀上高枝丢了面子，抬不起头了。私下里，她同样对程夏有着好感，因为她很懂得克制自己，又不讨厌，说话做事也很有礼节。这天傍晚，"鬼头鸟"钟向尧刚好打了只野猪獾，请他们去吃夜饭，陆选南夫妻和陆运红一起，在钟向尧家吃了饭。夫妇二人想着明早孩子还要上学，又没人看家，不放心，就急着回来。钟向尧又让他们拿了一个猪獾腿，夫妇二人谢过，领着孩子一块往回走。

天上的月亮昏昏暗暗的，四周朦朦胧胧的，还能看得清，他们没打火把。路上已经没有人，他们从公房的坝子路过的时候，韩叙芳不经意地往坝子外三十米处大石头的方向看看，巨大的桢楠树黑黢黢的枝干下，好像吊着个人一样的东西，她顿时吓了一跳，浑身冷汗，赶快抓着丈夫的衣服叫他往那儿看。陆选南也看到了，顿时也被吓着，一定是个人！三人怔怔地站着，片刻回过神来，还是男人的胆子大些，陆选南马上拉着韩叙芳跑过去，陆运红跟在后面，用身上的打火机打火一看，是人！是谁在这儿上吊？小菜花的衣服，分明是个年轻女子，好像是刚刚吊上，手脚还在挣扎发抖。树枝不太高，挂得也不高，陆选南二话不说，把猪獾腿扔在菩萨龛下，马上让韩叙芳抱住女子的脚使劲往上托。韩叙芳战战兢兢地使劲抱着往上举，陆选南迅速摸着爬到菩萨龛的顶部，抓住绳子，所幸绳子也系得不牢，一下子就拉开了。上吊的女子一下子滑到韩叙芳身上，两人同时摔倒，韩叙芳吓得魂不附体，陆选南跳下来，一摸女子，身上还是温暖的。有两个大人在旁，陆运红倒是不怕，他借着打火机的火光一看，这女子不是别人，正是程夏。三个人惊得叫起来，陆选南忙把绳解开放平。程夏眼睛斜睁着，一动不动，嘴角流着涎，但是手还在抖，二人也不知道该用什么方法抢救，只是感觉她还能活过来。韩叙芳无师自通地解开她的衣服，手忙脚乱地帮她揉着胸口，大约两分钟，程夏忽然呛咳一声，吐了大口似水非水的浅红色的东西，眼睛转动一下，无神地看了他们夫妻一眼，流下两行泪来。

韩叙芳试试她的鼻孔，有呼吸了，胸口也在微微地起伏，忙把她抱在怀里，小声地安慰：“丫头，有什么想不开的，走这条路啊！”

陆选南让韩叙芳别作声，他已经大致明白了原因，既然程夏活过来了，此事就不要声张，否则明天如果传出去，更让他们家雪上加霜，在生产队里过不下去。他让韩叙芳和儿子就在这里暂时陪着程夏，他马上去程增福家找他们夫妻来。韩叙芳还有些害怕，可有儿子在，倒也能壮胆。于是陆选南三步并作两步向程增福家跑去。

程增福家里早已吹灯睡觉，听到狗叫声，又听到有人在屋外小声叫他的名字，程增福疑惑地答应着，然后点亮灯，起来，问是谁。陆选南忙告诉他。他走到堂屋开门，可一看，门什么时候半开着，他吓了一跳，赶忙让陆选南进屋，疑惑地望着他。陆选南小声质问："五哥啊，你还在睡？你知道你家程夏在哪吗？你知道吗？"

"你说什么啊？她在睡觉啊！"

"还说在睡觉，你马上去看看，有吗？"

此时杨代晴也已经醒了，听着堂屋里二人的对话，急忙点灯一看，隔床上根本没有女儿的影子，她慌忙披上衣服跑出来。陆选南说："唉，你们啊，怕是马上要给她准备棺材了。"

他把事说了说，三个人马上往公房奔去。原来一家人刚睡不一会儿，程夏什么时候偷偷地摸着起床，打开门出去的，他们根本不知道。三人来到菩萨龛前，程夏已经醒过来，急促而又微弱地喘着气。程夏的母亲一下子哭了出来，程增福和陆选南忙止住她，别把事声张出去，然后几个人把程夏扶起，让程增福背着，快快地送回家里，幸好路上没碰到人。陆选南让韩叙芳陪着程增福他们回去，自己把孩子送回家后，再过去。陆运红不回去，说想去看程夏姐。陆成南犹豫了一下，然后狠狠地小声告诫他说："今天晚上的这个事你不准对任何人讲，包括你三姐、大哥，晓得不？要不然，我打烂你的嘴。"

"我不会对人讲。"他忙保证。陆选南听了，让他一路跟着走。陆选南虽然平时对小儿子凶巴巴的，可小儿子的学习成绩莫名其妙地越来越好，这让他心里有些奇怪的感觉。平时他暗中留意着小儿子，发现小儿子对人承诺是很叫人放心的，比生产队里的人更还值得信任。

到了家里，程增福把女儿放到床上，让她躺好，给她盖好被子。程夏依旧只是流着泪望着上方，一言不发。她弟弟程林也醒了，和小陆运红挨着，茫然地看着床上的姐姐。杨代晴用热手帕敷在女儿的颈上，坐在女儿旁边，这才再也控制不住，抽泣起来："都是那个畜生害的，把人害了，就一走了之。"

程增福也抹了抹眼泪。陆选南问："大不了就是年轻人恋爱不成散伙嘛，怎么会弄到这一步？"

韩叙芳说:"五伯、五伯娘,毕竟没出事,没出事就是好事。丫头摊上这个事,你们应该多多开导开导,再让她就这样成天窝在家里,还会窝出事来的。唉,当初,他让我们替他做媒来向你们求亲,我们就没做,没想到他是这样的人。事情已经发生了。程夏这么好的姑娘,还愁以后找不到好人家吗?"

生产队里从来没有人对他们这样说过话,他们遇到的基本都是嘲笑和幸灾乐祸,程增福老婆听着,一边抽泣一边说:"三婶,你是好人,我们这辈子,苦啊……呜呜呜。"

程增福闷声擦着眼睛说:"这是我们自作自受,自己养女不教的报应。"

"五伯,不要这样说,谁家不会遇到麻烦?有什么,说出来,我也帮不了你们啥,要不等程夏好些,让她到我家住些时候,我问问,开导开导她。"

程增福的老婆还在抽泣,对韩叙芳说:"三婶啊,你不知道啊……呜呜……这个事情……你们是孩子的救命恩人,就不瞒你们了,她、她有了……那个畜生的……"

"有多久了?"

"两个月了。"

陆选南夫妇全明白了,大家一时都没了话。这事对一个年轻姑娘来说,太可怕,可能这一辈子就完了。看来虽然已经把她救回来,但活着对她来说是更大的折磨。好半天,韩叙芳小声说:"要不先这么办,你们看行不?弄一点药来,先吃了,打掉再说。"

"唉,可是,上哪儿弄药啊?传出去……"杨代晴叹着气说,女儿被救过来了依然是个难题。

大家又陷入了沉默,两个男人不知所措,两个小孩子在墙角的凳子上紧挨着攥着手,瞧着大人们的一举一动,煤油灯或明或暗地亮着。过了许久,韩叙芳又说:"我去找大队赤脚医生王医生拿点药,就对她说,我又有了,现在不想要了……"

"嗯,这是个办法。"陆选南马上说。

"……这样,这倒是……唉……你们……"

"先这样。"陆选南说。然后他又和程增福夫妻二人聊了一阵,让他们明天像什么事都没发生过一样,而且幸好今晚到现在生产队里没有别的人知道。韩叙芳又坐到程夏床前,摸着她的脸,程夏依旧一言不发,哽咽着,流着泪。韩叙芳安慰了她片刻,然后告辞离开,已经接近半夜了。

三人又从公房坝子外经过,才想起从钟向尧家里带来的那个猪獾腿还落在菩萨龛面前,忙折过去找,果然还在,没被狗叼去。陆运红忙拿着,韩叙芳再看看这棵大桢楠树,说:"这树不吉利,能砍掉最好,不然以后说不定还会出事。"

"这关树什么事?"陆选南说。

今晚惊心动魄的经历,让陆运红像忽然长大了很多。他暗中咀嚼着,分析着事情的来龙去脉,根据自己没完全听懂的大人们刚才说的话,以及自己知道的事情,补充着中间的因果衔接关系。他非常后悔当初帮范朝捎信给程夏,还给他出谋划策,他几乎以为是自己把程夏害了,把自己也当成罪人,不敢吭声,对范朝的好感基本丧失干净了。

之后的一切,他就不是很清楚,只是听说程夏依旧没有在生产队里出工,几个月后,在她母亲杨代晴的安排下,有人给她做媒,她悄悄嫁给了远远的一户人家。过了好久,他才听母亲说,程夏居然嫁给外婆家大坪公社的生产队一个叫曾洪强的男人,离外婆家也不远。为程夏的名声着想,母亲虽然听说这事,但假装不知道,还告诉陆运红也不要对人说。曾洪强比程夏大近十岁,是几乎步入光棍之列的人。程夏与知青的爱情最终得到这样一个结果。

九月中旬的一天傍晚,堆草场里忽然燃起一场火,所幸稻草大部分还在田里,没来得及安排人挑到堆草场。累了一天的陆选南和社员们都刚回到家,听到在屋后采菜的韩叙芳叫喊,陆选南忙跑出来,接着他大声喊,附近七八家人先后拿着水桶赶到。堆草场里原来的陈草料不多，等大家赶到的时候，已经烧得差不多了，知青住过的看管房也烧成了光架子，只剩下土坯。秦正高赶来，大家望着已经化成一片灰的草料场，怀疑是哪家的小娃娃干的坏事，也有可能是阶级敌人的破坏，可大家都打了一天的稻谷，累得不得了，幸好基本没有大的财产损失，只好讨论一阵，散去。第二天，队里决定，今天的稻草不再运到堆料场集中堆放，全部分配到户，因为稻草又多又不值钱，由生产队指定区域，大致平均，各户自行挑回家堆放。至于喂牛的社员，多分一份，大家也没有意见。

九月下旬，稻谷收割基本结束时，忽然降了一场大雨，于是堆草场烧过后的黑灰被冲进旁边的地里，看管房的土坯也在雨水中倒掉了。一场火和一场雨，好像老天爷要把这痕迹全部抹去，堆料场、知青住过的屋，在大家的记忆中开始渐渐远去，一切归于平静。

秦正高接任队长，最大的事情就是开会，每逢生产队春秋两季开始农忙的时候，他的会就开始多起来，或是到大队开会，或组织几个组长、队长开会，一开就是一整天。因为和陆选南的私下矛盾从没解开，大多数开会的时候，他设法把陆选南支开，让他监督带领社员们劳动。陆选南与他们二人本就合不来，有时也干脆不参加。大家栽秧割麦和犁田最劳累的时候，也是他开会最集中的时候，当然，开会期间他们每天的工分和生产队最高工分是一样多的。社员们开始对他们几个人偷奸耍滑的做派厌恶了。秦祖寅的哥哥"补锅匠"秦祖年则背地里挖苦秦正高，说他是把别人的棺材抬到自己家里哭。消息传到秦正高耳朵里，他一肚子火不好发，想就这句话给他个帽子把他打下去，但他就是那种又顽又臭的样子，动不动装病，能奈这个残疾老头如何，加之反感他的社员太多，他只好假装没听见。

第19章

学校里又放农忙假，时间是一个星期。同学们都盼望放农忙假，可以有整整一个星期玩,不用看书,但老师要求所有人必须把本学期以来的数学笔算题做一遍,语文也有作业。农忙假结束以后,没做完的同学站着听课。本班同学刚刚欢呼放假,马上就响起一片不满的抱怨声。

陆运红不管这些,只要能有更多的时间,他什么都能答应。他知道和老师争论没用,他很快计划好,明天一天之内,完成全部作业,什么事也不做,就做作业,然后可以整整玩六天,六天呀!他想着就笑了。

他是这样计划的,也是这样做的。还没等到第二天,当天傍晚,他就拿起作业本和书,在灯下开始写作业。当天晚上写到十一点多,语文作业就完成了,虽然为了赶功,做得很马虎,字写得很乱,但确实做完了。第二天又用大半天,到下午两点钟,一口气把数学作业做完,饭也没吃。连平时没太注意他的学习,也不了解他的想法的父亲都诧异地关心:"你还是要注意休息呢。"

做完作业,他整个儿放松了,几下吃完饭,也不去拾麦穗。去找秦小军玩的时候,秦小军还什么作业也没做,不过他啥事也没有似的,马上和陆运红拉着手出来,一块找到小猪儿。三人正准备到河边上玩水洗澡抓螃蟹,忽然听到修公路回家的四伯伯和四奶奶说话,说前面三队坡上放炮的时候挖到一个古墓,挺大的,还有棺材,围了很多人。三个人听着,决定不抓螃蟹了,沿着才修的路往三队方向跑去。

修了两年多的通县公路,虽然通车了,但每逢雨后,总有垮塌的路段,经常修补,经常有维修人员沿路放炮开采块石和石子垫公路。他们一路向三队方向跑着,走着,又一路捡着修路遗落下来的放炮时燃过的导火线。不一会儿,就到三队的地界上了。果然,前面公路旁的小坡边围有很多人,公路上还有奇怪的机器,是碾压机,还有拖拉机,他们都是第一次看到,如同看《新天方夜谭》里的怪物一样,新奇的劲不用说了。三人再也不想看什么古墓,看着压路机和拖拉机停下来的时候,就一块围上去,摸一摸,搬一搬,呱呱闹个不停。师傅要重新开走,才把他们吆喝开,而拖拉机一开动,附近的几条小狗也追着叫,好奇心和他们不相上下。他们又往正在围观讨论古墓的人群中挤,果然,一座深埋地下的糯米砂浆做成的古墓被炸药炸掉了一半,黑漆漆的棺木也破了,从被炸药震破的棺材缝里能够看到,里面有一大堆骨头等脏兮兮的东西,手臂和脚的位置还有四个乳白色的不知名的圈子。大人们说是玉圈,有人说他胸前的位置还有一块玉。接着,都在说不吉利,有人又说几个圈子肯定值钱,可大家一致认为死人的东西,不能随便拿,否则要遭大难。两个施工员讨论着要去买几尺红布将棺材缠一缠,再把震破的棺材用木板原地简单补好,然后让大家帮忙,抬到附近重新埋葬,大家也表示愿意帮忙,让受惊的亡灵重新安息。陆运红看着破棺材中的骨骸,忽地害怕,又突然地好奇,为什么人要变成这样?他憋着气走出人群。

  他对死人产生了兴趣,为什么人死了就要在土里变成骨头?是怎么变成的?他好想看个明白,如此一想,渐渐地不怕坟了。生产队里有很多坟地,从此从每块坟地旁经过时,他都要对着坟胡思乱想一阵:人最初是怎么被埋在土里的?里面的人现在是不是也变成骨头了?他们身上的肉又到哪儿去了?是不是就变成鬼了?鬼是从坟里钻出来,又回到坟里的?里面没有灶煮东西,鬼吃什么?他问邻居黄学勇大哥这些问题,黄学勇告诉他,鬼是不存在的,是人想象出来的。他根本不信,因为父亲见过。直问到娘,娘才告诉他,鬼是吃露水,晚上出来的,他勉强相信。

  第三天,他和小伙伴在刚修的公路边的树上捉到七八只知了,其中一只知了经不住他们的折腾,马上要死了。小猪儿要扔,陆运红马上捡过来,盘算着要用个壳把它先装起来,然后埋在土里,再给它累个坟,过几天再打开,看这个死知了在里面变成什么样了。

  小猪儿拿着抓到的知了回家了,他邀小伙伴秦小军一块为还没死透的知了办理后事,秦小军马上同意了。他们把一个小竹壳折了折,就当知了的棺材,把知了活生生装进去,埋在公路旁边的空地沟里,然后累个小小的土堆当坟,看看有的坟前有碑,于是又找块竹片插在埋知了的土堆前当碑。

知了埋好了，晚上他就开始遐想，知了在坟里已经开始变了没有，变成什么样了？第二天一早，他就急不可耐地要去刨开来看，可又觉得才一晚上，肯定什么也没变，于是强忍着。直到下午，再也忍不住，一个人要去打开来看，又害怕知了变成了"知了鬼"。知了鬼是啥样，是不是吓人的？他忙去叫秦小军，两人又合伙把坟刨开，打开竹壳看，知了是死的，可什么也没变，于是失望地又埋好。

他们把知了重新埋好后，不一会儿，父亲收工回来割青菜，从地沟里过时发现这个奇怪的土坟，立马就想到是儿子搞的事。小孩这种事在大人看来是相当不吉利的，他两脚把"坟"踢烂，踩掉。回到家里，马上把他叫来，喝问："你在那地沟里干的什么事？你想埋谁？每天吃了饭就干这些哇？"

他拿过一根竹条棍子，密密地就开始打。陆运红只能哭，不敢跑，幸好父亲打了二十几下，竹条断了一截，他把竹条子扔了，继续骂几声，他忙躲到屋里去哭。母亲回来，父亲又把这事跟母亲说一遍，母亲愣了愣，说："孩子外婆身体近来不好得很，说不定这就是预兆。"听说丈夫已把小儿子打了一顿，她就没再想打骂他。

好了伤疤忘了痛，到次日，他又对他那个知了想入非非了，并且趁父亲母亲不在家，偷偷地跑去看。远远地看一眼被父亲踢毁的知了坟，知了肯定还在下面，他勉强放心了，赶快离开了。

第20章

老师开始安排每天下午最后一节自习的时候班长帮看管同学们，让他们不许打闹。还有背课文的同学，老师就安排在他那里背，他发现自己有权了。

一天下午上自习，班主任老师到学校大办公室开会去了。老师刚一走，有的同学马上就嘘一声，表示可以放松一下，他回头一看，正是秦小军他们几个人，他马上大声喊："秦小军，不准说话，做作业。"

秦小军很听话地没开腔，他感受到了管教人的快乐，心想如果是许韵芹敢高声说话，他就立即跟老师反映，也"告"她一回，让老师教训她。可是人家许韵芹很认真地在写作业，就没出声，他不死心，开始不动声色地监督她的一举一动。几天过去了，她还什么错也没犯，他不甘心地中止了邪念。而最让他反感的秦超，居然也不"犯法"，也不来他面前背课文，他宁愿第二天到老师那里去背。

　　期终考试来临，这一回，又是两个班统一考试题。他自信满满地考完试，然后对对书上的答案，以为这一次肯定要胜过所有的人，结果成绩一公布，他虽然还是班上的第一名，但从来与他互相没好感的秦超追上来了，和他并列第一，降班生韩兴贵滑到了第三名，许韵芹成了第二名。更让他难受的是，虽然他还是班上的第一名，但和甲班合在一起，在全年级排名中，却从原来的第二名滑到了第三名，全年级第一名依然是王洪亮，而且转过去的冯小强成了第二名。小伙伴三蛮子钟强、四娃秦明明、三三秦小军都排在非常靠后的位置，秦小军还是年级倒数第六名。

　　稻谷开始结穗，就有家禽出来糟蹋，生产队又组织一个损失估产小组，针对因家禽糟蹋而产生的损失进行估计，然后在分公粮的时候，就从各人头上扣除。听说这个消息后，各家各户赶忙把自己养的鸡鸭鹅全关起来。这个时候，是争论和吵闹最严重的时候。尤其是邻居，糟蹋的庄稼损失估出来的时候，你说是我的鸡吃的，我说是你的鸭吃的，我说我的鸡没放养，他说他的鸭经常关着，邻居往往吵得生疏。陆选南家里只喂了五六只鸡，因为是副队长，觉悟高些，平时圈养在屋旁的小竹林里，只有庄稼收完了才完全放出来散养。邻居四奶奶家有七只鸡，平时都圈养，只是圈坏了，也没咋补，鸡老是偷跑出来到附近吃庄稼，已经被生产队队长和组长吆喝过多次。这次损失估产，两家人后面的田地就被估了十五斤稻谷，生产队里准备扣四奶奶家十二斤，扣陆选南家二斤。四奶奶大不满意，指责队里专门整她家，她家软弱，说不来话，就被人踩着。接着，她儿子黄大文的老婆张少群也出来帮着说，说自己家七个鸡，就要被扣十二斤，每个鸡扣一斤多，可是有的"人家"，每个鸡只扣了半斤。四奶奶忙瞪了儿媳一眼，怪他把话说得太露。确实，她的话让韩叙芳听着有些气，自家的六个鸡，平时基本就是圈养的，很少放出来，她觉得赔三斤都多了，可想到是邻居，不好说，所以才没开腔，认了。没想到张少群却把邻居拉出来比，太不地道了。要说嘛，只给估产组的人说，让他们从十二斤中减少点嘛，她马上说："四奶奶，还有伯母，你们这个说法欠妥。我们养的鸡，在庄稼没收之前，是没到过地里的，这不仅队长们知道，恐怕你们平时都看得到，按理我是一斤都不该赔的。你自家没照看好糟蹋庄稼的，你们自己赔，不能以两家鸡的个数平摊。"

这种小争吵全队都有，估产结束，估产小组把该扣的估产粮扣到账之后，才在会上做大家的思想工作，告诉大家要维护集体利益，共同维护社会主义的劳动成果，不能带着资产阶级思想占小便宜。

陆选南家里从生产队免费拿来喂的小猪始终不长，喂了七八个月还只四五十斤。趁生产队的庄稼收完了，韩叙芳用一根绳拴着，让小儿子牵着去放养。小猪被牵到生产队的空地里，空地外面是个几丈高的悬崖，殊不知，许久没自由的小猪刚到空地里，兴奋得突然窜开来，挣脱陆运红的手，他忙去追，结果越追小猪越跑得欢，根本追不上。小猪片刻就窜到悬崖上，直接就掉了下去，陆运红追过去，忙大叫对面坡的父亲和母亲，又慌忙绕到悬崖边看，小猪已经摔得一动不动，他吓得要哭了。母亲和父亲赶来，父亲把小猪拉起看看，倒一点没骂他，对着母亲哈哈笑了笑，说："重新去找条小猪来喂，没法救了，快弄回去，趁还没死透杀一刀把血放掉，还不用留猪证的。"父母没责怪，陆运红才放松。三人把小猪弄回家的时候，小猪已经奄奄一息，刚好邻居黄大文也在，父亲让他帮忙，给了小猪一刀。一个下午，大家有说有笑打理干净，最后得到肉和肠肚有三十来斤，看来这是比过年还令人兴奋的一件事。母亲把猪肉煮了一大锅，请了邻四奶奶全家、四嫂全家、路过的秦祖寅，还有钟向尧一家，大家过节般地吃了一顿。

然后又让陆运红给程增福家端去一大碗。还剩有十来斤，又计划着给陆运红外婆家分几斤去，听说他外婆那里母猪生产了一窝小猪，满月了，她想捉一头小猪来喂，喂大再卖，不然家里开支老是很吃紧。

星期天，母亲要去外婆家捉小猪喂，陆运红闹着要去，要去看表哥。母亲不允许，外婆家在大坪公社，有四十多里路，七八岁的娃娃禁不了这么远的路，可四十来里路在他的大脑中没有概念，他执意要去。刚好明天星期一学校里的老师们都要到县上学习，放假一天，这两天可以连续耍。孩子从来没去过外婆家，母亲想了会儿，大不了路上走慢点，多歇歇，反正自己背着小猪也走不快，勉强同意，重复说："路很远啊，你要自己走，我是要背小猪的，没有人背你的。"

于是，吃过早饭，母子二人上路了。

带着才饱吃一顿肉的精神和第一次出远门的兴奋，二人沿着山路走，走到五河公社，又第一次坐了船，然后又走山路，甚至经过一大片阴森森的山林。母亲告诉他，新中国成立前，这里的山上常有土匪出没，他们经常抢路人，还杀人，杀的人就扔在山沟里。他马上吓得大气不敢出，"张飞"的勇气消失得无影无踪。好不容易走出山林，才有一户人家，两人去人家旁边不远处的水井里捧了水喝，休息了一会儿，继续赶路。

确实走得够累，不过他一声没吭，经过五六歇，终于到外婆家，已经是下午一点钟了。

外婆脚小，瘦瘦的，刚吃过午饭，穿着一件样板戏中沙奶奶模样的衣服，蹒跚着正在门口收拾着柴。黑狗首先发现他们，汪汪地大叫着冲过来，母亲拿起一根棍子将它赶跑。外婆见到女儿和外孙，忙招呼进屋里。不一会儿，两个舅舅和舅娘也来了，四个表哥和两个表姐也来了。大家围绕着陆运红像看稀奇物件一样，逗着他玩一阵，说他长高了，长胖了，长乖了。听说他四十多里路都是走来的，没让人背，就一致说他太勇敢，少见，总之一片称好，把他搞得怪不好意思的，好一阵才散去。外婆给二人添上饭，二人吃过，母亲去帮外婆收拾柴，五表哥韩雷他见过，两人又是同一年级，自然地玩在一起。

晚上，外婆早早做饭，二舅、二舅娘、大表姐韩群、三表哥韩斌、四表哥韩雷和外婆，一家人在一块吃饭。外婆从石灰罐里把藏了许久的熟腊猪头肉拿出一块，切来蒸一盘为他们接风，才饱饱吃过一次肉的陆运红这回终于表现得谦让了，他只夹了一块，一点点地吃。外婆看着，马上夸奖他懂得客气，比两个表哥都懂事多了，然后使劲把腊猪头肉往他碗里夹几块。可两个表哥和表姐一块还没吃呢，桌对面的母亲看他一眼，他懂得了母亲的意思，忙把外婆夹来的几块肉分别夹到两个表哥和表姐碗里。母亲满意地笑笑，当然外婆和二舅、二舅娘表扬得更厉害了，说他从不贪嘴，懂得尊敬别人，将来会很有出息，要表哥表姐们向他学习。总之来外婆家里一天，他收获的全是赞扬。晚上，他和四表哥一块睡，脚才开始酸疼，他才受过表扬，只能忍着，并且已经完全忘了当初要来外婆家，是为了听外婆讲安安送米的故事。

第二天早上，大舅和二舅帮母亲选了个小黑猪，放在背篓里，小猪和母亲离别时发出让人心碎的叫声，让陆运红差点忍不住要哭。这时，外婆过来，从上衣里拿出一个布包，打开，拿出一张面额五毛的钞票给他，说："你第一次来，外婆没什么给你，这点钱，你拿去买支笔吧，好好学习。过年再和你姐和哥来玩嘛，外婆我已经老了，走不远了，能看到你们来就很高兴。"

他伸手就接住，完全没了昨晚受夸奖时的"客气"，母亲瞪他一眼，说："就接了啊？你外婆的钱来得很容易啊？……娘，你给他做啥，他拿着没有用的，喂不饱的狗儿。"

他赶快把钱还到外婆手上，外婆说什么也要给他，一边说韩叙芳乱说娃娃，一边抓着他的手，塞到他荷包里。他僵立着不知该怎么办，红着脸望着母亲。母亲又和外婆说了片刻，瞪了瞪他说："你就谢过外婆吧。"

他忙谢过外婆，跑到母亲前面，心里美到了天上。

"凡是走亲戚串门，长辈给钱，收下肯定是要收下，不然会被认为瞧不起长辈,不好。可一定要先推托,知道不?这是礼仪,以后就是要这样。"

"嗯,我不会瞧不起长辈的。"他说着,把外婆给的五毛钱拿出来,要交给母亲。母亲说:"你自己留着吧,可别乱用了。"

路很远,因为昨天走累了,今天重走四十多里路会更难。刚走一会儿,他的脚就开始有些难受,不过有荷包里五毛钱揣着,他紧紧捏着,不时偷偷拿出来看看这铁定属于自己的五毛,足以抵消痛苦。到下午两点钟,母子二人回到家。家里养了猪,年底的时候,就可以和生产队里谁家搭伙杀猪,一个猪卖给公家,另一个的肉两家分,再卖些肉还了小猪本钱,还可以补贴家里的费用,肉也可以有多的了。

也许这一个月注定陆运红的存款会增长。学校的学费减免补助批下来了,老师当着全班同学的面,发放学费补助,本次全班共有六个同学得到,其中减免金额最高的就是陆运红,一元钱。还有许韵芹和秦超,得到了八毛。另外有三个成绩平平的同学也分别得到了五毛、三毛。然后老师依然告诉大家,这是学校对贫下中农孩子的关爱,大家一定要记得。

这一块钱揣进了包里,回家要不要跟父亲和母亲说,他犹豫着,一路走,一路想。末了说不定母亲也会让自己留着,于是刚刚到家,他就跟母亲说了,母亲拿过来看看,说:"你留着,别用了,下学期做学费吧。"

"好。"他回答说,怀着侥幸心理估计下学期开学时母亲会忘了呢,那时就属于自己了。他把上次外婆给的钱和其他零钱拿来,和这一元钱放在一块,一共有一元八毛了,藏好。

第21章

他虽然非常讨厌已经离开的知青范朝,可没事的时候,还是把他送的口琴打开来看,不知道该怎么用,又拿去问母亲,母亲试了试,也不知道怎么才能用它吹出完整的歌曲。他只好没事拿在嘴巴里乱吹，发出胡乱的响声，有时一边看书，一边吹着玩，慢慢地，根据会唱的歌曲的调子在上面摸索着，一呼一吸，呼呼吸吸。一次，他边看画报边吹口琴，无意中居然从其中吹出了一句"王二小"的调子，他又惊又喜，忙反复捕捉，一遍又一遍地试，终于把这一句固定了。然后又慢慢地向下句延伸，没多久又会了几句，接下来就容易多了。四五天时间，他居然断断续续地能把这支歌吹完，这一下太得意了，什么哆啦咪嗦，一个都不认识，居然能把歌吹出来！当第一支歌完全熟练地被吹出来，再摸索其他熟悉的歌，结果越来越快，几乎每两天就会完整地吹一支歌，而且不跑调。会了几支歌，他急忙地向三姐炫耀，再向母亲炫耀，然后走出家门，向秦明明他们炫耀。一时间，引起大家的好奇，他成了伙伴中甚至全队第一个会"乐器"的人啦！向来对他讥笑的三姐也羡慕得很，母亲也羡慕又好奇。对音乐一直没啥好感的他这下爱上这支口琴了，只是没有谱也不识谱，老师也不可能教，不会唱的也就不会吹。他才发现，这么吹口琴原来和大人们吹口哨很相似。吹着吹着，忽然间，口哨出其不意地就会了，并且一下子就会了，简直比口琴更方便。

终于，口琴被小伙伴们当玩具吹来吹去，很快被三三弄坏了，他却没啥留恋，迅速把这个爱好转移到口哨上，越吹越好，越吹越顺。他没意识到，口哨的天赋迅速为他打了另一个世界。一天，母亲听着他吹着《唱支山歌给党听》，很意外，听了会儿，说："你怎么会的？"

他也奇怪，发现自己好像从来就会，只是以前没发现，被口琴激发出来了。

"听说你爷爷年轻的时候，口哨吹得好听，我听周围人都这么说，没想到你也会，果真是遗传的原因吗？你爹又不会呢。"

"有些遗传是隔代来的，有时又不是，我就不会。"陆选南也被儿子的口哨迷住了。陆运红更得意，继续吹，妄想获得更多的表扬，当然没有。父亲让他赶快去帮做活，他只好去了。

新学期开始，又有四个同学退学。对于有同学退学的事，大家都已习以为常。报名的时候，仍然是金老师在，他以为班主任陶老师肯定不会再来了，以后就是金老师教了，暗暗欢喜。上学后的第二周，星期一下午，放学的时候，他将同学们的假期作业收上来，送到金老师办公室。他刚放下假期作业，金老师叫住了他，说："陆运红，明天你们陶老师要来了，我把语文和数学的备课本放在你那儿，明天她来的时候，你帮我交给她。"

他吓了一跳："陶老师要回来了？"

"嗯。"

他马上感到黑暗来临，金老师教的这段时间，是全班同学们最幸福的时光，他好希望她能永远地教下去。可从明天起就要结束了啊！他只好不情愿地对金老师说："好。"

金老师把备课本交给他，他一点都不想打开看，夹着就往外走，忽然，转过身问："金老师，你不教我们了吗？"

金老师发现他眼圈发红，笑了，说："我还要教你们，以后我教你们数学。陶老师教你们语文，只是我也要耽搁一个星期，这个星期语文、数学课还是由你们陶老师上。"

"哦，好的。"他忙说。如同被人从黑暗中拉了出来，只有金老师教，才能感到读书不压抑，还很快乐，他马上盼着这难过的一周赶快过去。

次日，陶老师来，全班同学立即恢复了以前噤若寒蝉的模样，上课时再没有金老师在时那样的快乐气氛。陆运红小心地把金老师的备课本交给陶老师，陶老师看了一下，放在讲课桌上，教鞭在桌子上狠狠地拍一下，带着笑说："我知道，我回来，有些人就不高兴了，金老师教的这几个月，猴跳马跃的，好耍啊，是不是啊？"

虽然老师赏给大家一个笑容，但谁也不敢笑，几个成绩差而又没退学的同学，更是大气也不敢出。然后，陶老师又说："今年学费减免又开始了，指标有限，觉得自己确有困难的同学，都可以写申请，可我要说，成绩好的同学，希望大得多啊。"她还是以陆运红为例，"比如我们班长，上学期全县统一考试，人家考得了全校第一名，家里又有困难，更应该优先考虑。"

前次减免，陆运红得到的一元钱已经作为私房钱存上，这个甜头诱惑力很大，他担心再得到减免补助，母亲知道自己存的钱多了，会叫他拿出来用，于是盘算着不声张。星期六三姐回来，他悄悄地跟三姐说，要她帮写申请，可以给他两毛钱，三姐看看他，不屑地说："我给你写，你起码要给我五毛钱。"

"两毛。"

"不要你的。"

他舍不得多出钱，又说："你只跟我说，该怎么写，我写，只给你一毛。"

"那好。你自己写，自己拿去找秦队长盖章。办不到的话再找我写，我至少要收三毛。"

三姐动嘴跟他说了几句，怎么开头，怎么写第一句，有写不出的字，让他查字典。还是钱的诱惑力大，他没再犹豫，根据三姐的指点一边想，一边写，写不出的字先用拼音，写完了再查字典。一个小时后，他把减免申请写好，让三姐看。陆运芹看看，居然一个错字也没有，只是格式还不对，只好跟他说了格式，让他重写。一会儿，他就写好了，爽快地给了三姐一毛。

至于找队长盖章，是比较为难的。如果是以前的韩开国舅舅，倒可以直接去找，而现在的队长秦正高，和家里的关系一直比较糟，他也从没到过他家里去玩。而且他的小儿子秦超虽然和自己同班，也几乎从来没在一块玩过，他又央求三姐帮忙去找队长盖，许诺再给一毛，三姐答应了。第二天，割猪草的时候，她转到秦超家里，找他父亲给盖章。新队长秦正高倒没说啥，拿过就给她盖章，于是姐弟二人瞒天过海地把这事做成了，陆运芹收了弟弟一毛。星期一，他把盖好章的申请交给老师，等着至少又可以收到一元钱。

小猪儿也上学读一年级了,名字叫韩科。程夏出嫁后,她家里也只剩下两个大人和小孩子程林,程林也已经上学了。他上学的时候,韩科可以和他一路,可是程林的教室在白雁寺那边,难以走到一块。

　　学校对班级进行了重新安排,位于白雁寺那边的甲班调整到四合院这面了,和乙班成了邻居;原来乙班的邻居班四年级乙班调整到了白雁寺那边去,于是甲乙两班只隔一堵木壁。因为木墙壁年代久远,有些破损,调皮的同学从壁缝里就可以偷偷看到那边的情况。

　　没几天,班上又来了新同学,是转学来的,是个微胖的女生,叫赵玉琴,很好看。听说是陶老师的一个侄女,原来在胜利大队小学读书,调皮,学习不太好。赵玉琴挽衣挽袖的,胡乱地扎着两个鬏鬏,说话声音很响亮,像个小男生的架势,比陆运红大一岁,个子还高点,老师调整座位,让她和陆运红坐一块,要她以陆运红为榜样,好好学习,力争把成绩提高上去,她满口答应。可是,陶老师显然错了。赵玉琴在陶老师讲课的时候,坐得规规矩矩的,好像很认真,老师一离开,马上就活泼起来,和前面的女同学讲话,说每天的奇闻,和男同学掰手腕。因为知道陆运红学习成绩好,就把他当成个保障,做作业的时候,理所当然地把头偏过来,几乎靠在他肩上看答案,甚至干脆主动地要求他把作业本给她抄。陆运红和她并不熟悉,有些不情愿,她就开始威吓,在他后背上揍一下,陆运红只好给她,她就笑了,连续几天如此,他只好适应了她的学习风格。每次作业做完,他主动奉献,给放在桌上靠她那边,任她拿去抄,抄完才收回。当然,单元考试的时候,只要陶老师没看到,她就一如既往地抄他的。他无条件让她抄作业、抄答案,几乎成了二人之间不成文的条约,成了他应尽的义务。

　　赵玉琴大大咧咧的,没把他当成班长来尊敬,不时还要捶他一下,这渐渐地成了同学们私下的话题。放学的时候,秦小军和他一路,取笑他说:"你知道不,有人在说,赵玉琴是陶老师故意安排给你的,将来要嫁给你,你以后打得过她吗?"

　　"胡说八道。老师送给你的,你要不?"

"要不然，为什么你老是拿作业给她抄呢？"

"你要抄，我也可以给你抄呀！"

"肯定你喜欢她。"

"我怎么可能喜欢她？谁喜欢谁拿去，你去挨着她坐就是。"

同学们中开始有人开这种玩笑了，是从高年级中传下来的，大家在羞羞答答中继承着，暗地里说谁和谁是男女朋友，谁和谁又是一对，谁又在喜欢谁，渐渐地成了习惯。可陆运红的确不喜欢赵玉琴，因为他上课的时候，总是一边听一边走神，补充三国故事，多动的赵玉琴老是不经意地打断他。陶老师也发现赵玉琴听课不认真，开始盯着她，吼她，甚至在她面前不时啪的一声抽教鞭，顺便就把陆运红也吓着了，这简直就是城门失火殃及池鱼，他感到时时刻刻都在老师的眼光之下，浑身不自在。

下午最后一节自习，她已经坐不住了，老早把书包收拾好，准备铃声一响就跑，只拿一个草稿本放在桌面上装样子，以免被老师发现挨骂。许久，还没下课，实在无聊，她趴在桌上，偏过头开始向陆运红"请教"提高成绩的方法："你是怎么考第一名的呢？教一教我们嘛！"

"毛主席说，好好学习，天天向上。"他正设计为诸葛亮失街亭挽回损失，对她干扰自己很不满，又不敢表示不满，无师自通地跟她打一句官腔。

"可是，我看你也没认真学习啊，你每天在想些啥？"赵玉琴说，看来她还是对他有所留心的。

"我就是在想学习。"

"你哄我？看就不像。"

"我在默背课文。"他狡辩说。

"哦，以后我也要学你。"赵玉琴说。下课铃声响起，她马上背起书包，一溜烟跑了。

第二天，她果然开始学习陆运红，在最后一节自习的时候，也默背课文，可默背的声音大得像没经验的老鼠在草堆里觅食，窸窸窣窣，生怕别人不知道她在默背,不知道她在学习班长的学习方法似的。她把前面后面的同学都扰动了,大家诧异地偷偷笑她。陆运红更被搅得不得安宁,她却更得意,于是反复地背她会背的几篇课文《葡萄架下》《八角楼上》,然后问他:"是这样的吗?"

他也忍不住要笑,发现她挺有趣的,不讨厌她了。

因为甲乙两个班成了邻班,又是同年级的,于是,曾经因为隔得远而有些陌生的好朋友三蛮子钟强、四娃秦明明,又可以每天下课在一起玩了。不过他们的成绩不是很好,在甲班只是中下水平,每天陆运红总要被老师留下来,监督班上学习拖沓的那些同学做作业、背课文,放学还是不能和他们一路。

下课时间,他跑到甲班去,找甲班的三蛮子和秦明明,也就认识了久闻大名的,每次考试都在全年级名列前茅的,让自己忌惮的几个尖子生——王洪亮、卢红芬、周晓玲。好像王洪亮也对他充满了好奇。他感觉他遇到王洪亮像是张飞遇到吕布一样,而且自己必定是张飞,对方是吕布,自己一定要胜过他。他的名字大概让王洪亮也感到"如雷贯耳",王洪亮对他的好奇中带着一丝忌惮,两人互相看了一眼,谁也没招呼,也因为不熟悉。冯小强呢,那倒是熟人,可现在,自己至少和他不相上下,基本上还超过了他。他从冯小强身上找到了优越感,把他当成手下败将。其中久闻大名的女生周晓玲忽然间引起了他的注意,她坐在甲班第四排中间,瘦瘦的,拖着个小小的马尾辫,一对亮亮的眼睛,好美啊,他第一次见到差点就着迷了。原来甲班的同学不仅学习好,而且长得这么好看,他比和自己同桌的那个赵玉琴好看多了。可是,他没有理由和她说话,她说话的声音肯定也挺好听的,他好希望她转到乙班来,每天都能看到她就好了。

他到甲班去找钟强和秦明明玩,一次碰到了甲班的班主任王老师,王老师终于知道了他:"哦,原来你就是陆运红啊?"

"嗯。"

"你学习这么好,有什么诀窍吗?跟咱们甲班同学交流一下?"

王老师笑着说。

"就是认真听陶老师讲课。"他敷衍王老师一句。

"嗯,不错,好好学习,我让同学们都向你学习。"

虽然老师说的是句应酬话,但是能够被当初不让他进她那班的老师知道,他还是感到说不出的得意。

终于盼到金老师回来了,她已经调到白雁小学,负责甲乙两班的数学课,甲乙两班都结束了一个班主任老师教语文、数学两门课的历史。只要是金老师的课,大家都有种幸福和轻松感。金老师来了以后,班主任老师为了鼓励同学们学习,开始安排各科的课代表,原来的语文、数学、音乐、体育、美术(根本没开课)的课代表都是陆运红一人,大家早都习惯了,好像天然就该是这样的。这一下,老师要把各科分开,他好希望就当数学课代表,这样就天天都可以给金老师抱作业本去,太不想当语文课代表了。可是班主任老师偏把他安排成了语文课代表,他只好懊恼地接受,继续受罪。数学课代表是秦超,体育课代表是石兵,美术课代表是许韵芹。他甚至嫉妒秦超,想当初把语文考差点就好了,就能不当语文课代表了。

终于,学校里安排了美术老师。以前,班主任老师把每周一次的美术课霸占这么久,谁也觉得没什么不正确的,现在大家都感到好玩,上课居然可以学画画。美术课是副校长程老师教。第一次美术课,他教大家画红太阳,先教同学们怎样画上一个圆,让大家用铅笔和尺子先比着画个正方形,然后用铅笔分别切去四个角,再切去八个角,第三次去掉十六个角,几乎就圆了,用笔将圆加粗,把切角的所有痕迹擦去,太阳就成了,最后画太阳的光芒。虽然最后大家都画得斜斜扁扁的,但都得到了高分,而且最高分是九十五分,是石兵,比美术课代表的分数还高。

第 22 章

期中考试的时候,他故意心不在焉地考语文,结果语文只考了班上的第四名,第一名是石兵,幸而数学他是第一名,可总成绩只是班上的第二名了,第一名还是石兵。令人意外的是,和他同桌的赵玉琴考了第七名,她乐得合不拢嘴。

在甲乙两班的总排名中,陆运红仅排到了第五名,完全落在了王洪亮、冯小强、卢红芬几个人的后面,班主任老师很诧异,开始责备他:"这回是怎么考的?骄傲是不是?这样下去怎么了得?下半学期必须把成绩提起来。"

但陶老师又把他成绩下降的原因归结为他受到赵玉琴的干扰,就想把赵玉琴调开,不让她和他同桌。可已经尝到甜头的赵玉琴就不想坐别的位置,扭捏着就要和陆运红同桌,还不明就里的陶老师又把这理解成跟好学好,她侄女已经爱学习了,于是就算了。好事的同学又窃窃地传起绯闻,说赵玉琴在喜欢他。不久,班上的几个好看的女生都被男生们私下"分配"完毕,副班长许韵芹也被"安排"给了小个子石兵,虽然形体上就很不般配,可石兵推也推不掉,男生们暗地里就这样开玩笑,只有他还没被分配给谁。

家里平时只有父亲、母亲和他在,三姐和大哥每周六才能回来,大哥有时星期六还不能回来,他开始有点怀念当初范朝在的日子,至少每天晚上可以听他讲故事,现在想看三国故事,只能自己慢吞吞地读他留下的那本厚书。那简直就像没炖透的猪骨,虽然吃着很香,但非常费劲,很硌牙,还是止不住不时就要拿出来一边读一边猜。他对知青的好感慢慢回升,可对程夏事件的自责却没有减轻,知青自从离开后,再没了任何消息。

新学期开学,班里又转来个同学,这个同学和程林还有关系,她是程林的小表姐,也就是他出嫁的姐姐程夏的表妹,叫杨萍。她在程林母亲杨代晴的娘家青石公社平安大队小学念书，因为那儿的学习条件很不好，程林的舅舅想到程夏已经出嫁，就让女儿来妹妹家寄宿读书，于是插班进了陶老师的乙班。上学第一天，陆运红看到程林来等她放学一块回家，才知道她是程林的表姐。

当他留意杨萍的时候，才发现她和程夏长得很相像，就像亲姐妹一样。只是杨萍很苗条，两条马尾辫搭在肩上，有些怯生生的样子。可过几天，她和大家熟悉了，就开始和女同学们一块踢毽子，跳橡皮绳，身子灵活得像只燕子，一下子就把全班同学们的眼光吸引过去了。

杨萍无疑是最漂亮的女同学，男同学们虽然口头不说，但是心里迅速达成了共识，而且大家都不敢把她"分配"给谁了，好像分配给谁都是对她的不尊重，是亵渎。陆运红觉得她简直比甲班的周小玲和旁边坐的赵玉琴好看多了，渐渐地越来越不自觉地要去注意她。

他好希望老师能重调座位，把自己调来和杨萍坐在一块。一次，金老师抽人到前边做题，先抽他，接着又抽了杨萍，两人的名字挨在一块，他马上感到无比快乐，甚至不经意地偏过头去瞟她一眼。杨萍可能由于第一次被抽到，心里发慌，急得脸红红的，磨蹭着写不出来。他着急又不能帮她，只好自己做完快快地走下来。

有杨萍在，日子开始变得有意思多了。班主任老师让他监督同学们背课文，每背完一个，他给打个分，记录下来。每回接受完任务，他就盼着杨萍会来背课文，别的同学背课文。有的着实背不下来的句子，他会提示人家。一次，杨萍来背《蜜蜂引路》，他好希望她也能忘掉哪一句，他好理所当然地给她提示，可杨萍断断续续地背完，一点都没错，他只好遗憾地给她打了分。一般说来，只要不是一口气背完的，大不了就给打九十分，可他硬以为她背得太好了，讨好地说："你背得真熟，我都还不会背呢。"杨萍好像听了表扬不好意思了，用微微的脸红来表示谦虚，咬了咬嘴唇，拿着书走了。他在记录本上给她打了个一百分，满分。在背课文上，可从来没同学得过这样高的分数，杨萍成了第一个得满分的人。

第二天,老师抽同学站起来背诵,就抽到满分的杨萍。可怜的杨萍是第一次被老师抽起来背课文,由于紧张,背着背着就忘了,老半天想不起来,他在下面替她着急惨了,好想给她提示。老师让杨萍坐下,冷冷地问:"昨天还得了一百分,是怎么背的?"

杨萍一句话也答不出来,只是红着脸不说话,可一下课,她就像没事一样,和同学们热闹地跳绳。班上最爱跳橡皮绳的是江艳,没想到杨萍对橡皮绳也特别喜欢。她们在一块跳,他和石兵、秦超等好多男同学开始不自觉地给她们当观众,围在旁边,或趴在桌上看。每次轮到杨萍跳的时候,他都在心里暗暗地祝愿,祝愿她能跳过其他所有的女同学。渐渐地,果然发现杨萍的跳绳技术是最棒的,每回都超过了她们。每次她跳赢,他都高兴地给她热烈鼓掌,可为了不被同学们说闲话,说他向着她,其他女同学跳赢,他也鼓掌,可就是象征性的。有男生在旁边当观众,女同学们跳得更起劲,渐渐地他们就给她们当裁判,可他们故意乱判,引发了跳绳的女生们更多的矛盾。几个男同学被女生们驱逐,一哄而散,跑去自己玩了,他却不再和他们一块去玩,仍然趴在桌上看她们跳,给她们当裁判。有两次杨萍踩绳,至少脚挂到绳了,同学们都看见了,这应该就算输,可他还要说杨萍脚没挂绳,杨萍也乘机说以班长说的为准,于是几个女同学又争执开来,好一阵才勉强认可他的裁判结果。有一天中午,他又趴在桌上看她们跳,这一天杨萍的状态不好,真真地输了好几回,他难过极了,再也不好向着她。他恨恨地说:"今天你是怎么跳的?"

"我跳得不好怎么了,我又没请你来看。"杨萍也因为输了不高兴地说。

"你来帮她跳嘛。"江艳讥笑似的说。

其实他看那么久,已经发现了她们的跳绳技巧,她们老是跳,没能进步,他说:"我肯定比你们跳得好。"

杨萍和江艳几个女生笑起来,说鬼才相信。

杨萍也爱和同学踢毽子,而且她踢得好,班上几乎谁也比不过她。

每回她们踢,他又成了她们最忠实的观众,还义务地大声为她们数数。每回轮到杨萍踢,他又故意给她加快数的速度,不仅要让她成为第一,还要她远远地超过她的对手们,可他的作弊行为很容易地就被她们发现,她们马上制定"行规",班长数的数,一律不算,只能她们自己数。他发现其实男同学们都在暗暗地喜欢杨萍,因为如果女生们踢毽子,哪天杨萍没参加,男生们一般很少去围观。尤其是秦超,几乎和他一样,杨萍在,他就在。

杨萍跳绳、踢毽子样样都行,就是学习不太好,只是中游水平。同学们每次做的语文家庭作业,班主任老师都让他给大家批改,改后跟她汇报谁没完成就是。每次批改的时候,其他同学的作业,他也学着老师的样子,草草地看看,就画上一个大红勾,然后随意地打上八十分、九十分,最高九十五分。甚至没做完的,比如好友秦小军,也给打上个九十分。可他对杨萍的作业改得够认真了,每个错字都给她纠正,漏掉的字也给添上,满篇作业都改得红红的,最后还给她打上九十八分,甚至是一百分。因为怕别人说闲话,还偷偷地不让别人看见。可是,同桌的赵玉琴发现了。一次,她看到他刚为杨萍改的满分作业,马上惊叹:"哇,错这么多,也得一百分啊?"

"鼓励分。"他说,又假装说,"这是谁的作业啊?"然后翻作业本的封面看,"噢,是杨萍的!"

大概这样就瞒过去了,怕赵玉琴再说什么,他给她改作业的时候,也给她打一百分,而赵玉琴是地地道道的作业都没做完。但她看着给她打的一百分,满意地笑了:"你这样照顾我呀?哈哈!"

因为暗暗地越来越喜欢杨萍,他就渐渐地在她跟前感到不自在,好想能有机会单独和她一块,又怕,只有当许多同学一块围观她们在教室后面嘻嘻哈哈地跳绳或踢毽子的时候,混在同学中,名正言顺地当观众,只为多看她。她说话声音脆脆的,很动听,笑得最好看,每次笑的时候,都带着丝天生的羞涩,不像别的女生那样大声大气的,让他着迷。有好几次,杨萍踢毽子输了,气恼地一抬头,就和他的目光碰到一起，她马上脸一红，迅速地调开，笑着和江艳她们争论。

有一次，杨萍又输了，心里很不舒服，恨恨地把毽子一掷，回过头见他在旁边着了迷，马上笑着冲他说："我们女生踢毽子，你老是看什么？就怪你。"

他不好意思地笑了，忙回到座位上。他也不知道用什么方法可以改掉这个喜欢看她踢毽子的习惯，因为再这样，同学们肯定要说什么了。于是，他开始憋着尽量不去看她，偶尔还是忍不住要偷偷回过头去看上一眼。

陶老师在课堂上抽背课文的时候，往往要先看陆运红前一天给提供的打分情况。她习惯把得分最高的同学抽起来背，看是不是真实的，这成了他和同学恶作剧的机会。因为大家都怕被老师抽起来背课文，稍有错就要被老师骂，于是他管理同学们的方法就成了这样：哪些同学上自习的时候不听招呼又背不好课文的话，在他们背的时候就给他们打个高分，甚至就是一百分，让他们第二天被老师抽背出洋相，然后大家哈哈大笑。不久，同学们都知道了他的伎俩，几个最调皮的同学每次背的时候就监督着他给打低分，然后才放心离开。这天下午自习课又到背课文的时候，是背才讲过的《一月的哀思》，杨萍又来背了，背得结结巴巴的，脸憋得通红，陆运红忙给她提示两次，她才背完。他发自肺腑地要给她打一百分，她也急了："你再这么打分，是在陷害我，明天陶老师又抽我来背，你帮我背呀？"

他乐了："那好，你说打多少吧？"

"随便你，别打九十分以上就行。"

他就给她写了个八十九点五分，杨萍不好意思地说："就你会写。"呼的一下把语文书抽起就回到座位上去了。

他把对杨萍的喜欢和好感转移到幻想中，情节是这样的：在学校里，有几个比较强大的国家，其中有数学老师金老师的国家，甲班班主任王老师的国家，还有陶老师的国家。王洪亮就是甲班的武艺最高的大将，冯小强、周晓玲都是甲班的主要大将，而秦超、石兵又是陶老师手下最厉害的大将,自己和杨萍、赵玉琴、秦小军都是金老师手下的。发生了一场战争,王洪亮带着冯小强等人联合陶老师手下的石兵、秦超,要来侵略金老师的国家,自己带着一支军队为金老师保卫国家。他们浩浩荡荡地杀来,自己为了保卫民众,当然了,主要是保护杨萍,和他们展开激烈的战斗。显然王洪亮和秦超都没看过《三国》,根本就不懂计谋,武艺也倒和自己不相上下。自己首先和王洪亮在阵前相见,大战至少一百回合,然后王洪亮开始敌不过自己,逃跑了,中途请来秦超当助手。两个人夹击自己,自己毫不畏惧,又和他们大战许久,终于敌不住,带着队伍撤退,在撤退的途中,心生一计,让同桌赵玉琴带着一支小部队,将王洪亮的追兵引诱到一个山谷中,然后让秦小军带着一支军队截断了他们的退路,立即放火烧(显然孔明初出茅庐火烧博望坡就是这样)。果然,根本没看过《三国》的王洪亮中计了,最后被烧得只带着几个人逃跑。秦超却在自己指挥部队和王洪亮决战的时候,乘机偷袭过来,抓走看守粮草的杨萍,自己知道后,马上带着人马绕道快行军,去围攻秦超他们的大本营,攻下了城池,然后以逸待劳,中途又伏击他们,把他们打得大败,救出了杨萍……而这一切,都被金老师在暗中看见了,她非常惊叹于他的才华,怎么以前没发现呢。当然喽,这些杨萍也全知道了,所有人都打不过他,于是暗暗地喜欢他,金老师又安排杨萍当他的助手,共同对付敌人的二次进攻。这一次,自己又巧妙地设计,让在王洪亮内部的秦明明和钟强弃暗投明,做内应,在王洪亮和秦超的军队刚出发的时候,他们就带着粮草来降了。最后自己完全打败了来犯之敌,还俘虏了甲班最漂亮的那个周晓玲,把她交给金老师处置。金老师则准备把她奖励给他,他并不想要,因为自己不为女色所动。金老师更加敬佩他,非让他在周晓玲、杨萍和赵玉琴之间选择一个做妻子,他一个都不想要,然后她们都很伤心很难过,都去央求老师。最后他不得已,选择杨萍,让杨萍嫁给自己,杨萍激动得哭了,然后他和杨萍在一起,到一个没有人打扰的风景优美的地方,过上幸福的生活……总之,是些光怪陆离的情节。

往往自习课的时候,老师让他监督同学们背课文,同学们在背,他就独自想入非非,构思着总有杨萍参与的故事情节,动人得不得了。有时,想着想着,他自己都笑了。其实,他几乎没有专门背课文,只是同学们在他面前背诵的时候,他听他们背,听他们背一遍就相当于自己读了一遍,听着听着也就会了。老师如果抽到他起来背课文,他往往还是背得最流利的。几次之后,老师也就不抽他背了。他好希望杨萍的成绩能够快快进步,和自己一样,甚至想把自己的成绩降下去,和她一样就好了。杨萍的成绩始终就不上不下的,每次听到她的成绩,他都替她着急。一次考试后,老师让他帮发考试本,看到杨萍的分数比前一次高五分,他把考试作业本发给她的时候高兴地告诉她:"你比上回高了五分。"

这时杨萍总是脸一红说:"关你屁事。"

期终考试的时候,陆运红的成绩只比王洪亮高了一分,但还是全年级第一名,陶老师很高兴,总之为她争了光。

第23章

在全公社的所有小学中,白雁小学是仅次于公社中心小学的办学规模的学校,也比其他学校重视教学,虽然还有很多的代课老师,可教学质量一直都是比较高的。

这一回,学校要开展一次朗诵比赛,为"六一"全公社小学朗读比赛选拔人员,各班老师派出男女生共两人,组成一个诵读小组,诵读内容自选,课文也行。陶老师在班上直接点名,男生就派陆运红参加,至于女生呢,她犹豫好一会儿,陆运红好希望她能选杨萍,让她和自己一块。可是,语文课上,杨萍在女生中从来就算不上优秀,最优秀的女生就是许韵芹,如果和许韵芹组合,那就是受罪了。万不得已,他宁愿和现在的同桌赵玉琴一块,也不想同许韵芹一块。他提心吊胆地在心里默念着,陶老师的目光在全班扫了又扫,最后,令人意外地宣布:"女同学,嗯,杨萍去。"

天呀,他听着这个消息,几乎信不过自己的耳朵,简直幸福得要晕,为什么老师会选择她呢?难道是陶老师发现了自己喜欢她,是不是啊?那可怎么好啊?怎么好啊?他激动又浑身不自在,好像自己已经光着身子站在了光天化日之下,什么都被人知道了,马上面红耳赤。

他假装不经意地侧过头,瞟了杨萍一眼,杨萍可是做梦也没想到老师会叫她去,已经急得满脸通红,嘴巴都鼓起来了。可对陶老师的安排,谁也不敢说半个不字。他强烈地按捺住胸中的激动,故意表现出很平静的样子,等候老师的下一步安排。

陶老师之所以掂酌之后选择杨萍,确实有以貌取人的原因,因为在台上比赛,第一印象也是很关键的。至于诵读方面,杨萍声音响亮,吐字也清晰,这与成绩的关系本就不大。为了能赢得比赛,陶老师安排他们首先统一服装,红领巾、白衬衣、蓝下装,可二人都没有。没办法,陶老师马上决定亲自去给他们借,明天带来。还有个难题,现在班上,只有陆运红、石兵、许韵芹、秦超和韩兴贵几个人是少先队员,其他的同学都不是,上台朗读的时候,最好都要戴红领巾。想而又想,陶老师让许韵芹把红领巾借给杨萍。杨萍极不情愿地接受了老师的安排,一言不发。下午上自习的时候,老师让同学们出去自由活动,然后让他们二人在教室里,开始选择背诵内容练习。几个同学在旁边围观,老师帮选的是课文《一月的哀思》,上周才讲过的,让二人朗读的时候,尽量把语速放缓,表现出沉痛的样子。陆运红感到这个表情太难把握,尤其是当着围观的同学们的面,按老师的要求假装很痛苦,同学们就忍不住笑。而杨萍那个羞涩的模样,也和老师的要求差得远。他们练了两遍,老师也感到很不理想。歇了会儿,他向老师建议:"要不我们朗诵上学期的课文《我们是共产主义接班人》吧。"

这篇课文就是一首歌词,而且大家都会唱,也会背。杨萍听了,马上表示同意,她也会背。围观的同学们也说这个课文好背,嚷起来,陶老师考虑了一下，这篇课文确实节奏明快、活泼，用不着让两个娃娃去过多地装表情，于是让他们两人背了。杨萍也终于放开，两人合背一遍，一点都不别扭，老师完全满意。

待老师让他们走的时候，学校已经没有人了。两人背着书包，一前一后出教室。她的小表弟程林也早已回家，因为以前上学放学就没同路过，杨萍和他一路也不自在，她在他前面十多米远的地方，故意要和他避嫌似的。他想追上去，又怕她像平时一样凶自己一句。要走到白雁林的时候，杨萍忽然停下来，回过头，呆立着，他走上前去，说："你怎么了？"

"我忘了，把语文书忘在抽屉里了，回去还要做作业呢。"

"要不，我回去帮你拿，你在这儿等我。"

"关你屁事，你走你的。"

"待会儿你一个人回来，这白雁林里有鬼呢，你不怕啊？"他说。

树林里有鬼的传说由来已久，远近的大人们都在说，小孩子们都在怕，而且刚好前几天又添了座新坟。杨萍还在和他顶："你胡说，你才是鬼。"

"反正我怕，我先走。"他说着，一个人开始小跑，要在最短的时间穿过白雁林。他刚跑，杨萍果然怕了："你回来，等我一会儿，回来！"

他忙停住，回到树林边，在旁边一块石头上坐下。杨萍马上朝学校走，他说："你把书包给我，我给你拿着吧，来回就能快些。"

她没有回答，取下书包就递给他，红着脸转身就跑。过了大约十分钟，她回来了，一把抓过书包，把语文书装进包里，又走在前面，好像陆运红从来就不存在似的。两人仍然一前一后，不过相距只有两三米，陆运红此时也忽地害怕意外地碰到别人，会惹出让人不好意思的话题来。就这样，两人一前一后走出白雁林，然后分路，谁也没说一句话，他失落地快步回到家里。

第二天早上，他要早早地到学校，给同学们打开教室，意外地在白雁林外合路的地方，又碰到杨萍。这时路上没别的同学，她也没有同她的小表弟程林一块，又走在他前面十米远的地方，还是假装没看见他。他问："你今天这么早，专门去碰鬼的啊？"

杨萍转过身来，脸红红的，冲他来一句："不就碰到你了吗！"

然后她又转过身去，不理他，两人仍然各走各的。没一会儿到了学校，学校里还没有别的人，杨萍站在教室门口，他走上去，冲她笑笑，才把教室打开，杨萍咬着下唇红着脸没理他。教室里就他们二人，各自心不在焉地复习，过一会儿，同学们陆续地来了。

下午都排练的时候，两人又可以名正言顺地站在一块儿，有少数同学围观，谁也不敢胡说八道。因为有最喜欢的人和自己一块表演，他每次都发挥得很好，几乎次次都得到老师的夸奖。当然，杨萍脆生生的声音也特别有感染力，到后来，二人几乎不用"演"，只顺其自然朗读就很好，老师前后安排他们培训了四次，完全满意了。

星期一，在操场上举行朗读选拔赛，全校同学都聚在操场上，一共有十支队伍二十个人参加。不料另外有个组合诵读的也是《我们是共产主义接班人》。最后，学校评出一个冠军，两个亚军，三个季军，以及若干优秀奖。他和杨萍的组合成为亚军，老师又奖励他们每人一个崭新的作业本，鼓励他们认真学习。

这次诵读选拔赛之后，关于他和杨萍配对的玩笑在男同学中开始流传，他好希望大家说的就是真实的，又坚决地否认。大家越开玩笑，他越不自在，越要和杨萍拉开距离，这样才能够隐瞒住一切。不久他奇怪地发现，从参加比赛以后，他和杨萍单独碰见的机会多了起来，尤其是上学的时候。因为每天早上他都要按老师的安排早早地去给同学们打开教室，在上学的路上，几乎都会碰到杨萍。她也是一个人，早早地，在交叉路口的时候，不是他在前面十多米，就是她在前面十多米，每天的时间都差不多，而且她也绝没和小表弟程林在一块。这时，上学路上人还很少，大多数时候没有人，只有他俩，可就是这样，两人也做贼似的，默契般地穿过白雁林，谁也没敢说一句话，直到到了教室门口，才相互看一眼，都脸红了，又假装谁都不在意似的，各自回到座位上，打开书，直到许多同学来了，谁都一句也没看进去。

渐渐地，同学们大概觉察出二人有什么事，开始悄悄地议论。接着杨萍可能也觉察到了什么，再来陆运红面前背诵课文的时候更不自在，好像每回都是鼓起了很大的勇气才来的。而他也不敢和她说一句话，好像全班同学的眼睛都在盯着他们，都在寻找他们的蛛丝马迹，准备制造传闻。每回她顺利地背完，或断断续续地背完，他一言不发，给她打一个分数，然后记录下来。她看都不看，把书合上，拿回到座位上，然后才打开，偷偷地看是多少分，每回都是八十九点五分，总之不上不下。

星期天，三姐陆运芹回来了，姐弟二人一块去割草喂猪，很快就走到了三组的地界上。三姐早就听说程夏表妹来了，这回他们到三组那边就见着了。在三组的小山坡上，杨萍也在帮她的姑姑家收拾柴火，可她显然在偷懒，在小山坡的空地上，收拾了些放在一边，就和六七个小伙伴跳绳，场面很热闹，程林也在旁边玩。三姐看到走过去，马上加入她们的跳绳队伍，他和小伙伴程林两个男孩就只在旁边当观众。没一会儿，杨萍居然和三姐起了争执，谁踩线了，谁又没有。这时，杨萍指着陆运红说："他在旁边观看，每回看得最清楚，让他说咱们谁踩的线。"

这个忠实的观众倒是看清楚了，这回实实在在是杨萍自己踩线，他显然不愿意这样判断，顿了一下说："我看到了，是三姐踩线的。"

"你胡说！我根本没有，是她踩的！"三姐对他大声喝道。

杨萍却得意地看着他，再没脸红，只笑着不说话，她显然已经知道他每回都要判定自己赢的，所以这样大胆。三姐倒是没有十分计较，认输就是，谁教评判的是自己的亲弟弟呢？她干脆不再跳了。

"你为什么要睁着眼说瞎话，帮着人家说？"割草回家的路上，三姐开始质问他。

"本来就是人家赢了嘛。"

三姐扯了一下他的耳朵，质问：“刚才我根本就没踩线，别以为我不晓得，你是不是看见人家长得好看，原来是这样的心肠，说！”

"你胡说八道。"他急得马上大声反驳，"她好不好看，关我什么事，你别诬赖好人，我回家时告给娘听，你在学校读不好书，原来就是老想这些怪事。"

"哦哟，你还告我？哼哼，你告嘛，看哪个说得像。"

姐弟二人一路争吵着回到家里，谁也不再吭声。

第二天早上，在上学的岔路口，他又碰到杨萍，她又走在他前面十多米，两人还是一前一后，一言不发地走到学校。走到教室门口，在开门的时候，他回过头，看了杨萍一眼，对她说："昨天是你踩线了，你自己不知道吗，为什么还要找我帮你圆谎？"

杨萍轻轻地抿嘴笑道："谁要你帮的，我只是叫你评判，你自己不公正评判，怪我？"

虽然挨了她的指责，但她的笑有种前所未有的温馨，让人迷糊。这时，石兵和其他三个同学来了。石兵见他们两人在一起，问："你们又在一块讨论啥？"

"噢，她说我昨天给她背课文的分数打得有点高，今天要被老师抽查，早早地来让我给改下来，我说老师好久都没抽她背了，轮也该轮到她了。"他几乎不打草稿就编个谎言。

石兵倒也没再问，两人再也不说一句，各自到座位上，大声地读书。

第 24 章

终于临近儿童节，全公社所有小学组织的朗读比赛正式举行，每个学校一支参赛队，每队十个人，老师们把前次的冠军和亚军全选上了，另外又在甲班和乙班选了几个人，两班的班长都上了。乙班除陆运红，还有杨萍、秦超。他们朗诵的还是《中国少年先锋队队歌》。

儿童节前一天最后一次排练后，学校给十个同学统一服装，五个男同学白衬衣、蓝下装，五个女同学白衬衣、蓝裙子。陶老师要他们五人儿童节一大早结伴而行，八点到公社中心小学操场集合，她在那儿等。可班里赵玉琴和江艳是白雁七队的，不同路，只有他和杨萍、秦超三人同是五队的，于是老师要他们三人一块。

早上六点钟，广播刚响，他就起床，早早地吃过饭，洗脸，把衣服换好，凉飕飕的。七点钟，他到大公路旁等着他们。一会儿，杨萍先到，她穿着学校发的服装，更好看。他看了她一眼，忙把目光挪开，怕杨萍笑他。谁也没主动招呼谁，杨萍在离他五六米远的地方站着，两人一块等秦超。他们都没找到话题，杨萍低着头，盯着脚尖，脚尖在地上蹭着。好一阵，杨萍听见他忽然说："完了，我的语文家庭作业本昨天又忘在学校里了。"

"你为什么老是要丢三忘四的？"

"怎么办嘛？"

两人说到这儿，秦超来了，他平时和秦超几乎没在一块玩过，见了面也不知该谈啥。他说："咱们走吧。"

三人一块走，开始谁也没说话，过了会儿，秦超说："杨萍，你是我们班上的百灵鸟，我们今天只给你做陪衬。"

"你比喻得好生动，语文学得这么好，我都眼红。"

"眼红的是小兔子，不是百灵鸟。"秦超说。

"我是人，我是我，不是动物。什么小兔子、百灵鸟，你自己愿意自己当。"

"小兔子爱跳，你也爱跳，跳绳、踢毽子和兔子一样。"秦超说。

"那你像什么？每天下课就在学校周围跑、闹，像刚断奶的小花猪。"杨萍说完，自己也笑了。

两人一路说着，陆运红几乎插不上话，心里很烦秦超，干脆就不说，快快地走在前面，故意要跟他们拉开距离。他俩不时小跑几步，又赶上他，还是叽呱个不停。好一阵，终于到了中心小学，小组的同学们都到齐了，校长让大家排好队，然后进场。

朗读比赛在中心小学操场举行，操场周围围观的人很多。十二支参赛队伍，比赛进行了三个小时，现场打分评比，大家第一次参加这种大型活动，都很紧张，尤其是站在前排的女同学，最后陆运红他们学校得了第三名。

学校旁边是全公社唯一的一家照相馆，照相的师傅被大家称作王师傅，四十多岁。比赛结束后，有好几个学校的参赛队都去照相馆照一张合影，高校长也临时让全部参赛同学一块去照相。于是十个同学和老师、校长共十三个人，跟着前面的参赛队伍来到照相馆，大家按身高重新排个队，这可是陆运红，也是大多数参赛的同学第一次照相。照相的师傅反复交代大家表情要自然，大家还是不自觉地齐刷刷地盯着照相机，最后好不容易完成。校长交代，照的是六寸的合影，学校决定加洗后每人送一张，留作纪念。这张照片，几乎就把甲乙两班所有的学习上的尖子生都包括进去了，陆运红的前面就是最可爱的杨萍。

刚照完相，他跟班主任老师打过招呼，就准备走，早早回家。

他一个人在公社的街上，东张西望地走了会儿，走到供销社门口，又想走进去瞧瞧，身上只带了一毛钱。他来到供销社的两个售书柜旁边，看到居然有一本连环画《辕门射戟》，忽然间，他激动得几乎要叫出来，能够有《三国》的连环画，这是他做梦都没想过的！他忙让站柜台的阿姨把它拿出来看看。阿姨正在和她的同事聊天，她走过来，打开玻璃柜，拿出来给他。他看了，没错，讲的就是知青留下的《三国演义》中的那段故事，千真万确。他忙翻到最后，一看定价，要二角三分钱，只有这一本。他一下子失望极了，拿着连环画，怎么也舍不得放下，把定价看了又看，年老的售货员有些不耐烦地说："买不？不买就放着。"

他只得强忍着不舍，把连环画还给售货员，激动得结结巴巴地说："阿姨，我身上只有一毛钱，你帮我留着，行不？别卖了，明天我来买。明天我一定来买。"

"我这书店可不是专门为你开的，谁先来谁先买。"售货员说完，接着和别的售货员聊天去了。

他无限失望地走出供销社的大门,想到三姐在中学,她身上肯定有钱,至少有两毛钱吧,不管怎样,先借来,把它买下。只有一本的危机感已经逼得他不敢想明天的事,明天肯定被人买去,他慌慌张张地往中学跑去。

他刚跑出不到一百米,到电影院旁边,忽然碰到杨萍,她怎么没去看电影?他二话不说,忙跑到她面前:"你怎么没去看?"

"你都没去呢。"

"我是看过几遍的。"

"我也看过,不想看了。"

"你身上有钱吗,借我两毛,或者,一毛五分也行,我明天就还给你。"他急切地说。

"你干啥,要买啥吗?"

"有吗?借给我吧。"

杨萍见他急得脸通红,忙从身上掏,只有一张一毛的,他怏怏地只好转身就往三姐的学校跑。

令他想不到的是,三姐没在学校,到附近乡下参加义务劳动去了,他只好灰心丧气地准备往回走。走着走着,又想等等三姐,可不知道她什么时候回校。他咬咬牙,决定一定要等到三姐回校,就在学校的操场上坐着。

时间慢慢地过去,他有些不耐烦,又害怕连环画被人买去了,急得像热锅上的蚂蚁,忙向供销社跑去,看看是不是被别人买走了。看到还在,他又放心地跑回三姐的中学。

终于等到三姐回来,他忙跑过去,拉着她,要一毛五,至少一毛五。三姐疑惑地问他一句,还是回寝室拿来给他,告诫他别乱花,否则她回家非告诉爸妈不可,他二话不说拿着就朝供销社跑去。

也许就是老天爷要为难人,他急急地跑进供销社的时候,那本连环画刚好有人在买,售货员老阿姨已把它拿出来,盖了个销售章,然后给那人，补了那人七分钱。他急忙地说："我要买，我要买。"

售货员看他一眼，什么话也没说。买书的那位是个老年人，微笑着说："小鬼，你买什么，这种书你买来没多大用处。走吧，到我的书摊上去看，两分钱看一回。"

他面对着这个无可挽回的结果，心情低落到极点，几乎要哭了，咬咬嘴唇，气得转身就往家里走，这几乎成了他最痛心的一个儿童节。

大哥陆运新高中毕业了，可他没有考上大学，他们学校两个高中班，都没有人考上大学，据说只有一人考上中专。他重新回到家里，父亲陆选南计划着说："家里可能再也不缺劳动力了，每年可以多一个人挣工分，以往三个娃娃读书欠下的债，用两年时间。就可以勉强还清。家里还可以多喂一个小猪崽，每年年底的时候，就可以交一个，然后自己杀上一个，留着部分自己吃，再卖掉一部分，要储存一点，毕竟老大已这么大，可以找人说亲了。"

陆运新听着父亲的安排，十七岁的他极不情愿地说："我还早呢。"

他回过头对陆运红说："你可要用心读书啊，将来可别像我一样，读了就回到这里来，争取能考出去，吃公家的粮食。"

父亲在旁边说："公社里不是要招聘吗？慢慢地看吧，看看能不能有机会找人帮忙。就是大队也行，我们大队几个干部里，也没有高中生啊。"

母亲听着，认为希望渺茫："咱们世世代代种庄稼的，就别胡思乱想了。"

陆运红不知道他们所描绘的是什么，总之现在就挺好的。他把三姐和大哥带回来的大堆课本，都拿来当业余书看，足足翻了一个星期，才把他们的语文书看完，只是文言文太难懂，问了大哥两次，大哥也很难给他讲清。

晚上，他和大哥睡在一块。他在床上，继续翻他们的书，大哥半躺在旁边，又和父亲商量。他说，他在学校，每天中午放学和吃晚饭的时候，看到不少周围的农民，经常拿着鸡蛋、煮熟的红薯，还有自己做的饭菜卖,也有人把甘蔗、地瓜还有其他水果拿到学校门口叫卖,生意很好。他和同学们去过几次县城里的中学,在学校外做生意的更多。他想,自己既然读到了高中毕业,也见识了这么些,想出去闯闯,学学他们做生意看看,见见世面,在生产队里挣工分太累人。

确实,在外面念了几年的书,陆运新的想法和以前不同了。陆选南担心他说的这个路子发展下去,就会成为"投机倒把",到时被抓去坐牢也难说。陆运新说,他也知道,其实暗中在搞投机倒把的也不少,每次少量买卖,也不会出什么事。他列举了些例子,说他的几个高中同学,有两个也在偷偷地做些买卖,也有人在参加他们所在大队的招聘干部考试,只要有消息,他也可以参加,总之不想在家里挣工分。

经过两个晚上的沟通,陆选南勉强被他说动,因为他知道偷偷从事投机倒把的人也有。生产队里,原队长韩开国的儿子,听说就在外面做什么,这两年几乎就没在生产队里挣工分。还有,鬼头鸟钟向尧平时也鬼鬼祟祟地在买卖鸡蛋,大家都知道,可都假装不知道。也该让儿子走走看,如果真的就这样闷在大队生产队里,他这辈子几乎就定型了,毕竟他是高中生啊。他也曾想以后让陆运新争取个大队文书,应该是不成问题的。他又问韩叙芳,韩叙芳觉得儿子比自己读书多,有见识得多,并且不是那种猴性的人,是比较踏实小心的,她的意思还是先让儿子按他的想法去闯一闯。

夫妇二人想而又想,家里今年分到六十多斤花生,于是他们将花生剥了壳,让陆运新拿进县城里去试试,是自己的花生,即使被工商局查到,他们也不能咋样。

听说大哥要去县城,陆运红忙向母亲申请要跟着大哥去玩。母亲犹豫着,大哥说:"行,去就是,只不过车费你自己负责,听说你成绩好,得了些钱藏着,没用掉吧?"

听说要动用自己的钱,他马上又犹豫了,大哥笑了:"那你就在家里老实待着。"

父亲和母亲没再说话,好像是在"尊重"他的选择。自从公社到县城的公路修通以来，又经过了几次修补，去年十月，有了一趟从公社开往县里的班车，可是隔天才通一回，从公社到县城，车费要四角，来回就是八角，如果买《三国演义》连环画，可以买好几本啊。他经过一番激烈的思想斗争，终于大声说："我要去。"

"那好，明天咱们一路吧，总之自己掏钱。"陆运新说。

从公社到县城，除了固定的两天一班的班车，有时还有运货的车，如果能搭上运货车，司机的收费比班车还便宜一角。刚好明天有一班车，是早上九点钟发车，九点二十左右到生产队。一大早，大哥背着四十多斤花生米，陆运红紧跟着，兄弟二人来到公路旁等车。这是他有生以来第一次坐车，而且是第一次出远门，第一次到县城，总之想来就令人激动，就幸福。好一阵，终于听到班车转弯出来的鸣叫声，他紧张得抓了抓大哥的手，说："我想尿。"

"瞧你这点出息，搞事多！快，别待会儿尿在车上，让人笑。"大哥讥笑了一句。

他忙转过身，在旁边快速地尿了。片刻后车来了，车上人不多，大约只有一半座位有人，兄弟二人上了车坐好。女售票员过来，听说是到县城："白雁大队到县城每人三毛五。"

"小娃娃可以半票吗？"陆运新说。

"你……你有多高？"售票员是位五十来岁的阿姨，她望着陆运红问。

"他才九岁。"

其实他马上满十岁了，售票员狐疑地看了他一眼，明显是不信，可大概没想为难他，答应让他买半票。大哥掏出五毛三，把票买了。陆运红紧靠着临窗的位置，看着窗外的景色快速地向后面退去，感到说不出的爽心悦目。

公路高低不平，汽车在路上颠簸前行，中途又陷在个稀泥坑里，折腾了许久才起来。这一趟，足足开了两个小时才到县城，而陆运红可盼着它继续开，再开两个小时，他也不讨厌，百年难遇的享受。临近中午十二点，到了车站。

县城好大呀，起码有四五个五河公社那么大，到处都是密密麻麻的房，人也这么多，还有三层高的楼房，他从没见过。陆运红觉得目不暇接，东张西望。车站是砖瓦房，很大，有三个车在门外那儿停着，等候发车。大哥一边背着花生米，一边拉着他，两人一块往县城的菜市场去。二人走了不到三百米，还没到菜市场街口，就有人叫住他们："小哥，你背的啥？是花生吗？"

回头一看，是位四十来岁的妇女。她说着，拉住了陆运新背的口袋，问是不是卖的，陆运新说是，然后放下来。她马上打开，用手抓一把，捻了捻，又拣一粒尝，然后问："多少一斤？"

这花生米在五河公社赶集时一般卖三毛到三毛五一斤，可在县城里，现在是什么价，陆运新也不太清楚，但至少比公社要高才行，至于高到什么程度，他心里估算一下，除车费，还有简单的生活费，加上赚点钱，至少也得喊到五毛吧。他犹豫了一下，就喊五毛，妇女出了四毛三，然后两人开始讨价还价，最终四毛八成交。他们拿到公平秤上称，一共四十三斤，二十元零六毛四，不到二十分钟，就完成了交易。这么快就卖掉了，简直出乎两人的意料，直到此时，大哥才发觉，这个女的原来是个小贩，她也是买到外地去卖的。

有了钱，陆运红就发现已经饿了。大哥带着他来到菜市场旁边的饭馆，店里的香气飘出来，让人再也把持不住。大哥拿出粮票和钱，买四两米饭，又买了炒白菜和一碗蛋汤。兄弟二人吃得干干净净，饱饱地离开了饭馆。大哥带着他在菜市场里转会儿，有卖鸡鸭的，还有卖水果的，可能都是附近的社员们。陆运新逐一问了问价，然后带着弟弟在县城里逛，让他开眼界。人世间还有这么美丽的，这么多人一块居住的地方！

临离开县城的时候，陆运新还花四两粮票和四角钱，买八个甜饼带回去，让父母和陆运片也更直观地分享今天卖东西的成绩。最初说好让陆运红自己付车费，结果他没付，全是大哥给的，算赚了。下午五点钟,兄弟二人回到家里,瞧着他一副得意的样子,三姐嫉妒地嘲笑:"你不得了,我要羡慕你了,去一回县城,见世面了啊,好洋啊,这辈子没白活,啧啧啧……"

他脸一阵红,忽地发现自己太不"诸葛亮"了,什么都表露出来。他马上整顿衣裳收敛神色,开始装"深沉"了。

第一次到县城卖花生米,总的来看,陆运新赚了六七元钱,相当于在生产队里挣十多天的工分,这个账一下子让父母都暗中高兴。但陆选南想而又想,毕竟自己是副队长,要是陆运新毕业回家里,从来不在生产队里挣工分,人家肯定要说,也不好解释。他想了个折中的办法,陆运新还是要在生产队里挣工分,倒不是每天都要出工,至少隔一两天出出工,大家也少些猜疑,然后赶集的时候再买东西,放一放,拿到县城里去卖。

第25章

三姐成绩不好,一直都是班上中流的样子,父亲想如果明年考不上好学校,就让她回家里,帮家里挣工分,三姐自己也念得很不耐烦。即使初中毕业回到队里,也是队里为数不多的初中毕业的女生之一,算是个女秀才了,大家都说。

秦仁清的表弟冯世明,在地区所在地云津市国营糖厂一个生产班任班长,现在据说任糖厂的统计员。以前云津市有路到东永县上,因为县上到五河公社没有路,他很少到乡下来耍,自从五河公社到东永县的公路修好并开通公共客车,他也开始到他的表哥家走动得勤些,今年来了两三次。因为生产队里大家牵来牵去,都是亲戚,冯世明也几乎成了大家的熟人,他每回到队上来耍,事先总要跟表哥打招呼带信来,问问队上社员,谁要买点糖,他可以帮忙带。因为此时,糖还是很稀缺的,平时社员们走亲访友捎点礼,一封糖就很贵重了。往往我家有喜事,你送来,过些日子他家有喜事,我又送给他,送来送去,一封糖过了两三年，转手很多次还是没有人打开尝过，大家暗中开玩笑说，即使里面包裹的是泥沙，可能也没人发现。所以，能通过他的关系，买点儿糖，是大家的愿望，可他每次也不能带得太多，只能带那么五六斤，让大家分。每次他带来的糖，也是按厂里的价格给大家，比供销社的价格还低。他说，他老祖先是这儿出去的，他不能忘本，不能忘了大家，每次来队里，大家对他都很热情。这回他又来村里，带来一个消息，他们厂里要招一些工人，临时工，现在还需要一个男的、一个女的，如果谁家有初中毕业的孩子，他可以推荐推荐。他的表弟秦仁清的孩子只有一个初中毕业，已经结婚当爹，其他两个孩子都小学毕业，不行。队里的初中毕业生只有那么两三个，原老队长韩开国的小儿子是初中毕业，但他不去，他已经找到关系，在公社屠场工作，还有一个年龄也大了，马上要结婚了，不能去。秦正高忙把他的大儿子秦勇推荐给冯世明，请他帮忙。据说他给冯世明捉了四只鸡，冯世明最初都不要，最后推脱不下收了一只，于是秦正高的儿子秦勇去了。陆选南听到消息的时候，已经迟一步，很着急，因为一想到秦正高的儿子要高飞，总觉得又要被他压过一头，心里难受。早知道该找冯世明帮忙把陆运新弄进去，听说还要招个女的，急忙要找冯世明，出工的时候刚好碰到他，忙对他说："老表，能不能也搭个手帮忙，帮咱们家三姑娘。"

"你家三姑娘毕业了的吗？"

"再过几个月，我家三姑娘就毕业了，就拜托你哇。"

"唉，老弟，迟了，不行，要么就现在，已经有了秦勇，可你们生产队就缺初中毕业的女的。"

陆选南只得作罢，冯世明又说："老弟啊，好好让娃娃读书，现在多读书，有用，别忙于早做活。实在不行，待你娃毕业时，再看有没有机会。"

"那多谢你的关照。"陆选南失望地感谢道。

这天傍晚，曾经因为鬼头鸟钟向尧肉票事件而被撤销副队长的程永华来到陆选南家里，邀请陆选南到他家里坐坐。陆选南问："有什么喜事吗？"

"啥喜事哟，就到家里坐坐，喝喝酒。"

在陆选南的再三追问下，程永华说，原来他的表叔从县城里来乡下，让陆选南去他家坐坐，陪陪客。陆选南提着马灯，和他一块去了。

程永华的表叔张国荣，是县工业局的副局长。在白雁大队的乡下，如果哪家有个亲戚是城里人，尤其是有点职位的人，那于全家来说是一件相当荣耀的事，平时在大家面前，他们也自我感觉有种心理优势。程永华有这位表叔，也是他家在生产队里最让人刮目相看的原因。可程永华副队长被撤后，这几年他表叔就没再来过。生产队里暗中就传言，说张国荣是副局长，根本瞧不起他家，不再来往了，他几次去县城，他表叔都不让他进门。虽然他也努力给人解释，他表叔这几年没来乡下他家的原因是工作很忙，可渐渐地大家都不愿意相信他了。只要他不再有当官的城里亲戚，大家就心里好受些。今天，他表叔突然来他家，他无论如何也要把这个消息传出去，所以他请队里几个要好的队员，同他一块陪陪表叔，意在见证他表叔和他家的关系一直都很好，也是和大家一起分享荣耀。

以前张国荣偶尔来队里程永华家，生产队里不少人都认得他，他也在生产队里认得些人，陆选南和他也认得。这几年他没来耍，其实主要是因为工作上的事出了点差错，受了处理，心情不好，走些关节，处理取消了，职位也没影响，于是放松了，又来乡下走。跟着程永华称呼，陆选南也叫他表叔，张国荣接近六十岁，头发梳得光光的，又瘦又高，脸颊的肉好像被什么啃去了似的。一同被程永华请来陪他的除了陆选南，还有老队长韩开国，以及秦祖寅、程增福。大家一边喝着高粱白酒，一边剥着炒花生，恭听张国荣讲县里的大事。张国荣嗓门很大，和大家聊天就像是给大家开会讲话的架势，几乎只有他说话，别人只有听的份。在这里和农民们聊，他最能找到存在感。大家虔诚地听着。一会儿，程永华老婆炒了两盘猪肝，还有一盘猪大肠、一盘回锅肉。然后，大家轮流向这位工业局局长敬酒，他泰然地喝着，继续和大家聊县城见闻。他聊到县公安局，说公安局老局长才退休，新局长姓曾，青台县的，和他曾经在同一连队，关系特别好，结拜兄弟云云。然后说这位曾局长的家庭，说他早年曾有一姐姐，十多岁就被人拐卖到省城窑子里做娼，后来就音信全无，或许是死了。接着又说县公安局警力不足，准备要招十五个临时工协助公安工作。他一直说着，说者无心，听者有意，正在为儿子陆运新前途用心的陆选南马上记在心里了。如果能找这位副局长帮上个忙，或许大儿子这辈子就有个好的开始，因为他听说现在好些单位的临时工干几年或十来年时间，是有转正机会的。而且陆运新是高中生，如果能当上公安局的临时工，那接触面也宽得多，以后有别的单位招考，机会也多些，肯定远远胜过进糖厂的秦正高的儿子。此时酒桌上人多不宜说，他决定明天一早专门来找张国荣一次。

几个人陪张国荣几乎到了半夜，程永华和韩开国、秦祖寅、程增福都晕晕的。大家起身告辞，陆选南走在最后，一块走出二三米，他说忘了个事，让大家先走。他反身回去，对程永华和张国荣说："今天晚上我两手空空地来，叨扰到半夜。这么办，明天晚上，就在我家，永华，你和表叔一块，来我家坐坐。表叔脚步贵重，还没到过我家，就别推辞了。"

程永华和张国荣也有些醉，听他这么客气，也不好过多推辞，谦虚几句，哈哈地答应了。陆选南告辞回到家里，韩叙芳还没睡，在做鞋垫，他来到韩叙芳床前，把刚才的事跟她说了，要她明天想法安排一下，明晚请程永华和张国荣来家里吃饭。韩叙芳听后马上表示可以，刚好陆运新赚来的钱可以拿来用，上回知青范朝的父亲送来的酒还在，也可以用，其他的她明天去安排。

次日傍晚，陆选南把程永华和张国荣一块请来家里，酒席已经摆好。在陆选南客气的要求下，张国荣略略谦让后坐在主位。陆运红和三姐被要求暂不要上桌，待会儿客人吃过后再吃饭。母亲其实已经在厨房里多准备了一盘炒肉丝，让姐弟二人在里面吃。陆选南、韩叙芳、陆运新还有两位主要客人在桌上，在父亲的介绍下，陆运新称呼张国荣为表爷。陆选南一边给客人倒酒，一边直截了当地说："表叔啊，今天请你来咱们家里，一则是咱们家的喜气，二则有个事，也想请你帮帮忙，看能不能行。你老站得高，看得远。"

到农村来，受尽了大家的尊敬，又喝了酒，张国荣说话都是底气很足的："有啥事，说就是，只要我能办到的。"

陆选南把陆运新的情况告诉他，说昨晚听到他说的公安局招人的事，张国荣听着，不由得放下酒杯，打量了陆运新片刻，然后说："娃倒是可以，高中毕业，长得也不错嘛……可是那基本都是靠关系的。这个啊，嗯……我帮你问问。"片刻后，他又补充说，"你先别急，我回去帮你问问。"

"靠你老帮忙，准成的，咱们全家都感谢你。"陆选南忙说，一面又给他敬酒。

陆运新也学着给几位老辈敬酒，张国荣继续讲他的官场见闻，喝到小半夜，他们才走。临走的时候，韩叙芳早已把准备的一只鸡缚好，要送给张国荣，张国荣推辞一阵，拿上。陆选南提着马灯送他们回去。

第四天，张国荣离开的时候，让程永华把他在县城的地址告诉了陆选南，陆选南感觉事情有点希望了。

接下来的事情，陆选南他们就不太清楚了。陆运新一边在队里挣工分，抽时间开始去县城做点买卖。按父亲的要求，陆运新每次到县城里去，都去张国荣家，给他家送去几斤花生或者鸡蛋。每次回来，父亲都问问他去张国荣家里的经过，他却一次比一次不耐烦。原来张国荣家就在县城车站对面的三楼上，他家里有老婆，还有两个儿子、一个女儿，都盛气凌人的，眼睛里满是对乡下人的鄙视。陆运新几次去他家里送东西，都是他老婆接着，都不招呼他坐，怕脏了他家的沙发，至于礼仪性的招呼吃饭，一个字也没有，他两个儿子一个在农业局工作，一个在张国荣所在的工业局工作，女儿好像在统计局。陆运新受不了自己低声下气的样子,可又不得不在他老婆(陆运新称表奶奶)面前低声下气的。张国荣本人倒没啥,可在老婆面前,也完全认可老婆对客人的脸色。陆运新去过三次,已经不想再去了:"我还是想自己做自己的生意,自由自在的。"

"你这就是学生模样,脸皮薄,要好好磨炼。瞧人家一家人,都是公家的。没有贵人帮忙,咱们这种人家,一辈子只有种庄稼的份啊。做生意,能长久吗?"父亲不由分说训斥他。

终于,过了大约二十天,陆选南去县城的时候,得到了张国荣给他的消息,让他去公安局参加考试,说已经跟他的同学打过招呼。陆运新回到家里,父亲到大队开了年龄证明,虚报一岁,然后母亲让他换了身干净的衣服,提着个简单的包,搭个车又去县城了。

第二天一早,陆运新又回到家里,刚进门,父亲问:"怎么样啊?考上了吗?"

陆运新的脸上没有兴奋的样子,放下包,坐在椅子上,双手托着下巴,说:"考上了。"

"那好啊,那好啊。"父亲高兴得搓手。母亲也在旁边说:"考上了就好啊,咱们得永远记住人家表爷帮忙啊。"

大哥依然没有一点兴奋的样子,甚至有些沮丧,半晌,他说:"我又去了他们家,他老婆对我说,她丈夫找人家公安曾局长帮忙,送礼,又请人家吃饭,花了一百五十多元。"

"你表爷怎么说的呢?"

"他当时不在旁边,可能他不方便说,让老婆说的吧。我们哪有这一百五十元啊?何况,我觉得这事肯定是假的。"

全家人一下子陷入了沉默,半晌,母亲说:"咱们那个猪,就卖了吧,能凑上个六七十元。还有,那几只鸡,也卖了,留一只下蛋就是了,也能凑上二十元……"

"招聘上了,工资也不高,听说只有每月十五元。"从陆运新的表情看,他是不想去。

"刚刚开始,能有多高呢!"父亲勉强说。总之事情走到这一步,似乎也不可能回头了,他同意按韩叙芳的想法办,先凑钱,总之要让陆运新去。

全家开始想办凑钱,把猪赶到公社屠场卖掉,凑了六十三元,四只鸡一共卖了二十一元。陆运新这几次到张国荣家送东西,赚的几乎都送了,身上还有十四元本钱。陆选南想了想,想到柜子里的谷子匀上八十斤,能卖上十元。韩叙芳舍不得,不是舍不得,是卖了今年的日子就更难。全家坐在一起沉默着,找人借,谁家也借不了这么多。陆运红说:"我有三元钱。"

他说着,跑到里屋去,从旧书里拿出来两张一元的,五张两角的,递到大哥手上。陆运新瞧着,拍了拍他的脑袋,勉强笑了一声,塞到他手里。父亲对陆运新说:"瞧,你弟都这样支持你,你更应该去。"

第二天,家里形成了共同意见,共凑上一百元,让陆运新先带去给人家,总之人家帮了忙。余下的五十元,以后陆运新用工资加上家里再设法养些鸡卖的钱来还,让他跟人家说清楚。

总之,事情已经到了这步,陆运新也没意气用事,按父母的意见走下去,第三天,去公安局报到了。

消息很快在生产队传开,说陆运新在公安局工作了,吃公家饭,从此不再回来了。熟人和邻居间有人出人头地,马上就会遭到嫉妒。有人背地里嚼舌头,翻他家里的旧账,说原来韩叙芳是富农成分,在生产队占了便宜;陆选南长期以来,两面三刀,和地主程增福混在一起,政治立场有问题,以前还是鬼头鸟吃肉事件的主使者,隐藏得深,当然这些话都摆不上台面,只是在私下里发泄。从此,陆运新就不再住家里,家里只有父母、三姐和陆运红四人。在众人的议论中,陆运新渐渐地成了全家的骄傲。不久,陆运新回家了一次,穿的是制服,更让大家刮目相看。陆运新和大家打招呼,众人羡慕的眼光让母亲和父亲感到一阵难言的幸福,父亲再次表示还得感谢张国荣表爷帮了这个忙。

可是说到张国荣一家人,尤其是他的老婆,陆运新就一股厌恶立即浮在脸上。原来自从张国荣帮了陆运新这个忙后,他的老婆就想着他了,动不动就让陆运新到她家去,替她打扫卫生,或替她接孙子,要么叫陆运新帮她家买菜。有时陆运新还在上班,她的电话就打到值班室,搞得陆运新只得下了班就急匆匆地赶去帮她干活。

"毕竟人家帮了你这么大的忙呀,这点事也应该做嘛。你们年轻人,就是受不了事,不行的。"父亲说。

"我已经弄清楚了的,和我一块进公安局的十几个人,并不都是什么领导的亲戚或者关系户,六七个初中生才是关系户。其他八个都是同我一样才毕业的高中生。高中毕业的,几乎只要出示毕业证,回答两个问题就被招上了,只是大家不知道消息而已。有两个高中毕业生,被招上又后悔,还没去呢。很累人的,我也犹豫。"

陆运新的意思再明白不过,因为大队或者公社离县城太远,消息闭塞,所以没听说公安局招人的事,张国荣只是卖了个消息而已,或许也真替陆运新说了句话。总之,他有种受骗的感觉,还得隔三岔五地去感谢骗子。父亲马上斥责他胡说,以后再也不要这样说,要好好地感谢人家。陆运新听着没反驳。

不久,陆运新告诉家里,他现在工资是十五元,每月新增了十元的出警补助,吃饭在食堂,每月只花六元钱。母亲听着,觉得完全值了,这就是做梦都梦不到的日子啊。陆运新说,他准备用半年的时间,把那五十元给张国荣他家,不想欠他家的,然后再帮家里还债,以后陆运红念书的所有费用,就由他来承担。

第26章

舅舅家四哥韩斌念初二,他们公社中学教学质量不是很好,全是代课老师。他在学校就早恋,老师们管教他,几乎没有效果,舅舅非常恼火,打了他一顿,让他转来五河公社念初中,星期天可以借住在妹妹韩叙芳家里。韩斌是和他爸一块来的。前年陆运红见过他。韩斌到姑姑家里，怯生生的，问他一句，他才答一句，也许陌生的环境让他拘束。陆运红甚至觉得自己是他的表哥，可是他比自己几乎高了一个头。

韩斌的到来，让陆运红又有了新的伙伴。没几天，二人混熟悉了，韩斌也就真正把握好了当表哥的架势，完全把自己当成了家里的一员。星期天他回来，二人在一个床上，睡觉前总是玩得满头大汗，嘻嘻哈哈，在韩秀芳的呵斥下才罢休。二人睡觉前又讲各自的学习经历，讲睡前故事。陆运红向他推荐知青留下的《三国演义》，韩斌不喜欢这么厚的书，翻上一两页就合上了。陆运红委托他中午放学的时候，到供销社卖书的柜台前，看有没有《三国演义》的连环画，有的话帮他买了，并且给了他五毛钱。韩斌满口答应，可过了两个星期，他都说没时间去看，并且用陆运红给的五毛钱买烟抽了。陆运红气得不行，晚上两人就在床上开始嘀咕，小声地争吵了许久。直到表哥表示下个星期一定还给他，他才勉强认可。第二个星期天，他又催问，表哥才还给他。从此，他对表哥有些戒备了。

星期天，韩斌也与他一块儿背着背篓四处去割草喂猪。他从学校带回来一盒军棋，放在背篓里。一走到外面庄稼地里僻静的地方，表哥就开始教他下棋，没下到几盘，他立即迷上，二人下到日落西山，背篓里还是空的。终于听到母亲和三姐出来找他们回家吃饭的喊声，他们才慌忙三下五除二地，胡乱割些草松松地塞在背篓里，回家交差。韩叙芳疑惑地翻看二人的背篓，那杂草简直就是牛草，猪怎么能吃得下？又翻到了背篓里的军棋，什么都明白了，把二人骂了一通，告诫韩斌："再这么玩，我就告诉你爸，让你爸收拾你。"

韩斌忙向姑姑认错，表示再也不敢了。幸好韩叙芳没有没收他们的军棋，于是他们拉了钩，以后每次只许下五盘，决不反悔。

一天晚上，他悄悄凑近韩斌的耳朵边说："表哥，跟你打听一个人。"

"什么人?"

"你知道程夏吗,她现在在哪儿?"

"啊呀,你打听她?我知道啊,你打听她干什么?"

"你知道不知道她现在在做什么,好不好?"

因为他听说程夏在外婆那边嫁了人家,忽然想起,就不知道她现在怎么样了,老觉得自己是害程夏的帮凶,过意不去。韩斌说:"怎么吗?你这么大点,就学会想女的了?谁教你的?"

"胡说八道,我为什么要想她?"

"她好漂亮啊,好多男的都想她,不然你为什么要问她?"

韩斌告诉他,程夏就在他们队上,他很少见到她,只知道她丈夫曾洪强老和她吵,骂她是野女人、娼女,她每回都不敢和丈夫顶嘴,忍气吞声的。听说她以前,没结婚前就和男人乱搞,周围的人都知道。

他听着心里难受,说:"你们乱说,她根本就不是那样的人。"

他不时就回想最后那晚见程夏的情形,现在他已经弄明白是怎么回事了,放在心里,不对任何人提。两人叽叽咕咕了一阵,他想放假的时候,找个理由和表哥一块儿回外婆那里玩,瞧瞧她究竟怎么样。

清明节到来,父亲安排今年要给祖先上坟,家里好多年都没上坟了,乃至陆运红已经没有印象。今年父亲特别强调要上坟,并且要让大哥陆运新回来,主要是因为陆运新在公安局工作,他觉得是家里相当荣耀的事,是值得对祖宗说的一件事,要感谢祖宗保佑。可陆运新带信回来说,他现在的工作很忙,回不了家,父亲和母亲只能带着陆运红和陆运芹二人去上坟。

母亲准备的祭品是一块刀头肉,还有一个大饼被切成四个扇形。父亲用篮子提着几申鞭炮和一些纸钱香蜡。祖坟一共有三座,都在五队与四队交界处的山林里,这里平常没有人来,数十个高高矮矮的坟堆零乱地散布在其中,野乔木丛生。在三个乱石砌的几乎要垮掉的没墓碑的小坟堆旁,父亲停了下来,说:"就是这儿。"

三个小坟堆紧挨着,杂草蓬蓬的。母亲用镰刀割掉野草,姐弟二人帮忙,徒手扯。父亲一边摆祭品,一边给二人讲述:"左边的这坟,是你们爷爷的。他死的时候,不到六十岁啊,那时没吃的,他饿得身上都肿了,临死的时候,只想吃碗粥。唉,他没赶上现在的好日子啊,如果他多熬一年就好了,可惜啊。中间的,是你们奶奶的,中毒死的,她死的时候我才十六岁。那年,家里也没吃的,公社大食堂,不准家里生火。她从生产队里的地边上采了些野菜来,悄悄拿回家里煮来吃,结果因为生火,房上冒烟,被秦正高看到,他带着人进屋,连锅端起来,就泼在屋外的地里,还要把锅提走。你奶奶急忙抓住,和他打起来,他把锅摔在地上,走了,铁锅被摔坏。你爷爷从屋里冲出来,对着秦正高说了一句,姓秦的,做得这么绝,我这一代要吃你的亏,不可能下一代,下下一代,世世代代吃你的亏,总有一天会收拾你。

"当时,秦正高吐了唾口水,说句话,我永远记着:'姓陆的,不仅这辈子,几辈子你都翻不了身,这穷命,敢和我斗?'

"过几天,你奶奶饿,从山上找回来一大篓蘑菇,回家把小砂锅架起放了点私自藏的盐煮来吃。那些蘑菇,其中有些有毒,有些没有,可她分不清楚,抱着侥幸心理。全家吃后,只有我没中毒,你爷爷和奶奶都中了。幸好当时你爷爷中毒浅,半夜里头晕想吐,以为是小感冒,就悄悄起来,吐完喝了水又吐,接连两次倒好了,都没想到是蘑菇中毒。没想到隔壁房间你们的奶奶,第二天早上,我们叫她起床的时候,发现她早已没了呼吸,身体都是冰凉的。当时,家里没棺材,四伯五伯几家凑了些旧木头来,做了个简单的棺材下葬。你们瞅,这坟中间都塌垮,肯定就是棺材不好,朽烂了。秦正高知道这事后幸灾乐祸地说我们家不仅翻不了身,该绝户的……右边的那个,是我的奶奶,你们的祖奶奶,我也没见过,痨病死的,也是四十多岁,姓王,名字我也不记得了。如果她还活着,也该八十来岁了吧。"

父亲一边说,一边焚香化纸,一边给姐弟二人示范磕头。他磕着头,嘴里还默默地念着,要爷爷奶奶和祖奶奶保佑孩子们好好成长,都能为家里增光。

"秦正高这家伙做的事,尤其是他说的话,'姓陆的,不仅这辈子,几辈子你都翻不了身,他这穷命,敢和我斗?'这句,我这辈子都记着了。"父亲说。

"祖爷爷呢,他的坟怎么没见着?"陆运芹问。

"祖爷爷和祖奶奶刚结婚两年,就被抓去当壮丁,从此就没了消息,到现在已经五十多年了,不知在哪儿战死了。他走以后,你祖奶奶一个人带着你们的爷爷过日子。"

"这处阴地,就是咱们队上的地主程永安给看的。他说从这里望去,明堂开阔,朝山拱伏,要出将军什么的,我不太懂,如今看来,这事真应在你们大哥身上了,警察就相当于将军一类吧。再不用什么将军,当个警察,咱们就满足了。"父亲开心地笑着说。

星期天中午,姐弟二人被安排回家里做饭,大人出工还没回来,广播里播放着歌曲《走在乡间的小路上》:"走在乡间的小路上,暮归的老牛是我的同伴……"

姐弟二人在灶房,陆运红照看柴火,陆运芹淘米,把红薯切成颗粒,掺在米里下锅,半熟时舀起,沥干米汤,然后上甑蒸。姐弟二人正在忙,邻居四奶奶驼着背,拿着个小升子,一边咳着,拄着拐杖从外面走来。三姐一眼看见,忙小声对弟弟说:"四奶奶来了,肯定是来借米的。"

陆运红回过头看看,对三姐说:"咱们米柜里还有米吧?"

"米柜里只剩一两升吧。"三姐有点紧张地说。

两人正嘀咕着,四奶奶来到门口,敲敲门,问:"韩三婶,在做午饭吗?"

她看不太清屋里的人,只以为是韩叙芳在家。三姐忙回答:"四奶奶,你坐,娘和爹在后面平地,我们在做饭。"

"噢,是三姐、小四花猫,你们两个在家啊?"

"嗯,是,四奶奶,你坐吧。"陆运红给四奶奶拿来一条凳子。

"不坐了,你们有米吗?今天上坟,家里早没米了,都吃几天红薯了，我跟你们借一升米，过些日子还你们。"四奶奶说着，靠着门歇了口气。

小米柜里是还有点，如果借给了四奶奶，可能明天家里就没米了，三姐心里盘算了一下，说："四奶奶，我们刚好米也吃完了，今天刚煮完。"

"哎，你们也没有了啊，怕就借不到了啊。"四奶奶说，她显然已经走过几家，都没有借到。三姐没再说，四奶奶叹了口气，咳嗽着拄着拐杖回去。陆运红看着她蹒跚的影子，想到四奶奶那年送来黄巴的情形，忽然心里难过，站起来跑到门口，望着四奶奶的影子消失，好一会儿回过头对三姐说："借给四奶奶吧。"

三姐好像也有点后悔，闷了闷说："可是，她已经走了。"

陆运红走到里屋，把小米柜打开看看，确实大约还有两升米。他回到灶房，三姐说如果给四奶奶送去，反而不好，这一次就算了吧，如果她还来，一定借给她。

姐弟二人内疚地沉默着，把饭做好，父母收工回来吃饭了，谁也没对父母讲。

清明过后，陆运红的学习进入了紧张状态，因为这学期就要小学毕业了。班主任老师和数学老师很快把所有课程全教完，每天都在练习练习，每周都要考试一次。他的成绩总和甲班的几位尖子生咬得很紧，有时他是第一，有时冯小强或王洪亮第一，可是，他考第一的次数开始明显少于二人。他总要在"百忙"中抽出时间构思如何带领军队征讨别人，用尽奇谋大获全胜，惹得杨萍对自己崇拜不已。对自己喜欢得死去活来，非要嫁给自己不可等动人情节。终于在一次语文测验中，他一下子滑到班上第四名，年级第九名，班主任老师这下终于忍不住了，把卷子压在桌上没发，首先把他叫起来，当着全班同学的面，足足把他数落了近十分钟，说他骄傲了，从来不认真听讲，一味地走神，字也写得潦草不堪。总之老师把他身上的问题，全都点出来，以前只是他的成绩总在班上排第一第二，所以老师没把它作为问题来说而已。老师骂得他几乎浑身冒冷汗,说他如果这样下去,可能连初中也考不上。

这是这些年来,他第一次被老师当众叫起来骂。他低着头,一个字也不敢说,大气也不敢出。这次老师算是让他的脸丢尽了,关键是在杨萍面前丢丑啊。

他心里也在暗暗犯嘀咕,怎么这次就考得这么差呢?他还怀疑是老师故意收拾自己的,给自己敲警钟而故意打低分数。老师把卷发下来,他红着脸坐下,看着上面老师改的题目,五六个打叉的地方,都是不该错的,都是自己能做的,怎么就错了?他甚至怀疑是别人涂改来害自己的,可明明就是自己的笔迹啊,简直是上帝在作怪。老师改试卷时的气愤通过有力的夸张的叉叉表现得淋漓尽致。他不再看试卷了,直接塞进抽屉里,一声不响地坐着。

他再也不敢胡思乱想,再没脸构思与杨萍有关的动人情节,甚至见到她都想躲避,开始认认真真地复习。还有一个月时间,接下来班主任老师每每训斥其他同学,他именно如坐针毡,好像老师在指桑骂槐地说他。他每天小心翼翼地到学校,小心翼翼地复习,小心翼翼地回家。终于,毕业考试到了,全部同学被要求到公社中心小学参加考试,升学考试只考语文、数学,每人一张桌,每间教室只有二十个考生。

考试结束的当天下午,班主任老师让大家就在公社中心小学的操场上临时集合,说大家同学五年,以后就不可能再坐在一块念书了,拿通知书的那天,大家聚一次餐,每人从家里带来碗筷就行。而且联系了公社照相馆的师傅,来学校给大家照合影,如果有要好的同学愿意合照的,也可以商量着照。大家谁也不以为意,答应一声,一哄而散。

一周以后,全公社升学考试的成绩出来了。白雁小学五年级甲乙两班,共十六名学生考上五河中学,是历年来考上中学人数最多的一次。甲班王洪亮、冯小强、卢红芬、周晓玲、孙舰,乙班陆运红、秦超、许韵芹、韩兴贵、石兵这十个传统意义上的尖子生都考上了。陆运红是又回到了第一,他的小伙伴、甲班的秦明明考上了,刚刚跨过录取线；让甲班老师非常意外的是，陆运红的小伙伴钟强居然也考上了，并且超过录取线五分，按他平时的成绩，再往后十名也轮不到他，难道他是超常发挥？大家百思不得其解。陆运红的同桌赵玉琴居然也考上了，刚刚达到录取线。

让他最难受的是杨萍没考上，离录取线只差两分，他恨不得能把自己的分数给她十分。事情已经不可更改，他拿着录取通知书，就感到索然无味，一种厌烦的感觉还没等到新学期开始就在心里弥漫开去。秦小军没考上，和录取线还有很大的距离，他家里已经不打算让他再插班补读，让他在家里帮着做农活，照看家禽家畜。不过他也没当回事，说早就读腻了，终于不用再念书了。

接下来，老师告诉大家，原来准备联系全班照合影的事，但照不成了，因为昨天照相的师傅得病了，去了云津市医院。大家也没觉得有什么遗憾，不照就不照呗。老师让大家把班上的桌子每四张拼成一块，共拼成五张大桌，让大家各自拿出带来的碗筷，坐好。不一会儿，学校食堂的师傅把大甑饭抬来，放在教室的墙角，老师又让陆运红带着几个个子大的同学去食堂抬菜。每张桌只有一个菜，就是大半盆回锅肉，香喷喷的，大家立即热闹起来，谁也没有因为没考上中学而伤心不吃饭。同学们欢乐地吃着、笑着，而陆运红一直在暗中观察杨萍。杨萍没考上，可她也像没事一样，在邻桌和大家同样吃着、说着、笑着，简直就没有留意到陆运红。一会儿，盆里的肉就吃得光光的，然后大家各自到食堂大水盆里，把碗洗净，装好准备回家，就像平时放学一样，大家快乐地和班主任陶老师、数学老师金老师告别，谁也没有永远不再相见了的感觉。陆运红和秦小军一块走到最后，忽然间他有一丝酸酸的感觉，首先是明天开始，不再来这儿上学，以后也不会来了。还有，杨萍已经走得无影无踪，一切都空荡荡的，自己只有一张去年和她去公社小学参加朗读比赛时的合影，除此之外什么也没有，哪怕她的一页作业也没有。他一路走着走着，几乎想哭。秦小军看了他一眼，笑着说："我知道你现在在想什么。"

"你不可能知道,我根本就什么也没想。"

"赶快去找杨萍,留下个地址呀,不然将来她与别人结婚了,你找谁去,哈哈哈。"

"你胡说什么,什么杨萍,关我什么事?小心传到人家耳朵里,骂得你抬不起头。"

"我还以为你肯定是想人家呢。"

钟强的父亲"鬼头鸟"也没想到自己的儿子居然能考上中学,原本也没打算让他再念书的,他以为是祖坟上在冒青烟。陆运红和钟强一块玩的时候,钟强对他说了实话。原来在五河中心小学考试前一天试坐的时候,他在自己那张桌子上,发现不知谁以前在上面隐隐约约写的一些数学测验题目的简单过程和答案,总之肯定是五年级经常作弊的人搞的,他最初也并不以为那有啥。可恰恰就是考数学的时候,他因为有些题做不出来,就磨蹭着瞟瞟桌上的东西,结果惊讶地发现正好有自己做不出来的两道应用题的算式列法,一下子就做好了,就这样多了二十分,考上了。他父亲没多久也知道了这事,他对儿子的"好运"一点不感兴趣,倒希望儿子不读了。

让陆选南暗中开心的事是陆运红考了学校第一,完全超过秦正高的儿子秦超。只要自己的后代能超过秦正高的后代,他就算出气,不管在哪方面。

第27章

表哥韩斌放假就回家了,走的时候,他把军棋留在了这里。陆运红和几个小伙伴几个人成天在一块,争得废寝忘食,简直不知道世上还有比这更有乐趣的东西。此时,他才不会去想着杨萍。这天中午,几个人正围在钟强家屋后的一块石板上下军棋,陆选南和秦正高还有几个大队干部忽然出现在他们面前,顿时把陆运红吓得站立起来,慌忙地喊了声爹,以为肯定要挨一阵狂风暴雨的训斥,谁知其中一个大队的干部说:"选南啊,这就是你家孩子陆运红吗?今年我们大队小学升学考试,听说你家陆运红考得不错嘛,全年级第一,我家王洪亮才第二名啊。"

"瞎猫撞上死老鼠而已。"父亲看了儿子一眼,没责备他。陆运红这才知道这个人就是王洪亮的父亲。

"这次你们生产队包产到户,土地丈量任务重,时间又紧,人手不够,只你们两三个和几个组长,要忙到猴年马月?我知道大多数人都不会写字,可以让你们队初中生和几个考上初中的学生也参与进来,如秦队长家娃娃,听说也考上了,都帮着记录。其他生产队,也是大多人手不够,有些也让学生都参与了。我家王洪亮,也在帮着做这事,这对他们也是锻炼。别小看小学毕业生,肯定比好多社员都强,我也大不了算高小毕业,我娃娃王洪亮现在做的那些题目,我还答不上来呢。"

"嗯,可以,先培训他们一下。"秦正高说。

几个小学毕业生茫然地不知道大人们议论的是什么。不一会儿,他们被迫解散,陆运红跟随父亲回家。

原来生产队里秦正高和两个副队长陆选南、王进昌正在根据大队的指示,组织人员对生产队的田地进行准确的核实和丈量。听说要搞包产到户试点,这个试点是每个大队选择几个生产队搞,各家承包一分土地,自己种植经营,以后各搞各的生产,不再计工分,明年全部铺开。包产到户后,生产出来的粮食,除了交国家的公粮,剩下就是自己的,多劳多得。虽然消息还没完全公开,可队里社员们已经炸开了,因为大家早就听说别的地方已经在搞试点,有的搞了两年。大家先是担心,最后是关心,关心是土地测量的问题,能不能做到公正公开。这几天,陆选南和秦正高、王进昌都在大队开会,很晚才回来。邻居们每到下午收工,就聚集到陆选南家里来打听消息,议论着现在的土地该怎么分,以后的庄稼该怎么种。为避免跑远路,不少人希望真能分到户,最好就分本组的土地。又有人询问着生产队的耕牛和工具该怎么分配，地主富农分子又该怎么对待，越猜测越人心惶惶的。大家议论最多的是该用什么方法计算土地，生产队的土地从来就只是粗略的数字，没认真丈量过，现在全部丈量分配，那数字就得相当准确，怎么能做到准确？有的说比如稻田，按以往稻谷的产量进行反推，按每百斤十平方丈折算，或八平方丈折算。有的说实打实地先丈量好，还要全队选出社员代表，组成估产小组，对每块农田产量估计，作为分配的依据。总之，众说纷纭。最后三个队长和几个组长一致认为应先摸清全队的"家底"，全部进行丈量，得出数字后再讨论分配方案。

六月下旬，丈量正式开始。为了保证丈量的准确，全队分成三个丈量组，每个丈量组三个测量员、三个记录员。测量员每次一个测量，两个监督，轮流替换。三个记录员，两个负责记录，一个负责监督。最后根据两个记录本的记录结果，进行核对，防止作假或记错。这样，三个测量组就一共需要十八个人，而生产队里包括三个队长和几个组长，能勉强凑出来的人员是八个，其中四个组长中还有两个基本不会写字。于是几个队长根据大队队长建议，终于把生产队里以前的六七个初中生和刚小学毕业考上中学的秦超、陆运红，还有秦明明和陆运芹也抽来教一教，让他们帮着记录。再找不到合适的人了，秦正高因为和钟向尧矛盾深，不让钟强参加，钟强也就没参加。总之，他们也不想从别的队去找人来帮忙，那有点丢队上的脸。

于是，三个刚被五河初中录取还没到校报名的小学毕业生以及陆运芹，就被生产队安排参与丈量的记录工作。他们在生产队的公房里，几个队长简单教了他们如何记录丈量数据及每块田地的位置名称，如何分页统计，确实只是一些小学范围内的计算和统计，不一会儿他们就都会了。这项工作倒也不轻松，每天都要跟着大人们在一块儿，只不过按大人们的标准记工分。陆运红和大家在一块儿的时候，他原来的外号"小四花猫"又被大家提起来，甚至有好些年龄大的还不知道他已经叫陆运红了呢，只是说他的脸不但不再花，还长得好看了。他听着虽然别扭，可也不由他，只要一叫"小四花猫"，他还是不由自主地答应。

这次土地丈量中,每家原有的自留地也被重新丈量,最后按人均分配,超出的部分要退出来。每天晚上,陆运红又要帮着父亲校核数据,父亲用算盘计算,陆运红使用算盘的能力远不如父亲,但口算能力远超过父亲,有好几次纠正了父亲的错误,得到了父亲的认可。

他所在的第二丈量组六个人,加上每天围观的社员,总共有十多个人。这天丈量到程增福家附近的时候,见到了程林,他心里就开始怦怦地跳,好希望他的表姐姐杨萍忽然出来,可好一阵也没见到她的身影了,当着大家的面,又不好意思向程林打听。程林也跟着大家一块儿围观丈量,好一会儿,他假装问程林:"你表姐姐杨萍考了多少分?"

"她没考上五河中学,回老家去了。"

他心里一阵失落:"噢,她老家在哪儿呢?"

"青石公社那边。"

他听着几乎万念俱灰,可能永远见不到杨萍了,他强忍着,淡淡地说:"她还念书吗?"

"要念啊。她在五河公社不能上中学,可回到青石公社那边,就能上青石中学,她的分数还超出录取线五分呢。"

"真的啊?"他又惊又喜,心里在不停地祷告,感谢老天爷,感谢上帝。他的手微微地发抖,记录的数字也歪歪斜斜的。

"小四花猫,你们在瞎说什么,别分心,别记错了。"另一位记录员韩开佑大声说。

"我没记错,五舅。"他忙收心,认真地跟着记录。

"青石中学,多美的名字,世上最美的名字啊。"如果能够转到那边念中学多好。可是不可能的,他根本不敢奢望。

七月中旬的时候,生产队土地丈量全部完成,陆运红忽然感觉自己长大了,和一个月前的自己判若两个人。他奇怪地打量着自己,感觉越来越陌生,从小学毕业到今天,迈出了人生的第一道门坎,懵懵懂懂的孩提时代一下子散去，迎来的是一个缤纷而苦涩的青春。

终于，生产队的土地分配方案拿了出来，全队现有三百零四人，共五十九户，测算下来平均每人旱地一点三亩，稻田一点二亩，也就是说，平均每人有二点五亩田地。分田地的时候，今年田地上的庄稼就随人了。可是，不可能就这样进行分配，其中关于旱地的争议较小，关于水田的争议很大。水源好的稻田和水源不好的稻田几乎各占一半。因此在稻田分配上，遵从大多数人的建议，根据生产队以前的产量来进行。面积大的，单产可能低些；单产高的，面积小。他们把方案拿出来，让社员们在公房里表决，再拿到大队去，上报批准后施行。

这一场生产方式的变革，牵动着全队人的神经。开会的时候，几乎每家男女老少齐上阵，比任何一年过年时还要热闹，足以比拟生产队放电影的场景。几天后方案批下来，生产队里开始做纸蛋，不再依成分，让各家各户代表抽签定。生产队按照不同肥沃程度的田地相搭配的原则，一等田、二等田每份面积不同，按人头每人一份，避免分得太乱，不利于生产管理，先在各组范围内分配，人数过多的组，则以就近的原则搭到另一组进行分配。分配完后，如果有生产还不方便的，可自愿当场调换，在生产队登记后签字作数。

生产队里土地分配完毕，大生产队喂的猪，能杀的被提前杀了，都分给大家，每人分得了三斤肉，这比去年过年时还要多，家家开始各自为政。陆选南回到家里，对着曾经记账记工分的本子，笑着对韩叙芳说："不再记工分了，想起来还真有点不适应呢。"

"以后八仙过海各显神通，你记工分的本领能填饱肚子？能让你多产几斤粮食？我估计，明年说不定，人家就会看你们这些领导的笑话了。当初高高在上，吃轻巧饭，如今凭真本事种庄稼，无法浑水摸鱼占便宜，最后的收成才是检验本事的标准。"

"那你以前教教唱唱那些，又能让庄稼长势好？"

"所以，我们得赶快埋下头来，好好收拾田间地头。"

"这我不怕，不会让人笑话的，怎么我都不会输给秦、王两个耍奸耍滑的人。"

"我建议你副队长不当了，如今各管各的，安心打理庄稼。"

"我也有这个想法，他们两个早就看不惯我，我更看不惯他们，生产队也用不着这么多干部。"陆选南说。第二天，他就给大队打了辞职报告。

刚分到田地，有的人就开始在自己的田地里忙起来，迫不及待地巩固边界，除草，砌地坎，拦水，比以前任何时候都积极。以前生产队里催工，队长每天费力地吹哨子、打钟，大家才懒洋洋地出来，现在根本不用人叫，自动地就在地里忙开了。生产队里还有公积金余款需要分配，已经少有人关注，因为欠款的人太多，即使分配，也就是一串数字，估计没人能得到多少钱。陆选南家里这些年欠的款也不少，已经有两百来元，欠的公粮去年没增加，以往积累的有三百多斤。经过平摊分配，抵消应分的部分，还倒欠生产队一百四十多元现金，公粮两百来斤。队长秦正高给大家的追还期限是一年。也就是说，明年大家要全部还清，给今年应分得现金和余粮而没得齐的社员补齐。

第28章

陆选南和韩叙芳开始忙自家的土地，他们要把屋后换来的一分土地进行平整，这分土地是十来块很小的台地，如果能化成块大地，管理方便得多，所幸这片台地没有石块，全是土。夫妻二人拿出大寨精神，一锄锄地挖，陆运芹和陆运红姐弟二人谁也不敢再出去玩耍，一同帮着推土填坑。这是项艰苦的劳动。中午，韩叙芳回去做饭，父子三人继续做，没有父亲的允许，姐弟二人谁也不敢提出休息，只能暗暗地盼着母亲赶快把饭做好，可以乘机回家坐坐。一连三天的时间，改造只完成了三分之一，已经初露一块大地的样子。第四天，姐弟二人在父母的带领和监督下做了一上午，着实累瘫了。终于，三姐忍不住了，在田埂上坐下，用手扇着，父亲看了一眼，没说话，继续做他的。眼看三姐没受责备，陆运红马上也随着坐下来休息，观察父亲的反应。父亲依然没说什么，继续挖泥。至少过了五分钟，陆运芹大概休息得差不多了，起身准备接着挖土，陆运红只得跟随着撑起来，父亲看看说："你们回去吧，看看你们娘把饭做好没有。"

两人如遇大赦，马上把锄头和竹箕一扔，飞一般地往家里跑，留下父亲一人在地里。

吃过饭继续。母亲对姐弟二人的表现也很满意，承诺每隔两天，可以煮一次肉，把家里的那几斤肉吃完为止。三姐有气无力地挖着，笑着说："娘，你还是唱两支歌吧，唱以前教大家唱的，提提精神。"

"啊，可以嘛。"母亲说。她好久没带着大家唱歌了，一边挖一边轻轻地唱：

正月里采花无有花采

二月间采花 花哟正开

二月间采花 花哟正开

三月里桃花红哟似海

四月间葡萄架哟上开

四月间葡萄架哟上开

五月里石榴肩哟对肩

六月间芍药赛哟牡丹

六月间芍药赛哟牡丹

……

三姐跟着母亲哼了一会儿，陆运红听她们唱着这些已经过时的歌，说："还是累呀，还不如我吹吹口哨得了。"

"你吹口哨倒不累，能把这地吹平吗？难道你吹，我们挖？"

"这地有大哥的一份吧，也该给他留着，让他也回来挖挖。"

"啧啧，你要和你大哥比呀？这么小就喊累，还了得，但愿你大哥别再回来做这活。"父亲说。

"如果你将来比你大哥能干，这地块我和你父亲就是挖两遍三遍也值得。"母亲说。

这一天,已经近三个月没回家的陆运新办事经过五河公社,专门回家来,他明显变结实了,并且已经学会了开车,独自驾着单位的车来的。

"你来五河公社办什么事?"

"这个你们别问。"陆运新说。他带给家里一百五十元,让父母用于还欠款,又给了陆运芹和陆运红姐弟每人十元零花钱。父亲惊异地问:"你怎么有这么多钱?你才去多久啊?还没一年啊,你,每月一分钱都没用吗?"

"还要给你表爷张国荣他们五十元,你给了没有?"母亲问。

"没有。"陆运新直截了当说,"我不想再给他们了。"

父亲认为他的做法非常不对,再怎么说,也不能被人当成忘恩负义。陆运新说:"我不是忘恩负义,我是想通过这事让他们明白,他们虽然有恩于我,但他们的做法过分了些,让人瞧不起。"

陆运新说话的语调和以往大不相同。他接着说他现在的工资情况,是这陆选南和韩叙芳最关心的。他现在的工资还是每月十五元,可是出去办案,补贴新增不少,算下来每月有三十元左右。虽然每月要交生活费六元,但其实在办案过程中,现在科室用其他的补贴统一支付的,个人基本不用掏。

"那你更应该感谢人家张国荣表爷。"

"我也帮过他家的忙,算是报答了吧。"陆运新说。前两个月,张国荣的一个孙子在县城里和人打架,用刀将人砍伤,陆运新和同事前去处理,本该将其拘役的,后来陆运新帮他周旋关系,医药费付了后,又让他家当场赔对方两百多元钱,人家没说啥。总之,听陆运新的口气,和张国荣家的界线是必须理清的:"我心里对他有感激,但这种人,你越尊敬他,他就越觉得你是该尊敬他的,越会事事找你。他有恩于我,可不应该永远以恩人自居。他孙子还是那种'非凡'的人,将来再进公安局看守所的机会大概会很多,这次我帮他,说不定在某种意义上是害了他。"

陆选南和韩叙芳已经不可能再左右大儿子的想法,想来儿子确实已经长大了,经历的事和见过的世面已经超过他们。他那种不容商量的成竹在胸的架势,让韩叙芳和陆选南已感到应该听他安排,再难以保持昔日说话的权威。

陆运新又说他们局里明年要组织转正考试,名额有限,只有三名,竞争压力大。前不久,他代表公安局参加省里组织的公安系统法律知识竞赛,为局里挣得了个二等奖,他很得曾局长信任,明年他想竞争一下,以后一段时间,可能帮不了家里什么。陆选南说:"你尽管去努力争取,家里暂时也不需要什么大的花费,现在足够了,家里如今帮不了你什么,如果需要钱,这一百五十元也可以拿回去。生产队的,那就让它先欠着,明年再说。"

对于陆运红而言,大哥这次回来的架势让他有些崇拜,倒并不是因为他给的十元钱,而是因为他那身警服。还有,他居然会开车了,以前和大哥一块坐趟车都是种奢望,现在大哥可以天天坐啊。送大哥走的时候,他不由分说地爬到副驾驶的座位坐下,就像是属于自己的私有财产,直到陆运新开了两百米,让他体验了一下,把他赶下来,他才恋恋不舍地让大哥走。陆运新开着单位的车回家一趟的消息,没两天就传遍了全队,大家更对陆选南一家刮目相看。原来总和陆选南过不去的队长秦正高,在开会讨论问题时,从来外温内冷,傲视排斥陆选南,现在对陆选南的态度发生了微妙的变化,冷淡被迫变成了微温,甚至开始主动点头,算打招呼了。

刚刚包产到户,生产队里进行余粮分配的时候,有百分之七十以上的人家因抵缴以前的欠粮,不但没进粮,而且继续欠粮。陆选南家也还欠三百来斤,最多的欠了六七百斤。有三十多家今年的日子过起来会比较艰难。刚刚接过土地,他们表现出来的是无助和些许惊慌,陆选南家里虽然欠粮欠钱,可有陆运新在外面工作,给了全家信心和希望,他们倒并不感到特别艰难,可粮食算来也没节余,仅够应付生活而已。陆选南和韩叙芳一边继续平整土地,一边制订今后的计划,他们讨论着把陆运新拿回来的钱先还上生产队一百,余下的暂时拖一拖,无论如果先增加一个小猪崽,这一年辛苦点,能让大人和孩子们从明年开始,隔三岔五还是有点油星沾嘴,做什么也才有劲。然后再用那只母鸡下的蛋,多孵两窝鸡崽,再看看,如果有小鸭苗卖,也买个十来只喂,明年力争把所有的欠款和欠粮还上。或者再辛苦一年吧,陆运新已经长大,应该给他慢慢准备婚姻的事了。

"婚姻的事,咱们就暂不操心吧,他自己去考虑。"韩叙芳说。

"新时代了,他在外面自己去结交,可咱们总要帮他张罗啊,一点准备不做,谁该白送个姑娘给他?"

"田地倒是已经分下来,可是仔细看来,在全队上,我们家劳力是弱的。你看,秦正高家里两个大人,儿子和媳妇都是强劳力;五姑家,三个儿子一个女儿都能干。还有下面这四奶奶家,虽然现在差点,但儿子媳妇,还有孙子孙媳,唉,过两年就变了。"韩叙芳说。

确实,现在能在家里做活的只有她和陆选南,陆运芹才从学校毕业,做起现在的纯体力农活就跟演戏似的,比别人家的女孩子差得远,韩叙芳看着就着急。幸好她和陆选南才四十多岁,正当壮年。陆选南说:"我就不信,我干活就干不过秦正高那些人。"

第29章

新的学习生活马上开始了,陆运新回来一次,又给了陆运红十元钱,还给了他二十斤粮票。表哥韩斌又来家里,他带着陆运红到五河中学入学报名。二人看了学校外墙上的录取名单表,陆运红和石兵、钟强一块被分配在初一一班,白雁小学其他升上初中的同学,王洪亮、卢红芬、孙舰和秦明明在二班,冯小强、秦超和许韵芹在三班,韩兴贵、赵玉琴、周晓玲在四班。

"啊,太好了,你被分在了一班。"表哥对他大声说。

按照学校的惯例，一班的学生往往是被挑选过的，绝大多数是成绩较好的，然后随意搭些成绩一般的，总之一班相当于"重点班"。能进一班，那是非常不错的，相当于一种荣誉，二、三班次之。四班的学生绝大多数都是被前三个班选择后淘汰下来的，所以安排的老师都较差。一班的班主任是从师范学院毕业刚教过一届初中毕业班的老师，叫林志明，二十六七岁，白白胖胖的，戴着眼镜，据说他是山东人。陆运红报了名，因为要住校，还要回家拿垫草、席子和被子，枕头，脸盆和毛巾，装衣服的箱子一个，以及简单的生活用品。韩斌又和他一块儿回家，帮他搬。三姐住校用过的，简单收拾一下，就又带来了。父亲陆选南听说儿子被分到一班，秦正高的儿子秦超仅在三班，感到很欣慰，很满意。

学校的男生学生宿舍在二年级教室的后面，是六间大教室模样的屋子，每个年级两间，也就是说每间大宿舍安排两个班的男生。没有床，所有住校生自己带稻草垫在混泥土地上，然后铺上席子，四周用砖或随便找的矮木板大致分出边界，行李箱子就放在铺边或枕旁。先来的先占有利位置，后来的只能在老师的安排下，让前面的同学挤一些挪出位置。同学们的草铺一个挨着一个，过道只有两尺宽，路过的时候稍不留神，就会踩着还没睡醒的同学的脚。关系好的同学，则两个拼铺一块，少占地，也是老师提倡的。幸好有部分附近的同学或者街上的同学，不住校或住在街上的亲戚家，可即使这样，每个大宿舍都有五六十人。每天一放学，宿舍就像集市一样热闹，同来的秦超住在他舅舅公社书记家里，冯小强住在他的一个表姑家里，石兵住在他一个叔叔家，他们都不住在学校宿舍。

表哥给他抢到了个靠角的位置，安全性高得多，一般不会被踩，然后帮他铺好铺，钉好挂毛巾的线，放好箱子，告诉他注意事项，千万注意防窃。这个大环境是不安全的，钱绝对不能放在宿舍里，因为上课的时候，肯定有人要回宿舍拿东西，难免就有顺手牵羊的人。还有校外的盗贼，更难防。秦明明刚好和他隔着一张铺，中间是二班的一位同学，钟强在大门口的位置，熙熙攘攘的。带着新奇，他终于安顿好了。

全校三个年级十二个班，再加上一个补习班，一共十三个班。终于正式上课了，班主任林志明把全班同学升学成绩由高到低念了一遍和名次。在白雁小学考得第一名的陆运红，在班上的排名一下子落到了第十二名，而且他的成绩和第一名，整整相差了十五分。他听得暗暗惊骇，曾经的自信忽然间受到重创，他默然了。原来在小学老把王洪亮、冯小强、秦超和石兵视作宿敌，现在看来是多么可笑，连他自己都不值一提。

老师让成绩好的同学担任班干部，进行分工。本次升学考试班上第一名也是年级第一名唐海任班长和语文科代表，第二名王婕任学习委员和数学科代表，第三名赵晓卓任体育委员和历史科代表，第四名贾丽群任地理科代表……一路排下去，陆运红和石兵一样，成为什么也没担任的普通同学，石兵倒没感觉什么，陆运红却感到一丝难以言传的失落。以前在小学，总的来说，他都是高高在上的，现在这里高手如云，他被湮没其中，加之杨萍与他已经天各一方，五河中学在他心里已经变得空空荡荡的。他第一天就对这儿没有了好感，甚至就有了度日如年的感觉。

学校不少同学就是来自五河集镇上的"街上人"，尤其是升学成绩好的前十名同学几乎都是，他们又都是五河公社中心小学的。没几天，又听说他们有的家庭背景还相当不错，赵晓卓和贾丽群的父母都是公社粮站的职工，王婕的父亲是供销社的职工，唐海的母亲是中心小学的教导主任。其他同学的家长有公社医院的、公社屠场的、电站的，还有开店的。显然他们经常在集镇上互相都很熟悉，和来自农村的同学们基本玩不到一块儿。下课时间，农村的同学们各自和曾经的伙伴们一块儿，即使体育课，大家也是各自为战。陆运红也不例外，基本只和白雁小学一块来的钟强、秦明明，以及除秦超之外的其他同学一块儿，才没有陌生感和距离感。街上的同学在农村来的同学面前有着天然的优越感。陆运红很快发现，这些街上的女生们，都长得很漂亮，简直个个都比小学的杨萍漂亮得多，不知是什么原因。其实只是种错觉，街上的同学生活条件比农村学生好，身体发育得就相对好，人看上去也比农村学生精神、白净。过了两周，他才渐渐地觉得，原来她们也不算漂亮，没有杨萍那样让人着迷，甚至越往后，越感觉她们和杨萍的差距很大。

学校的食堂分为教师食堂和学生食堂。学生食堂位于学校操场旁边，其实就是三间供厨师们做饭的屋子，青砖瓦房，大约六七十平方米，分四个窗口，打饭和打菜的窗口各两个，同学们先在打饭的窗口排队，再去打菜窗口，顺序反过来也可以。每个窗口两个师傅，一个收饭票或菜票，一个负责打饭或打菜。每日早上、中午和晚上，吃饭的时间，四条长龙就在食堂门口往操场延伸，喧喧嚷嚷至少半个小时才能勉强结束。如果遇到雨天，排队的时候只有自己带着雨伞，或沿着食堂的屋檐下排，能排三四十人，剩下的同学只能在教室屋檐下看着，等待机会跑过去排，这样打饭的时间就会延长很久。中午放学的铃声响起，全校同学像听到冲锋号一样，迅速地向学校的食堂会集。大家端着饭碗，蹲在操场的周围，或者乒乓台桌上，或者教室旁，一边说笑着一边吃，非常热闹。吃过饭后，学校食堂旁边有三个水龙头，大家各自洗碗筷，然后休息。

教师食堂的规模小得多，在学生食堂斜对面，只有二十来平方米，因为老师大多数并不在食堂用餐，或只是偶尔有客人时来打点饭菜。学校食堂一般只供应炒素菜或咸菜，每份五分，炖骨头萝卜汤或者烧血旺最多一毛，每周供应一次肉菜，是在周二中午，每份三毛，安排在教师食堂。供应肉菜的当天早上，要预先到食堂登记，否则中午的时候是没有的。一般周三登记肉菜的同学不多，每次也就有十多个，也有两三个同学合伙登记一份的。学校门口有七八家小饭店，每到吃饭的时间，他们都会有饭有菜卖，有时也有肉，学校的饭菜票在他们那儿也能用。五河集镇上的同学们，从来不在学校食堂吃饭，学校食堂对他们来说是陌生的。开学第三天，表哥韩斌去定了一份肉，中午的时候叫上主人公，两人蹲着，在食堂后面树林里的一块石头上一块儿吃，大概算是给他庆祝的意思。

学习任务一下子增加了许多，语文、代数、英语、历史、地理、生物、社会发展简史七门课，让他有感到有点力不从心，此外还有图画、音乐、体育。一、二班的老师是学校重点安排的，代数老师是班主任老师林志明，语文老师是副校长蒋仲华，英语老师是校长的女儿，名叫李元佳，可是，其他的几门课程，就有乱点鸳鸯谱的味道了：全校的体育老师只有一名，因为不够，所以大多数班级的体育老师都是别的老师代教，幸好初一的体育老师陈春是专职的。地理课一时没有合适的老师，就由体育老师陈春代教。生物课由学校管体育器材的阿姨来教。社会发展简史老师也是个代课老师，刚从五河小学来的，五十多岁，据说是前任校长的亲戚。历史老师是学校保管室的负责人。

陆运红坐第三排，同桌就是地理科代表贾丽群，按升学成绩排，她是全班第四名。贾丽群的家在五河公社粮站，她是"城里人"，齐肩发，鹅蛋脸，说话声音脆辣辣的，跟陆运红小学时的同桌赵玉琴一样。她总是在打开那个漂亮的文具盒的时候，有意无意地对着盒里的镜子瞟上一眼，再噘噘嘴，好像在和谁撒娇，自我欣赏个没完没了。陆运红从小就没用文具盒，对她的文具盒没兴趣。他小心地打量她，发现她原来也算漂亮，只是和杨萍，不是同一类型，确切地说，是他不太喜欢的类型。她的升学成绩比他好得多，加之他是乡下人，所以她对他的态度里总有一丝傲气。班长唐海是个小个子男生，和石兵一样高，只是比石兵结实得多，脑袋瓜显得很大，这或许是他考第一名的原因。他还特别喜欢打乒乓球，开学第一周，和全班喜欢乒乓球的同学打了个遍，结果他还是第一。而陆运红只是会打乒乓球，对它并没有深刻的爱好。唐海当班长是很负责的，每天早自习和晚自习考勤，把迟到或缺席的同学的名字都格外认真地记下来，交给老师。没多久，同学们就对他感到害怕，有几个后排的同学甚至开始讨厌他。陆运红每次都是按时上课，一周过去了，没被点过名，唐海还不太知道他的名字，班主任老师似乎也不知道他的名字，他忽然感到一种平静和安全，就这样不被人注意也许是最好的。

学习走上正轨，没多久，他以前那种难以集中精神学习的毛病就复发了。老师一站上讲台，他就开始在下面开小差，胡思乱想，猜测杨萍在她的学校现在怎么样，在上什么课，会不会背不出课文还脸红，是不是还经常和大家踢毽子……直到老师忽然咳嗽一声，把他惊醒过来，他的目光才又回到黑板上，听上几句，或赶快把刚才讲过的书火速看一遍，实在没懂的，下课再补看，只要大致懂，就算对自己交差了。班主任老师林志明教的代数课，是全班纪律最好的，没有一个人敢出声，陆运红眼睛盯着黑板，思想还是在开小差，只是伪装得让班主任老师也没觉察。

他做作业开始吃力，已经明显地感觉到跟不上了，可依然不能改掉开小差的坏毛病，渐渐地就对学习开始厌恶。每周六上完课，可以回家了，他马上有一种解脱的感觉，收拾好书，放在抽屉里，一本也不带，空着手痛痛快快地就和秦明明、钟强往回跑。

回到家里，星期天他和三姐一块儿，帮着母亲割嫩草喂猪，帮着父亲锄草、播种、耘地，虽然辛苦，可是相比于学习，痛苦少得多。星期天下午要返校，眼看着难熬的日子又将开始，他越来越有种被禁锢的感觉。

每天下午放学到吃晚饭，有近两个小时，他绝不像其他同学一样待在教室里认真学习，而是到街上走走，有时和秦明明、钟强一块，有时独自去。不久，他发现了一个新的排解郁闷的方法，在学校大门外转角不远处有一个连环画书摊，以前怎么就没发现呢！摆书摊的是位六七十岁的老人，拄着拐杖，姓王。他的书摊上有两三百本小人书，其中有《地道战》《地雷战》《平原作战》《赤胆忠心》《果园里的斗争》《红旗谱》《打不断的电话线》《放学以后》《沸腾的群山》《红岩》《林海雪原》《草上飞》《红星队员》，以及《五鼠闹东京》

《玉碎宫倾》《白雀公主》《阿诗玛》《杜十娘》《百花台》《钗头凤》《杜甫》，还有他神往已久的《三国演义》连环画，从《桃园结义》《董卓进京》到《三国归晋》四十八本，全有！他立即被吸引住，每本看一次，只需要两分，新购的要三分，全部看完，也不过一元左右，学校里没有图书馆，这简直就是个图书馆了。小书摊旁边还有个修收音机的店子，成天都在播放最流行的歌曲，于是，在这儿一边看图书，一边跟着学哼流行歌曲，成了他的一种享受。

每天中午学或者下午放学，到这个"图书馆"里借书的同学很多，他们都交上五毛押金就可以借走一本，然后带到学校里，看完后再还回来。陆运红就也押上五毛，或者一元，每借上一本，带到班上，上自习的时候作业潦草做完，就偷偷地看，或干脆带到大宿舍里看，看完后下课立即还上，再借。可带到大宿舍里不太好，因为每到晚上，一、二班的男生们下了自习回到宿舍，一派热闹景象，总有同学凑上来一块儿看。或他刚刚看完，他们就拿过去看，一个接一个轮流不断，好不容易才能收回来，往往延误了还书时间。受他的影响，班上到书摊上借书的同学越来越多。

更多的时候，他干脆直接到书摊上坐着看，一本接一本地看，每天能看上三四本。没到半个月，《三国演义》的全套连环画，他又看了一遍，相当于复习了一遍，这可比纯文字的大部头精彩得多。接着，《西游记》《说岳传》也看了，《杨家将》也看了，书摊的王老头已经和他很熟，不用押金也能让他借书看。半学期不到，整个书摊的全部书都被他看完，本来不感兴趣的也被他借来看完，最后他只好每过几天，就去看看有没有新的图书。大哥开学时给他的十元零花钱和他以前存的零钱全被消耗在了这里，他算是"饱读诗书"了。他暗暗庆幸，如果没有大哥给的十元，还不知该怎样对付这个书摊呢。

终于，他爱待在书摊上的事被大家都知道了，谁要是在课余时间找他，一般就在那里能找到。当然，有他在的地方，往往钟强也在，因为钟强小时拜韩叙芳为干妈，所以有时他称呼陆运红为小四哥，不过直呼其名的时候多。对学习的厌倦情绪逐渐加深，他几乎把注意力全转移到了这些无关读物上，对杨萍的挂念渐渐地淡去。上课勉强地听着，做作业勉强地应付着，实在感到完全没听懂做不出时，才拿出看小人书的精神，把书翻一翻，把作业做做交差。从"当官"到"当兵"导致的开学时的失落，现在他已经调整过来。语文背课文，小学时是同学们在他那儿背，现在是全班同学到语文科代表唐海那儿背，只是他以前的习惯和记忆力不错，一般的课文看上几遍就基本能背出来。七门主课中，他越来越感到麻烦的是代数，每次上课都是种折磨，他有种被人强行拉到刑场上的感觉。英语也让他害怕，学了半学期，简直就是一头雾水，必须在每个单词旁边加上个汉字注音，才能勉强读正确。而这个做法，是英语老师坚决制止的，但在同学们中还是相当流行的。他想看看历史书上对三国时期是怎么讲述的，结果就那么简短几段，让他非常失望。

他最感兴趣的是地理，地理让他忽然间大大开拓了想象。他甚至对着地理书分析三国时期的魏蜀吴疆界和战场的位置，看平原作战的位置，挺进大别山的大别山在哪儿。大多数时候，他根本找不到，可是就在这翻来覆去找的过程中，他完全喜欢上了地理，没到半学期，居然能合上书把中国地图非常准确地画下来。

第30章

期中考试来临，这是老师检验全班学生的学习效果和评判学生的第一次机会，老师们很重视。虽然学生们各自在努力，但晚自习的时候，还是比较嘈杂，尤其是第二节课。已经开始厌恶学习的陆运红，只是在考前学习氛围的裹挟下硬着头皮复习，紧张感并不强烈。晚自习的时候，认真的同学总在认真，他只是一边对着书一边发呆乱想，或者不耐烦地把书翻得哗哗响，或轻轻地吹着口哨等待下课。现在，他的口哨吹得很好，就像乐器发出的声音一样动听，渐渐地成了一绝。

平时课间休息，实在无聊时，他总爱独自吹着玩，同学们不由自主地被他吸引住，忘了看书，有几个学着他吹，可跟他相比差得太远，有东施效颦的意味，引来大家取笑。有一次，他一边吹着歌曲《珊瑚颂》，一边翻着下一节课要用的地理书，冷不防老师陈春从教室后门进来，也被他吸引住，站在他后面瞧着他，静静地听了好一会儿，直到他吹完，忽然拍拍他的肩膀，连声说好，鼓掌，引得大家一片笑声和掌声，把他搞得不好意思了。这天，他又毫无心思地翻着书，一边小声吹着在书摊上看书时听到的歌——收音机修理店里播放的《千言万语》，同桌贾丽群听得入了迷，可偏要假装并不喜欢他吹的口哨。她瞥了他一眼，故意鄙视他心不在焉的学习态度，小声对他说："你不认真学，可别影响我学习好吗？"

他只好抱歉地笑笑，不再发出响声。

期中考试结束，成绩公布了，全班五十个同学，排在第一位的依然是班长唐海，接下来的名次和升学考试时相比，略有变动，可变动不大。陆运红的同桌贾丽群是全班第六名。意料之外、情理之中的是陆运红的排名滑到了十九名，比石兵还落后两名。英语只有四十多分，数学也刚刚及格，以往最让他信心十足的语文靠前点儿，仅排到了班上第五名，这一下他算是彻底知道自己不如别的同学了。而就算是他的语文成绩，还有人怀疑是不真实的，是作弊抄别人的，他听着虽然有气，也不想去争论，因为班上考试时作弊的同学多，尤其是后三排。他恰恰是处在前三排和后三排的中间地带，和学习本就不认真的钟强搞得火热。班主任老师表扬每科前五名的同学，谈到语文的时候，提到了他，口气中也有怀疑的成分，他听着怪怪的：

"有的同学，这次考得了较高的名次，很好，可是要坚持住，别让大家下一次感到意外啊。"

他最喜欢的地理考了全班第六名,但地理一般没引起老师的重视，因为不是主课，监考不太严，作弊的尤其多。第一名是后三排区域中的王兴强，学习好的班长也只考了第三名，陆运红同桌是地理科代表，考了第二名。他们是不可能作弊的,而他的成绩被很多人猜测为来路不正。他倒也没计较,反而比较满意,因为他也知道地理考试的时候,作弊的同学几乎占了一半,可他本人不仅没作弊,也没认真复习,而贾丽群为维护自己的地理科代表形象,在地理上是下了不少功夫的。

　　钟强虽然坐最后一排,可他的成绩倒不算差,排在了二十八名,远比与他同排的其他同学名次靠前,不过他的成绩没谁当真。钟强也因为是意外升上中学的,没把自己的学习当回事,考试能抄则抄,能瞟则瞟,所以名次对他而言无所谓。白雁小学一块考来的几位同学成绩也有所下滑,王洪亮、秦超、冯小强、周小玲都没小学时那么耀眼了,可他们下滑得不多,远没有陆运红这么可怕。

　　一般来说,每个班虽然每次考试成绩虚虚实实,但班上前几名的成绩,都是真实的,因为认真学习的同学,完全清楚作假没有意义,就算给他们作假的机会,他们也会拒绝。主人公虽然考得不咋好,但他的成绩也是完全真实的,平时即便是做不出来的作业,他也绝不抄同学的,主要是他一直以来没有这样的习惯,何况考试。

　　家里父母和三姐都在忙庄稼,他的学习他们一般没精力来过问。因为他小学时成绩好,父亲也就相信他进入中学后学习自然还会好。表哥韩斌的成绩比较糟糕,他在四班,也就是最差的班,而他的成绩在班上又是中下游水平,但他在同学中已经大名鼎鼎。他的出名绝不是因为学习,而是他和二年级三班的一位漂亮的女同学有恋爱关系,并且是那位女同学追他的,因为韩斌长得特别引人注目,老是有几个女生围着他转。他被老师叫到办公室严肃批评了一次,他和那位女同学还分别写了检讨,消息已在全校传开,最后传到一年级的学生中。陆运红忙找韩斌求证,晚上跑到韩斌的大宿舍,韩斌才受了处分,心情很不好,一副改邪归正的架势,在吵闹的寝室里独自拿着本书在看,至少是装作已经改正的样子。他和他挤在一块,觍着脸问详细情节,以为有一本言情书等着他翻阅,韩斌根本不想,对他说了一句:"你别嘲笑我,将来你肯定会比我惨,说不定你会被学校开除。"

"我已经不想读了,能被学校开除了才好。"

"你公然这么想,是什么意思?我回去告诉三姑姑,让你挨打。"

"你还先告我?我俩各告各的,我娘是听你的还是听我的?"

"滚。"

他在韩斌的驱逐下回到了自己的大宿舍。

期中考试过后的一天,陆选南不知从什么地方得知了秦正高儿子的成绩,听说他考了他们班上第八名,以为儿子肯定也像小学时一样,肯定是第一二名的,回家顺便向儿子打听求证。陆运红第一次考这么差,一个字也不想提,父亲反复问,他就是不说,父亲忍不住要生气了,他才吞吞吐吐地说名次。听说陆运红考了第十九名,父亲脸色马上暗下来,在他的印象中,陆运红一向是数一数二的,怎么就落到了二十来名的地步?他可以接受其他人超过陆运红,最不能接受的就是秦正高的儿子超过陆运红,以前陆运红基本上是超过秦超的,今天这个结果,还了得!

其实以前他并不是不关注儿子,只是儿子的成绩一向好,他就没刻意去管教。他自己读书不多,也不知该如何管教,只认定成绩好,超过别人就行,现在刚上初中,就是这个成绩,哪怕超过秦超几分,他今天都容易接受些。他马上认为这是儿子住校没人约束,变得散漫导致的:"你是怎么学习的?在学校鬼混?每天三顿饭白吃,就考这么点分?"

"以前三姐比我考得差,你们咋没说呢?"他不清楚父亲的心理,咕了一句。本来考差了,心中就埋藏着一股气,他对父亲突然发火表示不满。

"你说什么?考差了还敢顶嘴?"父亲说着,就开始寻找棍子,"吃了这么多年白饭,我就问一声,还不应该?"

他还要辩解:"哪个没有一点失误?哪个能保证自己是常胜将军?曹操还败于赤壁,孔明还败于街亭呢!"

"你……你说啥?这是啥理由?我只要你考好点,你公然把曹操、孔明找出来给你镇场,你人缘广!"

"我考差了以后就不过日子?那么多考得比我差的不活了?"他对父亲的不讲理很不满,今天才感到他原来这么不讲理,却不想屈服。

父亲把粗竹条子找来一根,对着他喝问:"说,为什么考这么差,在学校干些什么?"

"我没干什么,就是学习,只能考成这样。"他也被父亲激出了气,硬生生地回答。

父亲被他的态度刺激得忍无可忍,对着他的腿就是一阵打,他咬着牙,绝不哼一声,也不躲避,任随父亲打。父亲打了十几下,喝问:"以后要不要努力,认真学?"

父亲似要给他台阶下,可他依旧咬着牙,涨红了脸,没掉泪,昂着头半响说:"考不好了。"

父亲气得又一阵急风暴雨地打,这一阵打,远远不是前面十几下那样的力度,一棍子一道血痕,钻心透骨,他终于受不住开始躲。父亲依然追着打,而且更猛烈,喝道:"还敢躲?"

他干脆不躲了,依旧强咬着牙坚决不哭,任父亲打下去。父子二人都几乎已经麻木,他硬撑着不出一声,眼泪流下来,幸好母亲和三姐种地回来碰到。母亲慌忙丢下锄头,质问父亲:"你这是打啥?为啥事?"

"你问问他,考个鬼成绩,还嘴硬。"父亲说着,狠狠地把棍子扔掉。

母亲看看儿子腿肚上的累累血痕和发抖的双脚,好半天,对丈夫说:"有啥事先好好谈嘛,打成这样明天上学人家看到好看啊?"

"你认个错就这样难啊?犟啥子?活该!"母亲又对他斥责一句。

在母亲充满同情意味的指责下,陆运红终于抽泣开去。母亲看了他的脚一阵,一边骂着父亲,一边回屋里去,拿了那半瓶壁虎、蜈蚣、大黄蜂、小乌蛇泡的药酒,让三姐给他擦腿消毒。

父亲气愤地离开了,三姐让他坐好,给他擦,他还在抽泣。三姐一边擦一边嘲讽:"好勇敢,好有骨气,革命意志好坚强,忍住不流一滴泪嘛。最终熬不住啊,眼睛里在滚的是什么?再挨几棍子,就马上叫你彻底现原形。早知这样,就该学一学王连举和甫志高,虽然不能青史留名的,但是少挨痛嘛。"

他被三姐讥讽哭笑不得,想踢三姐一脚报复,刚抬起脚,发现母亲出来了,赶快收住,保持哭相态,继续抽泣,直到母亲煮好饭叫他吃。

星期一,他的腿依旧痛得魂不附体,他忍着不出一声,害怕一瘸一瘸引起大家怀疑和笑话,勉强坚持着正常走。周三过后,疼痛才渐渐地缓解。

这次挨打让他警醒了些,他也想好好学习,可是厌学心理一旦产生,就会慢慢地侵蚀学习的动力。他莫名其妙地烦闷,拿着书本就开始反感,小学时那种轻松自如和游刃有余荡然无存。他用力地纠正着自己,开始每天强迫自己认真听课,自习的时候,强迫自己不再乱想,可越强迫越要乱想,对着书几乎一个字也看不进去,有时勉强看上几分钟,翻页立即就忘了,头脑中一点印象都没有。即使如此,他还是重复地强迫自己看,坐着一动不动地看。记英语的时候,他多次在心里给自己下死命令:在自己规定的时间内记不住新单词和语法,绝不离开座位!这样熬着,一次,尿意来了,他还强忍着,课间也没放自己去厕所,还在坚持继续默背,结果依然没背下来。下节课铃声响起来的时候,他终于忍不住了,差点尿在裤子里了,这才慌忙起身跑向厕所,结果被记了个迟到。

第31章

又是一个星期一,有件事在班上,乃至学校里传开来:钟强的老爸因和贾丽群的老爸在粮站打架被拘,贾丽群老爸头皮被抓伤,脚被打伤,躺在医院的床上,接着又传说钟强的父亲是进过监狱的。因为班上有同学的家长是粮站的,还有同学的家长是公社医院的,所以消息传得很快。钟强进教室的时候,大家以异样的眼光扫着他,他分明感到一切已被所有人知道,慌乱地走到座位上,几乎想躲起来。上课的时候,他不再和任何人说话,面无表情地坐着。陆运红和贾丽群之间竟忽然变得很别扭,虽然平时谈不上有多友好,但毕竟是同桌,关系一般。今天贾丽群到座位上,还红着眼,冷着脸,一直就是副气呼呼的样子,好像陆运红欠了她十万两银票。显然是她已经把他与钟强归为"一伙",他平时与钟强就好得不得了,昨天发生事情时他们又都在场,这下更是无论如何也撇不清,大概他已被她列入了"仇人"的范畴。此时这对同桌间的气氛,要多尴尬有多尴尬。

他还是假装什么事也没发生。课间,他依然低着头,轻轻地吹着口哨,班主任老师还在讲台上认真翻看着备课本。忽然,贾丽群站起来,大声对老师说:"林老师,他经常吹口哨,干扰我的学习,我不想和他坐在一起。"

班主任抬起头,放下手中的笔,愕然地看着他们,片刻后对陆运红说:"陆运红同学,你就注意一下,不要打扰别人学习,要不就到教室外面去吹,吹完了再进教室。"

老师总是迁就学习比较好的同学,陆运红不再开腔,可忽然对这位同桌厌恶了。课间自由活动时间,居然被如此告状,你不想和我坐,难道我想和你坐不成?要滚你自己滚,他心里想,想到她是因为老爹昨天被打的原因迁怒于他,又是女生,忍了忍没说。事实上,她老爸被打,本来就是活该,是咎由自取。班主任老师对她不分青红皂白的偏袒,更让他不满,他甚至怀疑老师是对自己歧视,一点没想到他此时吹口哨被同桌理解成幸灾乐祸。

贾丽群猛地坐下,拿出支笔,在桌上唰地画出一条"三八线",将桌子一分为二,表示与他从此一刀两断,互不相干。他侧过头,冷冷地打量了一眼,将桌上的书往自己这边挪了下,表示完全接受和认可,从此河水不犯井水。

他的轻蔑态度大概更激怒了对方,贾丽群开始口出恶言:"猴子一样的乡巴佬,恶心!"

班上的农村学生,心照不宣地对于"乡巴佬"三个字都有着说不出的敏感,陆运红也是一样,自尊心受不了,立即反唇相讥:"我也不想当乡巴佬啊,就盼着哪一天头秃了,成真癞子,或者'假'癞子,就没人叫我乡巴佬。"众所周知,贾丽群她爹有个外号叫贾癞子。

两人的争吵,前后左右的同学都听到了,开始笑。讲台上老师也听得很清楚。大概他挖苦得太过分,虽然是贾丽群伤人在先,但老师依然大声地斥责他:"陆运红,你在说什么,站起来。"

他只好站起来,再不客气地对老师说:"是她先出口骂人的。"

老师盯着他,没说话,看看班上,又过了片刻,上课铃声响了,命令道:"换座位,你到后面去,和石兵换,马上换。"

石兵坐在他后面一排的最左边位置,这分明是让他遭"贬",但他对老师的安排不能反对。他气愤于老师如此迁就贾丽群,却愿意和贾丽群分开,一不做二不休,马上收拾好所有的书本和笔,和石兵换了,继续上课。

他的遭遇被钟强看在眼里,钟强知道陆运红是因为他受的委屈,还在一步步退让,一步步忍。他虽然平时言语不多,却遗传了他父亲的脾气,随着年龄的增长越来越明显,他自己也未觉察到,关键时候会出其不意地爆发出来。

星期三上午有节地理课,星期二晚上,地理老师陈春把地理作业本带来,让地理科代表发给大家。陆运红与新同桌沈芳讨论着一道数学题,贾丽群一边叫大家的名字,一边发地理作业本。发到陆运红的时候,她没再叫,直接把作业本扔了过来,作业本却跑偏,打在沈芳头上又滑到地下。沈芳措手不及,吓一跳,有些生气,抬起头瞪了她一眼,不满地说:"你好好地发嘛。"

"对不起,不是你的。"贾丽群说。

陆运红忙拾起来,一看是自己的,不吭声地放好。贾丽群继续发,片刻后发到了钟强的,她同样不叫名字,隔着两张桌子就给他扔过去,砸到他桌边，落下去。她仇恨的眼神中带着鄙视。钟强被激怒了，他早对陆运红的忍让窝了一肚子火，马上拿起桌上的语文书，站起来用手一卷，对着贾丽群的头就砸回去，打在她头上。钟强虽然瘦，可手上的力道不轻，加之语文书的分量可比作业本大得多，贾丽群被砸得尖叫一声，头发被打乱，全班的目光立马被吸引过去，看热闹不嫌事大的后排同学开始起哄。贾丽群尖叫着质问："你敢打我？你还敢打我？你什么东西？"

她两步走到钟强面前，抽手就要打钟强的耳光，钟强跨出一步，站到她面前："今天我就等你先打。"这下使得完全以为自己占据心理优势的她下不了台，伸出的手直接打在钟强脸上。钟强二话不说，伸手抓住她的衣领，狠狠地就在她脸上抽了两巴掌，再用力一推，贾丽群没回过神来，绊倒了，立即大声地哭了，一边哭一边骂他是坐牢的，站起来，向钟强冲来。几个女同学把她拉住，她拼命往前挣，钟强也不再忍让，猛地伸过手，顺势一下子从几个女同学手中把她抓过来，再狠狠地抽两巴掌。她脸上顿时现出两个红巴掌印，嘴角冒血，根本无法还手，又被打倒在地。前排的班长唐海忙跑过来大声吆喝钟强，让他住手。钟强盯着贾丽群，让周围人都有些害怕。贾丽群再不敢逞强，钟强丝毫不理会唐海，盯着她喝道："来呀，继续啊，别怪老子欺侮女的。"

恰巧此时，班主任老师林志明来检查大家的晚自习情况，刚到门口，就被眼前的情况惹怒了，厉声喝住，所有同学慌忙回到座位坐好。他让二人站起来，一掌拍在桌上，大声质问："你们要造反啊，究竟怎么回事？"

二人谁也没说，贾丽群还在嘤嘤地哭泣。班长唐海站起来，给老师解释：听说是他们的父亲前几天在往粮站送粮的过程中，因为粮食不干被扣一事，发生了争执。贾丽群的父亲被钟强的父亲打伤了，钟强的父亲被派出所拘留了。班长唐海根据听说的，描述得比较详细。初一学生，孩子习惯，没成年人那么世故，不知道在说话的时候替别人隐讳什么，没想过于详细的无心的介绍又当众揭了钟强的伤疤，伤到了钟强的自尊。他恨恨地盯着唐海，如果不是老师在场，他肯定又要上去收拾他。唐海因为坐在前面，刚才并没有看到是谁先动的手，只知道是贾丽群把钟强的作业本丢在地上，惹起了今晚的事，就只说到这里。班主任听完，大致明白原因，在他看来，首先男同学就该让着女同学，其次钟强父亲被公安局拘留过，他是知道的，所以他对钟强就没啥好感，钟强成绩差，又不知上进，纯粹就是班上的累赘。他不喜欢所有成绩差的学生，钟强就是他不喜欢的人之一。发作业本隔桌子扔，在学生中是比较常见的，扔到地上的事也在所难免，他公然就为这事动手打贾丽群，简直无法无天。至于交公粮的事，他自己不是农村人，无法理解其中的是非曲直，生活圈子又只是在学校，鲜有和学校之外的其他圈子接触，年龄也不大，几点原因一叠加，尤其是凭钟强的父亲钟向尧进过公安局这一点，他就基本把钟强看作班上的渣滓一类人。不用再询问，他马上对钟强喝道："是谁给你的胆量，公然敢在班上打同学？立马背起书包回去，把你家长喊来，明天喊不来家长，不准上课。"

钟强闷着一言不发，他继续高声喝道："听见没，立马出去，把家长叫来，否则不准进教室！"

钟强忽然砰地坐下，三下五除二地收拾起书包，从座位上大步跨了出来，对着班主任老师吼道："你们、你们狗男女，合伙欺负老子，要不要脸，你这破书，老子早就不想读了，哼！"

他连走带骂，咬牙切齿从老师身边经过，忽然举起书包，直接就朝班主任老师站的讲台砸去，夺门而出，消失在外面黑暗中。讲台上的作业本和粉笔盒、墨水被砸翻在地，全班同学和老师都被他的举动惊呆了。老师回过神来，冲到门口，吼道："你给我站住，我看你要翻天了……"

再没见到钟强的影子，班上鸦雀无声，班主任老师讪讪地回到讲台，钟强的书也散落在讲台上，前排的几个同学忙过去，帮着把同学们的作业本和粉笔盒捡起来，放好，不少作业本被墨水溅污。班主任猛地把钟强的书拂在地上，用脚踩着，拍拍讲台，望着钟强去的方向高声回骂："你们看，你们看，这种人，简直就不是人！从他身上，就可以看出他父母是什么样子，十足的社会垃圾！学又学不好，猪一般的脑壳，谁家养出来的这种饭桶？将来除了进监狱，不可能有第二条路。还要回来读书？歇着点，有他没我，有我没他！我教书这么多年来，还没遇到这种东西，算开眼界了。"

他独自在讲台上连骂带说，至少十分钟过了，下面学生们谁也不吭声。陆运红也被钟强的举动惊得不知所措，更隐隐约约地担心老师要迁怒于他，因为谁都知道，他与钟强好得不得了，老师对他的印象本就不好。他怔怔地盯着书，一个字也看不进去，老师后来继续骂钟强什么，他也没听进去。

第二天，再没见到钟强来学校念书，同学们谁也不敢再提起钟强，尤其是班主任老师在的时候，陆运红开始夹着尾巴做人，更不敢吭声。

星期六一放学，他赶忙回家，想知道钟强在干啥。他到家里的时候，大哥陆运新也在家里，他是接到前几天父亲给他的信，今天上午从县里回来的，正和父母说钟向尧的事。钟强的母亲李守珍也在，一边叹气，满脸愁容，只是经历太多，承受力增强了。

"钟二叔脾气也太躁，这事无论如何，先主动付对方医药费，然后我再去派出所和公社，和他们说说看。首先要征求公社干部的意见。我会从不激化社会矛盾的角度和他们谈谈，先把这件事解决，不能拖。"陆运新说。

钟强前天晚上回到家里，已经将自己和贾丽群打架被老师骂、不想再读书的事都跟他母亲说了，此时的李守珍已经被丈夫的事愁得焦头烂额，儿子又让她气了好一阵。可她一个女人家，拿不出更好的办法，想到儿子升上中学本就是意外事件，这次儿子把事情闹得这么大，实在不读，就权当儿子当初没考上，如此一想倒也就想通了，没再去求老师给老师道歉什么的，也没责罚儿子。此时陆运新回来，说到了钟向尧的另一个事，才让她紧张。

原来陆选南通过秦代清的侄子到县城给陆运新带信，陆运新当时在出差，回来后才看到，连忙赶回来。他赶回来倒不完全是为钟向尧交粮打架的事，而是因为他听到一个消息，上个月公安局得到一条全县范围内的盗墓团伙案件的线索，现在案件还没公开，但他已经知道钟向尧卷入其中，为盗墓团伙提供线索，就涉及本村白雁小学下方的那几座大墓，现在县里正要开展打击犯罪活动，如果撞到风头上，难免他真的会第二次坐牢。陆运新因为不是这个案子的成员，只是听到一点消息，案子即将收网，他问李守珍："二婶，你知道钟二叔这事吗？"

李守珍支支吾吾，半响才承认好几个月前发现丈夫好像有些鬼鬼祟祟的举动，可她一个妇女，问他，他也不说。陆运新说："这事到这个份上，就不用再遮掩。我明天去公社和派出所一趟，你们去看他时，赶快让他把现在这个事了结。然后你们再动员他，马上自首，越快越好，别抱侥幸心理。然后，我在上面给他通融一下，或许届时罪会轻些。要不然，此事未了，前事又发，两事叠加在一起，后果就严重得多。消息不能外泄，否则到时我也不好说。"

"这点我们知道，我们知道，你放心，陆大哥，我们怎么也不可能害了你的，不知该怎么感谢你。"钟强的母亲一连声说。她说她准备明天就去派出所看丈夫，和他说。陆选南担心他一个妇女说不清楚，决定明天陪她一起去。

陆运新交代完毕，李守珍走后，母亲韩叙芳叹了口气望着丈夫说："真想不到，鬼头鸟原来还是这种人啊，那次盗坟竟然有他参与，隐藏得真好啊。我就说，咱们还是少和他来往吧。"她不禁为儿子陆运新担心起来："你这么贸然地帮他，会不会把你自己栽进去啊？"她有些责怪陆选南给儿子写信的事。

"我的事，你们不要担心，我会把握好分寸，明年我还要力争转正，不可能被这事影响。关键是跟钟二叔说这事的时候，一定告诉他，不能再对他的同伙任何人说起这消息。他自首不自首对他同伙来说，意义都不大，只是对他有利。"陆运新的话中透露出一股前所未有的自信，让父母感觉在他面前矮了三分。

接下来的事情，陆运红不太清楚，只知道过了两天，钟强的父亲被放了出来。据说公社领导们开会讨论他的事，会上大家的意见并不统一，有的主张严惩，有的主张粮站内部要检讨，钟向尧也要检讨，因为钟向尧事件之后的这几天，粮站收粮时仍然有人在吵闹，这种势头如果只处理钟向尧，是缓解不了的。最后大家也综合陆运新的建议，从缓和矛盾的角度，让钟向尧写张书面检讨，张贴在粮站的门口，向贾树华道歉，并赔医药费。同时，粮站在克扣社员们公粮的时候，必须严格把握尺度，防止乱扣。道歉和赔医药费些事，钟向尧已认可，是陆选南和李守珍事先就替他答应了的。他们见他的时候，把事情的利害关系跟他说了，他也没再执拗，事情算告一段落。

钟强也不再念书了。

第32章

陆运红在班上开始变得谨言慎行，因为钟强不再来上学之后，班主任老师窝了一肚子火找不到地方发，明里暗里对他似乎越来越冷淡。上课抽人回答问题的时候，从来不抽他，他有时上课走神，根本没听课，老师也从来不管他，而其他同学稍微走神，就会被班主任点名，或直接被训斥。他对班主任老师处理钟强与贾丽群的纠纷时过分维护贾丽群也不满，私下里怀疑老师不仅是因为成绩，还因为他歧视乡下人，继而有些鄙视老师。由于厌烦学习，他对老师不理自己反而感到轻松，渐渐地形成了不求上进，只求能过得去的心理。只是他每次考试做不出题，也决不会像成绩差的同学一样作弊。即使如此，他的成绩倒没越滑越远，始终在中游或中游偏上的样子。

进入期终考试阶段，全县初中统一试卷，大家开始紧张的复习，他终于勉强收回心，也参与到认真复习中。这次期终考试，学校格外严格，对所有主课和副课一视同仁，每科都是两个老师监考，而且年级之间监考老师互换，把气氛搞得很严肃。这种考试，对认真学习的同学来说，尤其是班上成绩名列前茅的同学，没什么影响，可对以往寄希望于作弊过关的同学来说，冲击就很大，因为平时学习不认真，有的简直就陷入了绝望。每科考试，监考老师在考生中走来走去，来来回回。考试结束，成绩好的同学计算分数，对存疑或没做出的题，急忙翻书对答案；成绩差的同学多抱着大势已去的态度，听之任之。陆运红也没耐心再翻书，送瘟神一般把不再用的书塞进书包里。

拿通知书的时候，大家听说这一次，班上同学们成绩的距离拉开得格外大，和期中考试是两回事。老师宣布了班上前十名，第一名和第十名相差达八十分。但陆运红的成绩却几乎让班上所有人都吃惊，他意外地成了第四名，在唐海、王婕、赵晓卓之后，而且语文是第一名，超过了班长唐海三分。地理九十六分，更是绝对第一，比第二名贾丽群整整高二十五分，也就是说，他的地理成绩远在年级同学们之上，让人瞠目结舌。可是数学刚刚及格，英语不及格，其他几科也就六七十分。他原本估计班主任老师会在通知书的评语中把他"狠击猛批"一番的，大概是因这个成绩，老师没有特别地否定他，他的评语和同桌沈芳的评语几乎一样的：上课认真听讲，作业认真完成，尊敬师长，团结同学云云。他一琢磨，从文字中体会到了一种难言的冷漠。

拿到通知书回到家里，父亲专门看他的成绩，专门问了名次，他说是班上第四名，父亲又质问："才第四名？你知道人家秦超考了多少名不？"

他对父亲动辄训斥的态度非常反感："不知道。"

"人家考了……考了……"父亲也不知道，还没有去打听，只是想诈儿子一句。

"他考第几名与我没关系。"

"你别嘴硬，晚上再说。"父亲说。

到了晚上，父亲什么也没再说，什么也没再问，他反而有点奇怪，可也绝不敢打听原因。过了几天他才知道，原来秦超刚好是他们班上的第八名，可他的总分比自己少二十多分，估计是父亲打听了结果，所以没再吭声。

这个成绩也没激起他学习的热情，反而让他对学习蔑视，原来自己并没怎么努力，居然考得这么好，有什么大不了？加上老师的评语透露出来的冷漠和父亲生硬的指责，他心里更加不在乎。表哥韩斌可考得不咋好，害怕被他的姑姑韩叙芳知道，拿到通知书没和陆运红一块回去，就直接溜回他家去了。

寒假作业拿到手，他按照以往的习惯，三天时间，集中精力飞快地全部就做完，送瘟神一般丢在一边，然后开始全心全意地玩耍。每天背着背篓，跟娘说是出去割猪草，然后偷偷拿着韩斌留下的军棋，去约钟强秦明明他们玩，玩够了才三下五除二地胡乱割些猪草塞在背篓里，蒙混过关。有一天傍晚，几人的战局还没结束，母亲和三姐做完活后急着切猪草，找到他，发现他的背篓里空空如也。母亲拿着棍子一边打，一边骂，他慌忙跑，结果还是挨了四五下，回到家里，又挨了一顿骂，勉强收住野心，不敢把假期当假期来过了。

已经接近过年，今年的收成远远地超过往年，母亲开始泡米，准备做黄粑。队里已经有十来家人在杀年猪，韩开国家杀了，程增福家杀了，程永华家杀了，消息传来，能杀年猪成了大家今年议论的中心。生产队里好些家杀了猪，都要请左邻右舍或谈得来的，尤其是结对耕种和喂牛的几家去"尝尝，喝碗猪血汤"，请客的时候，那自豪的眼神让人羡慕。陆运红家里在赴宴人选上把关比较严，人家来请客时说请全家，一般只有父亲陆选南去，陆运芹和和陆运红的名额就被母亲找理由推辞了："俩孩子已经吃过饭，不去了，以后随时来你们家玩。"

虽然有时他们心里万分想去，但也只能随着母亲说已经吃过饭，以后来。腊月二十三，邻居四奶奶家也要杀猪，来请全家，这是很难推的，因为她儿子黄大文直接就来请韩叙芳去帮她家里烧烫猪水，然后请陆选南帮助捉猪，两个孩子显然不可能在家吃，被四奶奶连推带攘地一块接了去。全家在四奶奶家饱饱地吃了一顿，临告辞的时候，四奶奶又拿了一块四五斤的肉，硬塞在韩叙芳手里，要她拿回家给孩子们做碗汤喝。

回到家里，父亲把猪圈里喂的三个猪研究一阵，关键是把最大的那个猪看了又看，这个最大的猪还是小，只有一百三四十斤。父亲犹豫了好一阵说也杀吧，母亲有些舍不得，因为现在多余的糟糠老菜，可以继续喂。

"可是，人家杀了猪，就来请，我就天天拿着嘴巴去吃别人，这是哪门子讲究啊？"

"不要为了面子把它杀掉，划不来，明年杀会更肥，要请明年请嘛。"

父亲征求陆运红和陆运芹的意见，两人马上异口同声喊杀，想着热闹的擒猪杀烫和分割切肉的场面，就心潮澎湃，激动得眼睛发亮。母亲训斥道："你俩下得了决心，下得去嘴吃，你们瞧，它才多大点？它还在喊娘呢。"

最终在母亲的坚持下，今年没杀猪，姐弟二人沮丧不已，又不敢多嘴。第二天赶集，母亲背了袋米去买，又购了七八斤肉回来，准备再杀两只鸡，总之，虽然没杀猪，但也不能让两个娃娃太失望，同时给他们展望了明年过年的美好场景，说一定要杀一个至少两百斤的，两人无可奈何地相信了。

陆运新又回家了，他们放了两天假，他和别人换了两天班，可以在家里待上五天，到大年三十回去值班。这段时间特别忙，县公安局正在打击刑事犯罪活动。他从单位带回来不少旧书，说是公安局搬保管室时清理出来的，其中有《三言二拍》和旧线装书《全唐诗》《唐宋词》《古文观止》《南北朝史话》《五灯会元》等，总之是以前破"四旧"时不知从什么地方搜缴的书。他觉得还有用，带回来，让陆运红看看。他给陆运芹和陆运红每人发了五元钱过年，这显然比生产队其他孩子过年期间的零花钱多多了，大多数孩子只得到了家长给的五毛或者一元。陆运新又给陆运红十元钱，让他做下学期的学费和头一个月的生活费。陆选南仍然疑惑地问陆运新："你的工资就那么一点，你又说明年转正，会不会还要花钱，怎么有这么多钱？即便给他们，每人一元也够了啊！"

"我们出差有补助。"陆运新简单地说，也不跟父亲解释。他还带回来了四瓶酒，四个午餐肉罐头，一大包糖，足足有五斤。过年大家的空闲时间多，听说陆运新回来了，生产队里许多人都来家里看他，向他打听县城里的新鲜事。韩南、韩东、程永华、三蛮子、秦代清、秦祖寅、韩开佑、程增福、黄大文，还有和陆运新一块念小学和初中的同学，每天都有人来，家里很热闹。幸好陆运新带回了大包糖，他母亲每次抓一大把放在桌上，再烧开水泡两盅茶。大家都说，陆运新离家到县城这一年多，总的来说明显胖了，白净了，肯定吃得好，每天大鱼大肉。陆运新告诉大家，并没有大鱼大肉，只是能吃饱饭，生活有规律而已。他的那身警服，不仅陆运红喜欢，也特别让大家暗中羡慕，在大家眼里，就相当于"当官的"标志。母亲此时特别自豪，好些人后悔当初没像陆选南一样脑瓜子灵活，找上张国荣帮忙。很少有来家里的赤脚医生王和珍，也来了。她把陆运新打量了片刻，啧啧地称赞几句，然后和韩叙芳说他长大了，要是在生产队里的话，已经抱上娃娃了，然后问他有没有找对象，两个女人嘀咕了一阵。晚上，客人们散去了，全家人一块儿吃饭，母亲对陆运新说："今天，王医生来，说给你介绍个姑娘，是隔壁胜利大队的，人家在云津市国营糖厂上班……"

母亲的话没说完，陆运新说："我的事，你们就不用操心了，我自己知道，我现在才十九岁，不急，人家城里的，大多都二十岁以上才谈对象。"

"可是，十九岁，也不早了啊。"父亲忙说，"说不定人家说的姑娘也不错呢。"

"急什么？人家说，穷为家计，富为国愁，为家计会越计越穷，为国计才越计越富。我想至少过了明年再说。"陆运新说。现在他的话在父母心里有了权威性，父亲只好说："那你就自己把握好，找个合适的人，一定要让我们晓得。"

有了大哥给的过年钱，陆运红给了三姐一元钱，让她明天和母亲一块儿赶集的时候帮买鞭炮，这可是巨额的花费，不过母亲和父亲看见了，也没有责备。毕竟这么多个春节过来，孩子们还没买过鞭炮放，就算是让他们补足以前的亏欠。他也让韩叙芳买上两串大鞭炮，算是为今年的收成庆祝。当他们把鞭炮买回来的时候，才知道今年买鞭炮的人特别多，几个卖鞭炮的小摊的货几乎早就被抢空。幸好三姐陆运芹手快，抢到了两小盒孩子们放的鞭炮，每盒两毛，一共只花了四毛，陆运红也挺高兴地接受了。

来找陆选南写对联的人也比往年多，大家不讲究内容，只要是红纸，红纸上写的是吉利的话就行。他一时还没想到新的内容，只好照着去年广播里播的来写：

"东风浩荡形势无限好，红旗招展革命气象新。"

"万民欢腾歌国运，四化美景奋人心。"

"九亿人民九亿兵，万里边疆万里营。"

"哈哈，现在是十亿啦，该写十亿了。"六伯发现了问题，提醒一句。

"没关系，没关系，九亿就九亿，谁还去数来着？"五叔又在旁边说，谁也不介意。

大年三十，全生产队的人都给自己放假，以前每到过年的时候，不放假还要读报纸开会，今年不像往年一样，大家一下子感觉到无限的轻松和解放，没有人记工分，没有人监督，一切都自己安排了。放鞭炮的声音从中午就响起，此起彼伏，从未见过这么热闹。天老爷也格外照顾，今年没下雨更没下雪，天天都有大太阳。下午的时候，大家都吃过年饭出来，有的端着给祖宗们烧的纸钱灰，去撒到坟上，有的拿着碗米饭,要给果树喂饭,祈求明年果树结出累累硕果。吃过年饭,陆运新离家回单位去了。

正月初一,所有人都身心放松,没地方可去,大家还是三三两两聚集在生产队的公房坝子里,或来到旁边不远处空地里,聊着明年的生产,聊着谁家的女孩已长大,谁家男孩该娶媳妇。几乎全生产队的孩子们都到这里,有的踢毽子,有的跳绳,男孩们转着陀螺,或放鞭炮。陆运红一见到程林,马上想起杨萍,心里马上产生了空空的感觉。程林还有两年小学毕业,可他越来越害羞似的,见了陆运红也不好意思,陆运红拉他一块坐下,他好不情愿地坐下,却找不到话说。陆运红想问他杨萍的消息,可发现直接问太唐突,想了想,问:"你姐程夏现在还好吗?"

"我不知道,她没回来过。"

"你不想她吗?"

"……不想。"程林说。

两人沉默了会儿,他才问:"那你表姐杨萍呢?"

程林看他一眼,忽然"扑哧"一声笑了,说:"你问她干啥?"

他的脸上热辣辣的,忙把眼光调到旁边。程林说:"她更没来过,毕业了就没来过。上周我和娘去舅舅家里玩,她在呢,她也在问你呢!"

"真的?"他听得心中一阵激动,差点要晕过去,忽然发现自己要失态,忙假装平静,"我还以为,她把咱们同班同学都忘了呢,她学习好吗?"

"她成绩不好,被舅舅骂了好一阵呢。"

他听了,心里马上不快,说:"你舅舅也是,骂什么呢?现在我的成绩也不好,还没被骂呢。"

两人正聊着,坝子里十来堆聊天的人中,秦明明的娘忽然大声说:"我们好几年都没唱歌了,韩三婶,你唱得好听,再带领我们唱一首行不?不然这个大年初一,找不到热闹的法子了。"

"可以,可以。"四奶奶的媳妇和程林的娘杨代晴也拥护,"韩三婶,带个头。"

韩叙芳已经好几年没带领大家唱歌,她的热情马上被她们的要求激发起来,笑着说行。陆运红却对母亲唱的那些老歌没了好感,甚至听母亲唱就觉得瘆得慌。他站起来插话说:"娘,你别唱了,你那些歌,留着在没有人的时候,自个儿去唱。人家随口夸奖你,你就以为是真的好?你唱得特别难听。"

"咦,小四花猫,你娘本来就唱得好,我们可不是随口夸奖,你是有学问的人,这样说你娘怕不对啊。"一群人嘻嘻哈哈地笑起来。韩叙芳斜了儿子一眼,没理会他,想起才跟着广播学会的一首歌,还是笑着给大家起个头:"青悠悠的那个岭……"

没料到的是这首歌虽然广播里才播放不久,但有不少人都会唱,接下来几个女的跟着唱,然后一半女的都跟着唱:

青悠悠的那个岭,

绿油油的那个山,

丰收的庄稼望不到边,

望呀么望不到边。

麦香飘万里,歌声随风传,

双脚踏上丰收的路,

越走心越甜,越走心越甜……

大多数男人们却在一旁笑,只有少数几个人跟唱,韩开国的小儿子韩东等她们唱完,说:"三姑姑,四表弟的意思是,你们以前唱的那些歌,确实过时了,但这支歌还不错呢。"

"韩三姐唱的歌,只有你们年轻人会笑,我们才不会。"四奶奶的媳妇反驳说。

韩叙芳也笑着说:"那以后我就不在你们面前唱了。"因为陆运新的工作一帆风顺,她今年心中最快乐,自己的歌声是否再被年轻人喜欢已经不重要,她也知道年轻人不太喜欢,所以并不在乎韩东和小儿子的话,总之特满足。

总之，今年的大年初一，是全队社员们有史以来最畅快、最放松的一天。

第33章

陆运红和三姐一块儿去了外婆家里拜年，母亲安排他们给每个舅舅家拿去了一封糖。韩斌因为期终考试没考好，回到家里，对舅舅说成绩通知书忘在三姑姑家里了，然后说自己考得还不错，舅舅们也没法核实。这一下姐弟二人来，刚给大舅舅拜过年，大舅舅马上询问，要核实韩斌的话，三姐不清楚，陆运红一听就明白了是怎么回事，他看了韩斌一眼，韩斌正在慌张地给他使眼色，他身不由己地开始给表哥圆谎："四表哥考得好，他的通知书我看到过，原来放在柜子上，也许现在还在那儿。"

"是不是啊？他考了多少？"

"嗯，好多都是八十多分，具体我记不得了。"他说。

大舅舅不相信，可是也只好不再问。

两个舅舅家今年都杀了大肥猪，灶上都挂满了腊肉，外婆开始忙着洗肉烧饭，三姐就在灶下帮外婆看火，跟外婆和舅舅说着家里收成的事，说着大哥陆运新在县城工作的事。陆运红和韩斌去割猪草，他想到了程夏，问四表哥："程夏的家在哪儿？我想去瞧瞧。"

韩斌说："你还念着人家啊？"

"你说什么呢，她和咱们是一个队的，不该问问吗？"

作为刚才他为他圆谎的回报，韩斌带他去看程夏的家，程夏的家就在附近的山坳里，有一里路的样子，韩斌告诉他，程夏去年离家出走，不知去了哪里。

他听了很吃惊："为什么？"

"她嫁来以后，他男人曾洪强经常打骂她，去年他们生了个女儿，曾洪强更嫌弃她，还打她。更不幸的是，那个女儿出生才两个月就生病死了，好像是肺炎。"

"我觉得，可能是我害了她。"

表哥哈哈地笑："咦，我还从来没听说，你是怎么害她的？你不错啊，你有本领害她了！"

韩斌再三追问，他不再回答，他们到了程夏家前方，这是一幢草屋，有四间房，有个包着白帕的老人在门口做针线活。韩斌对陆运红说："这个人我们喊她伯母，她六十多岁，耳朵有点聋，咱们这么说话，她是听不见的。他儿子曾洪强咱们喊二哥，就是程夏的男人，可能不在家，做活去了。程夏去年冬月的时候，被曾洪强打了几次之后，就离家跑掉了，再也没回来，至今杳无音讯。"

他听得心里直恨，想哭："这种男人，简直该死。"

"我也瞧不惯曾洪强，平时咱们两家几乎没来往。"

他再没见到程夏，那天晚上生产队桢楠树下的情形，如同在眼前重现了一次，他原来对知青范朝的好感随着年龄的增长，已不复存在。在外婆家里玩了两天，他又一次找机会悄悄去看程夏的家，盼望她能突然回来，能见到她，可什么奇迹也没有。他满怀失望地待到第四天，和三姐一块告辞回家，两个舅舅分别给了他们两块腊肉，一共四块，用袋子装好让他们背上。外婆又给他俩每人两毛钱，姐弟二人可以说满载而归了。

新学期开学，四表哥韩斌又来到陆运红家里。经过一个寒假，关于他的成绩的事被三姑姑忘记，没人再提起，他和陆运红又回到学校住校。他不太喜欢大哥陆运新带回来的那些书，可还是把那些诗词书和"三言二拍"带上几本到学校去，不想学习的时候翻翻。星期三，举行开学典礼，可是天公不作美，一直下着毛毛雨，还有点冷，大家各自把板凳搬来，在操场里分班坐好。校长在会上宣布了一个重大的消息：星期六，全校师生停课，全县六个片区同日召开公捕大会，其中五河公社是会场之一，五河公社的会场就在中学操场，全校师生都要参加。公社其他单位和小学的人也参加，届时操场会很拥挤嘈杂，各班老师自行安排好学生观看,可以就在教室周围,操场和主席台让给公安局和五河公社以及其他单位参加的人。校长说,这次公捕大会,对大家来说,也是一次难得的法律教育机会,大家一定要认真观看。立即,学校就沸腾了,第二天下午的时候,公捕名单也在墙上贴了出来,同学们一拨拨地去围观。陆运红意外地发现了钟强的父亲钟向尧的名字,他以为看错了,听大哥说过,他已经帮他把事情化解了呀!

他不希望名单上有钟向尧,因为贾丽群他们肯定会有扬眉吐气的感觉,只要贾丽群他们舒畅,他心里就不痛快。钟强是不是已经知道了?他好想有机会找大哥问一下,这是怎么回事?

晚上,上自习的时候,班主任老师又来到班上,他站在讲台上,果然给大家讲:"同学们,你们看今天校门口的布告了吗?其中一个人叫钟向尧,你们知道他是谁吗?告诉大家,他就是那个钟强的爹!我一直想,他为什么能那样嚣张,原来是有个这样的爹,家传的,将来就是坐牢的命。"

话语间有一股罕见的大仇得报的畅快感,陆运红越听越有种说不清道不明的反感,班主任的话和他的身份、修养不太相符。他原来还想写作业的时候,给班主任老师写封信夹在作业中,说一说事情的缘由,让老师改变一下对自己的看法,可听了老师这段充满仇恨的话,他有些胆怯,不敢再这样想。

次日,全校停课,连早操也没做,刚吃过早饭,操场里就已经人山人海。公捕大会的现场,陆运新作为工作人员也出现了,陆运红心里荡起一股小小的激动。陆运新在介绍钟向尧的情况的时候,没有抬头,提到了钟向尧为盗墓分子提供线索,有自首情节,认罪态度较好,可以考虑从宽处理,然后特别说,这是为了提醒所有尚未被抓捕到的犯罪分子,主动投案,坦白从宽,抗拒从严。

会后,陆运红去找表哥一块儿回家,表哥韩斌不想和他回去,说要学习,这学期要毕业考试了,于是他和秦明明一块回去了。因为今天是赶集,生产队里上街的人也多,一路上大家都在议论着刚才押的犯罪分子,谁是哪儿的,是谁家的。陆运红的父亲和母亲今天没去赶集,在家里松地,可也听说今天公捕大会的消息了,钟向尧的结果,是意料之外又是情理之中的。但令陆选南意外的是会场上,陆运新居然发言了。

晚上,陆运新回家了,母亲刚做好饭,正在炒白菜,陆运新已经吃过了,在凳子上坐下,对父亲说:"钟二叔的案子,最好的结果就是这样,再次拘役,可能要关上三个月。以后他出来,还是多劝劝他,收敛一下脾气,老老实实种庄稼过日子,别让家里人跟着担惊受怕的。听说钟强也没再念书,瞧,这样害了自己,也害了娃娃。"

接着陆运新告诉父母,他这次回去,可能就会转正。他们局里这次有三个人转正,他是唯一一个没凭关系的。今天他在会场上念稿,一方面是几个会场,人手不够,另一方面也是被局里安排锻炼的。他能转正不完全是因为考试成绩,也因为去年为局里挣得了个全省的二等奖,这次统一行动中,他又参与抓获两个杀人犯,他和局长一块儿,都立了三等功,转正应该没问题了。

父亲听着,激动得慢慢放下饭碗,半响,忍不住擦擦眼角,忽然叹口气。劳累了大半辈子,今天他终于从儿子身上体会到了人生的一丝甘甜。对他来说,只要儿子能吃上公家饭,就算他这时死,这辈子也值了。儿子现在的命运层次肯定超过了秦正高的儿子秦勇,这是他最在意的。

陆运新问了问陆运红的学习情况,又给了陆运芹和陆运红每人五元,然后连夜赶回去。陆选南一个人斜靠在枕上,点上烟,一口接一口抽,默默地想着什么,幽幽的煤油灯亮着,一时爆出个很亮的灯花,大半个晚上过去了,他才吹灯睡下。

学习在继续,陆运红依旧没有心思,上学期苦憋着劲学习一阵,虽然考得第四名,可着实也有很勉强的成分。他依旧讨厌学习,对班主任的冷漠也不自觉地报之以冷漠,又反感父亲越来越粗暴地将他和秦超对比,心中还潜伏着对杨萍那丝舍弃不掉的挂念。渐渐地,班上的单元测验,他的成绩越来越差,越学越没意思,而班上名列前茅的同学,往往为了分数高低展开明争暗斗,他开始瞧不起他们,觉得他们俗气,都是书呆子。他已经知道了父亲觉得他只要能超过秦正高的儿子就行,于是他开始暗暗地琢磨秦超的成绩,发现超过他并不难,因为秦超的成绩也在下滑。只要每次考试的时候,临时抱佛脚下点苦功,就基本能超过他,接着他试了两次,果然如此。因为一班的成绩普遍高于二班,秦超在二班基本在八名到十名之间,若放到第一班,大概就排到十六七名的位置去了。陆运红对学习虽不太上心,但稍一努力,考到十名左右还是可以的。于是,他自以为很聪明,有时故意不听讲课,反正班上后几排同学不认真听课的多,尤其是主课之外的其他课程,他也就干脆和他们打成一片。上课的时候,别的同学在窃窃私语,或半听半睡,或搞其他小动作,他则是坐着,盯着黑板,要么想着天远地远的情节,要么干脆直接看课外书,偏要独树一帜地看陆运新带回来的,他并无兴趣的线装书《全唐诗》,还以为这些书只有自己才看过,班上其他人都没看过,于是渐渐怀疑自己远非其他人能比。

　　陆运新带回来的书,基本上都是用繁体字印刷的,而繁体字是一般同学都不认识的。因为有以前看《三国演义》猜字的基础,有不少字他一猜就中,他八九不离十地读下去了。他一边翻着这些书,一边有了扬扬得意的资本,有时环顾一下四周,看有没有同学投来敬佩的眼光;有时故意把线装书摆在桌面上,要让别人刮目相看;有时能背上其中的几首长诗《长恨歌》《北征》《送岑参君东征》《梁父吟》,就浮想联翩地以为只有自己会背,更加觉得自己高别人一等。他甚至暗暗地揣想,有人肯定在暗中赞叹自己:

　　"啊,他好独特啊,好厉害啊,在看这么古老的书籍,将来肯定不同凡响啊。"

　　"啊,原来他有这么高的学识层次,咱们念的书太浅了啊,他在这儿肯定是被埋没了啊。"

　　"啊……"

他越想越舒服,越觉得自己在众人之上了,极有可能不少人都在仰视自己。

总之通过幻想得到了全面的精神补偿。

可是在学校,衡量谁厉害不厉害,聪明不聪明,唯一标准就是考试成绩。他除了能在地理和语文课上得到老师的赞扬而外,在其他课程上的表现毫不突出。地理老师兼体育老师程春是位什么都看不惯的老师,他最看不惯校长,因为校长的堂叔是云津地委副书记,校长每每讲话的时候,都要求全校师生团结在云津地委的周围。程春给学生们讲课的时候,就说全校师生和云津地委"周围"还隔着不少山山水水呢。他在和学生们闲扯的时候,肆无忌惮地大声喧哗,一部分学生觉得他有水平,觉得他是被埋没的人才。他能和学生们聊到一块儿,却和老师们聊不到一起。他教地理的时候,每次课上首先都要花上几分钟把校长转弯抹角地轻薄讥笑一番,然后才开始正式讲课,他讲课基本就是照着书念一遍,然后让大家自己看书,操着他特有的让学生们听不出来是鼓励还是哂笑的口吻,要求大家拿出"攻城不怕坚,攻关莫畏难"的精神,把书本弄懂。同学们有问题提问,他马上一本正经地补一句:"要学会自己寻找答案,在反复阅读中寻找答案,只有自己找到的答案,才能印象深刻,不要从老师这里得现成的答案。"再不然,他就直接抽另外的同学来回答,大多数时候都是抽陆运红来回答,说这是他独创的开放式教学方式,更能促进大家记忆深刻。渐渐地,大家也适应了他爱理不理的讲课风格,凡是地理上有什么问题,就直接问陆运红,反而把地理科代表贾丽群尴尬地闲置到一边。陆运红很高兴地给大家解答,而且从中体会到一丝对贾丽群间接报复的快感。

在程春教的体育课中,他最擅长的是短跑,几乎是班上的第一,体育老师简直把他看成了"明星学生"。可是,其实学校是不拿体育当回事的,甚至大家暗中公认体育好的人多半其他科都差,体育好是"头脑简单四肢发达"的代名词。体育老师大概被迫接受了这样的理念,当着学生的面自嘲说哪个学生如果在"德智体"的"智"方面表现好,而且某个体育项目的成绩也突出,简直是给他这个体育老师莫大的面子,他会对这个学生另眼相看。因此期末在给陆运红的体育这科打分的时候,打得很高。大家也知道,他的这个分数不值钱,如同商品销售中的赠送品。

第34章

自从上一次语文期末考试中,陆运红的成绩超过班长唐海后,以往和他关系比较一般的唐海对他的好感忽然增加了。课间的时候,唐海总邀他一块打乒乓球,他对乒乓并不感兴趣,还是勉强和他打。他发现唐海和别人打乒乓球的时候,总是下狠手毫不谦让,他本来就厉害,基本次次都能赢了他的对手,而他和自己打的时候,却有意地让着自己,还做得不露痕迹,使得自己好几次和他打成"平局"。渐渐地,他对唐海也有了好感。

学校举行作文大赛,每个年级选一二三等奖,每班选择三到五名同学参加,原则上由班主任选择。班主任林志明在晚自习的时候来到班上,他事先征求了语文老师兼副校长蒋中元的建议,指定五名必须参赛的同学,班长唐海第一个被指定,接着选择了贾丽群、王婕、赵晓卓,然后犹豫一阵,选择了陆运红。因为作文题目是未知的,所以被点到名的同学都很紧张。陆运红甚至不想参加,主要是因为班主任老师点到自己时那冷冷的口气中透露出来的不情愿。

星期三下午,所有参赛的同学集中到补习班教室,三个年级一共有五十二人。题目由老师直接写在黑板上,一年级的题目是《我和我的老师》《我和我的同学》,任选一题,八百字左右。这是两个平淡得让人容易下笔却极难写出特色的题目,几乎所有参赛者霎时都咬着笔头。陆运红头脑中飘过的依旧是传统的写作路子,老师的亲切关怀,同学之间的互相帮助,他猜想大家可能都陷入了大同小异的思路,虚构者居多，下笔千言，味同嚼蜡，而且大同小异。许多同学都开始写了，他还是无处落笔，二十分钟过后，他想到了钟强和贾丽群纠纷的事。他便选择第二个题目动笔了，他不敢指责老师对事情的处理不公，是想转换角度，写同学离开的无奈与自己的无助，写自己能力有限，为不能有效地化解同学间的纠纷而自责，没有尽好朋友应尽的职责，相当于大包大揽地把全部责任揽到自己头上，结果一路写去，刹不住车，竟写了一千五百字左右，只字没提老师。不过作文写完的时候，时间还早着，只有两个同学交卷，他没想让自己的作文得奖，只需要将事情勉强应付过去就行，于是不想再修改，第三个交卷。

第三天，作文大赛公布出来，二年级的第一名是二班的，第二名是唐海和三班汪志冬，陆运红和其他两名同学得了三等奖。事后听评奖老师说，他的作文其实是可以得二等奖的，只是太长了被扣分，同时没修改，很粗糙，这让他很意外。

这天上午头节语文课课间的时候，语文老师蒋中元招呼他："陆运红，你来一下，我问你个事。"

他忙走到讲台前，蒋中华把他带到教室外转角没人的地方，问："你的参赛作文记的是真事，这事我已经略有耳闻，钟强原来是这么退学的。嗯，有没能可能，让他回来，继续念书？如果他愿意，我来帮他。"

"我可以回家问问他，但林老师也许不能接受他。"他把班主任老师对钟强的态度直接告诉校长。蒋中元听着，半响说："原来还有这个原因，这事……这么办，你回家先问问他，看他是否愿意再念，如果愿意，我还是帮他。只是不再回这原班吧，他已经耽搁这么久，课程也跟不上。如果他愿意，明年插到新生中，重新开始。"

"我替他谢谢蒋校长。"他忙说。因为他感觉到，如果这样的话，钟强应该会再念书的。

星期六，他回到家里，风风火火地去找钟强，说了蒋校长的意思。钟强的父亲钟向尧已经回到家，他拿起旁边不知是谁扔在那儿的历史书胡乱翻翻，就反对："别念了，念了有什么用？难道我烧火做饭用得着这些知识？什么文景之治？这又是什么淝水大战？每天种庄稼挑粪除草，难道得首先征得隋文帝、唐太宗的同意，否则庄稼不长，树不结果子？"

"我不是读书的料，拿到书就只想睡，头就晕。"钟强也说。

陆运红也是拿着书本就想睡，可不敢这样向家里说，压根都不敢这样想，他还是说："我认为你应该继续读，算是给贾丽群他们一个回击。"

"我继续读就是回击？读书是她的长处，我的短处。老子以后肯定要超过她，只是不在读书上。还有，那个林志明，他咒我，有朝一日要让他在老子面前低头认错。"钟强狠狠地说。

他听着钟强嚣张的口气，以为他家里已经替他考虑好了职业，忙问："你准备做什么？"

"我……还不知道。"钟强说。

他只好不再说啥，星期一回到学校，跟蒋校长说钟强不想再读了，于是算了。

但是，他作文的内容，没几天就被班主任老师知道了，他本来就对陆运红心存芥蒂。陆运红在写作文的时候，虽然尽量回避写到老师，但事情往往是这样的，如果你对哪个人有成见，在谈到他的时候，哪怕想尽可能地避开他，隐瞒自己的真实想法，但只要一出口，往往就会不自觉地把情绪的蛛丝马迹暴露在其中，外人不易觉察，而对方立即就能很敏感地嗅出来。他自以为在作文中把对老师的不满隐瞒得很好，但班主任老师一看，立即就明白了十之八九，加之本来就对钟强非常气愤甚至带着仇恨，这样一来，对陆运红的厌恶更加深了。每次陆运红交的作业，都和班上最差的几个学生一样被对待，班主任改都懒得改，每篇画个大大的红勾，写个"阅"，有时干脆大红勾都不打，直接在最后写个"阅"字了事，不像对其他的同学，每道题都给改。开始，陆运红以为是老师太忙，每次抽了部分同学的作业细看而已，可以后的次次数学作业，老师都没改过他的题，他渐渐地明白了。

经过班主任无视的打击，渐渐地，他也开始从局外人的角度冷眼打量班主任，结果越打量，心理上就越能平视他，反而把他看得更真切。他开始瞧不起班主任，老师不理他，他也就不理老师，即使是数学作业，只要老师不点名，他就故意懒得交，和老师互相漠视。

表哥韩斌每天待在学校，他不喜欢和陆运红一块回家，虽说是住在姑妈家，但已经成了名义上的。临近毕业，他的爱情故事一点没落下，反而成了寝室里大家的焦点话题，舅舅当初让他转学来这儿的用意完全落空了。他总是把收到的女生们给他写的情书藏在宿舍里，一不留神被大家发现，于是数十个人漫传，搞得满校风雨，他在风雨的中心也躲避着。据说三年级前后有两个漂亮女生都主动追他，本来那俩女生成绩很好，和他搅在一起后，成绩一落千丈，另外有几个男生吃醋，差点和他打架。随着毕业的到来，升学考试结束，韩斌考得一塌糊涂，不仅与中专录取分数线相差八十分，和普通高中录取分数线也差四十分。当然他们全年级考上中专的仅有两人，而且刚刚踩线，考上高中的有七人，总之不多。韩斌原形毕露，一回家，就被他爸一阵毒打，打得鬼哭狼嚎。他爸吼着，他下学期必须补习，否则将他的腿打断。他瘸着腿又跑到姑妈家里来养伤，开始认真把自己管教起来。韩斌回到姑妈家的第二天，三姐就当着他对陆运红发出预警："你看到了吗，你表哥这身伤是怎么来的，你该怎么办，应该晓得？"

"我为什么该晓得？"

"你敢学你表哥，不认真读书，敢和女同学眉来眼去，我敢说，老爸怕比舅舅狠，不打断你的狗腿才怪。"

三姐说的话虽然有吓人的成分，但他知道父亲的手是不会饶人的，心里已然咯噔一下，嘴皮子还要硬，反驳说："我早就被打得麻木了，啥也不怕，偏要和人家眉来眼去的。"

"别以为我猜不到，原来在小学就人小鬼大，还敢当着我的面讨好别人。"

"我讨好谁？你给我说清楚，我讨好谁？什么时间，什么地点？"他马上红了脸。

三姐没再和他理论，走了。

这学期考试，陆运红的成绩风光不再，从上学期的第四名直接滑到第十一名，可和二班的秦超的成绩相比，还是高了十来分，虽然秦超在他们班上是第七名。他越来越反感父亲问他的成绩，可知道他非问不可，就凭已经超过秦超这点仅有的优势，回到家里，他干脆主动报了自己的成绩，然后报了秦超的成绩。听说他的成绩超过了秦超，陆选南就没再骂他，只是冷冷地问一句："你就不能再考好点？"

他立即反驳："我努力的时候，别人也在努力，何况人家还是街上人，父母文化水平就高，平时家教好，基础好，以前接触的知识面就比我们宽得多。"

他三言两语把责任间接地推到了父母头上，父亲听着虽然心塞，但也发现他说的有些道理，这事也不能全怪儿子，只要他能超过秦超，他就能勉强放心。他又教训了一句："你别给自己找理由，你说你自己完全努力了吗？"

"我说我努力了，你又不信。努力归努力，谋事在人，成事在天。"他张口就说。总之父亲的每一句话，他都想不留余地地驳倒。

"自己考不好，你倒怪起老天爷来，你胆子大了。"

父子二人的争吵开始升级，母亲已经听到，她刚好把饭做好，大概怕儿子又被打，忙叫他去拿碗筷，准备借吃饭把父子二人的话题岔开。表哥韩斌也从屋里出来，急忙帮表弟证明，向姑父解释说每次考试都有不少人作弊，他最清楚，他知道表弟从来没作弊，这倒让陆选南将信将疑，没再和儿子计较。

次日，邻近中午的时候，赤脚医生王和珍来到家里，和母亲在厨房里悄悄地聊了许久。快吃中午饭的时候，她才起身告辞，母亲苦苦留她吃饭，她坚决不吃，说还要走亲戚。一般王和珍到谁家，不是为病人的话，多半就是为了做媒。陆运红和表哥从外面回来，恰巧碰到她离去，想到上次她来家里为大哥陆运新做媒的事，估计这次她多半也为此事来。跨进门槛，他就问母亲："王医生又给大哥介绍了谁？"

"什么给大哥介绍了谁？不是，别乱猜。"

"那？……总不会是为三姐吧？"

确实，王和珍是来为三姐做媒的。在饭桌上，母亲和父亲说王和珍做媒的事。

赤脚医生为三姐介绍的对象是原来伏龙大队的，说来和家里还有点关系。原来修建通县公路的时候，来家里借住的那十多个人，其中有一个和母亲韩叙芳同姓，被陆运红称"韩孃孃"的，自通县公路修建完成后，就没再有联系。这么多年来，甚至已经忘了她叫什么名字，是她托赤脚医生替他儿子来求亲的。王和珍说，对方丈夫姓杨，她家有两个儿子，他替他的小儿子求亲，小儿子名叫杨成立。这么多年来，对方居然还能想起这里。母亲也回忆起，对方当时的条件就比这里好，人家每人分的稻谷都比咱们队上多一百斤。虽然王和珍是受托，认真地提了提，但因为没见过对方，只有带来的一张照片，不知道其具体情况，母亲没表态，和父亲说，再听听三姐的意见，毕竟三姐已经十七岁，也可以谈亲事了。

母亲把王和珍留下的照片拿出来，让父亲和三姐看，据赤脚医生说，杨成立今年虚岁十八，才从公社中学毕业一年。三姐一声不响地听着，好一阵，侧过头看看母亲递到父亲手上的相片，忽然惊了一下："咦，这个人我认得。"

"你认得？"母亲奇怪地问。

"认得，是我们同年级的，他在我们班隔壁，也知道他好像姓杨，只是不知道他的名字。"

"哟，三姐姐，原来你们早就暗中联系了，说不定不只是联系，早都谈到一块儿了，情投意合呢。"韩斌在旁边插话取笑说。

"胡说八道。只是班挨班，才有点认识。"

"嗯，我不信，不然人家为什么这么准确地就托人找来呢？"

"你才是那样的人，不然怎么被舅舅打得这么惨？"

韩斌把照片拿过来，仔细地看了一阵，说："姑父，三姐姐，我看这个男的可以，挺中看的，有点像汪宝生的样子。"

"你就是爱以貌取人。"三姐有些不好意思地反驳。

陆运红也把相片拿过来看看，黑白照片是两寸的，可能才照不久，还是新的。照片上的小伙子，穿着白衬衣，长得挺精神，正弯着腰在井里打水。韩斌碰碰陆运红的胳膊肘，问："你觉得怎样？"

"没觉得怎样。"陆运红对着三姐撇了撇嘴说，"多半是个驼背，要不然为什么不站直了照相？偏要选择打水的时候，分明是借机掩饰。"

"人家得罪你了？无缘无故地这样出口伤人。"三姐忽然对他指责道。

"本来就不关我屁事。"

"再不然，人家念书的时候，就在暗中思恋你，所以才托人来的。"韩斌又对三姐说。

"只有你最懂，成天就在学校里研究这些名堂。"三姐嗔怪地说，韩斌得意地笑笑。

父亲抽着烟，又拿过去看，半晌说了句："看样子，倒是像本分人家的人。"

母亲看了三姐片刻，又对父亲说："先也不要这么快就下结论，看看人再说吧。"

三姐的脸有些微微发红，她没有反对母亲的意见。

第35章

陆运新转成了，回生产队里来转户口，以后就吃国家供应粮了，而且他分到的那份田地要退给生产队，以后也不再送这份公粮。消息已经传遍全队，这是他父亲这辈子感到最扬眉吐气的事，至少陆运新现在"出息"了，超过了秦正高儿子秦勇，这是确定的，因为秦正高儿子在糖厂里，还是临时工，一时半晌不可能转正，户口还在这农村。

今年，全大队的包产到户都已经完成，生产队里因为是提前一年搞，大家的收成增加了很多。陆运红家已经把历年的欠款全还完，粮食非常充足，以往存放稻谷的大柜子，每年分稻谷的时候，只能勉强装大半柜约八百来斤，今年足足装满，估计有一千四百来斤，另外一个小柜也装满了，有三百来斤，而且都是公粮送完以后余下的。父亲和母亲有些激动地瞧着今年的成果，计划着把生产队原来欠的公粮还掉，现在欠的粮因为分摊，还记在程永华家头上。陆选南去对程永华说要还，程永华说并不急，因为他家存粮的地方今年也堆满了，暂时还找不到地方放，以后随时来还。父亲扎扎实实地挑了一挑谷子，陆运红背一袋，一同去胜利大队的打米厂，打了九十来斤米回来。

家里今年第一次吃新米，比往年足足多了一半的收成，母亲格外高兴，抬了条凳子放在正屋前坝外，新米饭蒸熟，舀一碗放在凳子上，插上筷子，先敬老天爷，然后唤来上个月从六奶奶家捉来的小狗，让小狗先吃，最后全家一块吃。以往吃白米饭，从没有哪顿能像今天这顿吃得这样放心大胆，吃得这样痛快，尽管桌上没有肉，只有煎白菜和咸菜、豆豉，也是母亲来不及准备。队里大家都兴奋地谈论着自己家的产量，哪块田打了多少稻谷，哪块地打了多少苞谷，收粮最多的是老队长韩开国家，他家今年共收稻谷近两千五百斤，这个消息没到一天就传遍全队。虽然大家都有增产，可有的家庭增产的幅度就小，韩开国家的收入让人羡慕又嫉妒，又有人说他家尽占了好田和好地，可说归说，谁也莫奈何。另外让大家暗中感到舒心的是队长秦正高家，他家今年的稻谷收入并不多。原来他在生产队当队长的时候，高高在上欺负人，经常在春耕秋收农活最苦最累的时候，天天躲着开会，偷奸耍滑，现在真刀真枪地干活，他反而做不来，他家的庄稼良莠不齐，除了生产队里几个光棍，还没人和他换工收庄稼。他也知道大家在暗中看他的笑话，只好忍气吞声，可他家也不算差，比以前增加了不少。

生产队里劳力多、肯干的人，已经在计划着盖房子，韩开佑和六奶奶两家的瓦都已经运到。生产队里瓦盖的公房，没用处了，据说秦正高与他表弟把其中的瓦两百元卖掉，被张国良预定，他准备选个日子拆回家去盖自己的房子。全队以前只有三家瓦房，现在看来到了明年，就要有五六家。

秦正高庄稼种得不太好，却在计划要搞个砖窑子，烧砖瓦来卖。陆选南听着心里一紧，他居然想这门路？而且他预感到这个门路是能够赚钱的，心里更加不安。他绝不想落后于秦正高，成天只挖泥巴种庄稼。他默默地想着，修窑这条赚钱的路，居然被秦正高看中！他足足想了大半晚上，琢磨着是不是可以搞打米厂，因为只有胜利大队有个打米厂；一会儿又想到面条厂，全公社只有五河公社有个面条厂，是属于粮站的，大家用小麦换面条的时候，都会排很长的队。而他们做面条的机器设备，还不太复杂，柴油机带动的，只有几人个在工作。如果做面条，生意绝对不在米厂之下，而且见效快。他的思维在这两个事情上面跳跃，越来越倾向于面条厂。

这天晚上，钟向尧也来找陆选南闲聊，问："选南，你听没听说，秦正高正在准备办个砖瓦窑，可能来钱快，比种庄稼更拿钱。"

钟向尧心中也有些不爽，恨恨地说："他奶奶的，他倒是想到这路上去了。现在大家开始有点钱，首先想到的就是要修房子，可是现在的砖瓦窑不多，韩开佑他们买瓦，都跑到十几里外的白果大队去。他在这里，尤其是公路边，建一个，生意肯定好。"

陆选南望着他，好一阵说："我们可不可以想别的办法？"

钟向尧说："我们可以想什么办法？那处秦的建砖瓦窑，只有建在他自己地里，而他肯定要从河里引水，我的地在他的地上方，怎么可能让他过？"

"不，不，我不是这个意思。我是说，我们也可以搞些比较来钱快的，并不是要和他作对。"

"有什么办法，我只知道现在挖坟也还是条路。"钟向尧说。

"我说正经的。"

两人吸着烟,陷入了沉默。好一阵,陆选南才说,生产面条,可能是条路,钟向尧听了,一拍大腿说:"不错不错,办面条厂还可以,亏你想得到。"

"我也是刚刚想到,大家喜欢吃面。"陆选南说:"可是,搞个面条厂,要多少钱?我们都怕没有本钱啊!"

"嗯,这个,我先了解了解。我原来有个同伙,现在当然被关在监狱里,他父亲还在,原来就在面条厂打过杂,对维修机器比较精通,我明天跑一趟,去问问他。"

两人一个想绝不能输于秦正高,一个只苦于没人带领,在钟向尧的意识里,只要有人在前面带领,他跟着打帮手,就会成功。他平时比较相信陆选南,走得近的也就是陆选南,只要陆选南有主张,他就愿意倾力相助,于是,两人很快达成了共识。

"我想,反正我们是有劳力的人,大多数时候又是干体力活,我们自己能干的就自己干,不能自己干的,请个师傅指点指点,给他点儿报酬。以后看时间和生意的情况,再请人。我看,能自己干的就自己干,只要坚持这个原则,先搞个人工的,大不了花上几百元,一千以内就行了。"

"我看……地,自己出;晒坝、厂房,自己建,一切自己来。做面条这东西我们也看人家做过,不难。"陆选南越来越动心,"做面条,下脚料还可以直接解决部分猪、鸭的饲料问题,咱们可以多喂几个猪。"

"还有,人手问题,娃娃们也可以帮忙,刚好我家三蛮子还没事做,就可以干这个,小四花猫呢,星期天或放假没事,也可以帮忙嘛。"

"这事行,但还得好好筹划筹划。"

"哪怕将来一斤面条卖不掉,咱们也可以煮来自己吃,相当于不亏。"钟向尧笑着说。

"先要找个懂点的师傅,做面条、机器购买和维修方面都比较在行的,不然咱们瞎摸索不行。一百斤小麦可以打多少斤面粉,一百斤面粉可以做多少斤面干,每百斤面又要加多少碱,还有什么,其他的我就不知道了。"

"肯定得先有个师傅带带,不瞒你说,刚才说的那个原来与我有瓜葛的同伙叫朱五,他的父亲叫朱麻子,以前就在面条厂打杂。只是老了,又残疾,朱五进了监狱,他待在家里,没事做,他和我聊起过,只要我去说说,多半能成。"

"嗯,今晚我再好好想想。"陆选南说。

"好,咱们尽量把事情考虑周全些,但一定不要把这个想法搞黄了。"

钟向尧走后,韩叙芳出来,她刚才在里面已全听到,她对丈夫说:"哪里来这么多钱,好不容易咱们才把背了那么多年的烂账还掉,现在又要背更大的新账啊?想想心里就怕。"

"我想想,是不是要贷点款,或者卖点粮食。买机器设备,就算是一千元,平摊下来每家才五百嘛,也不是很吓人,就算到时办亏了,一分不赚,我多苦两年,多喂几个猪,可以专门用来抵账,这样就把损失降到最低了,总会办到吧。机械设备,当废铁卖,也还能卖几个钱吧。"陆选南已然对此事上心,踌躇满志。

"要不要问问运新,征求下他的意见。"

"不用,我们本就不太懂,他更不懂,征求啥?征求来征求去都是些外行意见,没实际用处。做有些事情,只要有一个懂行的就行,艄公多了打烂船。"

陆选南一直在寻思着除了种庄稼之外,有没有其他的新发展门路。生产队里不少人一边成天在地里刨,一边都在想别的法子,现在政策已经开放得多,不再是那年陆运新偷偷摸摸去县城卖花生的样子。人家韩开国两个儿子都并没种庄稼,听说在外面做生意,秦正高和王进昌两人忽然就开始想到赚大钱的路了,让陆选南坐卧不安。他绝不能再停留在想的阶段,这辈子输给任何人,都不能输给秦正高,就要抢在他们前面,大干一番来压过他们,证明自己没当副队长,也比他们强!

接下来几天,他和钟向尧总在一起嘀咕、策划,在哪儿建厂房,在哪儿引水,怎么修建简单的晒坝……经过简单的一算,所需资金就远远超过一千,而且根本没算自己的做工。

总之两个从来没做过这事的外行,凭着一阵冲动就把事情考虑了大半,陆选南最后说:"最好还是请师傅来帮计划一下,靠得住点儿。"

于是,第二天,他和钟向尧一块儿,买两瓶酒,再割几斤肉,专门去拜访朱五的父亲。

他们去找朱麻子请教技术,整一天,对方喝高兴了,答应了。又过了一周,朱五的父亲被陆选南和钟向尧请到家里来,韩叙芳又专门煮肉打酒招待他。朱五的父亲绰号叫朱麻子,真名反而少有人知道,六十多岁,驼背,拄着拐杖,麻脸泛油光,满嘴黄牙,酒量很好,说话声音很大,证明他很健康。他喝了两口酒,拍着胸脯说:"你们二人有这个志向,就不是一般人。我敢说,只要有我在,用不了两年,你们赚的钱,可以让两家的房子就立马翻过身,亮堂堂的,让大伙儿都眼红。娃儿娶媳妇,都水灵灵的。钟二,哪怕是你家那傻瓜儿子,将来也有不少女人抢着要嫁给他,哈哈,你嘛,就可以捡便宜了,哈哈哈……"

一说到女人,他的谈兴就特别浓,唾沫横飞,嘴角滴涎,还说以后面条厂办成了,可以请更多的本地女人做工。他们商量的结果是,他要参加,希望他们二人把他作为"工人"看待,优先考虑,算合伙人。因为他年老,儿子又进了监狱,如果能在这里每月有点"工资"性的收入,他就满足了。他说凭他的技术,请他到厂里是不会吃亏的。陆选南想了想,认为行,常言说,"家有一老,如有一宝",何况他还是懂修理技术的。于是三人说定,资金投入上,他一分钱不出,负责技术,同时负责帮看守厂房,工资每月按二十四元计算,利润多时适当补助点。陆选南和钟向尧二人在土地、人力和资金上平均投入,最后利润他们各占百分之五十。朱麻子为了让自己的工作可靠,也签订了合同，都签了字，他不会写字，按了个手印。他们三人喝完酒，四处看了一圈，重点考虑交通和水源条件。他们选择的建窑地址在通县公路翻坳过去大约二十米的地方，可以从溪沟里引水来，比较方便，还是自流，只需要用大黄竹捅穿，简易地做成"水管"一段一段接到生产房，然后建个池子存水即可，不需要买专门的水管，只是地属于陆选南家。因为建厂房和晒坝需要占用不少地，他们谈妥每年从赚的钱中抽出部分款项作为补偿，按周围地的平均产量计算。扣除这笔补偿后才算利润，总之一切从节约出发。厂房仍修成土房，盖稻草，分两间，一间安装生产设备，另一间作为看管房。最后晒坝，他们简单算了一下，最最简单，最最节约，都要花到两千五百元左右，这个数目，让当过生产队副队长的陆选南都很为难。

"别犹豫，你们谁也拿不出来，只有一个办法，贷款！我跟你们保证，明年一年之内，全部就收回来。否则，我连内衣内裤都脱给你们抵债。"朱麻子中气十足地说。

贷款其实很麻烦，现在信用社里规定每户最多只能贷五百元。他们两家最多能贷上一千元。朱麻子帮算到这里，也想帮着贷，可是按信用社的规定，他儿子坐牢去了，是贷不了款的。两人把自己的家里可能换钱的清点一阵，陆选南家有三个猪，包括今年准备过年杀的大肥猪，现在能卖的有两个，可以凑上两百元，剩下的一个无论如何不能再卖，因为去年承诺孩子们说过年杀猪的，孩子们都盼着，韩叙芳说不要太让孩子们失望。钟向尧家有一个猪，大概能卖百把元。还有十来只鸭子，能卖上几十元，再卖点粮食，二人决定各自凑上现金两百五十元，共五百元，加上能贷的，可以凑上一千五百元。事情到了这个份上，陆选南虽然有点犹豫，但还是一咬牙，决定贷，先把事情布置起来再说，余下还差的，到时再告诉陆运新，让他出面，想想办法，应该不难。

韩叙芳虽然支持丈夫，但她闷在心里一件事，晚上和陆选南说了。办厂子的三家人中，就有钟向尧和朱麻子两家人是有人沾过牢房的，她总觉得不舒服，担心以后的事不顺："我担心到时被他们拖累，钟向尧几时做成过什么好事？"

"这个，你们女人家又不了解的。钟向尧，我知道他，脾气是躁点儿，但做事还是可以的，就是有时为了达到目的，一急就不择手段。他即使有害人之心，也不至于害我们，他是那种没有文化，可是恩怨分明的人。我和他打交道这么多年，他那点儿心眼，也蒙不过我。我是能够镇得住他的。朱麻子，一个老头，怕什么，用人用其所长，不用其所短。"

韩叙芳也说不出个所以然，只是提醒提醒陆选南，见他这么自信，就不再说了。

贷款来了，总之来得太不容易，每一分钱都得花到关键地方。钟向尧不懂记账，就算他懂，陆选南也不放心。朱麻子口头会算，但不会写字，陆选南只能在技术上相信他，其他事上不敢过分相信，他言过其实。陆选南主动担当起记账的责任，钟向尧完全同意，于是找程增福看个日子，三个人合伙的面条厂开工了。

他们本着"厉行节约"的想法，开工建设，陆选南参加，韩叙芳参加，钟向尧和老婆李守珍参加，他们的傻儿子和三蛮子钟强参加，陆运芹也参加。他们借来墙板，两个大男人做墙，其他人挖泥的挖泥，挑的挑，递的递。朱麻子有残疾，只能坐镇指挥，当军师，帮着收拾墙面。朱麻子帮着四处打听，委托熟人在市农机局帮联系面条机和磨面机，好不容易打听到，市农机局要出售一套旧的面粉机和面条机，六成新，价钱只有新机器的一半，并且没出过故障。朱麻子表示，机器这东西，他完全可以应付，一般故障他就可以处理，用不着专门找师傅修。因为本来就缺钱，他们几人马上又放下工程，坐车去云津市里，看了机器，完全可以要。机器是柴油机带动的，如此一来，他们只需要购买新的两台柴油机，可以节约近三百元。土墙打好了，工钱花了三百元，先赊上一段时间，又请来木工架梁，做檩子格子，全在两家分得的柴火林里砍树。木工钱先说定，也是先赊上，暂时又能挪出两百五十元。钟、陆二家的主妇每天负责做饭，陆运红每周放假回来，也帮着做。因为对念书很厌倦，和钟强一块，他会做得很起劲。他拨弄着才买来的机器设备，听朱麻子描述这个面条厂的光明前景，每年收入有几千元。他想读书未必就能有好的未来，如果这样的厂每年就有几千元收入，那多建几个，收入岂不是会成倍地增加，比种庄稼、养猪都强得多。只是他带着不小的怀疑，因为几千元就是个天文数字，是超出他的想象力的。

因为建这个厂，他对父亲的反感有所减轻，在心底还暗暗有点尊敬他了。他帮着他们计算核对生产房需要的稻草用量，檩子和格子的数量，每人每天能做多少面，每斤面能赚多少钱。这些东西虽然就像做应用题，可是看得见，摸得着，比学习有意思得多。面条机刚刚安装好，他和钟强就抢着把家里的面粉拿两碗来，试验生产，也不听朱麻子的指点，想立马看到劳动成果。没一会儿，两人和好面，放到机器里，然后像两个猴子，吃力地搬动轮子，满头大汗忙一阵。慢慢地，面条出来了，简直就跟小时候在一块玩泥巴、做泥汽车玩具差不多，顷刻间二人就有了成就感，分明感到自己已经是"社会的有用之才"了，不再是"饭桶"了。只是由于机器没清洗，刚出来的面条夹着机油、渣屑，根本不能下锅煮。

订的柴油机还没有来，生产队里来看热闹的人每天都不少，大家都带着好奇，不少人也像他们一样，亲自动手试试，或自己从家里带着面粉来，用他们的机器试着自己做面，新鲜感不言而喻。大家谈着，大多数人都很羡慕，也有人嘲笑，他们指点着说说笑笑，有的问要不要帮手；有的说，他们即将要发财了，将来要成为"万元户"。钟向尧和陆选南谦虚地接受了人家的祝福，唯独不见秦正高和副队长王进昌的影子，这是让陆选南暗地里欣慰的，显然他们二人早已知道面条厂的事，绝不来参观。陆选南也是这种心理，绝不去参观秦正高的砖瓦厂。从别人的议论中，他得知秦正高他们的砖瓦窑修建得不好，下雨透水，第一次烧的瓦非常杂乱，还有不少凝结在一起，最后用人吃力抬出来扔掉的。他听着倒不幸灾乐祸，因为他知道这种事，开始都会有麻烦，最后才会一帆风顺。他只是暗暗庆幸老天爷在帮助自己，至少到现在为止，晒坝打好了，机器也全部安好了，全部试过，还没有出岔子。他感到在这件事上，自己后来者居上，势头上已超过他们，加上陆运新超过了他们的儿子，于是就有了这样的局面：他这一代超过秦正高，第二代也要超过他们！

第36章

陆选南也是谨慎的，他并没有被众人的议论迷住，时时都提防着。因为他知道一个人是条龙，三个人是条虫的道理，而且钟向尧又是从来不懂精打细算的人，朱麻子大话连篇，除了做面技术和机械维修上，估计其他方面是不可靠的。他要以己之长，补他们之短。他不想输，不想在秦正高眼皮子下面输，这样一想，他自然而然就成了这个厂的"厂长"。

在他的严格计划下，他们的面条厂终于建成并开始生产，全部费用是两千一百元，低于他的预计数额，钟向尧也很满意，暂时拖欠的费用有五百多元，就没再次去贷款。朱麻子调试机器，现场培训做面的技术要点，两家人都很快成为"技术人员"。经他一指点，大家做出来的面条和"自学成才"做的简直是两回事，达到了可以上市卖的级别。

第一次出售面条的时候，陆运红正好在家里，帮着记账。来买面和换面的人除了本生产队的，其他生产队的也有，这天共卖掉二百多斤面条，还换了三百多斤小麦，平均算下来，赚了十五元。虽然不算多，但这是这么多人这么些日子以来见到的第一笔入账，而到现在，秦正高他们的窑子，还没正式出过一次窑。

陆选南和钟向尧、朱麻子渐渐地发现，他们算账还没有陆运红算得准确。有几次，在本钱核算上，都是陆运红给他找出了问题，给他们纠正,在陆运红纠正的过程中,陆选南才渐渐地学会了。陆运红在做这些能提起他兴趣的事情时,才不会胡思乱想,而且几乎一学就会。只是陆选南还是老样子,每每告诫儿子首先要重视读书。一提起读书,他就反感,只是不敢公开顶撞父亲。

陆运红每周回来,除了帮他们核对账目,也帮着做面条、切面条。可他的做工能力,明显比钟强差,钟强的速度比他快得多,钟强的傻瓜哥哥也做得快。他在学习上是超过钟强的,不信自己在动手能力上就比他差,也不愿意相信这是钟强每周做七天,而自己只做一天的原因,因为这是眼见即会的事情。其实钟强一两周做下来,已经很厌烦了,不过他更厌烦念书。

在媒人的撺掇下,三姐陆运芹和杨成立的事,已经有了进展,两家大人也见过面,都满意。两个人开始处朋友了,于是杨成立也常来这边帮忙,帮面条厂和家里做活,还能和陆运芹在一块儿,增进感情。陆运红第一次见到他,只觉得他好像比照片上还要好看点,况且人家根本不驼背,也就不再挤对三姐了。

一个月下来,这个面条厂扣除小麦成本,收入达到了五百八十元。可是这并没有计算工人——钟向尧两口子和陆选南两口子,以及他们的儿子、女儿,包括朱麻子共八人的工钱,还没算杨成立和陆运红间歇参与的。如果按每人每天一元算,工钱一个月得二百四十元。柴油费这个月有六十五元。还没扣土地的费用,而且这个月,机械还没出现过故障,也有老天爷帮衬,没下过大雨。按朱麻子的经验推算,算上人工,淡季和旺季平均,最终纯利润可能会达到每月一百五十元左右。

春节将至,热闹气氛开始蔓延。今年春节,与去年不同,生产队里杀猪的比去年增加了大概一半,因为今年粮食产量又增加了,有不少家庭还有上千斤的余谷。大家都前所未有地兴奋。韩开国家和程永华家有了收音机,程永华家的收音机是他的亲戚送的。

队里天天都能听到杀猪的声音,原来在公社屠场工作的老队长韩开国的儿子韩南暂时回到村里,帮大家杀年猪,杀每个猪收两元五角的费用，每天他可以杀五个猪，还带着一个徒弟。大家从肥猪们在案板前的叫声中体会到前所未有的味道，杀了猪，大家的兴奋彼此传染着，可是也传来了不好的消息。相邻的三队，有家杀猪的当天晚上，因为人都坐在堂屋里热闹地吃回锅肉，结果放在厨房里的没来得及腌的肉就被贼偷去了，大家一边咒骂着天杀的贼子，一边互相告诫着，要把肉藏得好好的。四奶奶家杀了猪，就把猪放在四奶奶睡觉的屋子里，她的屋子里那张老木床，后面放着预备了多年的寿棺，用一张席子盖着，就将肉挂在寿棺的上方，再敏捷的盗贼即使想偷肉，也难绕过四奶奶那吱呀吱呀的床而不发出声响，所以大家公认这样最安全。最让人羡慕的是，程永华家杀了两头猪，每头猪有一百八十斤以上，队长秦正高家也杀了只猪，只是听说他家杀的猪并不大，最多一百五十斤。消息传到陆选南耳朵里，他立即坐不住了，不能再拖了，家里现在剩下的唯一的那头猪，这两个月来被做面条的下脚料喂养得膘肥体壮，已经比先它而去的那两头猪幸福多了，肥得眼睛都看不见长在哪里，肚子在地上拖着走，大家估计它有二百五十斤左右，可能是目前全生产队里最让主人感到有面子的一头猪。韩南估计擒不住，让陆选南找了两个人来帮忙，才把黑猪按住杀了，猪血接了大半盆。这是陆运红出世十四年来，家里第一次杀猪过年，他和三姐一样，站在旁边，快乐地看着这个激动人心的场面。去年就望穿双眼地盼着的场面，以前只能在生产队里才看到的场面，终于在自己家里上演。陆选南说，这是自娃娃们的奶奶去世二十年来，第一次杀猪。这个家庭到了今天，必须用一头猪的呻吟和鲜血来见证自己的嬗变的开端，在这个新旧交替的节点上祭奠逝去的、一去不复返的曾经。

陆运红在大人们的身边，一点一滴享受着，比在电影院里看第一场电影还兴奋，他甚至愿意用考全班倒数第一的代价来换取今天的这个场景。母亲拿来一叠早已准备好的纸钱，沾了沾杀口上的猪血，然后拿去，点上香，祭神，祈求明年一切顺利，猪更多更肥。三姐的男朋友杨成立积极地帮着搭土灶架锅，烧开水烫猪毛，完全把自己当成了家里的一员,忙得脸上都沾了灰,不时回过头来,瞟三姐一眼,又咧嘴笑笑,十分甜蜜。陆运红瞧见就感到可笑,等杨成立转过去,他也学着杨成立的样子朝三姐咧咧嘴,尽量把样子做得难看,一副鄙视的派头,三姐马上就一巴掌打来,他一闪躲开了。

母亲已经把饭做好,大家协助韩南把猪收拾干净,挂在临时搭的梁上。韩南拿出那把最锋利的割刀,沿着猪颈轻轻转一圈,整个猪头就只剩下脊椎连着,他用砍骨刀三两刀就把猪头全砍下来,陆选南拿去称了称,有二十来斤。韩叙芳也像个孩子,高兴得让儿子和她一块儿,抬着猪头到厨房里,准备马上用盐腌上,做成腊猪头,过年吃。陆家和韩开佑家的两条小狗在地上抢着舔猪血,被韩南喝开,他放上大盆,拿着那把杀刀,手法娴熟,前后各一刀,就把整个猪身剖成两半,五脏六腑热气腾腾地滑了出来,掉到大盆里。他冲洗猪身,挂好,用割刀分割成一块一块,然后挑了两块肥瘦最适合的,递给韩叙芳:"三姑姑,这块最好,可以拿去先煮。"然后继续分割,他的徒弟则帮着收拾内脏。

陆选南让帮忙的几个人先坐着休息,然后安排陆运红和陆运芹去请客,去请三蛮子钟强家,程增福和程林他们,二奶奶家,程永华四伯家,四奶奶家,当然还有老队长韩开国舅舅,让他们都来"喝口猪血汤"。韩南马上说:"三姑父,我爸他们就不用去请了。我在这儿,就代表家里了,我爸他和娘去五老表家了,还没回来。"

陆运红十分愿意去程林家,因为说不定就有机会打听杨萍。他听到父亲吩咐,立即往程家和钟家去。

钟强和他父亲、母亲、哥哥都来了,陆运红因为念书,已经好久没到程林家了,走到程林家后面的时候,依稀又记起为知青送情书给程夏的情形,历历在目。他忽然警觉,要预防他们家那条黄狗,随便拾根棍子,拿在手上,然后大声喊程林。不一会儿,程林出来了,黄狗没出来,原来他家的那条黄狗已经死了两年,家里就没再养狗。程林今年上小学五年级,明年也要考初中,还是那一副害羞的样子,乍一看，居然和他的表姐杨萍有些相似。他拉着陆运红的手，和他一块儿到屋里去，他父亲和母亲正准备做饭，陆运红忙把来意说了，二位老人谦虚几句，就答应着准备动身。他拉着程林，一块儿提前往回走。

他已经知道程夏肯定过得不如意，她离家出走后是什么样，他也不便直接向程林打听，因为这让人难过的事，有时会伤人自尊，他已经从班主任老师张口就揭人短的经历中体会到了这种心情，所以虽然很想问，但绝口不提。一路上他犹豫着，不知道该怎么说，两人拉着手，结果什么也没说，走着走着，反而有些尴尬，不好意思地相视一笑，把手放开了。

晚上，又请了秦明明家、三三家，还有其他人。最让大家关注的是陆运新能不能回来，韩叙芳几乎每天都朝县城方向望望，有时说，感到陆运新渐渐地不像是家里的人似的。杀完猪的第三天，陆运红迎来了期终考试。期终考试后的第四天，他拿到了通知书，他依然只是班上十来名，而且全凭地理给加分，要不然不知滑到哪个深山老沟里。因为这成绩毕竟超过了秦超，他没受到父亲的追问，事情就算敷衍着过去了。

好不容易，终于盼到过年前两天，陆运新回来了，还是开着车回来的，车停在家附近的岔路口。他回到家里，走了走，好奇地参观了父亲和钟向尧合办的面条厂，大加赞赏，说他以前就有这个想法，没想到被父亲实现了。面条厂投产两个月来，从账面看共赚了四百三十元左右，除朱麻子而外，大家都没领工资，全抵了进去。而过年这段时间，肯定生意会淡些，还有，赊账的人也渐渐多，已经有三十多笔赊账，共计七八十元。

三姐因为和杨成立处朋友，过年要去他们家吃年饭，明天才回来，晚上家里只有四个人。明天吃年夜饭，母亲已经将在灶上炕好的腊猪头洗干净，用蒸笼蒸上。一家人围着灶下，父亲陆选南在旁边的鸡窝边坐着抽烟，陆运新帮烧柴，母亲生怕儿子的警服被木凳子弄脏了，忙叫他坐到旁边，她自己烧火。陆运新进屋把警服脱掉，随便找了以前的衣裤穿上,然后在旁边坐下。一家人闻着蒸笼里渐渐飘出的馋人的香气,听大哥聊着。陆运新说,他已经谈了个女朋友,渡头公社的。

"叫什么名字,是做什么的?"父亲和母亲几乎同时异口同声地问,父亲甚至站了起来。

"姓欧,至于做什么的,这么说吧,她可能会没有职业。"

"可能没职业是什么意思?"

"临时工,可能随时被下。"

"你……那怎么行?怎么行,你别以为你是国家的人,我们就管不着你了,你可别胡来。"父亲马上生气地说。

"这不行的,不行的,要好好考虑。"母亲也着急地说,回过头来不敢相信似的望着陆运新。

"你们急什么,听我说完再说嘛。"陆运新微微笑着,胸有成竹地说。

他说,那女子叫欧军,是他高中时的同学。她有像个男孩的名字,可是个地地道道的女子,家里三个哥哥,只有她一个女孩,特机灵,长得很漂亮,可惜他没带她的照片回来,下回一定把她本人带回来。欧军在渡头公社的粮站上班,是凭她父亲的关系进去的,临时工。他和她很谈得来,因为她并不十分想待在粮站,想做生意,和他的想法一样。"比如,你们现在做面条厂,将来收入肯定会比我高。现在政策好,别死脑筋。"

父亲还是眉头皱着,一时根本松不开,说:"我认为,虽然现在你们婚姻自由,我不该干涉,但这件事,我建议你还得再考虑。不要这样急,要不再等等看。"

"等什么,等一个有单位的、有正式工作的?告诉你们吧,有人给我介绍过两个,都是有单位的,有个还是县城城关镇工商所的。我都跟他们说,我有女朋友,推谢了。"

"这姓欧的是不是街上户口?"

"是啊。"

父亲和母亲没说话,整个厨房一下子陷入了沉默。陆运新又说:"要不,过完春节这几天假,我回去,带她来乡下一趟,让你们看看,实在不满意,我就和她分手。"

父亲在鸡窝边上抖抖烟灰,半晌说:"好吧。"

陆运红听大哥说欧军长得漂亮,在旁边突然问:"她有多漂亮?有程林的姐姐程夏姐漂亮吗?"

陆运新望他一眼,然后朝门口望了望,门是关上的,从门缝里望去,一片漆黑。他突然低声说:"你们说到程夏,我倒想说一件事,可又不能对外说。"

陆运红做梦也没想到此时能知道程夏的消息,忙挪过凳子,在大哥对面坐下来,自从前次在外婆家那边,知道程夏离家出走后,就没听说她的后续情况。陆运新说:"我在县城里碰到了她,该怎么说呢?"

"她嫁到了你外婆那边,怎么回事?"母亲也忍不住问。

陆运新欲言又止,似乎仍不放心,走到门口,试了试门,确实是关死的,没什么异样,然后回到原位,说:"她被公安局抓了。"

"为什么事?"三个人惊得几乎同时问。

陆运新说:"在我们东永县第二大集镇含山镇被抓的,不务正业,勾引男人,简单说,就是卖淫……"

大家陷入了沉默。许久,母亲仍不敢相信说:"她、她怎么走这条路啊,那么漂亮的一个女娃子。"

"现在呢,还关着吗?关在哪儿?"

"还关着,才抓几天,就在咱公安局看守所,现在正是特殊时期,麻烦,她那无辜的房东也跟着受牵连。"

陆运红听得心里发凉:"大哥,你能不能帮帮她啊?"

陆运新看他一眼,奇怪地问:"关你什么事?"

"没什么事,她是程林的姐姐,我和跟程林最好的。"他几乎要哭了。

"这都是那个知青范朝害的啊。"母亲说:"还没通知她家里吗?"

"你有没有可能帮帮她？"父亲也在旁边说。

"还没有通知她家里。即使通知，也不可能通知到这儿，只能通知到她现在的家，外婆大坪公社那边。"

"她怎么就到这步了？唉！"母亲直叹气，"增福他们要是知道了，会怎样呢？"

"公检法联合办案，我和他们几个人倒是都熟悉的，只是啊，这个事，不好办。"

母亲把程夏曾经的遭遇和她上吊差点死去的事，跟陆运新说了一遍。对于程夏和范朝的事，陆运新也知道一些，可确实不知道这么仔细。半响，他说："刚好这两天过大年，局里人少，现在知道这事的人也少，要不我明天赶回去看，曾局长非常喜欢我，也非常信任我，我直接去找他试试能不能帮忙，我就说她是我表姐吧。但是，希望……不大。"

"那你明天吃了饭，立即赶回去吧。"父亲说，"你必须先保证自己啊，别把自己搭上，如果有危险，就……"

"我知道分寸。"陆运新说，"这事你们千万别对任何人声张，她爸妈他们也不要说，现在说了也没用，反而会给我带来不好的影响。"

一家人议论了许久，没想到猪头早已蒸熟透，水都干了，母亲慌忙把蒸笼打开，和父亲把猪头连笼抬到屋外，放到凳子上，插上香，先祭天，默默地祷告一番。许久，才又抬回来，切上一盘最瘦的，放在灶台上，让大家提前吃。陆运新拿着筷子，夹来吃两口后放下筷子。母亲说："你怎么不吃了，不好吃吗？"

"不是，很好吃，你们吃吧。平时你们在家里，也不用牵挂我。我在外面，肉是经常吃的，比你们吃得多……我想，要不今天晚上我就赶回去，越早越好，刚好看守的人和我很要好，可以找机会见见程夏，先私下和她了解一下，明天他们看守所交班，人不熟要麻烦些。"

父亲沉默了片刻，说："随便你吧。"母亲失望地看了儿子一眼，有些舍不得，刚回家里来，年夜饭也没吃又要走，可是这事情关系重大，她叹了口气，忙把刚蒸熟的猪头肉切一大块，用报纸包上，让陆运新带去。他回屋穿好衣服，从衣服里拿出钱包，取出一叠钱，递给陆运红二十元，崭新的，说："自己用，可别乱花。"然后，他又拿出五十元，也是崭新的，递到陆运红手里，说："这，就给你三姐，等她明天回来你给她。她一个女娃家，交男朋友了，也该买点新衣服的。娘，爹，我就暂不给你们了。"

"你不要给我们，我们有。你把自己的事考虑好，能让我们满意，就行了。"父亲说。

陆运新拿起母亲包好的猪头肉走了。陆运红提着马灯送他到公路上，陆运新上车时候，他紧张地说："大哥，你一定要把她救了啊！"

一晚上，他都没睡好，躺在床上，想着事情的前因后果。程夏被知青抛弃，上吊，破罐破摔，嫁到外婆那边，又被人家嫌弃，生女儿，女儿死，丈夫冷漠，遭打骂，离家出走，到了外地，可能无所依靠，无法生活，自暴自弃，接下来被抓……他越想越难受，差点流下泪来。

第 37 章

吃年饭的时候，三姐和杨成立一块回来，他们买了几大盒鞭炮，陆运红马上对三姐说："这么多年过年也没得到过你发的钱呢，今年该发点儿了吧？"

"我自己都没有，还给你？"

"不是你没有，是你舍不得。今天假如你有五十元，你能舍得给我多少？"

"吓人，假如我有五十元？哼，假如我有五十元，我给你十元、二十元。"三姐随口答。

"你要说话算话。"他说。

三姐还在疑惑，母亲走出来，让他把大哥给三姐的钱拿出来给三姐，他只好把钱拿出来，在手里扬扬，说："你刚才说要给我多少，二十元？"

"什么事？"三姐更疑惑了，望着他手上的钱问。

母亲在旁边告诉三姐，三姐才发现中了圈套，冷冷说道："你多念了点儿书，有计谋。"

她说着要过来抢。母亲对陆运红说道："怎么这么脸皮厚？还不满足，快给你三姐。"

他还想继续跟三姐要回扣，冷不防三姐一把抓过去，他忙要去抢回来，母亲在旁边斥喝，三姐看着手里的钱笑了："大哥哪里得的这么新的钱……"她拿在手里犹豫着，看了陆运红一眼，也想给他一张，可钱实在太新，有些舍不得，想到男朋友在旁边，也不好表现得太吝啬，就把新钱揣起来，从荷包里拿出一张旧的五元钞票，说："拿去吧。"

陆运红拿过来，有些鄙夷："你刚才说的可是二十元，才五元？"

"你说的什么话？你去看看人家，三三，还有小猪儿他们，过这个年能得到多少？大不了一元钱，你是喂不饱的狗，不稀罕就拿来。"

三姐说着，伸手就来要回去，陆运红忙一下子揣好，跑开了。

一家人烧了香，点了烛，化过纸钱，祭过祖宗，磕过头，然后吃年夜饭。今天大年三十天，吃年饭的人特别多，周围几家邻居都是今天吃。四面八方都在响起此起彼伏的鞭炮声，明天就是大年初一，所以，今天吃过年饭，大家都特别的放松，老人带着孩子们四处走走，都穿上了新衣服，秦祖寅和三三秦小军也一块来这边玩，他们进门来，互相祝福几句，他和秦小军可以尽情地下军棋，至少今天没人约束。

大年初一，年轻人们都三三两两的，热闹连天的上五河街去，看电影《天仙配》，老人们则在队里，互相串串门，聊聊去年的收成，今年的生产安排，谁家杀了年猪，谁家今年杀几只鸭，谁家去年收多少玉米，让大家谈论热烈的是去年程荣才家收了三百多斤黄豆，往年生产队的时候，他全家大不了分得三十来斤，现在足足多了十倍。又有的聊起一个笑话，生产队里的五保户老头叶歪嘴一个人吃年饭，吃的什么？全吃的鸡蛋，从来没吃够过鸡蛋的他，今年过年发过狠，专门煮鸡蛋来吃，要吃过饱，昨天一个人在家里吃了三十来个蛋，吃克食了，躺在床上呻唤，打饱嗝嘴里冒出的都是一股鸡屎臭。最让大家谈论的还是陆选南和钟向尧的面条厂，以及秦正高两人搞的砖瓦窑，两人的砖瓦窑虽然最初废了一窑，可第二窑就正常生产，每窑一万砖，可以卖三百多元。他们已经让人嫉妒了，有的人开始掩饰不住的咒说他们的窑要垮，而陆选南他们的面条厂，同样让一些人心里不舒服，陆选南从不到秦正高的窑里去看他的生产，秦正高也绝不来他们的面条厂买面，二人几乎形成的默契。

下午，到乡上看电影的年轻人们陆陆续续地回来，没别的地方可去玩，没有其他娱乐的方式，依然不由自主地来到生产队的公房的坝子里，站着、走着、坐着，沿袭生产队过年的样子，或干脆到那棵巨大的桢楠树下，拜拜菩萨。公房已经垮了一大半，没垮的几间，门锁还在，门框已经松动，用力一推就会脱落，可也没有人去理会。代志金把前几天买的收音机拿来，放在石头边，放在人群中，让大家一块分享这个优越感，收听着中央人民广播电台和省广播电台的节目，不时调节着波段，沙沙的电流声带来的是新奇和满足。

四奶奶的媳妇又鼓动韩叙芳带领大家唱歌，韩叙芳笑着说，不唱了，别在年轻人面前出洋相："我们的那些歌早已过时，现在的歌，我又唱不来。"

年轻人们终究想出了个快乐的法子，韩东说："咱们比力气，看谁的力气大！"

"怎么个比法？"

"搬石头。"

公房旁边就是前几年"农业学大寨"时平的那块四五十亩的土地，靠近垮塌的公房后面还有几堆不大的乱石块堆，韩东说的比赛法子就是把这些乱石抱起来，放到二十米外的地边上去，每人搬十块，看谁抱的数量多，重量大，时间最短，由大家评判谁赢。

年轻人们有使不完的力气，马上有七八个人响应，老人们也跟着起哄看热闹，于是韩东、黄大文，包括回来的秦正高的大儿子秦勇好几个人跃跃欲试。他们各自用手摇动着大石块，一声吆喝，举起就走，围观的人也跟着喊着号子助威。不一会儿，又有二十来个人加入比赛，其中还有上了年纪不想向年轻人们服输的中年人，他们搬动的石块一个比一个大，一个比一个重，小的石块反而没有去理会。韩开佑他们几个老人评价着谁的爆发力最猛，谁的力最绵长，谁的技巧最好，自动充当裁判。结果，这简直就成了另类样式的"农业学大寨"，没一会儿，几个乱石堆就被他们搬得七零八落，大石块全被弄走，只剩下些小石块，稍一平整，就成一块可以耕种的地，谁家地挨着这儿就捡便宜了。其中黄大文搬动的最大的那块外形像磨盘的石头，经大家粗略估计，重量至少三百斤，最后大家公认他是全生产队气力最大的，他自信地哈哈大笑，胜过了所有年轻人。没有任何奖品，只有大家的恭维和传颂，这种最原始的比赛中出人头地是最有说服力的，他得了个绰号"黄磨盘"。

黄大文自豪地接受这个称号，没过多久，四面八方都知道了。

随着夜幕的降临，大年初一渐渐落下帷幕，大家又陆续沉入紧张的新一年互相较劲的生产中。

因为去年大家收的麦子多，有的家庭收获了五六百斤，所以换面的人很多，面条厂的生意几乎没什么明显的淡季，只是天气好坏的影响比较大。两家人忙完生产，时间都投入面条厂里，收入也日见增长。欠账的还是不少，几乎要占到每个月毛收入的四分之一，只是对面条厂的生产没带来什么影响。

大年刚过，母亲和父亲就老惦记着陆运新办的稅夏的事，更让他们惦记的是陆运新说他谈的那个女朋友欧军，虽然人没见到，但母亲的心里已经有七分的不满意。正月初六，陆运新到五河乡派出所办事，开车路过就又回家了。他带来一张彩色照片，是他和欧军的合影，是他们在县城的公园里的亭子里照的。这张照片一下子把父亲母亲都吸引住了,照片中的欧军,简直漂亮得难以形容,比程夏好看得多,母亲怀疑她不是吃粮食长成这样的,说:"运新啊,这女的是不是全县最漂亮的啊?"

"算不上吧。"陆运新自豪地说。其实这也是种错觉,几乎没出过远门,终年只在乡下待着的父母亲,身边接触的"漂亮"本就不多。在这里,大家印象中,漂亮基本就等于程夏那种乡村水土养育出来的样子,这和城里女人在优越的生活条件下养出来的白、美是两回事。已经悄悄地对班上女生们有过比较和了解的陆运红拿过去端详了会儿,就感觉到照片上的女子虽然漂亮,但更多的是白净,仔细看,还是不如程夏那种说不清道不明的美。他把照片还到母亲手里,说:"大哥选的这个还是可以吧?"

"你懂个屁。"陆运新说。

他只关心程夏,忙问:"程林的姐姐的事怎么了?"

陆运新望着他,欲言又止。母亲也问:"怎么了?行吗?"

陆运新点点头,说:"行大概是行,可以后她怎么办?我以前在生产队里很少见到她,这回在看守所里见她,她感到很意外,在我面前又感到无地自容,只说死还好些,不想活了,枪毙以后托我随便找个地方把她埋了就是,让我永远别告诉她家里。我劝了她许久,她勉强稳定下来。大年三十晚上我找了曾局长。曾局长是清台县的,是农村上来的,他知道我也是农村的,所以一直对我很好。他家有过类似的事情,听人说他有个姐姐,在旧社会十多岁就被人拐来卖到省城里的窑子里,后来死了。我把程夏前后遭遇的事都跟曾局长说了,说她是我的表姐,他很同情,还说感同身受,答应尽力而为。这事只要他答应帮忙,应该问题不大,至少不会死了吧。至于会是什么结果,我现在也不好说。"

新学期开始,班上有几个同学退学,没再来,同时也转来两个同学,一男一女,女同学名叫郑彦秋,男的名叫袁旭。郑彦秋的到来,在同学们中引起了窃窃的议论,因为她长得太美了。老师介绍她,她站起来的时候,大家都有眼前一亮的感觉。原来班上这么多女同学,可谁也没有在大家心中真正形成"班花"的概念,郑彦秋的到来,忽然让大家感觉到,"班花"这个名词找到了归属,找到了着落。虽然郑彦秋已经被大家暗地里公认为班花,可男生们谁也不敢公开地议论。

　　陆运红对学习越来越厌倦,依然硬着头皮继续,在学校就像坐牢一般。他没有一点学习的激情,度日如年地坐完每一节课,从星期一开始,就盼星星盼月亮地盼着星期六快快到来;星期天下午,眼看着快乐时光就要结束,这就是心情最暗淡的时候,因为即将面临的又是令他痛苦的星期一。

　　即便如此,他的成绩,还是在班上的中游水平,他总愿把自己沉在中游,不被谁关注最好。班上的前几名依然是唐海、王婕、赵晓卓、贾丽群,和他同来的石兵名次也跑到了他的前面,他不以为意,麻木了。班上再没有谁关注他的名次,同桌沈芳虽然很认真地学习,但成绩总是比他还差,每次考试的时候,她总是想抄他的题,可惜他也是一知半解的。每次见她抄自己的题,他心里老感觉有愧于她。不久,老师对座位进行了一次大调整,总的来说就是成绩好的和成绩好的调到一块,调皮的和调皮的调到一块,陆运红的座位没动,老师把他的同桌沈芳调开,他如释重负。老师安排的新同桌就是才转学过来的袁旭。

　　老师对班上男生和女生的界线要求得很严,绝对不允许谁大胆地谈恋爱。郑彦秋是个漂亮但话不多的女孩,她来到班上,没多久就和大家混得很熟,她的朋友圈子就是班上的女生,很少和男生们交谈什么,她和成绩好的王婕和贾丽群她们很好。男生们虽然背着她开各种玩笑,叮当着她的面,都有一种不自在,甚至说话舌头都不自如的感觉,每每在路上偶遇到她,都慌张地整理衣衫收敛神色,尽最大努力在她面前装出自然、大方的样子,掩饰忐忑不安的心情。总之,她成了众多男生暗恋的对象。虽然郑彦秋的成绩不太好,但她低调的态度和漂亮的形象也赢得了所有女同学的好感,而不是嫉妒,大家都喜欢同她玩。袁旭比陆运红还小半岁,原来是东岭乡一个村中学的,他的堂叔在五河乡医院工作，所以他就转学过来，寄宿在堂叔家。袁旭是位很机灵的男生，陆运红发现他和自己有相同的爱好，爱看连环画，偷偷地看，上自习的时候，只要老师不在，就是他看连环画的时间，有时即使老师在，他也把连环画夹在书里，把书立起来，装作看得很认真。为了讨好陆运红，大概害怕他检举自己，他把自己看的连环画都和陆运红分享，可他看的那些，都是陆运红已经看过的。总之，两人有共同的话题，一块研究历史上秦叔宝和尉迟恭谁的武功高，李元霸和宇文成都谁的力气最大，研究岳云和金弹子谁的铜锤重，唯独不研究学习，恼恨历史书上为什么一点都不提到他们。没到一个星期，两人成了相见恨晚的伙伴。为了能完全在一块，袁旭甚至想不住堂叔家里，晚上要和同桌一块挤在糟糕的大寝室里，共同讨论这些"历史问题"。

午饭时间，他也不回家去吃饭了，要和陆运红一块拿着碗，一块抢着去食堂排队，打上饭菜的时候，蹲在一块吃，互相夹菜，总之好得不得了。他想不出更好的法子能够进一步体现和同桌的友谊，好希望陆运红能得什么病，比如感冒什么的，然后他就可以让他堂叔全心全意地给他看病——别无他法了。他把自己的想法说出来，陆运红和他一块忍不住大笑。当然，他们的友谊也体现在学习上，比如谁先做作业，谁就可以给对方抄，不管对错，有时为了表示对对方的体贴，都抢着把老师布置的作业做完，然后交给对方。总的来说，袁旭的学习成绩比陆运红强，因为他做的作业，正确率明显高些。袁旭同样爱好打乒乓球，他打乒乓球的技术比陆运红好得多，甚至直接打败了乒乓球水平一直在班上排第一的班长唐海，搞得把乒乓球视为自己第二生命的唐海对他产生了畏惧感，以后和他一交手就败。令人奇怪的是，袁旭和陆运红打乒乓球的时候，却几乎是"平手"。这和唐海与陆运红打的时候一样，陆运红知道他们对自己的谦让，可这对他来说，没什么必要，因为他对乒乓球本没有特别的爱好。

唐海暗地里是比较佩服陆运红的，虽然陆运红的总成绩不行，但语文成绩每次几乎都和他不相上下，而且大多数时候胜过他。他发现陆运红知识面比他宽得多，和别人开玩笑或闲聊，偶尔冒出来的人物名字、历史典故，绝非书本上的，大多是他闻所未闻的，有的只是"勉强知道"，别的同学大都没留意，他暗暗地吃惊。但是，平时他和陆运红不太耍得到一块，只能用打乒乓球故意失误这种方式和他拉近距离。陆运红对输赢又毫不在意，虽然他感觉到班长对自己友好的意思，但不知道为什么，他对学习好的同学都有一丝发自肺腑的距离感，所以，和班长仍然聊不到一块。而打乒乓球的时候，袁旭一见到唐海和陆运红对打，就在旁边给陆运红指点。一旦陆运红输了，他马上就要替他"报仇"，很快就把唐海打败了。

袁旭还特别喜欢下象棋，没多久，他就逼着陆运红跟他学会了。中午放学的时候，他们饭碗一丢，就开始厮杀，两人越下越来劲，每每到上课铃声响起，或者老师走进教室，才忙收起战局。同学们大都不太懂，可也喜欢围观。为了不被老师发现，他们每天中午放学的时候，将棋带好，然后才去打饭，三下五除二吃过饭，就躲到学校后面几乎没有人来的地方放心地对局。这一来，曾经迷人的军棋在象棋的面前简直就毫无吸引力。陆运红在棋局方面的算计和推演，学会之后进步是很快的，让"老师"吃惊。最初，袁旭可以让他一个"车"，没多久，让"炮"也不敢；最后一子不让，袁旭在他面前也没有了优势，反而输的时候开始多。陆运红却没有学到袁旭的谦让，依然不依不饶地赢他，真正做到了青出于蓝而胜于蓝。

晚自习结束后，两人手拉着手一块离开教室，陆运红把袁旭送到学校门口，他们才互相招招手，分开。自进入中学以来，陆运红一直沉浸在灰暗的日子中，袁旭的到来，全新的友谊使他终于感受到了中学生活中的一点明亮，要不然，整个中学期间，可能没有一点值得他留恋的地方。

陆运红虽然和袁旭十分要好，但袁旭邀请他去他堂叔家玩，他却一次也没去。袁旭堂叔家在五河区卫生院的宿舍里，青砖瓦房。他堂叔刚买了个电视,十四寸的黑白电视,他把这个消息告诉陆运红,现在电视里每周末都在播放的一部好看的电视剧《霍元甲》,已经播放三周了,让人看得热血澎湃,他动员陆运红一起去他堂叔家看。陆运红听人说起这部电视剧有点好看,可还没看过,也很想看,但是他不想去袁旭堂叔家里,毕竟和人家不熟悉。可架不住袁旭邀请,星期六他没有回家,傍晚还是怯生生地随袁旭去了他堂叔家。

  他一路寻思着见到他叔父婶子,该说什么好。到了他堂叔家里才发现,原来在他家等着看电视剧《霍元甲》的人还真不少。屋子里坐满了,大约有二十来人,大概都是他堂叔的邻居们。袁旭也没给谁介绍,还搬个凳子来,给他安排个好位置。袁旭的堂叔家后面支着一根很高的天线,或许因为方位的原因,信号接收仍然不好,电视画面偶尔出现抖动,大家鸦雀无声地看着。最让人担心的是关键时候,电视画面突然扭曲,接着声音消失,或者干脆变成雪花一片,加上电流声。这时,大家心焦地盯着电视,袁旭堂叔急忙对电视微调,实在不行,又忙打着手电筒,到屋后去调天线。他和袁旭在屋内外一呼一应,画面一闪一闪,最后变得稳定。一集完了,大家才长长舒口气,不约而同地用想象补充刚才没看到的情节,一起猜,互相印证。确实好看,可惜第二集刚放到一半的时候,居然停电了!是的,停电了,随即响起一片惋惜和咒骂供电站的声音,大家谁也不愿离去,在咒骂中耐心地等着来电。袁旭的堂叔本是乐意和大家分享他家新电视的,可对此情形也是无奈的尴尬,只能劝大家继续等等。可是,二十分钟过去了,还没来,于是一部分人不甘心地起身走了,还不时回过头看。还是没来,终于半个小时过去了,还没来电,电视剧大概已经播完,陆运红才和众人一块死心地离开。袁旭忙把电视报找来,拿给他,让他看上面的停电后的剧情,弥补遗憾。即便如此,这个电视剧还是很好看的。从此,陆运红和大家一样,成了《霍元甲》最铁的观众,崇拜上霍元甲。每周末刚播完两集,他就如饥似渴地盼着下周末的到来,学习上更魂不守舍。上课的时候,只要听不进去课,就想到电视剧中去,把自己幻化成一个武功盖世的侠客，总是在关键时候，一出手，就把什么日本鬼子和什么西方大力士打得落花流水，为国争光，然后得到大家的崇敬。收回思绪后，叹息一声。

第38章

这学期期中考试的成绩出来了，陆运红排第十一名。而袁旭是全班第六名。虽然平时他俩互相抄作业，可是考试的时候，总的来说各做各的，都很自觉。袁旭同样偏科，他的数学考得很好，是班上的第二名，英语也是班上的第二名，其他科都不咋样，尤其和陆运红形成鲜明对比的是地理，他特不喜欢，考不及格。因为数学考得好，他一下子引起了班主任老师的关注。期中考试以后，每到数学课，班主任林志明隔三岔五抽他回答问题，或上黑板做题。而陆运红进入中学以来，一次也没被班主任老师抽到过。每次班主任抽到袁旭回答问题，袁旭都能答对，于是老师觉得他和陆运红坐在一块，肯定会受到不良影响，就再一次调换座位，把袁旭调开，另外安排一个同学和陆运红坐一块。

这次安排的新同桌又是位女生，就是转学来的漂亮女生郑彦秋。因为郑彦秋的成绩并不好，是班上的第十五名，老师一点没有怜香惜玉的意思，居然把她安排到后面和陆运红坐一起，并且是靠墙的位置。陆运红和袁旭被调开，他们都感到非常难受，依旧打得火热，下课了，还要黏在一块，上课时间到了才依依不舍地分开，如同根本没被分开。

陆运红虽然觉得郑彦秋很漂亮，但平时没十分在意，因为总体感觉她大不了和杨萍差不多，甚至还不如杨萍。第一次在他心里留下深刻印象的杨萍，成了他从此以后衡量一切女生的尺子。可是，如今郑彦秋和他同桌，时间一长，他的感觉就慢慢地变了。郑彦秋刚来的时候，是和女生坐在一块的，现在和男生坐在一块，又在男同学中引起了窃窃私语，点燃了男生们的幻想和话题。在大寝室的时候，大家就放肆地开玩笑,说陆运红遇到的可不是天上掉馅饼的好事,简直是掉燕窝,他肯定给老师送了礼,言语中不乏嫉妒。看来郑彦秋和谁坐,简直就成了谁的福气。陆运红毫不在意地接受这些玩笑,心中有股不屑感和自豪感。老师对他的偏见长期存在,这又造成了他对老师的偏见。他疑神疑鬼地琢磨这个事情,怀疑老师是想使"美人计",让自己的成绩下滑到深渊,总之是为了害自己!于是,他告诫自己要保持清醒的头脑(其实,他的那点成绩,已经不值得、用不着保持什么清醒了),他暗暗地下定决心,要做出自己与郑彦秋毫不相关的态度,绝不为美色所动。老师你是勾践,我绝不是夫差!老师你是王允,我绝不是吕布!总之让老师的阴谋诡计彻底失败。

　　陆运红喜欢吹口哨的事,经过贾丽群事件后,收敛了许多,可他并没有改掉这个习惯,尤其在中午吃过饭回到座位上的时候,有时一边看课外书,一边吹,两不误,或者和袁旭下棋的时候,一边下,一边吹着玩。在教室,他也有意选择人少的时候吹,总之不影响别人。可他吹口哨的时候,大家都喜欢听,有的同学甚至用"点歌"的方式让他吹哪一首,一边听他吹口哨,一边学习,他也乐得炫技。他最喜欢吹的几支歌是《鼓浪屿之歌》《外婆的澎湖湾》和广播里常播放的《万水千山总是情》,这些也是大家最喜欢听的。他吹的时候,同学们不约而同地保持安静,后进教室的同学都悄悄地,怕打断了他。郑彦秋自从转学来到班上,没多久其实就被他的口哨迷住了,这回被老师换来与他同桌,她暗地里还十分巴不得的。可坐在一块之后,陆运红一副不食人间烟火的派头,从不与她交谈,她又不好主动和他交谈什么。只是每次他吹口哨,她可以最近距离地听,她在旁边听得入迷,把书摆在面前做样子假装在看。直到他吹完一支歌,她才不满足地翻上一页,其实又在等着免费听他的下一支歌。有时,他不再吹了,她才开始认真看书。

　　他假装和郑彦秋老死不相往来的态度,是认真的。虽然同桌,一周过了还没主动和她说一句话。只要郑彦秋在,他要么偶尔自得其乐地吹口哨，要么就是一副正襟危坐的派头，以为这样就把自己与凡夫俗子式的同学们区分开来了，就已经与众不同了，肯定就会被大家刮目相看了；大家就会为他"美色不能动其心，金钱不能改其志"的英雄情操而倾倒，对他敬佩不已。继而郑彦秋也为他的冷傲所倾倒，于是暗暗地喜欢上他，为他害相思病，害得死去活来，甚至于每天偷偷地流泪，祷告上帝保佑，让他喜欢上她，而他十分清晰地洞察她的心理，为了自己的远大理想（什么理想，他还没想好），只能默默地祝福她另外选择她心中的白马王子……成天如此想入非非。

郑彦秋虽然总成绩不太好，可是她也有一门课程成绩很好，就是物理，期中考试的时候，物理这科考到全班前三名，这是她最骄傲的事情。可最近一次单元测验的时候，不知怎么搞的，她居然考了六十多分，落到全班二十名以后。课间的时候，她伤心地趴在桌上大哭起来，结果几乎全班的女生都跑来围着她安慰，害得陆运红也被她们团团包围在其中，他忙回避，跑到袁旭的座位上和他挤了会儿。直到上课，她止住哭泣，女同学们散去，他才回到座位上。郑彦秋的低调和漂亮同样赢得了不少老师的好感。期中考试过后，语文老师安排班上同学背课文的时候，将全班按纵列分成四个组，每个组指定一个负责组长，各组的同学背诵课文就由组长监督，然后记录，交给老师，如此分散了班长的担子。陆运红所在的组，语文老师指定的代表就是郑彦秋，这组男生特别多，女生只有四个。这一下，有几个语文不好的男生就有了千载难逢的机会，表现得特别爱学习语文，特别爱背诵课文。他们每次将背得半生不熟的课文《白杨礼赞》顺理成章地拿到她面前，大方地说："郑组长，帮我看着，我背课义。"他们往往背到一半就哽住，吞吞吐吐的，老半天想起一句，她总是很友好地小声提示，让他们继续背下去，可有的还是故意背不了，然后自己把书拿回去，过一会儿假装已经背熟，再来背，如此反复。

陆运红和她同桌，应得近水楼台之便，可他就是为了体现自己的"英雄节操"而绝不轻易背课文，直到全组同学都背完，郑彦秋不得已,才主动侧过头问他:"你怎么还不背呀?我要交名单给蒋老师啦。"

简直相当于她在"求"他背课文,这是她主动和自己说话,两人之间已经形成的互不搭话的默契终于被打破,他有了丝满足感。其实坐在她的旁边,听各位同学来背课文,每次他都相当于默记了一遍,所以早就会背了。郑彦秋让他背的时候,他把语文书给她,然后张口就背,背得相当快,两分钟就背完,郑彦秋还没听清楚呢。她不好意思地笑笑说:"你背得像扫机关枪,能不能慢点儿啊?"

"慢了我就会忘记,反而背不下来。"

"我不信,你试试看,背慢点,肯定会像你吹的口哨一样好听。"郑彦秋说。

得到了赞扬,并且来自班上最漂亮的女生,他心里自然得意,但又要故意喜怒不形于色,这样才能表现自己有"深度"!他于是假装不在意,像别的同学那样放慢速度背,果然中间噎了几次,差点就忘掉,其实是因为他发现郑彦秋在盯着他看,他心里慌乱。背到最后一段的时候,居然完全噎住,郑彦秋还是友好地给提示一句,让他背完,他不好意思地笑笑。郑彦秋还是认为他背得很不错,总之两人之间从此开始说话了。

星期六,下午只有一节课,还是自习,中午大家都相对轻松,他和袁旭吃过午饭,来到座位上,就又拿出象棋。袁旭坐在他的位置,他只好坐在郑彦秋的位置上,然后依然一边吹着口哨,一边下棋,反复吹着学校早操前广播里常播放的钱曼华唱的《燕归来》,可他把节奏放慢吹,好听多了,简直如怨如慕,如泣如诉。不知什么时候,郑彦秋早就来到了旁边,为了不打扰他,她在旁边其他座位上坐下,一边假装翻着书,一边和同学们静静地听着。直到袁旭因为一着阴险的抽车而悔棋,他们争起来,他抬头才发现同桌在旁边,同桌眼角湿润,好像刚哭过似的。他忙起来让座,郑彦秋揉了揉眼,不好意思地说:"没事,你俩下吧。"

棋局结束,他们各自回到座位上。郑彦秋低头看着书,掏出手帕又揉揉眼睛,他奇怪地看她一眼,以为又是因为考试,可最近又没有考试,就怀疑她是个小气的人,说不定又和贾丽群一样,忙小声说:"我们下次下棋不占你的位置了,对不起。"

郑彦秋拿笔在一张小纸上写着什么,悄悄递到他面前,他看了,上面写的:"以后别吹这么伤感的歌曲,想听你吹快乐点的,像《南屏晚钟》《踏浪》那样的,好不?"

他看着,原来是这么个原因,忙拿起笔回了句"多谢捧场,遵命!"递给她。

郑彦秋破涕为笑,两人都忍不住偷偷笑了。

郑彦秋又告诉他,她最喜欢听邓丽君的歌,然后开列了一大堆歌名,交给他,这不仅相当于点歌,简直是要包场的架势。他看她列的歌单,有一半他都不会,但绝不说自己不会,他爽快地答应了。郑彦秋有个小笔记本,上面记满了她最喜欢的歌曲,她拿出来。给同桌看,问他喜不喜欢。陆运红平时对歌曲并没有特别爱好,只是在学校周边的广播里打耳边风似的听,或者在小人书摊看连环画的时候听到收音机里唱,好听的就学着吹出来,并且从来都漫不经心,记不得歌词。音乐老师教的歌曲是《歌唱祖国》《我的中国心》《军港之夜》,每次音乐课,大家都像为了完成任务似的跟着老师唱,课后就没谁再去哼一哼。二人开始叽叽咕咕的,话多起来,引起一些人的注意,可他们谈论的无非是就是歌曲的话题,同学们也制造不了太动人的传说。

第39章

郑彦秋每隔一段时间,都去乡邮政所看有没有信,因为经常去寄信和取信,有的人就开始好奇。她主动告诉陆运红,她二哥叫郑彦军,三年前去参军,现在正在对越自卫反击战的前线。

他跟郑彦秋要来了她哥穿军装的照片,好好地夹在书里,一股想当兵的愿望越来越强烈地燃烧起来。他和表哥一块的时候,说起郑彦军的故事，满是崇拜。韩斌同样产生了强烈的想法，他说他以前就想当兵，现在越来越怕读书，他说他怕这学期也考不好，回到家里又会被他爹往死里打，如果有机会直接去当兵，不再回家才好。

隔三岔五，他都要心痒痒地向郑彦秋打听第一手战况："你二哥又来信没有？他们打仗打得怎样了？"

郑彦秋的回答总是让他失望。

一天下午，陆运红和韩斌在街上闲走的时候，走到了乡政府，也就是原来五河公社办公的地方，门口张贴着一张红纸："参军报名，由此上二楼，五河乡武装部征兵办公室。"

"我们可不可以报名啊？"他带着前所未有的激动和遐想，和表哥一块往二楼去，结果整个政府办公楼早就下班，一个人都没有了。他倒是见到了征兵办公室，也是大门紧闭，只好和表哥怏怏不快地离开了。

第二天中午，吃过饭，他们饭碗一放，就又往乡政府办公楼去了。他直上二楼，这一次征兵办公室门开着，有五六个年轻人在门口，好像是来报名当兵的。他们马上挤过去，此时，一位工作人员喊道："全部进来，站到里面来。"

二人随着几人站进去，里面有三个工作人员，其中一个看了他们一眼，诧异地问："你俩是谁？来干什么？"

"我们可以报名当兵吗？"韩斌问。

"你……你们当兵？你们多大？来干什么？一边去。"

"我们就不可以吗？"

"你们……哪儿的，参军？有大队开的证明吗？有十八岁吗？是初中的吗？出去。"

对方把他们推到办公室外，把门虚掩了。二人听着几个条件，只好悻悻地离开。表哥比他大点，看来还是要等一两年，而且不能在这儿报名，只能到他们乡上去报，陆运红可就差得八竿子挨不着了。

他问郑彦秋，她有没有他哥的军装，他好想要一套，郑彦秋告诉他没有。

一天晚上,表哥韩斌见他又在看郑彦秋二哥的照片,就发现了另一个问题,他问:"你这位同桌肯定特别漂亮吧?"

他支支吾吾地承认:"有点漂亮。"

"嗯,你是不是在和她那个?"

"我?不会。你别胡猜乱说,我绝对不会像你那样。"

总之表哥表韩斌对这类事特别来劲,特别敏感,第二天吃午饭的时候,他又和陆运红说:"我见过你那个同桌了,很漂亮的。"

"你什么时候见过她的,怎么见的?"陆运红大为奇怪。

"昨天下午上体育课,我从你们教室旁边过,在窗户边看了一眼,你当时还在低着头干什么,根本没听课。"

"我从来就是这样听课的。"

"嘿,以我的眼光看,她可以,你别错过机会啊。"韩斌说。

"我从来没这样的想法。你如果不怕大舅舅的棍子再打一次,去和她谈就是,我给你们当红娘。"陆运红不屑地说。

"如果在你的身边,又被别的男生勾引去了,我看你脸往哪儿搁。"韩斌说。

他确实没让自己在郑彦秋面前沉沦。班主任老师每隔一段时间都严厉强调不准男生女生有特别关系,一旦发现,严肃处理。但是,依然有同学在偷偷地搞小动作,就拿郑彦秋来说,她已经收到好几个男同学的纸条,但全是其他班的。这些纸条是怎么来到她抽屉里的,谁也没闹明白,包括自认为聪明过人、足智多谋的她同桌也没发现过一次。她悄悄地把字条收起来,谁也没说。但是,她和同桌的话多起来,开始向他问作业题,尤其是他最擅长的地理。他坦率地告诉她,地理学得好坏都无所谓的,因为升学考试根本就不考呀,她还是要问,他当然还是耐心地给她讲解。她又问他数学题目,虽然他也不是很懂,但为了给她解答,他居然开始逼着自己认真看书了,而她从来不去问别的同学。渐渐地,他开始渴望她向自己问问题,然后又冷不防地把自己已经会做的生物题向她请教，当然喽，一般情况下，她也讲不清楚，可她还是装着很懂的样子，给他解答，然后他就表示"懂了"。两人都觉得如果哪一天没向对方请教问题，就像是欠了对方什么似的。就连放晚自习了，也还在期待着什么，大家都已走得差不多，他们还在那儿"认真"地看书，等待着，直到班长说要关灯了，他们才恋恋不舍地离开，一句话也不说。一层朦朦胧胧的迷人气氛开始围绕在他们周围。

班主任老师很严厉，他的课绝不允许谁交头接耳。自习课有班主任老师的时候，同桌之间也少有交谈，大家交流作业题目的时候，往往会在草稿本上写上两行字，放在同桌的面前，然后通过"笔谈"，渐渐地就养成了习惯。甚至班主任不在的时候，男女同桌之间的交流，也参考此方式进行。作业需要请教的时候，将题目放在桌上交界的地方，提醒对方一下就是。一次中午放学，班上只有十几个同学在学习，有的在背课文，左右同学都不在，郑彦秋拿着一个草稿本写了会儿，递给他面前，小声说："这道三次方程题，你帮我看看，怎么做才好？"

他拿过去一看，草稿上根本就没有题，只有一行字："在下面翻页。"

他翻到下页，仍然什么题也没有，只夹有几张揉皱的小纸条：

"郑彦秋同学，我是三班的李泽勋，我喜欢你……三班第三排中间的那个最高的，就是我……"

"彦秋，你好美丽，我很思念你，我是你的老乡，同一个乡的，星期六，我等你，我们同路回去……"

"彦秋妹，还记得吗？那天中午打饭的时候，我不小心踩到你的脚，真真对不起……"

全都寥寥数语，可写有大名、班级，他看了，心里一阵紧张，好像突然被谁刺了一刀，痛得慌了神，脸微微发红，怔了许久，忙翻上盖住，吞吞吐吐地说："我解答不了，你自己……"

好像突然间从身边冒出来几个敌人，让毫无精神准备的他蒙了，措手不及，心里一片冰凉。

郑彦秋又迅速写了张小纸条假装不在意地放在桌上交界处："我听你的意见。"

他忽然间明白了什么，就在她草稿本上写了一句："全撕了扔了吧。"然后递给她。

郑彦秋将草稿本拿过去，好像在等待着什么，过了许久，他什么动静也没有，她又焦急地拿起笔，写了张小张条轻轻放到他面前，他移过来一看，是四个字："我喜欢你。"

他慌忙把字条攥在手心里捏着，面红耳赤，脑中一片空白，警觉地看看周围，还是只有十几个同学，谁也没有发现。顿时，他心里一阵阵涟漪泛滥开去，他慌慌张张地拿起笔，在郑彦秋的纸条下面写了几个字："我也喜欢你。"做贼般地，塞给她。她看看，揉成一团。放在嘴里嚼着，最后不知吞下去了还是吐掉了。两人再也没有一句，各自盯着书，谁也没看进去一个字，心中都是一阵阵无法控制的惊涛骇浪，化作满天的甘霖，把他们浸透了。他们任由自己在其中漂浮着，暖洋洋的，永远不想起来，窗外的阳光原来是这样美好啊，人间的一切都很美好。

袁旭又来找他下象棋，连喊他两声，他才从梦游中惊醒，为了掩饰，慌忙答应，而郑彦秋非常主动地起身让开："你们在这儿下吧。"

她说着，坐到前排左方王婕的座位上，翻着一本书假装在看。陆运红开始和袁旭下棋，要全心全意地把他杀得一败涂地，让不远处的她为自己不同凡响的棋艺而惊叹。可偏偏老天作怪，这回的棋一下就输，连输四盘，而且很快，他越输越心急，越想赢，最终一盘也没赢，甚至没有和棋的机会。袁旭高兴得取笑他："你今天的智商怎么了？"

上课铃声响起，他非常不甘心地结束了战斗，呆呆地在座位上。下午历史课，老师在上面讲得声情并茂，他在下面，一个字也没听进去，偶尔偷偷瞟一眼她，越看越美，心里已经跳得不能自已，而她也像没事一样盯着讲台，好像他并不存在。两人像订立了攻守同盟似的，怕言语不慎引发大家的猜想。

他们的恋情就这样偷偷摸摸地开始,紧张惊险而又令人心驰神荡,天天都在一块却谁都不敢多说一句话,天天都美好至极可又度日如年。一个眼神,就足以令对方如饮甘泉,整天都不会渴;对方的每一句话,都是世上最动听的音乐,对方的名字也是世界上最美的一个名字——

"为什么你叫彦秋啊?我的彦秋啊!"

"为什么你叫运红啊?好讨厌!"

他们心里都在这么奇怪地想着,总之,对方是自己的了。一个觉得对方最多情,最潇洒,一个觉得对方最美丽,最善良。陆运红完全忘了要坚决抵挡住老师"美人计"的初衷和决心,已经沦陷而毫无知觉,还把自己当成了全校最幸福的人。其他人,什么成绩,有个屁用!二人没有约会,晚自习的时候,突然间停电了,这是大家最幸福的时刻,全班一片欢腾。这时,陆运红大胆地伸过左手去,紧紧地抓住郑彦秋的右手,对方也紧紧地抓住,谁也舍不得松开,幸福让他们完全晕了。大家叽叽喳喳地嚷着,嘘着,当然没谁发现。这时,不知谁喊他的名字:"陆运红……"

他吓得赶快把手缩回来,原来是最后排的汪永强,他接着说:"……陆运红,吹口哨,吹一支歌,快快。"

他为了掩饰惊慌,忙大声回答:"可以啊,吹什么歌?"

"《兰花草》。"

"《妈妈的吻》。"

"《三年》,邓丽君的《三年》。"接着有几个同学附和。

邓丽君的歌,他也最爱听,《三年》这支歌,他在小人书摊上看书的时候,听旁边那家收音机修理店播放过好多次。因为常吹口哨,他从来没养成记歌词的习惯,而这支歌勉强记得歌词,他马上答应,一边回想着歌词,一边开始吹:

"想得我肠儿寸断,望得我眼儿欲穿,好容易望到了你回来,算算已三年……"

这支歌班上有一半的同学会唱,大都是街上的同学,他们马上跟着哼。因为和同桌朦胧的爱正处于甜蜜的疯长期,他不自觉地就把心中那种柔肠百结的感觉幻化到曲子中,结果吹得格外动人,吹着吹着,自己几乎都要掉泪。渐渐地,十多个同学跟着唱了起来,把他吹口哨的声音几乎盖住,他一点没在意,一边吹着,一边又偷偷摸索着抓住彦秋的手,两人十指扣着,电流透过了他们的全身。歌曲要完的时候,忽然来电了,瞬间整个教室透亮,两人忙不迭地把手松开,也许谁都没有发现——只能说也许。

　　晚上在大寝室里,他再没心情和大家胡闹,独自靠着墙,翻着一本唐诗,同样一句也没看进去,头脑中尽编织着一个个动人的爱情情节……

　　郑彦秋知道陆运红非常喜欢军装,终于通过小手段,向他在前线的二哥要了套穿过的,让他寄来。就在考试前几天,寄到了。可是,这该怎样给他呢,当然不能在班上明目张胆地给他啊,她想了又想,要把这套军装在考试后,学校没人的时候,再给他。接着,她又通过小纸条把消息告诉了他。他太想要军装,已经等不及了,当天晚上就想要。她想了又想,决定晚自习后,在睡觉铃声响之前,给他带来,到教室后边,他马上表示行,因为晚自习一结束,不一会儿教室里人就走光了,关灯了。然后只有操场上的几盏灯悠悠地映着微弱的光在教室周围,一般不可能有谁发现。

　　总之一切都像行窃,初恋时候的感觉和做贼有着惊人的相似。他们在教室旁边见面,互相都不太看得清,女方将衣服拿给男方的时候,两人的手又抓在一起,忽地拥在一起,都激动惨了。突然,附近有人经过,脚步声越来越近,两人吓得不敢出声,一动不动,好一会儿,脚步声才远去。惊魂稍定的陆运红马上想到一个问题,如果他俩的关系一旦不慎被老师发现,该怎么办?接着告诉她:"多半老师会首先将咱们隔开,然后单独问,使用'诈术',到时千万别中计,别承认啊。"

郑彦秋马上被心上人的高见折服,认为他说得对,于是这个攻守同盟就算成了。片刻后二人满足地分开,各自回到寝室。

陆运红拿着心上人给的梦寐以求的军装,可不敢轻易穿,生怕被人发现追问,露了马脚。藏在箱子里,偶尔趁大寝室里人少没谁注意的时候,拿出来瞅瞅,嗅嗅,又是一番热烈的幻想,想象中的他俨然已经成了三军统帅,运筹帷幄,决胜千里。一次上自习,实在忍不住,他估计大寝室没人,于是请个假快速地回到大寝室里。果然一个人也没有,他立即把军装拿出来试穿,结果发现军装根本不合身,因为自己还不到十五岁!他只好重新叠好,锁上。

总之,两人的感情快速升温。有时,彦秋打了两个喷嚏,他马上不胜心疼地望望她,不露痕迹地写两行字在草稿本里,放在桌子中线的位置:"你怎么了?可千万别感冒了啊,我会很伤心的。"

"你别伤心啊,你伤心我也难过,我没感冒,真的不骗你。"

有时,他在体育课上摔了个跟头,下一节课的时候,她也心疼极了,同样不露痕迹地写在草稿本上:"你伤着没有啊?我的心都碎了。"

"没事的,你快别难过,我只要看到你笑。"他马上回一句,肉麻得无边无际,谁都浑然不觉。

两人再没单独约会过,就这样天天在一块,天天都感受到对方的气息,假装不经意地碰一碰手指就满足了。在这梦幻美丽的感觉中,两人的学习成绩开始不约而同地下滑。根据学校安排,初二的主要课程被老师们提前结束,要加一个月初三的课程,为初三年级最后的复习留出充足时间。各人借到初三的语文、数学、物理书,老师就讲起来。这一个月很快过去,两人都学得腾云驾雾一般,直到要期终考试了,他们才惊醒。一天晚自习下课,周围同学都走得差不多的时候,郑彦秋悄悄写张纸条给陆运红:"我们都认真复习吧,考好点,免得老师怀疑。"

"我的彦秋,我听你的。"

两人果然认真地复习,收起无病呻吟的关心,可是,再怎么认真，也终究难以挽回下滑的成绩。期终考试结束了，"多情潇洒"的陆运红从原来常居的十三四名滑到二十七名，"美丽善良"的她也滑到三十一名。两人都有当头一棒的感觉，而让陆运红最怕的事，是他这回的成绩，真的比秦超落后了，落后二十多分。回家里，挨打怕是躲不掉，他战战兢兢地看着通知书，又想到了离家出走。

下学期就要进入初三了。

第 40 章

其实，没有不透风的墙，他和郑彦秋诡秘的关系早已经被同学察觉，班上不少男同学开始嫉妒他，只是二人本是同桌，在学习交流的幌子下，谁也没拿到真凭实据，但关于他们的事慢慢地在私下里传开，有人将消息传到了老师那里。班主任老师听后很吃惊，因为他对班上的学生早恋方面，一直实行的是高压政策，几乎是眼睛里容不得沙子。他知道对这些蠢蠢欲动的学生，不严厉是绝对不行的，他虽然没见到一个可疑分子，却经常在棒喝、提防。听到传言，他起初不相信居然有人敢冒天下之大不韪，接着宁可信其有，不可信其无地决定把事情搞清楚。因为临近考试，他没有声张，同时也担心这事闹大，像钟强那件事一样，影响本班的名誉，给校领导的印象不好，决定在期末考试结束之后再问。

拿到通知书要分开的时候，两个迷惘的小麻雀还在为假期不能见面的事大伤脑筋：

"放假了，你去哪儿？"陆运红问。

"我回家里。"

"可是我会天天想你，怎么办呢？"

"我也会很想你啊。"

两人又约定，每逢赶集的时候，在电影院旁相见。因为赶集是每五天一次，两人觉得时间太长，会受不了的，可是没有别的更好的办法了。

　　班主任老师没先找陆运红，因为他和陆运红之间有那么点隔阂。陆运红和他单独见面，他不自在，陆运红也不自在。

　　他趁两人分开之际，先把女生叫到他办公室里等着，过了会儿他才回办公室，单刀直入地讯问，毫无准备的女生开始还在掩饰抵抗，冷不防班主任就对他说："我已经找陆运红问过，就是刚才，你们分开后，我把他叫到我家里问，他已经交代了，你还要隐瞒吗？"

　　这一句话，立即就让女生陷入恐慌，完全忘了当初心上人和她订立攻守同盟时说的中"诈术"，旋即在老师的高强度凝视下缴械投降，承认了。

　　老师倒没有再训斥她，只是对她总结："陆运红这个学生，你了解他吗？你不了解！告诉你，我至今没发现他有哪一点值得我肯定。有貌吗？谈不上，而且看人首先得看心灵，是不是？其次，此人学习从来不认真，自他进入中学以来，我没见他认真听过哪一堂课！这不仅是学习态度的问题，更是对老师缺乏起码的尊重。根源就是父母鼠目寸光，不管其学习，无责任心。还有，那个吹口哨的伎俩，听说让不少人迷惑，这是长项吗？绝不是！恰恰是不学无术、吊儿郎当的特征！这正是父母养子不教的结果，你看看，班上成绩好的同学，哪个会如此？可以延伸一下，看看周围凡有成就的人，谁会有这个习惯？仅从这一点，就足以预见他以后是一个不可靠的人。不认真学习就罢了，吊儿郎当就罢了，居然这么小年纪，就偷偷不止一次和女同学谈恋爱，告诉你，干扰别人正常学习，害己不说，还害人！一个真正喜欢你的人，是不会因为喜欢而让你学习成绩下降的，你瞧瞧你的成绩，他害自己又害了你……"

　　老师这一番话，让陆运红的形象在郑彦秋心里立即扭转，可怜的郑彦秋首先被老师揭穿，已羞得不敢说话，双手在面前绞着，低着头望着地面，咬着嘴唇，恨不得钻到地缝里。接着老师又对她进行一番夸张的鼓励："其实，你不知道，平时我特别留心你，你是我见过的最聪明的女孩之一，成绩本来可以名列前茅，怎么就被他这么浅薄的人迷住了？不可思议。你这事，我想找你家长谈谈。"

老师把成绩下降的责任全推在陆运红身上，她羞愧不已，更怕他告诉父母，而老师的鼓励和夸奖，让她又相信自己确实是非常聪明的，可以成为尖子生的女孩，再顺着老师的眼光扫描陆运红，他肯定不是第一次恋爱！于是，她一边央求老师不要跟她父母说，一边表示马上和陆运红断绝来往，同时她高度怀疑自己看错了人。看人不能看外表，心灵更重要！她相信了。

在这个面向落后农村学生的五河区中学里，每年毕业考试，能考上令人梦寐以求的中等专业学校的学生，一般最多不超过三个，而且基本都在补习班。应届班哪班能考上一人，简直就是奇迹，而该班的班主任老师，自然有着非凡的成就感，足以傲视其他老师。如果哪个应届班能有两人以上考上中专或者中师学校，那是不得了的近乎老天爷开眼的大事情，这在建校以来还没出现过。最好的一次就是一个学生考上中专，两个学生考上县高中重点班。

学校把升学的希望都放在补习班上。有人说，自隋朝开创科举制度以来，社会底层人上升的通道被打通了，给社会发展注入了公平与活力，使得一般的平民百姓或者寒门子弟可以通过读书改变命运。而大多数人因为贫穷没有机会读书，没有机会往上突破，世世代代只沦落为社会的最底层。自恢复高考以来，在这个落后的五河乡，读书升学又迅速成为农村学生寻找人生突破的最重要的途径，加之不少人都有点能力让孩子念书，学校和老百姓都死死地抓住"读书至上"这个宗旨，补习班就是两个方向共同发力的产物。补习班的学生，首先是冲着中专和中师去的，然后是高中重点班，实在不得已，高中普通班是退而求其次的选择。即使如此，每年考上县高中重点班的学生的数量，大不了五六个，还基本是补习班居多，考上高中普通班的会有十米个，应届生只有三四个而已。高中上大学的那道门槛更难，据说全县每年考上大学的只有三四个，且从来都是重点班的。所以在五河乡这个地方，大家念高中，基本是农村学生考中专或中师失败之后的选择。这一年，包括补习班在内，考上中专的有两个，都是补习班的，应届班的有一个考上中师，考上县重点高中班的有三个，一般高中班的有五个。韩斌补习这一年还是没有考上县高中，哪怕县城外的那个第二高中渡头高中，也没考上。他拿着最后的成绩通知书，抱着必定挨打的理念，来姑姑家收拾东西准备回家，刚好就碰到来看他姑姑的父亲。他父亲气愤地跺着脚，韩叙芳和陆选南忙劝告，说读书不是娃娃唯一的出路，不要抱着"万般皆下品，唯有读书高"的旧思想。他只好失望地压住怒火，没有打儿子，在亲戚家也不好下手，面对着他儿子最后这次升学考试不可更改的结果，知道再打也无用，最终无可奈何地抱着认命的想法。听韩斌说想明年报名参军，他慢慢地也觉得这是条可以选择的路，因为暂时没有比这更好的选择了，他红着眼勉强接受了儿子的想法。

此时，陆运红拿着通知书心惊胆战地回家里，陆选南对着他的成绩，就气不打一处来。他这次成绩着实太差，英语和生物两科不及格，四十多分。陆选南动手拿棍子准备打，陆运红的舅舅忙在旁边又拉又劝，还是陆选南刚刚说过的那番道理，"读书不是娃娃唯一的出路，不要抱着'万般皆下品，唯有读书高'的旧思想"云云，搞得陆选南捏着鼻子打不出喷嚏。

陆选南和钟向尧合办面条厂的生意，这半年赚了很多，秦正高的砖瓦窑，却只顺利地烧过两窑砖，后来就遇到了麻烦。在一次出砖的时候，不知怎么搞的，窑里烧好的砖垮下来，砸伤两个人。一个工人手被砸断，所幸治好了，而他从糖厂回来的大儿子秦勇的腿也被砸断，搞得他大儿子从此带上点残疾，两人的医药费花了不少。有人说他没请师傅，这是"自学成才"酿成的后果，有的说是因为他建窑那天没请懂风水的程增福看过。总之，他的窑没带来财，反而带来祸。秦正高家的不幸，和陆选南这几年的一帆风顺一比，陆选南感到正在全面超过秦正高家，给他阴狠的过去一记有力的反击，亘在心里数十年的旁人不知的伤痛得以减轻。可是今天看到儿子的这个成绩，其气愤可想而知。儿子舅舅还在一个劲地劝，他也不好再当着客人的面打儿子，恨恨地把棍子丢在一边，坐在桌子旁一言不发。末了，还是斥责着要儿子保证，明年成绩必须上升，必须至少考上高中。此时他最大的希望就是儿子能考上个高中，或许将来能像陆运新一样，在哪家单位考个临时工。母亲在旁边，既恨儿子不努力，又担心儿子挨打，帮着斥责，让他马上口头保证。陆运红非常反感，又想硬扛不屈服，还是耐不住母亲和舅舅的劝告，也害怕再度挨打，便明智地答应："下学期一定考好。"

最后他没有挨打。

还带着对同桌满腔眷恋和美丽幻想的陆运红，把父亲那一关过了之后，就度日如年地盼着赶集的日子，幻想着几天不见的她不知道又美丽成了什么模样，想象着在电影院旁相见时，她穿的是什么衣服。又想着自己这一次可以和她尽情地在一块，不再偷偷摸摸的，互相看着，笑着，捧着她的脸，把她的眼睛、耳朵和每一丝头发，都仔细地看够。这一次见面，他要仔细地斟酌每句话应该怎么说才让她感到自己才华出众，每一句话中应该加上个什么成语，才能显示出自己学识渊博，等等。

终于这天到了，他早早地起来，换身干净的衣服，从来没有照镜子习惯的他，跑到母亲房间里，对着母亲和三姐平时用的那把镜子悄悄端详了片刻，才发现原来自己长得还蛮让人满意的，至少不难看吧。他对着镜子做个怪相，然后跟母亲说，自己要去学校，拿忘在班上抽屉里的书，然后不等母亲说啥，就溜出门去。

他心潮澎湃地来到电影院，越走近，越激动得难以控制，可爱的彦秋肯定已经在那儿等了许久，他温习着设计好的对话。街上人很挤，电影院旁也有许多人在买电影票，在等候着看电影。他到了，四处搜寻了两遍，没有见到彦秋的影子，于是在旁边等着。一个小时过去了，仍然没见到她来。他心里开始着急。又一个小时过去了，仍然没见到她，他开始满腹狐疑，难道她为了快赶路，和自己相见，不小心跌倒伤到了脚？还是因为今天早上感冒头晕？确实今天早上和昨晚的温度相差太大，她身子又弱……肯定她昨晚想着自己，说梦话不小心被父母听见，发现了！天呀，这可怎么办呀……

他想到很多理由。最终到中午的时候，依然不见彦秋来，直等到下午一点半，还是没见到她来，来赶集的四面八方的人都开始散去，他才失望得无以复加地往回走，心乱如麻，头脑中翻飞着各种猜想，最后认定今天彦秋是生病了。他快快不乐地回到家里，整夜睡不着，想着彦秋可能遭受的脚伤、感冒，他就独自在枕上流泪，于是又开始度日如年地等，等下一次赶集。

当然，下一次赶集依然没见到她，他几乎要疯掉，甚至跑到学校，跑到紧锁的教室旁，趴到窗台往里看，看着空空的教室，自己和彦秋的座位，抽屉里都还有没收拾完的书和作业本。他呆呆地想着回味着，最后还是无可奈何地回去。

难道刚刚放假，她就变心，就不喜欢自己了？他不敢这样想，可她一次又一次地失约，一丝不祥的预感逼着他开始往这方面想。渐渐地，他不再以为她生病了，可是，究竟是什么原因呀！

他不知道她家住在哪儿，要不然的话，肯定要找个冠冕堂皇的理由去找她了。

一个又一个的赶集日子，他都在计算，直到假期结束，他终于没在约定的电影院旁见到彦秋。心中的期望和思念由最初的高峰，经过幻想和怀疑的蒸煮，慢慢地降下来，他开始恢复理智。已经开学了，在开学报名的第一天，他急不可耐地来到学校，要知道究竟。

到了学校，他才知道一个消息：学校四个班当中，四班的班主任老师因为工作调动，离开了学校，三班的班主任又因为重病，请假到省城治病，一时根本不能回来，两个班相当于同时没有人当班主任。因为四班一向不受重视，管得也不严，学生们退学是家常便饭，到初三开学，全班只剩下三十多个学生。而其他三个班也有像钟强那样因为各种原因不来上学的，几年下来总的有十来个。学校领导一合计，决定撤销四班，将四班的学生分散到其他三个班中，挤上一年，毕业了事。三班临时找个老师接替原来的班主任，这样三个班加上一个补习班，一共四个班。这个调整过程中，又有了新的主张，几个校领导商量了一下，为了提高教学质量，干脆把几个班都拆散，择优分班，重点保一、二班，原一、二班成绩不佳的学生安排在第三班。现在，三个班已经全安排好，学生们必须到新安排的班级上课。而最令人意外的是，陆运红被安排到了第三班，他还没完全回过神来，只得稀里糊涂地到新班主任老师那里报名，然后回原来的教室，收拾上学期还没搬走的一些书和作业本。他收拾书本的时候，特意把自己和彦秋坐的位置打扫得最干净，试着坐了下来，等着问彦秋被安排在哪班。好不容易，终于看到彦秋来了，他瞅她一眼，她始终是那样，全班最美，全校最美，全世界最美！他使劲地掩饰着心里的激动。彦秋看见他，可没有一点惊喜和渴望的表情，相反，有点想回避的意思，把视线移到了旁边，但她还是走了过来，站在她的座位上，他忙给她移过一张凳子。她一句话也没说，冷着脸，收拾着上学期没带回去的本子，却趁众人不在意的时候，塞张纸条给他，然后头也不回地走出了教室。他急忙把纸条拿在手里，怕被人发现，然后收拾好书本，磨蹭着出去。

　　他跑到操场的角落，急忙打开，字条上是这样的内容："我们的主要任务是好好学习，即使不认真听课，我们也要尊重老师的辛勤劳动。我们更不能够因为对对方有不成熟的好感就任意干扰对方的学习，那不好。我不想再见到你。另外，你吹口哨是不好的，祝你养成好的品德。"

　　这个字条如同一盆冰凉的水从他的天灵盖上倾泻而下，瞬间把他冻住，尽管有那么一丝心理准备，可还是猝不及防。他几乎要晕倒，忙强行稳住，把这张蛇蝎般的字条揉成一团，扔到乒乓台旁边草丛里，过了片刻，又怀疑彦秋的话只是表面意思，其实暗中隐含着别的意思，是自己没读出来。他慌慌张张地又跑到草丛里，把字条找到，打开又看，看了两遍，还是那个意思，一点没有变。他绝望地又把字条揉成一个疙瘩，又扔在草丛里，想离开，眼前金星乱冒，只感到口中发渴，他忙坐下来，一阵又一阵的热从脚下涌上来，又退去，手发着抖，渐渐地靠着围墙迷糊了。

突然间，他又迸出一股男子气概："哼，有什么了不起！早就知道是这样的。"

袁旭刚报完名从这儿路过，见到他独自坐着，忙走过来，挨着他坐下，抓着他的手问他怎么了，他支吾着回答不上，两人并排坐着，许久谁也没说话。又过好一阵，袁旭说："喂，上学期放假的时候我听人说，你和郑彦秋好像在搞对象，是不是？"

他没有回答，袁旭等一会儿，又继续问："今天怎么不说话？哈，她可以啊，班上不少男生都想和她搞对象呢，你今天怎么回事？"

"你胡说。"

"你看，你怎么被安排到三班？还是三班的老师要你的？"

"因为我还听人暗暗地传说，上学期期末老师发通知书那天，专门找郑彦秋去他办公室，谈的什么就不知道了，是不是你和她的事？"

他终于对朋友哭丧着脸承认："她不和我在一块了。"

袁旭佩服们俩做得很隐蔽，这么久班上居然少有人发现，想向他打听细节，比如是谁先提出好的，平时又是怎么样躲过大家观察的，好像是要学习经验。他气得不行，甩手起身就走，再不管袁旭。

他一路往回走，一路疯狂地咀嚼着彦秋那有限的两行字每一个字的意思。字条上那几个"我们"，分明就是单独指的他，他怀疑她是受了老师的威胁，又怀疑她是在考验自己。他再也受不了，忙给彦秋写信：

"亲爱的彦秋，你是在故意考验我吗？如果真是这样，你就是在侮辱我对你的感情。你知道这个假期我是怎样度过的吗？我想你，想得几乎要疯了。如果再见不到你，我肯定会死去，我现在能活着，就是为了能见你呀。是什么原因让你想出这样残忍的法子来检测我对你的爱？我会永远守护你的，谁也不能把我们分开。即使你真的不喜欢我了，我一样会至死不渝地喜欢你，我会用我的生命来守着你……我们将来在一块，再一起远离人世间，只有我们……"

他一边写一边哭着，写信好了，可是该怎么给她？他已经被安排在三班，没法再在众目睽睽下往一班跑，在学校里肯定会碰到她，可当然不敢明目张胆地给她，否则像表哥韩斌当初那样惊动全校，那就麻烦大了。万不得已，终于又想到袁旭，要让他无论如何帮自己一次。

袁旭倒是愿意帮他，他说他会找机会悄悄地，神不知鬼不觉地塞到郑彦秋的书里。

"你可千万要给我保密啊，要不然被人知道，我就只有死。"他用"死"来威胁朋友。袁旭见他说得凄惨，忙保证坚决不让其他任何同学知道。

但是，这封信没起到丝毫作用。就在这封信被交给袁旭的第二天，吃中午饭的时候，他打好饭，在食堂旁望着熙熙攘攘的队伍，木然地吃着，寻找着郑彦秋的影子。冷不防郑彦秋来到了他的面前，谁也没太注意到，郑彦秋面无表情地对他说："请你别再写了，再写我就将它交给老师，让老师来找你说。"

她说话的时候，口气冷得怕人，再没有以往的温馨甜蜜，说完转身就走掉。周围谁也没听见，他倒是字字听得清楚，一时间饭嚼在嘴里，忘了吞咽，他呆呆地望着她离开，背影消失在转角处，老半天才回过神来，字字钻心透骨。

他不敢再写，不敢让表哥的前车之鉴在自己身上重演，否则引起轩然大波就完了，只能从现在开始，独自一点一点消化这个已经不可更改的苦果。幸好经过这两个月来不祥预感的铺垫，他已有点儿心理准备，不然可真连死的心都有了。

他还留着郑彦秋给他的她二哥郑彦军的军装，还抱着一丝绝望后的幻想，如果郑彦秋某一天想要回，他也不想还给她。可是，郑彦秋好像根本就忘了这件事，就没再问他，没给他这个"某一天"的机会。

第41章

　　他带着史无前例的伤痛,来到新班。三班新安排的班主任是代课老师孙老师,五十多岁的瘦老头,教数学,因为是代课老师,水平有限,又是临时被安排任班主任的,在学校里发言权有限,只能看着原三班的尖子生被一二班挑走。不到两天,陆运红明显感到自己受了陷害,上学期期末他的成绩虽然差,可毕竟是二十七名,完全能留在一、二班,有名次比他差的学生都留在了一、二班,包括郑彦秋,也还在一班啊!他这才知道他是被班主任老师林志明故意排斥的,可敢怒不敢言,只有吞下苦果了。

　　新的班上,绝大多数同学都是不太熟悉的,大家都有落难的感觉,有种被抛弃的感觉,好多已经麻木,习惯了。在这个班上,他很快感受到和一班完全不一样的氛围。上课了,大家依旧闹哄哄的,老师视而不见地在讲台上开始讲课,有时像是自言自语,对着空气在讲,根本不管学生听没听。后排有同学在打闹,有的在掰手腕,老师只是在讲台上看一眼,依旧自顾自地讲课,即使以往在一班,坐在后两排的他,看惯了不爱学习的同学,也感到无法容忍这里的状况!而数学课上,这个班主任老师也是种自暴自弃的教学态度,他讲他的,听与不听,学生们自便,他好像只是为了到时间领工资就行。在这里,原来的朋友都没有,秦明明、石兵、袁旭他们都在一、二班。甚至小学来的同学们,没有一个在三班。除了上学期因成绩差退学不再来的韩兴贵,全都在一、二班,包括秦超!现在,只有他,只有曾经是他们的班长的他!一向以清高聪明自许的他,却落到这个混账班,和这样一群学生成了同类项,他感到前所未有的羞愧,又生出一股前所未有的自卑,奇耻大辱!还不如不上学!原来的一切自豪,一切得意,一切自以为是,此时全跑得无影无踪,他已经感到没有脸再见石兵、袁旭他们了,打饭远远地见到他们,他都想躲避。更没有脸再见郑彦秋,虽然一想到她，心里就空空的，希望一死了之。他更恨原来的班主任老师，他知道是他捣鬼活活拆散了自己和郑彦秋，还这样阴险地收拾自己，他暗暗地下决心，将来有能力了，一定要收拾他。

总之，羞愧、自责、愤怒、痛苦，此时都无丝毫用处，他咬牙切齿，昏天黑地的，开学一个月了，他几乎没和班上的任何人说过话，什么课都没听进去，只是想哭，终于咬咬牙，想不读了。

星期六，他把全部书收拾好，背着回到家里，不打算再去学校。三姐去她男朋友家帮做事还没回来，父亲和钟向尧去云津市采购机器零件去了，只有母亲在，刚从地里种豆回来。他感到前所未有的孤单，把书包一扔，大声对母亲说了："娘，我不想读了。"

母亲听着很意外，怔怔地看着他："你说什么？"

"我不想再读书了，读书没意思。"

"为什么？"

"我被换到了三班，最末的班。"

母亲以前听三姐说过，中学每个年级都有一个末班，相当于淘汰班，在这个班上的学生，基本就没有考上任何学校的可能。从来在一班的陆运红怎么被安排到了末班，她吓一跳，忙放下锄头，问："你犯了什么事？"

"没什么事，就是上学期期末考试成绩差。"他说。

"你……你呀，你为什么要这样气我们呀？"母亲说着，几乎要哭，"你爹晓得，咋得了啊，你又要被打得趴在地上。"

"总之我不读了。"他重复地说。

"你敢！"母亲大声说："要不，明天，我跟你去学校，去求你们的班主任林老师，行不？"

"不，我不去。"

"我去，哪怕给你老师磕头也行。"

"我想回来，哪怕就在面条厂里做工也行。不是读书才有出路，钟强不是一样过得很好！"

"你要就这样回来,那我在这家里成天做活,还有什么用?你要气死我啊。"母亲说。他知道儿子的犟脾气,忽然捂着脸哭泣,靠着墙边瘫坐下去。

他忽然被母亲的哭吓着了,到人间十四五年,还没见到母亲哭过,一时间不知所措。母子二人僵持了许久,他坚决不想再读,更不可能去找原来的班主任,否则宁愿去死。母亲气得哭着,忽地在他面前跪下:"我的老天,我们就不去找你的林老师,你就在三班读,行不?只要你认真念书,不回来就行!"

三姐忽然回家了,看到面前的场景,惊得赶忙把母亲拉起来,问发生了什么事。母亲一边哭,一边跟三姐说着,越说越伤心,三姐刚听几句就完全明白了,对弟弟大声吼道:"你今天要干什么?你等着,爹马上就要回来,有你好受的。哼,几时变成这样子的?你还是人吗?没想到啊!让娘给你跪,我怎么有你这样的弟啊!"

母亲还在哭。听说父亲要回来了,陆运红马上感到一阵恐惧,慌忙地往外跑,忽然良心发现,回过头来对母亲和三姐说:"你们别说了,我去读书,我去读就是,我会好好地读。"

他也忍不住抹了把眼泪,抓起书包,一路小跑返回学校去。

他一口气跑到学校,下午几乎没有人,只有操场上有几个人在打篮球,所有的教室都空空的。他独自走到三班教室门口,这个差班的教室,正门是锁着的,但后门因为经常有人在上课时偷跑出去,门框一直是坏的,门虚掩着的,一推就开,只有班上的人知道这个秘密。他带着惶恐和愧疚,绕到后门,推开进去,望着空空如也的教室,乱七八糟的课桌和凳子,轮值打扫卫生的同学也没打扫就跑了,满地都是纸屑,黑板也没擦。他默默地坐在自己的座位上,坐着,发呆地盯着黑板,回想着刚才母亲的哭声,心中一片空白,整整一下午。直到天渐渐暗下来,他终于冷静了。

陆运红,你这个小丑,以前的日子是怎么过来的?他在心里对自己声嘶力竭地质问道。

他起身把灯拉亮，随手打开几何课本，翻到第一页，咬着牙暗暗下决心：从今天开始，和过去坚决一刀两断，否则，陆运红，你不是人！

孙老师这学期开学后讲过的课，一个月来他一次也没听过，一页也不懂，但还是死死地盯着课本。这第五学期，老师们安排的课程一般是将本学期和下学期的课都要基本讲完，然后下学期大半学期是复习考试，所以课讲得都比较快。现在主课已经讲了一半，他头脑中基本是一团迷雾，合上书，不管三七二十一，准备列出个目标和学习计划表，目标就是县第一高中的重点班。现在，他已经完全领教了重点班和普通班的区别，高中必须考重点班，否则宁愿不上！至于中专学校，他想都不敢想，太缥缈。以后除了绝对认真听每堂课外，把所有课余时间重新安排，语文、数学、物理、化学、政治，每天一门课，在当天所有作业做完后，所有课余时间就用来给自己补习。星期六和星期天重点补习最差的数学和物理，就从今晚开始执行，不等明天！他咬牙切齿地捶着桌子下了决心。

班主任孙老师看到全校居然只有自己班上的电灯亮着，很奇怪，从他的住处走过来看，从窗口看到教室里有学生，于是打开门进来，看他居然一个人在学习，这简直是不可能发生的奇迹。他走过来，问："怎么没去玩？"

"我想……想学习。"他简单地回答老师。

孙老师似乎仍不太相信，左手抱在胸前，右手食指和拇指捻着下巴，望着他，又问："你叫什么名字？"

还没等陆运红回答，他就伸手把他放在桌上的作业本拿起来看，说："哦，你叫陆运红，原来是哪个班的？"

"一班的。"

"以前怎么没学好呢？"

"是我自己学习态度不端正，我想从此改变。"他回答。

老师又望了他一会儿，好像认为他回答得比较抽象，不过也没计较，不易被觉察地轻轻叹口气，大概想说，已经落到这个班上，即使此时想好好学习,也已经意义不大。他敷衍地鼓励了一句:"那认真学吧。"

孙老师说着离开了,他继续看书。

十点钟,他带着书回到大寝室,旁边只有值班开门的人,大寝室里一个人也没有。他走到自己的铺边,打开小箱子,首先看到的,就是郑彦秋送的她二哥的那套军装,他呆呆地看了会儿,把它放到箱子底下,然后再看会儿书,睡了。

次日,是星期天,学校没供应热水,他拿着毛巾,到食堂外的水龙头上接着冷水,扭干毛巾洗了脸,然后在学校外的小店里简单吃了两个馒头又回到班上,开始按照自己的计划补习数学。

数学差得太多,从去年起就从没上过七十分,甚至有好几次没及格。他决定从今天上午学代数,下午学几何,而且只能在自己半懂不懂的基础上自学,没有其他办法。他拿起二年级代数书,从第一章开始看,可是,翻着书,心里依旧乱成一团,扎扎实实地捶了自己脑袋几拳,好不容易才勉强地静下来,然后看了两个小时。十点钟的时候,班主任孙老师买菜又从窗外经过,看到他还是一个人在学,于是走了进来,看看他的书,又给他,然后对他说:"如果你真想学,那这样吧,教室的钥匙,给你一把,你随时自己开门进来,别再从后门进了。"

或许老师能帮的,只有这点,他谢过孙老师,把钥匙放在口袋里。

中午的时候,他准备出去在校门口的小店里随便吃点东西,刚走出教室,忽然看到教室转角处站着两个人,是母亲和大哥陆运新,母亲提着个口袋,陆运新没穿警服。他们见他出来了,走过来,陆运新说,他和母亲来了很久,已经在教室转角这儿站了一个半小时,见他在看书,没叫他。

"昨天我说了,我会从此好好读,你们还来干什么?"

原来昨天他从家里跑了后,母亲着急得不知所措,忙叫陆运芹到乡里邮政所,给陆运新打电话。陆运新听了情况,今天一早赶回来,然后和母亲一块到学校来,准备找到他,再和他一块去找一班的班主任老师，还准备了两瓶酒和一袋蜜饯给老师送礼。陆运红听他们说着，心里马上涌起反感："我不再去一班，坚决不去。"

陆运新说："没想到，你怎么成这样了？就不能委屈一下？"

"如果你们硬要我去那个一班，那我坚决不会再读了，爹打死我也不会去。"

"就算我求你，行不行啊？"母亲几乎又要哭。

"不，我绝不去。我说了，我就在这个班，我会好好学，不再像以前那样。"他带着气愤的口吻说。

陆运新让母亲先走，然后拉着他，来到学校操场外的乒乓球桌旁，坐下，问："真没想到，两年时间没常见你，就变得这么犟，我们家谁有你犟？现在赶快好好学，将来考上个好的学校，这是娘和爹最大的心愿。我没考上，什么也没考上，这样转弯抹角地费了九牛二虎之力得到个工作，在单位还不时被人瞧不起。你三姐也没考上，现在就看你了，咱们家爹娘花了这么大的劲让咱们念书，没让咱们像别人家孩子一样，成天种庄稼，你如果也什么学校都考不上，果真要被人家嘲笑了。"

陆运红可没想得这么远，他依旧重复说道："我刚才已经说过，从现在开始，我会好好学，并且就在这个班，如果非要我再读一班，我马上离家，再也不回来。"

陆运新又看了他片刻，说："这样吧，我还是相信你，相信你说的会努力。只是你可不可以给我说说，进入中学这两年为什么成绩越来越差？"

他支吾片刻，没吭声。陆运新问："你是不是在早恋，在谈朋友？"

"没……没有。"他慌忙否定。

陆运新说："知弟莫若兄。告诉你，我从事公安工作几年，已经养成了洞察人的职业习惯。某些人的某些表情，某些心理，我能一眼就看出十之七八……你就是一张容易早恋的脸，并且如今眼睛里明明透露出的就是受了伤，也就是说，你经历了一场早恋，而且已经以失败收场了,是不是?"

陆运红吓得不敢回答大哥的话。陆运新望着他,等待他回答,好一阵他没吭声,陆运新只好说:"算了吧,这事我暂时不再问,但如果早恋,绝对要中止。刚才我和娘在教室外站了那么久等你,也在观察你,看来你确实在学习。从这一点上,我相信你说的要认真学习。既然你犟,这次就依你吧,好自为之,如果生活费没有,跟我说就是。"

陆运新又告诉他,他已经被派往县城所在的城关镇担任派出所副所长,暂时没在公安局里,然后拿了十块钱给弟弟,陆运红还不想接,陆运新给他塞到口袋里,离开了。

下午,他按照自己的计划,补习几何。

第42章

第二天,又是星期一,老师上课,下面同学们一切如旧,闹哄哄,嘻嘻哈哈。陆运红的同桌是个不吵闹,可也绝不爱学习的小个子,叫钱明,只是成天低着头看《故事会》,看连环画,和他以前一个样,对他没造成干扰。陆运红认真地听老师讲,只要用心,尽管周围同学吵闹,环境太差,他还是能勉强跟上老师的节奏,至少能听清。可是,他拟好的不可更改的学习计划没几天就被打乱了。安排给这个班的老师本来就差,加之学生们几乎没人听课,老师讲课也乐得敷衍,讲得非常潦草,完全是为了打发课堂时间,即使他认真听,最后也依然难以懂得透彻。而且,老师们讲完课,铃声一响,马上就走,简直比学生们溜得还快。班上从来没有谁向老师请教问题,如果有人问,反而会让老师感到惊讶。陆运红完全明白了这个情况,如果靠听老师讲,也不行,不懂的题问老师也不现实,只能自学。于是,老师讲课,首先必须听,至少能懂一些,然后他从头到尾认真看,一遍不行就两遍,直到完全弄懂,能把作业完全做对。如此一来,只能先将时间用来应对本学期课程的学习,绝对不落下一堂课,可想从头自补的计划基本落空了，原来荒废的课程只能继续搁置。

目标定了，他的自觉性被调动起来，自学能力还是比较强的，至少在自加的压力之下很快恢复了学习状态，可是，自进入中学以来的厌学情绪，还没有完全在压力之下消除。虽然每天他都在按照自己的计划学习，可有时学着学着，突然间就感到一阵难以言传的腻烦，于是马上走神，被一股神秘的暗流拉到与学习无关的茫茫太虚幻境中开始精神漫游，思绪好不容易才回到教室中，继续啃书。

或许是因为有他在听课，教数学的班主任孙老师，讲课开始比较认真了。虽然班上很嘈杂，孙老师绝不制止，但他讲课的时候，眼睛不时望望陆运红，从他的表情中看他是不是在听，是不是听懂了。而且，他改课后作业的时候，也特别把陆运红和其他几个在听课的同学的作业改得很认真，其他学生的，则基本只画个勾，写个"阅"了事。

这么一个差班，考试的时候，给人的印象是肯定全班都在作弊，其实恰恰不是，因为已经没人在乎成绩，在乎考试，有好些同学根本就不考试，试卷拿到手上，胡写一通。交或不交，都由他们，老师也懒得过问。交了的，改，打分数；不交的，记零分，也没谁在意，大家作弊的意义不大。所以，绝大多数同学连作弊的动力也没有。也有七八个同学考试时稍认真，在一、二排，那是还有点学习意愿的，偶尔也在作弊，在班上已经属于难能可贵了。如果哪个考试的时候得上八十分、九十分，也没有谁会相信是真的，反而会引来一阵哈哈大笑，因为考试的时候，如果谁想作弊，悄悄拿上书抄就是，也没人说。

终于，二次函数的单元测验，陆运红考到七十一分，这是进入中学以来数学这科上考到的最高分，如果真要排名,能排在班上第四名。或许，只有他的这个成绩，是真实的，可拿到全年级，就大概在六十名以后了。

他做作业的时候，强迫自己将书本上课后题和练习册上的题目一道不落地全部做完，不限于老师布置的作业。一次，他做练习册后面一道带星号的函数思考题，这种带星号的思考题一般有比较大的难度，只供有兴趣的学生选择做。他想了很久，依然做不出来，于是拿来问孙老师。孙老师走过来看了片刻，思考一阵，最后对他说："你就别做这题了，做这没用的。"然后离开了。

他看着老师有些惭愧的神色，明白了，这题老师也做不出来。此时他已经给自己下了死命令，不落下任何一道题目，于是重新翻到本章的第一页，从头开始再看，再学，结合着题目反复分析，中午也没有去吃饭，仍然没做出来。下午上完课，继续做，又足足折腾了一个半小时，在晚饭的时候做出来了，可是对还是不对，必须找人检验。没有其他人，他不想去找一班的熟悉的同学，只能再去找孙老师，孙老师看了他的解答，马上肯定："对，对，是这么做的，这做法是对的。"

他长长地舒了口气。

孙老师虽然水平有限，可是对人很好，和谁都不发脾气，或许正是因为这样，学生们才胆大地在课堂上自由进出。不久，孙老师见他比较认真，专门给了他一整套数学的练习试卷，是他从其他学校以前的补习班带来的油印卷，上面涉及的题目都有一定的难度，后面附有答案。因为课程还没学完，这上面的题目有大约一半他都不会做，他仍然拿着，一道一道地慢慢啃，不懂的就对照着还没教的内容看，慢慢地居然能做对七八成。只有极少数高难度的题，做不了，他才去看答案，再反过来看看后面的教材。渐渐地，他学习跑在了老师讲课的前面，并基本养成了习惯。

可是，其他课程，老师依旧是那样随意，以前没认真学造成的基础差，没时间去补了，只能拼命地赶上老师们潦草的进度，然后再靠这种啃骨头似的自学办法来弥补，还能跟上。

最让他气愤又无奈的一件事是，他的《法律常识》课本放在抽屉里，不知怎么就没了，再怎么找也找不着，同桌也没错拿。虽然《法律常识》是主课，升学必考课，可班上没什么人在认真学习，更没人会刻意偷书。估计是哪个同学无意拿去做纸飞机之类的东西了，因为他们没把教材当教材，也相信没有哪个同学会把它当教材，总之谁也没当回事。他的书上有不少笔记，自然也随着丢了。于是上政治课时，他只有向旁边几个同学借,问了几个几乎不听课的同学,他们的书早已没有,借到一本,中间又被撕去了不少页,不得已,只好干坐着听。听了两次课后,就开始不知所云。想到上学期表哥韩斌走了后,所有书本一直放在他家里,没带回去,他想回去拿来,可突然想到老师说过,这学年教材改革,《法律常识》变动大,上学年教材不适用。他想了一阵,或许只有拿个本子将教材从头到尾全部抄下来,别无他法。于是他到坐在第一排的班长金雪莲那儿借《法律常识》,准备拿个作业本来抄,因为《法律常识》倒也不厚。他说做就做,当天晚上就开始抄,上政治课、音乐课、体育课、自习课也抄,前后足足抄了一个星期,整本书誊了一遍,当然相当于逐字逐句地通读了一遍。

原来的同学中,现在只有袁旭还来主动找他玩,不过,在一块的时候,他不再和他下棋,只是把自己不懂的题,忙着拿出来请教他。这是他和袁旭做好朋友以来,他首次在学习上向他请教。可是,渐渐的,他才发现袁旭学习虽然比他好,可也好不了多少,只有少数题,他还可以充当他的"老师"。

单元考试的时候,他的五科总成绩还是有了一定的上升,在班上第一名,可在全年级只排到三十二名,包括补习班在内的全年级两百多人中,他只排在第六十九名,低于原来小学同来的同学王洪亮、冯小强、周晓玲,更落后于好友袁旭十三名,仅比秦超高一名。原因是去年还有他最擅长的地理可以增分,初三已经没有地理,增分优势完全失去,所有现在刻苦努力增加的那点分数还不够地理一科留下的窟窿。同样,这个成绩在班上谁也没当回事。为了给终考留下更充分的总复习时间,老师们讲课很快,不到半学期,所有教材几乎都要讲完了。然后老师们安排最后收尾和复习。在老师们过快的节奏下,他自己安排的学习计划也跟不上,被逼得气喘吁吁,效果不是很好,不过他没有改变。初三下学期的课程开始提前教了,有些资料学校还没订到,老师提供个样子,所有教材学生们自己去想办法,问上一年级的同学借。这倒没问题,回到家里,把表哥韩斌上学期留下的拿来了,全对。

每周，他还是回家里一次，即使是在家里过夜，晚上在煤油灯下，他也要把自己规定的学习任务完成。大概因为陆运新在父亲面前说了关于他的情况和对他的看法，他回到家里，父亲没再打他，也对他被转班的事只字不提。父亲的脸色很骇人，只要父亲不问，他绝不再在父亲面前提关于学习的半个字，怕招来不测之灾。

他翻到了表哥上学期补习时留下的所有试卷和复习资料，慢慢地看，这才发现，原来表哥果真是学着玩的，一大半的复习资料和模拟试题还是崭新的，根本没做过。有的试卷做了做，可没做完，或许老师评讲后，他写了个答案而已。这正合适，他全部拿到学校来，自己做，仍然是结合着还没教的内容自学式地做。通过大半学期的煎熬，他逐渐地恢复了兴趣，缠了他两年多的厌学情绪慢慢地被压下去。

陆选南和钟向尧他们合办的面条厂，一直以来效益很好，可是，也正是因为效益好，跟风的事就来了。周围的二队、三队、四队等都有人开始办面条厂，一下子整个大队现出了七八家，还有人正在筹划着开办，他们的效益降了下来，降到了原来的四分之一不到，有时仅能维持成本。如果遇到大的机械故障，维修成本上升，算来则只能亏。即使如此，他们将办厂以来的收支盘算了一下，每家还是赚了足足有三千多元。此时，发生了一件让他们很丢脸的事。原来负责厂里维修的那个六十多岁的朱麻子，因为儿子在监狱，平时一个人懒得回家，就住在面条厂里，负责夜间帮看厂。大概是因为寂寞难耐，他居然勾搭上了邻近三队的一个五十多岁的女人，在面条厂里胡混，终于一次被队里老光棍李大财发现。李大财去告诉妇人的丈夫，她丈夫带着人来，堵到面条厂里，然后破门而入，把两人抓住，并把朱麻子扭送到乡派出所，而且要面条厂给个说法。虽然事情和面条厂本身没什么关系，可为了息事宁人，钟、陆二人好说歹说，给了一百元，敷衍着才把对方打发走。

这件事情后，面条厂至少名声受了损，而机械维修方面钟陆二人虽然学到了一些，但仍然没法应对稍大的机械故障。朱麻子被派出所抓去，犯的通奸罪，肯定要坐牢的。"关键人才"没了，两个老板感到很窘，再想到这么多面条厂竞争，陆选南建议，干脆将面条厂关掉，机械变卖，以后有别的路子，再考虑。

钟向尧也认可此时退出去，这应该是比较好的选择。于是两人一合计，过几天，就打出了变卖设备的告示，并开始通告有欠账的社员农户尽快还清。

一周以后，他们的机械设备卖了一千零五十元，再加上收回来的欠款，有两千三百元。他们面对着这个数目，还是很满足，于是白雁村诞生的第一个面条厂宣告关门。陆选南另外还赚得了几间茅草厂房。

陆选南和韩叙芳计算着，现在家里存了三千七百多元，这简直是笔巨款，他们决定用它把这住过几代人的草屋换掉，建成砖房。听说乡上还有一家预制厂有预制混凝土板，可以建平房，于是又商量着要建队里第一家平房，直接超过秦正高家，要让他们看看。因为秦正高家烧了两年砖瓦窑，房屋还没变过。

夫妇二人筹划了一阵，准备建六间屋，以后两个儿子陆运新和陆运红回家来，每人可以有三间正屋，厨房和厕所另建。

二人说着就行动，没几天，他们就专门去乡预制厂，打听了混凝土预制板的价格，厂家问了路途远近，说包送到家包括上车下车费，每张才七元，他们马上定了五十张。至于砖，陆选南绝不买秦正高的窑里的，哪怕买外地的多加点运费也在所不惜。韩叙芳不太愿意，因为如果买秦正高他们窑里的砖，马上就可以节约上百元，可她无法化解丈夫对秦家多年的成见，只有同意。他们大致测算一下，大概总共需要两万五千块砖，这笔费用大约就是一千一百元。二人一边计划，一边就把主要材料准备好了。

修建房屋，在农村是件非常大的事，得请懂风水的专家给看日子。如今，生产队里懂风水的只有已故地主程永安的儿子程增福，他已经能公开地给大家看风水，全方位地继承了他父亲生前的本事，再没有人干涉。而且他收了个徒弟，这个徒弟，不是别人，就是陆运红小学时候的同班同学韩兴贵。陆选南要建房屋,材料备好后,找程增福来帮看地择期。程增福带着他的徒弟韩兴贵来到家里,他首先坐在大门口,对着前方看了许久,然后问了这老房屋建造的时期,然后让陆选南端出一升米来,让韩兴贵帮抹平,将罗盘放在米上,左右轻旋。他看一阵,重新坐下,让陆选南报了生辰八字,用他最擅长的"一掌经"掐着指头默推片刻,然后对陆选南说"陆三叔啊(跟着孩子称呼的),我有一句话,你听完之后再作决定。你这草房,经历了两三代人,虽然如今已经很破旧,但正是发家旺人的时候,其实暂时不用再建。这就好像前人种下的一株树,到现在,正到了结果期,如果嫌树没长周正,而将它重新挪栽,即使不枯萎,恐怕也得减产几年。"

"难道这几年都不用修吗?"

"也可以,根据你这个八字,今年明年都没有好的日子。"

陆选南已经决定了要在队里第一个修"平房",愿望越来越强烈,对程增福的这个推算感到很失望。关键是暗地里他又比较相信,韩叙芳也相信这些。夫妻二人犹豫着,程增福勉强说道:"要么后年吧,有几个日子将就行,但都有点儿……有得有失。"

"那么……那么后年吧。"陆选南痛苦地做出了选择,暂时不动。

他送走程增福,要给他四元风水费用,程增福无论如何也不收,只好算了。

第43章

天气渐渐冷了,听说陆选南家要建新"平房",不少人都聚集到他家里来,一则打听稀奇,一则闲聊打发时间。钟向尧也被陆选南的想法传染着,准备建房,并且也要建"平房",他更有决心,要抢在众人前头把房建好,用它来抵销过去他留给别人的不光彩的印象,也为两个儿子尤其是小儿子钟强将来说媳妇抢占先机,不然自己以往的名声难免会拖累儿子。他准备让儿子钟强拜师,给一个泥水匠学习泥工,因为今后农村修房的人肯定会越来越多。

陆选南想建房的想法被程增福阻止了,生产队里第一家"平房"钟向尧家的房子开工了,他是包给九队的泥水匠刘师傅一伙人做的。钟强已拜刘师傅为师,陆运红的这个发小走上了和他完全不同的一条道路。正当此时,学校里发生了一件事,而且这件事和郑彦秋相关。

郑彦秋的二哥郑彦军在战争中牺牲了。消息传到乡里,乡里武装部正在组织对郑彦秋家里进行慰问,学校也已经知道郑彦秋是郑彦军的妹妹,在学校里开展纪念英雄、向英雄学习的宣传活动,组织各班捐款,慰问军烈属。现在,陆运红正渐渐地从思念郑彦秋的泥沼中走出来,不想听到郑彦秋三个字,就是每次打饭的时候,也要刻意回避与她可能不期而遇的相见,因此,虽在同一个学校,同一个年级,他与郑彦秋碰见的机会几乎没有了。有一次,他刚准备出校门,远远就看见她迎面来,和其他两个女同学一块,快乐地说着什么化学题的答案,他想回避,已经来不及,只能假装什么事也没有的样子,至少是碰见陌生人的样子,从容地过去。而郑彦秋也看见他了,脸色有点微微发红,也假装和同伴继续热烈讨论的样子,他们擦肩而过。他咀嚼着她的表情,一股从未受过伤害的信心十足的样子,让他心里又有些气,自己要死要活的,人家什么事也没有,自己真这么贱吗?如此一想,反倒轻松多了。

郑彦军穿过的那套军装,一直放在箱子里,他倒没想还给她,因为他喜欢军装,而且这还是一个真正参加过战斗的出生入死的人穿过的。他还想着有朝一日自己能有机会穿。虽然他与郑彦秋的初恋已经结束,可就因这个衣服,他对她的哥哥暗中的崇拜并没有因此而消失。这次,听说郑彦军居然牺牲了,他很难过,几乎整整一堂课什么也没听进去。他知道郑彦秋此时肯定很痛苦,可已经离开了一班,他不想再踏入一班半步去看看她。袁旭和他一块的时候,告诉他,郑彦秋知道他二哥牺牲了,在班上几乎哭晕过去,大家把她送到寝室里面,又有好几个同学去陪着她,这两天她都没来上课。他担心郑彦秋来要回她二哥的军装，因为他不想给她，寻思着想什么法子瞒过去，可想不到什么办法。

　　班主任孙老师在讲课的时候，也讲了郑彦秋二哥的事迹，动员大家捐款慰问。其实这样的事迹，大家都感到很震动，但因为和郑彦秋不在同一个班，同学之间的感情就淡得多，加上这个班本来就乱糟糟的，所以班长金雪莲登记捐款的时候，只有二十来个人捐，最多的只捐了五毛，就是班长金雪莲本人，大概是为了给班上做表率。其他的同学基本都是捐了两毛、一毛，总金额只有四元三角。陆运红身上还有七元私房钱，因为对郑彦军的崇拜，他一时冲动，想全部捐，可马上又想到捐得太多，会被人说什么，说不定自己和郑彦秋的话题又被人翻出来。他越来越担心郑彦秋什么时候来问自己要那套军装，一时想到，如果此时多捐点儿，相当于给她"买断"吧——他是这样想的，估计郑彦秋也会这样想。

　　总之，为了稳妥地得到那套军装，他不惜冒着被人再翻出过去的风险，纠结一阵，决定捐五元钱。又担心引起别人的胡乱猜测，他决定在最后时刻交给金雪莲。

　　下午自习的时候，金雪莲再次问有没有人捐，已经没有人回答，她就拿着名单和捐款金额要交到学校办公室。她刚走出去，陆运红忙跟到后面出去，追上她，说："班长，我也捐点吧。"

　　金雪莲回过头来，他从身上掏钱，掏来掏去，只有一张五元的，只好假装说："算了，就这五元吧。"

　　金雪莲诧异地望望他："这么多啊？"

　　"没零的。"

　　"我这儿有，可以换给你。"

　　"算了吧，不用。"

　　他接着解释因为和郑彦秋以前是同桌，非常了解他二哥的事迹云云，要金雪莲别说，免得别人不知情说闲话。金雪莲答应了，带着几分官腔，欣赏地说："你值得我们学习。"

最后全校同学中，确实只有他捐得最多，其次就是郑彦秋所在的一班的班长唐海，捐了一元钱。

全校学生捐款一共有一百八十四元。当然，捐得最少的还是三班，不到十元。

期末考试，学校把它当成了第一次摸底考试。学校领导也越来越关注三年级，由于每年升学，几乎都是补习班为学校争脸，所以学校把补习班放在格外重要的位置。为了预测明年升学的情况，三年级期末考试干脆直接拿了一套升学考试的模拟试题，也就是说，重点是为照顾补习班的，而对于应届生来说，肯定吃亏，毕竟课程都还没学完。应届班的老师们有些不爽，意见很大，可也架不住校领导的意图，因为补习班就是校长亲自在教。应届班的老师们最后也想通了，应届生只和应届生比，总的来说还是公平的。

陆运红自己订的学习计划和老师讲课的节奏并不一致，他自学的时候多，平时做题也是自己琢磨，几乎不问别人，渐渐地养成了钻偏题怪题的习惯。在某种程度上，他已经走到了老师讲课的前面，虽然以前拖欠太多基础不牢，解题还不是那样融会贯通，但是因为爱钻偏题怪题，一些难度大的题目，反而见识过了。

考试还是三天时间，第一堂考语文，他倒觉得没什么，有的课文还没学过，老师已经提前告知，问题不大，连猜带蒙，他做完检查了一遍，认为丢分的地方不多。可第二堂考数学的时候，问题就来了，他发现这套试卷非常难，好像踩在了烂泥里。答案模棱两可的判断题和选择题，题目多分数不多，推算却格外费时间。做了几道小题，结果还不敢肯定正确，因为没充分的时间检验了，他只好根据平时的经验和感觉，丢开，接着做下面的题目。

最后的三角函数题和几何证明题，都是分数高，难度也高的题，两道题就占了二十八分。令他意外的是这两道题他都似曾相识，好一会儿才想到是在以前孙老师拿给自己的那些试卷上看过的，慢慢地就回忆起了解答过程，没一会儿，两道题都做好了，和那些选择和填空题比，还不费时间，然后再回头做刚才丢下的题。班上除了他和其他几个同学，大多数都没认真考试，语文和数学考试的时候，同桌钱明抄了他半张卷子，就不耐烦了，提前交卷，他们只要不是零分就算交差。

接下来的几科考试，也还算顺利，他自我感觉总成绩能勉强过得去，因为毕竟还有些没学的内容无法做。考试结束的次日是星期三，暂时放松地回去。

星期天下午，他到学校拿成绩通知书和寒假作业，班上其他同学还没来，操场旁三年级教室外三三两两的学生在向各自的班主任问成绩。他到孙老师家里，孙老师在门口看见他，老远就异常高兴地对他说："陆运红，你快来，快来。"

他不知怎么回事，忙跑过去，孙老师笑中带着激动："你考得好啊，你知道不？你这次语文和数学，都考了全年级第一名，而且，而且是包括补习班在内！你数学是八十九分，语文是八十七分……补习班数学最高分是多少？告诉你，才八十一分。应届生中最高分七十四分。你考了八十九分！许多老师还不相信呢。"

"……许多老师还不相信呢。"班主任孙老师重复道，"我就告诉他们，我这个班虽然是个烂班，其他学生的成绩我不保证，但是，这个陆运红的成绩，是绝对真实的，因为我教数学，我了解……你的语文成绩也比补习班最高分高三分。还有，你的政治，是第四名，全年级第四名。"

陆运红听着，忙把通知书拿来看，孙老师已经把数学卷拿过来，告诉他，就是在最后两道题上，他镇住了全年级百分之九十的学生。他问陆运红是怎么做出来的，几个数学老师集体研究过，认为学生们几乎不太可能会做。结果还是有五个学生做了，不全对，得了些分，陆运红是其中唯一的两道题都做对的人。他看看卷子，才感到原来是个意外，于是把做对的原因告诉了老师。如果不是这两道题，那自己可能还不到七十分。孙老师听了，仍然替他庆幸，因为他的这次成绩让他和语文老师脸上有光。

他的总成绩和期中考试相比,仍然没有明显提高,确切地说只增加了十来分,可是,名次却有了大幅度升高,一下子从原来的应届生中的三十二名升到第六名;含补习班在内,由原来的六十九名到第二十名。他虽然高兴,但也知道,这次考试是个意外,如果这就是升学考试的话,现在根本踩不到高中重点班的线,而且名次再往前挤的话,难度会越来越大。

第44章

假期里,他没有放松,每天按计划补习,从一年级的课程开始,完全按计划进行,但是寒假太短,总共不到一个月的时间,他勉强把一年级的主课全部重学一遍。随即,初中最后一学期开始,陆运红一点没放松自己。

在越来越重视成绩的五河中学,陆运红所在的班是完全被学校抛弃的班,班上的绝大多数学生只是为了混到毕业,老师在上面讲课,学生在下面看小说,看故事书。别的班,男生女生经常被老师严厉地盯着,防止有非常交往,而这个班,老师已经管不了。几个长得好看的女生,像吕小茜、施真群、李慧都是街上人,她们都把自己当成班花、校花,沉着地游走在几个最调皮的男生蒋承兵、卢云、曾鹏、谭子强之间,打成一片,和他们基本成了弟兄。一块抽烟,一块去看电影,一块掰手腕,十分融洽,当然也有可能在早恋,可没谁去关注。在他们周围,就是一大群学他们的,或围绕着他们一块疯玩的同学。有时,她们倒不像几个男同学一样,完全置学习于不顾,不时还兴致勃勃地拿起本子,认真地抄前排同学的作业,表示爱学习。而且,她们绝对不像男生一样顶撞老师,若折腾的动静太大不慎被老师骂两句,她们就会伸伸舌头,扮个鬼脸,然后假装正经地听课,至少好几分钟能保持安静,这大概是对老师最大的尊敬了。陆运红认真学习,基本不和他们一块说话,哪怕闲聊两句。但他绝不反感他们,因为他自己以前差点就滑成了他们的模样，所以，更多的是一种理解和无奈。这几个男生偶尔也学学女生的样子，要抄抄作业，找到他，他慷慨地借给他们。他们抄了，还给他，有时就把没用的许多作业本送给他做草稿本，算作小小的酬谢。因此，虽然因为学习态度的差异他和他们界线分明，但相互之间还没隔阂，甚至相处融洽。

　　有一个技能，让他在几个调皮同学中瞬间获得了更大好感，那就是吹口哨。进入三班以来，他很少吹口哨，基本戒了。一次中午放学，他做作业做腻了，一边做，一不自觉地又吹起爱情歌曲《三年》。殊不知，就在后两排抽着烟打着扑克牌的蒋承兵、卢云、曾鹏、谭子强和吕小茜、施真群、李慧，听呆了。他刚吹完，蒋承兵就放下牌，叫道："陆兄，你小子行啊，哪儿学的，再来一遍。"

　　几个女生更是异口同声地要他再吹，他笑笑，只好又吹一遍。蒋承兵听着听着，丢下手中的扑克，跑到他面前，递上支烟，笑嘻嘻地求教："陆兄，你是怎么吹的，教我，教我，收我为徒。"

　　他推谢了他的烟，还半开玩笑地给他胡乱"指点"一会，其实他也不知道自己怎么就会了。蒋承兵却认真地在他座位上学起来，吹来吹去，却像支气管炎病人发作时的声音，搞得大家一片哄笑，可他不气馁，执着地要学。下午放学的时候，他又来向陆运红请教。原来他和几个哥们正在暗中各自向几位女生示好，自己又身无所长，忽然间被陆运红的口哨迷住，进而发现它是俘获女生芳心的绝技，想三下五除二地学到手，好派上用场。于是，隔两天，他又来向他讨教，陆运红只好慢慢地给他纠正口型，以及气流的约束与节奏的控制。一个星期，他勉强会了一点，虽然不咋样，却被全班同学直接叫成了陆运红的"徒弟"，他倒欣然认可。他发现陆运红原来没有《法律常识》书，是手抄的，为了讨好"老师"，把自己的《法律常识》送给他，陆运红乐得接受了。

　　老师们快速地讲课，一个多月的时间，全部结束，进入全面的复习。对于三班来说，此时大多数同学就相当于放假了，因为大部分时间自习,老师基本上只来发卷,发过之后来看一眼就走,评讲的时候也是简单讲讲,或有问的同学才讲,没问的,他们坐一会儿就走了。

时间快速地流淌,每隔几天就考试、考试。此时,陆选南却出了意外,因为经常抽烟,过年这段时间,老是咳嗽、气喘,大家又互相拜年请酒,他酒量不大,可也少不了被劝着喝。一天晚上,他回到家里,咳着咳着,甚至咳出了血痰,韩叙芳吓一跳,要让他马上去医院,可没一会儿,他感到好多了,想到又是晚上不方便,就没去。第二天,什么事也没有,他和韩叙芳也就没放在心上。只是这几个月来,他不时感到憋闷,有时喘得慌,伺候庄稼也没以前那样大的干劲。因为世代贫困,祖辈几代人对待病都养成了拖、忍、赖的习惯,直到这天喘得又有些受不了,一点气力也没有,他才到乡医院里看。医生开了X线检查,结合他的描述,基本诊断为严重的肺气肿加支气管炎,再任性下去就会丧失劳动能力,不慎的话还会引发呼吸衰竭和心力衰竭,带来严重后果。也就是说,现在开始,他只能进行些简单的劳动,不能再像以前那样拼命地干了,他那种不干活、不做事没法过日子的习惯必须中止,必须马上治疗和休息、调理。

这个检查结果一下子把陆选南弄蒙了,他原来还寻思着面条厂关门后,能不能重新搞个什么厂,尤其是做糖果,销路很可观。从现在开始,看来他什么都不能干了,只能披着衣服,走走看看,帮韩叙芳做些不费力的事,庄稼的担子也要落到韩叙芳头上,他想着心里就开始难受,晚上一个人叹着气到半夜。夫妻俩都没把病情给娃娃们讲,开始着手治疗,孩子们在家里的时间少,也根本不了解。

或许是以前没有得大病的经历,又刚刚检查出来,陆选南精神上沉重,虽然开始按医生的要求服药,但病情反而有加重的迹象,有时早上起床坐起来就开始喘,接着半天上不来气,如同马上要咽气的感觉,他还是以顽强的毅力强撑着,尽量不让自己的状况被韩叙芳知道,他怀疑医生骗了自己,分明感到自己要完了。以前办面条厂积存的钱原来还打算修房子的,难道只能眼睁睁地看着消耗在这病上,要是消耗完了，自己也完了，那怎么办？

这天晚上，他对韩叙芳说："我想还是把房子修起来。"

"程增福不是说这两年不能修吗？"

"不，他的话只能信一半。如果不修，你瞧，墙都开裂了，再过几年，说不定这半边土墙都会垮。我也没力量上房换草了，修吧。"

"先把病治好再说。"

"这病，一时半晌治不好的，可能是一辈子的事，慢慢来。还是先把房修好，要不然，你瞧，以后娃娃们回来，没法住了。"

韩叙芳从心底也希望能早点修房子，因为生产队里好些人家都在悄悄攒着钱，准备将草房改建瓦房。钟向尧的"平房"也已经修好了，是全队第一家平房。一向形同路人的秦正高，他家的砖窑这半年来一直顺利，不知赚了多少钱，已在准备建平房。想到这些，她也基本同意了丈夫的主张。

只要妻子同意建房，达成了共识，陆选南做事的信心马上就来。人的毅力有时会起很大的作用，当决心做某件事的时候，注意力一转移，病情就莫名其妙地减轻。他是闲不住的人，马上就开始盘算、计划，晚上坐在床头，设计着新屋的布局、朝向、开间、进深、坝子大小，厨房和猪舍、鸡舍的位置，每年两千来斤的稻谷该怎么修小仓堆放，还有那么多的红薯，又要搁在哪里，总之，改了又改。因为医生嘱咐他不能再抽烟，他只好尽量忍着，万不得已的时候，还是要偷偷地卷上一支，抽上几口。

因为自己有病，他决定把所有工程都包给工匠做，自己看着他们做，和韩叙芳一块负责给工匠们做做饭。他再找程增福帮研究一番，程增福见他真要修，也就不过多劝阻，建议他留间小旧屋不动，以延续正在成长的风水，再帮他选个相对好的日子和时辰。三月初八上午十一时，他用锄头在正屋门外的檐下，象征性地挖了两锄泥，然后点上几支香和蜡，韩叙芳杀只公鸡，用鸡血淋过几张纸钱，然后化了，就算开工了。

接下来，他找来给钟向尧建房的刘师傅，也按钟向尧建房的单价包给他，刘师傅全部算完，六间房，正屋大房一间，卧房两间，厨房一间，猪舍和鸡舍、厕所大屋一间，堆放粮食的屋兼作备用卧房一间，另外还在正屋后配一间堆放柴草的屋子，盖草就行。加上拆旧房，挖地基，还有扩宽门前敞坝，这样算下来，共一千六百五十元。钟向尧从中协调，刘师傅又少收五十元。两人随便写了份建房协议，约定完工和付款时间。陆选南又联系木匠师傅做门窗，做个橱柜。夫妻二人不想在修房的这个事情上依靠大儿子陆运新，因为陆运新上次回来告诉他们，他女朋友欧军已经顶替她父亲，成为粮站的正式工了。人家欧军有三个哥哥，都没有工作，她的父亲居然没让她的哪个哥哥顶替，而让女儿顶替他，足见人家对女儿的偏爱。现在夫妻二人对大儿子的婚姻没有什么意见了，很满意，可是，欧军的母亲偏瘫，长期卧病在床，她的父亲也身体不好，心脏病，在这种情况下，作为未来女婿的陆运新，更应该和欧军一块，为她父母付出多一些。因此，夫妻二人虽然跟陆运新说了建房，陆运新也打算给他们几百元，但他们坚决没要儿子的钱。

越近毕业考试时间，陆运红学习越紧张，星期天抽空回到家里，看着家里也要建新房，兴奋得不得了，根据父亲绘制的简易图纸，马上就给自己安排一间，计划着将来应该怎样布置。因为好朋友钟强也在这儿学砌砖，他又放下手中的作业，给钟强当搬运工，和灰、对墨线，甚至学砌砖，砌了十几块砖，以为自己哪样都会胜过钟强，结果当然砌得不行了，最后被钟强推倒重来，于是他只好依旧去做自己的练习。

父亲不再像以前那样，过问他的学习，这时的他已经完全自觉了。可他也发现了父亲好像有病了，只是不知道什么病，病得怎样，又害怕父亲，也不敢问。父亲大多数时候更像什么毛病也没有似的，很轻松。他对病也没什么概念，依然回到学校认真学习。

初中三年就要结束，经过两年多荒唐迷茫的日子，最后半年多点的时间虽然竭尽全力，成绩有了很大的提升，可是毕竟时间仓促，老师们也大都教得不太认真，他偶尔可以出其不意地考得好成绩，但很不稳定，大起大落。很快，毕业考试来了，他感到自己也用尽全力了，而且所有科都还考得不算差。

原来陆运新念高中时的渡头镇高中班撤销，合并到县高中去了。县高中分重点班和普通班，重点班只有一个班，他不敢保证自己一定能考上，但把握还是挺大的，从来不信神的他也暗中祷告一番，希望上帝保佑他能够如愿。可拿到最终成绩的时候，他感到很失望。

榜单已经在教师办公室外张贴出来，全校两百一十二人参加考试，达到高中及中专线的学生共十四人，有史以来最多。其中补习班十人，应届班四人。达到中专线的只有三人，补习班二人，应届生一人。非常令人意外的是，这位达到中专线的应届生并不是平时成绩最好的尖子生，只是中上水平的，就是陆运红的朋友袁旭。袁旭刚刚踩线，一分没多，一分没少，已经在一班的老师中引起不小的轰动。因为老师们数着指头算来算去，算了无数遍，也没算到他头上。

其他上高中线的人中，达到县高中重点班分数线的仅五人，其中补习班四人，应届生一人，也是一班的，就是班长唐海；县高中重点班和普通班分数线相差二十五分，应届生上县高中普通班录取线的其他三人有：二班的王洪亮，陆运红小学时甲班的同学；另外还有位名叫康彬的，也是二班的；陆运红也上线了，可是刚刚超普通班录取线一分！

虽然能考上高中普通班，尤其是应届生一次考上，在老师和同学们眼中还是值得自豪的事，可对当初就把目标直接锁定重点班的陆运红而言，就是彻底失败，因为在三班和一班对比的这个经历，让他只想上重点班。回到家里，他垂头丧气的，没有一丝高兴。母亲和父亲拿着他的成绩单，很高兴。尤其是陆选南，知道儿子考上了高中，而且是县城高中，这是当初大儿子陆运新想考都没考上的，又知道秦正高的儿子没考上，他马上感到很欣慰，甚至非常后悔当初对儿子不留情的打骂，儿子本质是一直没变的，一直就争气，只是渐渐长大，有点儿脾气了，自己该理解些！

家里还在修房子，因为临时搭的住篷很小，晚上他就去钟强家，和钟强挤一张床。和钟强一块，他才知道，小伙伴秦小军已经不在队上，去给姨父打杂了，他姨父在云津市里开着个小面馆。小猪儿韩科也小学毕业了，听说也考上了初中，前不久他和几个同学中午放学后偷偷地下河去洗澡，其中一个同学被淹死，他也差点溺水，回来挨他爸一顿狠揍，哭得声音都哑了。两人聊了许久。他告诉钟强，他不想念高中这个普通班，想像其他人一样，补习一年，明年无论如何考重点班。钟强此时对学习方面的事，已经没什么兴致。他觉得读不读书没什么好，读高中考大学，那太难了："我听说，我们大队自古以来就没有考出过能吃官饭的人，是我们大队的风水不好。"

他听着，也感到渺茫，他不相信原因是钟强说的那样，可知道县高中每年考上大学的人就那么三四个，让人听着不寒而栗。他还是想试一试，难道自己就一定不如别人？

第45章

一同毕业回来的秦明明，现在不想补习，他说他父亲想让他学养兔子，云津市里有人办养兔子的培训班，他说他也很喜欢兔子，因为兔子长得很好看，很惹人喜欢。陆运红看钟强和秦明明、秦小军他们都在"找钱"了，只有自己还在想念书，想继续纠缠那些不能立马变成钱的什么二次曲线、三角函数、正弦余弦定理、切割磁力线、化学元素周期表、金属反应顺序表等玩意儿，又感到一阵迷惘，读书有什么用？要不干脆仍然将就去念普通高中班，三年过后毕业出来再找钱，也许和他们相比，是迟了点，也没啥。他不敢直接对父亲说不读，因为害怕又被父亲打。

他犹豫了很久，虽然已经填过志愿，但经过多方比较，仍然不想念高中普通班。想了许久，这天晚上吃饭的时候，他大着胆子对母亲和父亲说:"我不想念这个普通班。"

父亲听了,马上脸色一沉,厉声问:"那你想干什么?"

"我想补习一年,明年考上重点班……而且,肯定能考上。"他说。

母亲心惊胆战地看着儿子,生怕他又惹父亲生气。陆运红第一句话说出来了,接下来就只有硬着头皮说下去,他把自己念三班以来的情况说一遍,向父亲夸张地说了重点班和普通班的区别。渐渐地,陆选南阴沉着的脸舒展开,只要儿子想念书,求上进,他就感到心里好受。他也希望儿子无论如何要读到高中毕业,加之儿子至少在成绩上已经超过了秦正高的儿子,如今儿子十五岁,也算半个成年人了,不应该老是让他没有一点自己的想法,大不了迟一年上高中吧,也许从了他的意思,将来他努力,真的撞着狗屎运考上大学呢。程永安说过,孩子爷爷奶奶的那几座不起眼的坟山,是要让后代出点啥人才的。他想到这里,说:"既然你想补习,那就补习这一年吧,只是,全靠自己努力呀,我可帮不了你的。"

"补习每学期要多少钱学费?"母亲问。她已经担心家里把房修了后,还要给陆选南治病,以后经济会很窘迫的。她没把希望寄托在陆运新的帮助上,因为她的想法是把儿子一个个养大,是自己的分内之事,只要以后他们能自己找吃的,过得好点,不给自己和陆选南添麻烦就谢天谢地了。至于陆运新,他正谈女朋友,明年肯定要谈婚论嫁的,现在也正是要花钱的时候,自己和丈夫没能帮他,这就相当于他在帮家里了,所以她现在不希望陆运新为家里花费。

"每学期三十八元。"陆运红说。

加上生活费,每周至少要六七元,一个月要二十多元,加上其他的杂费,每学期要大约一百五十元吧。韩叙芳计算了一下,虽然感到花销有点大,但只要儿子想念书,她都会全心全意地赞成。陆运红第一次说服了父亲,感到前所未有的轻松。

袁旭考上了中专,是南山地区交通学校。考上国家包分配工作的学校,是没有任何关系的农村学生最渴望的跳出农门的途径。能挤过这独木桥而没落水的,很珍稀,中专和大学一样竞争激烈。袁旭带着出人头地的兴奋和光荣,到同学们家串门,尽情地享受着同学们的羡慕。他托同学带信来约陆运红,说要到他这里来玩。此时的陆运红,听说他想来玩,很纠结,因为自己没考上理想中的县高中重点班,在朋友面前有一股小小的自卑感,觉得袁旭是想从自己的失败中来寻找优越感;家里又正在修房子,没法招待他,可又不好拒绝他,那样显得自己太小气,甚至容易被理解成在嫉妒他。想了很久,他还是决定让他来家里玩,并跟父亲和母亲说了。

听说儿子考上中专的同学要来家时玩,父亲和母亲听得睁大了眼睛,他们最渴望的就是自己的儿子也能考上这样的学校,能够吃国家供应粮,能够从此光荣地、名正言顺地摆脱祖祖辈辈从事的繁重的体力劳动,却不敢轻易奢望。几十年来,也没有哪个吃供应粮的人主动说要来家里,如今要招待的是这样一个人,不仅是街上人,还是儿子的同学,以后肯定是个"当官的",又联想到在这建新房的时候,就来这样一个人,也是个吉兆,对儿子是种鞭策。他们前所未有地乐意,马上开始准备,儿子没想到的,他们都想到了。母亲还专门在赶集的时候,去五河乡买了些新鲜菜,割了鲜肉,又煮上家里的老腊肉,还准备杀个鸡,准备就在临时搭的篷里,招待儿子的同学。

刚好第二天,建房的刘师傅和钟强他们要休息一天,家里没别的人,袁旭来了。陆运红在公路上把他接到篷里来,他还是以前那样,只是脸上荡漾着自信的笑。陆运红把袁旭介绍给他的父母,袁旭向二老问好,父亲高兴地夸奖,说他一看就聪明,一看就有学识,一看就是当干部的,考得好,学校也好。

陆运红听着只感到肉麻,没好气地插话说:"你直接说是宋玉之才,潘安之貌,庙堂之器,更简洁。"

大概袁旭也对陆选南刚见面就毫无保留地夸奖,感到有点不适应,听着陆运红的话笑了起来,陆选南被儿子气得不行,在客人面前又不好发作,只好讪讪地赔着笑。韩叙芳还一个劲地道歉,说家里太乱太脏,把桌子和凳子抹了又抹,然后给他坐。袁旭一边谦让,一边说自己是狗咬苍蝇——误撞上的,还是尽情地享受着陆运红父母的殷勤和恭维。陆运红只感到父亲看袁旭的眼光,简直是在看大人物的感觉,觉得有点心堵。他还是高兴地陪着朋友玩,两人谈着当初在一班时的情形,袁旭差点说漏了嘴,把他和郑彦秋的事带出来。两人忙避开家长,走到外边公路上去闲聊。陆运红告诉袁旭,自己决定不上县高中普通班,复读一年,必须考重点班。袁旭告诉他,他已经知道,郑彦秋可能下学期也要复读:"那你们可以又在一块聊了啊?"

此时的陆运红,对郑彦秋的感觉已经淡多了,他说:"我和她已经没关系。如果你不嫌弃她,要追求她,不要因为我和她以前的事耿耿于怀啊。"

"你说什么话,哪怕我想追求她,人家说不定还瞧不上我呢。"

"话说反了吧?"

吃饭的时候,父亲和母亲一个劲地往袁旭的碗里夹菜,儿子简直被晾在一边,好像袁旭才是他们的亲儿子。袁旭被他们的热情搞得也很不自在,一个劲地谦虚、推让,依然有说不出的自豪。陆运红开始反感父亲和母亲,一副从没见过世面的样子,他一次也没给朋友夹过菜,只是多了几句的招呼,故意要以自己的一点冷淡来中和父亲和母亲的过度热情,处于高兴中的袁旭倒一点没觉得出来。下午,袁旭要离开的时候,母亲还从生产队吴友明那儿买来了一袋龙眼,硬给袁旭拿上,让他在路上吃。袁旭只好提上,道谢后离开。陆运红把他送到公路上,又走了一段才分手。袁旭和他约定,到新学校以后,就给他写信来。

陆运新回来了,他是听说弟弟考上高中了,专门回来的,也看看父亲修的房子成了什么样子。陆选南虽然忙着修房的事,但也按医生的交代治病,他的病得到了很好的控制,以至于韩叙芳也以为丈夫的病已经开始好转,还是跟大儿子说了说。陆运新见父亲并不像有病的样子,也没放在心上,上了点年纪,谁都难免会有点小毛病的,没什么大不了。

　　陆运新了解了陆运红的升学成绩，说："县高中重点班，教学是比普通班好得多，可是，他们的录取也很严格，如果你的成绩相差不多，五分左右吧，我都可以想想办法，托人帮忙，也许今年就能进重点班。可是差得太多了，二十多分，就不用想了。你既然决定要进重点班，那就复读一年吧，明年应该没问题。"

　　见陆运红假期里没什么事，陆运新让他也去县城看看，别老闷在乡下。

　　陆运新现在担任城关镇派出所副所长，他的住处也在派出所所在的那条街上，是公安局搬迁后留下的一栋五十年代的旧房改建成的职工宿舍。陆运新在这儿有两室一厅的住房，是砖混结构，大约六十平方米，每月要交房租六元钱，现在他一个人住在这里。这是自八年前陆运红和陆运新来县城卖花生后，再一次来县城。吃晚饭的时候，陆运新带着他来到县公安局的食堂里，食堂里不少人正在吃饭，陆运新和他们打着招呼，去窗口交过饭票和菜票，端出两盒饭和两盒菜。一位约三十多岁的男人，也端着饭菜过来，挨在旁边坐下，陆运新忙招呼，原来是他们城关派出所的所长，叫王承明。王所长望了望陆运红，问陆运新："这是……你的兄弟？"

　　"是，叫陆运红，还在念书。"

　　"噢，可以嘛，成绩应该很好吧？"

　　"成绩只能勉强说过得去吧，是贪玩好耍的好角色。"

　　王所长又望了陆运红一眼，说："嗯，我会看相，你这个兄弟，不是那种贪玩好耍的人。当然，调皮可能有点。我还认为，男孩嘛，读书和调皮都是必需的，嗯，不错不错。"

　　两人又聊了会儿最近一次抓到几个嫖娼人员的事，陆运红想到大哥帮过程林的姐姐的事，这件事现在没啥消息了。兄弟二人吃过饭，回到宿舍里，他马上就问："咱们生产队的那个程夏，上次你说帮她之后，怎么样了？"

陆运新看他一眼，停了许久，说："你怎么总在问她？想看她吗？我带你去吧。"

陆运红就想知道程夏的事。陆运新告诉他，自前年托局长帮程夏之后，她没有受到处理，可是她怎么也不想回去，既不想回夫家，又不想回娘家，很没落，只想四处漂着，过一天算一天。对这种情况的女子，陆运新已经见过很多了，作为同乡，如不再帮她，她也可怜，多半只能流浪到外地，继续从事以前的行当，若在外地又因为违法犯罪被抓，那就基本没救了。后来，陆运新托人在县城百货公司给她找了个卖服装的临时工作，她做了一段时间，幸好慢慢地转变过来。因为陆运新以前总想做生意，就租下一个门面，租金很优惠。陆运新又贷了八百元钱，准备买卖服装，可自己要上班，缺帮手，刚好程夏没有着落，就让她帮照看店，卖起了服装，算合伙。同乡之间容易互相信任，最初因为她没本钱，陆运新投入的八百元，算她一半，记在账上。其实陆运新和程夏，以前虽然是在同一个生产队，但是程夏比陆运新大三岁，加之不在同一个车间组，她家又是地主，平时他们没在一起过，只是互相知道名字，认识而已，都不熟悉，更不了解。程夏的这个人生波折，让二人在这异地反而熟悉了些。陆运新说着，和弟弟一块朝服装店的方向去。

晚上，整条街的店都已经关门，没有路灯，到处黑漆漆的。他们来到程夏的店面旁，她的店已经关了，可门缝里有灯光，陆运新敲敲门。片刻后，听到里面有打开门栓的声音，接着，门开了一扇，背着屋内的灯光，可以看出是程夏的身影，和多年前一样，没变。她轻轻地问："运新，你来了，进来吧。"

兄弟二人进了屋，程夏望着陆运红，惊讶地问："你是……小……小四花猫？长这么大了？"

陆运红笑了笑，他的这个儿时绰号不时被人叫，他越来越感到别扭，可是又没办法。他叫了声程夏姐，程夏带着两人走到后面的小屋里。小屋里有一张小饭桌，一张床，床头有个缝纫机，旁边还有个砖砌的小灶,就是个微小的家了。她给二人搬来两个凳子,然后倒了茶,陆运红打量着她,程夏好像比以前在生产队时还漂亮,让人过目不忘。陆运红一点不愿意把"卖淫嫖娼"之类的污秽之词和她联系在一起,怎么想来都是别人污蔑她的。

　　陆运新问了问她最近这段时间的生意,可见他平时也不常来店里。店里卖的衣服,最初也是陆运新几次到省城出差,顺便给带的货,后来对方直接发货,都比百货公司的便宜,现在生意还不错。听她说生意不错,日子也还可以,陆运红马上欣慰些。程夏让兄弟二人看店里的服装,还有两大袋没打开的。她一边说着翻看,一边挑几件,要让陆运红试试合不合适,他忙推辞,她微笑着硬要给塞给他。陆运新在旁边对弟弟说:"要不你试试看吧,又没说要卖给你。"

　　陆运红只得随便试试两件运动服样式的衣服,结果穿在身上就很合适,程夏笑着替他收拾一通,说很好看。刚说到这儿,陆运新说:"你们待一会儿,我去派出所一趟,今天晚上该我值班了,我去签个字再回来。"

　　陆运新说着,转身出去。陆运红把衣服试完脱下来。程夏问他哪一件最好看,他指了指那套蓝色的,程夏马上重新折好,对他说:"这套就送给你吧。"

　　"不行,不要,不要。"

　　她根本没听他再说什么,找了个纸盒,给装起来,放在旁边。程夏问起她父母,还有她弟弟程林的情况,陆运红都告诉了她。她听着听着,眼睛里就涌满了泪。陆运红看着难受,红着脸对她说出那句埋在心里多年的话:"程夏姐,我觉得,我对不起你。"

　　程夏惊奇地望着他,说:"你说什么?"

　　"当初,我就不该替他捎信给你。"

　　程夏停了好一阵,忍不住破涕为笑:"这和你有什么关系?如今,我也不想怪姓范的,这是我的命。"

　　"可是,你们的事是我促成的。"

"小四花猫,你长大了。"程夏说。她说她想回老家看看爸妈,可这辈子她可能都不会回去的。她从丈夫家出来以后,去年听说丈夫生了什么病,在家还成天醉酒胡闹的,她也不想再回去,不想再踏入一步了。她说她很感谢陆运新帮她,如果没有陆运新,她可能已经尸骨无存。她已经是死过两次的人,什么都已经看透了。末了,她对陆运红说:"小四花猫,你回去以后,不要对我的爸妈提起我,千万千万,就让他们当我已经死去。"

他忙对她说,不对生产队里的任何人说起她。她看着他认真的样子,笑了。陆运红问:"程夏姐,你以后呢,怎么办?"

"这辈子我就这样一个人,自己过自己的日子,很好,已经不想再和哪个男人有关系。"程夏说。她平时很少和人交谈,此时却和一个中学生谈了这么多。

陆运红,更增加了对知青范朝的气愤。

不一会儿,陆运新回来了,又坐着聊了会儿,然后带着陆运红要走。程夏硬要他们带走刚才陆运红试的衣服,陆运红还要推辞,她直接放到陆运新手里,说这衣服的账记到她头上。陆运新没说什么,替陆运红拿着。程夏把二人送到外面走了一段路,就回去了。

陆运新又对弟弟说,这个店,开始每月的利润,他与程夏是平分,后来他只收了百分之四十,因为铺面不大,位置又比较偏僻,生意不是很好,每月有几十元最多百把元的纯收入。也就是说,陆运新每月还是能分得四五十元的样子,可这些,同事们还不知道,如果知道的话,肯定会招来嫉妒的。

陆运红听着很佩服大哥,原来他这么能赚钱,四五十元,是个很大的数字呀,他马上进一步为程夏感到欣慰,可又奇怪,他问:"你上次不是说你谈对象了吗?叫欧军的姑娘,是哪儿的?你和程夏姐的合作她不介意吗?"

"你说的什么意思?……首先,我和她是同学,互相都了解。其次……其次,我分的这些钱,大多数还给了欧军母亲治病……这事让欧军知道确实不太好,幸好她在渡头乡粮站,离这儿还有三十来公里,平时来去匆匆,不太了解。"陆运新说。他想再过些时候自己积累到一定金额,另外找地方单独开店,让程夏独个经营她自己的,因此不想把这事告诉欧军,难免引起麻烦。

陆运红将信将疑。陆运新又告诉他,他和欧军已经商量结婚的事,可能今年下半年就办,他过些时候要把欧军带回家里,让父亲和母亲和她见上一面,安排一下。

第46章

第三天,陆运红要回家的时候,陆运新的女朋友欧军从渡头乡来县城里办事,顺便给她瘫痪在床的母亲和患心脏病的父亲开药。她来看陆运新,于是陆运红第一次见到了这位未来的嫂嫂。欧军的确很漂亮,短发,很干练的样子。听说面前的人就是陆运红,她把他仔细端详一阵,对他说:"以前听你哥说过你,还以为你很小,原来长这么高了,还有点标致嘛。"

陆运红不知道此时该称呼她为嫂还是姐恰当,斟酌一下,还是大胆地说:"嫂嫂说的话,不管是不是事实,我听着都很开心。说不定回去后,可以像孔子一样,三月不知道肉味呢。"

"哦哟哟,你还挺会说话呢,小小年纪,一句话就把孔夫子搬出来了,好有文才哟。"

陆运红忽然感到不好意思,不晓得欧军是取笑自己还是真心夸奖,只是已经发现自己的话有股酸腐气,脸红了。中午,陆运新又在公安局食堂端了三份饭,两份回锅肉,一份肉丝,还有一份蛋汤,一份煎白菜,带回宿舍里,一块吃。欧军问陆运红的学习情况,听说他考上了县高中的普通班,她倒建议他直接读也行,没太大必要拖一年,明年上重点班,因为县高中重点班的升学率也不高,每年能升上大学的就那么三四个,没升上大学的人就和普通班里的人一样的。陆运红决心已下,不可能更改。吃过午饭,他要回家,欧军还要在县城里办事,再住两天。她到农贸市场上买了一斤茶叶和三斤栗子,让陆运红带回家去。她和陆运新把他送到县城车站,看着他上了县城到五河乡的客车。

在陆运红开学前夕,家里的房屋建好了,完工这天,生产队里许多人都买鞭炮来庆贺,帮着搬东西。陆选南因为修房屋,消耗了不少积蓄,只剩不到两千元准备留着治病的,原来不准备请客了,可看来不请不行。家里因为修房屋,去年杀猪留下的腊肉已经吃完,现在只有去割肉,韩叙芳拿了一百五十元,又找黄大文的媳妇张少群和程增福的老婆杨代晴帮忙,一块到乡里去买东西。把自家喂的鸡也杀了两只,其中一只公鸡的血用来淋了门槛,最后完工宴足足摆了五桌。大家喝着酒,钟德的儿子钟老三问陆选南和韩叙芳:"三哥三嫂啊,你们这房子倒是修得漂亮,但是啊,你家陆运新已经是公家的人,不会回来了。小四花猫嘛,看样子就不会在这里,将来你这房谁来住哟?"

这些话陆选南夫妇听着很受用,陆选南谦虚地回答:"他们能跑到哪里去,哪个人都有落叶归根的那天,我才不相信他们家都不要了,那还是人吗?"

"嗯,不好说。我看你这家业,你俩不如再生一个,好继承,现在还来得及。"

大家都笑起来:"三哥三嫂马上要抱孙子了,还生?"

"生不了,国家正号召计划生育,这么大年纪难道还要公开和国家政策过不去?没精力了。"陆选南摇摇头笑着说。

"小四花猫,让你爸妈再给你生个弟弟,好继承家业,干不干?"五伯逗他。

"不,小四花猫,别同意。你看,你爹修了这么大的房子,你大哥又不回来,将来就是你一个人的,别再生个弟弟来和你分家产。"韩开国也在逗乐。

陆运红只能笑笑,不知道如何回答大人们的取笑话。

陆运红开始在补习班的学习生活,学校招的补习班,一共有五十个学生。在这里,他又见到了以前一班的部分同学,包括贾丽群、赵晓卓还有郑彦秋,以及秦超。另外,考上了县高中普通班的王洪亮也没去,他复读不仅是想上重点班,也是想拼一年看,能不能考上中专学校,避免在高中考大学的独木桥上更残酷地拼杀。抱着和他一样的想法的还有其他人,上届补习班考上高中普通班的六个同学中,有两个也留了下来,他们的成绩都在陆运红之上。因此,在补习班里,陆运红的成绩也不突出,只能排在大约十七八名。

补习班是学校每年最重要的挣面子的班级,因此在课程的安排上,与应届班就大不相同。应届班每周有音乐、图画、体育,还有时事学习课,补习班虽然课程表上有这些名堂,但根本没安排老师,凡是轮到这些课,全默认成自习,由学生自己安排学习。

班主任邹老师是资深的带补习班的老师,副校长,四十来岁深度近视,非常严肃的中年男人,他负责教物理。笑这个表情从来与他无关,他的脸像是从北极圈里拿出来的,总透着股冷气,让人害怕。学生们想问他作业题,首先得在心里鼓鼓劲,把胆气提起来,以免被他吓得魂飞魄散。其他老师也是学校特意抽来的,水平比较高。

令他意外的是他居然又被班主任老师安排来和郑彦秋坐在一块,这让两人都感到天大的尴尬,他们都不敢找班主任老师调换座位,不仅因为老师让人害怕,而且也找不到冠冕堂皇的理由。陆运红像周身长满刺一般不自在,郑彦秋坐在他旁边,脸红红的。第一堂课,谁也没说一句话,虽然他偷偷地看了郑彦秋一眼,她依然那样漂亮诱人,但再也荡不起他心里的涟漪。第一天过去了,他俩仍然一句话也没说,形同路人。

总不能永久就这样坐在一起互相不说话吧。女孩在被自己拒绝但知道他仍然爱自己,并且自己不反感的男孩面前,会不自觉地展现出优越感和自信。她大概做足了思想准备,在心里排练了好几遍的话,终于在第二天上自习课的时候主动地对他说了:"非常谢谢你,你没因为之前我俩的事而耿耿于怀,在我二哥牺牲的时候,给我捐那么大一笔钱。我很惭愧,以前对你的一些看法不对。"

他听着,很意外,确定她是在对自己说话,目不斜视地看着书,然后好一阵才说:"我很敬仰你的二哥,没其他的原因,别误会。"

"你是认真学习的,我发现我应该向你学习。"

陆运红听着这句外交辞令,淡定地回答她一句:"我们应该互相学习。"

补习班老师讲课的态度很超脱,下面如有学生没认真听课或开小差,他们几乎从不去管,在他们的理念里,补习的学生全靠自觉,否则花费那么多的钱干啥。确实,补习班的学生自觉性高得多,大家都在认真地学。而且在这里,老师从不关注男生女生是否授受不亲,即使很亲热地交谈,他们也默认肯定是在交流学习,不会去刻意过问。

陆运红不久发现,班主任老师最关注班上的前十名,因为每年补习班能有十个学生升学,那就是不得了的事情,上学期补习班的升学情况就算相当不错了,刚好十个。所以,老师安排座位,把前十名都安排在了前面两排,为了避免他们受别人影响,都让学习好的和学习好的同桌。老师讲课的时候,关心的眼光在他们身上扫来扫去,每次提问,大都抽他们回答问题。尤其是班上的前五名,那是可能考上中专学校和高中重点班的,老师很快就把他们的名字都记住了。补习班主要是做卷子,从做卷中发现问题,然后老师讲解分析,基本不会再贴着教材讲。而陆运红一二年级是胡乱过来的,基础差,之前自己想补又没机会,这次他发现老师们都是根据班上最有可能升学的学生的学习情况上课,目标很明确,大多数成绩平平、无太大希望的学生被有意无意地放弃了,自便成分更多。于是他干脆按自己原来订的计划,结合做卷子中发现的问题,从头重新学,因为是专门补习,时间较为充裕,可以不像上学期那样紧张。

他没有和郑彦秋过地交谈,可是二人的尴尬已经减轻了,偶尔郑彦秋有做不出的题,问他,他也能认真地给她解答,二人谁也没再去触碰过去那个迷人的话题。他自学的时候居多，没按老师的路子来，他越来越迷数学，对偏题、怪题、难题简直有了特殊的嗜好。每遇到这样的题，做不出来绝不罢休。一次，他从一本课外参考书上又碰到一道带星号的几何证明题，整整一个上午加上中午，五个小时也没做出来，最后做得他直怀疑题目有误，然后用最精准的作图法加以验证，发现题本身没有错，又做，直到要下晚自习的时候，足足加了十三条辅助线才做出来。虽然全天的其他课都因为这题而废了，但他带着前所未有的兴奋，第二天将题目拿去问数学老师邢老师，想验证。邢老师看看，对他说："这个题目，是道奥数题，而且不是一般奥数题，别做这种题目，没有意义。"

补习班就是连续不断的考试，每次考试，他都能发现自己原来不懂的东西，或者原来懂的东西可以更深入地延伸，尤其是在知识的细节上。渐渐地，他更感觉到，还有这么多模棱两可的或不懂的东西，可是自己居然考上了高中普通班，简直就是瞎猫遇上死老鼠，并不是自己的知识水平真到了一定程度，居然还有理由感到失望,恬不知耻！

他只按自己的计划推进学习，每次考试他的成绩也没有太大的提高，上下跳跃，最好时就能达到班上十三四名的样子，还是进不了老师的重视范围。可是他没太在意，只认真地自学，全面弥补前两年半的不足。班上一半多的同学都在认真学习，但也有不少同学依然心不在焉，而且有几对男女同学在背着老师蠢蠢欲动，眉来眼去，你看我一眼，我瞄你一眼，牵肠挂肚，魂不守舍。已经是过来人的陆运红只要看一眼，就知道了他们的秘密，他对他们视而不见，甚至有点冷漠。和他同桌的郑彦秋，在补习班里也是最漂亮的，她继续受到男生们的倾慕。有几个男生又神不知鬼不觉地给她写字条，塞到她的书里、本子里。她每每拿到这些，都悄悄地撕掉，再不找陆运红给她拿主意。附近的几个男生假装向她请教做不出的题，她很不情愿但还是友好地给他们讲。这个时候，陆运红在她的旁边，依然不会受到干扰，视而不见地学自己的。他知道那些男同学找郑彦秋的意图，也知道郑彦秋讨厌他们，只是这一切都与自己无关。在每天为自己安排的学习任务没完成之前，他不会分心关注其他事。

一天晚上，他提前把任务完成，轻松了点，盯着黑板上的化学老师留下的化学反应方程式发呆。郑彦秋似乎也做完了今天的作业，问他："作业做完了吗？"

"做完了。"

郑彦秋停顿会儿，说："我想求你一件事，不知道行不行？"

他有些意外，问："什么事？"

"我去年送你的那套我二哥留下的军装，你能还给我吗？"

他心里咯噔一下，就不希望她说这个事，慌忙间，想找理由对她说已经转送别人，可觉得不妥，忙说："我拿回家里去了，没在这儿。"

"能给我带来吗？我二哥牺牲后，什么纪念物都没给我留下，想来想去，只有这件衣服，我想留着，永远留着。"

他只好吞吞吐吐地说："我也想留着，还没穿过呢……要不，我拿钱跟你买吧。"

他想再出一次钱或许行吧，郑彦秋很为难，好一阵才忍痛似的说："你真的喜欢，那你留着吧，算了。"

他放心了，二人聊着，又聊到郑彦秋的二哥郑彦军。郑彦秋说她现在还几乎每天都在想她的二哥，每回看到他二哥以前留下的信，就忍不住哭。以前，她二哥参军的时候，是全家的骄傲，每一次从部队寄回来的信，都让家里父亲和母亲百读不厌。那时全队的人都会来听他们念，每次大家听完，都会围绕着前线的战斗讨论许久，不少人都羡慕她二哥当上了连长。她二哥牺牲后，她父亲的头发都白了一半，门也不出。

两人一直聊着，班上的人都走得差不多了，陆运红早发现了，他也想离开，可因为座位是靠墙角的地方，郑彦秋坐在外面，她没离开，他不好主动叫她让开，而且她聊得好像没有要离开的意思，他只好耐着性子坐着，听着。她又说起他二哥以前信中描述的一场战斗的情形，他很快听入了迷。她又聊起其他与战斗无关的事，他听得不想听了。

最后直到班上只剩他们两人了，郑彦秋才忽然中止了聊天，然后起身走，他得以离开，关上电灯。

因为补习班的自习课非常多，第二天上午又有一节，她依然主动和他聊天，而他正在思考一道物理题，根本不想听她说什么。可她一点没介意，甚至把头偏到他这边，带着很甜的笑，小声给他讲她们队上的事，他礼仪性地"嗯嗯"答着，其实什么也没听进去，又没看进去书，渐渐地开始反感她。周围的不少男生都在注意他们了，她毫不在意。他心中却打着问号，想着她这两天奇怪的举止，怀疑她又要对自己死灰复燃？此时的他已经没有以前的感觉，他想到她曾经跟自己说的一句话。这天上自习的时候，她又准备和他聊天，他小声地掂她的原话来提醒她："我们的主要任务是好好学习。"

"我知道，你也别误会。"对方胸有成竹地说。

他冷静地想了会儿，怀疑她是想避免其他男生的打扰，故意与自己这样亲热，好让他们有自知之明。

郑彦秋确实是这样的意思。在补习班上，以前陆运红和她之间的传闻，已经在班上悄悄传开。他们俩一块聊，极容易造成其他男生的误解，那几个老在想法纠缠郑彦秋的男生感觉在陆运红面前没有明显的优势，就不战自退了。

同来补习的秦超，因为上一代的原因，平时和陆运红之间几乎没有交往，自小学以来，交谈的次数大概不到五次吧。让陆运红没想到的是，秦超也在很认真地学习，虽然他的成绩还很差，可从几次考试来看，他渐渐地也追上来了，好几门单科成绩都排在十来名。他感到一点紧张，可惯性使他只能按自己的学习计划走下去。回到家里，他同样认真地按计划学习。

第47章

陆选南是个闲不住的人，那年把儿子打得一瘸一瘸走路，后来被韩叙芳背地里责怪了好久，他也心疼后悔。现在每回看到开始懂事的儿子回到家里，在煤油灯下做两三个小时的作业，他都感到以前对儿子关心过少，只认成绩，动辄就打的做法不对。如果家里有电灯，像五河乡街上人和周围的几个队一样，就好了。思来想去，他萌生了一个想法，能不能动员全生产队社员们集资安装电灯呢？全大队现在只有靠近五河乡的二队和十一队安了电灯，是得近水楼台之便，像五队这远离乡上的生产队，安装电灯是平时大家做梦都想不到的事。要是能用上电灯，那是多么让周围生产队羡慕的一件事？

　　人有时候就是这样，一个想法在心中诞生，只要所涉目标不是太遥远，就会想方设法创造条件。他带着自己的想法去找程永华，和秦代清、韩开佑、钟向尧说了，几个人很快就表示支持他的想法。一般说来，这样的事情应该由队长主导才行，可是几个人以前和队长秦正高、副队长王进昌一直合不来，而陆选南与秦正高因为积怨，土地包产到户以后，基本不来往，如秦正高领头办此事，他肯定不会再参与。几个人商量此事，越说愿望越强烈，在商量的过程中，自然而然地就形成了以陆选南为主的一个"小团队"。程永华说，他愿意通知全生产队所有人，开个会，愿意参与安装电灯的自愿报名。然后钟向尧和秦代清说首先要去乡电力站询问相关事情，怎样打申请，怎样请专业人员测算，先把第一步做好。韩开佑又帮着陆选南分析有多少人愿意参与集资，人均集资多少，大家能接受，至少要多少人参与才能让事情基本成。

　　几个人一阵聒噪，消息很快传了出去，没两天在全生产队传开了，不少人在茶余饭后聚集到陆选南家里来，详细问，看来大家的热情还是比较高的。当场略一统计，就有一大半的人都愿意主动集资，每人最多只能承受四十元以内。因为从乡上到生产队里，主线太长，直线怕也有两公里，又经过其他生产队，还得征得人家的支持。大家虽然很向往，但是总感到费用肯定会超出预计，事情成功的可能性很小，渐渐地，又散去了。

要找乡上电力站专业人员测算所有费用,这就涉及先付工资,还要请人家吃饭什么的,而且,测算结果出来以后,如果群众认为太高不接受,集资无法进行,那么这笔费用谁来承担?陆选南想了想,表示自己目前还能承担这个费用,事情若不成,这笔费用就由自己出。几个发起人又表示不能由某个人承担,大家都出点,于是事情开始了。

技术人员被钟向尧请来了,总共四个人,从乡上到生产队,选择最近的线路,然后研究如何在全队布置电线桩,如何最节省,又能全覆盖。足足忙了三天,才拿出测算结果,是一张材料和人工安装费表格,合计要一万六千元左右,也就是说,按生产队所有人都愿意安装来计算,人均五十三元左右。而且这个费用只是包含电表在内的安装到户费,入户以后的线路和电器没计算在内,届时还得各家各户自己掏钱。几个发起人把电工师傅的工资每人每天四元,加上生活费一共六十多元,先记在账上,开了会再说。

因为生产队的公房已经垮掉,程永华把各家都通知到,到陆选南那个废弃的面条厂的厂房里开会。开会的时候,全生产队每家都来了代表,大家随便站着、坐着、蹲着,听陆选南和几个人讲述了安电灯的费用预算情况,果然,大家都感到有点高,承受起来很吃力,有一半的人直接就不发言了。最后大约还是有十七八家代表表示愿意参加。显然几个发起人的想法要泡汤,因为百分之六十的人不参加,就这十多家参加集资的话,那个平均费用就更高得离谱。不说别的,就连几个发起人也不会参加集资了,这个会算不欢而散。

陆选南不甘心,拿着电工的费用测算结果,想如果能动员邻近的六队和七队社员们也加入的话,共用主线,主线的人均费用就会大大降低,可这不仅需要做他们两个队的队长的工作,还要再请电工测算。事情不成的话,几个电工前期的费用又要增加,再找发起人共同承担,可能他们也不太愿意了,说不定得由自己承担。几十元虽然自己能承担,可也是不小的费用,没结果的话也心疼,韩叙芳也肯定不愿意。

他犹豫着,想放弃,可一想到每回到乡上赶集,看到电灯,又想把事情做成。他打算专门去找他们两个队的队长问一问。刚好这天赶集，想到七队和六队赶集的社员们都要从五队的公路上经过，说不定会碰到他们的队长，于是专门在路上等。六队的曾队长，七队的周队长，他都认识。事情就这么凑巧，没一会儿，两个队长都来到了，并且还同路，两人聊着什么，一个去买喷雾器打农药，一个要去打两把锄头。他把他俩叫到路边，把自己的想法简单告诉他们。两个队长早已经听人说五队在集资安装电灯的事，他们队上也有人鼓动，正想问问陆选南。两个队长对他的建议马上来了兴趣，说回去就征求大多数人的意见，尽快给他回复。

陆选南从他们两人的口气中，听出了他们自身的意愿也很强烈，这是最关键的，只有他们意愿强烈，他们才会主动，尽力地去推动这件事。

事情很快就出现转机，两个队百分之九十的人都愿意参与集资，陆选南根据人数简单一测算，主线的费用立即降了很多，这样再一开会，这事应该就成了。他立即把消息传播出去。

六队、七队两个队可以共同分担五队的主线费用，他们的集资费用也下降了，只是要比五队高些。最后经技术人员测算，都在四十三元左右，电力站变压器负荷够，也不用更换或新增变压器。陆选南和程永华再次组织每家讨论，这一回，全队的人除了三个五保户表示不参与，都来了，秦正高也派他的大儿子参加，最后几乎所有人都同意参与集资。重新测算，现在人均需三十四五元，为保险起见，仍然按人均四十元计，最后工程完成之后，所有开支账目全部公布，所有社员签字认可，如果资金有余，按人数退还给大家。不足的话，还要按人头补，只是可能补得不多。接着就定了，由秦代清和程永华两人负责收款和登记，安装电灯事务的临时办公地点就定在陆选南废弃的面条厂。

星期六下午，陆运红收拾回家，到了家里才知道在父亲主导下的生产队里这件火热的大事情。在学校里习惯了电灯，在家里又习惯了煤油灯，虽然他都习惯，但从此要告别煤油灯了，他和大家一样，有说不出的兴奋,后悔没有机会参与其中。他不敢向父亲打听,因为还怕他,只向母亲打听。

开会是一回事,具体到实实在在掏钱的时候,又是另一回事,究竟有多少人交款,其实是最关键的。大家来到陆选南废弃的面条厂里交集资款的时候,又有了问题。有六家人今年有女儿要打发出嫁,也就是说,他们的女儿如果参与集资,基本享受不到电灯带来的便利就嫁了出去,同时挤兑出还有三户今年要迎娶媳妇的,日子都看好了,并且已经宣扬开了,要不要算?不算的话,她们可是进门就用上了电灯!还有钟仕年家,他老人家已经病得几乎吃不下饭,棺材都准备好了,要不要交?几个发起人面对着这新冒出来的事,感到棘手。如今最害怕的就是集资款不够,因为当初没预算到的,如踩坏线路经过的两个生产队庄稼的赔偿,还有购买附属材料的运输费用。这些临时冒出来的开支不少,以后还会有,多半会超支。

最后大家定了,只要今天之前没出嫁的,都要算,陆运芹也是今年要出嫁,为堵住这几户人的嘴,陆选南带头表示陆运芹肯定要交集资款。至于要娶媳妇的几家人,则只能不算了,这样权衡下来可以多收点集资款。

虽然这样决定,陆选南也表示带头,但是其他几户要嫁女儿的,意见很大,他们认为今年要娶媳妇进门的,娶了接着又要生娃娃,却一分钱不交,相当于两个人白享受,说的也是道理。娶媳妇的和嫁女的两帮人甚至在现场就开始争吵,几个发起人陷入了困局,只有暂时中止集资,讨论后再说。

晚上,人家聚集到陆选南家里商讨,陆运红在煤油灯下做作业,一边做一边听他们讨论。几个人商量片刻,抽着烟,还是觉得难办,纯粹一刀切,偏向哪一方都难,关键是极有可能差钱,再增加集资款的话肯定就有人退出,以后资金不足时再集资会引发更大的矛盾,而提出问题的这几家的经济状况都不太好。陆运红好希望父亲主导的这件事能顺利办成,千万别被中途夭折。他不等几个人商量,插话说:

"如果因为钱不够,那就都交吧,没出嫁的女儿肯定算,今年要娶媳妇进门的三家人,同样给算上三个媳妇,可能他们不服,但他们最终一定会同意。"

"为什么?小四花猫,你说说。"程永华问。他还是这么称呼他。

"他们如果因为这个事不参与集资,将来娶媳妇进门时,肯定要办事,那时全队都用电灯,而他们还用煤油灯的话,马上就会被人瞧不起。还有,如果新媳妇那边现在就知道全队都安电灯,男方不打算安电灯,也会有看法的。因此,他们即使不乐意,可能也只有接受,把这话给他们说明白。"

"哈哈哈,是,是,倒是这么回事,我们还没想到。"钟向尧笑着说,几个人也跟着笑了。

"别过分犹豫,果断些,就这么办,小四花猫的这个说法有理。咱们集资是民间行为,不是政府主导,没那么多教条性的讲究。"徐开佑和秦代清也同意,于是几个人达成了一致。

对于钟仕年家的情况,陆选南表示,还是自己带个头,将户口已经不在这儿的大儿子陆运新也计入,其他人就无话可说了。陆运新出去了很久,再交集资款没道理,但想到堵别人的嘴,认为可以先这么做,暂算陆运新一份,事情结束后退还,谁也无话可说。

最后,几个发起人把他们最终的解决方案一公布,几户娶媳妇的果然有意见,可确实如陆运红料想的那样,他们叽里咕噜地出了一通气,嘈杂一阵,还是都认了。陆选南虽然对儿子的学习不敢抱啥希望,但对儿子冒出来的令人意外的看法,还是认可的,这勉强算一种安慰吧。

其实,人均四十元的集资,这个费用还是让不少家庭感到吃力的。费用最多的一家李长明家,父母孩子加在一块,有八个人,就需要三百二十元,两个老人有病,孩子又全是"巾帼",劳力差,家里一直困难。其他家庭能一下子拿出两百元的,也不多,估计不到二十户而已。但是,大家意愿都还强烈,次日就有人准备去信用社贷款。

有好几家知道陆选南家里有存款，虽然修了房，但手边积蓄还有不少，纷纷找上来借。陆选南有些不愿意，因为这个头一开，就会没完没了，收不了口，可要拒绝人家，他也做不出来，只好答应。于是，接二连三，准备留出治病的钱两天就被借去了一千元。他怕被借光，届时家里有点什么事，不能应付，比如陆运芹和杨成立的婚事，人家男方已经在筹划了。于是他留下近八百元，把再来借款的人都婉拒，说借光了。

安电灯的事，首先在五队风风火火地搞起来，全队的男人们齐刷刷地出动了。材料采购由陆选南和徐开佑负责，同时，陆选南还负责和其他两个队队长的沟通。材料发放由钟向尧负责，其他人力安排由程永华和秦代清负责。本着能省则省的原则，所有电桩窝，自家门前的都由相关队员自己挖，公共地段的每个只补助一元五角钱，反正大家不缺劳力。抬电桩，同样是各家出劳力，不另花钱。拉电线，主线的工钱最后分摊，分段线则由分段的几家负责协助电工师傅，没有工钱。电磁葫芦、横担、电马夹、螺栓等一切配件，女的也帮着背，电工们的食宿被安排在程永华家里，生活费最后结算。工程在顺利地推进，五队的热闹大大带动了其他两个队，他们也迅速完成集资，然后一步步参考五队的做法，全行动起来了。

工程并不是一直这样顺利推进的，只要是涉及资金方面，大家的眼睛就会瞪得很大，虽然陆选南他们几个发起人并无一点私心，可就有旁观者时时留心着他们的一举一动。他们前脚采购完材料，就有人后脚跟踪去厂家审问他们的采购价，盘算着在他们公布账目的时候，出其不意地拿出他们吃回扣的实证。而这个旁观者，却自己不出面，支使其他的人去。没两天，陆选南他们几个发起人从其他渠道知道有人在踩他们的脚跟，这个人就是"山老鼠"章华民。此人自恃精明，实在是小人心肠，是谁在背后指使他干的？不用说，大家很快就猜到了，谁也不开腔。虽然他们想都没想过要在这点来之不易的集资款上做手脚，甚至还没想过完工后要领点报酬，完全是义务地干，可被人这么怀疑，心里就马上一股气。钟向尧脾气火爆，忍不住了："他自己当队长，却带不起头来干，还要这样阴险，我去当众把他的皮揭下来，让生产队所有人都提防他。吃肥了，找不到消遣事，来专门跟咱们过不去。"

"老子早就看不惯他了！"韩开佑说。

"我们既然把事情搞起来了，就尽快搞好，其他的不管，别中途惹出些事，每一笔账记好就是。"陆选南说。其实陆选南心里，还有丝欣慰。因为他从自己主导的这件事上，看出了秦正高是出于嫉妒，才这么支使人干的。这种嫉妒，让他感到有点舒服。

"等事情完了再说。"钟向尧说。

第48章

主线安装完毕的时候，技术人员为了检验线路，先在两户试通电，这两家就是陆选南家和徐开佑家。陆选南首先让电工接一盏灯到儿子的床前，让读补习班的儿子星期天回来能在电灯下做作业。全队男女老少全部聚集到了他家，好奇地讨论着，许多老人还是第一次如此近距离地看电灯，用手摸着，问煤油是从什么地方加进去的。几个"见过世面"的年轻人则一副不屑的表情，带着优越感给他们解释："这还用啥煤油？以后拉拉开关，看，就是这么拉一下，'咔'就关了，再拉一下，'咔'又亮了，就这么回事。"

老人们几乎轮流拉开关线，体会这个新事物，确实听使唤，一拉就亮，他们笑着，抽着烟，点着头，满意地站在旁边。"补锅匠"秦祖年甚至拉了三次，又用手摸摸已热得烫手的电灯，笑眯眯的。电工师傅一遍又一遍向大家讲述用电的安全常识，坚决不能用手直接摸裸线，不能让娃娃打开开关玩耍，等等。为了给大家深刻印象，他们临时抓了个癞蛤蟆来，用线绑着，做触电试验，果然，瞬间这只癞蛤蟆就四脚朝天，一命归西，惹得大家阵阵惊叹。总之，这大概又是自生产队土地包产到户以来,最大、最热闹的一次聚会,从下午直到晚上,大家还在体验,电灯比煤油灯亮多了。

第二天,大家的积极性更高,都争着到面条厂里签字领材料,生怕采购数量不够,被其他人领完,然后请电工师傅首先安自己家的线路。李大财他们几个未参与集资的五保户也开始有点后悔,可是他们又舍不得出那么多钱,先找到程永华问,是不是可以便宜点,也给他们安上。程永华又来和陆选南商量,两人一合计,三个五保户就在主线附近,不会新增电桩和铝绞线,下杆线接入就是,不会亏。他们认为可以考虑,也算是为五保户做好事,然后就和其他几人说了一下,定下来,让他们每人交二十五元。

陆运红最有兴趣的就是这些能动手参与的事情,物理课中的电学,一直都是老师在课堂上空对空地讲,从来没做过实验,大家坐在下面全靠死记,没有实践验证的教学已经榨干大家的想象力和学习动力。电工们开始进户安装的时候,他急不可待地抽时间回来,仔细地看着他们安装,还给他们当助手,琢磨着他们的安装技巧和接线方法,第一次看到串联和并联实实在在的应用。家里电灯装好的时候,他发现自己也可以当电工了。当电工师傅们不在的时候,他就把家里的几个电灯和他们余下的电灯线、开关拿来,对照着书上的实验和题目,接线试验,虽然没有什么安培表、伏特表、欧姆表,但从电灯的亮度变化上基本可判断结果。对不少知识的印象马上就加深了。他发现家庭电线安装原来没什么了不起,于是用自己的零用钱买了改刀、钳子、绝缘胶圈、小电夹等工具,把开关、灯头、插座等拆来拆去地看结构,没多久几乎都搞清楚了。他早已经听老师说过二百二十伏电的威力,又看了电工师傅做的癞蛤蟆试验,每次都小心翼翼,可有一次还是被电着了,巨大的电流一下子把他的手弹开,瞬间半个手臂麻木。他吓得战战兢兢,可没过一会儿,还是禁不住好奇心的驱使,又试着去拨弄,但是更加小心了。

星期六,期中考试考完了,陆运红暂时放松回到家里,生产队里所有家庭都通上了电，同时集资的其他两个队也抢着要在过年前全部完成，点上电灯过年。陆选南和几个发起人正在忙着核对账目，准备过几天开会给大家最后公布收支情况。

五队的电灯安装全面完成，大家带着前所未有的兴奋，谈论着这件开天辟地的大事。集资时众多的意见和不满，都被绝大多数人搁到一边。可是，早就有人在人群中散布话题，说几个发起人在经济上做手脚，贪占了大家的集资款。而此时，账目还未公布。过了五天，几个发起人把账目全部理清完毕，陆选南找来几张大白纸，将集资额和详细的开支都写在上面，提前贴墙公布，开会再给大家解释。这次集资安装电灯，最后算下来，人均集资三十八元六角，原来按每人四十元收，也就是说，还要退每人一元四角。依照几个发起人的意见，陆选南的大儿子陆运新户口已经不在这里，人也不在这里，不应集资。现在集资款还剩余约四百二十元，可先退还陆运新的四十元，然后再退给大家。开会的时候，程永华把这话说清楚，基本都没意见，可马上就有人站出来，说公布的账目有问题。此人正是秦正高的表亲，绰号"山老鼠"的章华民，他胜券在握地从身上掏出个本子，开始核对。

不一会儿，他就开始发问："全队不包括主线桩，一共四十二根电桩，我数过三遍，没错吧？你们这里也是四十二根。也就是说，大不了四十二个电桩窝，扣除各家各户自己负责挖的，还有公共地段上的二十个，这个我数过。这里为什么有二十四个电桩窝的费用？"

大家齐刷刷地过去看，发起人还没来得及解释，就有几家人开始嘈杂。

"哪块石头下面不藏螃蟹。"

"我看几个电桩窝，就把我搞穷了才怪，让他吃下去。"

帮腔的恰巧就是集资的时候要嫁女要娶媳妇的几家，忍气吞声这么久，今天终于找到个出气的机会。

"有两个电桩窝，是因为临时改变线路走向而增加的；还有两个，是因为魏老三挖电桩窝时，伤到了脚，临时算了两个作为补助药费，这是我经办的,魏老三本人可以做证。因为事情不大,没单独列出来,但我们几个发起人都知道。"程永华说。

魏老三在人群中应了一声,承认是这回事,他又展示了痊愈不久的脚。改变线路是因为过原二组山林的时候,树木遮挡,为避免砍伐过多,临时改变了原设计线路。这个情况也有一部分人知道,"山老鼠"只好闭嘴,继续核对,不找出碴子不罢休的架势。他觉得人不为己,天诛地灭,这几个人不可能是圣人,他们还能一心为大家办好事,没领一分钱工资,鬼才相信。

最后,他又盯住了施工期间电工师傅的生活费。因为这笔费用比较笼统,并没列出每天生活费的详单,只是每日生活费八元,他认为金额高了,因为中间断断续续有七天电工师傅没来,他记得很清楚,这上面单一这一项费用就达到四十八元。电工师傅先后在秦祖寅和钟向尧家里生活,钟向尧对他这种拿着放大镜找碴的行为非常愤怒,他一巴掌拍在桌子上:"老子就贪污了,你要怎样?"

"前后一个半月,就把不足的几天凑合着折算了点柴火费给两家,那上面注明了。"陆选南说。

"柴火费,用得着四十八元?"对方以为抓着了他们的小辫子。

"那你认为给多少合适?"陆选南也忍不住有气。

"四十元绰绰有余。工资也不对啊,四个人,每人每天十二元,一共三十八天,一千八百二十四元,是不是?这上面为什么是一千九百二十四元,明明就多了一百。"

"这个……是这样的,工程开始的时候,给了两个安装带班的头儿每人五十元,希望人家尽快安装,要不然人家窝工慢腾腾搞,拖个十天八天,拖到最后恐怕多出几百元都不止。"

"这个,哪个相信?……你们相信吗?"山老鼠"得意地扫了大家一眼,高声说,然后望着躲在人群中一言不发的秦正高和王进昌,大概是想得到他们二人的响应。

王进昌阴阳怪气说了句:"不消赌咒,我看只能相信了。"

接下来响应二人的不多，还是只有那几家多交了钱的。

钟向尧因为是生产队里第一个建"平房"的，而且平房已经要建成了，此时的他活在别人的羡慕中，感到面子很足，丝毫没有两次进过公安局的耻辱感，说话恢复了以前的气势，突然对"山老鼠"吼道："你家多少人？三个，是不是？你不安电灯就是，你那一百二十元，现在退你，算我私人退你，这几个钱我还出得起，拿去，滚！我们几个干这么久，谁都没领过一分工钱。你正事干不来，专门鸡蛋里面挑骨头。"

他说着，从身上数出一百二十元，扔到"山老鼠"面前，马上拿上钢钳，要去剪断对方家的电线。

章华民愣住了，气焰一下子弱了："你……你敢，这是两……两回事。"

此时，秦正高站出来劝："算了，算了，都别动气，安电灯是好事，有点小误解也正常，事情就是在矛盾中推进的，在矛盾中解决的，大家解释明白就对了，也没啥，也没啥。"他忙把钟向尧掷来散落在地上的钱捡起来，放在桌上。

谁都明白就是他和王进昌躲在后面挑起是非的，把章华民支出来，他这时站出来当好人，已经是服输的意思。陆选南见了，也就不把矛盾扩大，忙和程永华一块跑过去把钟向尧拉住。

会就这样结束了，虽然最后把多余的钱按人头退还了，但基本是个不欢而散的结果，只是也没太大矛盾。而章华民与钟向尧、陆选南、程永华几人之间倒结下了梁子，以至于见面都不打招呼了，形同路人。

陆运红旁观了父亲和几个发起人主持的这次账目公布会，真切体会到了人心的复杂，即使是千方百计、一心一意地办好事，最后的结果也不会人人满意。这件事，只有那么几个人反对，总的说效果算好的。

期中考试在补习班也是有指向性的，陆运红的成绩排到了全班第八名，对这个成绩，此时的他毫不感到意外。秦超也进步很大，排到班上第十五名。而他的同桌郑彦秋虽然有进步，但不大，二十二名，完全远离了老师的关注中心。郑彦秋暗暗地又被他吸引了，开始认真地向他问作业，请教不懂的题，每次都很客气，他也很认真地给她讲解。让他解气的是曾经鄙视自己的贾丽群，在半期过后，自己的每一科成绩都在她之上，全面翻转，她被挤出了前十名。

可是，又发生一件让他非常不爽的事。补习班的数学老师邢老师因为工作调动走了，学校因为向来重视补习班，一般安排的老师都是水平高的，邢老师走后，学校就把当初一班的班主任林志明安排来任补习班数学老师，据说他已经是数学教研组的组长，还当上了教导处副主任。陆运红听到这个消息，心情复杂，想而又想，只要他不是班主任就行！他绝对不在他面前问一个问题，不称呼他一声老师，总之互不相干！从此，他的数学更是全靠自学自补。

当然，并不是这样就能避免尴尬，因为林志明老师进课堂后，没一会儿就发现，他居然又和郑彦秋坐在一块，天下再巧合的事怕也不过如此，他差点以为是幻觉。陆运红看他一眼，读懂了他的表情，他侧过头对郑彦秋小声说："如果你觉得有必要，就去跟他解释下吧，或者跟班主任老师说，咱们还是调开好。"

郑彦秋有些为难地说："向他解释什么？……如果他问，我就说；不问，就不说。"

郑彦秋的回答倒让陆运红很开心，因为这样很容易给林志明造成错觉：他以前暗中拆开他和郑彦秋的事，是以失败告终的，他和郑彦秋是分不开的。

确实，林志明是这样理解的，不过因为补习班全靠自觉，他更懒得过问，甚至讲课的时候，他都不愿多往他们那边看一眼。只是在看作业和改卷子的时候，他不再像以前对陆运红那样不闻不问，还是一视同仁地给批改。让陆运红反感的是贾丽群和其他几个原来一班的学生，看到林志明又来教数学，如同看到了大救星，每逢他上课的课间，就纷纷围着他问题目，问个不断，好像不问就对不起数学老师，硬在他面前把自己塑造成最积极思考、最爱学习的形象。

就在陆运红期中考试结束后不久,陆运芹和杨成立结婚了,陆选南按风俗习惯,给女儿买了一个装衣服的高柜,两个小柜子,一张床,两床被子,还有一张桌子和四张长凳。队里绝大多数人都来了,亲戚们也来了,大家纷纷帮着记礼簿、招呼客人、砌灶、借锅、借桌凳、借碗筷、找木柴。热闹从头天下午到第二天中午,因为主要在男方家办,女方家只在陆运芹出嫁的早上,设宴请所有亲朋,但这一摊子下来,积蓄的钱也花了近千元,差不多用完了。吃过早饭,迎新的队伍来把新娘接走后,女方的亲友们才渐渐散去,陆运新赶回来,给了陆运芹四百元。

四百元对于此时的陆运新来说,虽然不少,但也不算多,可在生产队里的人看来,算是个很惊人的数字,可以修一两间屋了。没两天,就在队里传开,数字被人夸大成了八百、一千,在队里引起不小的轰动。有人怀疑陆运新为什么有这么多钱,肯定来路不正,因为工资都不高,哪怕是乡党委书记的工资,据说也才六七十元。陆选南也有点怀疑陆运新的收入,毕竟四百元不算少啊。陆运新告诉他,他现在的工资每月有五十多元,可是办案、出差补助比较高,不固定,总之高过工资,而且他还在与人合伙做生意。陆选南将信将疑,后来不由分说完全相信了,因为经历过苦难的岁月,对缺钱的体会,没有谁比他更深刻,只要儿子有钱,就不是坏事,他越来越为儿子感到欣慰。

陆运芹出嫁,离开了生活二十年的家,新的家距离这儿大约有十公里,并且已经有公路相连,倒也不算远。可是,陆运新已经常不在家里,陆运芹又出嫁了,小儿子陆运红常在学校,曾经热闹的家里忽然间冷清了许多,韩叙芳好久不太适应。她看着陆运芹留下的几件衣服,叹着气对丈夫说:"娃娃们都走了啊,会不会以后就只有咱们在这家里了?"

"咳,这不是很好吗?难道你要他们成天守着咱们?我希望祖宗保佑,小四能将来像他哥一样,找个吃供应粮的工作,他们能走得越远越好。"

"以后咱们死,床前还没有人送终,那时看你咋办!"

"谁会不死,死就死呗。难道要为咱们死的事,就把娃娃们一辈子拴在身边?"

母亲没有说话。

陆运芹出嫁以后,家里她的那份田地要退给生产队,留给生产队其他娶媳妇进门或生孩子的人家。陆运芹的田地一退,加上陆运新以前退的,家里少了两份田地,每年少交两份田地的公粮,本来有病的陆选南,和韩叙芳的活也轻松得多。可当初家里抽签抽到的许多都是好田好土,韩叙芳这回着实舍不得划出去,夫妻二人想来想去,分析来分析去,最终还是划了部分好田给生产队,但把当初改造的屋后的田全部留了下来。其实这部分田地虽然是改造的,但产量是所有田地中较差的。从此,陆运红每周末回到家里,家里才两人变三人。每次儿子回来,韩叙芳都要专门做好吃的,具体地说就是煮肉,现在家里不缺肉吃了,到年底,去年的腊肉还有两块没吃完。

此时,生产队一组那边传来个消息,秦正高家买了电视,十四寸的!消息很快传遍全生产队。陆选南听着有点难受,他原来打算在生产队里带个头买电视,至少在秦正高之前!可修了房,陆运芹出嫁,花费了不少,自己又有病,开支已经有点紧张,他只好暂不打算买。他不想在这种事上让大儿子花费,他知道大儿子和他的女朋友现在也需要花钱。

现在居然让秦正高家抢先买了电视!不少人每天下午的时候,都开始自觉不自觉地聚集到了秦正高的屋里看电视,虽然电视只能搜两个台,但已经让人家感到莫大的快乐。上了年纪的从没出过远门的老人,蹒跚着来到秦正高家,先是看一看电视机的形状,然后比较看电视和看电影的区别,再坐下来看。每天吃过晚饭,他家都能聚集几十人。秦止高也完全欢迎人家到他家看电视,陆选南绝对不踏入秦正高家一步,并且禁止儿子陆运红去他家看电视。他家长期与秦正高家有隔阂，此时已影响到了下一代，陆运红不需要父亲吩咐，也不愿去秦超家里看电视。

没过几天，又传来一个消息，老队长韩开国家也买电视了。原来韩开国的小儿子韩东在公社猪场杀猪，有了不少积蓄，也买了个十四寸的。韩东买来电视，是为了给结婚增添喜庆气氛。老队长家的电机机，一下子就把秦正高家的人流分散了大部分。这时候，老队长总是满面笑容，眼睛里也充满了自豪，把电视机从堂屋里搬出来，搬到门口，又把家里所有能坐的凳子、椅子、木架、废箱子都搬出来，让大家坐在坝子里看，与大家共享。这下陆选南不介意了，没事的时候到韩开国家里去坐，看着电视新闻，体会和广播完全不同的感觉。有时，陆运红也去看，还是看电视里重播的电视剧《霍元甲》。

第49章

期末考试前，忽然传来消息，外婆得病去世了，母亲赶着回娘家去送葬，而陆运红在应对期末考试大复习，母亲也没告诉他，只和他三姐许韵芹去了。第三天，外婆安葬完毕，母亲和三姐回来，唉声叹气的，好几天都吃不好饭。虽然外婆年近八十，去世已属正常，但母亲一说到就掉泪。母亲嫁到五河公社这边三十多年来，外婆却因为脚小走哪儿都不方便，路又远，只来过几次。外婆临终时将她以前藏起来的钱，给母亲和两个舅舅作纪念，那是外婆辛苦挣来的。她一直躲避战争在乡下，对政局毫不知情，直到后来才知道辛苦藏的十几万几乎变得分文不值。放在箱子里几十年了，母亲拿着这些作废的钱，看着就叹气，因为外婆直到去世，一张照片都没有留下。

而让人更想不到的是，就在陆运红考试的时候，邻居四奶奶也去世了。她比外婆大一岁，迟走五天。陆运红星期六回去的时候，从公路上就看到了四奶奶的新坟，他回想起四奶奶最后一次来家里借米的情景，后悔、难过又涌上来。

陆运红回到家里，门关着，父亲母亲都在废弃的面条厂后面的地里耨豆苗。陆运红开门进屋，忽然发现屋里有一个陌生的女子，二十多岁，胖胖的，坐在躺椅上，他吓得差点叫起来，以为碰到了鬼，女子面带歉意地笑笑，小声问："你是……小四哥吗，放学了？"

他疑惑地望着对方，对方忙过来把门虚掩上，让他别声张，他更疑惑了，对方说："我叫李春梅，是杨成立的嫂嫂。"

"哦……你坐吧，坐吧。"他忙说，可是依然疑惑，她怎么独个儿来家里，还把门关上？娘和爹知道不？

李春梅挺着肚子，像是怀着孩子。过一会儿，李春梅来到灶下，生了火，帮着做饭，她一直笑眯眯地和陆运红说话。陆运红只好瞧着她忙，只要一去开门，她就忙去掩住。他纳闷好一阵，母亲回来了，他对着母亲，眼睛里打着问号。母亲拉他到里屋，对他说："你叫她李二姐就是，前天来的，她是躲到咱们家的，想再生个孩子的。千万别对人讲，平时出去的时候，一定把门关上，就说家里没人。"

这下陆运红才明白，现在乡里正在号召只生一个孩子，她是想多生的。母亲说，他们伏龙大队计划生育工作组的人已经去她的娘家两趟，没碰到她。李春梅躲到这里来，他们大队一般想不到，应该是安全的。

期末考试终于到了，本次补习班的期末考试，同样被搞成了摸底考试的样子，班主任老师狠巴巴地首先来把大家训诫一通，要大家完全以对待升学考试的状态参加考试，对自己负责。这次期末考试的难度和去年升学考试的难度是一样的，大家可以自我评估。他的讲话加强了大家的紧张感。尤其是前面几名一心想要升上中专或中师学校的同学。陆运红虽然也紧张，但没有其他同学那样骚动，他只是渐渐感到越学越轻松，似乎能不能考上高中重点班，已经不特别重要。以往考试，面对着试卷，虽然还算顺利，可总有荆棘扎脚之感，此时却感到有那么一点荆棘，反而会让考试更有意思，更有"考试感"。

成绩通知单下来了，他看到自己的成绩，数学是全班第一名，九十五分，而且是全班唯一上九十分的；化学是第二名，其他成绩也不差，可总分全班第八名，和第一名曾元宾的差距只有九分。原因是自我感觉良好的语文，活活比平时少十多分。卷子发下来一看，原来是《特长与理想》作文审题出现了重大的偏差，自己把特长一不留神写成了爱好。四十分的作文题目，只得到了二十分，虽然其他的题目都在意料中，可这一道题就比平时多丢了十多分。他惊得直冒冷汗，如此失误，如果真是升学考试，岂不完了！

虽然如此，他的排名仍然比原来的同班同学赵晓卓、贾丽群都靠前，当然也超过了郑彦秋，可他只超过秦超两个名次，而且分数比较接近，他感到了越来越强烈的危机感。

生产队里也发生了一件大事。原来的副队长王进昌和秦正高合伙办砖窑，生意很好，秦仁清瞅准了这个机会，贷款买了个拖拉机，帮着买砖的人拖砖，平时还可以帮大家拉点粮食等东西。拖拉机发出震天的响声，开到队里来，立即就引起了小孩子们的兴趣。他傲然地把拖拉机停在了砖窑旁边，一任孩子们爬到它上面玩耍，这大概就相当于与民同乐，分享幸福的意思。赶集的时候，他拉着粮食到五河乡上去卖，顺便就把路上的大人孩子们带上。家长们一边训斥孩子，一边把孩子抱上拖拉机，大家挤着，即使拖拉机在不平的路上蹦蹦跳跳的，并不舒服，可没有谁想下来，都坚决地要体验本生产队的第一个不用脚走路却能远行的交通工具。

陆选南看着，心里涌起一股难以言传的失落，他不能再和他们竞争了，只能吃着药，眼睁睁地看着他们，开始一个个超越自己。尤其是秦正高的砖窑，稳稳地赚钱了，自己的面条厂停办后，再没做什么，完全被他超过去，他产生了一股失败感。现在陆运新已经是城里人，吃着国家的供应粮，本来已经超过秦正高的大儿子，可秦正高的大儿子所在的国营云津糖厂倒闭了，他从糖厂出来后，在家里待了几年，又在秦仁清的表弟冯世明的介绍下，在市里卷烟厂上班了，也是吃供应粮的。这让他感到在儿子的这个层面上，陆运新和秦正高的大儿子打了个平手。因此，他更关注起陆运红的考试来。因为不懂儿子那些书本知识，他只能从成绩的排名上看。

新的学期开始，班长把上学期期终各科考试的试卷发下来，各科老师第一堂课都要专门评讲。而老师评讲的时候，都会把取得这个科目第一名的同学表扬几句，或请这个同学站起来讲讲考试心得，并把第一名的卷子拿来对照着给大家讲。因为与数学老师林志明从来没有一句话的交流，陆运红也不想听到数学老师表扬自己，第一堂数学课的时候，他干脆跟班长说头痛，然后请假。补习班的学习基本靠自觉，谁想请假，班长都会同意，他带着数学卷直接回大宿舍去，坐在自己的铺位上，裹着铺盖看书，直到数学课完了才回到班上。结果同桌郑彦秋告诉他，数学老师林志明谁的名字也没提，谁也没表扬，上讲台就直接评讲试卷，他发现自作多情了，不过这也正是他希望的。

昔日的同学袁旭回校前夕，来到曾经就读的中学，也是来感谢班主任老师林志明。他拜访了老师，知道陆运红在补习班教室里，就来到补习班里，衣服上还别着校徽，校徽上面是几个鲜红的字"南山地区交通学校"，似在强行进入周围人的眼睛里，来收取所有正在寒窗苦读的同学们的羡慕和嫉妒，相当于发意外之财。

陆运红虽然和袁旭的关系还不错，但有些讨厌他这种不着调的炫耀，又不好说他。在他看来，这简直就相当于小狗捡到了根腊肉骨头，迫不及待地在其他垂涎欲滴的瘦狗面前转悠。中午的时候，他想请袁旭到食堂外排队打饭，说："不会因为升了中专就口味改变了吧，会不会赏脸吃忆苦思甜饭？"

有他这句话在前面垫底，袁旭纵想拒绝，也只能赔着笑说："你说啥话，是在寒碜我吗？哪里都是一样的，咱们在南山地区交通学校，一样的露天排队，一样的窗口挤来挤去，人呼小叫，国情就是这样。"

"果然思维境界比我们高，从食堂排队一下子就上升到了国情层面！"

大概袁旭也适应了他的轻讥淡讽，依旧和他说说笑笑地蹲在一起吃饭，问他怎么又和郑彦秋坐在一块，未来打算怎样。他明确地告诉朋友，再次和她同桌，纯属巧合，百年难见的异常情况这样出现，没办法，但是他和郑彦秋没有未来。现在一切都很平静，好好学习，天天向上是二人各自的选择。

"你真想上重点班考大学？"袁旭眼中充满了怀疑。

"谋事在人，成事在天吧。"他说，"考上重点班至少是今年最大的目标。"

上次考试前五名的同学，在班主任老师心中显然已经成了十拿九稳的上中专和县高中重点班的学生。课堂上，老师对他们格外关照，就连点名好像都带着糖一般的甜意。在老师鼓励的目光的笼罩下，这几名同学说话都带着股闲庭信步般的感觉，好像美好的未来已经是掌中之物。陆运红现在已看惯了老师们对尖子生的态度，倒不嫉妒他们，自信反而稳稳地在上升。

生产队里自包产到户以来，大家都在各忙各的生产，虽然各家都有孩子在念书，可在不少人的意识里，读书首先是能让孩子多认几个字，能搞清简单的买卖计算，将来不至于两眼一抹黑。至于谁家的孩子能通过读书考上学校，改变祖祖辈辈种庄稼过日子的生活状态，几乎是可望而不可即的事，尽管千军万马过独木桥，也偶尔听说有人成为幸运儿。至少在白雁大队（已经在今年改为白雁村，只是因为长期习惯，大家口头上还没改过来）历史上，从来没有过的事，虽然希望通过让孩子补习来提高考上大学或中专的概率的家庭在急剧增加，但总的来说还不占多数，每年补习班的招生名额也相当有限。因此，没有谁敢对升学这条公开公平的道路抱太大的希望。就连陆运新和秦正高的儿子秦勇改变农村户口为城镇户口，也是通过转弯抹角的途径实现的。尽管如此，也算是全村历史上最引人注目的大事了。

在这种想法的影响下，绝大多数的孩子只要没升学，一般就不会再读，在家长的安排下回家种田地，力争明年高产，多一些稻谷，多一些小麦，多一些高粱和玉米、大豆；多养些鸡鸭，把猪养肥点，悄悄地积蓄钱款，把房屋改建。

但是，年轻人的思想终究和老人有所不同，虽然大部分都没升学，可他们念的书远远超过他们的前辈，一旦离开学校，很难重新回到前辈们那种日复一日的种田生活中。单调而繁重的劳动也在压抑着他们的天性，不少年轻人都在寻找着至少在体力上更轻松的，劳动产值又高的活干。而比较开明点的家长也支持年轻人的想法。四表哥韩斌正在准备参军，据说体检已经过了。五表哥韩雷和陆运红一样初中毕业，因为成绩太差，舅舅再没让他读，现在在家里跟着种庄稼。韩开国让他的两个儿子韩南、韩东都在外谋生，韩南在公社屠场工作，公社屠场解散后，他就从事买卖生猪的生意，把农村老百姓养的猪收集来，运往云津市屠宰公司卖，从中赚取利润。现在，韩南做上了路，就带着他的兄弟韩东一块做，两兄弟几乎成年不回家，据说韩南的妻子也是屠宰公司的。程永华也让他的儿子和媳妇在云津市里摆服装地摊，陆运红小学时的几个耍得好的同学，三蛮子钟强在学泥水匠，做"工程"了。四娃秦明明在家里养兔，养了几次，总爱得球虫病，死得多，让他有些灰心，又不想放弃，现在还养着十多只。他又在利用空余时间拜师学木工，平时在农村帮人做家什用具。三三秦小军也没待在家里种庄稼，去跟他姨父看面馆打杂。小猪儿韩科和程夏的弟弟程林在念初中，二年级了。曾经最让主人公牵挂的程林的小表姐杨萍，陆运红在经历了与郑彦秋的劫难后，渐渐地把她淡忘，有时也很想知道她现在在做啥。

其他同学在做什么，渐渐地就没消息了，陆运红却还在学校念书。每每回到家里，听到曾经的小伙伴们都在学着挣钱了，他心里就开始焦躁，发现自己除了做题，好像什么也做不来，坐在班上一边学习，一边感到不自在。

现在，各科老师都在连续不断地考试，直到把所有人考得麻木，考得让人把错的题做对，也考得人会把做对的题做错。陆运红在期中考试后就完全按自己的计划把初中三年所涉及的升学考试的课程重新学了一遍，又有针对性地反复学，最后基本觉得无事可做，各科考试，几乎都能在前五名以内。班主任老师开始知道他姓陆了。跟着他同步升起来的秦超，也几乎稳在了十名以内，把原来名列前茅的同学挤了出去。他的同桌郑彦秋时时向他请教，偶尔，给她讲题的时候，两人的手又不经意地碰到了一块儿，都忙不迭地拿开，片刻后，心照不宣地相视一笑。有时，他心里也在打着问号，现在的同桌对自己究竟是怎样的一种感觉？因为他发现自己对她的好感有点死灰复燃。不过他坚决不会去触碰它，就像莽撞的小狗被香香的骨刺扎痛得刻骨铭心，从此遇着肉骨头，都会小心翼翼。

郑彦秋大概在以他的学习方法为参考，再加上努力和经常向他问，这学期以来，她的成绩也上升得很快，而陆运红几乎就不听老师讲课了，开始琢磨些偏怪题，如同破案一样有意思。有时，花上一天时间，做出来一道题，如同中了奖。他感到在数学、物理、化学方面，没有能难住他的题目了，虽然语文、政治和英语差些，但总的看来，初中前两年半的荒唐日子算是全补了回来。

第50章

因为一心想上高中重点班，加上初中的课程学得已差不多，现在已有足够的空闲时间，陆运红下意识地想看高中的课程，回到家里的时候，就把当初陆运新留下的教材拿出来翻看。他首先找到了如今最感兴趣的数学，大致翻一遍，看到清一色的函数，除了反三角函数，还有指数函数、对数函数、幂函数、复函数等，还有什么极坐标、导数、微积分、数列等，看得人眼花缭乱，可又是那样神秘，让人爱不释手，简单的十个阿拉伯数学，变换出这么些东西。老师在上面讲课，他就在下面拿着这些书看。临近期终的时候，补习班管理越来越松懈，有时老师基本不来，同学们却越来越不敢放任自己，几乎都在教室里一遍又一遍地机械地复习。他早想离开，可必须得尊重大家营造的学习氛围，不被大家当成异端，只好待在教室里，基本是在自学高中的数学，偶尔背背老师新印发的时事政治的内容。他甚至想把高中的物理和化学也拿到学校来看，打发日子，他希望升学考试快快到来，最好明天就来。

中考前，先填报志愿，补习班按班主任老师的不成文的要求，前二十五名的学生都先填中专，再填中师，填高中，其他同学也尽量这样填报，避免意外情况发生。其实老师不这样要求，大多数学生也都会这样填的。终于熬到升学考试，他才把高中的数学丢开，迫不及待地参加试坐，他特别提醒自己一次，曾经出现过的考试的重大失误，不能重现。

还是和去年一样，考试共六科，一共三天，和最后这学期以来的无数次令人厌倦的考试一样，他没有再感到一丝担心。语文考试，为了避免再度失误，他打开卷子就首先把作文题看看，是关于银河梦的抒情作文，他很快联想到前年我国第一台亿次计算机"银河"研制成功的报道，而且上学期开学典礼上校长还讲过这事，应该主要是指这方面，非仅指银河系。他略分析了一下，开始写。半个小时后写完，再回过去从头做其他题。

下午的数学考试，做到最后又是一道难度不小的推证题，而且分数多，十二分。做惯了偏题怪题的他虽然感到最过瘾的就是这种题，但面对着这道题，足足思考了十分钟，辅助线做了无数条，还没找到突破口，立时惊出了一身冷汗，心里暗暗叫苦，这次考试难道又要出意外，又要彻底完了？

距考试结束还有三十来分钟，他强迫自己镇定下来，反复在草稿纸上思考着画，虽说是推证，但没指明必须用几何方法证明，能不能用代数三角函数来做？他试了试，结合正弦余弦定理推导，结果一条辅助线不做，几步就推出来了，不到五分钟，再反推一遍，完全正确。接下来的几科，几乎都是行云流水般地考完，至于少数做不出来的，如英语题，他考完也没心思再去对答案。最后一科考完走出考场，他远远地就看见班上几个成绩很好的，经常被老师重点关注的同学都围着班主任和数学、物理老师，热烈地谈论着自己的考试历险记。他不想加入他们的讨论，从旁边绕过，班主任老师发现他，招呼他一声，问："陆……嗯，陆红，考得怎样，有把握吗？"

班主任邹老师把他的名字记漏了一个字，他只好停下来，对班主任老师说："也算还行吧，自我感觉已经尽力，只能看天意了。"

"你平时还是很努力的，我估计你这回考进前五六名应该不成问题的。"班主任邹老师说。

"但愿能不负邹老师厚望。"他说，心里又有点紧张，因为若真只是前五六名的话，上县高中重点班恐怕是不确定的，上届补习班，刚好只有五人上重点班！

管他呢，总之已经考过，如果真没考上重点班，那普通班也上，只是以后自己要多努力些吧。他这样想着，回到寝室，收拾了所有东西，抱着永远不再踏入这所中学一步的想法，离开了学校，回到家里。

父亲和母亲正在最后一次耨秧，稻谷已经含苞，今年的收成可能比去年又要好些。晚上的时候，父亲一边吃饭，一边问他考试的情况，他说："我估计，考上县高中重点班，这次应该是可以的，如还是只考上普通班，我也要读，不再等，用力拼上几年考大学试试。"

父亲听着没说话，至于考大学，那是缥缈的事，白雁村里地脉龙神没显过灵。但是，小儿子只要想读，他是绝对支持的。

母亲也犯着脚痛，每到天气转变，下雨前，两脚关节就隐隐酸胀，很难受，时轻时重，幸好还没太影响劳作。现在，五河乡场的赶集时间改了，由原来的每五天一场改为为三天一场，家里喂养的大鸡有十多只，每次赶集母亲都要捉只鸡去卖，然后再买回几只品种好的小鸡喂。现在家里已有三十多只小鸡，每天都还要定时给几只精神状态不好的小鸡喂药，母亲有些焦虑。另外她又买了十只小鸭喂，可前天晚上被黄鼠狼叼去了两只，父亲又帮着密密地编了栅栏，将鸡和鸭关好。

他刚丢下书本，就急切地希望能像钟强和秦明明他们一样，开始学挣钱，甚至一天也不能等，否则自己专门读书做题厉害，有什么用？

既然在学习上长期以来是超过他们的，其他方面理所当然地也应该超过他们或绝不落后于他们才合理！陆运红的逻辑是这样的。他对家里司空见惯的鸡鸭没兴趣，跑到四娃秦明明家里，准备向他学养兔子。秦明明现在还养有十多只兔，有灰兔，还有白兔，用木竹、铁丝做成的兔舍里，空了一大半，只有几个兔舍在苦苦支撑着，可是这些兔舍里的兔子还老是长石灰脚、疥癣病，久治不愈，兔子们难受，人看着也难受。每隔两天，秦明明都要用石灰来给兔舍消毒，然后割草喂。按要求，喂兔子是要配合饲料的，可是五河乡没有这个条件，没法购买这些饲料，云津市里可能有，可养殖成本会增高许多，不现实。每天十只兔，也要消耗大量的青草，兔子又容易拉肚子。秦明明计算了下，喂养这些兔子，几乎没有利润，还搭进去了人工，没有专门的畜牧医师指点，养兔几乎不可能取得成功。陆运红没被秦明明描述的困难吓住，他看了一阵，认为这应该比做题读书有意思得多，至少接触的是活泼乱跳的东西，困难就像偏题怪题，别人做不出的，他就想去做。总之，上高中之前，假期里这两个月不能白过，应该做些什么。

秦明明的兔舍里有一只母兔，上个月刚生产了八只小兔子，有两只被踩死了，其余六只小兔子拳头大小，白绒绒的，十分可爱，已经能食草了。他问秦明明多少钱卖，准备马上引进试养。

"你真想喂？一般咱都卖一元钱一只，咱们是老关系了，六只呢，就五元吧。"

"好。"他就找个篮子把这六只雪白的可爱的小家伙捉回了家里，至于五元钱，身上没有，先欠着，秦明明也不介意。

母亲见他要养兔子，帮他在鸡舍旁用竹片编了个竹筐，算作兔舍，把几只小兔子放进去。这几只兔子两天之内就获得了他全家的关心，全家人都带着看稀奇的心态争相给它们喂食。陆运红则一边喂它们，一边不着边际地给母亲计算可能带来的非凡收获：兔子三个月长大了，至少有五只母兔，每只又生产小兔子，每窝八只吧，每年算六七窝吧，一年就是二百五十只以上，其中小母兔长大又可以生产，那简直不可轻估,估计每年最少可养五百只,而每只兔子按三元五角的售价计算,每年就可以获得一千五百多元的收入。他完全把秦明明反复说的兔子容易生病的事抛到九霄云外。他乐观的算法把父亲和母亲也打动了,尤其是父亲,自从得病以后,干不了重活,看来养兔子也许还比较轻松,因为只是割割草而已,也不消耗粮食。可仔细一想,五百只兔子,就是五百张嘴巴啊,每天它们个个都不知疲倦地吃、吃、吃,那也得要多少劳力来割草啊!他对儿子野心勃勃的想法马上又怀疑了。最令他们想不到的是,第四天晚上,不幸就突然降临,因为兔舍是竹片和竹篾条编的,不符合专业喂养的要求,小兔子又爱磨牙乱咬,把细细的竹篾条咬断,结果黄鼠狼瞅准机会钻进来,六只兔子活活被咬死四只,还有两只受了伤。陆运红气得咬牙切齿,母亲心疼不已,忙将余下的两只捉出来,用自己泡的药酒给它们消毒,又找了点刀伤药捣烂给它们敷,重新用木条加固了兔舍,两只劫后余生的小兔子萎靡不振地活着,好几天才缓过神来。陆运红令全家振奋的致富计划就这样被一只黄鼠狼轻描淡写地毁灭了,现在能不能将两只兔养大还是个问题。

　　陆运红身上的零钱,平时都是大哥陆运新给的,虽然五元钱他能拿出来,可依然是一笔不小的数目,他犹豫再三,心疼地把买兔的本钱先给了秦明明。荷包里已经只剩下五毛钱了,他不甘心地又开始寻思着其他的途径。

　　总之他不能接受秦明明、钟强、秦小军和韩兴贵他们都在独立地挣钱,有各自的"事业",而自己在无所事事地过日子,假期不是理由,还要念高中也不是理由!他马上又想到了大哥陆运新,他在县城里买卖服装,现在还和程夏合伙吗?自己是不是可以去向他学?想到这里,他决定先去趟县城,找大哥问怎样做服装生意。可是,此时他身上的钱连去趟县城的车费都不够了,他越来越不想向父母开口要钱,也不想再把自己的打算跟他们说,于是寻思着能不能把两只受伤未愈的小兔子卖掉,凑上去县城的路费。

从来没到乡场上卖过东西的他，对卖东西这件事有点犯难，两只小兔子特别易招惹黄鼠狼，确实给家里带来了麻烦。黄鼠狼尝到了甜头，似乎夜夜都来光顾，虽然再没得过手，可害得兔舍旁边的鸡鸭们在半夜里不时惊慌乱叫。母亲也害怕殃及鸡鸭，愿意把两只小兔子处理掉，儿子说想卖，她忙表示同意。这天赶集的时候，她要去找地摊医生看看自己的关节病，也要给陆选南买药，顺便早早地就把两只小兔子捉去卖。

陆运红在家里等着，收拾好东西，想只要母亲能将两只兔子卖上两元钱，或者一元五角，就足够。母亲中午就能回来，下午刚好有一班到县城的车，只要到了县城，其他事暂时就有大哥安排。他反复想到曾经的小伙伴们都在挣钱这个事，就如坐针毡，哪怕再过两天就可以到学校拿成绩通知单，他也不想等。

直到下午四点钟，赶集的人大多数都已回家，可还没见到母亲的影子，去县城的车也已经过了，他很失望地坐下，把收拾好的东西放回去。直到五点钟，才见到母亲有气无力地从路上走着回来，走到屋坝外，好像撑不住了才坐下。她告诉儿子，兔子是卖了两元钱，可是在赶集的时候人很挤，卖兔子的钱和带去看病的六元钱，一共八元，全被扒手偷去了，她病也没看成，父亲的平喘药也没买成。陆运红听着更难过，没敢责怪母亲，只好气恼地不吭声。

母亲还没吃中午饭，他忙去灶下，帮母亲热饭。母亲因为丢了钱，心里很难过，她精神很不好，嚼着饭对儿子说："明天我还要去乡上，给你爹买药，换了零钱回来再给你。"

"嗯。"他不敢说要母亲赔偿，可此时确实需要钱。

第51章

第二天一早，母亲吃过早饭，又要去乡上买药。陆运红看着母亲有点瘸的背影孤孤单单地走到公路上，心里忽然不是滋味，担心她又遇到扒手或不小心丢钱，想和母亲一块去，又觉得想多了，又不是赶集的日子。他还是远远地喊母亲要揣好钱，母亲说知道，他回到屋子里。

他在家里开始构思方法诱捕万恶的黄鼠狼，想在鸡窝旁边设计一个有机关的只能进不能出的小笼子，一上午都在反复试验。中午的时候，父亲从田里看水回来，让儿子把饭温好，吃了中午饭去帮着把上午扯的稗草背回喂牛。陆运红放下手中的把戏，把早上余下的饭放在甑里蒸，加上火，然后准备去后面菜地里摘青椒和豇豆、南瓜做菜。父亲在大门口一边休息着，一边用竹篾条修补簸箕。陆运红走出厨房，看见母亲回来了，她刚走到屋坝边，顾不上脚疼，对着丈夫和儿子说："小四啊，你考上了。"

"考上什么？"陆运红问。

"考上……学校啊！"母亲激动得地走到父亲旁边，挪个凳子上坐下来，喘了口气。

"是县高中重点班吗？"他有些疑惑，因为后天学校才正式公布成绩。

"不，是上中专线，你考了全校的第一名。"母亲说，"早上，我刚到乡上，就听别人在说，学校把考上学校的学生的成绩榜已经张贴出来了，他们议论说有个叫陆运红的考了第一名，都不知道是哪儿的人。我不信，忙去你们学校看，果然，在你们学校办公室墙外边贴出来的……不少人在围着看，你是排在第一名的，我也差点不敢相信啊……"

陆运红望着母亲，同样有些信不过，母亲高兴而又疲惫的表情中带着难以掩饰的激动与紧张，让他不由得不信。一时间，他也怔住了，能上县高中重点班，他倒觉得不算意外，至于能上中专线还得第一名，还没想过。他呆呆地望着母亲，母亲歇了口气，又说："你们学校今年有四个学生考上了中专，听老师们说是建校以来最多的。"

"第二名呢，第二名是谁？"他急切地问母亲。

"记不得了，好像是女的，名字是两个字。"

"是不是叫章容?"

"是,就是。"母亲说。她是确定看到儿子考了第一名后,忙不迭地买好药,顾不得脚疼就要回来告诉丈夫和儿子,所以回来这么早。

他再问不出什么。父亲在旁边听着,依旧补着簸箕,表情越来越凝重,像在听个虚无缥缈的故事,任凭母子二人说着,他一句话也没说。母亲把药给他拿出来,放在凳子上,全家人沉浸在无比的激动中,好一阵谁也没说话。又过一会儿,父亲才放下手中的活,咳嗽了六七声,半晌缓缓地说:"该跟你大哥说说吧,让他也知道。"

"嗯……我明天去拿了成绩通知单,然后去县城,再告诉大哥吧。"

父亲又问一句:"听说秦正高家的秦超也在补习班,他考得怎样啊?"

"我没去注意他,不知道。"母亲说。

父亲也没再追问,总之儿子是第一名,肯定是超过他的,因此不用再详细问了。

下午,父亲没再叫儿子和他一块去背野秤,让激动中的儿子自己轻松一下。母亲高兴得好像整个人很精神,脚也不那么疼了,她快乐地喂着鸡,又对旁边的儿子说,这一回,要十分感谢学校的老师们,想请老师们到家里来吃饭,可该请哪些老师呢,她只记得当初的班主任林老师,至于现在补习班的班主任老师,她可连姓也不知道。她向儿子征求意见,陆运红一点没想过,他不觉得自己这次的成绩和老师们有特别的关系,尤其是他反感林志明老师。他对母亲说道:"别请他们,如要感谢他们,以后由我自己来,不必非在这个时候。"

他这句冠冕堂皇的话让母亲找不到话说。父亲出去没多久,又早早地回来。外面公路上一个挑着冰棍下乡叫卖的小贩,声音远远地传来,从来不在意这个的父亲站到坝子外,大声叫住小贩,小贩答应着挑过来,父亲拿出一毛五分,买了三块。他把冰棍分别给儿子和妻子,一家人快乐地吃着。

母亲早早地做晚饭,特别把最后的一块原来准备等陆运新回来再吃的腊肉也煮了,当是给儿子庆贺。天还没完全黑,母亲已把饭菜做好,父亲也早早收工回家。虽然他从头到尾没再说什么,可难以掩饰的高兴的心情让每个人都受了感染,他夹着肉,说:"这辈子,我是靠祖宗积的德啊,能到了今天,死也瞑目了啊。"

晚上,三人在电灯下坐着,母亲和父亲坐在一块拣着豆里的沙子,陆运红在一旁还沉浸在激动中,母亲小心翼翼问儿子:"你准备念什么学校啊?"

"一直想考上县高中重点班……"他说。但此时从母亲和父亲充满期望的眼睛里,他知道再坚持这样的选择有悖常理,犹豫着不知道接下来怎么办才好。

刚好此时,门被推开了,进来个人,一看,不是别人,正是陆运新,他的衬衣也已经被汗打湿了,气喘吁吁的。父亲诧异地问:"你今天回来做啥,还这么晚?"

母亲也意外,问大儿子吃饭没有,陆运新说已经吃过。他将帽子放好,坐下,从旁边拿过扇子急急地扇着,陆运红忙给大哥端来一盅茶。陆运新咕咚咕咚地喝了大半盅,母亲就急不可待地对他说:"你知道不?小四考上了。"

陆运新把茶盅放下,说:"原来你们也已经知道了?不是还没公布成绩吗?我就是为这事赶回来的。"

陆运新说,他们公安局有几位职工的子女也参加升学考试,因为有熟人在县招生办,他们早上提前去打听消息,他想到陆运红也参加了考试,就跟随他们一块去了。结果从县招生办刚拿出来的名单上看到,陆运红上了中专线,而且远远超出中专录取线,还是全县第三名。他下了班,就忙着赶回来了。

"真的吗?"这是陆运红更没想到的,他惊讶地问。

陆运新说着,也掩饰不住扬眉吐气地说道:"运红啊,你比我强。我做梦都想靠自己的努力考上学校,光明正大地找个铁饭碗,不低眉下气地求人,不用看人白眼。可我没办到,给人家扫地、买菜,甚至送孩子,什么都做了,每次做着,心里都很堵啊,我不如你,你办到了……去年你曾说想上县高中重点班,如今看来,暂时不必。因为那条路更艰难,知道吗?今年县高中考上大学的,只有四个,其他九个,还不是只考上了中专。所以,现在最好的选择,就是先上中专,接下来填志愿,就填中专吧。咱们是贫穷的农村,先把能抓住的抓到手,以后毕业有工作了,再进修就是,是不是?"

"对,你大哥说得对,应该这样选择。别再好高,咱们家祖坟还没葬到大学那个脉上。"父亲在旁边忙补充。

"这样最稳妥。"母亲说。

"我知道你很犟,所以今天急急赶回来,主要就是要告诉你这个。"陆运新说。

陆运红虽然还有上县高中重点班的念头,但面对着大哥这一大摊合情合理的话,他没理由做出执拗的选择,何况还得顾及父亲和母亲的想法。他点点头,表示接受。

晚上,因为天气很热,月光又很亮,为了凉快,兄弟二人就将席子铺在屋前敞坝里,幕天席地,一边望着天上星星一边聊。陆运新已经知道父亲的肺气肿病有些严重,只能多养少干重活,他说:"以后你去外地念书,家里只有爹和娘。按政策,你是考上中专学校的,读书期间学校包吃包住,而且现在你的这份田地可以不退,也可以不交纳公粮,也就是家里还有三份庄稼,爹和娘做起来,还是比较吃力的。如能退一份,留下两份,我倒希望他们把你那那份退掉,他们肯定不愿意,这事就暂不说,你毕业就退。你以后上中专,所需的费用就由我来出吧,没钱了,跟我说就是。现在爹和娘种这庄稼,他们自己吃用应该还不成问题,我可暂时不管他们。

"我和欧军,可能下半年要结婚,可她母亲病重,常吃药,她的工资还不够她母亲的药费,我也倒贴给她。我想,结婚以后,设法给局里说,不在城关镇,调到咱们五河区派出所来,这样好点,也可以不时回家来,照顾下爹和娘。不然,他们都有病,我在外地上班,你在外地念书，都在外，不行的。"

"嗯……你还在和程夏姐做服装生意吗？"

陆运新沉默片刻说，没有，现在她在自个做，他没再参与。他只希望她能稳定地发展下去，以后有个好的归宿就是。

"这个假期里，你就不妨好好玩玩吧，放松一下，补习也辛苦了一年。"陆运新说。

兄弟二人又讨论应该填报什么专业，陆运新建议最好选择与建筑相关的，以后这方面可能是最吃香的，弟弟也认可大哥的建议。

整个一个晚上，陆运红没睡好觉。陆运新睡着了，陆运红躺在地铺上，一幕幕地回想着当初从一班被排斥到三班时如坠深渊的情形，回想着自己发奋努力的这一年多时间，有如古人说的，苦心人天不负，成功的背后泪多少！他忍不住轻轻地舒了口气。

第二天早上，一家人正在吃早饭，三姐陆运芹和三姐夫杨成立早早地来了。陆运芹的肚子微微凸出，显然是有了身孕，她刚进屋就嚷着说："你们知道不？陆运红考上中专学校了。"

"我们知道了，昨天知道的。"母亲说，忙给他们拿碗筷吃饭。

"咱们队上伍三伯的儿子伍玉铭也考上了，全队都知道，昨晚上听他说起，陆运红考第一名，我们几乎不敢相信，今天才赶来告诉你们。在路过中学的时候，我又专门去看了贴出来的榜单，一点没错……"陆运芹也兴奋得不停地说。

陆运新要回县城上班，他又叮嘱陆运红一遍，然后开车离开。这一天，全家都没有外出，陆运芹和杨成立是专门来分享弟弟的喜悦的，她欢乐地帮着母亲喂鸡鸭，喂猪，做饭，不时用欢喜和崇敬的目光扫陆运红一眼，"告诫"他以后别骄傲，别瞧不起人，尤其是别给爹和娘作对，否则照样挨打："别以为你是有铁饭碗的人，爹就不敢打你！"

陆运红被三姐教训得哭笑不得。

次日赶集，又是个艳阳天。一大早，陆运红洗漱完毕，三姐和三姐夫要回去，陪着他一块到学校去拿成绩通知单。三人来到学校张贴的录取榜单前，第一名是陆运红，没错，第二名是章容，第三名梁勋，是应届生，第四名是伍玉铭。让人意外的是王洪亮，依然只考上了县高中重点班，赵晓卓也考上了重点班，秦超考上了县高中，可差两分上重点班，贾丽群和郑彦秋也考上了县高中。郑彦秋刚过线三分。全校升学的同学一共十八人，其中中专四人，高中重点班四人。

陆运红的成绩比第二名章容足足高了十六分。在校办公室里，大学都围着看成绩，已经升为校教办主任的林志明看见陆运红，笑容满面地招呼："陆运红，到这儿签字吧，领成绩单……你考得不错，在全县是第三名。"

这是几年来陆运红第一次听到自己的名字从林志明的口中说出来，他感到生硬，只好说："全靠上帝保佑。"他故意不说是老师们辛苦教学的结果这样的套话。

他说着，签了字，拿着通知单离开，只等下周一来填报志愿。

几天时间，陆运红考上中专的消息广泛传开，凡是碰到陆选南和韩叙芳或陆运红本人的，都无一例外地表示祝贺。程永华的妻子，陆运红称她大伯母，她专门来到家里，和韩叙芳聊了大半天，说她从前就看出小四花猫不是一般的孩子，会有大出息的，现在果不其然。三蛮子的父亲钟向尧，四娃的父亲秦代清，三三的父亲秦祖寅，对陆选南表示羡慕，回去就埋怨自己的娃娃不争气。程林的父亲程增福带着程林来家里坐，就要程林假期里不许贪玩，做不出来的作业，随时向陆运红请教："听说运红小四哥在念初中的时候，从来没缺过一节课，每堂课都把老师布置的作业做两遍以上，每科老师都特别喜欢他，现在你就要以小四哥为榜样，不能再混口了了。"

陆运红听着忍不住暗暗地想笑，这些感人的情节不知是谁编排出来的，再不澄清怕要被渐渐地神化了。他忙向程林的父亲解释说当初并没认真学，也从来没被老师重视，可这时说这些，谁会相信，大家以为他是谦虚，而这种品质更值得孩子学习。

程林下学期上初三，可他的成绩确实不咋好，他开始按父亲的要求,来向陆运红请教作业,陆运红也很乐意给程林讲题,倒不是对讲题本身感兴趣,而是想向他打听他小表姐杨萍。此时的程林,虽然还是言语不多,有些害羞的模样,可他特别敏感。陆运红给他讲题的间隙,几次欲言又止,想问杨萍。又不好直接开口,生怕一不留神在他面前泄露天机或引起他的误会,可几个眼神交换,一个字还没说,他就已经明白了他想说什么,低着头一边看着作业,一边近乎自言自语:

"她没考上学校,去年就没再读。"

"她现在在做什么?"

"在家里,她去年毕业后去参加乡上组织的养蚕培训,今年家里养了很多蚕。"

"她、她还没有……"他想问她还没有谈对象吧,可问不出口。

"她和你一样,才十六岁呢。"程林说,显然把他想问的都猜到了。他忽然感到无地自容,又想自我嘲笑。是自己太浅薄还是程林太聪明?他忽然对程林有点畏惧,他想对程林说他姐姐程夏的事,想了许久,还是算了。

他对杨萍的记忆已经越来越淡,或许还停留在小学时的印象上,十六岁的她现在是什么模样,他凭自己的想象力是勾勒不出来的,二人的地理距离也越来越远,只有一份童年的朦胧的牵挂。

遵从陆运新的建议,陆运红在填志愿的时候,选择了省属建筑工程学校城市规划与建设专业,学制四年。学校组织考上中专学校的四人到县医院体检,一切顺利。半个月后,他拿到录取通知书。

母亲拿着儿子的录取通知书,看了又看,要儿子放好,别被老鼠啃坏了,始终害怕儿子不小心,又拿来替他放在她床头的有锁的箱子里。

第52章

这个假期是全家最快乐的日子。陆运红到别人家里去玩,以前曾经一块打闹的伙伴们,都好像与他有了距离。钟强碰到他,除了表示祝贺外，有点怯生生的感觉，他的母亲见陆运红同钟强来，忙将一张凳子抹了又抹，然后请他坐，害得陆运红很不自在。他到秦小军家里去玩的时候，秦小军的母亲无论如何也要留他吃饭，还专门煮了舍不得吃的猪头肉，一副招待贵客的架势。他不敢过分推辞，因为他们眼睛里的意思是，如果他坚持不吃的话，简直就是瞧不起他们，他被搞得几乎有点不敢出门。

省建筑工程学校并不在省城，而是在省里第二大城市双宁市。双宁，他只是在地理书上看到过，他专门到五河乡供销社的售书柜上，买了张《中华人民共和国地图》，贴在墙上，仔细琢磨着怎么能去。双宁据说比省城还大，足足有一百八十万人口，距离五河乡有四百多公里的路程，只能从县城坐火车。这些对陆运红来说，都是很新鲜陌生的，因为他还从来没坐过火车。

母亲开始替儿子收拾出远门读书所需的东西，一只箱子是必需的，然后要替儿子买两套较好的衣服，还有水瓶。虽然儿子进入学校以后，口粮是国家包了的，可每个月三十斤粮食，多半是不够吃的，她又忙着卖些米，给儿子换几十斤粮票准备在箱子里。虽然陆运新说了陆运红以后的生活费都由他承担，可是做母亲的还是不放心，还是给儿子准备了十元钱悄悄塞在箱子里面。

已经到了开学的日子，母亲在家里准备好一顿好吃的，专门杀只鸡，算给儿子送行，三姐也来了，邻居们也来给他送行。三姐给他买了一床新被子，还有一套衣服。钟强的母亲专门买只箱子送给他装行李。程林的母亲买了个水瓶送来。其他邻居们有的直接给了两元或三元钱，让陆运红"买支笔""买支牙膏""买个笔记本"。最后父亲又给他二十元， 共有四十元。

第二天早上，他背上被子，提着箱子和水瓶，来到公路旁，等候五河乡去县城的车。临走的时候，母亲拿了个小口袋，在路旁抓了把泥土装进去，让他带在身上，说："听说双宁很远，你去那儿，如果水土不服，就拿点这泥放在水里，泡着喝就好。"

"这有多远呢,我哪会有那么娇贵!"他说。不要那泥土,母亲还是硬给他塞到包里。可半路上,他老觉得揣在包里怪不舒服的,扔掉了。

到了县城里,陆运新在汽车站接到他。陆运新已经请了假,准备送他到学校。汽车站离火车站有五六百米,刚好下午三点有趟慢车从这里经过,明天早上六点就能到双宁。陆运新就带着他到火车站,去买了车票。陆运新是全票十六元,陆运红凭通知书半票八元。买了票,陆运新带着他到公安局食堂吃了午饭,然后两人到候车室等候火车。

候车室的五排木椅上坐着不少昏昏欲睡的旅客。有的吸着烟,盯着检票口上方巨大的时钟,不远处还有两个学生模样的人,都是比陆运红大点的模样,同样背着被子,提着箱子,还有脸盆。

人生的第一次长途跋涉,从这次离家开始,以前从没坐过这么长时间的车,陆运红在心里对坐车有股由来已久的渴求。现在终于过足了瘾,下午三点钟,绿皮车像条长蛇一样,驶进车站,卧着不动了。十分钟后,随着一声长哨,列车缓缓地驶出车站。这是趟慢车,一站一站地停,窗外新鲜的景色向后移着。火车车轮与铁道撞击发出的有节奏的声响,让人感到说不出的新鲜和满足。晚上,别人都已睡着,陆运新也手抱在胸前睡着了,陆运红却仍然睁着眼望着窗外隐隐约约闪过的灯火,一会儿又到了个小站,一会儿又经过一个村庄,一会儿又经过一个小镇,他在心里默默数着一站站,生怕漏掉。列车员不时推着手推车,叫卖着饼干、花生和其他不知名的零食,还有热水,加一次收费五分钱。直到凌晨一点过后,他才渐渐入睡。

第二天早上七点钟,列车才到达双宁站,已经晚点了足足一个小时。大哥告诉他,慢车晚点是常事,以后回家,可以选择快车,每天有一趟经过县城,只是到达的时候是半夜。陆运新帮他提着箱子,他背着被子,兄弟二人在车站出站口旁边的小面馆里吃面,花了四两粮票和六毛钱,然后拿着行李,走到广场旁边。

广场上人流如织,大家都匆匆忙忙,不少人背着背包,还拖着孩子，候车室外面还有不少人席地蜷缩而睡，还没有醒来。车站的广播里播放着即将发车的列车的时间和即将到达的列车的时间。陆运新带着弟弟在人群中挤着，好不容易挤到广场出口，准备打听一下，坐车到省建筑工程学校，忽然看到广场出口有不少学校设的专门的新生接待处。双宁工业大学和双宁师范专科学校以及其他四个省属中专学校的接待点，分列在出口的左右两侧。他们还在找有没有省建筑工程学校的牌子，一个学生模样的人大概看他们背着被子，就在旁边拉住了他们，问："请问你们是新生吗，是哪个学校的？"

"省建筑工程学校。"陆运新说。

"噢，好的，跟我来吧，前面第三个就是。你们先在这儿坐坐，待会儿校车来，直接送你们去。"

刚好有路公交车，四十五路，就停在旁边不远处，每辆车上都背着个很大的气包，非常气派，它有什么用处？陆运新告诉他，那是装的天然气，他心痒痒的，好想去坐坐看，和县里的公共汽车相比试试感觉上有什么不同。兄弟二人随着接待人员来到省建筑工程学校的接待点的凳子上坐下，这儿已经有七八个新生在等着了。不一会儿，又来了几个。

半个小时后，校车来了，接待人员招呼着大家坐上车，十来个新生和陪同新生的家长分别扛着行李上车。校车在市区里穿行着，高大的建筑，宽阔的街道，来来往往的车，冲击着孩子们的心灵，世界原来这样大，一切都是从书本上体会不到的。半个小时后，校车终于拐进一条非主干道的街道，在一片树荫掩映中，已经分不清方向，终于开到了学校。学校里也全是很宽的马路，笔直干净，比县城的街道都漂亮得多。三三两两的学生在路上走着，谈着什么。校车直接开到学校的礼堂前面停下。礼堂外面的操场上挂着个横幅"新生报到处"，每个专业只有一个班级，有建筑工程设计专业班、工程测量专业班、施工管理专业班、建筑装饰工程专业、城市规划与建设专业班，一共五个班。各班主任老师在报名处，陆运新带弟弟在城市规划与建设专业班报了名，替他交了二十元学费。班主任老师是位四十多岁的瘦瘦的女老师，他对每个报名的学生都自我介绍："我姓崔，你们叫我崔老师就是。"她总是笑眯眯的，看所有的学生的眼神都像看自己的孩子一样，而且他叫了陆运红的名字，好像早就认识似的："陆运红，怎么像没洗脸似的，花脸猫一样，快去寝室洗一下。从云津过来，坐了多久的车？坐够了吧？"

大哥陆运新不由得想象，弟弟小时候的绰号居然被千里之外的初次见面的老师几乎一口就叫出来。陆运红也不好意思地忙用袖子擦了擦脸，然后从班主任老师那里拿了男生宿舍的钥匙。

老师跟每位前来报到的新生交代着生活方面的问题，指点着寝室、食堂、教室的方向，并给每位新生直接发放了一个月的饭票，包括二十一斤米饭票和九斤面票。另外这两天为照顾新生，菜票可在学生宿舍斜对面的食堂窗口直接购买。

陆运红按班主任老师的指点去了男生宿舍，找到新生的二〇三房间。

学校的男生宿舍是去年才修建的，每间宿舍能住六位学生，每人一张床，寝室很干净，还有单独的卫生间，有自来水和洗脸池，这和中学的情形相比，简直是天壤之别，陆运红简直有点不敢相信。其他同学还没来，陆运新放下行李，坐下看看，也不乏羡慕地说："果然不错啊，比咱们县公安局的单身职工宿舍都好。还有，刚才从外观上看，你们这学校的礼堂也挺大啊，比咱们县委县政府的礼堂都大，咱们那真是山旮旯，小地方啊。"

兄弟二人都冲过冷水澡，洗去了一天一夜的风尘。有几个同学陆陆续续来了，都是在大人的陪同下。他们都来自省内的其他地方，没有谁是云津的。也就是说，这个寝室没有谁与谁是老乡，而且大家口音还不相同，说起话来，好一阵才能听清，或者干脆用不太标准的普通话交流，才弄清各自来自哪里，离这儿有多远。相比之下，陆运红还不是最远的，最远的同学齐瑞文来自五百多公里的南边，坐车转车足足折腾了三天。

全寝室六个人施永良、赵林、齐瑞文、戚永辉、陆运红、黄益，年龄都差不多，都是十六岁到十八岁。戚永辉和陆运红居然是同一天生日，算是并列第四。排下来，黄益最小。学校在各个地方的录取分数线并不是一样的，寝室里六个同学的分数也高低不一，最高分和最低分相差五十来分。但能够考到这儿来的，几乎都是所在学校的尖子生，六个同学中除了年龄最小的黄益外，其他人都补习过。

年龄最大的施永良被老师安排为寝室的室长，要主动关心几个小的。六个人中有四个来自农村，两个来自乡场上，算"城里人"。这六个远离家乡，来到陌生环境中求学的学生，都会有孤独感和不安全感。陪同的大人都帮着拉关系，让大家早点互相熟悉，说走到了一起，同一个班，就是缘分，能同一个寝室，更是缘分中的缘分，以后就兄弟一样，互相帮助，互相照应。六个学生都怯生生地点着头。

后天才正式上课，明天还有一天可以到处走走看看，熟悉一下这个即将生活几年的双宁城。陪同学生来的家长们也几乎都是第一次出远门，第一次到双宁这样的大城市，也都带着孩子看看，见见世面。

陆运新经常去省城，但也没来过双宁。他带着弟弟一块，先帮他买脸盆、桶、洗衣粉之类的日用品，游了市人民公园，还有动物园，看了从来没看见过的狮子、老虎，还有大象、梅花鹿、长颈鹿、孔雀、猴子等动物。这些动物以前只在课本上见过，这是第一次见到它们的真面目，有说不出的新奇。旁边有个照相点，陆运新让照相员给他俩与大象拍了张合影，然后留地址，陆运红就留了寝室的地址，一个星期后才能收到照片。然后兄弟二人又到市烈士陵园走了走，这里长眠着一百多位烈士。他们无意中走到一个蔬菜市场，里面有五河乡甚至县里根本没有的蔬菜，大头菜圆得活像个小的地球仪，还有青椒，像小灯笼一样，不可思议；还有洋葱，一个就有一斤，总之他们在家乡从来没见过，如果不是旁边立着个菜名牌子，肯定不知道它们的名字。

第三天一早，陆运新要回去，听说弟弟身上有钱，就暂时不再给他，让他要用完的时候写信就是。他在校门口坐公交车离开了学校。

　　建筑工程学校并不在市中心，在双宁市城区南边，离市中心足足有十来公里的路程，有公交车直达市中心人民广场。学校占地有四百多亩，教学楼全是红砖碧瓦的房子，基本都是五十年代修的，全是两层的楼房。学校的礼堂是1980年建成的，算是学校的标志性建筑。刚建成的学生宿舍，五层楼，在学校礼堂对面。与宿舍斜对面相距不到五十米的地方，就是学校的学生食堂，所谓食堂，其实结构还是同初中食堂差不多，只是多了几个打饭的窗口，没有餐厅。学生们打了饭菜以后，各自端着，或到寝室里，或到操场上，或到林荫下的凳子上，坐着吃，或到学校的几处报刊栏前面，一边吃饭一边看报。学校有三个门，北门是大门，学生和车都可以出入，直通市里。南门出去是清水江，清水江对面是双宁市的工业厂区，化工厂、发电厂、造纸厂等十多家企业的烟囱成天冒着浓烟，显示着双宁市工业的繁荣。紧靠学校旁边，是学校自己办的企业钢管厂，生产各类型的镀锌管道，供供水工程用。据说每年产值有上百万，主要解决学校教职员工的家属的就业问题。

　　陆运新走后，陆运红才发现还有许多需要添置的东西，鞋只带了一双，必须再买一双凉鞋，还要有一双运动鞋，因为马上要军训。棕丝床垫没有，学校里有，但不卖，每张交押金二十元，期末的时候交还，没有损坏的话，押金退还。让他想不到的是从家里带来的水瓶，在学校热水房里排队等开水的时候，居然被谁神不知鬼不觉地拿去了，或者是拿错？总之不见了，听说经常有人丢水瓶，没想到刚开学自己就碰上了，这几番折腾下来，就花去近三十元，再加上买了十元的菜票，原来还算丰盈的荷包迅速瘦下去，所剩无几，他不得不开始节约了。

　　军训开始，时间是一周，由双宁市武警中队的教官来负责训练，新生们开始军事化管理生活。学校组织新生召开了军训动员会，校长给大家简单讲了军训的意义，要大家通过军训了解军队和国防，同时养成严格的时间观念和纪律观念，培养迅速、准确、协调一致的作风，并将其融入以后的学习中云云。军训没有要求统一着装，因为办不到，但是要求统一穿运动鞋。第一天，是列队训练，每班两个教官，每个教官负责二十人。教官先讲解，后操练；先分解，后连贯；讲解示范相结合，逐个动作练。教官的脸严肃得像雕像，在他的示范下，大家隐约发现，以前体育老师教的人人都会做的左转、右转、稍息、看齐、跑步等动作，得全部从头纠正。同学们一个一个地做分解动作，最后要绝对做到整齐划一，稍有差错就要被罚站，大家切身体会到军事管理的严格。两天下来，大部分人就被折腾得浑身酸痛，没有谁能以任何理由请假偷懒。对于这点，陆运红并不感到难受，至少比做农活轻松些。第三天，教官专门到寝室给大家示范叠被子、叠毛巾、放茶盅。大家叠的被子被教官们三下五除二，全变成了豆腐块，让大家惊叹。大家学，教官们再一个个地纠正。由于一直很崇拜军人，陆运红对自己要求还挺严格，尽可能地要让教官满意，还后悔没把郑彦秋送的那套军装带来。最后，他叠的被子确实是最好的，速度也是最快的，教官第一个表扬了他。第四天夜里紧急集合，进行五公里长跑训练，这是一项耐力和毅力的训练，这些刚从初中来的学生，大概谁都没有跑过这么长的距离。不过教官也没有因为这个原因就允许谁开小差，晚上十一点半集合，随即开始长跑，从校门口开始，穿过夜晚人少车少的市中心中山路回到学校。教官还是给留了情面，在跑的时候稍稍容忍大家放慢了脚步，最后大家全都顺利完成了军训。接下来，开始正式进入中专阶段的学习。

第53章

学校一共设有五个专业，其中城市规划与建设专业是今年才设立的试点专业，教材也是由学校老师参与编写的临时试用教材，课程的设置还在试行中。学校各专业有共同的基础课程，工程绘图、工程测量、建筑设计、工程施工等课程，基本是所有专业共同的必修课，所以专业界线还不是那样泾渭分明。陆运红所学的规划专业,同样要学建筑工程设计,而且是重点课,主要是为防止以后规划方面就业面狭窄。四年的学习中,有一年到一年半的时间要学高中阶段的几门重点课程,也就是说,高中的语文、数学、物理等课程用一年多点的时间学完,化学、英语等课程一年内学完。在这期间,要加学部分专业课程,然后在剩下的两年半到三年时间里,集中学习专业课程,所以学习一点不轻松。

每天早上,早操之后,大家自由活动,没早自习,但晚上有两个小时的自习时间。刚来的时候,所有同学都保持了初三时你追我赶的状态,想给大家留个爱学习的好印象,晚自习结束后,都还在教室里认真地复习着当天的课程,谁也不愿提前离开。班主任崔老师来看了一遍又一遍,感动得忙劝大家:"都回寝室吧,别把身子坐坏了,才刚来呢,后面时间还长。都回去,回去吧,要不然寝室关灯了……第一排的,带头……"

在班主任老师的苦劝下,大家才磨蹭着陆陆续续离开了教室。

上课的安排和初中时是不同的,每科两节课连上。班主任崔老师还是学校里唯一的双宁市人大代表,连续三届当选,同时也是两届省人大代表。她现在负责教英语,据说以后的城市规划原理课程也是她教。但现在英语只是考察课,不是主课,并且每周只有一堂课。她上课的时候,总是笑眯眯的,像是在拉家常,抽谁来回答问题,回答不了,她也绝不生气,笑眯眯地提示;如果还答不上,还是笑眯眯地让学生坐下,然后又抽别的同学来答。寝室里的施永良被安排成了生活委员,每月负责到学校领饭票,分发给各位同学,同学们购买菜票时先在他那儿交钱,然后登记,由他统一去买来。学校门口有邮件收发处,每隔两天施永良都要去看有没有班上同学的信件,然后取回来。

到学校几天,陆运红才慢慢地体会到,吃饭的问题在这里还是一个不小的问题,班上四十个同学,其中有十八个女同学,百分之七十都来自农村。大家都在长身体的时候,可学校每月固定就发那么多饭票，谁都没有多的，尤其是男同学。班主任老师又通过调查，发现女同学们原来每月只能用大约二十五斤粮食的饭票，于是她又号召女同学们捐出多余的，分给个子大的男同学们。这时候，女生们总是表现得很积极，施永良把女同学们捐的收集起来，分下去，班上有四五个个子较小的男生就免了，他们自动不要，其他男生每月大都可以多有两三斤，陆运红也多得了两斤。虽然两三斤也解决不了什么问题，可大家因为感动，精神上已经满足了。

教学楼旁有个图书馆，里面有二十多万册藏书，施永良把同学们的学生证收来，由他统一去办理借书卡，以后凭借书卡就可以随便到图书管理员那儿免费借书阅读。不久，借书卡办下来，图书馆就成了大家经常光顾的地方。

还没正式接触专业学习，渐渐地，大家互相熟悉后，就开始有点疲沓，学习的劲头松懈了，一窝蜂开始往图书馆跑。图书馆里的书都比较陈旧，大家只能借阅一些死气沉沉的小说，还有从来没听说过的外国小说《高老头》《搅水女人》《基督山伯爵》《幻灭》等。没多久，有少数同学就发现在学校门口一个很偏僻的小巷子里有租书屋，如同中学时候校外的连环画书摊一样，只不过这里出租的不仅有连环画，还有琼瑶的言情小说，以及一些武侠小说，这些小说有趣多了。陆运红对大部头小说都没有太大的兴趣，想着四大名著中除了《三国演义》外，自己都没看完，于是先后借了《水浒传》《西游记》和《红楼梦》，算弥补了基础功课。然后又想看看外国小说是什么样子，就在图书馆里翻许久，借了套《尤利西斯》回去，偶尔打发时间。同学们借阅最多的是武侠和言情小说，有时他也和他们互换来看。

学校里没有音乐课，也没有美术课，但是有一门课程叫美学原理，是辅课。教这门课的老师是五十多岁的傅老师，本来五十来岁的人不能算太老，可他太瘦了，加上蓄着点胡须，戴着老花镜，因此老相毕现。他还是省里著名的书画家，也是双宁市书画家协会主席，同时参与了本专业教材《建筑与美学》《城市规划理论与城市发展史》的编写。

建筑工程学校的左方隔壁是电力工程学校，这也是一所省属中专学校，只是它的规模要小些，占地只有两百多亩。因为围墙阻隔，两校的校门开在不同的方向，一个向北，一个向西，分属不同的街道，校门之间相距足足有一公里，平时两校的学生来往不方便，交流较少，只有少数访问老乡的会在周末专门到彼此的学校里，组织游玩。在电力工程学校的左边，是双宁市师范学校，它与建筑工程学校相距更远了。因为几个学校相连，这一条街及周围巷道里聚集了不少的小餐点，还有几个录像厅。每周末，高年级的同学三三两两到校外去，凑点钱聚餐，或到录像厅里去看录像，可是录像厅太挤了，收费也很高，每场三毛。学校里每周末也要放电影，丰富学生们的生活，放映地点就是学校的礼堂，每人每次收费只一毛。学校放的电影也不限于一本正经的革命题材，也有港台的武打片子，还有不少戏曲、言情片，总之大家都爱看，新来的学生们很快被高年级的同学带熟。看电影的频率可比当初在生产队里高得多。班主任家里有电视，大家开始在星期天的时候，去她家里看电视，可去了几回，大家都觉得挺打扰老师的，就渐渐很少去了，学校礼堂就成了大家经常去的地方。

班上与陆运红是同乡的只有一位男同学庄涛，他是云津百谷县的，在二〇九宿舍。庄涛高高大大的，一米九，全班最高，喜欢打篮球，而陆运红对篮球一点不喜欢，也就对乒乓球能算得上喜欢，虽然同是老乡，但两人不太谈得到一块。

开始还比较平静，一个月以后，这些第一次远离家乡的学生都开始想家。有的女同学想着想着就开始哭泣，早知道这么远，回去这么不方便，填志愿的时候就不填这里了。男同学中也长吁短叹的，个个都偷偷给家里写信，盼星星盼月亮地盼着家里来信。每次施永良从邮件收发点回来，大家就围过去，着急地看有没有自己的信，没有的，只能失望地回到座位上。大家最羡慕的是体育委员冯正军，他家就是双宁市渡口区的，离这儿只有二十来公里，平时骑个自行车一个多小时就能到家。陆运红同样被想家折磨得魂不守舍，简直没法学习，给父亲和母亲写了信，可好久也没收到回信，他差点怀疑是不负责任的邮局工作人员把信弄丢了，好不容易才想到，在五河乡场上，爹和娘都还没有收信的习惯，一时半晌他们根本不知道。晚上睡在床上，想着想着就半夜睡不着，他甚至愿意用身上的所有积蓄来买到一封父亲和母亲的信。令人意想不到的是，这一天，施永良刚回到寝室，就拿着一封信向他扬了扬，说："陆运红，你的信。"

"我的？"他几乎信不过耳朵，忙拿过来，一下子撕开。

原来是表哥韩斌来的信，他从陆运新那里得知陆运红现在的地址，先祝贺他考上了中专学校，然后告诉他，他报名参军被录取了，地点是内蒙古。韩斌还给他寄来了一张他穿上军装上列车时的照片，不管怎么说，这封信缓解了他的苦闷，他忙给表哥回信。不久，他收到陆运新的信，他在信里夹了二十元钱，没用挂号信，这倒也解决了他的燃眉之急。

因为初中时着急地自学了部分高中数学的课程，进入建筑工程学校以来，他的数学成绩依然好，几乎都是第一。以前他不喜欢英语，现在英语不是主课，这简直是求之不得的事，于是他的英语开始差了。班上同学大都和他持一样的心态，以前的英语成绩普遍不行，这点班主任崔老师已经了解，她倒不强求，毕竟英语在这里已经被边缘化，而别的课程紧张，但她还是向大家强调："你们能认真学还是认真学吧，毕业后，至少考职称时要用呢。"

可是大家还是没太当回事，因为谁也不知道职称是啥东西。班上有几位同学的英语却很好，其中坐在陆运红前排的他的室友齐瑞文，就是佼佼者。他能用英语直接和老师交谈，这在同学们看来，不得了，简直是神一般的存在，因为除了他，谁也办不到。除了数学，其他科目，陆运红基本找不到存在感。在这里，学生们大概都是尖子中选出来的，谁也不是差生，英语对自信心的打击还是重的。期中考试的时候，虽然英语是开卷考试，但大家还是全指望齐瑞文，由他左右两边的同学把答案抄去，再扩散，周围的同学能抄到六七十分，保证不挂科就满足了。他也从不吝啬，班主任老师自己监考，她高声让大家认真答题，不准交头接耳，不准作弊，可故意坐到教室门口，假装什么也不知道。大家的动静实在太大了，她又提醒一声。即使这样，最后成绩出来的时候，也有几个同学不及格的，但她通通给大家打了六十分的及格分，因为这几个没及格的同学，至少成绩是真实的，人品是值得嘉奖的。

但是，其他科目，如数学、物理、语文等，尤其是刚刚开始涉及专业方面的绘图课，当她监考自己这班的时候，要求就相当严格，绝对不允许谁作弊，而且要求人人都必须及格，最好不要补考。

班主任老师对大家的生活同样很留心，隔三岔五就会在晚上下了自习的时候，来到寝室里，看看大家的情况。她已经把全班同学的情况都掌握清楚：四十个学生各自来自哪个县，是农村的还是城镇的，家里有些什么人。她每到一个寝室，就看看谁的被子脏了，该洗洗，谁的衣服洗了，但没洗干净，谁的头发该剪了，怎么军训过了，卫生要求就全部都忘了？大家在她的反复责备下，一点一点改变从前睡大寝室带来的不卫生的习惯。

陆运红的同桌，是和他同寝室的，与他同一天生日的戚永辉，他是位很内向的男生，平时总是不声不响的，怯生生的，见了谁好像都欠了对方的债似的。他不喜欢和大家主动交谈什么，即便同一个寝室，晚上大家讨论热烈或开着玩笑的时候，他也很少参与，几乎没有朋友。陆运红感到他很怪异，他知道内向的人心灵都比较脆弱，生怕自己有时大大咧咧的言语不慎误伤了他，所以平时也很少和他交流。在大家的印象中，内向的同学成绩都很好，其实这倒不一定，戚永辉的成绩就不太好，在班上总是中等偏下，和陆运红的差距还不小。戚永辉来自屏西县，屏西属青台市，与云津毗邻，距双宁也有四百来公里。他从不提及家里的情况，因为是同桌，相对而言，陆运红比其他同学更了解他一些。戚永辉的内向大概是由来已久的性格，没办法改变的。他也是补习后考上这儿的，可他并不喜欢建筑专业，原来想考高中，然后考中文系,因为他喜欢文学,可这个专业是他的父亲逼着他填的,他非常苦闷。陆运红倒不以为然,因为当初他也是极力想考高中,现在到这儿,还感觉不错,没必要坚持以前不确定的东西。戚永辉喜欢一个人看书,他常看的书,绝不是专业课程的,也不是外边流行的武侠、言情小说,是从图书馆里借来的《唐诗选》《文心雕龙》《文选》《史记》《战国策》《资治通鉴》等一些让一般同学望而生畏的书。虽然陆运红对文学方面的东西还比较有兴趣,而且语文成绩也在戚永辉之上,可和戚永辉比较起来,总感到自己的成绩是"假"的。陆运红看过的和文学相关的书,戚永辉都看过,搞得陆运红一旦了解他,甚至有些畏怯。戚永辉除了内向,不喜欢与谁过多交谈,也不喜欢体育运动,即便是逛街,也喜欢一个人去,总之喜欢清静。虽然他喜欢清静,但他对同学们的热闹也从不反感,这热闹好像与他无关。他每次要说什么话,都好像在肚子里反刍、打磨了许多遍的,让人听着觉得他特别体谅人,做事也轻手轻脚的,生怕打扰别人。上自习的时候,陆运红有时带着好奇同他小声聊,慢慢地,还是从戚永辉嘴巴里了解到了一些情况。原来戚永辉家庭条件并不好,父母都病着,来这儿念书,虽然只有二十元学费,可都是借的,他身上的生活费也不多。他发现戚永辉特别自尊,不喜欢别人帮助他,甚至几乎不向别人借东西。

已经冬天了,戚永辉还穿着两件单衣服,班主任老师看在眼里,把自己的孩子穿过的两件毛衣送给他,可他死活都不要,搞得班主任老师以为他看不上穿过的衣服,或这种方式伤了他的自尊,只好算了。不久,班主任老师又买了件新毛衣送给他,他大概害怕班主任老师继续关心,让他难以承受,只好非常勉强地接受了,可许久也没穿上。老师甚至动员同学们主动关心他,他很快就觉察到了,却如坐针毡。陆运红感到非常不理解,觉得他这个做法有负崔老师的关心,悄悄地向他询问此事的时候,才发现戚永辉心里非常感激老师,说从来没人这么关心过他,他觉得过意不去。可他说虽然自己家里经济条件不好,但长期以来,也已经习惯了,就是穷日子过惯了,也不希望得到别人意外的帮助,结果依然没穿老师给他的毛衣。陆运红想资助他,话几次到嘴边,都不敢出口。好不容易,他才想到一个办法。一次,他先对戚永辉说:"糟糕,这周我的钱用完了,家里还没寄来。你方便吗,借五元给我买菜票,下周还你。"

戚永辉搜遍了全身,只有三元,全部给他。陆运红这才发现,原来戚永辉挺希望能帮助别人的,而且会全力以赴,他谢过了。过了几天,他说收到家里汇来的钱,还给他,对他说:"很感谢你,这样的情况谁都难免会遇到,你需要的时候,也跟我说吧,咱们互相帮助。"

"好的。"戚永辉说。果然,一次,戚永辉向他借了两元菜票,过几天还给了他。于是,他成了唯一与戚永辉有经济往来的人,除了他,戚永辉几乎从不向别人借饭票菜票。

戚永辉是非常自律的人。他的数学成绩不好,期中考试的时候,老师监考严格,可依然有同学在悄悄作弊。陆运红的数学成绩是全班第一,考试的时候总有旁边的同学在老师转身的时候,用脚勾勾他,或用手肘碰碰他,求某题的答案,但与他同桌的戚永辉绝对不会这样做,一副听天由命的架势。试卷最后一题难度是很大的,大多数同学都不会,陆运红知道戚永辉肯定不会,故意在检查的时候把试卷挪过去,让他容易看到,抄一抄,他也知道了他的意思,可就是一个数字也没抄。反倒是隔座的同学抄去了,当然,最后陆运红是第一名,戚永辉与同桌相差二十多分,刚过六十分线而已。由于陆运红的主动接近,陆运红几乎强行成了戚永辉的好朋友,渐渐地,陆运红发现,他特别值得信赖和交往。陆运红在同寝室别的同学面前不便谈的话,和戚永辉说,他会很认真地倾听,不发表意见,可也绝不乱传话,让人总想在他面前一吐为快。比如星期天早上赵林老是叫陆运红替他打饭,自己却睡懒觉,从不主动帮陆运红打,另外吃完饭碗也不洗,在枕头边放到中午,很讨厌。赵林的床和陆运红的床紧挨着。戚永辉听了,只说赵林的习惯是不好,别学他就是。一学期没过,二人几乎成了无话不谈的朋友。陆运红虽然和同学们都相处得来,但通过和戚永辉的交流，他才发现自己内心原来挺孤独的。

第54章

班上有十八个女生，二十二个男生，班主任老师已经反复告诫："你们都是十六七岁、十七八岁的娃娃啊，现在正是学习的时候，学校规定不准谈恋爱，男女交往，把握好分寸。如发现有逾越界线的，立即开除。大家现在的铁饭碗，都是从千军万马中血拼得来的，千万别因为这个问题而前功尽弃，否则我救不了你们，其他的问题都好说些。"

虽然是这样，可以大家还是隐隐约约地发现，高年级的男女同学，依然有谈恋爱的，只是比较隐蔽，老师们大约也知道，但没谁敢犯糊涂拿自己的铁饭碗去冒风险，没去深究。而男生们互相熟悉之后，每每晚上熄灯睡觉的时候，就把女生作为话题讨论，讨论最多的就是哪个女生长得最漂亮，哪个最可爱，哪个男生昨天对哪个女生说了句有什么含意的话，哪个女生今天又对哪个男生说了句别有用心的话，哪两个人的关系值得怀疑。这些比学习、考试有意思多了，总之每天都有人侦察到新情况，好像班上从来不缺乏暧昧，也不缺少侦察兵。尤其是男女同桌的，稍不留神有些交流，晚上当事人在寝室里就会成为大家逼问取笑的对象，时间一长，大家也适应了这些小题大做的打趣。城市规划与建设专业班是学校里女生最多的班级，最漂亮的两位女生都是来自双宁市的，一位是来自市临川区的陈雨霏，另一位是来自青陌县的张艳。陈雨霏一张鹅蛋脸，总体而言，和郑彦秋差不多，但举止间透出一城市女孩特有的大方、潇洒，眼睛里还包含着一股醉人的迷茫，那种成熟的气质是郑彦秋绝不具备的，让人过目不忘。张艳瘦瘦的，有点弱不禁风的样子，自信而干练，可她并不傲气。两人在初中的时候都是班长，现在陈雨霏也被崔老师安排为了班长。陆运红发现，张艳带有着他的小学同学杨萍的特征，尤其是笑的时候。他很快就对陈雨霏暗恋上了，一有闲暇就想入非非，但是来自农村的男生，对来自城市的女生，尤其是漂亮的城市女生，都有难以克服的距离感，他只能把与陈雨霏的暗恋永远封闭在心里。和郑彦秋之间的经历，使他对女生有一丝天然的戒备，即使没有老师的告诫，他也轻易不会去触碰，因此他在漂亮的女生面前还是有一点定力的。不久他又发现，不少男生都和他一样，在暗恋着这位班长，简直能组织成一个连。为了表现自己与众不同，他从不去主动找班长搭讪，就以为自己已经脱离这个阵营了。

星期六，陆运红在寝室里，一边洗衣服，一边吹着口哨，是流行歌曲《梦里情人笑颜开》的旋律，无意中又一下子就把室友们对音乐的热情调动起来。几个人惊讶地发现他吹口哨居然这么好听，他们听完了一遍，让他再吹一遍，一遍又一遍，他乐得奉命。施永良、赵林他们也会吹口哨，可没想到这种小技巧也有如此高超的境界。施永良急忙模仿陆运红吹这支歌，但只能把歌曲的音调吹准，控制气流的轻重缓急，远没达到陆运红那种只可意会不可言传的娴熟自如和出神入化，干巴巴的，让人找不到联想点和感觉，只好遗憾地中断。他立即对陆运红崇拜了，误以为他唱歌也会唱得很好，陆运红忙告诉他，自己的五音不全，绝不献丑，可他依然不信。吹了一次口哨，他就被大家当成了寝室里的一个"宝"。没两天，施永良和赵林、齐瑞文他们传得所有男生寝室都知道了，接着其他寝室的同学就专门跑来请陆运红吹一段，然后大家都信服了。同乡庄涛更是夸张地抱着他跟大家开玩笑："陆运红是我的老乡，以后谁要听他吹口哨，必须先经过我批准，不准擅自做主！"

渐渐地，陆运红的这个爱好也传到了班上的女生里。女生们对吹口哨这门技艺没有了解，最初谁也不以为意，而经过男生们的渲染，传得神乎其神，最后班主任崔老师也知道了。每周一、三、五晚自习前，都有二十分钟的读报时间，同学们挨个给大家读《人民日报》或《新华日报》的内容。这天晚自习的时候，崔老师来到教室里看大家，她一边叫轮到的黄益同学读报，一边抱着手，踱到陆运红旁边，刚好他旁边的同学戚永辉还没来，崔老师就在他旁边坐下，小声问："陆运红，听说你吹口哨很不错啊，是不是？"

"崔老师，他们胡说的，只是休息的时候吹着玩的。"他担心又遇到林志明那样的老师。

"你吹支歌，我也想听呢。"崔老师笑眯眯地说。

陆运红吓了一跳，施永良忙在旁边帮腔说："崔老师，他吹得真不错……运红，崔老师都想听，你就吹一支歌吧，难道想违抗师命吗？"

男生们开始齐声怂恿，这其实只是因为学校没有开设音乐课，压抑了大家的天性，大家都希望能放松一下，老师也笑眯眯地又要求了一遍："就吹一支吧，不碍事的。"

黄益也不读报了，接下来大家一齐鼓掌，陆运红才发现老师是善意的，不好再推，讪讪地问："那好吧，来支什么歌呢？"

"就《梦里情人笑颜开》吧。"几个同学一致要求。

他只好望崔老师一眼，崔老师依然笑着，没说话，显然是默许，来支什么歌都行。他只好压压涌起来的一丝紧张感，清清嗓子放松，开始不紧不慢地吹，在心里默随着歌曲的旋律，片刻把大家带入凄婉迷离的感觉中。

吹完了，全班响起了掌声。女生们第一次听到，简直是名不虚传，她们也陶醉了，掌声比男生们还激烈。班主任老师也和大家一块鼓掌。她站起来说："嗯，确实不错，有个词语叫什么？……天籁，嗯，就是，天籁之音。"

她让黄益继续读报，其实读报时间已经结束了。她临走的时候，还是回过头来，笑眯眯地对大家说："学习紧张，也不排斥活泼，爱情歌曲可以唱，可恋爱不能谈啊，大家知道不？"

"知道。"男生们异口同声地回答，引来全班的笑声，老师离开了。陆运红凭这不上台面的爱好，出其不意地得到大家的好感，甚至也赢得了女生们的崇拜。几乎和他没有交集的班长陈雨霏已经深深地记住了他。考勤的时候,陆运红两次迟到,她都故意给他漏记,然后寻个机会来单独提醒他,不能再迟到啦,不然她就要记上去啦,陆运红忙表示感谢。然后她就在下一次读报之前,碰到陆运红在座位的时候,名正言顺地和几个先到的女生一块,"命令"他吹上一支歌,口气形同索要"报恩"。几个女生就吹什么歌争论一番,好像陆运红已成了没有任何自由和生命迹象的盘中餐,只有任由她们宰割。最后她们达成了共识,让陆运红吹首邓丽君的歌曲《在水一方》和电影《少林寺》的插曲《牧羊曲》。所幸邓丽君的不少歌陆运红都还知道,《在水一方》这支歌他也特别喜欢,《牧羊曲》更是谁都会,于是他笑着吹给他们听。不久,他的这个技巧惹来了男生们嫉妒,传说大多数女生都在暗恋他,他当然也很快感觉到了男生们的意思。其实自从初中时他因这个技艺而被林志明横眉冷对,被郑彦秋说成吊儿郎当,他在一定程度上受了打击,在私下里也开始这样认为。因此,大家的喜欢和羡慕,没有让他飘飘然,他还是很清醒的。为了避免成为大家的话题,女生们再请他吹的时候,他大多数时候都说嗓子不舒服推辞了,只有男同学让他吹的时候,他才偶尔吹上一首。

他收到的信渐渐多起来,不时有表哥韩斌的信,不时有大哥陆运新的信,还有初中时的好友考上南山地区交通学校的袁旭的信,他想家的情绪渐渐得到了缓解。元旦的时候,陆运新来信,在信里又夹了二十元。他告诉弟弟,他和欧军已经结婚,在县城办的婚礼,没有大操大办,只请了双方的家长和近亲,父亲没去,母亲和三姐陆运芹去的。他寄来了几张照片,是他和欧军、母亲、三姐以及欧军父亲和她的三个哥哥的照片。他只能在信中祝贺大哥,寒假回家的时候,才能再见。

因为急着回家,他忍不住几次在星期天独自跑到双宁火车站去候车室,看上面每趟列车的发车时间,有多少趟车到县城,只能渴望地看着,再到售票窗口羡慕地看着排队买票的人群,甚至见到买回县城的车票的人,都会有一股亲切感。这样一来,他几乎把整个车站的车次表全部记下来了。放假前十天,大家盼星星盼月亮地盼着回家。这些离家整整一学期的大孩子，都饱受了思乡之苦，全寝室的人都一边应付着考试，一边倒计时。终于，这天晚上，班主任老师来到教室里，告诉大家，后天中午，双宁火车站派人进入学校发售学生车票，大家把学生证准备好，把线路、日期写好，交到生活委员那里，生活委员统计好后一并去售票处买，减少售票人员的工作量。消息一公布，大家立即沸腾了，马上就有同学在生活委员施永良那儿开始登记。下课时间还没到，除本身就在双宁的几位同学，其他同学几乎全都登记完了，班主任怜惜地问："都归心似箭啊？"

不少老乡同路的，都买了同一趟车的票，可陆运红的老乡庄涛买的却是考试结束第二天早上的快车。陆运红无论如何也要订考试结束当天傍晚的慢车，因为他再慢，也是第二天上午九点到，比第二天的快车早到五六个小时，两人没同路。

考试完毕，没有谁想等着拿成绩通知单，当天中午，一半的同学赶着回家。陆运红是傍晚六点的车，可看到同学们一走，他再没有留下来半刻的心情，三下五除二收拾好两件衣服，顾不上吃中午饭，去学校食堂里拿面票买了早上没卖完的馒头，放在袋子里装上。他没什么能给家里买的，而学校的馒头比家里做的馒头香多了，简直可以作为稀罕食品带回家里，让爹和娘也尝尝。他买了七八个，然后和同学们简单告别，匆匆坐上公交车去车站，宁愿在车站的候车室中盯着时钟等候傍晚的列车到来，至少那儿离家更近一些。

车站广场上依然人潮涌动，人们背着行李，行色匆匆，有些人随便找几张报纸垫着就在广场上互相依靠着睡觉。还是半年前刚来时的样子，好像这半年来就没有变化，看到有卖地图的小贩，因为对地理的特殊爱好，他忙买了一张，拿到候车室里面，慢慢地看。

第 55 章

他再次进入双宁火车站的候车大厅。候车大厅分为两个厅，每个厅都有学校的操场那么大，两厅之间并没有间隔，完全互通，各自负责着东来和西去的旅客休息候车。第二候车大厅上方新放了一幅书法作品，有二十来米长、十来米宽的样子，写的是陆运红最喜欢的毛主席的那首词《沁园春·长沙》，是小幅书法作品放大制作后悬挂上去的。他不懂书法，可眼前的书法作品如行云流水，气势磅礴，有种直指人心的震撼。他坐在候车大厅的排椅上，仰望着这件作品，虽然词的内容他早已背得滚瓜烂熟，但还是忍不住一字一句地把它又读一遍。是谁写的这么好的字，他仔细地辨认了落款，才发现居然就是在学校里教美学原理的傅老师傅元中，顷刻间他不由得暗暗地对这位老师心生崇拜了。

傍晚，终于等到列车进站，他忙收起地图，随着拥挤的人流检票上车。进入车厢，一股久违却记忆犹新的气息扑面而来，他找到自己的位置坐好，刚好又是靠窗的黄金位置。不一会儿，所有乘客都上车了，同车厢里不远处也有其他学校的学生，随着一声汽笛响起，列车在夜幕中缓缓启动，灯火如织的双宁城渐渐地往身后移去，直到完全消失。

第二天上午九点半钟，列车到了东永县县城。走出车门，一股寒意袭来，他拿着行李，直奔大哥陆运新所在的城关镇派出所。派出所的工作人员听说他是陆运新的弟弟，问："你就是陆运红？就是那个考上省建筑工程学校的陆运红？"

"就是。"他忙说，想不到在这儿还被人提起。

"陆所长被局里抽去办案了，去了广东，可能得过两天才能回来，你先在这儿住下吧，他家你知道吗？他办公室里有他家的钥匙，我可以打开他的办公室。"对方很热情地说。

陆运红想了想，算了，既然他不在，就不在这儿待下去了。他马上要回家，向工作人员道了谢，工作人员送他出来，他去了汽车站。上午那趟去五河乡的车已经开车了，下午一点钟还有一趟，他只得又在狭窄的候车室里等。他拿出从学校带来的馒头，馒头已经冻得有些发硬，他毫不在意，嚼了一个，继续等。

让他意外的是，下午上车的时候，居然碰到熟人，是来县城里做事的他的小伙伴韩科的父亲韩开佑，他叫五舅，两人一块坐车回去。

　　陆运红回到家里，天上飘着小雪。父亲还在后边唤那只小猪回家吃食。程林的母亲和四奶奶的媳妇，还有钟强的母亲也在这儿，正围着小炭盆烤火，说着闲话。母亲在旁边翻着历书，看哪天适合让小猪进圈栏。几位老人见到他回来，忙问："这不是小四吗！噢，放假了啊？啊，也该放假了，要过年了嘛。"

　　母亲又惊又喜，忙放下手中的历书，给儿子拿件厚衣服来，让他先披上。钟强的母亲挪个凳子来让他挤着烤火，炭火上还放着给陆运红父亲熬的药。经过长时间的调理，陆选南的病已好了很多。父亲把小猪唤回来喂潲水。陆运红问起小伙伴，钟强已经不在家里，在跟他的师傅去外地做工程了；秦小军还在云津市里的餐馆，学做厨师；秦明明在他老师的木器厂上班。他们都很少回家，只有小学同学韩兴贵常在村里，他在学风水方面的知识。他听着，怅然若失，大家各走各路，渐行渐远了。

　　晚上，母亲一边做饭，一边和久别的儿子唠，这半年里，又有两家新建砖房啦，邻居黄大文他们也准备开年就建了。三姐陆运芹也生孩子了，是个男孩，取名杨标。最让母亲自豪的是元旦的时候去参加陆运新的婚礼的情形，她说欧军脾气很好，很孝顺，她很满意。母亲现在做梦都在想抱一个孙子。为此，她还去拜菩萨了，她说那个菩萨还是灵的，救了程夏一命，她现在把好事都记在了菩萨身上，与自己无关。母亲又说，今年没有杀猪，因为父亲说，平时孩子们都不在，只有两人在家里，杀了猪吃不完。前几天，父亲把原来预备杀的两百来斤的年猪卖掉，头了七八十斤肉，现在用盐渍着。

　　春节前两天，陆运新回来了，带着欧军，三姐陆运芹和杨成立也带着刚生的孩子杨标一块回来了，全家人一块吃年夜饭。陆运新和欧军结婚以来，因为工作的原因，聚少离多。陆运新早就不和程夏合伙了，现在又和他的一位同事合伙做着生意，在县城里经营着一个服装店，请人帮照看着。欧军的父亲和母亲病不离身，药钱几乎全仗着陆运新服装店的收入。陆运新夫妇不仅负责着女方父母的开销，还负责着陆运红读书的费用。过年回来，陆运新给父亲和母亲每人一百元钱，陆选南知道儿子现在负担很重，说什么也不要，只要看到儿子一切顺利，看到乡亲们羡慕的表情，他就满足了，其他的都是次要的。陆运新又分别给了陆运红，还有陆运芹才生的孩子二十元。

欧军问陆运红："在学校谈没谈对象？"

"没有，不可能，学校不允许。"

"总有女同学对你有好感吧？"

"这个不详。"他回答说。

"没在学校谈，也没啥，以后出来，咱替你留意留意，一定给找个你满意的，爸妈也满意的。"

"好，那就一事不烦二主，拜托欧姐。"

"哦哟，就赖上我了？"欧军笑着说。

母亲此时倒不太关心这个，他对陆运芹生的男孩子特别疼爱，只有两个月，胖嘟嘟的，她抱着舍不得放开，并暗示欧军要多抱抱男孩，以后才会生男孩。欧军笑着说她不信这些，不过为迎合婆婆，她还是把陆运芹的孩子抱着，逗来逗去。

过年期间，父亲最大的要求是全家去给老祖先们上坟。年夜饭过后，他就说："你们已经好些年没去给你们爷爷奶奶上坟了，清明节的时候都回不来，就趁这个时候正好，大家去吧。"

三姐陆运芹说，大过年的，跑到坟地里去，不吉利。父亲一听，马上就有气："你不去就是了，女的不用去上坟。"

"她可以不去，就在家里带着孩子，小孩子才两个月，去坟地那种阴气重的地方不好。"母亲忙替陆运芹说话。

"那你在家里待着，男的要去。"陆选南气呼呼地说。

陆运新和陆运红都知道父亲的脾气，怕他生气，新年里发火总不好，何况上坟也没什么不吉利的。陆运新表示："去吧，我是多年没给爷爷奶奶上坟了,正想去看看。"

"就是嘛,古代平民百姓中了举,还要向皇帝请求恩准回乡祭祖呢,现在虽然是新社会,但也不能忘本!"陆选南说着,又开始点烟。

于是一家人又带上纸钱、鞭炮,来到爷爷奶奶的墓地,几年没来,这片树林里面又增加了好些坟。父亲把两个刀头肉放在爷爷和奶奶的坟前,让陆运新和陆运红铺上纸钱,陆运红知道父亲一来到爷爷奶奶坟前,就要说些什么。果然,陆选南刚在坟前的石头上坐下来,又开始讲述爷爷奶奶当初的苦日子:"他们几十年,当初能吃上一顿饱饭再死,我也心里好受些,他们那一代不值啊。我小时候,有一年程增福他父亲盖房子,完工庆贺的时候,你们爷爷带着我去他家,就图能让我吃上一回肉。其实大家去,不说也都知道,就是想去吃上一回肉。到了他家,吃饭的时候,桌上只有中间那个汤盆里,汤面上漂着一些肉片,大概每桌八个人,每人能挟上两片吧。一只鸡,五张八仙桌上就有四十个客啊,他家也就是这种情况。如果今年咱们家杀只猪,我和你们的娘在家里,就怕天天吃,明年也吃不完,要是以前,谁家敢这样?"

父亲又说到秦正高当初砸烂家里的锅的事,奶奶的事和他直接相关,他说这件事他到死都不可能忘,又说:"现在,你们算争了点气,总算已超过他家。"

父亲讲着,眼睛里依然充满了愤怒,陆运新兄弟和陆运芹对这些和他们的生活越来越远的事情,情感上已经渐渐淡了,他们虽然为父亲讲述的故事感到心堵和难过,但远没有父亲那样刻骨铭心。一个时代打下深深的烙印,只能让时间慢慢地去消解,陆运新对事情保持了沉默。

陆选南讲的这些,陆运红听过很多遍,韩叙芳也已经听过多少遍,已经麻木。韩叙芳只是一味地想抱孙子,陆选南在讲,她就在磕头,磕头的时候,又在默念祖先保佑,要让欧军明年生一个男孩,祈祷完毕,全家人磕过头,然后回家。

这是全家人最快乐的一个年。

大概是因为去年是五河中乡升学率最高的一年，这学期复读的学生特别多，据说学校大大提高了复读收费标准，比上一届上升了一倍。不过陆运红绝不想像袁旭一样再去学校，四年的青春，在学校的每个地方都留下了痛苦的印记。假期里，袁旭又来找他聊，两人聊着以后的工作和打算，陆运红却感到有些不着调，因为城镇规划和建筑设计对他来说是很陌生的，他谈不上喜欢，顶多是不反感而已，只不过二人的专业还有些相通的地方，都有建筑设计方面的内容。新的学期，陆运红回到学校，继续学习。

第 56 章

上学期期末考试，班上有几个同学需补考，不过补考的同学都顺利通过了。新学期开始不久，学校组织了一次书画展，让所有爱好书画的同学和老师拿作品参加，展览就在学校的礼堂里。书画方面的东西，从来都和陆运红不搭界，他也不喜欢，可是在火车站看到了傅老师那幅书法作品之后，他不由得时时想起，对书画产生了不少好感，于是在课间的时候，专门去参观。

他意外地发现，参加书画展的同学有很多，喜欢书法的同学真不少。他专门找傅老师的作品，可找来找去，没有见到，听其他参观的老师们说，傅老师是省、市书画协会的人，没参展，是评委。他只得遗憾地准备离开，忽然发现同桌戚永辉原来也有作品参展，他非常诧异，原来同桌还会书法，而自己从来不知道！他以为自己是比较了解他的，这才发现了解得并不透彻。戚永辉写的是一幅欧楷作品陆游的《书愤》和行书作品辛弃疾的《南乡子》。他只感到戚永辉的书法作品写得很好，比其他人的都好，总之就是说不清道不明的好看。第三天，评选结果出来，戚永辉的书法作品在学生中是第一名，并且得到傅老师的很高评价。戚永辉的书法在班上被大家知道了，大家把陆运红的吹口哨和戚永辉的书法称为班里的"双绝",这让陆运红感到自豪又有点难为情。因为书法至少是公认的高雅艺术,自己那口哨,是什么玩意?摆不上台面的东西。他又下意识地不再吹口哨,要让它与自己绝缘。

他开始向戚永辉请教书法。戚永辉虽然拘谨,口才也不好,但每次陆运红向他请教,他都给他讲得特别详细,怎样从颜、柳、欧入手练习正楷,把笔握稳,行书又怎么谋篇布局,什么是笔法上的提按转使,就像刚上岗的服务员诚惶诚恐地千方百计要讲得让客人满意,结果让陆运红感到不学好像对不起他似的,但也激起了他学习书法的冲动。于是他专门买来墨和笔,向戚永辉请教,总之寝室里这样一个老师,不请教也是种浪费。班上订的报纸,过了时间就没用了,他全部拿来,当成书法纸练习颜体。

陆选南以前在生产队里是专门写标语的,自身文化水平不高,写标语一般用的是宋体字,千人一貌。陆运红从来没关注过父亲写的字。他在戚永辉的指点下学习写字,才发现原来想把宋体字写好也是相当难的。在练习写毛笔字的过程中,他与戚永辉的关系越来越密切,总之他始终是班上唯一和戚永辉谈得来的人。

这学期,大家都完全适应了学校的生活,相互之间已经很熟悉,有的同学也学着高年级的同学,三三两两周末去聚餐。老师明令禁止学生们喝酒抽烟,一经发现,严厉处罚,所以大家还是挺小心的,加之经济上都不宽裕,往往就在学校小餐馆里随便吃吃,与其说是聚餐,倒不如说是加餐充饥,稍稍改善一下伙食。可就是这样的聚餐,戚永辉也不会参加,他也不喜欢去看电影,每周末就独自看他的书。陆运红对电影、录像的兴趣也渐渐淡化,可对他最近看的书《典论》《楚辞》《时间简史》之类的,也绝不喜欢。因为暗暗地佩服戚永辉,陆运红还是对他看的书开始留心,试着去接触,都如啃石头般困难,他甚至在心里怀疑,大家都青春年少的,看如此老气的书,不正常,但还是忍不住偶尔拿来翻翻,比如回寝室吃饭的时候,一边吃,一边浏览。他渐渐地喜欢上了《时间简史》，书里面打开的世界让他瞠目结舌。戚永辉其他的书他也偶尔浏览，权当自己是大通禅师房前井里的蚯蚓，说不定，某天也会得些道呢。

这天傍晚，他刚睡着，做了一个梦，梦见自己在一条大路上无忧无虑地走着走着，忽然间发现自己的右手不知什么时候没有了，只剩条残臂。他奇怪地瞧着余下的那只手，继续走着，越走越觉得背上有什么东西压着，很沉重，片刻醒来。第二天一早，依稀记得点这个奇怪地梦，中午就忘得干干净净，学习占据了一切。

星期四傍晚，吃完饭，回到教室里，他正在看书，天色暗下来，读报的时间还没到，施永良忽然跑来，对陆运红说："陆运红，你快出去，崔老师找你，有事，快。"他诧异地望望施永良，忙放下书，急匆匆地往楼下跑，刚跑到教学楼外面的路口，就发现班主任崔老师已经站在那里。她见陆运红出来，忙拉过他，让他在旁边一个僻静处的石凳上坐下，望着他。他只感到崔老师表情凝重，似乎有大事的样子。果然，崔老师在他面前坐下，缓缓地说："我极不情愿地告诉你一个消息，是你家里的消息，非常不幸的一个消息，但是，你一定要坚持住。"

陆运红被班主任老师的表情吓住，紧张地问："崔老师，什么事？"

"……刚才，学校办公室接到你父亲打来的电话，本来是让你来接的，刚好我在，就帮你接了……"

"什么事？崔老师？"

"……哎，人生，总要遇到这样那样的变故……有些可能是很大的变故……"

"你说吧，崔老师。"他心里非常焦急，究竟是什么大事？

"……比如，有时就是亲人意外的离世……"

他听了，惊得木若呆鸡，慌忙说："崔老师，你说谁？是……是我娘吗？"

他说着，心里一阵紧缩。崔老师抓住他的手，摇摇头，说："不是，不是你母亲……是你的大哥，他是不是叫陆运新？"

"不可能……"他叫道。

"你父亲刚才打来电话，说他今天中午在抓捕犯人的过程中，牺牲了，现在要你赶快赶回去。"

"真的，是……我大哥陆运新？"他听着这个晴天霹雳的消息，完全傻了，突然感到眼前一片漆黑。

好一阵，他才清醒过来，眼前的一切都在晃动，教室里面的灯光，面前的老师，好像站在遥远的地方，离自己有十万八千里之遥。眼泪控制不住地流，想哭却哭不出声来，崔老师说："事情已经发生了，必须坚持住，想哭就哭吧。我想今天你也不能走了，明天吧，我去帮你问问，什么时候有车。"

"不可能的事啊，我要……我要问问爹！"

"走吧，去学校办公室，我让电话员帮你接通。"

他浑身发着抖，只感到脚下一片冰凉，木头似的被崔老师拉着手，来到学校办公室，忽然间，他放声大哭道："我不打了，不打了，我想走，我今晚就要回去。"

崔老师还是紧紧地抓住他的手，好久才说："好吧，不打。如果你今晚要走，也可以，我马上让同学送你，陪你回去。你看谁合适？"

"不，不，我想一个人走。"

"不行。听说你和戚永辉很好，我就让他送你。"崔老师说着，马上叫住办公室外路过的一个同学，让他帮忙去城镇规划与建筑设计班叫戚永辉来。

陆运红感觉天旋地转，整个世界都不属于自己，班主任老师给他倒了一杯水，说："你大哥是警察吗？当了多少年？"

"只有七年啊，他怎么会啊，崔老师？"他一边哭一边说。

"此时，你必须坚强啊，运红。我当初只有十七岁的时候，母亲也是突然离世的，所以，这个时候你的痛苦我能体会。可是，不幸也是人生的组成部分，有时它姗姗而来，有时却来得很突然，我们没法回避它……"

戚永辉来到他俩面前，他看着老师和同桌，诧异地问："崔老师，陆运红怎么了？"

"陆运红他大哥，今天中午追捕罪犯时牺牲了，他马上要回去，我不放心，你陪他回去一趟，行吗？"

"啊，运红，我陪你去就是。"

他渐渐清醒了，说："不，我自己能回去，不用陪，崔老师，戚永辉要上课。我今天晚上就回去，今晚有车，明天早上就到了。"

"不行，路上怕有意外。"

"没事，我陪你回去，大不了耽搁两天，以后咱们一块补课就是。"

他不想打扰其他人，强撑着说："崔老师，你刚才说的我听进去了，我会坚强，这事击不倒我，我就请两天假。"

班主任老师看着他，默然了好一阵，说："这样吧，戚永辉送你到火车站吧。"

他哽咽着说："也不必，校门外就是公交车。"

"那好吧，现在去还来得及,你身上有钱吗？"班主任老师只好说。

"有。"他说。戚永辉忙陪着他回寝室，他胡乱收拾了一下行李，戚永辉又问："你身上的钱究竟够不够？"

"够的。"他说着就急匆匆往外跑，戚永辉跟着跑出来，要送他去火车站，可刚到校门口，他怎么也不让他送，使劲地把戚永辉往校门里推，戚永辉只好宽慰他几句，返回了教室。

他独自向前走着，向着火车站方向走，此时痛苦又阵阵袭来，他完全忘了坐公交车，头脑中一片空白，痛彻肺腑。他一边盲目地走，一边用力掐住自己的左手腕，想使自己从剧痛中醒来，以证明刚才的一切只是一场噩梦——不是梦，大哥陆运新的确死了，老师亲口告诉他的，她不会说假话的。他此时又想放声大哭，可痛极无泪，痛极无声。他沿着稀稀落落的行人经过的街道，没头没脑地一步一歪地向前走，两个小时还没到火车站，白色的月光笼罩在双宁的上空，无数路灯的灯杆中邪般地立着,偶尔一辆车驶过,或几个不相关的人说着闲话经过,除此之外,街上再没有什么。行道树撒下的影子阴森可怕,他发着抖,寒战像上涨的潮水,一浪推着一浪,他沿着冷清的街快速地走,用小跑的方式抵御惊恐,任凭两只脚把自己送到任何地方。经过一条条街道,经过一座座大楼,晚上十点钟,他才走到火车站候车大厅,瘫在排椅上,惊恐使他缩成了一团……

以前坐的那趟到东永县里的慢车早已开走,刚好十点半有趟路过的快车,他略略清醒了些,撑着排到窗口买了车票,随即检票上车。望着这个当初大哥陪着自己来的地方,他只想逃离,幸好刚上车两分钟,列车启动,带着无头苍蝇般的陆运红驶向了沉沉夜色中。

到达东永县县城的时候,已是早上八点钟,他梦游一般下了车,直奔去县城关派出所,还抱着万分之一的希望,希望一切都是幻觉。城关镇派出所值班的工作人员知道他是陆运新的弟弟,告诉他,陆运新确实已经牺牲,还有一位干警负了重伤,正在市医院抢救。陆运新的遗体在公安局大厅里,县里不少单位都派人前来吊唁。他听着,抹了一把泪,向公安局跑去。

陆运新被县公安局抽调,协同局里围捕持枪的抢劫团伙,在离县城十里的山上遇到对方偷袭,罪犯的子弹直接打中了陆运新的胸膛,另一位叫李昌红的干警伤在脑部。公安局大厅里摆满了花圈,有四位公安人员带着枪陪立在旁边,吊唁的人陆续进来。陆运新的父亲和母亲昨天下午就被接来了。母亲见了陆运新的遗体,当时就昏过去,现在还在医院,父亲和欧军在公安局旁边的右侧厅里。陆运红远远地瞥见大厅里陆运新的遗体,已经没勇气从正门进,恍惚地到侧厅。欧军见到小叔了,止不住又哭,被两位女民警劝着。欧军怀着孩子,还有一个月就要生产,孩子的父亲一夜之间就这么没了。父子再见面,都流干了泪,陆运红瑟瑟地抓住父亲的手,忽然间觉得自己像个婴儿,是那样脆弱、茫然。

陆陆续续又有些领导来慰问,直到傍晚才结束,陆运红蒙着,始终没勇气去看,不停地揉着眼睛怀疑是梦。公安局曾局长到大厅坐下,看看陆运红,问:"你就是小弟陆运红,对吧?"

"是,陆运新是我大哥。"

"一看就该是两兄弟,我听陆运新说起过你。"局长对陆运新的家人们说,"运新是你们的好儿子、好丈夫、好哥哥,也是我的好同事。他意外牺牲,我和你们一样的痛心,我为他牺牲也吃不下一粒饭。我和运新不仅是上下级的关系,还是很要好的忘年交,因为我和他都来自农村,有着相似的家庭背景。唉……现在,运新已经离去,事情不以人的意志为转移了。可是有两件事,我们要做,而且正在做。一是几个残害运新和重伤干警李昌红的家伙,绝不可能放过。在这里,我就向你们保证,我们将尽最大的努力,以最短的时间把这四人抓住,绝不放走一人。现在市公安局已经下令,集中全市公安干警的中坚力量将几个山头团团围住。第二,你们两位老人以后的事,还有欧军的事,主要是涉及民政方面的救助和抚恤事务,我让办公室副主任专门负责替你们办理一切,你们二老只需保重身体就是,不用过问。欧军呢,也不要过于悲痛,就算是为了肚里的孩子吧。总之,运新的事,也就是我的事。"

局长回过头来,望着陆运红,又说:"运红小弟啊,你大哥运新走了,以后两位老人,就需要你多多照顾……现在认真念书吧,将来毕业出来,好好孝敬父母。"

公安局大门缓缓关闭了,吊唁结束,陆运新的遗体即将被送去火化。母亲还在医院里,打着吊瓶,不能前来。陆运红勉强控制住自己,走到兄长的遗体前,抓住陆运新冰凉的手:你是谁啊,你就这样走了吗?你为什么要这样走,你知道什么是死亡吗?死亡就是以后的世界不再和你相关,你知道吗?……死是什么?是现在、明天、明天以后,你的心中不再会有陆运红,不再有妻子、父母、家的概念……可是你为什么得到这个仓促的结局?

"上帝,如果你让他复生,我愿意从双宁开始,一步一磕头,磕到他离开的地方。上帝,你为什么突然间抽走了我陆运红活下去的信心?"他抓着大哥冰冷的手,已经哭不出声来。

父亲在旁边,流着泪,忽然他拿起手中的木棍就往陆运新身上打去,一边打一边哭:"为什么你要这样对我和你娘呀,你给我等着啊,过两年我来地府里,你要给我说清楚呀!"

众人忙把他拉开,陆运新的遗体被移上了车,公安局安排了十个小车尾随其后,车队缓缓地移动着。

随着火化工人的手将按钮按下,陆运新的遗体被自动送进开启的火化机,一声冷漠的脆响,火化机门关上。陆运红坐在火化机旁,沉闷猛烈的燃烧声音,吞没了他最大的依靠……

十年前的一天,你和一个叫陆运红的人一块割猪草,一块到五河驻马大队,被人当成贼……那时家里很穷,每日三餐只有红薯饭充饥;那时咱们缺穿的,常衣不蔽体;那时家里黄土盖墙茅盖屋,可我们很快乐……你为什么要在一九八七年五月八日晚上八点钟被火化机吞没,你要做什么?你将过去留在陆运红的记忆中,我陆运红将如何处置?早知今日,何必当初!

七年前,你念完高中后就匆匆地挑起了家里的希望,成了我们全家的骄傲。这么多年来,你艰难跋涉,辛苦努力,让我们全家自豪,让我们知道了生活的甜意……你为什么要放下这些,残忍地闭上嘴唇,闭上眼睛,手脚冰凉,进入火化机?如今,你从里面出来,成为一堆粉末,你今天用这种方式,准备表达一个什么意思?明天,我陆运红将凭什么继续下去?

时间啊,你真的不可逆吗?你果真只能无情地指向一端?生命的箭头只能由生向死,而不能由死向生?可又是谁说过六十亿年后宇宙收缩,所有存在过的将会随时间的反向而反向再现?也就是说,我们还有相见的机会?那时,陆运红将会第一个在火化机的进口处,将你迎出来,是吗?

陆运新的骨灰没再停留,当晚被送往东永县人民公园旁的南山公墓,放在公墓西角已经做好的墓穴中,几位工人覆上土,开始砌石,然后立上墓碑。陆运红望着这个根本不可逆的程序依次进行,恍如幻觉。

他忽然想避开众人,独自走走,已经晚上十点钟了。

他不知不觉地走出了小小的县城,悬挂在绝壁上的狭窄公路上早已没有来往的人,公路两旁耸立的山崖,压迫着孤独的陆运红。他忘了害怕,继续往前走,脚下深谷中溪水的响声连绵不绝,夜风不时吹过,夹着丝丝寒气。走了半个小时,才迎面碰到几个夜行的农民。他只希望公路永远没有终点,夜永远没有尽头,让自己就这样无牵无挂地走下去,永远走不到明天。因为明天开始,一副无形的担子已经悄悄地悬在他头顶,他只感到无法承受。半夜三点钟,他又慢慢地走回县城,整个县城早已入睡,几盏幽幽的路灯无声无息地亮着,路灯上盘旋着许多小蛾子,有一只落在他的脸上,他用手弹开。从以前去过的程夏经营的服装店经过,店子紧闭,可店里的灯还亮着,他走过去,在门前呆呆地站了站,离开了。

他在公园的凳子上随便躺下,马上疲劳地睡过去……他沿着回家的路走,路上浓雾弥漫,伸手不见五指……崎岖的山路从山梁伸入万丈深渊的溪谷中,有一个人,像是陆运新,沿途有无数裸露的棺木……深溪对岸是高耸的危崖、乱石、野树丛林,没有路……陆运红醒来的时候,已是六点钟,天已大亮。

公园里开始有人来来往往,今天是星期天,又有很多早上登山锻炼的学生,原来公园离东永县高中仅有三百多米。他忙翻身起来,揉揉眼,不远处几个女生跑过,忽然有一个站住,望着他,叫道:"陆运红,是你吗?"

他认真一看,不是别人,正是初中时候的同桌郑彦秋。郑彦秋走过来,说:"你怎么在这儿躺着?"

"学习还好吗?"他无精打采地问。

郑彦秋看着他,没有回答,过了会儿说:"前天,我们县城里牺牲了一位公安干警,叫陆运新,是你……什么人?"

"是我大哥。"

"……我们学校去送了花圈,回来又听说陆运新是五河乡白雁村的,我就怀疑和你有关,没想到真是这样。"

"老天爷要这样安排啊。"

"那……我该怎样安慰你呢?……你知道,我也是失去了兄长的人,我也曾经痛不欲生……同是天涯沦落人吧,振作起来,共同面对现实,行吗?"

"不行也得行啊。"

"至少,你还能见着你哥的坟墓,我现在连我二哥埋在哪儿,都不知道。我记得,我二哥有一套服装在你那儿,是不是?"

"……是。"

"方便的时候,还是给我,行吗,我也想留个纪念。"

两人互相留了现在的通信地址。郑彦秋又安慰了他一阵,然后才回学校去。

第 57 章

他在医院里见到母亲,母亲的头发已白了一半。父亲和欧军也来了,父亲坐在母亲的病床前,已经安慰母亲很久了。母亲躺在床上,两眼呆呆地望着陆运红,异常平静地问:"小四啊,你什么时候回学校啊?"

"今天晚上吧。"

"你在外面,可要小心,我害怕呀!"母亲说着,抚着脸。

"没什么事,你们回家以后,我给二姐写信,让她经常回家里来,要不干脆回家里住。"

"我们知道怎么办,只要你好好地学,平安地毕业。"父亲说。

陆运新的牺牲,同样遭受沉重打击的是欧军,他和陆运新结婚才七八个月,如今就成了丧夫之人,她对未来更是一片茫然。她还得在两位老人面前强忍着悲痛，要安慰两位老人。因为平时很少来家里，其实欧军与两位老人的感情比较淡，老人虽然不说，但心里对她的认同感也不强烈，加之农村的习俗影响，两位老人此时对欧军已经有了不可避免的疑虑，因为她毕竟这么年轻，将来肯定是要重新嫁人的，届时，一切都与陆家无关了。幸好欧军肚子里的孩子让他们还有一丝牵挂。想着欧军的母亲还患重病，三位哥哥都没有工作，家境也不是特别好，陆选南就表示将抚恤金全部留给欧军肚里的孩子。韩叙芳也同意，她更希望欧军肚子里的孩子是个男孩，为陆运新留下一点血脉，留一点念想，那就谢天谢地了。假如欧军生的是个男孩，她倒想抱过来养，这样的话，欧军以后重新结婚，可能对她也更有利些。陆运红倒没想到老人们考虑的这些层面，他隐隐约约产生了不再念书，想回家的念头，这个念头在他的脑子里一闪而过。

中午过后，传来消息，在全市公安干警的合力围捕下，四个抢劫杀人犯中三个被当场击毙，剩下一个重伤，送到医院后也死了。他再一次去了南山公墓地，看看大哥陆运新的墓，带着前所未有的迷茫离开，告别母亲和父亲，要去火车站。此时又传来消息，那位重伤的干警李昌红，也因伤重抢救无效离开了，遗体已经送到公安局。父亲听到这个消息，对儿子说："你大哥这位同事更年轻啊，可惜啊，咱们也去送个花圈，然后你再去学校吧。"

于是父子二人去花圈店，买了个花圈，匆匆送到公安局，灵堂正在布置，他们送的是第一个花圈，李昌红的其他家人还没来，只有他的兄长在应酬。他谢过二人，父亲安慰了他一阵，两人说着都忍不住掉泪。事后，陆运红急着回校，父亲不放心，硬要送他，他只好让父亲送到火车站。他买好票，父子二人在候车室里默默地坐着等车，许久，父亲问："你的钱够用吗？"

"大哥以前给我的，还剩十多元。"

父亲从包里拿出三十元钱给他，说："如果用完了，就说吧。你以后每个星期写封信回家，不然你娘不放心。"

他拿着了，心里暗暗发誓，这应该是人生最后一次从父亲手上拿钱了，以后要靠自己。

列车进站了，父亲把他送到检票口，看着他上车，还站在候车室里透过大窗望着他，咳嗽着。忽然间，他真切体会到了朱自清的《背影》的场景，眼泪又流下来。

以前他一直在大哥的照顾下过日子，基本没有感受过经济上的压力。家里的事，也有大哥在前面挡着，如今这个巨大的支撑突然倒下，所有的担子，全滑到了他的肩上。

他只感到喘不过气的感觉，同学们的安慰虽然很温暖，但解决不了实际问题。晚上，躺在寝室的床上，他根本无法合眼，脑中一幕幕晃过的都是大哥的影子，他强迫自己不准再流泪，还是忍不住偷偷地流。其次是身上的钱，他决定只用这些钱把这学期过下去，包括回家的路费。也就是说，不能再乱花一分钱。至于假期里，已经不能再沉迷于空想，必须像钟强、秦小军他们一样自立。他每周按时给家里写信，写了两次，就觉得无话可写，只能用写信这种方式，给家里证明自己平安。虽然没有收到家里的信，但也渐渐地养成了习惯。

他计划着把开支精确到每一天，绝不能超支。这一计划，生活马上变得拮据起来。每天吃饭打菜的时候，他只能买食堂最便宜的白菜，每份一角八分，即使这样，每月算下来，也在十八元左右。他不想对任何人说。到这个时候，他才体会到同桌戚永辉谢绝别人帮助的心理，虽然不幸，但也不想生活在同情之下，否则年轻人的自尊心首先受不了——其实是两人交往深，使他染上了戚永辉的某些特点。

吃肉是不可能的了，因为太贵，每份要四角五分。他从学校外面的小店里买了瓶辣椒酱，每瓶三元钱，足足可以吃半个月，以为这样足以支撑到期末，把辣椒酱和饭吃，以前在家里是再正常不过的事，而且长年累月都是这样，大不了把丢了的习惯恢复就行，还谈不上吃苦。他是这样想的，也是这样做的。结果确实是这样，辣椒酱非常爽口，有一股久违的新鲜感，以前怎么没想到这个办法呢？于是天天这样对付着，经过精确计算，每月甚至还可以节约出两次肉钱。

可是，屋漏偏逢连夜雨。离放假还有一个月，就在他拼尽全力节约的当口，寝室里发生了一次盗窃。大家上课的时候，寝室被人撬了，几位同学除了各自留在身上的少数饭票，其余的都被洗劫一空。被盗的寝室有两个，大家都丢了饭票和菜票，储物柜被翻得乱乱的，这样的盗窃事件每学期都会发生，一般都被猜测成本校的学生作案，盗贼总是很难被抓住。班主任崔老师把男生寝室的人逐一了解了一遍，依然没有头绪，只好让大家以后格外小心。陆运红丢了二十三斤饭票，身上只有两斤饭票了，菜票也丢了八元。班主任老师又动员班上没被盗的同学们，尤其是女同学们捐饭票，于是大家凑些，共凑到一百三十斤，被盗的十二人，根据各自的具体情况分配，陆运红分得了十四斤。这一下，他只得认认真真地坚持每餐只吃辣椒酱了，吃肉的希望完全不存在了。戚永辉也被盗了十多斤饭票，他分得了大家捐的十斤饭票，但细心的他很快发现了陆运红每餐只吃二两饭的情况。一天，他犹豫了许久，对陆运红说："现在这个情况，我能受得了，你肯定是不行的，会把身子拖垮。"他说着，硬要从自己的饭票中拿出三斤给他，他说什么也不要。末了，戚永辉说："你不是说过吗？这样的情况谁都难免会遇到，咱们应该互相帮助，不是吗？"

"不，不，你现在同样遇到了麻烦。"他说，没接戚永辉的饭票。

其实戚永辉是乐于助人的，他每次想对人说话的时候，总是要在心里打许多遍腹稿，同时他害怕被人拒绝。被人拒绝了，他会很难受，会觉得是自己言语不当，还会患得患失的。平时和他要好的陆运红拒绝了他，让他很难过，他检讨了自己一会儿，又怀疑是自己说了错什么话，涨红着脸好半天才又说："算了，我懒得和你说，你需要的时候，跟我说吧，就当借给你，你到时还我就是。"

"行。"陆运红说。他忽然间体会到戚永辉此时的心情，怀疑把他得罪了，很后悔，可转念一想，他就是那种过于谨小慎微的人，这种习惯是不好的，就应该多折腾他几次，让他强健些才对，又想到大不了过些日子向他借就是。

班主任老师又通过学校,给被盗的同学们申请了一笔补助,六十元,平摊给十二位被盗的同学,每人五元。这也暂时缓解了陆运红的窘迫。十来天没吃过肉,只吃辣椒酱的他,此时再也按捺不住,权当五元钱是天上掉的馅饼,拿到的当天中午,不顾后果地打了四两饭,比平时多了一倍,并且打了两份肉,三下五除二吃个精光,然后发誓,接下来继续坚持过清苦的日子。

没几天,他就违背了誓言,再次打了四两饭、两份肉,狼吞虎咽地吃完之后,再度后悔。还没到月底,饭票已经用完,他给自己找到了充分的理由:应该向戚永辉借,不然他心里会难受的。

于是他向戚永辉借三斤饭票,戚永辉果然很快乐地借给他,并问他是否要借菜票,他忙说不用。总之,到了期末,他仍然没有向父亲要钱,只说自己的钱够,过着清苦的日子。

快放假的时候,他写信给家里,把回家的时间告诉了父亲,父亲还是给他汇来十五元。他顾不得当初的誓言,急急忙忙地去邮局里取来,二话不说,又在食堂里打了五两饭和两份肉,在放假离校之前不惜一切代价款待了自己一次。

列车从双宁到达东永县城的时候,他没有勇气在县城里停留,生怕见到大哥留下的痕迹,更不敢再去南山公墓,急忙去火车站坐车回家去。

还没到家,就碰到父亲和母亲,他们正在公路边收拾玉米地,见到儿子回来,两位老人谁也没说话,儿子回来就是天大的好事了。母亲忙将猪草背上,开始往家里走。到了家里,母亲放下背篓,坐下,叹着气说:"你嫂子欧军,半个月前生了个孩了。"

"……大哥在天有灵应该知道。"

"唉,老天爷啊,你大哥为啥这么没命啊。如今,人也没了,脉也断了。"母亲抱着膝盖说。

"欧姐不是生了孩子吗,怎么脉断了?"

"她生的是个女孩。你大哥咋就这么苦啊,我拜过几回菩萨,还找程增福算过命,都说他有两个娃娃,而且头一个娃是男孩,不会错的。如今却只有一个,还是个女孩,这不就断了吗?老天爷啊,一点念想都不给我留,我究竟造了什么孽啊。"

"早就新时代了,男的女的都一样。"陆运红说。

"可是这个女娃,现在人家取名字,也跟着姓欧了,叫欧晓新,跟咱们没关系。"

"叫欧晓新?她名字中有个新字,是大哥的那个新……有关系的。现代社会,随男方姓或者随女方姓,都是一样的。"他劝母亲说。

母亲却转不过这个弯,或者根本不可能接受他这套说辞,她现在只有把永久的失望闷在肚子里,慢慢消化。三姐陆运芹准备生第二个孩子。说到陆运芹,母亲又充满欣慰,她为杨家生的第一个孩子是男孩,可惜孩子是人家杨家的!欧军为陆运新生的可怜的遗腹子又偏偏是个女孩,如果是个男孩,她甚至愿意少活二十年!

"人家愿意将孩子生下来,都是对我们最大的尊敬了。人家如果不生,打掉,那还不是她的自由,并且她重新考虑婚姻还容易些,如今她带着个没有父亲的孩子,以后结婚也难,你怎么这么不理解人家呢。"父亲在旁边说。

总之陆运新的死,对父亲陆选南的打击是巨大的,因为大儿子成就了他的自豪,让他感到胜过了秦正高家,扬眉吐气这么多年,落得一场空,还搭上儿子的命,他连死的心都有。如果能用他的命换陆运新的命,他会毫不犹豫,可是上天一丁点机会也没给他,留给他的是周围不少人明里暗里幸灾乐祸的议论。他也间接听人说起秦正高一家人从未有过的开心与痛快,他从最初的回避、害怕到现在已经不得不硬着头皮接受,到麻木。几个月来,他全凭自己坚强的意志支撑着,身体还没倒下,逐渐地挺过来,他的病没在陆运新出事这段时间跑出来凑热闹,否则,他估计自己也已经随着陆运新一块去了。其实他几乎都在靠药维持着,只是自己没刻意去关注,被这个不死的病拖着,如同废人。

昔日的朋友们，一个也没在家里，都在外面讨生活。陆运红不允许自己假期待在家里无所事事，父亲的病情他现在已经全部清楚，母亲的身体也常闹毛病，他已经下决心要靠自己，不再向有病的父亲和头发已经白了一半的母亲伸手要钱。

第58章

假期有两个月的时间，怎样才能凭自己的努力准备下学期所需的全部费用？总之要向钟强和韩兴贵他们看齐。可是该搞什么好？自从养小兔子被黄鼠狼收拾后，这个梦算一下子破灭了，即使想喂兔，也来不及。像大哥当初一样学做生意，也不现实，因为只有两个月的时间，并且没有本钱！好不容易，他打听到个消息，小猪儿韩科的父亲韩开佑准备带着韩科，还有他的表兄，和秦明明的弟弟一块，去平安村种松苗。县第五森林所要在其辖区平安村种松苗一千六百亩，招人帮着种，每人每天可以种五六十棵，能收入一元五到两元。他迫不及待地去跟韩开佑说，他要参加。韩开佑听着，惊得不相信："小四啊，你是种松苗的人吗？别作践自己，这活是咱们这粗人做的。"

"五舅，你别这样说，我们本来就是一样自食其力的。"

"这是出苦力，我们生成了这种虫虫，就只有钻这种木头，你不是啊。"

他反复央求了会儿，韩开佑不敢置信地望着他，不过勉强答应了，说："小四啊，你同我们去种松苗，以后说起来，我们脸上都有光啊。嗯，好，好，不忘本，发达了不忘本，我看好你。"

他好不容易争取到这个机会，不再犹豫，回到家里，拿着个简单的提袋，装上几件换洗衣服，和父亲、母亲说了声，不待他们同意就和大家一块上路了。

平安村属于凤凰乡，离白雁村足足有二十公里路，而且只能走路去，一行五六人聊着。小猪儿韩科现在已经十五岁了，因为生病留了一级，现在上初中二年级。一路上，他的父亲还在孜孜不倦地称赞陆运红，说要是小猪儿将来像陆运红一样，考上学校，他就这辈子就算没白养他。他的羡慕与夸奖再也不能激起沉浸在打击中的陆运红一些自豪感，他甚至已经有畏惧感，怕别人提到自己考上学校这事，可又不好反驳，只好默然地听着，或干脆找别的话岔开。

一行人暂时寄住在小猪儿的外公家，小猪儿的外公已经七十多岁，外婆也七十多岁了，挂着拐杖，两位老人的耳朵都有点聋，又一直没有儿子，幸好身体还硬朗。家里平时没人，有客人来，他们非常高兴，想方设法要招待好客人。可是，因为平安村是全县最偏僻的地区，山高坡陡能种稻谷的田很少，每年每人只有两百斤稻谷，因此米饭很珍贵，玉米才是主食，总体状况比五河乡更落后。平时没客人的时候，两位老人常用红薯加玉米当饭吃，米饭是留着招待客人的。茅草屋很干净，猪圈里还养着只大肥猪，专等过年的时候杀，当作第二年全年的肉食，一般他们是不专门去集市上割肉吃的。

韩开佑把几个小娃娃都给老丈人作了介绍，还特别介绍了陆运红："这是我们生产队的才子，我们队里最有出息的，是中专生。"

小猪儿的外公听不清，韩开佑又在他耳朵边大声地说了一遍，他不解地问："中专是啥专？做啥的？"

"唉，说来你不懂，算了。……将来是当官的，这你懂了吧？"

"哦，哦……当官好，小小年纪，当啥官？甘罗十二就拜丞相，也很小……"

陆运红听着哭笑不得，发现再这样折腾下去，自己要成为笑料了。韩开佑见和他说不清，不再跟他说。

两位老人和女婿唠叨后事，他们说什么都想得开，盐巴吃得多，事情看得淡，已经把身后的一切都准备妥当了，万年屋和寿衣都已经备办好，纸钱也是放好的。让两位老人很痛心的事是他们五年前就准备好了糯米，那是他们当时花费不少才买到的糯米，准备在自己死后举行辞灵仪式必须用作"辞灵饭"的,却因为放置时间太久,去年打开来发现完全被蛀烂了,根本不能用,只好喂了母鸡。这儿没人种糯米稻,老人问女婿,白雁那边糯米多不多,有没有卖的。

"爸,妈,你们就尽管放心,现在你们俩还硬朗着,没问题,别考虑那么长远的事。"

"嗯,我们老人的事,谁也说不清,我要准备好。"

"今年我就种糯米稻了,再过个把月就要收割,到时我给打成糯米,给你俩送十斤来,什么都够了。"

"好,好,别的都不差了。"

这个林场管理房在本村,种植区域就在管理房周围的大山上,按要求,每亩种植六百株左右,所需种植的区域虽然放火烧过,算荒秃山,但经过几次雨水,茅草又疯长,现在基本还是在茅草中挖树窝,加上几乎都是乱砾石山,所以打窝很费劲。大家去林场参观了管理人员的示范种植,回来后在管理员指定的区域,开始种松苗。技术难度倒没有,观感上能让管理人员认可就行。窝打好了之后,先接受管理人员的检查,然后去领松苗栽。

种松苗是一项耐力活,一动手全身都在动,一坐下来可就不想动了。种松苗的人很多,来自不同地方,还有些女人。陆运红体会到了这是一种完全不同于种庄稼的农活,没一会儿就腰酸腿疼,他看看同来的大伙,尤其是韩科。韩科皱着眉头,极力忍着,手上已经起了水泡,坚持着挖窝,怕被他父亲责备,陆运红不能表现得比他还差,挖了两个小时,二十个窝,也没休息一会儿。林场的管理人员拿着尺子,从旁边经过,韩开佑忙递上支烟,请他看看是不是符合要求,管理人员看了一眼,拿尺子戳了戳,就对所有的窝基本都认可了。中午吃饭了,一行人回到韩科的外公家里,两位老人已经在家里做好饭,切好了香喷喷的腊肉,六七人狼吞虎咽地吃着,足足将人家的一甑子饭吃光,然后休息两个小时,下午再出去挖苗窝。

下午的时候,几个年轻人的胳膊都酸痛得无以复加,可韩科的父亲喊了一声,陆运红和大家一块,谁也不说话,还是齐刷刷地出去。大家的手上都起了水泡,陆运红和韩科这两个最年轻的人手上还起了血泡,手碰到锄头就钻心透骨地疼。其实这样的疼,熬过一天两天就适应了。

　　老人家房屋左边五六十米远的地方,是一条两三米宽的小溪沟,清澈的水流在这些地方弯曲回旋,形成了一个个不深的水坑。傍晚,大家收工后,和周围的人一样,一窝蜂地跑到溪沟里洗澡,凉快得让人忘乎所以,没有谁讲究什么礼仪。洗完了澡,回到住处,两位老人早已经把晚饭准备好。

　　除了韩开佑和小猪儿,其他几人和陆运红一样,并不是两位老人的亲戚,天天吃人家的饭,陆运红不心里开始不踏实。两位老人的白米很有限,几个人都觉得不应该在老人家里白吃白住。晚上,两位上了年纪的老人要把屋里的床让给他们睡,大家怎么也不同意,让老人仍睡在他们自己的屋里,大家在堂屋打地铺。陆运红和韩科睡在一块儿,旁边睡着韩科的父亲韩天佑。陆运红小心翼翼地问韩天佑:"五舅,我们在这儿要住比较长的时间,应该给舅公舅婆一个说法才行啊,米饭钱、柴火钱,还有菜呢。"

　　"嗯,你说的这个我早想到了,过几天跟他们说,咱们离开的时候,给他们点钱就是。"

　　"不,我认为应该将米买来给他们,不然舅公舅婆有钱,上哪儿去买米呢?还背不动啊。"

　　"嗯,运红啊,你考虑事情挺周到的嘛,很懂事啊。就照你说的吧,最后一天,咱们算一算,买成米给他们吧。其他的就随便给点钱,他们也不会计较的。"

　　韩开佑这样说,陆运红勉强安心了。第二天,陆运红刚好种了六十棵,韩科只种了五十二棵,其他几个人都比他们种得多,五舅种了八十多棵。过了两三天,疼痛逐渐减轻,基本就适应了。可让人难受的事还在后面,老人家里确确实实没足够的米饭,过了两天,他们只能将玉米磨成面，掺在饭里，而且一顿比一顿掺得多，在这里，玉米才是他们的主食。而没把玉米当过主食的几个人只好拿出坚忍的意志，每顿强行下咽，韩天佑毫不介意，他让大家适应，出来是干活的，不是来享福的，不能挑食，在这深山里，想挑食也没机会啊。两位老人七十多岁都吃得很香，让他们谁都无话可说。陆运红虽然有些后悔，但还是教育自己，勉强支撑着，每天盼望着能够早日回去，只是嘴里不能说出来，没几天还是不得不适应了。

在这荒山野岭中，如果没有这么多人在这儿种树苗，只有几户人家，是静得怕人的，除了猫头鹰的声音和夜蝉的叫声，就没有别的响动。而且，没有电灯，煤油灯一亮，总是吸引来无数飞蛾和蚊子，关上窗户，屋里又闷热得让人受不了，最好的办法就是吃过饭，把席铺在屋前的敞坝里，在旁边燃上一把驱蚊草，让浓烟飘散，然后躺下，吹灭灯，拿着扇子，一边聊天，一边驱赶蚊子，渐渐入睡。他和大家一起，计算着每天的劳动成果，这也是睡觉的时候必做的事，前后断断续续地种了四十五天，从林场管理员手里包来的小片区域的活儿才接近尾声，他和韩科两人简直有天下大赦、拨云见日的感觉。

这次种松苗，陆运红一共收获九十一元工钱，韩科的父亲一百二十五元，韩科有六十八元，其他三位也都是一百多元。陆运红接过这笔全凭自己劳动挣来的钱，有一种前所未有的成就感，苦累之后是快乐！按韩天佑的建议，原则上每人凑上十五元，其中他和几个大个的多凑点，韩科和陆运红每人凑十二元，陆运红说什么也要凑二十元，因为他发现自己每餐吃的绝不比大人少。大家一共凑了一百零五元，准备给两位老人买米放在家里，平安村到最近的凤凰乡场有三公里路，并不近，而且全是乡村小道，买米也是难事。这天早上，刚好赶集，几个人早早地去了凤凰乡场上，东买西买，几乎跑遍整个乡场，好不容易凑到了一百斤米，两百五十斤谷子，又给二位老人割了两斤鲜猪肉。所有人背的背，挑的挑，给弄回来了。两位老人感谢了许久，又留大家吃了午饭，六个人才告辞离开。

一个多月的时间，没有理发，没有更多的换洗衣服，又是大热天，所有人都成了长发鬼。陆运红和韩科也折腾得如同小老头，陆运红晒得黑黑的，浑然不觉。带着史无前例的大收获，他和大家一块回到家里之后，才去五河乡理了发，花两毛钱把自己简单收拾了一下。这七十来元钱，是他有生以来第一次凭自己的能力挣的钱，是没了大哥的支持后，不得已逼出来的。他差点以为自己已经完全能自食其力了，顷刻间，信心高涨。

他挣的这笔钱，如果用于交下学期学费和预留生活费，同样是不够的，通知书上已经告知学费十八元。每月菜票费至少要二十元，还有其他的零星开支，从县城到双宁，半价单向，慢车也要八元。总之粗算就还差近三十元，只能到学校再看，有没有可以利用星期天挣钱的机会。

第59章

在返校前两天，程林的父亲六十大寿，全队的人都到他家里去祝贺，陆选南前一天就去送了寿礼。第二天，程林专门来请他们全家去吃中午饭，他随程林一块去了。让他意想不到的是，他终于见到了程林的表姐杨萍，让他最不能忘记的人。杨萍今年也是十七岁，在热闹的客人中，两人四目相对，都认出对方了。她比小学时候更好看，他心里一阵狂跳，忙打招呼问候："杨萍，现在在做什么？"

杨萍还是带着有些羞怯的表情，忽然脸红，带着结结巴巴的口气，说："什么也没做，没考上学校，就在家里呗……听说你考上了省里的中专学校？"

"还不是瞎撞上的。"

"可我们就没有这个运气瞎撞上啊。"杨萍说。

杨萍总是那样让人过目不忘，虽然她穿的衣服并不是像如今中专班上的女同学们那样讲究大方，只是简单的白衣服和裙子，穿着和她小学时比，甚至没啥变化，但是一双大眼睛和不加修饰的两条辫子，总散发出一种天生的温柔，比以前更加绰约动人，简直是如今城市规划班上的女同学们没法比的。陆运红向杨萍要她现在的通信地址，杨萍默默地想了片刻说："咱几乎都在乡下不出门，没去过乡上邮政所，还不知道怎样寄信呢，没用。"

陆运红听出她这话明显是托词。这个时候，饭菜准备好了，主人家招呼所有的客人入席。一个和杨萍年龄相仿，长得很标致的男孩走过来，抓着杨萍的手，杨萍马上和他过去。陆运红顿时一惊，呆立着。程林正在旁边帮着他父亲招呼应客人，他让陆运红到一张还没人的空桌旁坐下，小声对他说："那个是我表姐杨萍的男朋友，才谈的，叫钟正军。他家就在咱们大队，白雁七队，离这儿不远，有五里路吧。"

陆运红怅然若失，心里忽然像被什么掏空了，程林好像全知道了他的鬼念头，安慰似的说："……没必要的，如果真是那样的话，三叔和三婶知道，肯定也不会同意的，我舅舅肯定也不放心。"

陆运红在程林面前好像无可隐瞒，他完全说出了他心里明白而没去认真分析和面对的事情。杨萍和她的男朋友并排坐着，还不满足地紧挨着，不时互相回过头来，看上一眼。她男朋友又用手碰碰杨萍，把嘴附在她耳边，说着什么悄悄话，又殷勤地给她夹菜，杨萍报着嘴笑，幸福的感觉暴露无遗。这一切，都与陆运红无关了。他望了望不远处正在窃窃私语的杨萍和她的男朋友，苦涩而由衷地说："……其实，他俩倒是很般配的。"

"嗯，还过得去吧，是大队的王和珍婶母做的媒。"程林说。

原来人队的赤脚医生王和珍自从包产到户，大队改村之后，就没再当赤脚医生，一心一意地做媒。她做媒倒不是乱点鸳鸯，往往都会根据男女双方的家庭背景、身材、长相等结合考虑，成功率很高，所以她口碑不错，成了周围十里八乡不可或缺的红娘。还羞于自由恋爱的年轻男女们，都和她很亲近。

陆运红对程林有一种说不清的喜欢和害怕，有时觉得他和戚永辉一样敏感多疑,可他比戚永辉更善解人意。程林也已经初中毕业,和县高中普通班的录取分数线差五分,正犹豫着要不要去补习。陆运红由衷地希望他也能考出去,鼓励他去试一试。

程林说:"其实我不想补习,知道没希望,只是爹想让我再补习一年看。"

最令陆运红没想到的是,吃完饭,他去屋里问候程林的父亲,惊讶地发现程林的姐姐程夏在屋里,她终于回来了!刚才她一直在屋里,没到外面。自从知青范朝离开,她匆匆嫁人之后,这是十多年来第一次回家。陆运红忙叫了声"程夏姐"。

程夏虽然没太多的改变,但脸色忧郁,那是只有经过太多的人生苦水浸泡才有的表情。她见到陆运红,也很意外,勉强笑笑,招呼他坐。她抱着个小孩子,才半岁的样子,小孩子眼睛水灵灵的,咬着嘴唇,望着陆运红好像看着个奇怪的物体,有一点怕生。陆运红问:"程夏姐,你还在县城吗?"

程夏告诉他,她还在县城卖服装,孩子才六个月。她丈夫病死了,死了已近一年,孩子是遗腹子。陆运红听得有些吃惊,没料到她的境遇和嫂子欧军差不多,都生了遗腹子!她以前受到丈夫的歧视、打骂,因而离家,如今又生了孩子,而这个丈夫居然死了,这其中包含着多少曲折离奇和无奈辛酸,大概就是俗语说的人人都有本难念的经!程夏也说到了陆运新,她刚说起来就眼圈发红。她说,陆运新生前帮了她太多,她总感到无以为报,陆运新牺牲后,她一直很难受,几次去南山公墓。看陆运新的墓,几乎成了她在异乡的一个精神寄托。现在她独自带着孩子,孩子是她唯一的希望了。她的这个孩子是个男孩,还没取名,她根据自己的名字叫他小夏。她说,这辈子她就和孩子相依为命,不会再结婚,她什么都看透了。以后,她也不太可能经常回来,接着,她教小孩子称呼陆运红"叔叔",孩子当然不会叫,还流着口水。

程夏又说,她现在经营的服装店,生意还过得去,母子二人生活不成问题，只是房租比较高，她好想有一间自己的铺面。听说程夏现在日子过得不再艰难，不管真假，自身难保的陆运红都感到一丝轻松和解脱。

回到学校，专业课的学习任务迅速增加，紧张的学习开始了。

如今他觉得自己像一只断了线的风筝，全凭自己把握方向，未来会飘飞到哪个地方，心里没有底，他只有努力地学习，用忙碌来压住不时袭来的痛苦。他几乎没再和同学们一起外出玩乐，空余时间都在寝室里看书，有时参军的表哥韩斌来信，有时朋友袁旭来信，有时他给家里写信，小时候的几个玩伴都完全中断了联系。郑彦秋虽然和他互相留了联络地址，可是都没有写过信，他提不起精神给她写，觉得没什么话可说。

他只想找机会做工，挣生活费。一天晚上，他独自去了趟双宁市东河口的夜市，这儿距学校有几里路，夜市上有很多卖生活小用品的地摊，如袜子、胶鞋、皮带、毛巾、水杯、胶带等，生意还不错。他心里开始发痒，他们是从哪儿进的货呢？他问了两个地摊老板，他们怎么也不说。他仔细想了想，自己不仅没有时间来这儿摆摊，而且身上积存的那几十元钱也不敢拿出来担这大的风险，想了想，算了。

班主任崔老师对班上学生的情况随时都掌握，尤其对七八个家境较差的学生的状况很清楚。她专门问陆运红："现在你家里每月给你寄多少生活费？"

"不用每月寄，我自己带足了。"

"带足了？"

"是。"因为崔老师对自己很好，他没对崔老师隐瞒，就把自己假期里外出种树获得报酬的事告诉了她。崔老师听着，点点头说："如果在学校周围有合适的活儿，我帮你留心一下，愿意吗？"

"……愿意。"

其实，让他独自一人在学校附近勤工俭学，还是挺有难度的，首先就要排除自尊心的障碍。这在戚永辉身上表现得尤其突出，如果全班同学都没有这么做的,那迈出第一步的人是需要很大的勇气。大家都不想表现得经济上不如人。陆运红在家乡能够无所顾忌地和大家一块去种树,可到了学校周围的环境,就感到放不下面子,生怕被大家知道,可又好拒绝班主任老师的关心。

　　第三天,班主任老师就找给他找了个事,学校不远处是双宁市书法协会的活动中心,活动中心办有书法培训班,是书画协会几个副主席合伙办的,收取的费用用于协会的日常开支。书法协会办培训班,这在双宁市里是没有先例的,他们算是第一个吃螃蟹的。现在书法培训班有四个班,几十个学生,但一半是小学生,初中以上的学生和成年人占一小半。每个星期天,他们要讲两次课,上午和下午各一次。不仅教学生们写毛笔字,还教学生们写怎么写标语,教办板报用的字体。学生们学毛笔书法都是从楷书开始的,学习颜体的很多,几乎占了一大半,学欧体、柳体或赵体的不多。培训班要请人打扫卫生,四间书法教室,每次四元,可以一个人去,也可以两个人去。而每半个月左右,或不定时,他们还要组织书法笔会,卫生打扫的工作量要大些,就这样。陆运红听着很犹豫,如果传出去让同学们知道他在干打扫卫生的活的话,他觉得很丢脸,不知道该如何回答老师。崔老师可能没体会到这一点,催着他说:"不少人还争着去呢。你想想,就相当于每月挣十六元,工作量不大啊,时间也短,很不好找这样的工作呢。如果你不去,我倒想给戚永辉推荐,看他去不。"

　　陆运红还是左右为难,不知道该如何回答老师。末了,他对崔老师说:"要不我问问戚永辉,看他愿不愿意和我一块去。"

　　他是想如果两个人一块,至少就不会感到那么难为情。一个人的自尊心受的伤可以两个人承担,伤不会太痛。崔老师说:"行,你问问他吧。"

　　听说是打扫卫生,戚永辉更不太愿意,可同样对班主任老师的关心感到不好拒绝。两人对视了许久,最后达成了一个共同的想法:"要不,我们先去看看行不行。"

"好吧。"

两人夹在经济拮据和维护自尊的矛盾中,一块去找班主任老师。崔老师带着二人一块走出校门,向左拐,她一边走,一边说:"忘了告诉你们,教你们美学原理的老师傅元中就是书法协会的主席,他常在那儿出入,待会儿我跟他说说,看能不能给你们俩的工资提高点。"

"噢,是傅老师?"戚永辉惊奇地问。

"是啊。"

戚永辉表现得很愿意了,他因为喜欢书法,对傅老师很崇敬,但以前傅老师基本没时间和学生们交流专业课程之外的东西,能够在这个地方经常接触到傅老师,肯定对自己有益处。陆运红难为情的心理也缓解了大半。

三人一去就遇见了傅元中老师,经过崔老师的介绍,傅元中想起了戚永辉的字写得不错,于是让二人都写几个毛笔字看看。

因为经常跟同桌戚永辉学习写毛笔字,陆运红也一度喜欢上了书法,正楷还写得有模有样的。两人马上都写了给傅元中看,傅元中拿过来看了片刻,点点头,说不错,都不错,已经入门了,继续学习的话,进步会很大,两人感到一阵得意。崔老师就向他提出给两个来打扫卫生的学生增加点钱,傅元中笑了,也是他自己教过的学生,他就不计较,马上答应了,每人增加两元,也就是每月每人十元。他鼓励二人常来书法培训班学习,他可以给他们指点指点。陆运红和戚永辉连忙表示感谢,因为这相当于拜师了,并且连拜师费都免了。

傅元中对戚永辉的书法的评价很高,他说戚永辉在这里基本可以指导所有学员的楷书练习,而陆运红也可以指导小学生。于是,陆运红和戚永辉一块去书法培训班打扫卫生的时候,顺便就拿学生们练过的废纸练练,然后向傅老师请教书法技法。傅老师绝没有因为他们俩打扫卫生就瞧不起他们,反而对他们另眼相看,贫苦而上进是他一贯欣赏的。他们每次打扫完卫生,他都给他们指点书法,在他的指点下,二人的书法进步很快,得到了他的认可。有一次,他专门给他俩讲了半个小时。傅老师讲的专业课上学期就已结束，他们的师生关系在校外这个地方得以延续。一般书法圈子里的人，总是老气横秋的，只将技艺传授向自己拜过师的人，对一般求问者只倾向于泛泛应付，生怕绝学被人窃去。傅元中却不是这样的人，他对每一个爱好书法的、愿意向他请教的人，他都会无私地给对方讲解，并且他不会把自己对书法的理解强加于人，只是以探讨的方式给人指点，谁都会在他面前感受到真诚的谦虚和长者的平易近人。

　　经常在书法协会出入的就是市里的书法家和画家，学校里除了傅元中，还有几个老师也是会员。陆运红和戚永辉也就渐渐地接触到了书法圈中的人。他们才发现，书法协会在双宁还算是大众参与度比较高的文化圈子，大概属于那种二十四小时不关门的、宽进宽出的场所。大概是因为文人相轻的原因，这些书法家私下里又互相不太瞧得起。两个年轻人有时听到他们在交流时争论，拿着笔研究某一个字的古今结体的变化经过，基本就能体会到，对于书法各有各的理解，几乎没有某人的观点能一统天下。甲之所好，乙之所非；甲之所非，乙之所好。其实半懂不懂是书法圈内不少人的共同特征，大家都容易见到别人的不足而难于自见，又有不少人自以为是。有一次，他们碰到书法家们举办一次笔会，正好是星期天下午，于是他们提前去，准备会后帮打扫卫生。结果这次笔会，人非常多，可是有的书法家见人家刚写几个字，就在旁边出口伤人，嘲笑说是江湖体，或者未窥门径什么的，对方又马上反驳，涨红着脸说自己先是以某古人为宗，又以某古人为邻，然后又以某古人为友云云，非把自己说成古意十足才行。他们发现书法圈的人普遍很好面子，更让人感到他们大多数可能是在其他方面不太找得到或基本找不到存在感，而转向学书法的，特别忌讳最后用书法修筑的心灵壁垒被人轻易攻击否定。两位对书法一知半解的年轻人从旁观者的角度，对书法这个小圈子的生态有了一定的了解。傅元中也鼓励他们参加旁听，总在会后对他们说："学书法应先学会沉默，然后学会容忍，对自己中意的加以赞叹，是种美德；对自己着实不中意的，要么善意地交流交流，要么睁只眼闭只眼，永远不要尖酸刻薄地展示自己所谓的聪明。萝卜青菜，各有所爱；你之所爱，非人之所喜；人之所爱，非你之所喜，很正常。学会宽容，学会接受存在。"

不久，傅元中又给两人加一个新的工作——帮照看小学生班，指点指点学生们，因为小学生们在学习书法上面的要求并不是太高，他们两人的书法水平基本可以应对，可以让他们几个主办人省些事，偶尔来给学生们指点指点就行。两人基本能抽出时间，于是接受了。傅老师又给他们每人增加了八元钱，也就是每人每月有十八元，而且完全免费练习书法。这简直是一笔意外的收获，而且稳定，陆运红在假期里就苦思的问题没想到以这种方式得到解决了。书法上，本来陆运红就大不如戚永辉，可是戚永辉的楷书学的是欧体，而刚好陆运红学的是颜体，学颜体的学生还最多，他虽然功力不深，但给小学生们指点还是基本可以的。他给父亲和母亲写信，向他们报告了自己找到的这份很体面的勤工俭学工作，本学期不用他们再寄钱了。

第60章

在学习上，陆运红他们开始越来越多地涉及专业课程，城市规划与设计、城市生态与环境保护、城市道路与交通设计、建筑工程设计，各门课程都是全新的。《建筑工程设计》虽然是考察科目，但是作为学校各专业共通的课程，依然是重点，学生们完全按考试科目对待。其中城市规划与设计课程的老师就是双宁市建设局的总工程师卫志希。卫老师特地带大家参观了双宁市建设局里的双宁市城市规划模型，现场给大家讲解。学校还请来一位来双宁交流访问的日本的城市规划专家给大家讲了一堂大课，让大家了解世界城市规划的先进理论和规划方法，城市功能的定位，风貌的塑造，这方面的成功经验与失败教训；了解中国的城市化，农村人口向城市集聚的趋势。学习开始一步步向纵深推进。

让人意外的是卫志希总工程师还十分懂"风水",在课余的时候,他闲聊式地给大家讲解。不过他讲的风水不是乡村风水师们那套玄乎生硬的东西,而是从人类原始社会群居点的形成,分析风水学产生的原因,剔除其在后世演化过程中沾染的神秘因素。他并不鼓励学生们学风水,只是通过专业角度的分析为学生们祛魅,避免学生们以后被迷信的东西绕晕。总的说来,专业课的老师们都很负责,对这批还没脱娃娃气的学生都很开明。

接近假期的时候,学校的几位老师,从双宁市建设局承揽了一个工程——双宁市城西客运站片区的详细规划与即将开工的标志性建筑城西客运站和配套宾馆的设计。他们把工程承包下来以后,决定从学校里找一批学生假期里参与具体的规划与设计工作,给予一定的设计补助,而他们只负责指点。崔老师知道消息,来班上问哪些同学假期不愿意回家,并且愿意参与这项工作。班上愿意留下的同学不多,陆运红正愁假期里回家又没法找到挣钱的工作,只要人家不挑剔,他就愿意参与,忙跟崔老师说。最后班上愿意参与的学生有五个,除了陆运红,还有他的同乡庄涛,还有家在本地渡口区的冯正军,另外班长陈雨霏也参与了。戚永辉本来也要参与的,可放假前两天,他家里来信说母亲得病,让他回去,他只好放弃。最后本班只有四个,加上其他两个班参与的同学,一共有十三个人,组成了临时的规划设计组。

规划设计组的办公地点就在建筑工程设计专业班的教室,因为放假,大家都已回家,教室桌凳挪来拼成三大块,就分成三组进行。几位老师先带大家看工程现场,兼任建设局总工程师的卫志希老师代表建设局方面来到现场给大家介绍片区规划的功能定位、指导思想,标志建筑的工程规模、内容等。不管甲方乙方,说来说去都是学校的老师们,对参与的学生们来说,也是相当于实习。学生们即使做得不对,老师们现场就纠正,再有不对的,老师们也会包容,毕竟是自己的学生。所以大家虽然专业课程并没学完,有点紧张,但也并没有太大压力。

客运站片区的规划分为几个板块:用地性质划分、道路系统设计、供水系统设计、电力系统设计、绿化与风貌设计。学生们在老师的指导下绘图。客运站和配套宾馆主要是根据已定的方案进行具体的设计，拿出施工图。给学生们的补助是每人每月六十元，整个工程时间大约一个半月，接下来，大家在老师们的指导下开始紧张的工作。

假期里学校的食堂只开一个窗口，主要是方便在校的老师和部分留校的学生们。平时，陆运红和班上的几个同学来往得并不密切，和老乡庄涛在一起的时候不多，冯正军因为喜欢打乒乓球，和他倒还熟悉些。至于女生，他平时就少有接触，对班长陈雨霏也没了解。但私下里听说，陈雨霏已经和别人在悄悄恋爱着，她的男朋友是双宁师范专科学校的她初中时的同学。四人在一个设计组的时候，天天头挨着头，脸对着脸的，反而很快熟悉了。陈雨霏没有小女生气，大概因为当班长的原因，和几个同学说话，几乎有一股大姐气息，但她的年龄并不大，在四人中排第三，她只比陆运红大半岁。没几天，她就称庄涛和冯正军两人为哥们，称陆运红为小弟，陆运红还是一如既往地称她为班长，就不再称呼名字。

三个班来的十三个人在一块从事设计工作的时候，气氛并不像课堂那样严肃，大家一边做，一边聊天，设计工作其实非常单调沉闷，极易造成困倦。老师们来的时候，给大家指点，也常要求大家多休息，他们专门和学生们说说笑话。没几天，这十几个人就很熟了，建筑装饰工程班会弹吉他的同学曾小祥带来他的吉他，中午一块吃完饭休息的时候，他弹上一曲，给大家解闷。虽然他弹得并不太好，可是吉他是新乐器，有新奇感，大家都给予热烈的掌声。建筑工程设计班的一位叫林强的同学更有才情，制图过程中的废图纸很多，他就拿起笔，在背面寥寥数笔，画了几幅《少林寺》里面的神腿张、小虎和王仁则的打斗场面，惹得大家一片惊呼，当场就得到了"画家"的称呼。林强不仅会画，还会吹口琴，简直成了大家眼中的才子。他把口琴拿到教室来，空闲时就吹两曲，和弹吉他的同学合作正流行的歌曲《血染的风采》和罗宾唱的一支歌《归人》。于是，这十几个人的小集体，一时成了各班展示才情的地方，只有城市规划班的几个人谁也没什么表现。连续两天中午，他们都在空余时间弹吉他、吹口琴，陈雨霏越听越不自在，一股责任感开始作怪，觉得脸面上过不去。她知道陆运红口哨吹得很好，比他们那些才艺都好，他们在乐器上都只达到了"会"的层次而已。第三天中午，大家都吃饭去了，陆运红他们班的四个人吃过饭，提前回到教室里，陈雨霏就鼓动陆运红吹几首歌，让他给班上挣挣面子："小弟，好久没听到你吹口哨，待会儿来几首给大家解解闷。"

陆运红确实好久都没有吹口哨了，因为随着年龄的增长，他已越来越认可郑彦秋当初说的，这是吊儿郎当、不务正业的人的习惯，基本把它戒了。他有点难为情，但看着陈雨霏的神情，一下就明白了她的意图。他自信吹几支歌，能胜过他们两位，但如果能展示一下自己那不太摆得上台面的毛笔字，他倒乐意些，毕竟那和"高雅"二字沾了关系。可惜此处没有毛笔，专门去寝室拿来当着大家的面写，那未免也太刻意太做作，他不想为这小事让班长失望，笑着对陈雨霏说道："班长大姐，我吹几支歌，你总得给什么奖赏吧？"

"明天中午饭菜票，算我的。"

"谁知道是什么菜呢？"

"至少一份肉吧。"

"两份。"庄涛在旁边为他讨价加码。

"两份就两份。"陈雨霏爽快地说。

"那可以嘛。"陆运红忙认可。

冯正军问："班长，只给陆运红一个人？太小气了吧？"

庄涛又在旁边煽动，结果陈雨霏愿意买四份肉，三个男生都满意了。庄涛继续说："老乡，如果是我，我就要向班长提更高的要求，你把自己的才华卖得太贱。"

"四份肉已经可以啦，难道可以让班长大姐买八份肉？"

"别得寸进尺啊。"陈雨霏大声说。

"老乡啊，你脑瓜子里在想啥？只晓得眼睛盯着肉。如果是我，我就让陈班长给介绍个对象作为条件。"

"别胡说，我不敢代劳，人家陆运红肯定早有女朋友了，别胡说。"

"陆运红有没有，我不知道，可我俩是一定还没有的。"庄涛说。

陈雨霏的意图被庄涛越扯越远，大家笑起来。陆运红好久没吹口哨了，不再谦让，一边画图，一边清清嗓子，吹起他们弹过的歌曲《归人》……

这时，大家陆陆续续地回来，被陆运红的口哨征服了。他吹得宛转缠绵，比吉他和口琴动听得多，大家一致叫好，跟着他哼唱的欲望很强烈。吉他手曾小祥甚至要跟他合作，就连一同到班上来的卫志希老师也听得鼓起掌来，同学们仍然用点歌的方式，让他吹了三首，才开始一块继续设计。陈雨霏满意地望着陆运红，算认可他为本班挣足了面子，第二天中午，大大方方地打了几份肉，她和三个同学每人一份，陆运红得了两份。

陆运红意外地接到袁旭的信，因为假期里没人去拿信，他路过取信点的时候，去班上的信箱里随便瞧瞧看到的，袁旭的信到了好长一段时间。他在信里谈到初中时的同学，听原来的班主任说，郑彦秋高中毕业，没考上大学，但考上了省化工学校，也是省属中等专业学校，学校在省城。他开玩笑动员陆运红重新与她和好。他又说秦超在高中里学习非常刻苦，今年他考上了大学，是省农业大学，虽然成绩刚刚踩线，但他是应届生中考上大学的五个人之一。这个消息让他吃了一惊，甚至有些失落，如果自己当初不来念中专，说不定现在也考上了大学，因为自己历来就强过秦超。他猜父亲如果听到这个消息，肯定又会受到一次打击。自己选择的路已经不可更改，后悔无任何用处，只能继续。

陆运红此时对郑彦秋的感觉已经淡得如同一般同学，可他对袁旭的怂恿有点动心，想到和郑彦秋相互留有地址，打算写信给她。可是，拿出来纸和笔，笔在纸上戳来戳去，就是写不出一个带有感情色彩的字来，说"我爱你"吧，自己都觉得难受。写信给她干巴巴地祝贺两句吧，又感到无聊。可是郑彦秋还是比较可爱的，还是值得去爱的。磨蹭好一阵，他一个字也没写。

规划设计做完的时候，还有一周才开学，他还是坐车回家一趟，看看父亲和母亲。回到家里，空空的屋子，父亲和母亲都不在，都还在山坡上伺候庄稼，恰巧碰到邻居四奶奶的孙子黄学勇，他正挑着一担麦准备坐车去乡上交公粮，见到陆运红，就跟他说："四弟，你回来了？知道不，秦超考上大学了。"

"我已经听说了。"

此时秦超考上大学，远没有当初陆运红考上中专时的影响大，因为自陆运红考上中专之后，这几年跟风补习的多，能努力的都在努力，不时传来谁考上学校的消息，大家开始已经习惯。秦超的父亲秦正高因为儿子考上大学，这两天在生产队里大宴宾客，很扬眉吐气，不少人都去了。因为陆家和他家由来已久的隔阂，陆选南根本没有去祝贺，他的丧子之痛与秦正高的自豪之情，形成了强烈的对比。陆运新的死，让他已经相信这一辈子确实被秦正高家打败，不可能翻身，也认命了。陆运红以前与秦超没什么交集，更不可能去祝贺，看父亲和母亲都没啥事，过了两天就返校了。

第61章

陆运红相当于在整个假期里有两份收入，一份是在书法班的收入，一份是现在这份设计工作的收入，两份工作算下来，每月有八十元。第二个月，实际规划设计只有二十来天。工作做完的时候，几个老师给学生们的报酬还是不错的，统统按两个月算，每人一百二十元。陆运红这两笔钱足以应付下学期的费用。

另外让大家收获不小的是在几个老师的带领下，做完这项工作，几个专业的学生在一起，互相探讨，互相学习，融会贯通，实践能力得到了很大的提高。开学前,老师们带着这十几个学生,在市建设局招待所吃了一顿丰盛的晚饭:蒸牛肉、烧猪蹄、炖肥肠,还有鱼,一共十多个菜。可以说,这顿饭是所有学生平生未见识过的,大家都直了眼,开始都尽力保持彬彬有礼的样子,小心地夹着菜,害怕没见过世面的馋相被别人笑话。老师们却鼓励大家尽管放开:"同学们,尽管吃,今天这桌子上的东西,没吃完的话,不准离开,如果吃了不够,叫他们再添。"

"我是知道你们的,平时在学校食堂里,三两天吃一回肉,还不容易,还要盘算着荷包深浅。我们以前,比你们更不如啊,能够吃肉的日子,一年中没两天,平时就盼望过年,只有过年,吃肉的机会才多些。现在,状况好多了……来,来,来。"

老师们分别给邻座的学生们夹着菜,大家连忙谦谢,可还是局促不自在。卫志希老师说:"同学们啊,你们年轻,令人羡慕,我们可是回不到青春了。看到你们,就好像看到了我的以前……你们这次锻炼,都是非常有进步的,明年一毕业,踏上工作岗位,不用说,就会成为单位的技术骨干。"

"我们对能否毕业还挺担心呢,听说答辩很严啊,上一届还有同学毕业答辩没通过呢!"班长陈雨霏说。

卫老师笑着说:"答辩呢,咱们这几个老师都要参与。这样说吧,今天在场的你们十三个,通过这回锻炼,不用答辩,我个人都敢全部放你们通行。但是呢,第一,你们还是要认真学习,所有课程都要合格,这是前提;第二嘛,就看你们今晚的表现,谁能放开吃,吃得多点,届时我们就会让谁优先通过。"

这话让人家放松了,十几个学生基本不再拘束,渐渐露出缺肉吃的本色。几个老师喝着酒,卫老师问:"将来毕业后,你们愿不愿意留在双宁啊?双宁正需要你们这样的人才,如果愿意,我先预订下来。"

接着就有六七个同学表示愿意,卫志希老师把名字记录一下,陆运红也特想留下,可想到大哥走后,家里只有父母,自己无论如何也不能离家太远，于是放弃了。

　　新学期开始，陆运红和戚永辉一块继续在书法培训班打扫卫生，傅老师开设了一个老年古诗词兴趣班，鼓励老人们参加，每人交三元钱的班费。这个兴趣班就设在书法协会的一间教室里，每周晚上开班，由兴趣班的几个老师上台交流古典诗词的写作经验，以自己创作诗词的实际经验，讲解如何押韵，如何协调平仄，如何起承转合。两人因为要打扫卫生，就去听他们讲，当然班费也相当于免了。陆运红以前看过不少唐诗，对诗歌还很有兴趣，听得津津有味，虽然不会创作，但还是十分喜欢，每次都来听。戚永辉是会写诗的，他看他们写的诗，简直就是打油诗，他只和陆运红说，绝不公开评价一个字。

　　双宁市成立四十周年大庆，市里要求各单位隆重庆祝。学校除了要办诗歌板报，还要组织书法赛、棋类赛、篮球赛、乒乓球赛，还有长跑、短跑等体育项目的比赛，尤其是文娱类节目，需要各个班至少出一个，各班参与人数和节目数量也能为班上挣分，得名次另外加分，最后以各班总分计名次。班主任安排下来，所有校庆项目，班上都要有人参加，至少要有百分之八十的同学参与，男生全部参加。

　　班长陈雨霏拿着本子登记，戚永辉报了书法赛，这时陆运红才发现，自己除了吹口哨，几乎一无所长，吹口哨又摆不上台面，书法也不敢献丑，想了又想，参加诗歌创作吧，让戚永辉帮写一首就行。陈雨霏惊奇地问："我的天呀，陆运红，你还会写诗啊？深藏不露啊！"

　　"哪里，班长大姐，我只是多读了些诗而已。"他大言不惭地笑着说，一个假期混在一起，他在陈雨霏面前不再拘束。

　　班上的文娱演出节目是女生们的大合唱，她们唱的歌曲就是《血染的风采》。这样参与人数一下子就达标了，然后各自开始准备，女生们每天下午放学就组织排练。

　　陆运红对戚永辉说："就拜托你就帮我写一首诗吧。"

　　"好的。"

　　戚永辉简直不打草稿："双喜临门是今朝，双宁儿女志气高。

四十年来宏图起,画出江山如此娇。"

庆祝会当天,学校放假,操场和林荫道上全是三三两两的学生。在学校的礼堂前方,书画展和诗歌板报排两侧。一共收到诗歌八十余首,登出来的有十五首。令人想不到的是陆运红"创作"的诗居然入选了,还排在第三位,引得大家惊叹,他差点就误把自己当成诗人了,还是坦率地把名誉还给了戚永辉。

他问戚永辉,傅老师的诗歌兴趣班里有没有谁的诗写得好,让他中意?戚永辉说:"暂时没发现。可是好坏有什么关系,又不能当饭吃。"

"那倒是。"

最后一学期,渐渐进入了毕业阶段,实习时间很多,这时的实习并不轻松,重点课程之一建筑设计课程结束后,老师带着学生们到双宁市一处空地,告诉了这块的长宽以及地基承载力,让大家设计五幢七层楼的民用住房,最后拿出的图纸即能为施工所用。这几幢民用建筑的设计,足足占用一个月的时间。这一个月,大家都在教室或者寝室里各自忙,老师只是偶尔来看看。最后老师一个个翻着设计图点评,打分,大家都过关了。

而城市规划方面,老师每讲一部分规划内容,就带着学生们四处参观规划的典型例子,分析成败得失,全省各地跑,也是为了拓宽大家的眼界,这比困在教室里生动得多,后来只要一听说外出实习,大家都高兴得不得了。最让大家难忘的是五月初,到双宁河阴县实习完返程的时候,校车半路上出了故障,无法启动,实习老师忙联系学校,紧急安排一辆解放牌汽车来接大家回校。半路上又下起雨,篷布被风吹翻,几个男同学忙把篷布高举起来,罩住所有蹲着的同学,汽车一路行进,细雨不停地飘进来,这时班长陈雨霏领着大家唱起了一支歌《幸福不是毛毛雨》:

"假日里我们多么愉快,朋友们一起来到郊外,天上飘下毛毛细雨,淋湿了我的头发,滋润着大地的胸怀……"

大家一边唱一边笑着,最后小雨变成了大雨,篷布根本起不了作用,同学们全都成为落汤鸡。

　　实习回来的时候,写实习报告还是难事,班上绝大多数同学能挺自觉地独立完成,只有少数参考或抄袭别人的,大家都不以为意。最后一个月安排了毕业设计,毕业设计的内容就是双宁市南城拓展区约二十平方公里的片区规划,这个片区以商贸和物流为主,老师把整个规划片区的情况作了交代说明,分发了基础资料和规划参考目标。将学生们分成五个设计组,每个设计组独立完成整套规划内容,最后交出规划说明书和规划设计图册。接下来,开始分组自行设计。各组内部人员分工负责,一边忙于设计,一边做着毕业的准备。有几家照相馆来学校联系学生们拍毕业照,同窗四年,大家既留恋着共度的时光,又向往着分开以后的日子。这一天,班长把入学以来凡是教过本班的老师都请来合影,大家才知道,前两年教基础课的化学老师和语文老师,退休后去了沈阳和青岛,不能赶回来,而物理老师去年因病在上海去世了。全班合影后,平时谈得来的同学又三三两两地合影,陆运红和庄涛合影,也和同桌戚永辉合影,全寝室的同学也合影,爱好篮球的同学合影,爱好长跑的同学合影。这时,庄涛突然冒出来,拉着班上女同学张艳的手,说:"我们合个影吧。"

　　张艳没法拒绝,抓着庄涛的手,偎在他旁边,甜蜜大方地拍了个照,这马上引起一阵惊叫,什么时候,他们俩已经是一对了?简直神不知鬼不觉,躲过了全班所有同学的眼睛,也躲过了班主任老师的眼睛,潜得好深啊!不到今天,谁也不知道啊!庄涛脸上荡漾着满足自信的微笑,面对着所有同学,不作一个字的解释。

　　毕业设计提前几天都完成了,毕业答辩的时候,学校的主要领导和老师们都在现场,答辩现场就设在班上,老师们用抽签的方式按学生比例的百分之五十抽来答辩。抽到的同学,按老师们的提问,结合自己在小组中承担的部分工作内容,谈自己的规划思路和理念,以及规划达成的目标,再具体阐述规划过程中的一些专业性、细节性的问题。最后大家都顺利过关。

在征求同学们关于毕业分配的意愿的时候,班主任崔老师一个个地问。她问陆运红愿意到哪儿,他犹豫了片刻,还是表示愿意回老家,他把原因告诉了老师,崔老师点点头。

星期三,学校在礼堂为同学们召开欢送大会。会上,学校领导和部分老师各自发表了讲话,然后各专业班的班长代表本班上台发言,表示一定要为四个现代化做出我们这一代年轻人应有的贡献。校长给大家颁发了毕业证书,全体站起,高唱完国歌后散去。

明天大家就要离校,晚上班上举行了毕业晚会,不少同学开始抽泣,为缓和伤感的气氛,班主任老师建议每个同学唱一支歌或表演一个节目,班长马上支持。大家一边吃着瓜子、糖果,喝着饮料,一边讨论谁先表演。当然最后还是班长带头,陈雨霏站起来,给大家唱了首《小草》,然后几个班干部依次来。轮到庄涛的时候,大家一致叫张艳和他共同表演,两人扭捏了片刻,班主任老师再没计较,微笑着鼓励他们,于是他们大方地站起来,一块唱了首《读你》。轮到陆运红的时候,大家当然要求他吹一支歌,他选了首最流行的歌曲《明天会更好》:"轻轻敲醒沉睡的心灵,慢慢张开你的眼睛……"

大家跟着他唱起来,唱着唱着,几个女同学哭了起来,接着大家哭成了一团。班主任老师命令班长带头不准哭,才把大家劝住。晚会足足进行了三个小时,从七点到十点。会后大家各自回到寝室,同寝室的施永良、赵林、戚永辉、齐瑞文、陆运红、黄益又忍不住哭了一阵,然后大家默然地开始收拾行李,互相赠送礼物。陆运红买了五支钢笔,分别送给五位室友,戚永辉把自己喜欢的几本书分别赠送给大家,留作纪念。施永良把他的篮球送给了黄益。整个晚上,大家再也没法入睡,齐端义公然去买了包烟来,每人一支,谁都不会抽烟,却都拿着点上,要用这一支烟向过去告别,表示自己正式迈向社会,已经成熟了。

第二天一早,大家分别踏上了回家的路。陆运红是中午的车,还不太急,他沿着熟悉的林荫小路独自走了一遍,驻足于操场、礼堂边、网球场、图书馆,还有报刊栏,还有傅元中老师的书法培训班,培训班里今天没课,也没人。最后他来到食堂,买了几个馒头,还有五斤饭票,他决定留在身上,永远地做个纪念。

他带着馒头,回到寝室,同学们都已经离开,只剩他一人,他忽然觉得一阵难过。他背好行李,关上门,离开了宿舍大楼,到了校门外,眼前依稀又浮现出四年前,大哥送自己来这儿的情形。这四年来,他没有勇气再去大哥的墓地,每次回去都刻意回避。他坐上了去双宁火车站的公交车,一路上想着以后的日子,回到市里,希望分配工作的时候,能分到离家近的地方,方便照看爹和娘。

迎接他的将是另一个崭新的,与单纯的校园生活完全不同的陌生环境。

何伟 著

七〇行

下

北方文艺出版社

第62章

　　他回到了云津市，被分到了老家东永县，工作地点是龙潭区区公所。龙潭区其实就是县城——城关镇，公所就设在县里，所以他相当于就在县城上班。他从县人事局出来，要去区公所报到，可是不知区公所在哪儿，他打听了两个人，才得知原来在城关镇东街的一个巷子里，并不远。他步行着走过去，没一会儿就到了。来到区公所办公楼二楼的区长办公室，敲敲门，区长名叫朱永彬，正好在办公室，他忙走过去，向区长做了自我介绍。区长看着他的简历资料，一边抽烟一边自言自语："你这专业就应该在县机关啊，怎么被分到区公所来了呢？这不是折腾人，瞎胡闹吗？"

　　"我是人民培养出来的，到哪儿都是为人民服务。"他说。

　　区长看看他，说："嗯，小陆啊，你知道在区公所工作干什么吗？"

　　"刚来，不太清楚，以后要请朱区长多指点。"

　　"区乡工作呢，就是万金油，不局限于某部门某事，上面千条线，下面一根针，大家什么事都要会些。"

　　"嗯，我会尽快地适应。"

　　"好的，你就在建设办吧。"区长说，然后大声喊，"张主任，你过来。"

　　原来建设办就在区长办公室斜对面，张主任闻声来到办公室，区长将陆运红做了介绍，张主任点点头，说："欢迎欢迎，小陆同志，咱们办公室增加新的力量了，好好好。"

　　毕业后，能有个稳定工作就行，不管是什么工作，这是农村学生梦寐以求的事。至于干什么，他从来就没有想到去计较，甚至还没想到自己所学的在工作中真能派上用场。

　　一转眼，陆运新已经离开三年多，他来到单位，仍然怕去看大哥的坟墓。龙潭区区公所下面辖有五个乡,这五个乡像卫星一样分布在周围十公里左右的地方,都非常小,每个乡常住人口大概只有两三百人。报到完毕,他坐车先回家一趟。

他到家的时候,父亲和母亲都不在,或许在赶集。侧边的门没关死,一推"吱呀"一声就开了,二十几只鸡听见开门声,马上从里面跑过来,咯咯咯地等着喂食,轰都轰不走。桌上还放着一大盅凉茶,他喝了一口,橱柜里还有早上做好没吃完的白菜、虎儿瓜。他用手拈来尝了一块,关上,然后出来。一只小黄猫趴在门外的矮台上,惬意地晒着太阳,半年前的小白狗长大了,可是还认得他,一边嗅一边摇尾巴。他又走到猪圈,两只黑猪一大一小,大的已经有约两百斤,睡得正香。

他站在敞坝边,向外望去,稻谷密不透风,正在扬花,几只白鹤飞来又飞去。范朝住过的堆草场,早已成为耕地,种着一大片芝麻,对面山坡上满是苞谷和高粱,绿绿一片,把山头裹得严严实实。他沿着走过的泥泞路走着,想到了当初和大哥陆运新一块儿割牛草时的情形,和三姐一块儿割猪草的情形,童年已经一去不复返了。四年时间如同换了人间。迎面碰到了韩南,他老远就问:"运红,什么时候回的家?还在双宁念书吗?"

"没有,刚毕业。"

"分配到哪儿了?"

"就在县城里。"

"好啊,这辈子就安逸了,旱涝保收,不像我们。"

"表哥说笑话了,都是一样的劳动,自食其力。"

"看嘛,长得白白净净的,咋都不像种庄稼的。"

和韩南聊了会儿,他说他闲时也在城里做工,偶尔回到家里看看庄稼,两不误。前面山坡上有两个新坟堆,一打听,原来生产队里补锅匠秦祖年和程林的母亲因病去世半年了,陆运红感到非常意外。意外的不是补锅匠大舅公,他算是已尽天年,程林的母亲怎么就得病去世了?那程林现在在做什么?韩南告诉他,程林补习过,不过没考上什么学校，现在也跟着他的父亲学习风水。陆运红听着，总觉得有些可惜。韩南告诉他，程林不在家，胜利村一位老人昨天去世，他和他父亲给做法事去了。

他四处看一阵，又回到家里的时候，父亲和母亲已经回来。他们果然去赶集了，带回两包风湿药，准备泡药酒。母亲在洗玻璃瓶。两位老人头已经白了小半，见儿子回来，问："怎么也不提前写封信回来？"

他把毕业分配的事情告诉了他们，父亲还是很高兴，可是听说又是在县城，他马上收敛起了笑容。自从陆运新死后，他对县城有旁人无法理解的恐惧感，县城对他来说就是个不祥之地，他不太希望小儿子也在那个地方工作，可这事由不得他，他叹了口气。

母亲的风湿病犯了，她自己找些草药泡了药酒，可效果不明显。她打开两包风湿药，分辨着，一边给儿子讲述一年来的事，嫂子欧军带着孩子来到过家里一次，去年她又谈了一个男朋友，叫李昌俊，其实就是同陆运新一块牺牲的那位叫李昌红的干警的哥哥，也是结过婚的，比她大五六岁。两人三月份结婚了，没向外人声张他们接到邀请都没去，因为孩子跟着欧军姓，他们心里有点堵，而这回她再结婚，与他们就更加疏远了，去了也难受，尴尬。

"是那个李昌红的哥哥？是做什么的？"

"听说是管交通的，可能是修路的吧。"母亲说。

陆运红听着这个消息，估计他们可能也是因为那次事件走到一起的，一个失去丈夫，一个失去兄弟，同病相怜。他也觉得欧军和家里的关系确实渐渐地疏远了，他对大哥的遗腹子也毫无感觉，好像与大哥无关。大哥死后，父母都被评为烈属，现在每人每月有二十二元的抚恤金。这笔钱他们两人完全够用。抚恤金的事又惹来了村里不少人眼红，他们完全忘了这是陆运新用生命换来的。父亲现在已经基本放弃和秦正高一较高下的想法，他不得不认命了。母亲说，陆运芹生的大孩子已经三岁，第二个是个女儿。钟强也已经结婚，虽然还没到结婚年龄，但现在他妻子怀着孩子，夫妇二人远走高飞，半年前就离家了，不知躲到哪儿去了。他听着更意外，没想到钟强也即将当爹，他哑然失笑。

虽然母亲和父亲都有病，但是平时不碍事，这两年的庄稼还是不错的。母亲高兴地说：“现在，全大队的土地上真是丰收的庄稼望不到边呀！”

家里每年收稻谷两千多斤，吃不完，剩不少，可是都还舍不得卖，因为害怕哪一天突然老天爷作怪，闹饥荒，总得有个储备。可是总得腾出地方装新稻谷，每年还得卖掉些陈粮。

"你能不能回到我们乡上来工作啊？"母亲问，"以后我们老了，这个家谁来料理？"

"以后慢慢看吧。"

"你常在县城，你大哥的坟，你去看看啊，垮了没有？我们不想去看，看着伤心。"

"我知道。"

"欧军前几天捎信来，孩子满三周岁了，要给孩子办生日宴，让咱们去。我们想去啊，可不方便，当天不能回来，晚上住在人家家里，你父亲又爱咳嗽，影响别人。"

"娘，你可以去嘛。"

"我一个人就更不能去了，找不着方向，迷了路回不到家。"母亲说。

"我和你去就是。"

"算了，我不去，脚也不方便，你去一趟吧。我两个月前给小孩买了套小裙子和一双小凉鞋，你带去就是。"

"你们都不去，那我去吧。"

陆运红没有到过欧军的家，他带上母亲给孩子买的裙子和小凉鞋，路上花了两个小时，到乡上略一打听，倒很容易就打听到。欧军家在乡场后面的一栋老式的楼里，她母亲去年去世的，她和她父亲一块儿住在三楼。陆运红给她父亲买了盒卷心酥和一瓶酒,然后把裙子和小凉鞋拿出来给小孩子。欧军很高兴,抱着孩子一边教她叫"四叔",一边招呼他坐。乍一看,小孩子就像大哥陆运新小时候照片上的样子。他接过来抱抱,小孩子怕生,嘴巴一扁就哭了,欧军抱过去又逗又哄才好。

欧军现在的丈夫李昌俊,老家是湖南的,他出去买菜刚回来。欧军给他和陆运红互相做了介绍。陆运红这才知道李昌俊是交通局的常务副局长,比欧军足足大十岁,不过他看上去比较年轻,和欧军差不多大的样子。他倒一点没有官架子,对陆运红特有好感:"小弟,我们见过的,你以后叫我李哥就是,你大哥陆运新我也认识,还和他一块儿吃过饭呢,你们两兄弟长得真像。"

"李哥你好。"他记起了,李昌红遗体被送回公安局的时候,他和父亲第一个送花圈去,就是李昌俊在旁边接待的。

"哎,见到你,好像就见到了我的兄弟一样,恰好我兄弟的名字中也有一个'红'字。没想到啊,一转眼,他和你哥陆运新就离开三年了。有时,我感到他还在。"李昌俊说。

听说陆运红从省建筑学校毕业后的去向,他有些意外:"嗯,怎么也该直接到县级部门嘛,比如建设局。"

陆运红现在的想法是,只要有人给工资,在哪儿工作都行,自己是从农村出来的,没想那么多。李昌俊说:"以后想来交通局不?如果想来的话跟我说。"

陆运红忙感谢,如能到交通局,大概也不错,可是刚到基层就想走,不好,以后再看吧,他是这样想的。

吃过午饭,陆运红告辞,欧军让他给孩子的奶奶和爷爷带了两盒饼干和四斤红糖,还有一瓶酒,陆运红谢过,拿上东西坐车离开了。

他鼓起勇气去大哥的坟前。坟前除了有些落叶,总体很干净,还有没清理干净的香烛痕迹,似乎不久前谁来祭奠过,他有些疑惑。一切如同昨天,历历在目。他靠着墓碑坐下,望着前方,默默地问:"大哥，这几年你是怎么过来的啊？你都在做什么？"

在只有陆运新的坟墓的县城，他忽然感到一阵说不出的孤单，一个熟人也没有。他猛地想到曾在城关镇做服装生意的程夏，她应该还在这儿吧！想到这里，他决定马上去她待过的地方看看。

他很快找到了店门开着，他走过去，店里依然卖服装，可店主已不是程夏，店主告诉他："程夏一年前将店子转给了我，带着孩子离开了，现在在哪儿，我也不知道。"

陆运红只好离开，家里一切都安好，暂时不需要他操心，他到单位，开始适应新的环境、新的工作。

第63章

新环境，不像学校那样单纯了。建设办主任张练军三十来岁，是退伍军人出身。另外还有两位职工——黎文才和蒋进，都是招聘进来的。黎文才三十六七岁，一张鸭梨形脸，老泛着油腻，嘴巴扁扁的，成天摆一副虎落平阳被犬欺，不得已与犬为伍的架势。蒋进很年轻，只有二十二三岁。现在要在两人中选择一个为建设办副主任，二人都在拼关系，私下里互相瞧不起。黎文才瞧不起蒋进，什么都不懂，纯粹靠三姑六婆的关系来的；蒋进又瞧不起他夸夸其谈，酸腐。可是表面上，他们的关系又很融洽。建设办平时主要的工作就是负责全区范围几个乡住房的审批，乱占乱建行为的查处和市政工程的维修养护、管理等工作，县城范围内建设的审批权限不归他们。

陆运红没有住处，所幸距这儿大约一百米是农机站的房子，三楼有一个小套间空着，两室一厅的六十来平方米，没人住，虽然很陈旧，但是很清静。农机站站长是建设办主任张练军的亲家，张练军跟他说了一声，陆运红就去住了，每月只交五元租金。他忙感谢了张主任。

陆运红领到第一个月的工资七十六元五角，同时预支了一个月工资，买锅碗瓢盆之类的生活用品。买完之后，还剩二十元，他忙去信用社存起来，信用社工作员问了他，得知他是才来的，就给他办个折子。来到世间这么多年，他第一次看到了存折的长相。

单位有食堂，一日三餐可以省去自己做饭。区公所正式编制和临时编制的职工共计二十名，平时在食堂吃饭的职工不多，只有一半左右，早上更少，只有七八个人。食堂的师傅姓李，夫妇二人负责在食堂做饭。刚来到单位的陆运红各方面都还陌生，急需一个人为他指点，帮他适应环境。因为年龄相仿，他和蒋进很快熟悉了。

区公所就安排全部人下去协助各乡组织突击队，催缴公粮和提留。区公所组织了四拨人，把七站八所的人都安排进来了，陆运红被安排在第三组，进入龙潭乡，和乡干部十个人组成突击组。在小组里，他遇到了一位年轻的女孩，听其他人叫她柳扬，是区林业站的，两人年龄差不多。柳扬身材苗条，瓜子脸，长发偏在一侧，从右胸前垂下来，给人很温柔文静的感觉，若和他曾经爱慕的女孩相比，不及杨萍和郑彦秋那样动人，可也不缺乏妩媚，而且稳重，看着特别温暖。她眼神中有些害羞，又隐藏着一股自信的神采，这一点和他在双宁念书时的班长陈雨霏很神似。陆运红对这类催收工作还没有经验，只能跟着其他干部增加团体分量。

二十三号，他和蒋进一块去龙潭区下面的长潭乡去处理一个违章建筑的问题，因为路不远，他们步行去。两人一边走一边聊，蒋进是高中毕业没有工作，找关系来到区公所工作的，他的姨父是城关镇领导。蒋进刚结婚半年，还没有孩子，老婆是他的同学。他非常羡慕陆运红是从正规学校毕业来：“我前几年考大学，没考上，差三十多分，哎，如果能像你们一样，这辈子就放心了，现在还整天提心吊胆的，害怕被人挤出去。"

年轻人之间，最容易谈到的就是恋爱的话题。蒋进问他有没有女朋友，陆运红告诉他没有。蒋进说："如果你还没有女朋友，说不定我可以给你介绍一个，就是不知道你愿意不愿意，你条件这么好。"

"蒋哥，这是哪里的话，我什么好条件啊，一介书生而已，如你能帮忙,求之不得呢。"

"嗯,我说的这位女子,其实也是中专毕业,也是才分配来的,在林业站。"

"她叫什么名字?"陆运红问。

"她叫柳扬,林校毕业的,初中的时候是我、我老婆都是同学。"

陆运红大吃一惊:"啊,是柳扬?我认识。"

接着他把他和柳扬相识的经过告诉了蒋进,蒋进也感到有意思。陆运红暗暗地就理解成了奇迹。蒋进说:"初中毕业的时候,只知道她考上了中专,一直没有联系,上个月偶然相遇,聊起来,才知道她被分配到这儿的。嗯,各方面看来,和你还比较般配。"

"她老家也是这县城的吗?"

"不是,是石河乡的。我的这位同学不多言不多语的,很文静,以前在班上,男生们就都喜欢她。"

"那就拜托你帮忙吧。"陆运红已经动心。工作基本安稳,他想可以开始谈女朋友了。

"只是还不曾打听,她是不是已经有男朋友。"

"嗯,她肯定还没有。"陆运红说。

"好,看哪天方便,我约她和你见见面,认识一下吧,即使不成,也当是多结识个朋友。"

以后两天,蒋进没事的时候,到陆运红那里玩,蒋进喜欢下象棋,陆运红就和他一块下象棋。他告诉陆运红,这两天他都没碰到柳扬,如果专门去林业站找她说,反而不好,他想找个随意的机会跟她说,试试她的意思。陆运红完全听他安排,说不急。

又过了几天,晚上陆运红吃过饭,正在练习书法,有人敲门,他忙打开,来者正是蒋进,还有两个女孩,其中一个正是柳扬。他忙把他们让到屋里,只有两个藤椅,蒋进坐在他的床上。然后蒋进做介绍:"这位就是我老婆林利霞……"

"嫂子好。"他问候过。

蒋进接着介绍:"这位就是我俩的同学柳扬,才分配到区林业站来的。"

"又相见了,挺有缘的,非常欢迎,都请坐,这是我这狭小的屋子最有意义的一天了……蓬荜生辉。"

对方抿嘴微笑,淡淡地说:"你好。"

陆运红给二位女子分别泡了茶,因为只有两个茶盅,蒋进说他不喝。一般介绍对象,都是介绍人将男方往女方那儿带,这样对女方是一种尊重,而柳扬一点不介意,反而主动地来到男方这儿,足见她不是一般女孩那种思维,陆运红心里就更满意了。他对柳扬说:"如果我猜得不错的话,你肯定是你们班的班长。"

"为什么?"对方望着他,依旧微笑着,目光一点不回避地打量他,好像要看穿什么,没有上次公出时的害羞神态。

"因为眼睛往往是经历的说明书。"

柳扬说:"可是,已经卸任了。"

蒋进说:"她初中就是班长,只是念中专时是不是,不知道。"

"肯定是。"陆运红说。

"你呢?"柳扬问。她右手托着下巴,好像是在审问,神情有几分矜持。

"我不是,我只是班长手下的小兵。"

"侦察兵吧?"柳扬笑着说。

四人很快就尽情地聊了起来,谈到初中时的学习和考试,原来柳扬也是补习过一回才考上的,又谈到念中专时各自学校的情况,他们发现有太多的相似点,简直就是奇迹。比如,他和她的寝室都在二楼,并且寝室里都只有八个同学,寝室里年龄最大的同学居然都姓周,蒋进把这些相似点统统归结为缘分。柳扬问陆运红在什么地方搭伙,他告诉她,就在单位食堂,三餐都是。大家聊到夜里九点多,柳扬觉得有点晚了,才和蒋进夫妇一块儿告辞,陆运红把他们三人送下楼。

这一次见面后,他更加喜欢柳扬了,他心里由衷地希望能成,而且直觉告诉他，这事能成。他希望有一场浪漫的、轰轰烈烈的、迷人的爱情，可如果能和柳扬就这样平淡地开始，他也绝对愿意接受，一万个愿意，不再作其他考虑。自毕业以来，他没给郑彦秋写过信，她也不知道他现在的地址，二人已经中断了联系。

第二天早上，他早早来到食堂吃早饭，居然就碰到了柳扬，两人都要了稀粥和馒头。柳扬毫不介意地和陆运红凑在一张桌上吃，他近距离地再次打量了她，越打量越心动。柳扬身上那股迷人、成熟的气质，是一般女孩不具备的，陈雨霏和她相比，也显得逊色。陆运红说："太巧了，能在这儿碰到你，以前怎么没见到你在这儿吃饭呢？"

柳扬说："我们林业站也只有几个人，他们都有家，只有我没地方吃饭，昨晚听说政府食堂这边搭伙方便，今天就来了，没想到能碰到你。"

两人一边吃着，一边不时互相望上一眼，都想找话说，却找不到话说。一会儿，都恋恋不舍地把早饭吃完了，陆运红正要付粮票和钱，柳扬说："不用了，记在我的账上吧。"

"让你花费，那怎么行！"

"这有什么花费不花费的，在外吃饭，都差不多。"

"那改天我请你。"

"也行啊。"

两人道了再见，各自回单位上班，陆运红开始想着下一次邂逅。

这天办公室里没其他人，黎文才喝着茶，小声地问陆运红："听说有人给你介绍了个女朋友叫柳扬，是不是？"

陆运红没料到消息传得这么快，就连黎文才也知道了，只好说："是，蒋哥给穿针引线的。"

黎文才神秘兮兮地说："我告诉你，蒋进介绍的不可靠。我听人说，以前他就追求过这姓柳的，两人处过一段时间，谁知道他俩是什么关系，到什么地步呢。我说的是秘密啊，你可别对人说啊，尤其别和蒋进说。"

陆运红听着心里马上咯噔了一下,太意外了!他顿时满腹狐疑。他对蒋进也了解不深,如果柳扬以前和他恋爱过,他为什么要把她介绍给自己?这其中有什么隐秘的原因?他为何要仓促地给自己帮忙?顺着黎文才的话,他虽然心里喜欢柳扬,但是心里立即有了刹车的打算,也就暂不向蒋进打听柳扬的态度。他没想到自己刚出校门缺少社会经验,黎文才那无法求证的话正在让他误信,进而做了错误的选择。

蒋进在等待收集陆运红和柳扬对彼此的看法。在这种情况下,一般应该男方主动,过了两天,仍然没听陆运红说起对柳扬的看法,他心里就暗暗以为陆运红可能不太满意。从心底,他是偏向他的同学柳扬的,他估计这事不能成,这天就对陆运红说:"那天我带柳扬来你住处之前,并没告诉她真实目的,只是说随便走走,看我们才分来的同事。后来我问她对你的看法,她却说没什么看法。她跟我说她有男朋友,我忘了事先向她打听这事。"

虽然还在犹豫,但一听说柳扬已经有了男朋友,他马上觉得心被什么掏空一样,整个人都失重了,他强装镇定地说:"那……就算了吧,谢谢你。"

"你条件这么好,以后慢慢来,不急的。"

"嗯。"陆运红勉强说,心里隐隐作痛。此时好希望蒋进说她有男朋友的事是假的,或者她马上要与男朋友分手了。他既想在区公所的食堂里再次碰到柳扬,而且是单独碰到她,又害怕单独碰到她,恐怕会尴尬。很奇怪,此后他再没在食堂里碰到她,他后悔极了。

第64章

他还不了解建设办的三个人是怎样的人,总觉得他们对自己都很好。蒋进再没和他提柳扬的事,他也不好意思再问,但蒋进还是和他比较融洽。

过了两天,黎文才又对他说:"小陆,该谈朋友了,我给你物色一个漂亮，又有背景的，包你各方面都满意的姑娘。"

此时陆运红心里五味杂陈，对柳扬的好感一点没降低，甚至还在上升，倒希望暂时不提这种事，可黎文才一片热心，也不好推辞，他只好先表示感谢。几天后，黎文才对他说："我今天说的这位姑娘，绝对优秀，她在蚕茧站上班，人长得没的说。关键是他爹是县地震局副局长。虽然她不是从学校毕业分配来的，目前还是临时工，但用不了多久就会转正。人家也是好单位，工资不错。你想，如果能和她走到一起，又有他爹的关系，想往上升，肯定容易得多。我可是留心了很久，你来到区公所第一天起，我就想到这回事。这位姑娘，很多人追求她，都被她拒绝了。如果是别人，我绝对不给提这件事。"

"这位姑娘叫什么名字？"他禁不住好奇地问。

"她叫梁洁。"

陆运红从黎文才的口中听出一股令人反感的势利，又想到不好一口回绝，还是看看再说，于是说："黎大哥，那就拜托你了。"

"你可以先到蚕茧站看看，这两天蚕茧站正在收农民的蚕茧，她在现场开票，看过之后，如果中意，回来告诉我。只要你中意，事情一定成。"

于是，他趁着中午没事的时候，带着简单的期望，去了蚕茧站。

蚕茧站每年这个时候都忙得不可开交。他来到蚕茧站，里面人声鼎沸，两条长长的卖茧队伍排到了蚕茧站外边，不少农民因为卖的茧被工作人员挑来拣去，以各种理由被克扣斤两，而和工作人员争吵不断。他很容易地就看见开票的女子，十八九岁，年纪和自己差不多，瘦瘦的，齐肩发，显得特别精神，衣服穿得很随意，显示出一股不羁与洒脱，眼神中透露出优越感和自信，比柳扬漂亮多了，让男生一见就会迷上的那种。他不由自主地感到压力，信心不足。总体而言，她给他的第一印象不错，和柳扬相比，只是少了柳扬那种天然的亲和力。她确实漂亮，黎文才介绍她时用的那些高级词汇，她无论如何是受得起的。她脸上打着粉，白生生的。一位农民拿着她刚开好的票看了会儿,没看懂,又拿回去问她,说把他的茧的重量写少了,二十八斤七两写成了二十七斤八两,认为她是故意的。两人争执起来,末了她狠巴巴地不屑地吼道:"又进不了我的荷包,谁故意的?补给你就是。"

她完全是一副居高临下的鄙视口气,一边唰唰唰地补开一张九两的票,就给对方扔过去,飘在地上,那位农民忙捡起来,两人还在吵。她的这个动作一下子让陆运红对她的好感减少了大半。他正要离开,梁洁好像注意到了他,或许觉得他不是卖茧的,忙收敛起凶巴巴的表情,再不理会那位农民,一下子变得很文静。接着给下一位开票,她用眼角的余光悄悄地瞟他,他假装闲人四处走走,不大一会儿就离开了茧站。

回到住处,他仍然在犹豫,觉得遇到了一个难题。如果对黎文才说不中意,多半会得罪他,因为从他介绍梁洁的过程上看,他是很用心的,反过去分析黎文才的话,他发觉极有可能黎文才也让对方在自己不知情的情况下看过自己,要不然他的口气不会如此肯定。这一分析,他越发觉得这场相亲如同一场地下战争,此时他倒希望梁洁没看上自己。

第二天上班的时候,黎文才就问他:"你去看没有,怎么样?她不错吧?我敢说,不容易找到条件比她优秀的了。"

"……她真不错,只是,只是我怕自己配不上人家,我是农民家庭出身,她来自干部家庭。"

"别这么说,英雄不问出处。"

陆运红再无路可退,只好答应和对方正式见面,并感谢黎文才的关心。

事情正如陆运红所猜测的那样,其实梁洁早在他去茧站之前就被黎文才指点看过他,是她满意之后他才介绍的。梁洁是黎文才的妻子的表妹。黎文才和蒋进私下里有些矛盾,他不想让新来的陆运红被蒋进拉拢,另外也认为陆运红是分配来的国家正式干部,人也不错,将来应该比自己有前途。前不久和妻子闲聊时聊起单位才分来的陆运红,想到常在他家里出入的他妻子的表妹梁洁还没谈朋友，才提到这事的。黎文才的妻子暗中看过陆运红之后也十分认可他，这才动员丈夫做这事的。

见面的地点就是黎文才家里。第一次来到黎文才的家，陆运红惊奇地发现，他家客厅里有个大书柜，里面有许多的线装书籍，厚厚的大部头《资本论》《毛泽东选集》《列宁文选》《反杜林论》《黑格尔思想研究》，还有很多小说，古典的、现代的、中国的、外国的。这些小说他几乎都看过，但高深的哲学类著作，让他暗暗对黎文才心生敬畏，看来"文才"二字不是白来的。

黎文才只准备了简单的水果、糖块之类的吃食，只约了陆运红和梁洁，也就是屋里只有四个人。陆运红为了使相亲不成功，故意没收拾自己，胡乱穿了件衬衣，挽着袖，还挽着裤腿，如同刚从田里栽秧种稻回来的样子。梁洁早到了，她今天刻意打扮了一番，洁净的上装和裙子，脚蹬高跟鞋，简直和陆运红上回在茧站看到的判若两人，比那天漂亮多了，给人眼前一亮的感觉。陆运红开始有点局促不安，为今天不合体的穿着后悔。

黎文才对二位主角分别做了介绍，对方很得体地主动伸出手来，和陆运红握手，说："你好。"

"你好。"陆运红忙轻轻地握了握。他们各自坐好，梁洁坐的位置是书柜前方，书柜和她构成的组合造型恰恰就是传中的"书香闺秀"，让人感觉是那样贴切自然。她没介意陆运红不讲究甚至有点失礼的穿着，主动和他聊了起来。她说自己喜欢文学，喜欢小说，但最讨厌通俗文学，最讨厌琼瑶的小说，什么《窗外》《烟雨蒙蒙》《青青河边草》等，看着就想扔。陆运红不想在干部子女面前表现得俗气，说自己也喜欢文学，可是对金庸、梁羽生的武侠小说，像《书剑恩仇录》《天龙八部》《七剑下天山》《大唐游侠传》之类的作品最讨厌。梁洁又说她最喜欢看的是外国小说，最敬重的人是《巴黎圣母院的》中的敲钟人，他是心灵美的代表，而她，最爱的就是心灵美的人，从来不注重人的外表。陆运红马上表示，自己也曾被卡西莫多的精神感动得热泪盈眶。不管梁洁怀疑与否，他自己首先信以为真了，而梁洁确实也相信了。然后他们又谈到罗曼·罗兰塑造的安多纳德，很感人，梁洁虽然还不知道安多纳德是什么人，可她不假思索地就说自己也被其精神感动，久久不能平静。二人的话题又从书柜中一本《古诗一百首》转移到诗上，梁洁说自己特别喜欢诗，还有一个会写诗的特别好的朋友叫金春芸。她平生最敬仰不畏权贵的李白，也热爱杜甫，杜甫忧民的情怀让她感动不已。陆运红又背了《红楼梦》中《葬花吟》开头的几句诗，梁洁害怕被他误以为没读过《红楼梦》这部名著，接下来就大谈《红楼梦》，她感叹地说这是她最喜欢读的小说，是她看过的"水平最高的"一部小说。陆运红忙接下话题，说他最敬佩晴雯对周围黑暗环境的反抗意识，梁洁说她最反对以贾母和贾政为首的封建势力的代表，是他们共同扼杀了贾宝玉和林黛玉的自由恋爱云云。二人背语文教材似的，谁也没觉得别扭。一个力争在言语中给对方留下好感，一个力争不让对方认为自己是没知识的农村人，都身不由己地冒着酸溜溜的文辞而毫无知觉，都以为对方眼中的自己满腹才华。大概真正迷人的爱情就是从互相"冒酸"开始的。两人都相信对方才华出众，可和柳扬相比，陆运红仍感到梁洁有一丝让人说不清道不明的遗憾，但是她比柳扬漂亮得多，他告诫自己不能在两堆青草之间当驴子，何况那堆草已经不属于自己，于是这场爱情就开始了。

梁洁让陆运红体验到了另一类风格，这种风格不同于杨萍、郑彦秋那类的婉约柔弱，不同于柳扬一类的文静与成熟，他知道梁洁对自己很满意，有了一种少有的满足感。梁洁没有因为今天见面时陆运红随意的穿着而瞧不起他，前不久她确实在表姐夫的撺掇下，很隐蔽地看过陆运红一眼。那是在龙潭区政府的办公楼里，她只从门外看了一眼低着头在办公桌上写资料的陆运红的脸蛋，就很中意，今天更觉得他的随意是不拘小节，是种洒脱，她感到赏心悦目。

梁洁是很大方主动的女孩，这回公开见面后第三天的傍晚，她来到陆运红的住处，约他出去散步。首次公开和女孩约会，陆运红又紧张又激动。从小路到县城右边的山坡上，灯光倒映在河中，有一种前所未有的宁静和浪漫。梁洁的主动中又带着一丝矜持，让陆运红感到一种说不出的舒服。这次约会，两人依然先聊了会儿文学，力争在对方心中继续加深自己很高雅的印象，然后渐渐地聊到家里的事。梁洁告诉陆运红，她父亲原来是地震局的副局长，已经退休，自己的临时工作，也是凭父亲托关系才获得的，明年或者后年才能够转正。可是，她不想依靠父亲的关系永远在这里待，父亲给了她一个良好的起点，以后她要自己奋斗，走出自己的一条路，绝不想比任何男人差。陆运红不由得佩服，这就是干部家里的子女。他甚至自愧弗如，一点不因为她是临时工而瞧不上她了。如今，从农村走出来这个目标已经实现，他发现自己好像找不到新的目标了。他已经报名参加了建筑类大学的自考学习，力争在两年的时间内得到大学文凭，可这个目标相比于梁洁来说，大概不值一提。

听到陆运红说几年前牺牲的陆运新是他哥哥的时候，梁洁非常惊讶，因为当时她正在念高中，知道这件事情。她说着，忽然轻轻地碰了碰了碰陆运红的手，一股伴着理解和关爱的爱情暖流瞬间浸透了陆运红的全身，他紧紧地抓住她的手，用力地捏了捏，两人相视一笑，夜色中谁也没看见对方的笑容，可彼此都感觉到了。虽然对柳扬还有着一股不可名状的留恋，可就是这一拉手，他感到身边的这个女孩是可以相伴终身的，如同已经有了肉体关系，就不能有负于她，他心里依稀有了这个念头。

两人走着，路上已经没有了人，他们的手还没有松开，虽然这场爱情是以传统模式开始的，没有自由恋爱的迷人序幕，但浪漫的感觉渐渐袭来，一点不亚于当初他和郑彦秋恋爱。梁洁老家在省城，原来在县地震局工作的父亲退休以后回到了市里，她现在一个人暂住在城关镇的宿舍。梁洁不是那种扭捏作态的女孩，几次都是她主动来约陆运红散步，陆运红好像被她带着节奏走。不到一个星期，两个人就十分要好，像好多年前就相识的老朋友一样。一天下午，他下班就想往梁洁那儿去，结果刚走出办公楼，就看见梁洁已经在楼下等他。原来梁洁早已下了班，说她在宿舍里准备了好吃的，专门来等他。他就和她一块儿往她的宿舍去。到她宿舍的时候，他看到还有两个女孩，和她差不多大小，原来是她的两个闺蜜，都是她高中时的同学，一个叫姜春艳，一个叫吕秀诗。梁洁得意地将他们与陆运红互相做了介绍。两个女孩正在帮着炒菜，一见到陆运红，都夸张地"呀"了一声："好潇洒哟，怪不得要请我们来开眼界呀！"

梁洁表情一点不谦虚，可口气挺谦虚："就是请你们来帮挑挑毛病的。"

陆运红听说过，请闺蜜鉴别男朋友，是女孩们常见的一道程序，心里一紧，忙对着女朋友笑笑，说："古人云，君子成人之美。我会看相，由面相观之，你的闺蜜都是君子一类的，是绝不会鸡蛋里挑骨头的。"

"啧啧，一开口就把咱们俩的嘴封住了，好光滑的一个鸡蛋哟。"

大概梁洁已经把他的情况都跟闺蜜夸张地描述过了，她们已经知道他的"文学修养"很高，不仅清楚卡西莫多救的女孩叫吉卜赛，还清楚少年维特思念的女孩叫绿蒂。她们有意无意地和他谈起一些外国小说，《基督山伯爵》里那个被关在牢底的哲学家怎么了，《复活》里面的法官应该受到谴责还是被原谅。陆运红害怕被女朋友的闺蜜们侦探出自己那点可怜的文学底子——她们谈起的有些小说是他不曾看过的。他想如果有戚永辉那样的水平，倒可以游刃有余地应对她们——虽然他已经侦察出了她这些闺蜜也是半瓶了水，却又在假装满腹经纶，但仍然有点紧张。好一阵，才排雷般地踩过这一关。不一会儿，来了一位女孩，夹着一个精美的笔记本，梁洁马上介绍，说这是她最好的朋友——诗人金春芸。接着好像多年不见一样，她亲热地过去拉着金春芸的手，陆运红想起来了，这位就是梁洁所说的她那个会写诗的朋友，他心里更有些紧张。金春芸胖胖的，并没有诗人那种清瘦样子，戴着眼镜。看样子，她就是今天被梁洁特地请过来的。她坐下来，和陆运红互相问好后，就说："听梁洁说你对诗歌很有研究？很有幸啊，能向你请教。"

这句话让陆运红心里立即像捣鼓一样，他急忙说："千万别用研究二字，我只是胡乱背过几首而已，真的。"

他的话显然被对方当成了谦虚，只不过金春芸倒也没再和他讲究，她说她最不喜欢现代诗，研究得最深的是七律诗的创作，又说她与一般懂诗的人不同，最不喜欢那些花花草草的诗，喜欢大气的，阳刚味浓的诗。她说这话时一副自以为是的表情，好像全天下只有她会写诗似的，神情中还有一种珠藏草中，倍受埋没的遗憾。陆运红听出来了，她其实并不想听他说，只想自我展示。他决定讨好梁洁"最要好"的这位闺蜜，以防她在梁洁面前说不利于自己的话，忙顺着她的口气恭维她，说自己今天遇到"咱们东永县的薛涛、李清照"，尽管他还没看过她的一首作品。

金春芸开始跟陆运红聊起七律创作技巧，何谓失粘、失对、何谓犯孤平。对于唐诗，陆运红看过的比较多；对于律诗创作，以前在傅元中老师的兴趣班上也听过些。虽然基本忘记了，但此时也只得假装懂得点，他认真地一边听一边"嗯嗯"地表示全同意对方的说法。让陆运红佩服的是，金春芸的诗歌储备确实很充分，随便举例子随便讲，讲着讲着，她念起了一首怀古诗：

"百战乾坤去不休，夕阳残垒见荒丘。潮痕隐隐犹含恨，山色冥冥似带愁……"

可她念到这儿的时候，把后半首忘了，苦想好一阵，她说这诗以前记得很熟，怎么就忘了呢？恰巧这首诗陆运红看过，他记得是宋代以后的哪一位作者写的，想到这个卖弄的机会难得，忙给她补充下去：

"三字狱中亡宝鼎，半贤堂上覆金瓯……"

"噢，对，对，就是这两句，你不用再说了，我都知道，接下来是'不堪回首思量处，枫叶芦花两岸秋'。"

她惊讶地看陆运红一眼，然后继续说平仄，又提到一首温庭筠的：

"铁马云雕共绝尘，柳营高压汉宫春，天清杀气屯关右，夜半妖星照渭滨……"

接着却又忘了，而这首《过五丈原》，陆运红尤其记得，又给她补充：

"下国卧龙空寤主，中原得鹿……"

他还没说完，她立即想起来了，忙抢着说："你别说，别说，接下来是'中原得鹿不由人，象床宝帐无言语'……"

她又忘了，他等了会儿，还是给她补充："从此谯周是老臣。"

"是，从此谯周是老臣。"

她简直对他刮目相看，陆运红当着女朋友的面，以为踩过这个雷区，算平安了。金春芸又说："嗯，好，你不错，以后你、梁洁，咱们几人一起，可以研究诗歌，这是人生最快乐的事。传统文化日渐式微，共同继承传统文化是我们的使命。"

陆运红只给她提示了两句诗，就被她拉到要"继承传统文化"的显赫高位上，他如坐针毡，对她老是居高临下的女学究式的口气开始不舒服，忙说："我缺乏才情，担不起这么重的担子，传统文化的继承，主要靠你俩啊。"

"那咱们互相学习嘛。"金春芸说着，把笔记本拿出来，说这是她这些年来创作的诗和经历。陆运红本着礼貌的原则忙接过来看，第一篇是这样写的：

"暮春三月某日，有一位多愁善感、以咏诗为业的妙龄女孩，流连于大自然的无限春光中，捧着一本诗集，蹙着眉，正在默默地构思着一首新诗。忽然天空下起了雨，她和友人一块儿躲雨，一边祈祷老天爷，雨赶快停吧，因为要上课了啊！这位姑娘一时心急，就写下首诗……"

"前年，还在学校，一次和同学在郊外玩耍，忽然下起雨来，于是在山崖下躲雨，继而想到回学校上课肯定要迟到，于是写了这首诗。"

金春芸对他补充道。

陆运红看着这篇开场白就浑身别扭,如果不是亲眼见过她本人,他一定怀疑她写的是哪位纤弱婀娜的古典美女,不得不佩服她的想象力,活活把自己刻画成了男人们最神往的模样。此时陆运红瞟一眼胖乎乎的她,怀疑她在颠倒黑白。至于她后面的诗,很长,他读了头两句:"阳春三月雨纷纷,携友避崖路难行……"他不想再读,因为连韵脚好像都有点问题,不过他还是急忙对梁洁说,"你这位闺蜜好有才情啊。"

金春芸满意地听着,然后又对大家说:"马上要庆祝国庆节了,我想明天中午,咱们就去烈士陵园,参观,积累创作素材,寻找创作灵感,你们一块去不?"

梁洁马上说好,好像说迟了就对不起诗人似的,另外两位闺蜜也表示同意,陆运红只好答应。

金春芸继续说:"平时我写诗,都是一挥而就,这几天极有创作诗歌的冲动,却怎么写不出来,所以,必须出去找灵感。"

第二天中午,梁洁早早来邀请他,他忙准备了一百元揣在身上,以备开支。两人来到县烈士陵园门口,姜春艳、吕秀诗、金春芸已经到了,大家一起向烈士陵园里去。

几个人来到陵园里,看看高大的纪念碑,金春芸刚抚摸到纪念碑的一角,忽然就触电似的说:"找到了,找到了,我的灵感找到了。"

陆运红有点诧异,接着她当着几人的面作了一首诗:

"百花开园陵,抚碑想英灵。往事难回望,东风扫残云。四个现代化,九州享太平。发扬好传统,最忆东方红。"

陆运红为她敏捷的才思慑服,跟梁洁说金春芸有曹植作七步诗的本领,带头说好。梁洁也完全同意男朋友对闺蜜的评价,大声说好。一行人转到碑身后,看到碑后有一块诗碑,不知被谁敲破去半块,只余下十多个字:

"最忆当年战火飞,英雄到此魂未归,今朝……"

陆运红倒觉得这两句真不错,可惜不全,忙对金春芸说:"这写得不错吧?你才情好,肯定能轻易把它补全。"

金春芸看一眼,不屑地说:"这写得不好,我懒得补,我最不喜欢给别人补诗!"

他陪着几人在陵园里玩了一阵,就急急地邀她们一块出来找饭馆吃饭,因为害怕金春芸继续作诗,自己积累的拍马屁的词不够用而出洋相。走出陵园,在旁边的店里吃过饭,他才如释重负。他开始对梁洁怀疑,她怎么结交这位朋友做闺蜜?可梁洁对金春芸好像特别崇拜,他不再吭声,不想再见她的这位闺蜜。

梁洁那里有个黑白电视,十四寸的。这天傍晚,陆运红又到梁洁的住处去玩,她的两个闺蜜姜春艳和吕秀诗都在,所幸金春芸没来,谢天谢地。电视里正播放着邓丽君演唱的歌曲《美酒加咖啡》。说实话,他听过太多邓丽君的歌,可这还是第一次从电视上见到邓丽君的模样,他立即被画面和她的歌声吸引住了,忘了和女朋友的闺蜜们闲聊,盯着电视情不自禁地跟着旋律吹起口哨来。他吹口哨的水平本就是一绝,电视里播放广告了,他却仍在继续,顷刻间把几位女子的注意力吸引过来。她们听呆了,简直不相信口哨被他吹得如此出神入化,只感觉比电视里邓丽君唱得还好听。两位闺蜜连声称赞,梁洁从来不知道自己挑的男朋友还有如此绝技,听着二位闺蜜的赞赏,她得意极了,忙代表男朋友表示谦虚:"这什么雕虫小技,别用夸奖惯着他,太夸张了。"

吕秀诗问陆运红:"你会不会吹邓丽君的那首《我只在乎你》?"

"怎么不会呢!"陆运红说,他已经知道自己的这个雕虫小技有时是很吸引人的,就想卖弄一番,接着就吹这支歌。几个女孩陶醉地听着,听他吹完,吕秀诗还不满足,想让他接着吹。梁洁娇嗔地命令:"别吹了,别吹了,你俩再听,我就要收费啦,先吃饭。"

四人一边吃饭一边聊,话题完全转移到音乐上面,这回陆运红基本占据了主动,几个女孩崇拜不已,梁洁像发了一笔意外的横财,把陆运红的这项技艺当成了她的私有财产。吃完饭，她满意地送两位闺蜜离开了。

她恋恋不舍地送自己的心上人回去。晚上九点，星星伴着月亮，两人沿着常走的那条马路散着步向郊外山坡走去，心照不宣地都生怕早到了宿舍，就要分开，只想多在一起待一会儿。走着走着，不知不觉梁洁又碰着了陆运红的手，两人的手瞬间攥在了一起，互相探索着对方。梁洁忽然侧过身来，紧紧地拥着陆运红，陆运红也反应过来，热烈地回应，紧紧地抱着她，两人的脸毫无间隙地偎在一起，呼吸着对方的呼吸，急速上升的冲动几乎让陆运红窒息了。紧张而又寂静的几分钟后，两人互相探着对方的嘴巴，更加大胆地抚摸着对方的脸庞、臂膀、后背，一阵阵冲动席卷而来。冲动是魔鬼，而魔鬼老是隐藏在恋人的身边，热烈的爱情又总需要魔鬼的参与，甚至部分婚姻，也需要魔鬼来撮合。在魔鬼的强迫下，他们仓促而又慌乱地融在一起，梦幻般的快感让他们沉沦在眩晕中。他们好不容易苏醒过来，冷静了，一切是那样突然而又那样顺其自然。陆运红轻轻地拥着梁洁，梁洁像小鸟一样偎着他，好半天，他轻轻地说：“我们回去吧。”

两人手牵着手，一块儿往回走，陆运红说：“我送你回去。”

两人一块儿来到梁洁的家，梁洁打开灯，陆运红看见自己的女朋友脸色绯红，更加迷人，忍不住拉过她，又轻轻地吻住，梁洁同样不舍地吻住了他，好一阵两人才分开。陆运红这才依依不舍地离开，回到自己的宿舍去。

回到住处，他躺在床上，一点一点地回忆今晚，一切如同幻觉一般，他有几分后悔，因为到此为止，究竟是不是真爱梁洁，他心里还是有些犹豫的。而今后，他必须对她的终生负责，别无选择，已经没有犹豫的可能了，他不能再对别的女子动心，不能像范朝那样行事，否则天理不容。

第 65 章

在青春激情的催化下，二人的关系进展得很快。每天一下班，两人就恨不得黏在一起，就连上班，头脑里也充斥着对方的一颦一笑，都在构思着见面后动人心魄的情节，等见面的时候付诸实践。陆运红已经从心里完全把梁洁当成了自己的妻子，他认真地对待这场婚姻，又一次激情过后，他郑重其事地邀请梁洁到乡下老家，让她见见他的父母。

梁洁非常奇怪地问："为什么要去见你的父母呢？"

陆运红对她的这个问题感到非常惊讶，这是顺天理顺人情的事，他说："难道我们在一起，不需要你父母知道吗？"

"我的事情我做主，一定要现在让父母知道吗？以后让他们知道也不迟。"梁洁说，一派女汉子的口气。陆运红听着，觉得简直不可思议，不过她还是很依从他，接着说："就去你家吧，我还没去过农村呢。"

"好。"陆运红十分高兴。

梁洁确实很高兴，因为她还没有真正到过农村，她没有农村的亲戚朋友，感觉很新鲜。陆运红提前一周回到老家，告诉父亲和母亲这事，刚好父亲和母亲都在。父亲的身体在药的保护下，没啥大碍，母亲也很好。他们在屋后又搭了个水泥瓦棚，里面专门养了鹅，有六只，还有七八只产蛋的母鸭，消耗着他们在家里种的杂粮。每天他们回来，棚里就热闹非凡，像开会一样。他将自己谈对象的事告诉了父母。父亲听着，既高兴也有点担心："人家既然是干部家庭，能答应你吗？"

"肯定能。"接着他把梁洁着意地夸奖一番，直到父亲和母亲完全满意，并且急着想要见梁洁为止。他跟母亲说下周末他和梁洁一块回来，让他们看看。

这天星期六，一大早，他刚到办公室，就找个理由说下乡，然后离开单位。收茧工作结束后，梁洁就没上班。他与梁洁一块儿坐上了回老家的班车。

一路上，梁洁问，应该怎样称呼他的父亲和母亲。两人斟酌片刻，比较了双方父母的年龄，稳妥起见，共同决定，梁洁还是称呼陆运红父母为叔叔、婶婶好，毕竟是第一次见。两人到家的时候，正是中午，陆选南和韩叙芳都在，正在准备饭。儿子带着梁洁到来，夫妇二人早已把屋里屋外打扫得干干净净。儿子介绍了梁洁，他们俩忙招呼梁洁坐。梁洁向两位老人问候过，打量着男朋友这个家，小声而好奇地问："原来你就是在这儿长大的啊？"

"难道不像吗？只有这个地方才能长出你需要的合格的男朋友。"他开着温馨的玩笑，梁洁笑了。

母亲开始洗腊肉，吩咐父亲捉一只鸡来杀，陆运红忙帮着父亲捉鸡。可以看出，父亲和母亲对梁洁基本满意。母亲和梁洁聊起她家里的情况，有些歉意地说："咱们家的条件可就比较差啊，运红从小是玩泥巴长大的，咱们是地地道道的农民。"

"他爱玩泥巴吗？怎么玩的？"梁洁诧异地问，然后大声地问陆运红，"婶婶说你爱玩泥巴，是怎么玩的，教教我。"

陆运红没想到她居然问这个不食人间烟火的问题，忍不住笑着说："以后随时可以教你。"

母亲和父亲也笑了。忙了两个小时，饭菜才做好，香喷喷的。吃饭的时候，母亲又殷勤地给梁洁添饭，梁洁忙站起来，客气地道谢，还是很懂礼貌的。下午，母亲要给地瓜除草，陆运红就陪着梁洁，一块儿跟着母亲去地里，顺便看看庄稼的长势。母亲告诉儿子，陆运芹生了个女儿，已经两个月。陆运红的表哥韩斌也已经转业回来，才回来一个星期，前天来家里坐了会儿，他寻了个临时工作，在云津市岩口监狱会见中心值班，留了地址给陆运红，让他联系。

"你知道钟强吧？人家跟着师傅学泥水匠的活儿，已经出师了，在外面包工程呢，前不久回家了，还买了个摩托车，好洋气。"母亲又说,"他也有两个孩子了,家里才买了电视。"

陆运红听着,有些吃惊,摩托车至少要一万元以上,钟强居然买了摩托车,他发了多大的财啊?仅靠做房子的工程吗?他有些不相信母亲说的,好想见见他这个昔日的小伙伴。他又想到一个问题,要尽快给父亲和母亲买一个电视,别让他们老是听广播。他跟父亲说,父亲连连推辞:"不用买,电视我看过,没意思,要想买我早都买了。"

没抢到秦正高之前买,现在陆选南已经没有动力了。

"钟强知道你已经毕业了,分配到县城里,他说他有机会要来找你。"

他碰到了韩科,他也考上了云津电力工程学校,离家近,常回来。他正帮着父亲韩开佑伺候庄稼,见到梁洁,张口就问:"这个……我该叫嫂嫂吧?"

梁洁的脸微红,陆运红忙笑着解围:"别这么激进,还没到这个地步,以后再说。"

韩科笑了:"以后,以后是哪一天?别忘了告诉我啊,我可要收一笔改口费的。"

"胡说八道。"

听母亲说,程林也谈女朋友了,对方是大队的赤脚医生的侄女,他跟着他的父亲学风水很用功,几乎能够独立的主持法事了,比他的师兄韩兴贵强得多,韩兴贵已经出师,自立门户了。陆运红听着,有些惋惜,也有些感慨,小伙伴们各自走着各自的路了。

又有好几家修了红砖房,老远就听到五伯家里大声地放着收音机,止在播放的歌是《故乡的云》,隔两个山头都听得见。家里的条件虽然还好,但陆运红知道梁洁肯定住不惯,下午还有回县城的车,他就和梁洁一块儿告别父亲和母亲,坐车回去。母亲依依不舍地把他俩送到公路上,看着他们上车离去。

车上的人不多,两人坐在靠后的位置,一路上,急切地黏在一块儿。陆运红小声地对梁洁说:"知道不,将来咱们生孩子,我希望一定要生个男孩。"

梁洁嗔怪道："运红,你说什么呀?"

"嗯,是早了些,以后说吧。"他笑着说。

"现在是什么时代了,还有重男轻女的落后思想,该受到批判。"

"……其实我并不介意,可是……可是……我娘一定是这样想的。"

"可是,我是嫁给你,不是嫁给你娘。"

陆运红知道,大哥陆运新遗留的孩子是女孩,这已经在父亲和母亲心里留下了巨大的遗憾。即便知道这是上一辈人的思想局限,他也无力改变。现在,这个责任已经无可争辩地落到了他身上,他虽然没有重男轻女思想,但是也应该面对,最好不要在这件事上再让父亲和母亲遗憾了。

"以后,咱们共同努力吧。"他说了句俏皮话,用力捏了捏梁洁的手。

"这只能谋事在人,成事在天。"梁洁报之一笑。

陆运红又问梁洁:"什么时候,也让我去你家里拜见我的岳父岳母呢?"

"一定要现在吗?"梁洁的口气有些不以为意,又似不太愿意。

这大概是陆运红和她的观念差别,他觉得一定要,否则有悖人伦,而且就俩人现在的关系,应该早去,越早越好。

"嗯……那过几天我就回去,先和他们说一说吧,你要先把自己收拾成最潇洒的样子。"梁洁受到他的感染,也觉得这事确实必须向父母通报一下。

"难道我现在还不算潇洒吗?"陆运红比较自信。

"但是,可以再美化一下啊。"梁洁说。

在县城最漂亮的照相馆里,两人照了几张合影。陆运红穿的衣服,是梁洁全程给收拾的,发型也是她选择的,陆运红完全把自己交由她打理,她打理得也完全令他满意。过了几天,她带着照片,信心十足地回市里，要向父母报喜。

　　陆运红等待着梁洁的安排。

　　过了几天，没见到梁洁回来，他心里开始着急，就心慌地往梁洁的住处跑，一遍一遍地看她回来没有，却不知道他们仓促的爱情出了意外的情况。

　　原来梁洁是她家里的独生女，别人大都有三四个兄弟姐妹，而她的父母就只有她一个，她是典型的掌上明珠，从小被父亲梁卫民惯得不得了。她家里的事一直是她父亲做主，母亲对她父亲很顺从。因为父母的宠爱，她从小养成了以自我为中心的习惯，就连这次和陆运红谈朋友，她也压根没想到对父母说，只是在陆运红的带动下才学着做。陆运红还没完全感觉到她的怪脾气，因为相交不久，这怪脾气还被她初恋的温柔暂时掩盖着，没表现出来。她父亲梁卫民老家在省城，没有什么背景，来到这偏远的东永县地震局，一味地羡慕当官被人仰视，却不受人待见，办丁点事情都看人眼色，提升得极为缓慢。他费尽一生精力，好不容易在退休前一年混到副局长，受够了没背景的苦，心态渐渐发生微妙的变化，反而瞧不起和当年的自己一样的人。退休后，他无事就喝酒，发泄以前的不满。他老伴是农村的，退休了他还在怪老伴这辈子拖累了他。女儿不在身边，他酒后常骂老伴出气。老伴大多数时候忍气吞声，偶尔顶他几句，他才闭嘴，伴着醉意睡着了。受家庭氛围的影响，梁洁身不由己地接受了父母的观念。梁洁原来心想，找男朋友就要找个干部，也就是当官的。这个简单而直白的想法，本也没什么大错，可她见到陆运红之后，一面之缘就轻易地被他吸引住。加之陆运红虽然没有官位，也算国家干部，自由、任性、大胆、冲动集于一体的她，和陆运红不由分说地搅在一起。正在热恋中的她带着满腔的幸福感回到家里，要给父母一个惊喜，兴冲冲地跟父母说自己已经结交了男朋友，并且得意地出示了照片，呱呱呱地说陆运红学识好（经三位闺蜜鉴定认可），音乐天赋高（会吹口哨），人也长得不错。梁卫民听着她的讲述，就气不打一处来，脸色越来越凝重，越来越冷。她父亲把她手上的照片拿过去瞥了一眼,放在桌上,冷淡地问:"你谈的这个朋友家是哪里的?"

"五河乡白雁大队的。"

"乡下的?"

"是乡下的,但是人家是从中专学校毕业出来的,被分配到龙潭区公所上班。"

"中专学校的,就了不起?谁给你介绍的,还是你们自己认识的?"

她觉察到父亲脸色不对,心里就隐隐升起一股叛逆,说:"我们自由恋爱,没谁介绍。"

"我估计就是,为什么不提前跟我们说?你们认识多久了?"母亲也在旁边着急地问。

"我现在就是回来专门告诉你们的,我们认识差不多一个月。"

梁卫民沉默了一会儿说:"农村出来的,本质就是小农意识重,这是先天决定的。我见多了,即使是端上了铁饭碗,依旧满身的泥气。起步低,制约他们的发展,决定他们以后走不了多远。这个不值钱的干部身份有啥了不起?以后大不了就混个中下层,还得百般受气。我这话,可以总结百分之九十以上的这个类型的人,我就是例子,他也不可能例外。"

虽然平时梁洁会很遵从、认可他父亲的话,但此一时,彼一时,热恋中的她开始抗拒父亲的看法,现在的她恨不得全身心地和男朋友融在一起,化为一个人。她说:"他肯定就是个例外。"

"机关单位上的事,你还不完全懂,都是裙带相牵上去的,哪一个人升到了什么位置,只要你愿意去认真观察,背后一定有某种或明或暗的关系,绝不是无缘无故的。人家说,现在找工作,百分之八十靠关系。你谈的这个朋友,能够端上铁饭碗,是通过硬考得来的,这是他的本事,是值得欣赏。但是,你要选择对象,可以有更好的。"父亲对她说。

原来前不久梁卫民在市里和朋友聚会的时候，聊到子女，看了各自的家人照片，有两人正在为儿子物色对象，都对梁洁有意思。梁卫民接着告诉了女儿，这两个人，一个是他的同事的儿子，是新民县公安局的；另一个是他的战友的儿子，在省城一个财政局上班，条件比这儿好得多，他们都没谈朋友。梁卫民这位同事，看到梁洁的照片很满意，已经托人来做媒。而在省城的战友的儿子，对梁洁也中意，还表示可以帮她在省城找份好工作。这就是上个月的事，他正在替女儿权衡，所以暂没对女儿讲，决定后再跟她说，没想到女儿在这个节骨眼上倒给他带来了陆运红的照片，他很不高兴。他更不知道任性的女儿和陆运红已经发生了更亲密的关系。见到女儿拿出照片，他立即就否定。当初他不受人见待，为了女儿在蚕茧站这个工作也费了不少劲，低声下气找人，现在这么好的能够为女儿命运锦上添花的机会，说什么也不能错过。他先把战友儿子的照片拿出来，放到女儿面前，让她先看看："不说别的，就是这个男孩，也比你那个强多了，他叫李顺铭，你看，白白净净的。"

梁卫民退休后因为妻子的原因，还住在市里，其实他早想回到省城老家。他说："再说第一个吧，我这个同事的孩子，也是中专毕业的，毕业两三年了，现在就已经是县公安局办公室副主任，过了今年，可能就提为主任了。你想想，这在你谈的这位朋友身上，是可能发生的事情吗？"

梁洁瞟了一眼，照片上的男孩胖胖的，穿着制服，戴着眼镜，有一副书生相，眼睛里是一股年轻人少有的傲气，这让她咋看咋不舒服，形象和现在不修边幅、大人咧咧、潇洒得无法无天的陆运红大相径庭。她把父亲递过来的这张照片一扔，说："我不喜欢，你们回复他，让他另外选择。"

她坐在父亲的旁边，双手抱在胸前，望着前方，已然是一副要决战到底的架势。她父亲气炸了，忍着，对着自己的掌上明珠循循善诱："人家伯父是当地财政局的局长，还有一个姑姑是人事局的，将来人家可以在这些单位之间随便调动,随便升。而且,你也可以借着往其他更好的单位走,脱离蚕茧站这种破单位了,脱离这个破县城了。"

或许是最后一点,有了一定的诱惑力,梁洁忍不住又瞟了眼扔在父亲面前的李顺铭的照片,可她依然马上拒绝:"我已经决定了,要和陆运红在一起,不管他是哪里的,不管你们怎么瞧不起他,我都要和他在一起,我就爱他,我的爱情我做主。"

"你胡说,这件事,必须听我们的。"她父亲对她大声呵斥。

梁洁虽然受父亲宠爱,但历来只接受父亲的捧,不吃父亲这一套责骂。她马上抓起自己和陆运红的照片,就冲出了家里,心里荡起一股受压迫的感觉。当然喽,美好的爱情是不会一帆风顺的,都会受到挫折的,只有经历千难万险的爱才伟大,言情小说上从来都是这么写的。这一想,她觉得自己和陆运红的爱情就正在经历考验,是可歌可泣的,是感天动地的,甚至是可以大书特书,让作家琼瑶也赞叹的。

小姑娘心中充满了悲愤感,执意要为爱情背叛一切。她急匆匆的,不管三七二十一就坐车回县里。临走的时候,好心的母亲赶上来,把李顺铭的照片又塞到她手上,让她无论如何要按照父亲的意思,冷静考虑终身大事。她表面嗯嗯几声,对母亲说要考虑一段时间,然后不屑地离开,上了车,拿着李顺铭的照片,越看火越大,几下撕得稀烂,扔到窗外,决定马上回到县里,要和心爱的男朋友商量对策。

第66章

陆运红被安排和办公室人员一块儿为区公所办板报,宣传明年农村提留征收的新政策和农民义务工安排的新办法。中午,他到食堂吃过饭,正准备看梁洁回来没有,梁洁已经来找他了,他急忙地抓住她的手,问:"终于回来了啊,咱们什么时候去你家里见我的岳父岳母?"

"来,我跟你说,"梁洁说,"咱们俩的事,咱家里不同意,你说怎么办?"

这个消息简直是晴天霹雳,陆运红不敢相信,张大嘴巴望着梁洁,两人急匆匆地回到住处。梁洁又急促地问:"你说怎么办?"

陆运红面对着这突发问题,一时没了主张,他稍稍冷静一下,问:"是你的父亲不同意,还是母亲不同意?为什么不同意?"

"他俩都不同意,原因挺粗暴,就是你是农村的。"

刚才陆运红听到梁洁说的情况,还迅速产生了要直接和她的父母相见,主动争取他们的同意的想法,但梁洁说的这句话一下子让他产生了对她父母的不快,居然是因为瞧不起自己是农村的!他最敏感的是别人无端的傲慢。梁洁把她父亲反对的经过都告诉了他,只是隐瞒了李顺铭的事,他越听越感到一股畏惧,却没有再分析这背后还有其他的可能,梁洁没说的原因。他沉默许久问:"你呢,你是怎么想的?"

"傻瓜,我的心你还不知道吗?"梁洁说着,眼圈马上发红,偎在他胸前简直要哭了。他忙不迭地把她拥着,说:"我不会因为你父亲和母亲的歧视就和你分手,决不会。"

"只要咱们在一起就行,我不管他们。"梁洁说,"他们肯定还会来逼我,要不,要不……"

"要不怎么?"

"要不咱们马上去办结婚证,让他们死心。"梁洁决绝地说。

"这……"陆运红完全跟不上她的节奏,相识才一个多月。他没反应过来,愕然地望着梁洁。

"怎么?你不愿意吗?"

"不,这个决定是不是太突然了?要不,我们先冷静一下,想想法子,过些时候,咱们一块儿去,见见你的父亲和母亲。"

"我太了解他们,你以为凭你,能说服他们?"

陆运红没法回答梁洁。如果在平等的前提下,他还有一定的信心说服对方,可他们居高临下的俯视,让他感到信心不足。梁洁的话,让他也升起了一股逆反情绪。让他更不能退却的另一个想法是此时决不能负了梁洁,无论如何,今生他都会与她在一起!既然这个结果是不可更改的，那么，早办结婚证和迟办有什么本质的区别？仓促就仓促吧，具体事情具体处理，灵活处理，不能按传统程序来！想了一晚上，第二天，他对梁洁说："行，咱们先去办。"

两人像是被逼到了绝路上的人，一不做二不休，拿着户口簿（因为他们的户口在县上）到民政所，婚检，然后填表登记。因为民政所不在区公所办公楼里，隔着两条街，所以证已经办下来多天了，周围的人谁也不知道。两人没有声张，只是在拿到结婚证近半个月的时候，才去告诉他们的红娘黎文才夫妇，并告诉他们急着办结婚手续的原因，黎文才夫妇被他俩的决定惊得不知说什么好。虽然他们夫妇介绍梁洁、陆运红相识，可也没想到梁洁的父母会不同意，还以为她父母会满意他们为其女儿牵的这红线呢，哪里知道人家手头有更好的线索。这下子他们陷入了两难的境地，瞬间觉得自己成了麻烦制造者，只能勉强祝贺了两人几句，开始苦想如何为自己开脱。

梁洁的母亲送走女儿后，回去和丈夫说起女儿，让女儿考虑一段时间。梁卫民听说女儿是带着李顺铭的照片离开的，没向妻子了解详情，心里感到宽慰，误以为女儿已经基本被自己说动，给她一些时间，她就会处理好和现任男友的关系，因此还比较放心地在家里等待着梁洁的选择。却不知一等再等，差不多一个多月过去了，好消息并没有按预期的时间到来，女儿也没回家，没给他们消息，他开始着急，要亲自到县里来一看究竟。

他们首先来到女儿的住处，梁洁不在，开门等了半天，甚至把饭做好吃上了，梁卫民又爱喝酒，买瓶酒来一边喝一边等女儿。一瓶酒喝完，到了下午下班时间，也没见梁洁回来，他收起酒杯，趁着醉意散步到女儿的工作单位。蚕茧站这几天没上班，他俩才到黎文才家里串门，顺便询问。黎文才为梁洁和陆运红的这件事搔烂了头，正寻思着该怎么向梁洁的父母解释并推脱责任，没想到他们上门来了。

他们聊到了梁洁，黎文才急得临时真假参半地编，说陆运红刚分到区公所，和自己一个办公室，常来家里坐，没想到碰到了梁洁，没想到两人互相有好感,没想到他们就自己谈起了恋爱,他也不便于阻止他们云云。他又竭力地说陆运红人也不错,能力也比较强,许多女孩争着要结识他云云,力争最大限度地淡化表姨夫对他的成见,转山转水地说了半天,最后才吞吞吐吐地说:"听说他们已经领了结婚证。"

梁卫民夫妇听到这个消息顿时火冒三丈,做梦也想不到自己的女儿如此胆大妄为,饶是他们见多识广,也觉得看不懂现代的年轻人了。本来女儿凭自己的漂亮,找一个前途无量的男人嫁,光耀家庭,根本不成问题,以后他们也脸上有光。一不留神居然成了这个模样,梁卫民喷着酒气,拍着桌子,黎文才给他们端来的茶杯都被震翻了。他站起来,马上要见到这个忤逆的女儿,黎文才吓得战战兢兢,心里打着鼓,估计梁洁在陆运红那儿,于是带着表姨、表姨父出门,远远地给他们指指陆运红的住处,然后让他们自己去。他知道一场大战不可避免,他只能等战争临近结束的时候去协助收拾残局。

陆运红出来接了他们,梁洁确实在这里。自从办了结婚手续,两人更大胆地住在一起,热恋加新婚的刺激,让他们觉得彼此完美无比。天天半夜了,陆运红还在奉命给梁洁吹口哨,吹最缠绵的歌曲,老天爷都听腻了,他们还不腻。早上,老早就在她耳边吹,要把她吹醒,而她早醒了,还在假装睡着,享受他没完没了的旋律。然后,她猛地笑了,抱着他,吻在一起,总之日子就是这样梦幻,无与伦比,她把父母的反对抛到九霄云外。下午,梁洁早早地就来到陆运红这儿了,等着他下班,然后迫不及待地偎在床上,诉说着这一天的相思之苦。梁卫民夫妇到来的时候,两人正偎在床上,讨论着歌手张蔷的一支歌《第一次见到你》。

陆运红起来开了门,开门的一瞬间,他通过来人的长相、年龄立即就猜到了他们是梁洁的父母,而这一天迟早会来的,他也有一丝心理准备,所以倒不特别紧张。他说:"伯父、伯母,你们好,你们二老什么时候来县城的?屋里坐。"

梁洁父亲已然摆着一副来者不善的架势,打量了陆运红一眼,毫不客气地跨进门，站在桌旁就问："我女儿呢？"

梁洁母亲也随着进来，她自见到陆运红的一刻就扁着嘴，眼睛里充满了气愤和敌意，目不转睛地打量他。两人的表情让陆运红脑中立时翻转着几个念头，接下来该用什么态度面对他们？他一边想，一边继续客气地说："伯父、伯母，你们先坐下吧。"

里面的梁洁听到了父母的声音，但她没吭声，也没出来，好像在屏住呼吸看陆运红如何应对，看怎样能躲过一劫。梁洁的父亲坐下来，问："你就叫陆运红？"

"是，伯父。"

"你是怎样勾引我女儿的？"

对方出言不逊，和退休老干部的修养很不匹配，陆运红闻出他呼出的酒味，估计是因为喝了酒，他却没太顾忌，心里升起一股不快。

"伯父，我们是自由恋爱，志同道合走到一起的。"

"别给我来这些圈套，我见得多了，什么志同道合！我问你，你从哪里来的，什么出身？"

对方的口气和这句话立即把敏感的陆运红激怒了，他最不能接受无端的轻视，想反过来质问，又担心伤到梁洁，压了压气平静地说："伯父，我以前念书的时候，填的成分是贫下中农。"

"好，好，你……光荣嘛。"梁洁父亲被他的回答噎住，半天才说，"我们是地主阶级，攀不上贫下中农，你们立马给我分手。"

梁洁从屋里磨蹭着出来，走到她爹妈面前的椅子上坐下，大概是因为陆运红在，她的语气收敛多了，说："爹、娘，我让你们失望了。但是，我这辈子就要和陆运红在一起，我们已经办理了结婚手续，而且，我已经有孩子了。"

她这句话瞬间让陆运红也惊讶了，他不知是真是假，而她的父母一听，简直是霹雳接着霹雳。梁卫民站起来，一只手拍在桌子上，涨红着脸，指指女儿骂道："你狠，你狠，你们狠，算了，算了……我这辈子究竟是做了啥缺德事，养出你这个不长进的。"

"你……你有多久了？"梁洁母亲惊得结结巴巴地问。

梁洁鼓着腮说可能有一个多月。梁卫民一下子又坐下了，喘着粗气，梁洁母亲在旁边吓得不轻，大概害怕丈夫出意外，慌忙地去关上门，对近乎失态的丈夫小声地教训："算了，我看了，小陆还不错，挺懂礼貌的，你也不要再死脑筋了，别再大声吵，人家周围听着，像什么话，亏你还曾是副局长，算了……也不算差……你俩咋了，就看着你爹气啊？"

"爹，婚姻的事情，就算你依我，以后不管什么事情，我全依你。"梁洁忙走过去对他爹说，好像是在做交易。

"……当年我转业，想分配到地区机关，结果被人挤掉。来到这县里，破单位，只有认命。结了婚，只想要有个儿子，这辈子就满足了，谁知偏偏就生了你呀！只想要你将来婚姻好点，我也安心了，谁知你把自己折腾成这样啊……我这辈子呀……哎哎哎呀！"梁卫民抚着头唉声叹气，类似自言自语，手在桌子上不停地拍着，哭丧着脸。

"伯父，如今，我和梁洁已经走到了一起，我保证和她互相关爱，过好我们今后的日子，不再让你们为她、为我们操心。以后你们就尽管安享晚年……我在一本书上看过一句话，说'一生哪有尽如意，万事只求半称心'，我想，如果伯父你对梁洁今后的日子要求不是特别高的话，我相信自己是能够达成你的愿望的，让她幸福……"

"哈哈……哈，你说什么，你说什么尽如意？什么半称心？还轮得到你来开导我了？你……你……"梁卫民红着脸，冷笑着对陆运红喝道。

陆运红一时口不择言，已经发觉造次了，不好再说，涨红脸站着。梁洁的母亲已经转向，急忙对老伴小声喝道："对头、对，对……小陆说得对，这句话对。你这一生也是的，想想嘛，大老粗一个，党和人民让你当上了副局长，已经不错了。一个人也不要有太多要求，否则上帝想成全你、迁就你，怕你也心有余，力不足。你瞧、小陆也不错，人也懂理，知足吧……知足吧。"

接下来是长时间的沉默,至少几分钟,谁也没说一句话。陆运红起身,给二位老人又倒了茶,说:"伯父、伯母,我和梁洁一定会善始善终,好好地走下去,不会让你们二老失望。"

"……你们这叫善始?如何才能善终?我怎么相信?"

"别说了,别说了,只说得出来这种不进油盐的话。你喝多了,别再说了!"梁洁母亲对着丈夫瞪眼。

梁卫民站起来,低声说:"不管你们怎么过,从今以后,你们不要来打扰我。老天爷啊,这辈子我认输就是啊。"

接着,他拉着妻子,拉开门就往外走,刚打开门,黎文才在门外,大概已来了好一会儿。他忙拉着梁卫民又坐下,说:"姨父,你们长辈严厉,是因为对年轻人关心,陆运红和梁洁肯定会理解的,他们做得仓促些,肯定不对。事情已经到了这步,总的说来也没什么大的不对,只是你们的关心也要随着时代的进步而变换方式,也要多理解年轻人,我和他们相差不过十来岁,也觉得跟不上他们……"

"不说了,不说了……"梁卫民不再听他说什么,再次站起来,拉着妻子,开门就走,几个人尴尬地站着。好一阵,黎文才讪讪地离去。

第67章

"你真的有孩子了吗?"陆运红不放心地问梁洁。

"应该是。"梁洁说。两人在一块儿这么长时间,青春热烈,谁也没想防范什么的,而这一个月,梁洁的例假没来。

"咱们如果有孩子,是不是早了点?"

"你想不要吗?"

"倒也不是。"陆运红说。虽然说过要孩子,但其实他没这样的思想准备,孩子对他来说简直是个天外飞来的概念。对于梁洁来说,肚子里突然来了这么个玩意儿,她觉得是个负担,越来越觉得别扭。

两人被诡异地拖上了婚姻的轨道,从头到尾一点没有传统意义上的形制，如今婚礼肯定是没法办。双方父母见面都不可能了，陆运红考虑要不要回家去，把这个情况跟爹和娘说一说，免得让他们将来感到意外，可是又怕他们难过，想了想，算了，暂时不说。

两个还没做好婚姻准备的年轻人几乎以百米冲刺般的速度结婚，并且有了孩子，梁洁的父亲以近乎绝望的心理接受了女儿的婚事，没再过问。他没再过问也另有原因，确实是失望，但在老伴的劝解下，也感到陆运红差强人意，估计女儿也不会吃亏。

梁洁因为这个问题，与家里的隔阂一时消除不了，两人就这样生活在一起了。起初，两人还过着近乎天堂的幸福日子，卿卿我我，缠缠绵绵，已经把梁洁父母责怪的事暂时抛在脑后。两人从不适应到渐渐接受怀有孩子的事实，居然认认真真地把怀孩子的事放进了计划中，陆运红说要对梁洁负责，更要对孩子负责，这让梁洁非常感动。于是，两个摸着石头过河的年轻人一块儿去逛书店的时候，丈夫特地为妻子买了本《怀孕指南》，也方便自修，照着书本来，明摆着一副要做父亲的架势了。

已经和父母摊牌，就再没有隐蔽的事，两人公开生活在一起，日子开始有棱有角。既然已经成家，就必须向家的样子靠近吧，不能再跑到食堂去吃现成的。早上起来，谁做饭，谁洗碗，最初不是问题，曾经衣来伸手、饭来张口的公主梁洁放下身段，很贤惠地下厨，丈夫就表现得更模范了，总是心疼地要妻子休息，他来干活。开始时，两人争着做，可是，一段时间后，就开始出现了疲劳，渐渐地开始互相赖，不说话，赖着对方去做，然后石头剪子布，然后分一三五、二四六，轮流来，最后妻子以怀有身孕为由，要求做丈夫的全包，其实才三个月而已。《怀孕指南》上说应该适当劳动，有利于孩子发育，可妻子不这样认为。她从单位订阅的刊物上看到篇《育儿一百问》，其中有一问的回答是必须不劳动，她指给丈夫看，丈夫也就勉强接受了。

两人学习过日子。梁洁的班上得比较轻松，因为每年只忙那么一段时间，其他时间都相当于休息；陆运红则每天都要去上班，他的工作这么久以来,一点不涉及他学的专业,他也不介意,只要每个月领到工资,就没有不满。他们单位啥事忙就各处抽人集中做啥事,人人都要学会打杂,什么都要会干。他在建设办,前段时间交管办查违章车罚款,人手不够,他被抽去协助跑了一个星期,还领到了一笔补助,这是他很愿意的。从小受够了没钱的苦,这至少比念书的时候去栽松苗挣钱轻松多了。从本月开始,区公所要修建通往清凉乡小桥村和通往长潭乡的公路,这是向县交通局争取了好久才得到的补助项目。因为这路没被纳入交通局的规划,不在县交通局负责范围之内,所以交通局只是给些补助,由区公所自己修。两条公路全长十一公里,交通局补助十万,区公所自筹十万,区公所把整个工程监管的事交给建设办四个人负责。因为工程需要区公所出资一部分,而区公所缺钱,各方面节省开支,只能挪出五万来。也就是说,无论如何,这两条路可用的资金最多也就十五万。请设计单位设计要花钱,免了;但测量是必需的,区公所现在就陆运红一个人懂工程测量,也学过设计。于是领导们不管他懂还是不懂,就把测量和设计这事交给他了,让建设办其他几人协助他先进行测量。能够把学的用起来,他也是求之不得的,大着胆子就接了下来。

　　从此他每天要下乡,来回走很多路。区长大概想到因为测量和设计节省了一笔钱,于是特批财务给他报销一个自行车的费用,他高兴极了,忙到城关镇买了个"永久"自行车,二百七十五元,找财政所报销,终于拥有了人生第一个"车",开始用心地开展工作。

　　他得到区公所从交通局拿来的乡村道路设计原则和简单规范,就试着把工作开展起来。他们从交通局借来一台经纬仪,交给陆运红,他就带领其他两个同事展开测量了。工程测量之初,县交通局交通规划建设管理科的邹科长和王科长来现场看了一次,提了些指导意见,就不再管,任由他们测量设计、施工。确实,工程上某些东西是通的,他怯生生地弄了两天就顺手了。建设办四个人开始采线,天天在线路上忙,每天只有晚上回家。因为在线路上跑,陆运红回家陪梁洁的时间就少了。

他盘算着梁洁能不能够生个男孩子,满足母亲和父亲的愿望。如果几个月后出其不意地抱着个小男孩回家,给父亲和母亲看,至少能最大限度地抵消这场婚姻给他们的遗憾,让他们高兴。

通过这么长时间的相处,他渐渐地发现了梁洁有着让他开始不适应的脾气,尤其是她对她父亲的冒犯和违抗,她做什么事都不告诉家里,他越来越感到这是不可思议的。她和她的两个闺蜜成天东游西逛,嘻嘻哈哈,听到什么两性传闻就瞪大眼睛打听,没有想过怎么过日子似的,咬着耳根讨论自己的男人,忽然间又捂着嘴巴齐声大笑,不知谈的什么,笑的什么,简直是狐朋狗友。慢慢地,他开始重新评价她了。他生怕如果生的是女儿,女儿也遗传了她的性格特点,那是比较糟糕的。梁洁倒也希望生个男孩,成全丈夫的心愿,可是这事她也做不了主。她说:"要不我们私下找计生办的医生,做个B超先看看。"

"可是不熟啊,人家会给做吗?"

"那个计生站的陈医生,我勉强认识。用钱吧,听人家说,给了钱就会给鉴定的。"

"行吧。"他说。

陆运红每天跑工地,梁洁在家里没事。原来做B超的事她也只是说说,还没往心里去,可没事闲得慌,她就干脆去找表姐,也就是黎文才的老婆,说这事。恰巧黎文才的老婆和计生站的陈医生还很熟,于是就带着她,一块去找陈医生了。梁洁给陈医生送了一袋花生、一袋苹果,请她给看看胎位正不正,胎儿发育有没有缺陷什么的,然后"顺便"问问孩子的性别。在这计划生育搞得如火如荼的时候,虽然禁止进行胎儿性别的鉴别,可是农村老百姓生男孩的强烈愿望相当普遍,不少家庭都抱着没有男孩决不罢休的念头,偷偷进行性别鉴别是医生们不公开的增收途径,也是人情难却,大家心照不宣地知道是这回事就行了。

结果得到了,是个男孩。晚上陆运红回来的时候,梁洁却拿定主意,故意说是女孩,她想让孩子最后出生的时候,给他一个大大的惊喜。她下决心要瞒,就一定要瞒,瞒瞒丈夫还是件难得的乐事。陆运红听说是个女孩,没想到别的,只感到一阵苦涩,叹了口气。梁洁狡黠地问:"要不,趁现在时间还早,咱们去打掉吧。"

陆运红半晌没有说话。

陆运红不在家,梁洁更懒得做中午饭,去和闺蜜们随便吃点。有时下午做饭,她也心不在焉,越来越潦草,饭在锅里,她就出去玩去了。陆运红回来,饭煳了,可是自己老婆做的,能勉强吃就吃吧,不说了。菜是买的现成的卤菜猪头肉,还很香,弥补了饭的不足。他喊她回来吃饭了,两人默默地吃着饭,谁也不说一句话。这天,陆运红早点从工地上回来,发现没米了,又没见到梁洁,拿着粮食供应簿去粮站排队,把这个月的口粮买回来,再做饭。饭做好了,他正准备去找梁洁,她回来了。两人吃着饭,梁洁忽然问丈夫:"你觉得生女好吗?要不要生下来?"

过了好一阵,陆运红说:"我想,还是生下来,别打掉。"

"为什么?"

"不为什么。"当初程夏打掉孩子的事,给他带来了心理影响,他觉得打掉孩子可能不吉利。

梁洁不可能知道他想的什么,前一段时间她的意思是届时给丈夫一个惊喜,现在又有别的想法了。怀着孩子,挺着个大肚子很不好看,闺蜜们谁也没有像她这样,还取笑她。渐渐地她开始烦躁,就有了打掉孩子、暂时不怀孩子的想法。如果陆运红说打掉吧,她说不定马上就会去行动。陆运红迟疑的口气让她感觉到,即使以后寻个机会打掉,可能他也不会怪自己的。她还暗暗庆幸没跟丈夫说实话,他毕竟是农村人,太老实,她聪明地"留了一手"。

陆运红在心里拿定主意,事已至此,即使是女孩,也让梁洁生下来。至于他父母那边,以后回去反复地给他们灌输男女平等的观念,生男生女一个样的观念,让他们不接受也得接受。他带着一股难言的失望和挫败感做出了决定。

陆运红做出了这个决定，可是心里越来越感到不是滋味，为回避这个伤人的问题，他开始有意识地天天跑公路，不想回到住处面对怀孕的梁洁。梁洁却始终瞒着他。

在他的"辛勤"带动下，不久，他们几个人完成了测量，他再根据他们三人的经验，参考着自己掌握的书本知识和公路设计规范，开始设计。所幸地质情况不复杂，全是砾石和硅酸盐岩区，结合现场情况，他完成了施工图，边学边深入，计算出了工程量，然后建设办的几个人根据调查了解的各工程类别的单价情况，进行了资金详算。根据区长的指示，资金必须控制在上级交通局补助资金和区里能补助的范围内，只能少，不能多，实在有超出的部分，只能交由农民工投工投劳完成。结果几个人匡算下来，就需要二十万零三千元。除了交通局补助的十万，区里准备的五万，还差五万多，区公所没钱再来补助了。领导们把他们的匡算拿去左分析右分析，再挤，怎么也得二十万左右，实在没法减了。没办法，区公所杨书记和朱区长商量一通，准备召开涉及沿途所有村的干部大会，把农民工投劳安排下去，算了算，可以基本抵资七万。也就是说，如果计划精当，说不定区公所还可以节约两万左右。区公所成立一个工作组，朱区长亲自当组长，工程就开工了。工程涉及开路基、砌保坎、过水涵洞和路沿砌石以及铺碎石等，所有工程包给了一个当地的包工头，叫周龙兵。

周龙兵三十七八岁，据说是经常做这些工程的，他对建设办的几个人很客气，甚至可以说恭敬。开工那天，他来到工地上看了一圈，就把建设办的四个人拉到一边，无论如何都要请他们去他家里吃午饭。陆运红和黎文才、蒋进、张练军几个人只得一块儿去。到了他家里，他老婆又杀鸡，又杀鸭，还弄了条五六斤的大鲤鱼，打开一瓶老窖酒，从来不喝酒的陆运红也被他热情地劝着喝了两杯，喝得个醉乎乎的。建设办主任张练军也喝醉了，满口答应工程上有啥麻烦尽管找他，吃完饭，几个人被他客客气气地送回家。接下来，陆运红却很少见到周龙兵再来工地，他包的活只是另外的一批人在忙。黎文才告诉他，这些人就相当于周龙兵"手下的"。陆运红依稀明白了，周龙兵已经把工程转包给这些人，他是手不沾泥地从中间截留钱款而已。

这个工程接下来，建设办几个人天天跑在工地上，只有晚上在家。这天傍晚，陆运红从工地回到住处，梁洁在看电视，她对面坐着另外一个人，胖胖的，他一眼就认出来，是钟强。他和中学老师林志明大闹后没再念书，后来他父亲和陆运红父亲合办面条厂。面条厂关门后，钟强去学泥水匠，陆运红到双宁念书，这五六年就没再和他见过面。原来钟强很瘦，现在变胖了，可轮廓还是那样，没走形。陆运红惊讶地问："三蛮子，你怎么找到我这儿来的，我的天！"

"小四哥，好多年没见着你，听保保说你在这儿，今天到县城，我就打听着来的，没想到先在家里见了嫂子。"

梁洁告诉陆运红，钟强刚到一会儿，桌上放着他带来的礼品：两瓶酒、一盒饼干，还有一袋龙眼。陆运红从来没收到过别人送的礼，看着觉得奇怪："你送这些做什么？"

"没什么，顺便带来的。这么些年不见你，你还是没大的变化，只是长白净了，不像咱们小时候一块，常花头戏脸的。"

"听说你早结婚了，两个孩子，你挺能干嘛，老婆是哪儿的？"

"就是咱师傅的侄女，咱们没事干，只能没完没了地生孩子呗。"

"听我娘说你跟师傅出师了，在外面做什么工程？修房子吗，怎么会没事干？还听说你买了摩托车，好厉害。"

"小四哥，别笑话我，你才厉害，一辈子不摸泥巴。"钟强听着，脸上掩饰不住地浮起自豪的表情。

"秦小军呢？"

"还在云津市里，开面馆。"

两人聊了近一个小时，陆运红把小时候的朋友们现在干什么都打听了一遍。末了，钟强问："小四哥，听说你们龙潭区在修两条公路，是不是真的？"

"是啊。"

"我是想说,你能不能想法帮帮忙,让我也来做做。"

他愕然,没想到钟强是为这事来的,他的消息挺灵通嘛,这么大老远的事,他都知道了。他说:"这事普工基本是分摊给农民投工投劳做的,技工方面的活儿是一个叫周龙兵的人包的。"

他的言下之意是钟强来迟了。其实到现在为止,他还不知道周龙兵是怎么包到这个工程的,好像他来包工程是不以人的意志为转移的事件,就像自己被分配到这儿来上班,不可能再回到农村一样。

"你说的这个情况,我知道。周龙兵是你们区委书记的外甥,他现在又将这工程的十三处涵洞转包给了三个人,还有一部分包边石工程没包出去。"

"周龙兵是区委书记的外甥?你是怎么知道的?"陆运红很惊讶,他还是第一次听说呢。

钟强更意外:"难道你不知道?不是吗?"

"我真不知道。"

"要不是他那层关系,你以为随便一个人都能包到工程吗?"

陆运红有些意外又有些难为情,钟强居然把这个工程了解得这么详细,自己天天在跑,还不清楚,自己是不是书生气太重了?他忽然意识到,应该加深对这个并不单纯的环境的认识,不要太天真。

钟强笑了,看着他懵懂的样子,大概也是笑他刚出校门,还没闹懂这些社会逻辑。他点了支烟,递一支给陆运红,陆运红才想起自己不抽烟,也没买包烟在家里待客。他没接,钟强强行递给他,他也不拒绝,钟强给他点上,他学着抽,呛了。钟强又问:"你能不能帮我呀?"

他这下真的感到为难了,疑惑地问:"你的意思是,要我去跟周龙兵说吗?"

"是啊,你去,他应该会答应吧?"

陆运红不知所措,因为周龙兵自从包工程以来,只在工地上现身过几次，平时根本不出现，虽然在他家吃过饭，他本人也客气，可以前没有私人来往，这么去找他，人家会不会答应？

他犹豫着，钟强看着他，笑了笑说："如果你确实为难，这回就算了吧，可能你刚来这儿，许多事也不熟悉，这就去找周龙兵，事后他肯定要对书记说，怀疑你要分他们的好处，说不定书记届时会对你有看法，以后有事再来找你。"

他算松了口气，钟强和他两小无猜，倒也没啥，他要看钟强的摩托车，钟强就让他一块儿下楼。他的摩托车停在县城招待所里，两人一块儿到招待所，钟强得意地骑上去，让陆运红也坐下来，然后带着他在附近两条街道上跑了一圈。回到招待所，陆运红羡慕得不得了，遗憾地告诉钟强，自己只有一个自行车，还是区公所给报销的。

陆运红回到住处，梁洁对他说："你这位老乡好有钱哟，你瞧，他抽的烟是'红塔山'啊，我老爸平时也不敢抽这烟呢。"

对烟不了解的陆运红听着随口答应说："哦，我也想不通，他怎么混得比我还好？"

第68章

随着婚姻的延续，初恋的激情慢慢散去，新鲜感退去，加上陆运红成天跑工地，梁洁怀着孩子，他们对彼此的热情快速地下滑。保持一点距离，更能真切地看清对方。此时，梁洁霸道蛮横的独断风格和公主脾气让陆运红难受。因为彼此之间太熟悉了，梁洁对他说话几乎就是那种命令式的口气，居高临下。当初陆运红觉得这可爱的，巴不得受她"管"，现在却觉得这样很讨厌，甚至是对自己的歧视。她敢于公开反叛她的父亲母亲，陆运红怀疑自己在她眼里，就不是回事。两人为鸡毛蒜皮的事甚至吵了两次，还是家里的卫生、碗筷之类的琐事。陆运红吵两句，也就罢了，闷着把地打扫干净，把碗洗干净，梁洁却非要分出个是非曲直，事事都要以她的胜利为终点，事情已经结束了,她还要争个理。他越来越觉得不适应,开始悄悄地把她和柳扬对比,失望感越来越强,并且越来越怀疑当初黎文才对柳扬与蒋进的关系的讲述并不客观,只是事已至此,打听清楚也没用了。本来应该有一场人生不可或缺的婚礼,这事也让他的遗憾感渐渐地浮起来,他咀嚼着,无法对谁说。而他在梁洁心里的印象,也恶化得厉害。原来他穿着不讲究是迷人的潇洒,而现在她认为不讲究就是不讲究,与潇洒毫不相关。尤其是和她表姐夫一块儿跑工地后,他越跑越像个出苦力的。两人真实的面目开始呈示在对方面前,双方都越看越怀疑。晚上,有时陆运红回来,洗完澡就疲倦地睡了,看在躺在床上睁着眼的妻子也找不到话说,有时又觉得不找句话说像对不起她,于是问候一句:"注意身体,早点休息吧。"

"嗯。"女方回应一声,表示自己是个活物。

梁洁的母亲来到县城里看女儿,这回来,她的态度更松动了。她原来要劝梁洁的爸一块儿来,可梁卫民还在气愤中,死活不再来。她是来看女儿究竟怎样度过孕期的。陆运红在跑工地,还没回来。她来到女儿的住处,依旧忍不住坐下来就埋怨女儿太仓促地结婚,无可奈何地叹气,埋怨一阵后,又说陆运红还算可以,只能这样将就了。她和女儿又聊起,曾经托人做媒的新民县公安局的那个小伙子,名叫周兴勇,人家也谈上女朋友了,还就是东永县西口区公所蚕茧站的一个女孩,叫金冬雪。两人刚谈朋友,他家里就轻松地把她调到新民县工商局城关镇分局,并给她转正了,她这一辈子无忧无虑了。母亲说这个消息,梁洁知道她的意思,想反驳,却涌起一股难言的失落。因为母亲说的这个金冬雪是她认识的,是西口区西口乡乡长的女儿,不仅当初是同学,还和她一块儿被招进蚕茧站做临时工,只是她被安排在西口区蚕茧站。而且她并不漂亮,自己可是闺蜜们公认的漂亮姑娘,她根本就不能和自己相比,她一直就瞧不起金冬雪,从没把她放在眼里。

隐隐的不平在她的胸中迅速荡漾开来,她盯着地面的一个点,抚摸下自己的肚子,没回答母亲的话。她母亲叹息了一声,然后啰唆地教女儿如何保胎,如何注意饮食。梁洁越听越烦躁,对母亲说:"你说的我都知道,别说了。"

她母亲吃过午饭,就返回了市里。

陆运红最擅长的吹口哨,当初在梁洁心里是一绝,现在听多了,她早已麻木。有时,陆运红回来,为了找到共同语言,又吹给她听,她听上几句,就不耐烦地说:"别吹了,噪音。"

陆运红自己也觉得无聊,确实是噪音,停下嘴,更像是免除了义务,感到轻松。

一天,陆运红回到住处,已经晚上六点多了,梁洁不在,他估计她在她自己的住处那边,草草下碗面吃了,准备去看她。他来到梁洁的住处,梁洁确实在,刚回来,床头的桌上放着两瓶蜂王浆。陆运红忙坐到床边,问:"你做什么去了?"

"我今天陪姜春艳去区卫生院,她怀的孩子,打掉了。"梁洁说。好像在她眼里,打掉孩子就像倒掉一碗剩菜般轻松。

陆运红惊异地问:"她什么时候怀的孩子?为什么要去打掉?从来没听说过呀!"

"她男朋友原来也不喜欢女孩,只想要男的。而且她也觉得现在要孩子,是有些早,想过两年再要吧。"

"她男朋友是谁?在哪儿上班?"

"她男朋友在市国营酒厂,是临时工。她男朋友还不知道。"

"不……既然怀上了,就不应该轻率地打掉啊,男方还不知道就打掉?"陆运红简直有点不相信。他觉得梁洁这位闺蜜太随意。他有点担心,梁洁会不会也是这样的人?因为她做事就是这样独断随意的。

他斜躺在她对面的长椅上,双手枕在脑后,想着这事望着她,感到陌生。梁洁没看他,她现在依旧对陆运红说自己怀的是女孩,越发觉得自己有先见之明,没想到陆运红一点没想到质疑。

梁洁怀孕以来,他没有打掉孩子的打算,早抱定了顺其自然、既来之则安之的态度迎接孩子的降生，现在有点担心梁洁会这样做。他问梁洁："你一个人陪她去卫生院的吗？你们是怎么回来的？"

"姜春艳让我和吕秀诗陪她去的，我们又送她回去的，她男朋友已经回来了。"

"你们两个当闺蜜的啊，一点不劝劝？"

"吕秀诗曾经打掉个孩子……"

陆运红听着，霎时间明白了，原来她和她的闺蜜是一样的品性，大概是物以类聚。两瓶蜂王浆也该是她准备送给闺蜜补身体的。

现在收茧的季节已经结束，这半年左右的时间，梁洁几乎都是耍，她是个待不住的女孩，天天都要去找闺蜜玩。陆运红忙翻出那本《怀孕指南》，照本宣科地告诉她现在要保护好胎儿，不能受风，不能受凉。她说自己知道，懒得理他，独自去睡了。

陆运红几个月前报的建筑专业的自考大学，耽搁了一段时间，要考试了，他也开始用功。现在除了跑工地，傍晚回来的时候，他还要按计划自学大专的课程，陪梁洁的时间更少了，甚至她回自己的住处那边，反而不会影响他。不少自修课程是在中专念书的时候就学过的，深度几乎一样，对他来说，倒没太大的难度，只是公共课哲学和英语费劲些，他决定放到最后。

陆运红继续在公路的工地上忙，临时测量、临时修改设计，经常遇到。他是第一次真真实实地接触实际工程，不少东西也靠同事的经验指引，但他能很快地将书本知识融进来。以前刚接触这个具体工程的时候，他还担心，生怕被人看出知识不足以应付实际，被人瞧不起，所以力争把事情做得最好，心里还是忐忑不安的。经过几个月的打磨，渐渐地，他树立起了自信。工程上经常冒出问题，几个人在工地上，解决这些问题，就是在资金与新增工程之间找平衡点，慢慢地熟悉了工地上解决工程问题的方法套路。他又想到小时候五河乡到县城的通县公路，刚修建的时候，那些工程人员在生产队的公房里租住，不时争论，其实也是这样的原因。经过转包的工程，最容易在哪些地方偷工减料，哪些偷工减料是可以容忍接受的，可以睁只眼闭只眼，哪些是绝对不行的，哪些工程量的计算容易出现漏项，哪些容易出现重复计量……这些问题，只有在工地上跑，还要和小包工头们展开智谋较量，才会完全弄清楚，是书本上学不到的。他已经知道这几个小包工头的来历不简单，暗中了解到，其中两个小老板居然是交通局王科长的亲戚。一个小小的工程，就出现这样错综的关系，他有些难以想象。

不管周老板还是那几个小老板，开始都并没有把才从学校里出来的陆运红放在眼里。周老板暗地里给建设办的其他黎文才、蒋进和张练军三个人送了礼，几个小老板也分别给他们送了礼，但都没理会陆运红。但是，几个小老板没想到建设办几个老油条之间并不和气，他们虽然和小老板们熟，但他们之间矛盾重重。关键时候，这几个老油条收到了小老板们的好处，就假装大度，互相推辞，都不当坏人，好些事情三推两推就落到陆运红身上。自钟强上回来过家里，陆运红就对这个环境有所留心，很快也就看出了点端倪。他知道自己暂时还没法和他们比，各方面经验都不足，将小老板们的表情和同事们的态度放在脑子里琢磨一阵，决定以不变应万变，本着先锻炼自己的想法，假装什么也不知道，什么也不清楚，装得愣愣的，书生气还未完全脱尽样子，就按照书本上老师教的规矩来主持收方、测量。每项工程计量像做数学和物理题那样精确，样样都要保留到小数点后两三位，没有一点人性的尺度。几次收方下来，无懈可击，几个包工头面面相觑，又看不出他是在故意找碴，只好不甘心地认账。工程进行到大半的时候，他基本可以在工人们和小包工头面前"指手划脚"了，而且心里不发会怵。而他有时指出来的问题，又是很关键的，几个小包工头对他的态度渐渐地开始改变。

工程接近尾声时候，他依稀地感到对这类工程的测量、设计和施工，自己勉强可以一个人做了，原来做工程并不难。完工时，需要施工方提供一份竣工图，作为验收的资料和交给交通局存档，可是包工程的土老板们根本不懂这些，他们通过各种关系，又把事推给了区公所，让区公所自己做。区公所只好又把事情交给陆运红，因为其他人确实也做不来，建设办另外三个人都不会。陆运红也没想过别的，以为这是建设办应该做的事，那就由自己来做吧，没什么，也就做了。因为设计图是他做的，准备竣工图和竣工资料对他来说就不是难事，他很快就做好了。

因为是交通局出钱补助的，所以最工程完工后全面验收，要请交通局领导来。交通局来了位副局长，恰巧就是李昌俊，欧军后来嫁的这个男人。验收会在区公所的会议室召开，区公所的主要领导和建设办的四个人，还有工程涉及的三个乡的领导，施工方的周老板等几个老板，一共二十多人参会。要开会的时候，李昌俊看了文件上参加验收的人员名单，望望下面，问旁边的区长："陆运红在哪？"

朱区长忙指了指陆运红，李昌俊望望他，点点头，问："听说这个工程你还是主要技术负责人啊？"

"谁说的，我只是向同事们学习，得到他们的指点。"他忙站起来回答。

"嗯，小陆不错，不错，省建筑工程学校毕业来的。我们这两条路就是他测量的，设计也是他做的，他也在现场监督工程质量，我们区里还找不出第二个这样的人才。"区长忙补充说。其实他是讨好交通局副局长，为他的那句话找佐证，证明他对陆运红的评价不错，但他并不知道李昌俊和陆运红认识。

区委书记也附和着区长的话表扬了陆运红几句，说他人才难得。

几个施工老板忙在旁边附和说："小陆是人才，不错不错。"陆运红听出他们是言不由衷的，可仍然觉得舒服。

"嗯，年轻人嘛，在基层多锻炼有好处。"李昌俊装作对陆运红并不太熟悉的样子说。

一行人验收工程，承包工程的周老板才出面，殷勤地忙前忙后，解释、赔笑脸。人人都知道他背后的关系，所以工程不可能有大问题，交通局领导提了几个无关紧要的小问题，周老板马上高声吩咐几个小包工头整改。最后验收人员全部签字通过，一齐被周老板请到招待所里吃中午饭。

吃过饭，陆运红回到住处，忙着学习今天的自考课程，然后去看梁洁。梁洁正和她的两个闺蜜姜春艳、吕秀诗一块儿讨论着要做什么事业，原来她们三人，梁洁工作太轻松，而其他两个又没啥事做，想去云津市里合伙开录像馆。录像馆是吕秀诗的堂兄原来办的，因为她堂兄有事要去广州，想转出来，生意还不错，每人只要投资一千二百元。陆运红听着她们的计划，有些不抱好感，因为他听人说，那些录像馆，不少在暗中播放黄色录像，这样生意才好。几个女孩子好像已经谈妥，梁洁已有五六个月的身孕，却兴冲冲地对丈夫说："我们每人百分之三十三的股份，绝对赚钱，你替我出这笔投资吧，一千二百元。"

这个数目对刚出校门不到一年的陆运红来说，显然不小。他没说自己不赞成这样的投资，先说自己只有四百多元积蓄，差得远。梁洁说："哥们儿，别哭穷了，你那姓钟的老乡，人家一个摩托车就上万，你随便找他借上一点，不是屁大点事吗？"

陆运红不可能向钟强借钱，他还放不下这张脸。虽然没钟强有钱，他至少装也要装得并不缺钱，所以他毫不考虑地就回绝了妻子。梁洁脸一扭，嘴巴一扁，一个字都没有评价他，好像早就知道他不会替她借的，眼睛里充满了无声的鄙视：连借钱都不敢的男人，像什么男人？

陆运红不像她一样，每天把自己打扮得像个移动的艺术品。陆运红这段时间跑工地，他满脸灰，一身泥，蹬着个自行车，好像幸福得很的样子，她早已感到别扭，晚上散步也不愿和他一路，宁愿去约两个闺蜜。两位闺蜜再佩服陆运红吹口哨的技术的时候，她绝不会自豪了，可也不会去嘲笑，因为嘲笑的话相当于承认自己眼瞎，就干脆把话题岔开，说别的。

某些时候，闺蜜既是知己，又是潜在的敌人。她们会为彼此两肋插刀，但闺蜜超过自己太多的时候，她们又是很嫉妒的，只希望闺蜜和自己一个层次。当初梁洁和陆运红谈朋友的时候,她的两个闺蜜内心是悄悄嫉妒、不平的,怪老天不公,好事都让她占了,因为她们两个没有工作,都谈过恋爱,而她们的男朋友工作不稳定,长得也不咋好。在她们之中领先的梁洁并没有体会到闺蜜的这种心理。当陆运红不给梁洁借钱的时候,她们已经将钱凑好,梁洁和她们在一块儿,就对丈夫更加不满。陆运红对梁洁这一挡,她俩也认为陆运红不支持她们合伙的主张。因为陆运红不支持,梁洁觉得有些丢脸,她对陆运红不满的时候,她俩就不约而同地对陆运红颇有微词,转弯抹角地说陆运红土气,不讲究,挽着衣服难看,始终像个农村人,吃供应粮了还改不了老习惯,还不会抽烟,也不会喝酒,没有现代青年的时尚感。梁洁又说陆运红没啥前途,大不了就是一个有工作的人而已,而自己并不是只想找一张可靠的饭票。这一点两个闺蜜也比较赞同,她们却不知道梁洁说这话,其实背后原因是她的那个同学金冬雪嫁了一个比陆运红前途宽广的男人。金冬雪的工作现在也比她的工作光鲜得多,这点陆运红是不可能为她办到的,严重的失败感使她感到最初父母眼光的正确,她是哪根筋出了问题,硬要和这个陆运红黏在一起?

两个闺蜜你一言我一语,都在发泄对各自男人的不满,梁洁就开始说她想和陆运红分手。两个闺蜜简单劝劝后,就是用心地鼓励、支持,说如果她打了孩子,以她的漂亮脸蛋,以后随便找个都比农村来的半截泥身的陆运红好多了。她们都打过肚子里的孩子,如果梁洁也打掉孩子,大家就更有共同点了,友谊肯定更牢靠。她们的逻辑也比较简单,如此一想,梁洁越来越想把肚子里的这个天外来客打掉。

她母亲又来一次,还是和上次一样,对着女儿叹气,然后教她保胎知识,问陆运红欺负她没有。她母亲说她父亲失望极了,想回省城去,不想再在云津待了,她也想跟着回省城。梁洁听着,也越发后悔,嘴上却不说,如果现在去打掉孩子,然后和陆运红说分手,恐怕会引发很多的麻烦。幸好她一直对他说肚子里的孩子是女孩子,如果就以这个借口和他说分手,让他重新结婚,也有机会生男孩子,那么,他可能会同意的。一旦和陆运红离了婚，再去打掉孩子，他就无法干涉她。孩子的事，要不要征求他的意见呢？管他要不要，最后离了再打掉孩子，他能说什么？她越来越朝这件事上想。

结婚这么久，陆运红没再带着她回家去向父母说明，也不敢奢望她和自己一块儿去她父母家里，让自己得到正常的女婿名分，她好像压根没这样想过，双方的关系就这样尴尬地持续着。

第69章

梁洁来陆运红的住处的次数越来越少，只住在她自己的住处，几乎都是陆运红过去陪她，有时晚了，他又要自学，也就懒得过去，谁也没想过问对方。梁洁的父亲要回省城住，他还听朋友说省城一个国营商场在招员工，工资很高，每月九十多元，比现在梁洁的工资高了四十多元。他又打听了招考条件，发现女儿特别适合，可是商场只招未婚女子。得知这个消息，他更加痛恨不听话的女儿。他对女儿这段时间的变化，又不想去过问，只通过梁洁的母亲把这事告诉她，要让女儿再次感到当初的选择是多么错误。确实，梁洁的母亲再来东永县看女儿，告诉她这个消息，梁洁听了，嘴上不说，但更加后悔。

这天晚上，陆运红刚到她那儿，她就提出离婚，陆运红好像有预感似的，既意外又不意外，意外的是她这个时候说出来，不意外的是她会提出来，因为此时他已经体会到这桩仓促婚姻问题不小。但是，他确实又没想到要和她离婚。沉默了好一会，他果然就如梁洁所猜测的一样回答她："如果我们现在有些不合，分开一段时间，更有利。你可以先回市里，做做你父亲和母亲的思想工作，让他们接受我。离婚是不合适的，何况你在怀孕期间，是不能离的。"

"我提出来，就不会有问题。"

"不行，当初咱们结婚很仓促，因此现在咱们就更不能草率了。你不是因为闲得无聊吧？"

"我知道你是舍不得我肚子里的孩子,是不是?"

"不是。"

"如果我现在要和你离,你有什么条件,说来我听听。"梁洁说。

"不行,我不会离,我们不能一错再错,只能在磨合中修正咱们以前的错误。"

"不,我想离。"梁洁好不容易将"离婚"两个字说出口,怎么轻易泄气,她一鼓作气地说,"以前结婚,就是太急促,没考虑成熟,错了,我们是新时代的年轻人,就应该有勇气纠正,结束这种错误。"

"这不是勇气不勇气的事,你这是什么逻辑?"

"得了,不说别的。希望我以下的话,不会伤到你的自尊。我老爸老妈,就不希望我嫁农村出身的人,他们不可能会接受你。我现在才知道,他们的看法原来是多么正确。"

这句话真的伤到了陆运红的自尊,简直立竿见影。他望着梁洁,从她的话中又见到了第一次在茧站见到她时,她对农民盛气凌人的样子,原来这种成见一直潜伏在她心底。她任性妄为的作风,他是不适应的,也不太可能让她改正,但他对"离婚"二字有着说不出的抵触。他沉默了会儿,说:"这样吧,咱们都静上两天,然后再决定吧。"

"行。"梁洁爽快地说。陆运红一听,就发现自己说的这"两天"对她来说没有意义。

陆运红回到住处,斜躺在床上,手枕在脑后,一幕幕地想着和梁洁认识以来的情形,像个梦一样。想来想去,想到大半夜,想到双方父母至今没见面,而对方父亲对他的歧视和不认可,这个矛盾不可调和,他也动摇了。只是他仍不想离,只觉得自己既然和梁洁结婚了,就应该对她负责到底,离婚是不负责的。想到了天亮,他勉强拿定主意,如果梁洁确实要离,还是听从她。至于孩子,他也犹豫,如果现在就带着孩子,还是个女孩,他父亲和母亲也会有意见。现在才五个月,打掉倒还来得及,对双方都好。可是,想而又想,又觉得孩子也是一条命,毕竟几个月了。想来想去,忽然间,他有一种累的感觉。

好端端的人生，怎么就被自己折腾成这样子？他忽然对婚姻感到害怕，胡乱地想了一阵，居然想到如果有孩子，干脆就和孩子一块儿，这辈子就这样过吧！

第三天，他还在学习自考课程，梁洁来了。他等她坐下，两人都没有热情，眼睛里流露出来的好像是十年八老年老夫老妻的感觉。梁洁问："想好了吗？离了之后，我将孩子打掉就是，你也知道，这样对双方都好，而且时间还来得及。"

"算了，我想要孩子。"

梁洁想不到他真会这么想，只是听他的口气好像也不是特别坚决，她也就没当回事，张口就说："那也行，我会将孩子生下来，归你，我不要孩子。"

总之梁洁虽然看了不少育儿指南，但心中实在没有做好当母亲养孩子的准备。陆运红一边盯着书，一边缓缓说道："好吧，孩子给我。离了之后，我就和孩子在一起，不再结婚。你以后如果不如意，并且还瞧得起咱农村出身的人，还是可以回来。"

"谢谢你的好意，你会找到自己的幸福的，不用等我。"

因为才五个月，或许也有孩子弱的原因，还并不显怀，两人去办离婚手续，民政所人工作人员还没瞧出她是个孕妇。由于一点不涉及财产分割，两人很快就办完了。走出民政所，梁洁和他约定孩子出生以后，立即给他，由他另外找会带孩子的帮养，以后两人就没有关系了。陆运红首先想到了母亲，但又不行，这个结果母亲知道了，会很遗憾，届时只有另外找人帮带着。至于他说的不结婚，也只是说说，可能以后会再结婚，因为毕竟想要个男孩子。而且以后再结婚，按政策也是可以再生一个。两人互相道了声再见，就像平时一样随便自在。

梁洁和他离了婚，马上就回到市里父母身边。

梁洁回去，带着向父母讨赏式的口吻对他们说："我已经和陆运红已经离婚了，是按你们的意思办的，这回你们不再怪我了吧？"

母亲以为她说的气话，问："你离啥，什么意思？"

梁洁一下子把离婚证拿出来,放在桌上。母亲拿过来看清楚,马上又难过了。她虽然时时都在埋怨女儿,但也基本转过弯来了。她和丈夫回省城,就让女儿在东永县,她还给外孙准备以后穿的衣服了呢。这下倒好,女儿又突然地和陆运红离婚,让她气恼,问:"你们就离了?就离了?你们的孩子已经四五个月,怎么办?"

"我们约定,生了之后给他,我不要,他自己养。"

她母亲气得一下子坐在沙发上,梁卫民看着女儿的离婚证,同样震惊。他确实要回省城去,落叶归根而已,可是心里抱着认命的想法,对陆运红的态度有点转变了,只是节奏步伐还远不如梁洁的母亲,还有如鲠在喉的感觉。梁洁的离婚证在桌上,他一时找不到指责她的话,此时他以为女儿就是因为自己的反对而离婚的。他坐在一边抽着烟,也不看女儿,接下来该让女儿怎么办,他一时也蒙了。

好一阵,梁洁的母亲还是主张女儿回去和陆运红复婚,这辈子就认了,梁卫民依然不说话。而梁洁说什么也不愿意复婚,说她和陆运红有着天然的"城乡差别",不是同一类人,老爸的看法是对的。这时梁卫民又有点得意地说:"现在才知道我说得对的啊?不听老人言啊。"

过了会儿,他才发表看法:"我说,现在离就离了,不要说复婚的话了。肚子里的娃娃,不要生,直接打掉。"

妻子和女儿望着他。梁洁母亲说:"要五个月了啊,还打?"

"你们别又不听老人言啊。"梁卫民说,"娃娃生下来,将来谁抚养?他真的会抚养?不叫你给抚养费?一纸诉状告你,你跑都跑不脱,口头承诺,有屁作用。"

"已经五个月,打不得。"

"哪里就打不得了?娃娃打掉之后,尽量不要声张,立马回省城,重新找工作,还有可能找个好的男的重新结婚。如果人家知道你生了娃娃丢在男方那儿,那就不好找了,还不如复婚。"

此时的梁洁,对她父亲的看法开始认同,可对娃娃生下来还是打掉，有些犹豫，总觉得对陆运红已有承诺了，打掉不好。如果真生下来，以后重新谈朋友，人家知道自己是生过娃娃的，不可预见的问题就多了。如此一想，很快就完全转到她父亲的思维轨道上来。她母亲沉默着，不再反对丈夫的看法。

最后，一家人达成了共识，直接去医院打掉孩子，没必要跟陆运红说，打掉之后，告诉他一声就是。在梁卫民看来，长久地看，这样对双方都好。

梁洁全听她父亲安排，这么做也符合她的想法。总之在他们眼里，这个未出生的孩子就是个不该出现的。

陆运红和梁洁两人又恢复了各自单身的日子，互相再没见着。就在两人离婚后的第三周，黎文才在一天上班的时候，告诉陆运红，梁洁已经将孩子打掉，现在在家里，没出门。他已经知道陆运红当初和梁洁说的要孩子的事，劝他："你们都年轻，如果真带个孩子在身边的话，以后再结婚很麻烦的，现在一下子了结，也是好事，互相都干净。以你现在的条件，以后重新找，找个合适的，不成问题。你和梁洁这件事，最初或许该怪我，我不该多嘴。"

这个消息来得既意外，又不算意外，因为陆运红有预感，而且他自己最初也有这样的想法。梁洁做事，就是这样独断，让人回不过神。他有一丝屈辱，又有对梁洁和她父亲的气愤。他敢肯定，梁洁是受到她父亲的怂恿做出的决定，姓梁的这个做法太歧视人，不尊重人了。想着一条生命还没到来就消失了，他有些心痛，又责怪自己没有坚持，他甚至想到了当初程夏打掉孩子的事。

黎文才又重复他上面的意思劝他一阵，他默然地听着，自责了一阵。总的看来，对于孩子的问题，旁观者的看法也是一样的。半响，他说道："既然打掉了，我还能说什么，就当一切都烟消云散了吧。"

过了会儿，他对黎文才说："我暂时不想再谈朋友，如果你见到梁洁，麻烦你告诉她，如果她过得不顺心，并且并不嫌弃我的话，我会等她，复合就是。"他不想让范朝的事在自己身上重演。

黎文才看着他,点点头,说:"好,方便的时候我转告她。"

他对梁洁的父亲的气愤在心里演化成了一股敌意,如果面对面的话,他现在敢给他两拳。

他带着失败和失望,在星期天回到老家,母亲问起他和梁洁的事,他直接说已经和梁洁分手,只是把结婚、离婚的事全部隐瞒,实在不好意思说。父亲沉默了片刻,倒也没说啥,他知道现在的年轻人们谈对象,已经和以前大不相同,不太需要他们老人参与。母亲说:"那个姑娘倒是也可以的,怎么就分手了?瞧不起我们农村人吧?"

"不是。接触了解后发觉不合就分手呗,现在就是这样的。"

"你什么时候才能谈上对象?早点结婚嘛。结婚生了孩子,我还没太大的病痛,能帮你带带嘛。唉,你大哥走了,相当于什么也没留下,老天爷保佑,将来你能生个男孩子。"

"娘,不要这样想,你们的思想观念要转变,现代社会,生男生女都一样,我更喜欢女孩。"他这样回答,力图淡化母亲的重男轻女观念。

"虽说男女平等,可是家里总要有个男的才行啊。我找八字先生算了你大哥的八字,八字先生说,你哥的头个孩子一定是男的,结果是个女的。半年前你和那姓梁的姑娘来家里后没多久,我又找过另一个八字先生算了你的八字,也说你的第一个孩子是男的。现在,现在只希望他能算准了。"

"不可能算准的。即使对了,那也是凑巧,与其他无关。"

和梁洁七八个月的经历,真是匆匆,如同一个梦。至此,每每回想起,他更后悔。晚上,他回到空荡荡的住处,又回想着和梁洁在一块儿的温柔、浪漫,只有一阵苦涩袭来,对梁洁似乎好感依旧。他尽量地把时间全部投入自学考试上面,慢慢地,他不知不觉学会抽烟了,有时一边抽着烟,一边自学到半夜,用忙碌来冲淡对梁洁的回忆。他的自考很顺利,第一次就有三门课程合格,全都八十分以上。

第70章

　　清明节后的第十天，是陆运新的忌日，这天是星期天，陆运红早早地在县城下街的巷道里一个香烛纸火铺里，买了刀纸钱和香烛，来到县城的南山公墓，给哥哥扫墓。陵园里没人管理，没人禁烧纸钱。陆运新的墓前后很干净，如同新的，陆运红按家里给祖先上坟的习俗，在坟上铺了三排纸钱，然后在坟前蹲下来，插好三支香，点上两支蜡，再叠好几沓纸钱烧上。他给陆运新旁边与他一块儿牺牲的同事李昌红的墓前也点上几支香和烛。陆运红在旁边坐着，点上一支烟，默默地守着纸钱燃烧。

　　这时，背后不远处忽然有人小声叫他的名字："运红。"

　　声音有些熟悉，他忙回过头去，发现原来居然是程夏！她还带着她的小孩子，他惊讶地张大嘴巴。程夏带着孩子过来了，他问："程夏姐，你来做啥？"

　　程夏告诉他，她也是来给陆运新扫墓的，每年陆运新忌日的时候她都来，陆运新生前帮了她太大的忙。她说："我这辈子最感谢的人就是三叔三婶，还有你大哥陆运新，三婶三叔发现我上吊救了我……后来你大哥又一次救了我，两次我该死都没死，不知道该怎么感谢你们家。"

　　程夏这辈子是过得挺苦的，陆运红不知该说什么，说："这都是人的命运吧，也是所谓的劫数，你自己逃过了劫数，与我父母和大哥没什么关系。"

　　两人在陆运新坟前坐下，程夏告诉陆运红，她现在没在县城，在离县城不远的长潭乡上租门面依旧经营着服装店，生意还过得去，母子二人生活不成问题。陆运红很意外，因为修公路的事，他多次经过长潭乡，长潭乡乡场并不大，就那四五百米的街道，自己居然都没听说过，也没见过她！程夏却说，她在乡上，听人议论修路的事的时候，说陆运红是区公所的，负责公路的测量和设计，知道他毕业后被分配到区公所了。

程夏教她的小孩子在陆运新坟面前磕头跪拜，陆运红看着，着实感动，没想到程夏是这样有情义的女子。

程夏又让孩子称呼陆运红"小叔叔"，小孩子很乖，一点不避生，顺着母亲的话叫了。陆运红拉着小孩仔细地看，这孩子马上要满五岁，长得特别可爱，招人喜欢，乍一看，有种十分眼熟的感觉，也有几分小伙伴程林小时候的样子，只是比小时候的程林还要好看。他问："叫什么名字？"

"现在没给他取名字，只叫他小夏夏，还没上户口呢。"

"小夏夏，也不错啊，好听……程夏姐，你没再结婚吗？"

"自从我嫁的那个男人死后，就没再结婚，以后也绝不想再结婚了，我和孩子现在过得挺好的。"

程夏母亲死后，她现在很少回家，不过偶尔和家里写信，还知道家里的情况，知道兄弟程林谈的对象是赤脚医生王和珍的女儿。

"杨萍呢，现在在做啥？"陆运红问。

"我表妹啊，你怎么知道她？"

"我和她是同班同学。"

"她结婚了，已经生有一个孩子，去年生的，是个女孩。现在他们夫妻二人都没在家里，在外省做工，具体去了哪儿，我也不太清楚。"

陆运红听着，又是一阵难言的失落，自己和杨萍真的是渐行渐远，真的永远不再相关了。

程夏问他有没有谈女朋友，他告诉她，谈了一个，分手了，同样隐瞒了结婚离婚的事。经过对自己的婚姻事件的反思，他越想越觉得与梁洁的事从头到尾就是个梦，是将婚姻大事当作儿戏的"典范"，再不好意思对任何人提及，知道的人越少越好。程夏说："你条件这么好，慢慢地结交女朋友，一定要慎重对待。"

"嗯。"

小孩子靠在陆运红的胳膊旁，打量着他，像打量着一个奇怪的玩具。程夏忽然说："运红，我有一个事情，想请你帮帮忙。"

"什么事，程夏姐，你说就是，只要我能帮。"

"这事你是能帮我的，只是不知道你心里会不会感到堵。"

"什么事？"

"当初我想让孩子出生后，拜你大哥做保保，没料到他还没出生，你大哥就去了。如今……如果让孩子拜你做保保，就是给你做干儿子。可是，你又还没结婚，会不会心里堵？"

"这……"他确实有点难为情。

"今年我给孩子算了命，算命先生也说，要在他七岁之前找个保保，由保保给另取一个寄名，这样将来孩子好些。我想，我这辈子命不好，怕影响了孩子，找个命好的助助他……"

"哦，是这事？我的命并不好啊。如果你觉得行，就让他认我做保保吧，没结婚给人家当保保的，在咱们大队里也有的，我听娘说过。"陆运红并不信命好不好的说法，只是程夏愿意这样想，他没必要拒绝而已。

程夏很高兴，说："那我回去，找算命先生择一个日子，然后再来告诉你。你先想想，帮小夏夏想个好的名字吧，记着，寄名是随保保姓的，就像钟强拜你母亲做保保一样。"

"嗯，行。既然需要这么慎重，我就回去问问爹，有什么讲究。"

程夏带着孩子离开了。

陆运红回到区公所旁边的住处，拿出自修教材，继续学习，一直到下午，他才吃午饭。刚吃过饭，又听到外面有人叫他的名字，他走出来一看，是欧军。原来欧军也带孩子去给陆运新扫墓了，她问："你大哥坟上的纸钱是你今天才去铺的吗？"

"是，今天早上我去得早。"

"怪不得，我看是新痕迹。"她说着，让小孩子叫陆运红"小四叔"，这个称呼让陆运红感到一种温馨。小孩子叫欧晓新，也已经四岁半。欧军到陆运红的屋子里坐了会儿,问:"你还没谈女朋友吗?"

"还没有,现在我不想谈,先把自修大专考过再说吧,还早着呢。"

"……是不是,心里已经有人?"

"还没有。"

"如果有,那就去追吧;如果真没有呢,倒也不急,我看看周围,有合适的,帮你物色一个。"

"那行吧,就谢谢欧姐了。"

欧军向他说了另一件事:"我和你侄女、李昌俊一块儿去南山公墓扫墓后,吃了中午饭,才从李昌俊那里过来。在饭桌上,还和李昌俊说起你,李昌俊说叫你别在区公所上班了,要到交通局去的话,他去说一说,先以借调的名义让你去,大概半年左右,借调就直接变成'调'。"

"我原来不是那个专业的,行吗?心里有些没底。"

"交通局里又有多少人原来是那个专业的呢?一大半都是半路出家,七姨八姑的关系户,边学边干,毕竟你还是正宗学校出来的,又懂工程,就比他们好多人都强。李昌俊他原来也是农技校的呢,懂啥,还不是就会了。"

"那好吧,就感谢他了。"

"我去跟他说说就是。他也很怀念他的兄弟,估计他见到你,感到老天爷在弥补他失去兄弟的遗憾。"

欧军和侄女欧晓新临走的时候,陆运红忙拿了十元给侄女,让她买小玩具,欧军让她说"谢谢小四叔",她学说了一遍,母女二人离开了。

陆运红想着程夏的孩子拜自己做保保的事情,如真的需要给孩子取个姓陆的寄名的话,该怎么取呢?他又回到老家的时候,暂时没向父亲和母亲说起此事,只是问了父亲陆姓的字辈是怎么排的。陆选南见儿子居然问起字辈来,很奇怪,也很高兴,说现在的年轻人越来越不像话,好多人都不记得这些了。他说:"达选运迎迟,近迪述远通……

你爷爷的字辈是'达',我这辈是'远',你们是'运',再下一辈是'迎'……"

"如果你将来生的是男娃娃,那就取名的时候叫陆迎军、陆迎强的啥都行。"母亲在旁边解释说。

回到县城的时候,他已经构思好,就给程夏的孩子取名字叫陆迎翔或者陆迎夏。

星期三,是程夏选定的好日子。陆运红按照乡里的习俗,准备了一份给小孩子的礼钱四十元,喻指一年四季,季季发达、季季平安。下午他专门骑着自行车,沿着才修通不久的公路骑到长潭乡,在乡场上找了一圈,没一会儿就找到程夏的店。果然,他发现她店里的生意很好,有好几个顾客在挑选衣服。他等她把几个顾客打发出去,把自己取的名字告诉她,让她挑选。程夏想了会儿,说:"那就叫陆迎夏吧。"

她说,这么些年,没给孩子上户口,过些时候给孩子把户口上了,只把姓改改,随她姓,名字不变,也就是登记成程迎夏,同时也登记了曾用名陆迎夏。她说,区上负责上户口的民警是陆运新当年的同事王所长,他帮忙上户口,应该是很顺利的。

陆运红听说他把寄名也写在了户口簿上,有点奇怪,因为找保只是民间习俗,寄名也只是象征性而已。想了又想,毕竟名字只是个符号,也没必要细究,随她高兴就是。

程夏的小孩子和邻居的孩子玩去了。他给小孩子的四十元礼钱,程夏无论如何也不收,说太多,陆运红也觉得四十元很多,有些心疼,可又觉得拿少了不好。程夏只收十二元,说这也能表示一年十二个月,月月发达、月月平安,总之有个吉祥的寓意就行。最后陆运红也乐得顺水推舟,就给了十二元。程夏把小孩子找来,让他在陆运红面前拜了拜,然后改口,以后就称陆运红为"保保"。

忽然间,陆运红想起母亲所说的她算过八字,说他的"第一个"孩子是男孩,看来应验在这"陆迎夏"事件上了吧。或许真是命中注定的。

第71章

  他被借调到了交通局，安排在规划建设管理科。县交通局下面还有运管所、区间公路管理站、机动车驾驶技术培训中心、交通运输队，还有个石料厂。局长名叫姜向平，还有三个副局长，除了李昌俊，另外两个副局长是金副局长和庄副局长。全局正式职工有四十多个人，加上合同工和临时工共一百一十多人，其中规划建设管理科有十七个人，三个是分配来的中专生，其他的都是通过各种关系进来的人事部门认定的合同制员工。陆运红来了以后，这个科室就有四个中专生了，科长邹正府和副科长王财、丰慧都只有高中文凭。丰慧是女的，四十多岁就病歪歪的，经常请假。规划建设管理科可以说是全交通局手握重权的一个科室，陆运红来到这里，很快全局都知道了，他是通过李昌俊的关系来的。但是，大家都没搞清他和李昌俊是什么关系。李昌俊就是主管公路建设的。大家都对陆运红很友好，科长副科长几个老同志直接称呼他"运红"或者"小陆"，口气亲热得如同相识多年的朋友，搞得他还有些不适应。其实在龙潭区公所修公路的时候，他见过邹科长、王科长，而他们不太记得他了。

  他来到交通局，局里第一次召开职工大会的时候，他意外地发现了中学同学袁旭，两人都非常惊讶。虽然他曾经和考上交通学校的袁旭通过两次信，可毕业后他们就失去了联系，他曾猜想袁旭可能分到了交通部门，可是一点没想到他居然也在交通局。袁旭在交通局下面的第三公路管理站，离县城有五公里，他在县城里有个住处，和陆运红原来上班的区公所只相隔不到一公里，只是二人互不知道。袁旭对于陆运红居然到了交通局，很意外，这下他们又可以经常在一起聊了。

  袁旭先于他两年到交通局，现在已经结婚，不过他妻子也不在县城，在金水河乡的卫生院上班，家也安在那里。平时，他只有星期天才能回去。他已经对交通局这个环境经比较熟悉了，毫不避讳地告诉陆运红,这个局简直就是个拼盘,人员来源复杂,各种关系复杂,每一步都得小心翼翼。经过区公所的初步磨炼,他已经知道机关单位各种人际关系是很复杂的,听袁旭这么一介绍,觉得他说得有点夸张,但还是小心点,和各位同事都处好关系,暗中留意着从他们的一言一行中流露出来的人际关系信息。

规划建设管理科科长邹正府,再过一年就要退休了,越近退休,越是每天脸上荡漾着一种壮志未酬的愤愤不平的表情。他说他当了这么多年的科长,没把县里的公路建设好,作为二十多年党龄的老党员,觉得问心有愧,对不起党的信任。大家都热情地安慰他,说他为全县人民的交通事业付出了一生的心血,人们是不会忘的。可是他一走出办公室,王副科长就开始明讥暗讽或者幸灾乐祸地说:"科长这么多年辛苦,也没混上个副局长,是心里不舒服啊,可以理解,可话又说回来,就算不说能力,文化水平只有那么高……"

过了两周,他才从和袁旭的闲聊中得知,原来邹科长和王科长之间有相当深的矛盾,所以王科长才常常当着众人的面,毫不掩饰自己对科长的憎恨。王科长叫王进才,他的叔父是交通局原来的副局长,已经退休好些年了,因为这个原因,交通局现在的主要领导们都还勉强买账看重王科长。王科长是个十分迷信的人。两年前,八字先生给他算命,要他将名字中的"才"改为"财",这样财源才有起色,因而他把名字改成王进财,就是工资表上的签字也写成了"王进财",身份证上的姓名倒是没变过。后来好像因为别人的暗中嘲笑,他也觉得不好意思,才又改回去的。他和邹正府的矛盾,是因为交通局下面的石料厂。石料厂揽着全县范围内不少公路建设的石料提供,里面又有不少没列入交通局编制的工人,都是交通局各路领导和其他与交通局有利害关系的人的亲戚。这位邹科长和王科长各有人在里面,王科长的表弟任石料厂的厂长,邹科长的堂弟邹刚在里面负责财务,两人因为经济上的事掐着彼此的脖子,已势同水火,间接地折射到了建设管理科的两位科长身上,两人常暗中互相诋毁或公开互相蔑视。科室里面的职工们为了避免受到影响，二人起纷争的时候，大都选择沉默或者回避，也没有人去劝和。上面的局长、副局长们，也假装不知道他们的事，从来没人过问。

科室里十七个人，其中八个是党员，其他的几个也都在积极争取入党。总体上，大家都很要求进步。

才进入交通局的陆运红，现在能依靠的人就只有两个：李昌俊和袁旭。其实袁旭只能给陆运红快速地理清交通局里面的情况，相当于向导。李昌俊很喜欢陆运红，对他说，有人的时候，称呼他李局长；没人的时候，直接叫他李哥就行。他出差的时候，一般都会把陆运红叫上，跟他一路。一次去市交通局争取县城到渡头镇的县内交通干线拓宽改造项目，他也把陆运红带上，一同去开会。他对陆运红说："既然来到了交通局，就要适应这里浓厚的政治学习氛围；要向党组织靠拢，争取早日入党。"

"我知道了。"陆运红听袁旭谈到过这事。回到局里后，他马上向局党支部递交了入党申请书，开始参加支部安排的学习。

"你是怎么评价李局长的？"和袁旭在一起的时候，他问袁旭。

"李局长，我平时接触多些。其他几个局长，接触得相对较少。我的看法是，李局长是性情中人，其他三位局长是官场中人。姜局长呢，至少表面挺和气的，但没真正接触过，其他方面不太了解，只听人说，他想争取更高的位置，心没在这儿。总之他对所有人都好，人家对他的印象也不错。"

陆运红到这里来，最明显的好处就是收入增加了，比在区公所时增加了许多。工资并没有变化，只是补助、补贴、奖金名目繁多。每逢节日，工会也会发物品，糖、水果、水产品等，算下来，总价比工资还高，他在心里越来越感激李昌俊。

令陆运红欣慰的是排除各方面的干扰，通过高强度的自学考试，他取得了大专文凭。参加自学考试的人比较多，不少勤奋的人都需要两三年才能考过，他只花了不到两年的时间，就通过了四次考试。这也得益于他自学的课程绝大多数是以前学过的，相当于复习而已。这个专科文凭不是全日制的，但依旧得到全方位的认可，至少工资待遇和全日制是一样的。他顺利地加了一级工资，再加上已经评上技术员的职称，又加一级，两项合计只有二十多元，相对于局里所发的各项补助而言，简直不算什么，但他也感到了一种成就感：当初大哥为自己规划的先上中专再考大学的目标，已经实现了。

他一下子成了交通局里第三个有大专文凭的人，另外两人一个是姜局长，恰巧姜局长的大专文凭也是自考得到的；一个是分管运输管理和安全监督的金副局长，金副局长是从交通学校毕业的。陆运红的大专文凭，引起了局长的关注，他甚至在局职工会上对陆运红提出了表扬，并让财务部门给他报销了所有的书本书费和考试费用，以作鼓励。虽然报销的钱不多，一共只有两百多元，但又相当于一笔意外收入。局长表扬他的同时，还很欣慰地当众回忆起自己前两年参加自学考试的辛苦，其实也是在间接地表扬自己。姜局长号召大家向陆运红学习，因为局里参加自学和函授考试的职工还有七八个，有的考了几年还没得到文凭。

他基本没再考虑个人问题，因为对梁洁的好感在恢复，有时从故意从茧站外面经过，有意无意地打听梁洁的消息，总回忆起和梁洁一起时的甜蜜。如果此时梁洁突然回到他身边，愿意和他复婚的话，他绝对愿意，不管她离婚以后做过什么。可是他也渐渐地明白，这是不可能的，梁洁父亲的反对基本是不可能改变的。她父亲不会让女儿沾上农村出身的人，想让她以后有更好的生活，与自己父母当初总要让自己考出来，本质和出发点是一样的，或许无可厚非。

这天，听区公所的黎文才说，梁洁他们全家已经搬到省城去，可能永远不会回来了，他才死了心，不再去打听。到了新单位，他还没谈女朋友的事，又引起了好事者的关注，因为交通局下属单位的女孩也不少，没结婚的有七八个，有的就开始鼓励他来个"内部消化"，他没去了解，却想起柳扬，可听人说柳扬现在谈了男朋友，对方是林业局的。他在心里疑惑、失望,更加恼恨黎文才当初横插一嘴诬陷人,对黎文才也疏远了。

不久,他终于听到关于柳扬的确切消息。

这天,欧军到县城来找李昌俊,在交通局门口碰到陆运红,他忙问候。欧军望着他,愣了愣,把他拉到旁边,说:"一直就说给你介绍女朋友的事,没碰到适合的,你谈了没有?"

"……没有啊。"

"嗯,前天我同事生日,来县里吃酒,在酒席上碰到我同事的一个侄女,我发现她还挺不错的,在龙潭区林业站工作。"

"龙潭区林业站?是谁?"陆运红对这几个字太敏感,惊得叫起来。

"好像叫柳扬,是和你同一年分配过来的,不知你认识不认识。"

"真的是柳扬?我认识。"

"你认识?"

"只是,只是……"他激动得不知说什么好。

"只是什么?"欧军奇怪地问。

"唉,什么也不说了……欧姐,如果她还没有男朋友,或者,她和男朋友已分手的话,我求你,求求你,一定帮我,就是柳扬了。"他简直以为是自己对柳扬的一片苦心终于被老天爷看在眼里,老天爷要成全自己了,一定要抓住这个机会!

欧军诧异地望着他,说:"那好,你为什么不自己去追她呢?"

"我怪自己太胆小啊。"他不好意思对欧军说详情。

"我在宴会上,只听她和旁人聊天,感到她不错,也没想到问她有没有男朋友。"

他回到住处,依旧难以抑制内心的激动,悄悄地双手合十,一次次地祷告,希望柳扬已经和男朋友分手,或从来没有男朋友,他听到的关于她有男朋友的消息是假的,祈祷欧军能给自己带来最好的消息。他觉得自己和柳扬就是在接受老天爷的考验,好事多磨,他们最终会在一起的!

第72章

他焦急地盼望了两天，第三天，欧军又来到县城办事。她有些失落地专门来找陆运红，告诉他，她已打听过，人家柳扬确实已经有男朋友了，而且两人很好，正准备结婚。他听到这个消息，燃起的一点希望被迅速浇灭，顿时心如死灰，好几天提不起精神来做事，简直想大哭一场。从此，柳扬两个字成了他心中永远的痛。

只要下乡经过长潭乡，他就去看看程夏的孩子，顺便给孩子买些糖果，小孩子对他熟悉了，每回老远就叫他"保保"。程夏一直没再结婚，一时惹起了邻居们的怀疑，他们以为陆运红是她新结识的男朋友，她费了好大的劲才向他们解释清楚。

县里要拓宽改造城关镇到渡头镇的干线公路，这是交通局今年的重点工作。原来路幅五米，拓宽至八米，相当于新修一条路，同时油化，建全县第一条油化公路。这条公路不少地段经过悬崖和陡坎，开挖和砌筑的工程量都很大，县里向市交通局争取的补助资金是二百五十万，另外还要自筹六十万。据说县财政拿不出六十万来，县委已决定让全县所有机关单位职工捐出半个月的工资，这能凑上二十万。然后再用区公所那样的方式，向沿线所涉的乡下达了民力征调任务，农民投工投劳分配，折抵几十万。县里成立了指挥部，由分管交通的副县长挂帅，交通局局长和分管工程规划建设的李昌俊等具体负责。李昌俊就把才借调来的陆运红安排进工程部，让他参与整个工程，尤其是负责现场。

县里的操作模式与龙潭区区公所大同小异。工程地质勘测，由交通局会同水利、建设局的地质专家们来操作，只有几处特殊的河流段请了市地勘院的专家提了提意见，总之尽量少费钱。测量设计，全由交通局自己负责，不另外花钱请人做。

交通局懂工程设计的有六七个人。整个交通局懂工程制图的人才，分散在不同的科室，其中规划建设管理科最多，有三个。陆运红学过工程测量、设计，会制图，在区公所时，样样都练过手，正好能派上用场。于是工程设计组有了四个人，虽然他没有其他三人专业，但一边学，一边问，一边干，在他们原来设计的基础上，帮着绘制工程施工图不成问题。他跟随他们一起跑现场，触类旁通，进步很快，就这样，几乎又天天跑工地了。他和其他两个同事——王科长王进才，还有另一个临近退休的职工李明江，共同负责第二段工程的主要材料石碴石子质量把控，只有拿到他们签字的认可单，这些石料才能成为施工方选择用的材料。而他们并没有检测工具，只是根据外观，结合旁边的材料样品，对其质量做出判断，因此主观因素也起很大作用。他们在负责材料质量监督的同时，也负责工程量的收方监督。

　　工程由县指挥部几个领导指定包给了两个施工老板，他俩各自负责一半。这时，承包工程的曹进祥和刘代坤是什么来头，什么背景，往往消息走漏得很快，谁想瞒也瞒不住。

　　交通局下边的两个公路段的职工被安排参与工程现场的监督管理和协调等工作，刚好袁旭所在的公路段就被安排进来了。指挥部从局里专门调出两辆小车供大家跑工地使用，主要领导他们有自己的车。其中一辆小车的司机成了陆运红经常接触的人。司机叫赵良民，是从部队转业回来，被安排在交通局的。他原来在广西，陆运红对他就特别有好感，不知他是不是参加过对越战争，一问才知道他确实参加过，只是他们只负责后勤，没上过前线，而且他也知道牺牲在前线的郑彦秋的哥哥郑彦军。因为是同乡，他还和郑彦军有张合影。陆运红说自己和郑彦秋曾是同桌，还留有郑彦秋哥哥的一套衣服，赵良民感到很惊讶，这增加了二人的话题。赵良民跟他聊起当年的战争状况，又聊起郑彦军安葬时的情形，让陆运红想起了郑彦秋。自从毕业以来，他没再和她通过信，几乎将她忘了，这才想到，她在省城化工学校读书，也应该毕业了吧。

　　交通局下面的石料厂，生产的石粉、碎石、块石，专门用于铺路。

这条路的大部分石料就由交通局的石料厂提供,材料运输又由交通局下面的运输队三个车承包了一半的任务量。由交通局石料厂提供的材料,是理所当然合格的,只需签字确认,但是尚缺一半的碎石料,这些得由社会上的生产厂家提供。两天之内,就有五六个老板找上门来,请他们几个人查看他们生产的石料,以便能为全县的重点工程建设做贡献。他们的"请",就有具体的内容了。其中一个老板将他们请到附近的一个茶馆里,象征性地泡上了茶,然后硬塞给他们每人一条"红塔山"烟,陆运红算是第一次见到别人给自己送礼,有些不适应。虽然他还没完全学会抽烟,但心里十分想收下的,大脑里却快速的构思措辞,该怎么推辞。他的两位同事王科长和李明江显然早已适应了这种事情,也不回避他,略微谦让后就娴熟地收下放在皮包里。在这种情势下,陆运红就收下了,不然领导和同事的脸面上过不去。可是,让他为难的是他根本没像两位同事那样拿着黑色皮包,有备而来,而是空手来的,把烟拿在手里出去,别人看见很不雅观吧。李明江发现了他的尴尬,替他解围说:"先放到我里。"

下班以后,他找了个黑色的袋子,把烟装上,带回了住处。瞧着这意外的收获,他感到一阵小小的心动。接下来的几天,又有两位老板给他们送烟,其中一位直接给了每人两百元钱。当然,他们提供的石料,经过他们检查,都还是合格的,即使他们不送礼,也是完全能过关的,和旁边的样品一比就知道了。

同事们经常调侃男女方面的话题,他非常不愿意听到这类话题,可这类话题越来越多地进入他的耳朵里。在他的理念中,男女关系是严肃的,即便是自己与梁洁的过去,也是以婚姻为前提的。因为对程夏事件的理解,他又把所有女子的堕落都看成了为生活所迫,是她们自身不情愿的,可以原谅的,所有该受谴责和打击的都是男人。

这天,他骑着自行车跑工地,到袁旭他们负责的那段,又碰到袁旭。中午,袁旭就让工友多端了一份饭来工地,两人一边吃一边聊。袁旭告诉他,前天他遇到中学时的班长唐海,和他聊起来,知道了几个初中同学的近况。唐海高中毕业后,没考上大学,通过招聘,来到白水关县的中兴区公所上班,今年转正了,正在参加函授大学的学习。他已经结婚,让人想不到的是,他的妻子就是当初班上的第二名王婕。王婕也没考上大学,现在是中兴区中学的代课老师,教英语,也在读函授大学。还听说,贾利群顶替他父亲,在粮站上班,后来通过关系转到县粮食局,现在粮食局档案室工作,已经谈朋友了,据说他的男朋友是电力局的。而最让人想不到的是郑彦秋,袁旭问:"你知道你的这位初恋现在在哪儿吗?"

"不知道。"

"她已经毕业了,在县东山化工厂当化验员。她已经知道咱俩在交通局,要不咱们抽个时间,组织个小范围的同学会?"

陆运红此时没心情搞聚会,他担心别人动辄谈起他的婚姻问题,现在他只想遗忘这一段荒唐经历。可是,别人一见到他,就首先会问谈没谈朋友的事,有的甚至知道他已经结过婚的事,就会提起梁洁。他害怕同学们聚会,自己的那段昙花一现式的婚姻被发掘出来,在更大范围内传播。初中毕业以来,他没有再和郑彦秋联系,所以,郑彦秋被分配到了县里三四个月,他也不知道。他对她已经没了以前的感觉,但已经听说她在化工厂,离自己这么近,她又知道自己在这里,同学几年,当初那么好过,如果再假装不知道,有失风度,于是决定抽空去看看她,敷衍一下。

东山化工厂就在县城东边的一个山谷中,平时工厂里五六个烟囱冒着浓烟,一派兴旺的景象。他多次从旁边经过,可从来没去打听这个厂子是生产什么的。恰巧化工厂的厂车每天多次来县城,都要从交通局门口经过,平时厂车也搭载化工厂附近非职工的散客,只要每人两毛钱。于是,这天中午,他也没骑自行车,从交通局门口直接上车,去东山化工厂。

在门卫处登记过,他问检验室在哪儿,门卫告诉他,检验室在第二区第一幢,他走进去,没一会儿找到了,可是已经下班,门关着。

他又问问检验室旁边的办公室一位正在关门的职工，恰巧这位职工还知道郑彦秋，说她没在实验室，现在可能在寝室里，接着告诉他住宿区的位置。化工厂的形状狭长，除了厂区外，住宿区的房屋和道路建设随山势，没什么规则，在里面问来问去，找来找去，如以前做假期作业里面的迷宫游戏，他几乎泄气了，想回去。忽然见到前面走来个女子，拿着一把刚买来的面条和一瓶酱油，微微侧着头，匆匆忙忙。他一看，正是郑彦秋，郑彦秋见到他，有点惊讶，怔了怔，问："陆运红，你怎么来这儿了？"

"听说你被分配到这儿上班，没事，特地来看看，聊聊天。"

"……嗯，我刚下班，中午没做饭，厂里食堂的饭也卖完了，买把面来准备煮，你吃过了吗？走吧，上去。"

郑彦秋的寝室就在旁边的二楼左数第三间，砖房，用水泥刷过，没打白粉糊，和陆运红在区公所旁边租的房屋差不多。她拿出钥匙开门进去，里面有一个客厅，一个厨房，一个寝室，只是没有单独的厕所，每层楼左边尽头有公共厕所。

郑彦秋给他倒茶，然后煮面。陆运红告诉她，自己吃过了，她就煮自己的那份。他和郑彦秋已经五年多没见过，现在的她比初中的时候更好看。此时的她，对陆运红好像有一种复杂的感觉。他们聊起最后一次见面以后各自的情形，两人虽然互留过地址，但谁也没有在信中主动表达特别的意思，尤其是陆运红毕业以后，对她热烈的感觉早就不在。郑彦秋说，化工厂两三千人，主要生产与生活相关的轻化工产品，她来这儿的第二个月，就调整了工作，从实验室转到化工厂子弟校教书。因为实验室人太多，而子弟校刚有一个老师退休，一时找不到人接替他的工作，领导就安排她代课，她现在在子弟校教初一年级的数学。她在猜想陆运红突然到访的原因，大概怕节外生枝，她假装无心，其实特意地、含蓄地告诉昔日的恋人和同桌，就在上月初，通过同事介绍，她认识了一个男的，就是化工厂销售科的副科长，叫施文信，如今两人已经交往近两个月。她对自己的这个男朋友还比较满意,言外之意是如果陆运红本次来访有其他意图的话,就不必说出来惹得大家都为难了,过去的就过去吧。陆运红当然听出了她的意思,所幸他还真没这个意思。他也没隐瞒,坦率告诉郑彦秋,自己毕业之后,歪歪斜斜地走了一条自己都感到不可思议的路,如何经同事介绍,和梁洁仓促结婚,又被梁洁要求离婚,然后人家全家去了省城;现在他单身,还给一个小孩子当保保,相当于有了个"儿子",提前当"爹"了,他暂时不想结婚。郑彦秋听着,从开始张大嘴巴,到最后咬着面条,一言不发,如同听到天方夜谭。末了,她吃过面,一边洗碗,一边笑着说:"你可能一直就那样,只要你自己略略放纵,吹吹口哨,就会让女孩子急不可待地喜欢上你,当初我大概就是这样的。"

陆运红勉强笑笑,不承认:"不是这样,我是涉水不知深浅,乱踩乱蹬,悔之晚矣。"

"我也是刚从校园出来,分不清东南西北,就有同事热情地帮忙介绍对象,差不多吧,就答应了。"

"嗯,是这样的。"陆运红开玩笑地对郑彦秋道,"前车已覆,可别步后尘啊。"

"感谢提醒,应该不会。"

"什么时候喝喜酒,别忘了告诉我呀。"

"好的。"

两人聊到下午,郑彦秋要上课了,他才离开,郑彦秋把他送到厂车上车点。郑彦秋原来一直让陆运红还她大哥的军装,可他一直没还,还放在乡下老家的箱子里,上车时,郑彦秋再次提起,他决定还给她:"下次我回家的时候,一定给你带来,这回不会再忘。"

第73章

可是,接下来他有很长时间没回家,因为公路指挥部根据县里的指示,要抢工期提前完工,他和同事们每天都在工地上跑,休息日也取消了。李昌俊总安排他参与工程的各方面，尤其是公路分段验收的时候，从材料质量到工程量，再到每段公路涉及的农民投工统计对接。虽然很累，但他知道李昌俊是特意地让自己锻炼，机会难得，他从来没想过推托。因为以前不是学交通的，他只希望通过锻炼让自己尽快地赶上大家的水平，免得被人轻视。

这天，陆运红和同事一起检查水泥和沙石的配合比和铺筑路面的厚度，各段都是人工铺筑的，同时绘制草图，为以后的竣工图提供初步资料。一路听王进才和李明江两人聊，他才知道条这个工程，又转包给了几个中间老板，其中包括前次在区公所时施工的周龙兵。这些老板之间平时都有瓜葛，两个大老板是神龙见首不见尾的，几人一边开玩笑说着什么时候能再见见这些老板是啥长相，一边在忙碌施工的民工中间走着，检查着。邻近中午的时候，恰巧就到了周龙兵的路段。他满脸堆笑地过来向几人递烟、问候，然后拍着陆运红的肩膀说："小陆啊，咱们是老熟人喽，大大地欢迎光临指点。咳，你从龙潭区区公所走之后，朱区长和书记一谈起你，就后悔放你走了啊。工程人才啊，人才难得啊，哈哈哈。"

陆运红心里想，编这些不着边际的话来说，鬼才信你。虽然不真实，但听着也蛮舒服的。他说道："周老板说笑话，咱一介书生，放下书本就是学徒，现在在工地上摸着石头过河，向你们学习而已。"

周龙兵无论如何都要他们就在他的工地办公点吃午饭，这儿前不着村后不着店的，陆运红一行三人就不推辞，到他的临时办公室坐下。不一会儿，民工们也吃中午饭了，二三十个民工灰头土脸，嘻嘻哈哈地拥过来，在办公室外面的工棚里吃饭，端着碗，围着几大盆菜，一边吃着一边开着玩笑。虽然只是几大盆盐白菜和猪油炒萝卜，可香气飘过来，让人感到胃里空空，他们确实都饿了。可是周老板已经吩咐厨师单独准备几样菜，又让一个副手去打酒，副科长忙制止，因为路途太远，打酒的人一时半响不可能回来。周老板一边给几人倒茶，一边哈哈笑："不远不远，如果去乡场上，那肯定远，距这儿大约一里路,有家人在煮酒,他家煮的酒,我尝过,相当不错,没有酒尾子,不上头,待会儿你们喝了就知道。"

听他这么一说,几个人就由他去安排,陆运红端着茶,先咕嘟咕嘟地喝了一盅,权当暂时充饥,然后又倒一杯端着,走出办公室,看民工们吃饭。忽然他发现民工中有个自己年龄差不多的年轻人,白白净净的,长相很出众,在人群中一眼就能让人注意到他。虽然他的衣服上满是水泥浆痕迹,但他与其他民工气质上就不太相同,而且此人好像似曾相识。他努力回忆了一阵,仍然想不起来,这时那位民工像也在打量着他,不过他很快又去舀饭去了。他努力地回忆着,一下想起来,此人是几年前,程林父亲六十大寿的时候,在他家吃饭见过的那位男孩——杨萍的男朋友,于是很快又记起他姓钟,可叫什么名字,忘了。

他舀了饭回过身来,又留意着陆运红,陆运红对他点点头,他一边吃一边笑笑。陆运红招呼他,他从桌上夹了些菜堆在碗里,然后过来。陆运红这才认真地打量他,从男人的角度看,他也挺耐看的,和杨萍算是天生一对。他招呼他在旁边坐下,问:"我知道你是杨萍的男朋友,是吧?在这儿做工吗?"

"是。你记忆力真好,还记得我。"

"嗯,程林的父亲六十大寿的时候见过你和她在一起。"

"我也是在那次姑父的寿宴后听杨萍说起你的,你叫陆运红。"

"嗯,正是。"

"我和杨萍已经结婚了。"

"哦,知道,前不久我听杨萍的表姐说过,你们好像还有一个孩子,是不是?"

"嗯,是。"

很快,陆运红知道他叫钟正军。钟正军不好意思地小声告诉陆运红,原来他不准备出来做工,在家里养蚕,收入还不错,可是,现在杨萍怀着第二个孩子,夫妻俩就离开老家了,到这儿做工。陆运红听了很惊讶,原来杨萍也在这儿?

"不,她没在这工地上,我带着她暂时借住在这儿的一户远亲的家里,她没出来。"

"那你一个人在这儿做?多少钱一天?"

"老板给我们开的工资是五元。"

大概因为对杨萍的原因,爱屋及乌,他对钟正军也产生了非常强烈的好感。两人聊着,越来越像老熟人,陆运红想去看看昔日的同学杨萍,可此时不合适,算了。钟正军也很容易相信人,对陆运红好像一点没设防,如妻子已经怀了五个月身孕这样的事,也对陆运红说。这时周老板为他们几个单独准备的饭菜做好了,来请他回办公室,见他和一位民工坐在一起聊得起劲,忙问:"小陆,你认识他?"

"周老板,这是我的老熟人、小伙伴。方便的话,你多多关照。"他小声对周老板说,怕其他民工听见。

周老板听着,又望望钟正军,对陆运红说:"小陆,你我之间不用说别的。我原来不知道他是你的好朋友,好,好,不用说了。嗯,你叫什么名字?"

"他叫钟正军。"陆运红说。

"好,好,吃过饭了吗?你先去休息吧,明天我重新给你安排。小陆,走,走,我们先吃饭。"

办公室的桌上摆上三盘肉和一盘白菜、一盘胡萝卜。周老板表示歉意:"工地上没什么好吃的,只有民工菜,让几位领导受罪,受罪了,以后补上。"

周老板陪他们喝酒,陆运红不喝,也被迫勉强喝了半杯,空腹喝酒,很快就头晕得厉害,他坚决不喝了。其他两位同事连声赞叹着好酒,慢慢地喝着,吃着菜。周老板向陆运红表示,从明天开始,让钟正军帮着开关搅拌机和监督水泥和沙石的配合比,工资再给他加两元。陆运红连忙表示感谢。

结果两位老同事喝得醉癫癫的,再没往前检查,周老板派车把他们三人送回去了。

他想到钟强,为什么这次这么大的工程,他没来找自己帮忙?难道因为有其他的工程做?但愿如此,他也希望钟强别找来,因为自己帮根本帮不了他。

交通局里人际关系很复杂,暗流涌动,只是还处在边缘地带的陆运红鲜有深入了解,只是偶尔通过同事们私下的言论窥测到其中一些端倪。总的说来,他对自己现在的工作是大致满意的,确切地说,对工资待遇是满意的。他从心底心感激李昌俊,可不知道如何感谢他。他经常指点,甚至是教他什么事该这样做,什么事该那样做,简直把他当小弟,陆运红感受到了过去大哥陆运新对自己的关心照顾。不久,李昌俊的父亲去世,全局的职工都去吊唁,这个时候,善于讨好领导的人都争相在慰问礼金上做文章。陆运红想了又想,想到平时他对自己的关照,犹豫许久,除了到他家里认真地帮忙迎送外,还从积蓄里抽出三百元作为礼金,交给欧军。

欧军告诉他,没必要给这么多,因为一般同事都给二十到五十,局长和其他领导们最多也不过一百,有些施工老板才给四百,但她还是替李昌俊收下了。事后,李昌俊私下还给了他:"别这样,自己拿着,以后你用钱的地方还多。"

他在他面前没有说不的可能,只好又收下。

第二个月,巧的是姜局长的母亲又去世,这一次更让局里某些人兴奋,因为有名正言顺讨好局长的机会了。规划建设管理科每人都送了唁礼,又以科室的集体名义送了礼,其他科室、工会、公司、公路段当然也是一样。排场比李昌俊家大得多,局里帮忙的职工就更多了,几乎占全局职工的三分之一。陆运红也去帮了一天,其实没什么可帮了,因为其他人都抢着在帮,他相当于待了一天。至于礼金,他不能像一般无欲无求的职工一样给二十,可也没必要像那些刻意巴结的职工一样给一百,最后随了五十。

后来,他渐渐地才了解到,李昌俊私下里,还退了其他一些职工的礼金，而他退的这些职工，大都是才来单位的，收入相对而言不高，或者家庭条件并不好的，这让陆运红很对他的好感中更多了一份敬意。因为他毕竟是领导，平时陆运红与他不能像袁旭那样无拘无束的交流。一次，李昌俊让他一起去县人大做交通工作汇报，李昌俊开车，车上只有他们两人，他大胆地问了一句："李哥，听说你退了不少同事的礼金，你为啥要这样做呢？"

"谁说的？……运红啊，你还年轻，不知道。这倒不是我有多高尚，这么说吧，六年之内，我经历了这么些事：妻子离世，弟弟牺牲，如今父亲也去世了，接二连三的生离死别，让我对很多东西都看淡了……不说了。"

"理解你了，欧军姐再次选择时，碰到你是她的幸运。"

李昌俊笑了笑，拍拍他的肩，说："大家看上去天天热热闹闹亲密无间，当你冷静一个人的时候，仔细想想，一个说话的人都没有。现在呢，你还会这样不顾忌地向我打听缘由，以后慢慢地也就会变了。"

"我认为我不会的，至少和你在一起，不会顾忌。"

"那有你一个，就求之不得了。"

第74章

县里的第一条水泥路全面完工，举行了隆重的竣工通车典礼，典礼就在县城外新公路的路口进行，市交通局领导和县里四大班子领导都参加了。县文工团的职工还献上了几个节目，其中一个节目是两位老职工说的快板，将指挥部里跑一线的同志做个典型编进去唱。他们编唱的这个典型就是副科长王进才，不知他们从哪儿了解到的事迹。快板中说他兢兢业业、任劳任怨，为了事业成天战斗在工地上，牺牲家庭累出病。而且这篇快板的文稿没两天被搬到了《云津日报》上面，把科长搞得声名鹊起，成了局里的红人。

这次修建公路，正科长邹科长因为年龄的原因，又有点病，没被安排进指挥部，本来没往上升就心里很堵的他又一次感觉自己受到排斥，窝着火，看着王科长即将取代自己的架势，无奈与气愤与日俱增。竣工典礼上有人唱快板对王进才进行宣传，让他的痛苦达到了顶峰，他宁愿让一个陌生人接任他这个科长，也不想让宿敌替代自己。

他到石料厂管财务的表弟汪富华那里闲走，就向他暗示："我就要退了，以后无法再关心你了，你要好自为之，学会保护自己。你呀，太善良了，容易受到伤害，其他人上台，你的日子还好过些，我担心他上台，有人对你们要求可能严格了，你们要适应。或者工作有调整，服从上级安排。"

他的这番话，汪富华一下子就领会了，即便他不来告诉，他也想先出手自保的。长期在这个环境中的汪富华，已养成了超常的敏感和自保意识。邹科长一卸任，王进才接任，肯定会怂恿领导让他靠边站。这些平常在同一个屋檐下敌对又"友好"的人，手上都握有对方的把柄，只是不到生死攸关的时候，一般谁也不会出手，大都相安无事。此时危机感逼着他出手自救，不能再等。

文工团在通车典礼上对王进才的宣传，其实是王进才私下里操作的结果，因为文工团那个唱快板的是他老婆的伯父，所以特别宣传他。他又通过些手段联系到一名日报的记者给刊登了，连局里领导们也不知情，因为按宣传规矩，要宣传谁，先得由局里领导同意并上报，得到县委宣传部许可才行，谁也没安排要宣传他。人算不如天算，对他嫉恨得寝食难安的邹科长不管这些，只暗示他的表弟盯着他的问题下手，要在他最得意的时候捅出来。他们从收集的对方的问题中挑几个出来，添油加醋地发挥，就暗中向纪委打小报告了。

王科长搞自我宣传这些小动作以为可以瞒天过海，可是明显太心急，太露骨，发生了侧滑，局里不少普通职工开始怀疑。工程完工后不到半个月，有封检举信被送到县纪委。检举信是匿名的，不仅揭发王科长经常收施工单位老板的礼金，接受人家宴请，请人吹嘘功劳欺骗组织，权欲熏心，为了升官发财而不择手段，且出入于下流场所，总之当个副科长都是德不配位云云。

这封信是特别具有杀伤力的,因为站位高,虽然内容真假参半,但着实打到了点子上,可谓关键时间捅出来大问题。但令人意想不到的是,这封检举信的内容被传到局里并泄漏出来了,没多久就搞得全局的人都知道了,暗暗地传播。王科长怎么也没料到会出这种丑事,一时措手不及,他慌了,咬牙切齿地尽全力推想是谁检举的自己,一个个在心里排查。他首先想到的虽然是宿敌邹科长,但是总觉得不太像,因为不管怎么说,他都马上要退休了,自己接替科长与他无关,他好像犯不着这么做,并且自己很长时间没和他接触过了,几乎没说过话。他应该本着老来栽花不栽刺的处事理念,还得靠自己关照他堂弟啊,他如果这样做属于损人不利己。晚上,他在床上翻来覆去,又根据"谁是害你的人,先看谁是事件中谁是最大的受益者"的原则盘查,如果这封检举信让自己的科长梦落空,那谁有可能接任科长?他怀疑的重点对象马上指向了病歹歹的女科长丰慧,因为只有她资格老,可以和自己竞争!第二天,他来到科室里,气急败坏地指桑骂槐,说有的人成天什么事都不做,在交通局里最大的本事就是装病,为了往上爬,打小报告污蔑好人。消息很快传到女科长耳朵里,人家生病可是真实的,几乎两耳不闻窗外事地专门生病,没想到受到如此怀疑。她气极了,也是隔空采用指桑骂槐的办法,反击王科长贪得无厌,周身不干净,冤枉一个无欲无求的好人,活该挨报应。这话很快就传到王科长耳朵里,把王科长呛得脸上红一阵白一阵,他仔细想,确实不像是女科长丰慧,因为丰慧似从来没这方面的表现苗头,她只是想守住副科长的位置和待遇的人,是自己气急怀疑错了人。那剩下的最可能的人是谁?他不由得想到了才到局里来的陆运红。虽然目前只是一般职工,但他是局里第三个有大专文凭的人,又受到过局长两次表扬,李昌俊又一直是他的靠山。从跑工程来看,他也是有能力的,前两个月才正式调进交通局,肯定因为受局长表扬,欲望膨胀,就想一步登天!知人知面不知心!何况李明江还曾说他是科长的预备人选,他是默认了的。敌人往往就是潜伏在身边最近的人,而且检举信上说的那些事是他和司机开玩笑常说的,陆运红也听到过。他越想越觉得是这么回事,太可怕。不由分说,他又把怀疑对象锁定了陆运红。

接下来,他对陆运红的态度大变,上班的时候看到他,用放大镜扫视着他的一举一动,眼睛里如同要喷火,架着二郎腿,坐在陆运红的对面,拿着一张报纸遮着脸,不时斜他一眼。陆运红私下里也听说了检举信的事,因为这种事敏感,所以和其他同事一样,假装不知道,只是不时瞟他一眼,观察他遇到这种事后的表情。结果两次无意的对视,加深了王进才对他的怀疑。

王进才虽然已基本认定是陆运红,但他不敢像对丰慧一样就对陆运红开火,或马上采取其他报复手段,因为他背后是李昌俊,他得罪不起李昌俊,只敢能努力把愤恨压制住。接下来,他声称自己病了,然后请假养病,没在单位露面。没过两天,单位里又暗中传播着一个消息,向县纪委检举的人是陆运红,是他想在邹科长退休之际诬告人家王科长,挤掉王科长后当科长,野心勃勃,不自量力。

这个消息很快在全局悄悄传播开去,大概所有人都知道了,只有陆运红自己还不知道。这天,袁旭来局里找局长签字报销单据,把陆运红拉到一边,悄悄地问:"你知不知道,人家都在说是你诬告王科长,想当科长啊?"

陆运红吓了一跳,怎么这事和自己扯上了关系?他急忙问:"你是从哪儿听说这个消息的,还是你想出来的?"

袁旭望着他没说话,好像在斟酌他这话的真假。陆运红感到了事情非同小可,紧张地向他申辩说:"是你编的吗?你的想象力超过我的想象啊?你我相识这么多年,你认为我是这样的人吗?我刚来,够得着吗?"

袁旭说:"所以我才问你,如果我认为你是这样的人,我根本就不可能来向你求证,现在大家都在暗传,你得快快想法子澄清自己。"

袁旭走后,陆运红如坠入深渊中,没有这种经历,根本不知道如澄清自己，向谁澄清自己，前几天他不是怀疑丰科长吗，怎么就转到自己头上了？难道去向王科长解释？他又没说，怕只能越解释越像。谣言就像软棉花，让人根本无处着力还击。面对这个飞来的横祸，他坐在位子上，打量着同事们，感到他们看自己的眼神越来越怪异。他如坐针毡，几乎想要写一张自辩书，公之于众了。

他发觉自己要受到孤立，未来将无路可走，考虑了一下，或许李昌俊见得多，能找他给自己想想法子，于是再顾不得什么，直接去他的办公室。李昌俊抽着烟，见他来了，让他把门掩上。他掩好门回过身来刚要开口，李昌俊把烟放在烟缸里，说道："是不是为检举信那个事？"

他点了点头。李昌俊说："我也听别人在说，你就说实话吧，究竟是不是你做的，是与不是，我都替你想法子。"

"李哥，为什么你也这样怀疑我？"他感到有一丝气愤。

李昌俊笑了笑，给了他一支烟，说："我知道不可能是你，但是啊，我又希望是你。"

"你这话该怎样理解？"他大为不解。

"因为在这个地方，有时需要一定的诡诈才能适应，才能生存，才能发展。你没有做，是因为太单纯……那做这件事的，就只能是那个人。"

"谁？难道不是邹吗？"

"以邹科长的位置，他有这个心，但不可能亲自出手来，他能怂恿其他人出手，这个其他人是谁？多半是在运输队当会计的汪富华或与之关系密切的人，除此之外没有其他可能。我和他们打了十来年的交道，对他们的行事，是了解的。"

"那这谣言是怎么产生的呢，怎么扯到我了？"

"这个源头就是王本人了。所以说，在这儿生存，要多个心眼。古话说，逢人且说三分话，未可全抛一片心，懂吗？就是他狗急乱咬人。"

陆运红大致理清了始末。现在表面上单位里没人说啥,风平浪静,其实私下传得沸沸扬扬。他问:"接下来,我就假装不知道是他本人散布的,或者……直接向他解释?"

李昌俊说:"直接解释也未尝不可,但没必要。这么办,你先不去理会王进才,随他吧,剩下的我来帮你看看,看你有没有造化。"

李昌俊说着,吐了两三个烟圈。他只希望他能帮自己早点澄清,否则自己在单位无颜立足。此时,他对王进才产生了前所未有的厌恶,以前被他表面上的直率蒙蔽了,没想到他行事如此阴暗龌龊。想着难受,他对李昌俊说,倒想辞职,回到原单位才好,单纯些。

李昌俊说:"那你向局里打个辞职申请,就说受了别人怀疑,难以立足云云。然后也请两天假,剩下的你暂时不用管。"

陆运红想这即使没被准辞,但至少可以澄清一点,于是从李昌俊的桌上拿过一张纸,按他的意思写了个辞职申请:

辞职申请

尊敬的姜局长等各位领导:

首先感谢你们对我的关心。我本农村出身,侥幸考上省建筑学校,毕业后被分配到龙潭区区公所工作,有幸来交通局,参与我县交通事业,得到各位领导的重视和培养,非常感激。这段时间以来,奔走在工地,受益匪浅,我只想平淡生活,努力工作,无非分之想,无奈天性单纯,不能适应这里复杂的人际关系。我没诬告过谁,却全局漫传检举某人是我所为,都把我当成阴暗小人。虽然我对此事一无所知,但人言可畏,而今同事侧目,使我坐卧难安,自感已无法适应这里的人际氛围,特申请调回原单位龙潭区区公所,望领导同意并帮助,不胜感激。

李昌俊拿过来看看,点点头,先让他拿去交给办公室主任。

没过两天,单位内的风向悄悄地又变了,举报消息的人据说是石料厂的,大家都在暗传,不费吹灰之力就猜到了是谁。都在说陆运红受到冤枉,他什么都不知道,而且现在委屈得想离开这个是非之地,重新回到原单位。据说局里领导不同意,正在挽留,因为人家只是单纯的一个大专生,清清白白地来,如果含冤回去,在外面一旦传开,以后交通局的颜面往哪儿放?

第75章

王科长已经被迫从医院回来,其实在医院里,他睁大火眼金睛观察着局里尤其是科室里人员的一举一动,殚精竭虑地分析是谁告的状。他最后才认定了十之八九是邹正府的堂弟邹刚。此时他在局里已经名声扫地,还想极力地向领导们解释自己受到诬陷,可事情已经摆到了面上,局长明确告诉他:"无风不会起浪,既然被人家告了,就要自己主动点,至少承认一部分吧,一点都不承认,让局里如何交差?你在局里混了这么久,不可能这点儿常识都没有。否则上边派专人下来核实,怎么办?大家都是同事,我就直说了,不藏着掖着。"

王进才只得勉强承认了两件事:接受施工单位请客一次,有一次收礼三百元。总之都是一次,可是哪一件都是要受到处理的。至于唱快板宣传的事,他扭扭捏捏地否认,局里领导们也清楚是怎么回事,倒没给他上纲上线。局长告诉他,这事肯定要处理的,只是让办公室的同志在措辞上设法化解,各方面都要过得去,力争只来个警告,面上走一走,保住他副科长的职位不丢。此时,曾想入非非的他如同坠入地狱,好不容易被人拖起来,听说能保住副科长,对几个领导感激涕零,再不敢作他想。

李昌俊这几天一直对王进才冷着脸。一次,王进才给李昌俊打招呼,李昌俊也没答应,王进才尴尬至极。李昌俊有些不太客气地对他说:"老王啊,你自己处事欠妥,乱猜疑,牵扯到其他不相关的人。陆运红一心要辞职回原单位,我还劝了他许久,这事传出去了,还有点不好办。"

　　李昌俊说着，办公室主任把陆运红的辞职申请书放到桌上，局长点点头，拿过去又瞟了瞟，递给王科长看，打圆场："你为这点事，居然闹得鸡犬不宁，还怕事情不大？是啥思维？小陆这事我也知道了，辞职不好，来了就不能走。年轻人，面子还薄，昌俊再说说他。老王，我看这事是你惹起的，关起门来说，你就找个机会给人家小陆道个歉吧，把事情了了。"

　　大家都是老同事，或者说都是老油条，彼此了解，所以都是推开窗子说亮话。王科长无地自容，看着陆运红的辞职申请，脸上一阵红，一阵白，在几个领导面前不好再说啥，艰难地挤出了一个"行"字。

　　李昌俊说："这样吧，王科长去给小陆道歉这事，确实也为难，就算了，我替你向他说说就是，毕竟我和他好说些。只是以后的工作中，你还要多关心他才是，别因此事而别扭。"给了他一个台阶下。

　　"是是是，一定一定，谢了，李局长。"王进才忙道谢，跟领导们告辞，回去写检讨书了。

　　王进才走后，局长才对分管纪检的孙局长说："你那方面，也要把自己部门的人严肃教育一次，这种泄密事件，是不是出自局里，本次都不追究，但下不为例。"

　　邹科长正式退休了，局里几个主要领导开会讨论由谁接替科长，王科长现在是规划建设管理科的骨干，虽然受了纪律处分不可能接任科长，但是科室没有他其实是不行的，几乎所有事还是他说了算。所以，这次规划建设管理科重大的人事变动局务会也让他参加，听取他的意见，本来邹科长也必须参会，但因为退休时局里没有挽留或返聘他，心中　股气根本消不了，赌气称病不来，这次开会也就没人再去客气请他。因为李昌俊的提议，领导们已达成初步意见，不管谁当科长，陆运红已经被拟定为副科长，局长把这个意思说出来，也算征求王科长的意见，表现对他的　种"尊重"。王进才有点意外，但不敢说什么，他首先感谢了几位领导的信任，然后准备谈自己的想法。接下来，讨论谁当科长，此时，他心里最担心、最不希望的是从别的科室调人来，因为其他几大科室的人员，能被安排来当科长的人，他数着指头算了几遍，都是些和自己一样的"老资格"，如果调过来，自己肯定要受制于人。他抬起头，望了望五位领导，发现李昌俊右手托着下巴，冷冷地盯着自己，忽然间，他心有灵犀，似乎看懂了他的意思，冒出来个想法："论资格，该是丰慧，可她不行，这点不用我说，你们都知道的……我想，倒不如这样，局里只有三个有大专文凭的人，小陆是其中之一，你们几位局长也很看重小陆，就别论资排辈了，直接用小陆。是否可以考虑，他担任副科长的同时，由他主持规划建设管理科的工作？"

他这个意见确实有点令人意外，许久没人发表意见，因为大家都知道陆运红是李昌俊的人，姜局长不好反对，片刻后转过头问："昌俊，你的意思呢？"

李昌俊咳嗽了一声，也想了片刻，对姜局长和王进才说："这样或许也行。小陆这个人，我了解多一点，他就是前些年抓捕罪犯牺牲的公安干警陆运新的弟弟。虽然他文凭高，姜局长也很看重他，但毕竟经验不足，现在如果主持工作，更多的是挂名、锻炼，除非王科长多指点，做好传帮带的工作，科室的工作仍然要由王科长具体负责。"

他把话说完，望着王进才。姜局长第一次知道陆运红的这个"背景"，惊讶地感叹了一声，没再说话，其他金副局长和康副局长也没说话，王进才忙回答："这没有问题，我给他指点，互相学习，如果科室出了差池，责任先由我来担。"

局长沉吟半晌，说："那……好吧。就这样，嗯，你这个表态很有觉悟，不错。"

主要是一时不好找合适的人选，再者既然李昌俊没有谦让，局长想到自己马上要升职调走了，干脆顺便卖李昌俊一个人情，另外陆运红是三个大专生之一，自己也当众表扬过他两回。对于王进才来说，他看懂了李昌俊的眼神，主动提出这个建议，也算间接给陆运红和李昌俊赔礼道歉。他心里更具体的打算是，陆运红年轻，不懂的东西多，届时规划建设管理科就还是他说了算，虽无名，但有实。过一两年，设法让陆运红调到别的科室副转正，自己再争取复位，问题不大。换其他人来，就是另一个格局，所以他才这样跟领导们建议的。

  星期一，交通局全体职工大会上，局长表示今后交通局用人，要摒弃论资排辈等陋习，大胆启用年轻人，然后直接宣布，陆运红任规划建设管理科副科长，代主持科室工作。当然，谁都知道这就相当于科长，并且直接是科长待遇了。王科长又站起来，代表规划建设管理科，表示全力支持陆运红的工作，并再次把陆运红表扬一通，说他文化水平高，有在基层锻炼的经历，认真学习，虚心踏实，任劳任怨，尊敬老同事，团结新同事，忍辱负重云云，总之，竭尽所能赞美陆运红，以弥补给陆运红带来的伤害。接着，办公室行文，上报人事局认可，同时文件发到了交通局下属各单位科室。

  此时的陆运红不到二十四岁。

  对于李昌俊帮他当副科长，陆运红基本猜到了，但这下子等于直接当上了科长，完全超出了他的预料。他已经知道是王科长提的自己，也琢磨到了他为什么提自己。可对王科长的戒备已经在他心里生了根，不可能消除。回到科室，私下里他对王科长表示了谢意，并请他以后在工作中多指点，多担待，可心里依旧对他厌恶。晚上，他去李昌俊家里，准备向他表示感谢，李昌俊拍拍他的肩，拉他坐在一起，笑了："我只是想逗逗他们玩，瞧瞧自己手法如何。这没啥，你好好干吧，确有不懂的，跟我说就是。"

  交通局启用了一位没有背景的年轻人当规划建设管理科科长，如此"位高权重"的一个科室，不拘一格用人，唯才是举，这是从没有过的事，没多久就传开了。交通局出其不意的出风头了，事情甚至引起了县里的注意，交通局因此被表扬。

  两个月后，交通局姜局长调任邻县永平县副县长，接任交通局局长的是林业局的副局长，叫卢希成。卢希成五十来岁，很瘦。他来到交通局，首先召开中层以上干部会议，全局近二十人参加。在会上，他首先就看到最年轻的陆运红，问："噢，你就是陆运红？很好，很好，早听说你，年轻有为。我们交通局，不，咱们整个县，以后就需要大量的年轻人，不然总是咱们一大堆老头子、半老头子坐着开会，会发霉的。"

大家一阵笑后，又热烈鼓掌。王科长曾经还打着小算盘，以为过段时间，自己的处分被大家淡忘了，一两年后设法争取回到科长的位置，而如今从这个情势来看，大小领导都在跟风，说重用年轻人，陆运红"由代而正"已然是大势所趋，一时肯定动不了，自己的愿望变得很渺茫。他满怀愤懑地接受了这个现实，对前科长的表弟恨之入骨，也开始悄悄设法报复。

陆运红升职了，第二周，他的工程师职称也得到手，但这些并没有给他带来兴奋感。与王进才的关系，现在他感到很难处，他无法在心里恢复原来对他的信任，只能假装什么都没发生的样子和他相处，敷衍他；而且好些事情上，还得听他的意见。他感到憋屈难受，宁愿离开这个科室。因为对王进才的厌恶，接触增多，平时他更留心观察他，他发现王进才有着很强的嫉妒心，科室中某人如果做了点出人头地的事，比如自考通过了几科，他表面上假装欣赏得不得了，还皮笑肉不笑地带头祝贺，私下里却是痛苦的。一旦听说科室里或者局里谁出了啥事，比如生病，出车祸，他往往要打听很详细，幸灾乐祸的表情几乎掩饰不住。对谁的倒霉，他都有快乐无比的心情，有时甚至会哼上几句歌。而且陆运红渐渐地发现，他特别喜欢背地里说别人的是非。大概为了修复与他的关系，有两次和陆运红一路，王进才自作多情地，以知己的口吻关怀他，要他少接触女科长丰慧，说她最喜欢嚼舌头，是长舌妇。陆运红对丰慧并没有这种感觉，反而觉得他才是长舌妇。王进才又故作神秘地告诉他一些"内幕"，比如局里金局长和某位女职工关系亲密，只有他知道，然后告诉陆运红千万别出去对人说，陆运红听着这无法验证的"报料"，先是怀疑，然后觉得不管真假,都必须在他面前小心行事,提防他在别人面前也如此胡乱编排自己。他假装什么都不懂,绝不插嘴。他逐渐地又发现,原来在局里几乎没人跟王进才合得来,大家对他也是虚与委蛇。

对局里下属企业的事,王进才特别爱插手。运输公司的事,石料厂的事,还有工程上的事。打听到谁有运输需求,他马上给他的堂兄打电话;打听到哪里需要石料,他又马上打电话给厂长,成天忙不停,名曰关心下属企业,实际在悄悄地分红。总之爱钱是他的一大特征,只要有钱的影子从眼睛边上滑过,他就会聚精会神地留意着,然后迅速出手抓住,绝不放过。陆运红越看越不舒服。但是,除李昌俊外,其他几个领导对他很信任,尤其是被他说与某女职工有不正当关系的金局长,对他更信任,这让陆运红很费解。

王进才在科室职工面前,甚至当着局领导的面,不时扭扭捏捏地表示自己根本不想当科长,当副科长轻松些,就连副科长他也不想当,是前任局长几次"请"他,他才勉为其难接受的。陆运红和袁旭聊起这事,说不知是真是假,袁旭笑了,告诉他,原来王进才在第三公路段任段长多年,因为文凭不高,他的靠山又已经退休,每回局里主要领导变更,他都担惊受怕,唯恐自己被拿下。新领导一上台,他就要打辞职报告,说有病要辞职,因为新领导刚来,一般求稳,都不同意中层辞职,他如此以退为进,被新领导挽留之际,抓住机遇送礼,获得新领导的好感,稳住位置。主要领导变更了四回,他就生过四回病,请过四回病假,打了四回辞职报告,送过四次厚礼,被挽留了四回。这个招式应对了四届领导,屡试不爽,却成了大家私下的笑柄,他还以为谁都不知道他的策略。职工们都说他是老当益壮,陆运红听着袁旭说他的这些历史,就比谁都感到恶心,又想起自己当规划建设管理科科长这件事,如同看到了一条狗,眼睛死死地瞅着向往已久的骨头,又时时提防着周边冒出其他的狗来抢,精神高度紧张才胡乱咬人。他极力掩饰住对王进才恬不知耻的本性的鄙视,对王进才说:"你不仅是科室的主心骨,也是交通局的骨干啊,姜局长当初请你出山,是有眼光的。"

总之，通过王进才这个三棱镜，他依稀看明白了自己所处的这个环境。

交通局下面的教练驾驶技术培训中心，照顾内部职工，普通职工学习驾驶技术，二十个学时免费；对中层以上干部，三十个学时免费。因此，干部们都学习了驾驶技术，基本能在免费时间内取得驾照。其实即便三十小时满了，没通过，也能取得驾照，因为是内部职工，反正免费。陆运红也报名去学习，有空时就去练练，东练一回，西练一回，最后三十学时也没练满，但要统一办驾驶证，他就提前办了。把驾驶证拿到手，他也就懒得再去练，当然不敢独自上路开车，况且一般也没有车让他开。

星期六，他检查五河区交通管理情况，顺便回到家里。父亲和母亲在屋里建个砖砌的小粮仓，里面已经堆有三千多斤稻谷，他很惊讶，这么多，两人在家里根本吃不了，不卖成了陈粮，时间长了会发霉的。可是他们舍不得卖，担心将来某一天，遭遇大旱，颗粒无收，没吃的，哪怕是陈粮也能拿出来撑两年，就是拿来接济左邻右舍也是好的。他明白父母对以前缺吃少喝的日子刻骨铭心，已经饿怕了，天天能看到这么多粮食堆在仓里，烂在仓里也安心些，即使变质了也能喂鸭鸡鹅，他没再说什么。

他没有把自己当副科长的事告诉父母，因为看到了王进才的丑陋，他没把它当成荣耀。母亲问他有没有谈对象，说他该谈了，人家钟强已经有两个孩子。四表哥韩雷已经结婚，有一个孩子了。陆运芹的两个孩子都到处跑呢。当初的小伙伴程林也已经结婚了。陆运红听着母亲的唠叨，程林居然也已经结婚了？他有了一丝紧迫感，昔日的伙伴们，都结婚生子了啊。他猛然间想起这段时间以来，郑彦秋怎么没来消息请自己喝喜酒，她也结婚了吧？

他想到郑彦秋二哥那套军装始终忘在家里，就拿出来，带着，准备回去后还给她。

第 76 章

星期天下午，回到县城，他到县城的百货商店准备买双鞋，来到卖鞋的柜台前，看中了一双，刚准备试鞋，居然碰到了郑彦秋。郑彦秋来买盆，两人都很意外，和上次在化工厂里见面，已经又隔了半年。郑彦秋是独自一人，似乎有点不好意思，陆运红帮她付了钱，她谢过陆运红。陆运红告诉她，军装已经带来，放在住处，她也正要问，就说去拿。他们一起朝陆运红的住处走去，陆运红问："你结婚没有啊？怎么一直没告诉我请客的消息？"

郑彦秋默然片刻，好像有难言之隐，又知道回避不了，不太情愿地对陆运红说："我和他分手了。"

陆运红有点意外，问："为什么呢？"

"性格不合吧。"

"这是男女分手的最普遍的理由，还有一个'没有缘分'，是不是？"陆运红说。

郑彦秋好像很不想谈这个问题，陆运红也不好刨根问底，两人的话题渐渐枯竭。一路走着，到了陆运红的住处，陆运红给她倒杯茶，然后把他二哥的那套军装取出来，她打开看了又看，和新的一样，可见这么多年来，陆运红保存得挺好的。陆运红告诉他，自己当初试过一次，那时不合身，现在穿应该行。接着他又拿过来，试着穿上，郑彦秋说："你不忌讳啊？"

"这有什么？从没想过这个问题，当初最向往的就是穿军装。"

果然，他穿在身上，刚好合适。郑彦秋说，跟她的二哥几乎一样的感觉，只是头发长点，她说着，眼圈微微发红。陆运红脱下来，还给她，说："你知道吗，当初你二哥牺牲的时候，我给捐了五元钱，就是想让你理解成我买这件衣服的钱，害怕你让我把衣服还给你啊。"

郑彦秋勉强笑了，说没有想得这么深刻。

她准备告辞，陆运红送她到门口，隐隐约约间，心里又冒出起初中时的那股感觉。他忽然抓住她的手，望着她，说："要不，我们重新开始吧，行不？"

郑彦秋挣了两下，挣脱了，她望着旁边，没回答。

"考虑一下吧。"他半开玩笑地说。

"你是还没谈吗？"

"是啊，也想谈，没合适的缘分啊。"

郑彦秋没说话，陆运红又重复道："考虑一下吧？"

郑彦秋不置可否，说："……以后再说吧。"

"嗯，好的。考虑什么呢，考虑咱们下回再见，还是像初中时一样，就考虑是你先勾我的手呢，还是我先勾你的手这个问题，行吗？"他继续开玩笑。

郑彦秋微微脸红，没回答。他送郑彦秋到他们厂车的站口，郑彦秋离开了，他望着厂车开去的方向，心里很茫然，他对她的感觉已没有初中时那样强烈，她会不会要介意自己与梁洁的经历也不敢说。他希望她能答应，因为总的来说，郑彦秋是不错的，如果她能答应，自己也不再作别的打算了。

第二天下班，他又去化工厂里，两人再次见面。郑彦秋刚下课，两人并排走着，朝她的寝室去，就像多年的朋友、兄妹或夫妻一样。她碰到熟人，互相招呼，没有一点不自然。她左肩上沾了些粉笔灰，他侧过头，给她吹去，她也没觉得有什么不对。来到她的寝室，陆运红抱住了她，望着她的眼睛，她有点羞涩，轻轻地推开他，坐下，静静地说："运红，我有个事，需要告诉你，如果你不介意，我们才能交往下去。"

陆运红不知她要说什么，问："你说吧，同学。"

郑彦秋断断续续地告诉他，她谈的那个男朋友施文信，两人交往大约四个月，后来她发现他同时还和别的女子交往，脚踩几只船，就和他分手了。陆运红听着，这个原因不值得用这种方式来告诉他，肯定还有别的重要原因,他马上想到了,看着她,心里虽然有点堵,但还是接着她的话说:"是不是这个姓施的男人,可能长得还不错,很得女子们喜欢,然后……"

郑彦秋没有回答,坐着,望着窗外。陆运红已全明白,说:"彦秋,过去的事就啥也不说了,我不会介意。就这样吧,好了。"

他再次站到她面前,把她拉起来。郑彦秋说:"不,我还是要说。"接下来的话,她说得更顺畅了,"他同时和两三个女的交往,在和我交往的时候,还让其他一个女孩打过胎,我知道后很痛苦,原来还计划去办结婚证。"

"你有他的照片吗,拿来给我看看,看看他是个什么样的男人。"

郑彦秋曾有好几张他的照片,好像都已扔掉,她翻了翻书柜里的几本书,翻了好一阵,从夹的照片中找,居然找到了一张,递给陆运红。陆运红接过来看了,确实,照片上的男孩子很不错,是很能让女孩们动心那种。他还给她,笑着说:"我觉得自己好像不比他差嘛,你觉得呢?"

郑彦秋把那张照片扔到垃圾袋里,说道:"你是指人品上,一路货色?"

"你说呢?"

他再次拥住郑彦秋,她没有拒绝,好一会儿,两人才分开。郑彦秋做饭,他在旁边帮忙洗菜。两人不时相对视一眼,又止不住地笑了,陆运红说:"要不明天我们就去把结婚证领了吧。"

"胡说八道,咱们今天刚刚开始。"

"初中那时就不算了?我们按工龄的算法,也该八九年了啊,还说什么刚刚开始,亏你说得出口,忘记过去就是背叛。"

总之,两人的交往就这样重新开始了,他们都觉得一切挺自然,顺理成章,再没有跌宕起伏的心理冲击,没有小青年式的傻傻的感动了。

郑彦秋想回家的时候,让陆运红和她一起回去,让她的伯伯(地方习惯，有的直接称呼自己的父亲为伯伯）和娘知道。她说，她和施文信交往四五个月来，还没到她家见过父母，对方家长是市里的，他头脑里没有要见女方父母的意识，倒不是他瞧不起乡下人，只是城里人不在意，觉得恋爱是两个人的事，与家长们没有关系。当时郑彦秋也不认为他的意见有什么不对，现在她觉得那就是轻率的根源。对于陆运红，她是了解的，知道这次恋爱不会再出现什么问题，所以她很快提出来，陆运红也正有这个想法。他问："是不是见了你的伯伯和娘，就可以直接去办结婚手续啊？"

"急什么？早着呢。"郑彦秋甜甜地拒绝他。

"咱们一起回去，给他们买什么东西好呢？"

"就两瓶酒吧，再买一条烟或者一封糖就行，我伯伯抽烟。当然，如果你要表现，给几百元钱也行。"

"几百元就把你买过来了啊，划得来的，嗯，你先借几百元给我吧。"陆运红笑着说。

"我没有。"

"那先欠着。"

他想到施工老板上回刚好送了他两瓶酒和两条烟，在他的住处，直接拿来就可以，再买上一封糖就行了。

国庆假期，两人一起回了郑彦秋的老家，这儿离东永县城有三十多公里。郑彦秋的父母年龄与陆运红的父母差不多。她父亲叫郑奎中，母亲叫王宗福。她还有大哥郑彦兵，做了人家的上门女婿，就在本村，确切地说她嫂子家离她家只有两百米，仅隔一个小山坳。郑彦兵外出做工去了，她母亲站在门口大声喊，嫂嫂听到，不一会儿就过来，还带着十多岁的小孩子。郑彦秋为陆运红做了介绍，可以看出，她父母和嫂嫂对他的初步印象是比较好的，热心地迎接着，收下礼物，说他是贵客。中午，大家吃着饭，郑彦秋的父亲问陆运红家里的情况，他还认识陆运红老家生产队的队长，也就是已故的队长舅舅韩开国。吃过饭，郑彦秋的母亲见没什么给未来的女婿，把家里母鸡下的鸡蛋捡了二十个，嫂嫂又给他捡来二十个鸭蛋提上。陆运红谢过，带着满满的收获，和郑彦秋高高兴兴地返回了县城。

碰到袁旭的时候，他说起和郑彦秋复合的事，袁旭非常惊讶，说："看来你们真是天注定的啊，就好好把握住航向，别再颠簸了吧。"

"应该不会了。"

郑彦秋也想到陆运红家里去见见他的父母，陆运红给她提要求："原来我打算咱们生了孩子再回去，直接给他们一个惊喜，不是更好吗？"

"你别规划得这样超前行不行？"

"也可以超前。"两人进行了拉锯战，陆运红不再提孩子的事，郑彦秋也同意把结婚证办了，然后再回去。

在陆运红的软磨硬泡下，半个月后，两人办理了结婚手续，同时约定，不再办婚礼请客，一切从简，元旦回家。经过多年的波折，两人终于走到了一起。

星期三，陆运红和王进才去解决凤凰区地界上一处农业灌溉沟渠穿越公路上方的事，二人到现场的时候，区公所和县农业局的人已经来了。原来这个灌溉沟渠是农业局负责建设的一个工程，需要直接从公路上方建渡槽跨过，但建渡槽后净高只有三米八，不符合道路交通的要求，可是灌溉沟渠又是一个重点工程，直接关系到下游两千多亩农田的灌溉。在人群中，他发现了一个熟悉的人——秦正高的儿子秦超，虽然七八年没见，可他不费力地认出他来。由于两家历史的原因，以前他们同班也很生疏。秦超也看见了他，两人在人群中，互相没打招呼。农业局领导介绍到秦超的时候，说："这是我们农业局才分配来的大学生、高才生，秦超，负责农村水利的。"

"啊，人才啊。"大家一片赞叹。秦超脸上洋溢着自豪的表情，也夹着一丝不自在。陆运红像初次与秦超见面一样，握了握手，点点头，两人都没说话。

秦超是跟着他们领导来学习处理问题的，他不太熟悉情况，跟在旁边一言不发。按照王进才的意思，这段公路限高四米，三米八肯定不行，只要将沟渠抬高二十厘米就行。但是抬高二十厘米，就意味着六公里长的沟渠都要抬高，增加的工程量太大，费用增加近四万元。建倒虹管是第二选择，需要破开公路，而且倒虹管水头损失很大，农业局方面权衡后，希望交通局想想法网开一面同意破开公路建倒虹管，王科长则坚决地认为不行。因为涉及两千多亩农田的灌溉，从农村出来的陆运红知道沟渠的重要性，又想到前不久回家，看到父亲和母亲还要像老鼠一样年年积存着粮食，舍不得卖的情形。公路限高确实不可随意改变，他看看公路，公路恰好在一个小山凸上，两边低，中间高点，如果把这段公路降低二十厘米，甚至降更多，不仅更有利于车辆通行，渡槽也可以不改，而且所涉长度大约只有三十来米。把这段往下降，降五十厘米，公路宽六米，所涉工程量不算大，农业局或许能承受。他把自己的想法说出来，农业局领导和区公所领导想了想，觉得还可行。农业局领导当即表示愿意负责这段公路的改建，作为渠道建设的新增工程考虑。

　　陆运红把自己的想法提出来，事先并没有征求王进才的意见，王进才把脸转到一边，没说一个字，明显表示对陆运红此举有意见。陆运红一见他的脸嘴，明白了，本不是大事，他偏想故意为难对方！现场大家都同意陆运红的意见，因为这个意见没什么明显不妥，王进才一时提不出反对意见，又碍于他是"领导"，半响只好说："既然陆科长说了，这样也行。只是公路建设施工方面，我们有特殊的规范要求，你们农业局来做是不行的。我们回去做个概算给你们，你们把工程款划来，由我们实施，否则出了问题无法向局里领导交代。"

　　"行，行。"区公所和农业局的领导都同意。

　　临别的时候，陆运红想了想，还是主动走过去，又和秦超握了握手说："以后多联系。"

　　"嗯。"秦超回答说。

　　回到局里，王进才马上让人编了个概算，整个改建工程所需资金达到五千多元，交来让陆运红签字上报。陆运红一看，心里犯了嘀咕，因为经历过几次工程，这点小工程的费用一看就能估算，大不了两千到两千五百元以内。他犹豫着，片刻后问王进才："两千左右的事，报这么多，对方会认吗？"

"他们求我们，必须按我们说的来做，怕他们不依？"

他心想难道就不能为别人提供一点方便？可也不好过于反驳王进才这种雁过拔毛的做法，只好拿起笔来，勉强签了同意报送，交给他，由他去操作。

这件事不用交分管局长签字的，王进才直接和农业局对接。过了些日子，他听人说，王进才把这个小工程交给了他的舅子去做，他也不好多说，不过王进才"懂规矩"，在陆运红并不懂规矩的情况下，塞给他五百元。陆运红想了想，略一推托，还是收下，这是他迄今为止收过的最大一笔钱，比三个月的工资还多。他有些担心，可一想到王进才可能得的更多，又有些不甘心。回到住处，他把这笔钱拿出来，看了又看，因为对王进才很鄙视，不想在经济上和他有牵连，当然也不想退给他，于是将钱放在床边抽屉的下层，用一本书压着，不再去动它。

第 77 章

星期五，云津市交通局召开全市交通十年规划方案调整会，刚好王进才和李昌俊陪分管领导去景江市考察交通建设还没回来，因为分管县长不在，县里临时安排了一个并不分管交通的县委副书记于向勋去参加，交通局办公室就让陆运红一同去。他忙把科室里去年初上报的意见稿拿来，匆匆看了一遍，然后带上，坐上副书记的车一同前往市里。于向勋五十来岁，微微发胖，有点秃顶。在车上，他坐在前面，头也不回地问："你就是陆运红，我们县交通局历史上最年轻的规建科科长？"

"惭愧,承蒙局里领导们关爱,正感到担子重,诚惶诚恐哪。"

"年轻人嘛,是要加担子。对职务,就是要敬畏,要有点诚惶诚恐的态度才行。"

"还需要于书记多指点、帮助。"

"这么年轻,谈女朋友了吗?"

"初中时的同学,我俩已经办结婚手续了。"

"那可以啊,初中同学,也就是说青梅竹马、两小无猜呢。"他回过头来,笑着说。

"就算是这样吧。"

副书记好像对年轻人们的恋爱经过特别感兴趣,想听纯天然的、原汁原味的爱情故事,向他打听是怎么和同学谈起恋爱的,怎么走到一起的。陆运红感到他很有亲和力,也没介意,毕竟需要两个小时才能到市里,只能闲聊打发时间,就把自己当初和郑彦秋怎么成为同桌、开始初恋,怎么被老师棒打纷飞,然后补习的时候又坐在一起,毕业后又怎么重逢,重新走到一起,全讲了一遍。领导和司机听得哈哈大笑,简直胜读言情小说,同时也对陆运红那种毫无戒备的真诚打动,感慨地说了句:"你们年轻真好啊。"

陆运红说到自己和郑彦秋的缘分,就提到了她把牺牲的二哥的军装送给自己的事,也说到自己的大哥陆运新,说自己和郑彦秋都牺牲了兄长,命运相似。于向勋感到意外,追问:"原来你大哥就是前几年公安局牺牲的陆运新?"

"是。"

"噢,噢。"

于向勋又向他询问了全县十年交通规划的情况,他刚才粗略看看,现炒现卖给他说一遍,领导又把书稿拿过去翻看。

在市交通局中会议室,参加大会的有全市八个区县交通局和市交通局的共三十多个人,还有分管交通的副市长周静。陆运红在这三十多人中,仍然是最年轻的,甚至让人感觉还没脱稚气,来参加会议的基本都是四十多岁到六十岁的人了。会议桌上不少人都打量他，感到诧异，以为他走错了地方。会议开始，市交通局办公室张主任从他旁边经过时低下头客气地问："小伙子，你是做啥的，我们马上要开会了。"

言下之意是这个会与他不相关，要他离开，坐在他身边的于向勋忙拍拍他的肩，给主任解释："这是我们县交通局新上任的规建管理科科长陆运红。"

"噢！"张主任忙抱歉地说，"对不起，对不起，坐，坐。"

坐在于向勋旁边白狮县的副县长问："多大啊？你们用人上很开明。"

"二十三四吧。"副书记含笑地替他回答。

"年轻有为啊。"

会议进行着，先是分管市长发言，然后由市交通局分管局长发言。撤区并镇的工作即将在全市铺开，去年的规划要大调整，要求各区县把方案拿回去，所有区县撤区并镇的方案上面已经批复，各县本次参会人员要马上回去，拿到各县已批复的区划调整方案，提前重新规划，重点关注各镇乡之间的连接。整个会议不需要各区县人员发言，陆运红开始还有些紧张，这下放心了，会议不长，大约一个小时就结束了。会后，于向勋还要等着下午参加市里的一个会议，于是陆运红独自坐车回局里。

他和郑彦秋结婚，没有举行婚礼，没有请客，只是告诉了双方父母，双方父母也接受他们新事新办。陆运红一直住在原来龙潭区公所农机站的住处，每月还是五元租金，幸好这时交通局财务科一位职工调走，住宿楼空出一套房子来，他跟办公室申请后，立即搬了进去。虽然还是旧房子，但至少没有租金。于是，这里成了陆运红和妻子的窝，算是婚房，算是家，他们住在了一起。

就在陆运红和郑彦秋结婚后的第一个星期，钟强又来找他了，他的消息总是很灵通，前不久他听说陆运红在交通局当科长了，打听着来的。马上要到中午下班时间，他来到交通局门卫登记处，打了电话，坐在那儿等,陆运红忙下来,招呼他到宿舍里去坐。钟强胖乎乎、油腻腻的,胡须倒像刚刚刮过,并且穿了一件干净得像是才买的衣服,显然是收拾了一阵才来的,像三十多岁的样子,一股成熟气息是陆运红所不具备的。中午郑彦秋一般不回来,只有陆运红一个人在家里。陆运红宿舍的墙上,有一张他和郑彦秋的合影,屋子里其他一如平常,简直没有一点喜庆气氛,正是草窝当天堂的季节,年轻的夫妻谁也没在意,拥有对方就是最大的喜庆。陆运红去食堂把饭菜打上来,与钟强一边吃一边聊。钟强看着墙上的照片,问:"小四哥,怎么刚当上科长就换了嫂嫂,我每来一次,你就换一个啊?"

"胡说八道,我还有苦难言呢。"

他把和梁洁分手、与郑彦秋结婚的经过告诉他,钟强说:"原来前岳丈瞧不起你,如今他该后悔了吧。"

陆运红默然,自听说梁洁全家搬到省城的消息后,他再没打听过,而时至今日,梁洁给他的印象也没恶化,确实什么恨都记在她的父亲身上。总体而言,郑彦秋各方面都比梁洁优秀,如有梁洁,今天就不会和郑彦秋在一起,也许这就是天意。

钟强说,上次他从这里回去不久,他师傅去世了,他在云津市里租房子住,在建设路石头巷里,老婆孩子都在那儿,已经有两年时间。他托人在永平县建设局办了张建设施工资质证,而且自己也通过关系获得了工程师的资质,现在他成立了一家建筑公司,有三个搅拌机,还有一个运输车,自己也学会开车了,现在在青台地区包工程做。

陆运红听着惊得张大了嘴巴:"你都是工程师了?能搞设计吗?"

"哈哈,别笑我。设计我不会,也不会画图,可是一般的简单施工图,我还是看得懂的。我如同强行扦插进这个圈子的柳条,总要生根发芽了嘛。"

"你的公司叫什么名字?"

"盛强建筑工程公司。"

"有多少人?主要能承接哪方面的工程?现在做什么工程?"

"只有几个帮手,什么都干,房屋建筑、农村水电工程施工、公路建设都行啊。"钟强说。

"货真价实的老板啊!"陆运红说,心里有些失落。两年之间,钟强已有了大进步,而自己只是迈了一小步。

其实钟强所创立的公司,确实只有几个拼凑的帮手,什么杂活都干,往往是从别人手上接二手工程来做,有时也直接出面向甲方包工程做。两人谈了会儿,陆运红基本摸透了他公司情况,他佩服钟强的胆子。他给钟强建议,最好找个中介公司,先搞到一张做工程的施工资质证,几个和自己一同打拼的固定人员是少不了的,而且素质还是要有的,公司制度要有;财务方面也要规范;资料档案要健全;别随做随扔,要把公司做像样些,形制完善才能摆得上台面,才可能让人信任,比较体面地包工程。钟强听着,记在心里,决定按他说的去做,他又告诉陆运红自己近年来做的一些工程,都没出过问题。

"来找你,就是这个事。小四哥啊,前次我们东永县修第一条柏油路的事,我在外面听说,只是抽不出身回来,我知道你刚到交通局,肯定做不了主。可现在你已经是科长,以后有些事情你能做主吧,有工程上的事,得照顾下。"

"刚刚当上了,很多事都不熟悉,而且现在也没什么工程。"

"小四哥,别跟我说这些,哪里会没工程呢。现在各个县都在忙着调整未来十年的交通规划,要干的事多的是,胳膊要朝我这里拐,到时候,我是知道的。"

"你什么消息这么快?关于十年规划的事,我们前几天才开过会,你就知道了?"

钟强得意地笑着说:"工程上有什么动向,我的消息不会比你识,有时比你还灵通。"

"可是,我现在好像也帮不了你什么,上面做主的人太多。"

"知道,暂时没有也无所谓,现在我手里有工程做着,一时也抽不开身。"

钟强环顾了一下陆运红家里，从包里拿出一个传呼机，说："小四哥，这个送给你，有什么事，好跟我联系，比如再换嫂子什么的，千万别闷着不吭声。"

陆运红很意外，单位现在只七八人有传呼机，他其实也很想买一个，只是太贵，他们说两千多，如今虽然不是买不起，可是绝对舍不得，没想到钟强居然送他。他觉得不该要，正想拒绝，钟强说："小四哥，你就别扭捏了，你没当官，我也送你。这就像咱们小时候一起玩的玩具。这是我用过几天的，别嫌弃，入网费我已经交过了。你拿着，有工程，方便的话就呼我；确实不方便，也无所谓。"

陆运红还在犹豫，但毕竟是好友，他既然拿出手了，不收也不好，显得没见过世面的样子。钟强塞到他手里，他假装不在意地随手又放在桌上，轻描淡写地说："好吧。可是，我怎么才能帮你呢？"

"我刚才说了，能帮则帮，不能帮也没事，别放在心上。你太认真，咱俩说这就太见外了。"

"虽然我现是科长，可是包工程方面的决策，不是我做得了主的。"

钟强说："这个你不用说我也知道，如今就是这样的。如果你总惦记这事，那你方便的时候，给我制造个机会，让我跟你们局领导接触就行。"

钟强倒没有非让陆运红报答的意思，他的本意只是要陆运红接受，展示自己在他面前的成就感和优越感。

陆运红点点头，表示这点他可以想法试试，但最好想到偶遇的方式，不能过于做作，钟强说行。

两人又聊了阵村里的情况，秦明明和秦小军他们都不在家，出去了，听说都已经结婚；小猪韩科在电力工程学校，听说马上要毕业了；老队长韩开国的两个儿子韩东和韩南也出去了，在市里做生意，好像在市里买了房，几乎没见过，现在不少年轻人都出去找活做，还有两位也在外地买房落脚。陆运红听着，渐渐地明白，这是除了读书之外，农村人走出去的路子。两人聊了会儿，钟强告辞离去。

看着钟强留下的传呼机,他高兴不起来,如同在钟强面前承认自己不如他,饱读诗书的自己,居然不如他!这是男人的面子问题。传呼机放在桌上,他没有再去拿。下午,郑彦秋回来,发现桌上的传呼机,很意外。他告诉了她来龙去脉,郑彦秋拿着瞧,一边询问怎么用,一边说:"你这是不是算受贿啊?"

　　"如果是别人给的话,我今天绝对不会要,钟强给的,怎么说呢,只好拿着了。"他说。

　　"你俩是啥关系?"

　　"同村发小,父辈关系好,小时候他就拜我娘为保保。"

　　这个玩意儿即使是用,每月五十元费用也是个问题,虽然承担得起,可是五十元不是个小数目,真从工资中支出,挺吓人的,相当于在农村卖近两百斤谷子。他忽然想到前不久收到的王进才拿来的五百元,管他的,先用它支付一年的费用吧,想到这里,渐渐放心。原来还想把它捐出去呢,算了。

第78章

　　陆运红带着科室的几个人,根据县政府那边拿来的撤区并镇资料,对比着全县地形地貌测量图,做十年规划和近三年的实施计划。交通局新买来几大卷工程纸,几张制图板和一些绘图工具,开始重新搞十年规划,图纸废了一沓又一沓。陆运红从中学时就养成了对地理的特殊爱好,他更喜欢像战略家一样,对着地图琢磨来琢磨去。因为对各种地图的痴迷和敏感,他的纠错能力很强,比例掌控也比别人精准,科室的几个专门设计的职员在地图上出的问题,他往往一下了就能看出来。没多久,县域地图他能一笔画成,并且把所有乡、村的位置标注得非常准确,这在局里无人能办到,他的特长把科室的人都镇住了,他们不敢因为他不是交通专业的就轻视他。最后规划书两易其稿,元旦前夕才大致定稿,这时,郑彦秋告诉他,她怀上孩子了。

郑彦秋问:"现在生下来呢,还是等过两年才要呢?"

从陆运红的本意来说,他想过几年再要孩子,也算是响应国家的晚婚晚育号召。可想到母亲和父亲早就盼着自己结婚生孩子,而且曾经的伙伴和同学们大都已经当父亲,他说:"生吧,都说早生早享福。"

元旦的时候,他和郑彦秋又一起回老家,见了父母。

陆运红告诉父母,自己和郑彦秋已经办理结婚手续,郑彦秋已经怀上了小孩。母亲打量着郑彦秋,说:"怪不得,两个月前我做了个梦,梦见你和一个姑娘站在一树桃花下面,捧着一枝很艳的桃花。现在,你们年轻人的事,你们就自己做主吧。"她说在岩口监狱的表哥韩斌上周也结婚了,妻子就是他们岩口监狱的,也是没办喜事,两人回老家一趟,舅舅家只请了两桌。陆运红想起应该给表哥打个电话祝贺,可没他的电话。算了,以后再说。

陆选南听说郑彦秋老家在石船乡,就问她父亲的名字,郑彦秋说她伯伯叫郑奎中,陆选南冥思苦想好一阵,说:"你们老家是不是石船乡骑马山?"

"是啊,伯父,你怎么知道呢?"

"二十多年前,那时有一条大路,没公路。为乡上转运挑粮的时候,我到过你们那个地方,并且在你们家住过一晚。你父亲肯定记不得我了,他和我差不多大。"

"现在也没通公路。"郑彦秋说。

"哦,看来你们是有前缘的。"母亲说。

"我俩什么时候去走走,都是一家人喽,看他还认不认得我。"父亲开心地对母亲说。

最让母亲关注的是郑彦秋怀有孩子,她假装无心其实很担心地说:"也不知道怀的是男孩还是女孩。"

"娘,什么时代了,男的女的都一样。"陆运红忙说。

"是,生男生女都一样,我只是随便说说。"母亲说。

陆运红心里倒还是希望老天爷关照,能生个男孩,满足一下母亲的愿望,但也只能听天由命。

两人离开的时候,母亲从屋里拿出四百元钱,硬要塞给郑彦秋,相当于第一次见儿媳的见面礼。郑彦秋连忙推辞,推了老半天,母亲非给不可,陆运红给她使眼色暗示她收下,她只好收下。母亲又要去拿鸡蛋,郑彦秋趁她离开的时候,快速走到屋里,悄悄将四百元放在她的枕头下面,然后二人拿着母亲装的鸡蛋走了。

随着撤区建镇工作的展开,全县五个区公所全部撤销,所有的公社全部撤销,重新调整行政区划,成立了十个镇、十个乡。老家原来的五河区公所所在地被改成了五河镇,五河乡撤销。这次行政区划的大调整,涉及一大拨的领导干部的调整,原来的公社撤销太多,干部安置一时成了大问题。局里年龄较大,差一年到站的副局长康庄按政策被安排提前退休,给新来的人让路。康副局长退休后,一时没再安排人来,局里的工作分工临时调整,李昌俊作为常务副局长,又多负责两个部门,一个是驾驶技术培训中心,另一个是运输队。与这次撤区并镇工作同时开展的,还有一轮大规模的机构改革。驾驶技术培训中心和运输队、石料厂,所用的工人是合同制的,准备改成企业,自负盈亏,还有各公路段,属事业编制,但合同制工人太多。这一次改革搞得除了在人事局有正式编制的人而外,其他人可谓人人自危。

至于交通局下面的公路段,他们的情况要好些,至少基本工资不成问题,每年每段的养护经费也大致能支撑他们的补助津贴,因此暂时感受不到改革带来的强震。只是袁旭看着这个苗头,不免开始担心。能早点想法子离开才好,免得临时抱佛脚无处可抱。他找到陆运红,看他能不能帮上忙。陆运红当然帮不了这个忙,袁旭的意思是,希望能通过他与李昌俊的关系,跟李昌俊说说,给他调换个工作。陆运红觉得有些为难,但还是想尽力而为,于是找到李昌俊,把袁旭的意思说了。李昌俊说,这事他也不好做主,但看在陆运红的面子上,还是愿意帮他的朋友,和局长商量一下,过些时候再说。陆运红忙把这个意思转告给袁旭,袁旭听了,考虑是不是要钱的意思,第二天拿来一千元，要陆运红帮送给李昌俊。陆运红看着钱，对他说："我可以告诉你的是，李局长肯定不会收的，这个你应该知道。只是别人要不要收，不好说。如果别人要收，我就帮不了你，只有你自己去送了。"

他还是先把袁旭的钱收下，晚上去了李昌俊的家里，把袁旭给的钱拿出来。李昌俊看着，说："如果是你想换自己的工作，送给我，我还想收下，让你适应这种形式，你朋友的就算了吧。"

陆运红明白他的意思，自己当上代科长转正才不到三个月，王进才倒是巴不得自己走，自己板凳还没坐热，不能着急地换也不可能换。李昌俊说，他马上要调动，不在交通局了。陆运红心里一紧，问："你调到哪里，李哥？"

"国土资源局，任局长。"

"那行啊。可是你离去，我在这里怕难适应了。"他已经在心理上接受了对李昌俊给他制造的安全感。李昌俊告诉他，倒不必担心，好好干就是，这里的领导同事们都是买他的账的，不可能为难他。两人聊了会儿，末了，李昌俊说："这么办，你那个朋友，让他调到你的科室吧，你回去先打个报告到办公室，申请借调袁旭到你们科室，理由你回去慢慢想，要合适，我再找局长说说。钱的事，你让他事后自己考虑。卢局长其人，我也不是太了解。"

陆运红把钱带回去，还给袁旭。袁旭谢过，两人嘀咕一阵，构思了个借调报告，理由是规建管理科缺少在基层一线工作过的有丰富经验的文化层次较高的员工，要充实力量云云，总之这些理由都是面上的，大家都知道是怎么回事，于是报告交上去了。

次月初，局里为李昌俊开了欢送会后，他正式去了国土局，随即袁旭调入规建管理科，陆运红让他担任自己的助手，和自己共用一张办公桌。不久，基层公路段其他几个员工也通过关系调到局里其他科室工作，只等几个老员工退休，他们就按顺序名正言顺进来。局里新调来的副局长叫吴增承，是原来舒岩区公所的党委副书记，四十多岁，接替李昌俊分管的工作。他对交通这方面的工作还很陌生，在全局职工大会上，卢局长向大家介绍了他。他谦虚甚至有些怯生生地表示服从组织的安排，他是小学生，来向大家学习的，请大家支持他的工作。

局里三个彻底企业化的下级单位中，只有石料厂没有生存之虞。石料厂由已退休的邹科长的堂弟邹刚、王进才的表弟汪富华负责。到处都有修建工程，石料很畅销。改革之后，他们除了向社会销售石料，局里工程还得优先用他们生产的石料。据说他们的日子比局里的职工们过得还好，只是都不动声色的，在闷着发财。偶尔他们的员工也假装在领导们面前哭穷，陪着运输队和培训中心两个兄弟单位向局里诉苦，让人误以为他们也很恼火。局里领导们的眼睛当然是雪亮的，只要他们一来诉苦，马上说查查他们的账，他们就不再吭声了。

不久，局里接到举报，邹科长的堂弟邹刚贪污销售款一千元，局里纪检组马上组织财务人员去查，简单查查，果然属实，而实际数字据说远不止这些。既然举报人只说了一千，本着内部处理大事化小的原则，纪检组让邹刚退赃款，并写了检查书，同时中止了他的会计工作，让他成为一般员工。邹刚气不打一处来，他虽然怀疑是王科长的表弟下的手，可一时不敢贸然还手，害怕事情闹大，再被全面查查，那就麻烦了。既然上面放了他一马，他只好忍气吞声。他并没有离职，还在石料厂，主要是石料厂待遇确实不错，做一般员工也挺好。

其实此事好像与汪富华无关，他完全没必要为此与对方撕破脸，因为他们都抓有对方的把柄，已形成默契，事情应该是外人所为，知道他们二人的积怨而从中插手，挑起其内部矛盾。果然，事情结束后不久，又有封匿名检举信送到局纪检室，检举汪富华贪污一千二百元。其实这些东西，纪检组上次查账的时候就已看到了，既然这次又有人检举，当然要再查，很快又认定了一千五百元。接下来，这个石料厂的厂长汪富华也成了一般员工。两人都中了局，只是互不知道，他们之间的仇恨更加深了。局里讨论过后，另外安排了两个人担任厂长和管财务。

第79章

　　李昌俊离开以来，陆运红渐渐地感到，没了李昌俊，自己确实没遇到啥麻烦。他发现一个重要的原因是自己已经成这局里"爱才惜才"的标签插在那里，县里不少领导都知道他。局长卢希成不时还在会上表扬他工作突出，踏实肯干，所以没有人打他的主意，就连王进才也不敢轻易抱这样的希望。其实他并没发现自己工作上有什么突出之处，但因为喜欢自己动手，遇到测量、绘图、计算之类的事，就心痒痒要去做，一碰到经纬仪、制图板、三脚架、水准尺、曲尺、绘图纸，就身不由己地要去摸。所谓能者多劳，业务早已熟悉，科室里现在绝对没人敢把他当外行看待。

　　陆运红和郑彦秋的孩子出生了。在孩子生下来之前，他暗暗地在心里祷告，希望是个男孩，可是生下之后，确确实实是个女孩，胖乎乎的，水灵灵的，很可爱。他母亲听到要抱孙子的消息，提前两天坐车过来，替儿媳收拾这样，收拾那样。虽然是个女孩，她很遗憾，但毕竟是自己的孙子，她也没想过嫌弃，还是满脸笑意地整晚地抱着孩子哄，又替孩子烧香，请菩萨保佑，才放心；又天天照顾着媳妇，还给新孙子一百二十元作为见面礼。过了七八天，郑彦秋基本能下床了，因为挂记着家里的家禽家畜，陆运红的母亲赶紧回去了。陆运红把母亲送到车站，她上车了，忽然眼泪汪汪的，对儿子说："原来我给你大哥算的八字，说他的孩子该是儿子；给你算的八字，也说你该生男孩，可是，你这也生个女的，从此，咱们家就没有一个男的了。"

　　陆运红听着母亲的话感到内疚难过，依旧只能重复道："早就跟你说过啊，现在这种观念要改变，生男生女都一样的。"

　　"有空带着她们母女俩多回回家让我们看看嘛，我们年纪大了，懒得出门，你们现在回家就像做客一样。"

　　小孩子满月的时候，因为地方窄，也太麻烦，夫妻二人都不想请客，可是欧军送了两套衣服来，袁旭也送了礼来。郑彦秋的母亲也来到县城，于是夫妻二人决定在小范围内请客，就在家里。陆运红把程夏也请来了，程夏带着她的孩子程迎夏，小孩子叫陆运红保保，因为和陆运红见过很多回，孩子也不拘束，陆运红把他抱着亲了亲，他就几乎赖在陆运红身上不离开。他母亲在教他念"a、o、e""1、2、3"，准备让他上小学一年级。李昌俊到省里参加学习去了，欧军带着她自己的孩子和李昌俊的孩子来的。李昌俊前妻的孩子也是个女孩，叫李诗倩，十二岁，已经小学毕业，下学期就要上中学了。陆运红给客人们互相做了介绍，大家刚好一桌，高高兴兴地吃饭，饭后又一起斟酌着给孩子取名。构思了很久，终于取定了名字"陆迎秋"，秋字就是取的郑彦秋名字的最后一个字。

这个新的小家庭终于形成"三足鼎立"之势，是个符合国家政策要求的、标准的、成熟的架构。

周五，陆运红和王进才把规建管理科费了半个月心血，按市局会议要求和县政府要求做出来的三年交通建设计划和今年交通建设计划稿拿出来，副局长吴增承签字后，报送县政府办公室出报告文件，向市交通局争取资金。听说资金有限，各个区县都抢着报送，送迟的难免吃残汤剩饭，因此，县里特别重视。原来分管交通的钱副县长已经调到其他县去了，曾和陆运红一路去交通局开会的副书记于向勋被安排暂时接管副县长留下的一摊子工作。文件出来当天他就带上文件和资料，让分管副局长吴增承和科长陆运红一起去市交通局。

市交通局直接对接这项工作的是局长章智清，还有交通发展规划科科长郎再恩，两人年龄差不多，都五十来岁。按照于向勋的安排，他们没去交通局，而是在全市唯一的三星级宾馆云津宾馆二楼预订的一个雅间里等候。吴局长让陆运红从包里拿出待会儿要汇报的规划资料的复印件两份。

三人在房间里一边抽着烟，一边看着电视，超大的背投电视机，是挺稀罕的，尤其是那个遥控，吴增承拿在手里，像小孩子一样好奇地按,又生怕服务员来,看见了笑话。于向勋忙拿过来给他指点一通,陆运红也凑过去看,算是开眼界了,如何开关,换台,增大音量,画面调节。两人一边按一边赞叹着科技的先进。好一阵,章智清和郎再恩两人才来。于向勋站起来,热情地寒暄一阵,给二人递烟,做介绍。郎再恩见过陆运红一次,还记得,说:"小陆,知道了,印象深刻。"

于向勋安排下,陆运红把本县的交通规划方案资料拿出来,向两位领导汇报,其实就是郎再恩在听,章智清和于向勋开着玩笑聊着其他话题去了。郎再恩一边翻看着资料,一边听陆运红解释,因为这资料是陆运红参与,在原来的资料基础上做的,所以他很熟悉。除全县四个主要镇到县城的公路拓宽,建水泥路外,他把原来规划中根本没考虑的,妻子郑彦秋老家石船镇到自己老家五河镇给规划上去一条公路。虽然五河镇不是重点镇,他也把县城到五河镇的公路拓宽硬化塞了进来。对这两条路,规划书上只有寥寥数语,但他特别阐述了一番,编了一大堆的理由。郎再恩倒没注重这个,听他讲一遍,又问了几个问题,好像是在考察他的表达能力,而规划书的内容不是重点。末了,他说:"你们这个规划,总的来看是可以的,长、中、短期兼顾也比较周全,重点突出,基本与我们市交通规划指导思想是一致的,只是资金量大了点。另外,三年内的实施工程,我们是平均每个县按三百万到四百万考虑,你们这三年工程已经达到六百多万,要削。"

章智清这时在旁边补充一句:"僧多粥少啊,你们要理解。"

服务员已经把菜端上来,拿了五瓶五粮液酒,于向勋说:"好,好,怎么都感谢你们。章局长,郎科长,先不谈这个,咱们先喝几杯。"

一番激烈的拼酒过后,人说的什么,其实章智清大约已经听不清,也不敢再喝。陆运红只得生生喝下这一大杯,五脏六腑像刀割一样火辣辣地痛,眼泪已经冒了出来,他忙擦掉。于向勋又给章智清倒酒,章智清忙摆手,于向勋假装拉扯了两下,放下酒瓶。陆运红害怕于向勋再倒酒,心惊胆战的,听到章智清说不再喝了,一下子坐下,只觉得天旋地转有气无力的。在沙发上的吴局长忙补话:"章局长,在这里咱们就代表全县人民感谢你,给咱们增加了三百万。"

他说着,叫陆运红把刚才的报告拿出来,笑着让章局长兑现承诺。陆运红把报告拿来,放在章智清面前,再也熬不住,晕了过去。

第二天早上,他醒来后,发现自己在医院里,还是有气无力的,慢慢地回忆自己是怎么来的,完全想不起来,胃子里还是难受得很。吴局长在走廊里见他醒了,走过来,说:"小陆,怎么样?"

"火烧一样。"

"好好休息!我跟局长说,你这次立了大功,回到局里,让你休息一个星期。"

"那个字签了吗?"

"有你那三杯下肚,我和于书记硬是让章局长和郎科长当场签字认了五百万,他们没有食言。加上另外那三百万,全县一共得到八百万。我已让王进才安排人,立即做三百万的资料补来,章局长想赖,最后还是认了,表示迟缓些,从其他渠道安排。"

陆运红因为胃出血进了医院,虽然出血不是很多,可是着实让他难受。他躺在床上,吴局长很善解人意地给局里打了电话,让他的好朋友袁旭来照顾他一下,好好休息两天,然后走了。陆运红望着天花板,心里空空的,静静地想着昨晚的事,虽然自己喝的几杯酒起了关键作用,但不是完全靠那几杯酒挣来的,总的说来三百万资金是各种力量合起来的结果。想到即将开展的通乡道路工程,如今这些大工程的承包,基本都是领导说了算,钟强两次来找自己,都没帮到他,不仅在他面前显得自己无能,更感到对他送的东西受之有愧。他不知道能不能在这次争取的这么多工程中帮到他 点,还些人情债。可他现在没有资格和他们讨论承包的问题,想到这里,他倒希望自己这病重一些,知道的人多些,年底在局里得张奖状,精神鼓励是可以的吧?

他这样想,也就这样做了。袁旭奉命来照看他的时候,他想干脆顺势使上"苦肉计",于是让袁旭告诉医生,胃还是火辣辣地痛。袁旭也想在这儿待着休息两天,马上给局里打电话,添油加醋地说陆运红第一次喝酒，胃伤得不轻，还有渗血，医生说还要多养几天云云；又说陆运红的妻子郑彦秋在家里很生气，以为他出了事，哭得不行，大骂他，吓得他还不敢回家。局里办公室不久回复，说卢局长交代了，一定要陆运红把身体养好，并且也已经向于书记也汇报，于书记嘱咐他好好养病，陆运红立了功，暗示今年的各种荣誉都少不了陆运红的份儿。

陆运红听到这个消息，忍不住有点欣慰。

星期六，他和袁旭一起回到单位，科室里不少人都忙来问候，他尽力地保持平静的表情，说谢谢大家关心，没事的，只要按医生的交代每天多喝点温开水，再过几天就好了。王进才以久经沙场的经验"关切"地告诉他："酒这东西，只要你大醉一次，以后酒量就会增长一些，多醉几次，你就可以披挂上阵，不会怯场了。"

第80章

县政府下发文件，要求各机关单位抽选人员参加计算机培训，为期两个月，晚上培训，每天晚上两堂课。县里专门请了计算机老师讲课，还免费培训 BASIC 语言、C 语言，以后计算机要先在机关单位中推广应用。交通局抽了七人，办公室二人，规划建设管理科三人，其他科室两人，参加的都是年轻人，并且有一定英语基础，陆运红自然要参加。

让他没想到的是，培训的老师之一居然就是秦超。原来秦超在大学里，计算机是重点课之一，而陆运红所读的中专，对此则没有硬性的要求，只是将其作为学校的选学科目，讲过半学期，没有考试，所以他几乎没有学会什么，头脑里只积存了"计算机"三个字而已。如今各机关单位开始接触和推广计算机，还有专业人员给涉及工程的干部人员培训，以后工程上慢慢地就要废除图板、量角器和丁字尺等手工制图工具了。

他听人讲，秦超现在已经是分管工业的李副县长的秘书。他感到秦超变得很文静，甚至像个女的，没有他父亲那种自以为是的傲气和豪横不让人的特征。

平时，他与秦超基本没有见面机会，虽然同在县城，他也绝不想去打听他，即便是培训期间，不懂的问题他也绝不可能问秦超，而是向同事请教。同来学习的人都是各机关单位的骨干人员，消息还是比较灵通的，没两天就听他们说，秦超谈了个女朋友，是县人大牟主任的女儿。陆运红听着，有一丝不可名状的失落，像被什么蛰一下，可很快也就丢开了。

本次争取到的八百万资金，分三年落实，每年两三百万，这是东永县历史上从来没有过的，工程今年就要开始，消息很快在县里传开。陆运红不用猜都会知道，不少做工程的老板，已经在上下穿梭钻路子了。这天，他和局长、财务科林科长一块到市交通局对接今年资金事宜的时候，局长还关切地问他的胃恢复得怎样，他忙说已经恢复，套用王进才的意思说，只怪自己的胃太嫩，可能多喝几回长茧了就适应了。

几人在市里办完划款的事之后，准备吃过饭回县里，因为下午局长还要回去开会。不知怎么搞的，小车居然出了故障，在交通局的小院子里，司机赵良民怎么也启动不了，折腾了十几分钟，仍然毫无反应。局长吩咐，赵良民将车弄去修，他和林科长、陆运红一起另外找个车回县里。陆运红忽然想到钟强在云津建设路，就在这儿附近，他不是老想接触领导、参与工程吗，这倒是个难得的机会。他就跟局长卢希成说，有朋友在这里，让他送一下。局长也没在意，就让他去联系。陆运红马上在街边电话亭拨钟强的传呼，钟强立即回了。他告诉钟强，自己和局长一起来市里谈今年全县公路划款的事，车坏了，希望他找车送一下，接着就把地址告诉他。

钟强在这方面反应太快了，一下子就明白陆运红的意思了。钟强其实没有小车，可他自己会开车，随即就借了辆桑塔纳小车赶过来，见到陆运红他们,马上下车:"小四哥,你什么时候来的,好不容易呼我,太稀罕了啊。"

陆运红忙把他介绍给局长、财务科长:"这位是我的发小,从小一起玩的,也是我母亲的干儿子,钟强。"

钟强对几人满是客气和恭敬,先向局长和科长问过好,递了烟,接着说:"别说是小四哥的领导卢局长和林科长,只要是小四哥你的朋友,来了这里,今天就听我安排。肯定还没吃饭,是不是?刚好待会儿我要去东永县办事,吃过饭就顺便送你们过去。"

他不容几人回答,就直接载着他们来到云津宾馆,接着就点好了菜。一会儿,卢局长看着服务员端上来的满桌子大菜,觉得有些不妥,可又没法拒绝钟强的热情。钟强一个劲地介绍这介绍那,问小四哥的父母身体如何,家里今年收成怎么样,现在孩子几岁了,好像是八辈子没见过面的样子。陆运红也问他现在在干什么:"我只听说你在外面搞工程,是搞什么工程的?"

钟强一边给三人敬酒,一边呱呱地介绍自己这些参与的工程,独立做的工程,好像是在介绍给陆运红听,实际上陆运红早就听过了。没一会儿,几杯酒下肚,他就和局长、林科长聊得像多年的老朋友一样,陆运红甚至发现自己进交通局以来,和局长谈话的总量加起来,都不如钟强今天和局长谈得多,不由得暗暗地佩服钟强嘴上功夫了得。

吃过饭,钟强开着车,送三人回县里。这时卢局长已经适应了,没再想过谢绝他的好意,而且有相见恨晚的意思,陆运红就在旁边大大咧咧地补充一句:"钟强啊,以后如果有兴趣在交通方面做什么工程,找咱们卢局长和林科长帮帮忙,就够你做的了。"

"今天我算是意外地遇到贵人了,以后要靠你们帮助啊。"钟强一边开着车,一边说,然后就问局长今年交通局要做些什么工程,有没有适合他参与的。车要到县城的时候,陆运红告诉钟强:"我和林科长要去局里,卢局长要去县政府开会,你先顺路送我俩到交通局,然后送卢局长去县政府吧。"

"好的，好的。"钟强说着，把二人送到交通局门口，对陆运红说，"小四哥，我明天要回老家去，你要回去不？我来接你。"

"不回了，这几天事情多，很忙。"

陆运红是想顺便给钟强制造他单独跟局长相处的机会，让他们直接交流，事情成功的可能性大得多，自己只能帮他帮到这步了。

事实证明，他的构思是成功的。第三天，钟强给他打来电话，说他和局长在车上单刀直入，几下就谈到了路子上，局长已答应帮他的忙，让他参与今年交通建设的工程，基本没有太大的问题。

听钟强这么说，他也就基本放心了，没再多问。

同单位这些不同职务的人打交道，有一套书本上学不到的、深奥的东西，他只是在摸着石头过河。和他同龄的钟强，这方面的应付能力明显强过他，他不知钟强在外面经历了些什么鲜为人知的事，才变成如此老练。

元月的时候，全县召开了交通大建设的工作会，施工方已经定下来，陆运红很快得知消息，获得今年承包修建公路的有六个老板，其中就有钟强。他有一丝受尊重的感觉，比获得荣誉还要高兴。而之前领导承诺给他的荣誉，最终他也得到了。

钟强来到陆运红的住处，告诉他，卢局长反复说他是陆运红的朋友，于书记后来就认可了，说陆运红有一定贡献。钟强问："你有什么特殊贡献啊？"

陆运红把那三百万的事简单说说，钟强点点头笑了："原来你是用'血'给我换来的啊。"

"倒没这么悲壮！"陆运红自嘲了一句。

今年建设通乡公路六条,其中三条是扩建提升，总投入二百五十万元，这是全县历史上投入最大的一年，三条全是水泥硬化路。钟强得到的是从郑彦秋老家石船镇到五河镇的那条路，资金量在六条公路中倒数第二，二十八万。接下来，涉及公路建设的沿线各乡镇各村都开始按照勘测设计人员划定的线路，开展前期土地征用工作，陆运红和科室的同事们又开始在各条路上忙碌了。

虽然钟强总吹他做过些什么工程,但陆运红并不了解实际情况,他最担心钟强搞的是那种只顾赚钱不顾质量的东西,搞得自己下不了台,只是见他没有像其他老板那样公开再转包,就稍放心了,这证明他自我夸奖的内容不算太假。他问钟强:"你是不是第一次做公路?"

"这……是。"钟强终于说了实话。

陆运红马上不放心了,问:"那你怎么考虑的?"

"就修呗,不就是开挖、填筑,碾压找平,填石子,再碾压找平,试车通过就行了吗?"

陆运红越听越担心,此时难以给他仔细指导,只好对他说:"包下来了,是好,但你没做过,那么就一定要首先看看他们是怎么做的,你依葫芦画瓢吧。记住,一定要去看。这么告诉你,这是你第一次做咱们交通局的公路工程,如果第一次就做砸了,以后你再用什么关系,难度也大。所以,无论如何,这是第一回,你哪怕少赚点钱,也要把工程质量做好,是不是?求你,别第一次就搞砸了害我。"

"我知道,我保证不会给你添乱子,我就请你负责技术方面,给你开工资。"钟强笑着说。

陆运红依旧提心吊胆,害怕他搞砸了,不管他以前吹得怎样,他都决定重点监督他。钟强包的公路恰恰就要从郑彦秋的老家门前经过,而这一段路,他已经听不少人说是比较难缠的,不仅有人要偷建筑材料,还要找碴儿向施工方索钱。因为陆运红的缘故,钟强把工地的办公地点就租在郑彦秋父母家里,并给两个老人家买了大堆礼物。郑彦秋的父母腾出两间屋给他们用,他们又另外用篷布搭了两个工棚,堆放材料,郑彦秋的母亲负责给他们做饭,也可以挣到一笔工资。郑彦秋的父亲知道钟强是自己女婿的伙伴,更加热心地帮他做事,有邻居出来给他找麻烦,他都利用自己在当地的关系,帮着他化解。至于材料放在他那里,想偷的人也不好来拿了,工程开始热火朝天地推进。

陆运红还是不放心,又暗中教老丈人向钟强灌输必须保质量的前提，不懂工程也得帮助监督他，毕竟这么多年没和钟强打过交道了。老丈人满口答应，肯定不会让自己的女婿被他搞砸了。老人家虽然没有监工的经验，但天天监督着钟强手下的人干活，东踩踩，西摸摸，说这儿不行，那儿不扎实，假装很坦然。

第81章

陆运红在工地上跑，郑彦秋又要教书，小孩子不好找人带，陆运红的母亲偶尔有病，还要照顾身体不太好的陆选南，不太可能来。幸好钟强的工程队离开了郑彦秋父母家，郑彦秋母亲有空，就来帮着女儿女婿带孩子。郑彦秋的母亲来和女儿女婿住，几乎就成了家里的保姆，一家人还是过得其乐融融。

陆运红重点跑钟强的工地，其他的几条公路也在跑。他渐渐地发现，钟强在他的监督下，没有往外转包，他负责的公路质量相对而言居然还算是最好的。但其他公路段的老板，他也不便去得罪，只要每一部分的质量没大的问题，就只能和科室的同事们一起，给他们验收签字得了。

钟强此时，又在邻近的东寨县承包到一项工程，修学校保坎的，总工价六万，他来公路段的时间减少了。没多久，钟强带着四五个年轻人来，从他的其他工地调过来的，文着身，一股二流子的气息，让陆运红看着不太舒服。其中一人，他看着有点眼熟，对方一下子就叫住他："老师，还记得我不？"

老师？他听着这个高雅的称呼很疑惑,对方的年龄和自己差不多，何来老师之说？他终于想起来，此人原来是自己读初中时，被一班班主任林志明老师排斥到三班后认识的一位同学，当时他很调皮，根本不听课，可对方的名字他忘了。对方不介意地说："记不得了啊？我叫蒋承兵，专门跟你学过吹口哨呢。"

陆运红马上记起来了，两人止不住笑起来，他说道："想起来了，你，还有卢云、曾鹏、谭子强和吕小茜，是很要好的朋友。"

"别笑话我们喽，我们一伙狐朋狗友，没哪个好的，哪像你这样啊，认真学习的，就是不同。"

蒋承兵手臂上文了一只鹰，他高兴地向同伴们宣布："这是我的同学陆运红，也是我的老师，专门教过我吹口哨，你们不知道啊，他的口哨可是一绝啊，可惜我没学会。"

陆运红和他闲聊了片刻，继续跑工地。他们几个对钟强千依百顺，钟强一句话，他们都乖乖听令，明显钟强是他们的老大。陆运红见了，也不好说钟强，因为钟强一步步发展到现在，善于结交各路人是他的强项。蒋承兵他们几个人大都只有二十多岁，还有一个看上去三十来岁的，肥胳膊粗腿，眼睛里一股爱耍横的神色。让陆运红觉得有意思的是，蒋承兵他们这几个流里流气的家伙到工地上，倒还不是那种挑肥拣瘦、出工不出力混工钱的，他们在钟强分管的路段上来回地跑，吆喝着，尽量地让民工们多做。此后，蒋承兵他们每次见到陆运红，像是见到钟强一样，总是毕恭毕敬，甚至点头哈腰，鞍前马后，一个劲地赔笑脸，递了烟又递烟，"陆科长、陆科长"叫得特别甜蜜，简直把他当成主心骨一样来服从。陆运红交代什么，哪儿做得不对，他们马上就勒令民工们改，绝无半个不字。估计是钟强已经对他们特别吩咐过。见过几次面，他们的名字，除了蒋承兵，陆运红一个也记不得。

钟强的队伍里，没有一个同乡，这让陆运红有些不解。按钟强爱炫耀的特点来看，他应该多招老家的人，因为这样才有人在老家帮他传播声名，让原来那些瞧不起他们家的人刮目相看。他检查工程的时候，旁敲侧击地和钟强聊起，钟强告诉他，原来他也想"帮帮"老家的年轻人，比如四娃秦明明、三三秦小军，让老家的人有朝一日也能像自己或者韩东、韩南一样，在城里落脚，但他们居然死活都不来。

儿时在一块的玩伴，如今各自走上各自的路，和钟强形成的经济上的落差，让他们在心理上难以接受他居高临下的"救助"，宁愿在外面过得差些，也不想在同伴财富的压力下过日子。有不少当初就瞧不起钟强父亲的人，四处嘲笑他家的人，现在见到钟强发达了，心理不平衡，更不想硬求到钟强门下，以自己的失败赤裸裸地反衬钟强的成功。其实类似的心理，即使是陆运红或多或少也有那么一点，只是被他如今的身份平衡得差不多了，因此他在钟强面前还能保持住那么点儿自信和坦然。他从来不想向钟强打听他有多少财富，可在心里早已估计过，不会低于二三十万吧！他也不希望得到证实。

五月初五，陆运红到渡头镇公路上检查工程质量，刚到这儿，又意外地遇到了杨萍的丈夫钟正军，他已经不帮周龙兵开搅拌机了，正在和十来个民工一起砌排水沟，打垫层。他见到陆运红，忙招呼，两手上沾满灰浆，他顾不得什么，随便在脏兮兮的衣服上胡乱地抹了几下，从身上拿出包纸烟来，是本市烟草公司生产的"云津牌"，没过滤嘴，递给陆运红和袁旭几个同事。陆运红有点诧异，但依然不介意地点上了，几个同事明显不想接，可碍于陆运红的面子，都只好接着，抽几口，然后拿在手上，一边听他俩聊天，一边等它自然熄灭。因为杨萍的缘故，陆运红对钟正军也特别有好感，见了他如同见到杨萍一样。他这才知道，钟正军原来是高中毕业的，现在在这儿做工，也带着十来个人。也就说，他是这段公路工程的包工头中处于最下层的，包点零活来干，包了工程还要亲自干。钟正军告诉陆运红，前年他帮周龙兵，工程完成后周老板给他结账，最后比其他人多得一百五十元左右。两人坐下来又聊了阵，他说他和杨萍的第二个小孩才出生不久，两个孩子都是男孩子，他很满意，但是被罚了两千五百元，现在就是想挣钱，把罚款缴清。杨萍在家里带着孩子，看管庄稼，农忙的时候，他才回家里，平时就在外面找活干。同事们去附近检查公路质量了，陆运红继续和他聊，发现他读的书非常多，他也喜欢看小说，在工地上还带着几本小说，并不是流行的武侠小说，或者色情小说，而是《红与黑》《包法利夫人》《百年孤独》等名著。这让陆运红大感不解，绝不是欣赏他，作为念书时的爱好和积累，这可以理解，如今走向社会，这些东西和吃饭穿衣又不相关，他认为看看实用的书更好。陆运红对自己以前的这些爱好都渐渐疏离了,具体地说,离开学校这么多年来,他没再看过一本小说。他又和他聊起工程上的事,钟正军张口就能说出浆砌排水沟每米的材料比例、材料成本、皮带缝的普通人工勾缝速度,他在这儿包了五百米公路的排水沟,每三米耗一方块石,每方块石耗水泥砂浆零点三五方,每方砂浆耗水泥七包,随便问问,他随即就答出来。陆运红有些意外,虽然这些都只是浅表的工程常识,可是在科室里,除了经常跑工地的七八个人很清楚外,其他成天坐办公桌前的人,有的领了大半辈子工资也对此一头雾水。他看看他们砌的沟,笑了笑说:"可是,你这水泥明显没用够啊,知道吗?用足七包水泥的话,砂浆保养期过后是淡青色的,永久不会反白,你这前面才砌两天吧,这颜色反映的就是每方只用了五包,是不是?"

钟正军不好意思地说,是老板没给够,他们只按每方砂浆五包计划配发的。陆运红也不说了,工地上的民工们一般都做工多年,也不清楚这些材料的运用情况,或只是迷迷糊糊地了解些,他们只把工期记住,然后把工资领过手,其他的就再不去用心。钟正军至少是个高中生,很懂得计算,在这儿一身灰地和民工们一起,算是"屈才"。他又常在钟强的工地上看,也很了解钟强,他的"核心队伍"就是缺少一个这样能算做工、材料细账的人,一有稍复杂的计算,他就自己动手算,或者找人帮算。所幸他自己也能算得差不多,一般不会出大问题。

"你包的这段,剩下的还有多久能完?"

"还有十来天吧。"

"我帮你另外推荐一个你的本家。"

"那好,感谢你,陆科长,以后请你吃饭。"

陆运红和他聊了会儿,一行人离开。他没有刻意再去纠正他的偷工减料,因为这种现象,在工程现场太普遍,而当初设计的时候,就已经考虑到了这些防不胜防的事,以后在收验的时候适当扣除工程量给施工方一个小小教训就是。即使按每方砂浆五包水泥用量,也是能满足工程要求的,总之没有哪块石头下面不藏螃蟹。钟正军他们干的活总体看还是相当不错的。在路面铺筑、桥梁建造的混凝土使用等关键方面,他们是基本符合施工方的要求的。长期和这些包工头们打交道的过程中,在工程质量是他已经深深地体会到了取法乎上,得乎其中,取法乎中,得乎其下的道理。即使是对他们严格要求,他们也会想方设法偷工减料,只是空间小些。

他找机会向钟强推荐了钟正军,钟强听说是程林的表姐杨萍的丈夫,立即表示同意,他现在已经觉得自己是富老板了,想在熟人面前炫耀的心理一直潜伏着,生怕锦衣夜行的悲剧发生。

因为汛期降雨多的影响,工期拖得很长,到了七月份,几场大雨断断续续地检验出了各个公路段的质量问题,尤其是三条新建的泥结石路。其中县城到清凉乡的路,次次降雨有被冲毁冲塌的路段,最长的一段长近两百米。这终于把一心想躲在后面赚钱的这位老板惊扰了出来,在他下面转包的包工头们整段路几乎无钱可赚,还得倒贴,和他闹起了矛盾。等到十二月份,已近年关,阴雨天连绵不断,有时还夹着雪,完工时间不得不全部延后。让陆运红感到欣慰的是钟强负责的路段,只出现一处塌方,长度只有五米,在几条泥结石路中,毫无疑问是做得最好的。于是他在和同事们一起检查的过程中,故意当着他们的面大力夸奖钟强,想通过他们把消息传播出去,算是为钟强树立口碑。其实只要他重点表扬谁,袁旭等几个同事就会附和,只要他说的,他们就都说不错,渐渐地就形成一种认同惯性。不久,他们还专门带上局长和副局长来参观钟强负责的路段,在得到局长的首肯后,渐渐地,钟强所做的工程的质量得到了更大范围的传播。

第82章

原定于七月份全面完工的工程,一直拖到第二年四月才完工,足足用了一年半时间。这个工程,总体而言,钟强是听他的,没有偷工减料，老实地把工程质量放到了第一位，并且比其他包工头提前了大约一个月完成。陆运红总盯着钟强，几乎成了钟强的现场施工。可是钟强没有赚到太多的钱，按平时的经验，这项工程的纯利润应该在七万左右，经陆运红这一约束，钟强最后从财务科划完款后算了算，扣除各项费用，只赚到两万多。他心里很不高兴，虽然口头上不说，可表情说明了一切。按惯例，各施工方在完工后要请规划建设管理科的几个人好好吃上一顿，他还是没有因为赚钱少而省了这笔开支。在县城的新星大饭店里请几人的时候，他刚喝了两杯，就说自己头疼得厉害，早早地道歉告辞，买单后离开，让他们几人尽兴。

陆运红回到住处的时候，钟强正在他家里喝着茶。郑彦秋带着孩子在家，她母亲已经回乡下去了，陆运红诧异地问："你不是头疼吗，怎么在这里？"

"已经好了。"钟强说。陆运红听他嘴里喷出的酒味，知道他头疼是编的，独自在哪儿喝了闷酒。

郑彦秋小声对陆运红说："钟强刚才硬给陆迎秋红包，你瞧，这么多。"她指着旁边小桌旁抽屉里的一叠钱。

陆运红一看，厚厚的一叠，奇怪地问："你这是多少？"

"给小侄女的，不多，一万，你收下就是。"

陆运红吓了一跳，他想都不敢想，头脑中冒出来的第一个念头就是推掉："不能这样，我知道你的意思，不要给。"

"小四哥，这个工程就算是你和我共同做的，质量倒绝对保证了，只是利润少点，不要嫌弃。原来打算给你两三万，运气不好，没赚到什么，总共仅赚到两万左右。"他依旧抽着烟，没有平时高兴，甚至有点冷淡。

"你的意思是，人家那些老板赚了不少，你这回赚得不多，是怪我把你的工程管严了，老在你面前说质量质量的，拿这钱来这儿挤对我，是不是？"

"是啊，现在我才明白，人家说专整熟人的意思，第一次从你手里得到个工程，却只捡到点骨头渣渣，谁有我这么老实？"

虽然对钟强的话感到生气，但闻着他的酒气，陆运红也不好和他认真理论，只要他没有把赚的两万全部拿来放到自己面前挖苦自己，就算给自己留情面了。他说道："别说这些，总之没有亏，是不？那个唐老板，估计比你惨，是真没赚到钱。你这次做的工程质量是不错的，我就放心了。"

"哼，我出来做事，是为了赚钱啊。"

"你赚了啊，只是少了点，想想，一年半时间，赚了两万，不错了啊，谁有你这么高收入？"

"这是我离开师傅以来，所做的工程中，相对利润最少的一个。"

"你以往做的工程，资金量最大的是多少？"

"十三四万。"

"这个呢？"

"怎么啦？这个三十多万的工程，最后的利润只相当于十来万的。"钟强说到这点，最为生气。

"……你以后想不想再接交通局的工程？如果想，那么这第一个，就得这样。说过许多次，你怎么还执着于那点利润？"这样下去，今天都和他掰扯不完。钟强没说话，陆运红明显没说服他。过了会儿，陆运红对他说："我在双宁的同学，前不久给我来信，说他们那儿在对工程和施工方进行评比打分，我觉得这个办法不错。我明天跟局长建议，把这六个老板做的工程，交由咱们局里的主要参与人员进行质量评比打分，作为以后承包交通局工程的参考条件，力争把你评到第一。否则，你和上面领导们又没有特别的关系，以后凭什么去竞争？"

"那好吧。"钟强勉强认了。

"钱，你拿回去，我不要你的。另外，你马上回去，好好准备上报评审资料。多准备点实际的东西，重点搞一篇像样的工程质量汇报，多体现质量保证方法，自夸要适当，有事实做证，多拍点照片。"

钟强嘴巴一扁，一句话不说，起来转身就往外走。陆运红把他拉回来，把钱塞在他包里，他又拿出来，扔在桌上，犟着往外走。陆运红用力把他拉回来又让他坐下，他又说："我刚才说过，这算是给侄女的，不是给你的，拿着就是了。"

"别说这些没用的。"

"咱俩谁跟谁？你看不给我面子？"

"不是。如果你真要给，那我替孩子收一点，其他你拿回去。"陆运红从其中抽出一张一百元，然后把那叠钱递给他，说，"这个工程，你就在心理上默认一分钱都不赚就是，算是给局里的见面礼。我过两天跟局里领导建议，开展评比打分，暂时不将计划敞开，免得其他包工老板知道了也搞小动作，这期间你快去好好准备，或许这样能确保你第一。"

钟强点点头，陆运红说："我只能帮到这一步了，其他的就看你自己发挥了。"

钟强说道："知道这个意思，你帮我搞到一张站票，只要我能用它挤上车，以后就好说了。"

陆运红说是这个意思。可钟强依然不收回钱，他说："哪天你敢辞职帮我，小四哥，我也会给你这么多工资的。"

陆运红只好说："这么办，你真要给，那就算我先存在你那儿的，以后随时去取用就是。"

趁钟强犹豫之际，他连哄带推把他送了出去。

钟强走后，陆运红回到屋里就开始发愣。钟强给的钱，他并非不动心，这可相当于自己两年多的工资，这还是钟强赚得最少的一次！可是他如果收了，就等于在钟强面前承认了自己不如他，会被他瞧不起，男人的面子是最关键的，他宁愿装一点清高，以维持在钟强面前的一点心理优势。他瞧着那一百元，拿起来，给郑彦秋，郑彦秋当然高兴地收下了，逗着孩子。他望着妻子和孩子，隐隐约约地诞生了学钟强承包工程的想法。这样领着工资，和父母在家里劳作相比，算是天堂，可钟强比才发觉，不值一提。

过了两天，他跟卢局长和吴局长建议，由局里的领导和本次工程参与的主要人员对所完成的工程进行评比打分，作为交通局以后选择施工单位的一个参考条件。他这个建议一下子得到了卢希成的认可，卢希成想得更宽，将这个评比结果对外公布，以后选择施工单位，局里也可以抓点主动权在手里。于是，他搞了个声势浩大的评比打分会议。这个会议被安排在周末，在交通局会议室举行，他让办公室把所有施工单位的老板请到现场递交资料，同时作为旁观者，又请了县里领导，即将调任邻近的同昌县任县长的副书记于向勋到现场监督评比打分。交通局的所有中层以上的干部和公路段的负责人都参会。

因为是临近开会时间才通知的，其他几个老板也没经历过这类事，不知道交通局的意图是什么，递交了资料参加评比，都做得比较草率，加之他们并没有真正上施工一线，资料很空洞，还有两个是互相抄袭修改而成的。钟强事先在陆运红的吩咐下，做得比较认真，至少资料比较充分，凑了十来页，还有照片，他找来陆运红给修改了一遍才拿出来的，从厚度上就体现了对交通局这个会议的尊重和重视。

评比打分的时候，按泥结石路和混凝土路分成两组，最后要选出两个施工方作为一等奖。各施工方先各自按材料上台自述，下面二十来人根据施工方的讲述和对工程的印象进行打分评比。钟强事先请大家吃了饭，他在汇报中强调，他本次所做的工程最值得欣慰的是，历经几回很大的汛期降雨，只有五米塌方一处，主要是地质勘测深度不够的原因。这事在交通局上下大家几乎都知道，最后评下来，泥结石路组四个老板，钟强得了第一；混凝土公路组中，名叫刘代坤的老板获得第一，可他的综合评分和钟强相比，还是差了十分。卢希成宣布，钟强的盛强公司和刘代坤的荣新建筑公司获得一等奖，交通局当场填写了获奖证书，于向勋给一等奖获得者颁奖，还发表了讲话。他认为，可以把这个评比结果作为以后全县建设工程选择施工单位的参考条件，交通局的做法可以在其他单位推广，其他老板隐隐感到失算了。

为扩大影响，于向勋又指示，要发新闻稿报道这次评比，并把结果附上去，跟报社联系，登出来。交通局当然愿意，这作为本局工作的创新可以写进年终总结。

星期天是欧军的生日，她让李昌俊带消息给陆运红，让他来家里吃午饭。陆运红一家三口前往。大家一起吃着饭，李昌俊告诉陆运红一个消息："你可能要调离交通局了。"

"为什么？"陆运红很惊讶。

"调，当然是升职。"李昌俊说。

"升？升到哪儿？"陆运红疑惑地问。

"到乡镇吧。"

"……还是你帮我了吧？"陆运红问。

"不，这事与我无关，我运作不了。"陆运红现在的工作正干得顺手，而且他也从来没向哪个领导表示过想离开。他知道自己现在这个职位级别不高却很关键，难道谁瞧中了自己的位置，王进才？他不是几乎死心了吗？

李昌俊说："我的消息是准确的，这回要调动干部八名，你是被点名提拔的，职务是副镇长，具体在哪个镇还没定。去吧，没坏事，人总是一步步往上走的。"

消息来得太突然，陆运红听着有点激动，可又有点失落。李昌俊的女儿在旁边教欧军的孩子欧晓新："快叫快叫，以后就叫镇长四叔了。"

"先别这么叫，锅盖揭早了，饭难免会夹生，谨慎小心。"欧军转而问陆运红，"到乡镇上，你们夫妻两地分居，要不要调到一块？"

"这倒不必，我估计运红此去乡镇上，时间不会太长，大不了两年，仍会回来。"李昌俊说。

"那还行。"欧军说。

郑彦秋格外地高兴，回去的路上，她一边拉着孩子，一手挽着陆运红。陆运红虽然心情有些复杂，但也不好扫她的兴："我突然发现，你挑老公的眼光不错，中学时就独具慧眼。"

"我倒觉得是瞎猫碰上死老鼠。"她甜蜜地掐了丈夫的手一下。两人带着孩子,一路开着玩笑回到家里。

郑彦秋告诉陆运红,他们化工厂要改制,听说化工厂里的学校要划转,交给地方。陆运红问:"那对你现在的工作有影响吗?你是继续留在厂里化验室还是从厂里分流?"

"我想继续当老师,这个化工厂现在半死不活的,刚好借这个机会离开。"

"要是你把工作丢了,届时我那点工资养你,只能越养越瘦,那就不好看啦。"。

"教育局同意接收现在的老师。"

"阿弥陀佛,善哉。"

虽然知道要升官,而且李昌俊带来的消息是不会有闪失的,但是这个消息并没给他带来太大的喜悦,若和当初考上中专时的冲击相比,简直微不足道。次日,就归于平静。他想知道这回调动的人中,会不会有秦超,昨天忘了向李昌使打听。

半个月后,组织部来人找他谈话。找他谈话的是两个人,一男一女,男的姓张,女的姓刘,女的还很年轻,似乎比他大不了多少。他们并不像领导,反倒像朋友一样,和他拉家常,问他家里的情况,孩子几岁了,父母在做什么,又问些工作的情况,然后说组织对他的工作很满意,就调动的决定问他的想法。他们提供了两个镇供他选择,一个就是他的家乡五河镇,另一个是渡头镇。在这种情况下,他想继续留在交通局已经不可能,只能感谢组织的信任,服从组织的安排。想到当初毕业分配的时候,他要回云津,为了能照看照看父母,可如今依然极少回家,如同在外地,乃至母亲说他回家像做客似的。于是他不再犹豫,直接选择老家五河镇。姓张的男领导说:"我们也估计你可能会选五河镇,那就五河镇吧。"

接着,文件下来,他看到秦超也被提拔了,县政府办公室副主任,人家已经在全县机构的中枢地带,位置比自己有利多了,他感到一股失落。星期六，交通局为他举行欢送会，欢送会就在交通局不远处才开张的翠竹宾馆里举行。从卢局长、吴局长到所有中层干部，还有规划建设科的全部同事都到了，有两个不知从哪听到消息的包工程的老板也来到宾馆里，上回包工程没赚到什么钱的唐老板还抢着去前台把费用都提前结了。陆运红想到此去五河镇，空着两手总不好，便在给卢希成和吴增承斟酒的时候说："去年的工程结束了，今年安排的通乡工程，就照顾一下，让县城到五河镇这段先开工吧，要不然到了镇上，没能为老家带去一丝一线，他们以为我是被交通局赶出来的呢。这事怕全靠你们几位领导、长辈、同事成全了。"

两个施工老板忙在旁边帮腔："这事卢局长肯定答应，我们也正想为陆镇长的家乡做贡献呢。"

卢局长端着酒杯，沉吟着，微笑着，不好回答，因为这项工程巨大，五十来公里，片刻后说："尽力而为吧。嗯，这么说，如果今年这条路不能上，我们也会考虑其他方案作为弥补，大家说是不是？"

局长把问题交给大家。这条路陆运红自己规划踏勘过，完全知道地形地质的复杂程度，提升改造的话，资金量太大，局里不可能把全部资金放在一条路上，否则其他乡镇意见冲天，县里也不会认可。但局长既然都这么说了，那也行了。

陆运红离开交通局，在他意料之外又似在情理之中的是，科长一职仍由王进才担任了，王进才可谓一波三折，终于得偿所愿。他拼命压抑住内心的激动，复读机式地每和人碰酒杯就说自己身子骨不行了，早就不想担太重的任务了，可是又不能够拈轻怕重，置大家的需要于不顾云云。陆运红经过这两年和他的近距离接触，基本把他看透彻了，越看透越鄙视他，越觉得恶心，但还是强装笑颜地感谢他对自己的支持和帮助，请他以后继续帮助自己。

第83章

　　离开了交通局，就不能再在交通局占着房子了，郑彦秋带着孩子回到了化工厂的住处去。二人把家重新安顿好，他正式到老家五河镇报到。

　　他回了趟家，当年父亲和钟强父亲一块办面粉厂时的厂房还在那儿，被父亲用去年的稻草翻盖了一遍，里面堆了不少干柴。父亲因为病的打击，当初包产到户时创业的信心，已经被磨平，开始安于现状了。他们还是在田地里忙着，如今只有两块田地在种，他们把打理得很干净。两位老人在家里养了四只鹅、十多只鸭、二十多只鸡、两头猪，又新打了口水井。母亲在屋前屋后种了不少草药，专门对付父亲的哮喘和她的风湿病。虽然都有病，可身体现在看来都没有大碍。父亲总体恢复得还不错，母亲说和家里前年打的这口井里的水有关系，井水清澈见底，冬暖夏凉。

　　当初一起玩耍的小伙伴们都不在家里，都在外面找事做。韩开国去世后，他的大儿子韩东、韩南都在市里，几乎没再回来过。秦明明结婚后，老婆生了两个娃，老婆在家里带孩子，他则在外面做别的。他老婆姓冯，大家叫他冯三姐，都不知道她的名字。小猪儿韩科从电力学校毕业后，回到了镇里，在五河镇的电站上班，从事电力安装维护工作。这些事，母亲一五一十都告诉儿子。听说儿子要回到五河镇当副镇长，分管教科文卫，母亲很惊讶，以为自己听错了，因为在她的理念中，镇长那绝对是大官，她想也不敢想自己的儿子陆运红也成了大官！她望着儿子，还是信不过，这么大的事，做梦也没有什么吉兆啊！

　　下午，母亲把陆运红多年来没睡的床收拾好，她早就盼着儿子能回家里住，还以为他以后就会在家里永久地住下去，把箱子里一块没用过的新毛巾拿出来给儿子用。陆运红却只在家里住了一晚，第二天就到镇上安排的宿舍住了。

对于陆运红回镇上当领导,父亲并没太高兴,因为他最大的愿望就是陆运红和郑彦秋能生个男孩子,可最终生的还是女孩,这让他面对秦正高,有了更强的挫败感。到现在为止,可能自己算输得彻底,不仅陆运新早亡,没有儿子,陆运红也只有女孩,后继无人是最大的失败。人家秦正高家里,儿子秦超考上的是大学,胜过陆运红,而且秦正高经常把秦超在县里的好消息拿来在队上传播,人人都知道他家秦超已经当上办公室副主任,还和领导的女儿结亲,陆运红平时却几乎不会传回来什么好消息。他因为陆运新的事情而心灰意冷,即便陆运红传来什么好消息,他也再没兴致多想,总之默认自己输了。听说儿子将任副镇长,他说道:"还不是成天跑腿下乡。"

乡镇的工作如同龙潭区公所一样,并没有绝对的分工,哪条线上缺人,就临时挪人用。即使不是陆运红分管的工作,如分管领导不在,上面来人的时候,他也被安排陪同领导。到了乡镇,各方面都得有所了解,会干。以前在龙潭区公所待过,基本情况他倒不陌生,没几天就适应了。让他有点失落的是工资待遇问题,这里的工资虽然和交通局里相比,级别工资已经增加,也就是说工资表上的数字增加了,可是其他补助、奖励就很不明确。

现在的镇长兼书记马叙明,其他两个副镇长周政新、王国瑞,还有人大常委会主任胡素芬,都是四十多岁。镇属机关里面的职工,三十多岁的居多。下面七站八所的中层干部一半是从部队转业回来安置的,农办主任马上就六十岁了,退休在即,拟定接班的副主任五十来岁。陆运红在领导层中还是算比较年轻的。

他开始接触分管的教育方面的事,才知道原来五河中学从前年起,新增了高中班,每年级两个班,一共六个高中班,录取分数线和县高中一样。附近几个乡镇考上高中的孩子们,可以在这里直接上高中。中学时教自己的代课老师孙老师已经退休,最初的班主任老师林志明已经是校长。他从心底不想去接触林志明,虽然现在渐渐地理解林志明为保证升学率排斥差生，但依旧无法释怀。他到任了，都没和中小学校长们见面，工作就这样毫无开场白地开始。但是，他首先接触的倒不是教科文卫方面的事，依然就是和大家一起催公粮，收提留，全镇干部都在集中精力做这件事。

他带着镇上几个同事一起，到三姐所在的伏龙村。三姐出嫁这么多年来，他这是第二次来到她家里。陆运芹和杨成立都在，两个孩子也在，大的五六岁，马上就要上小学了。

姐弟二人好几年没见，聊了一会儿，陆运芹叫两个在旁边远远观望的孩子过来，叫陆运红小舅舅。当舅舅的当然得表示一下才行，陆运红只好从身上掏出仅有的一百元钱来，让两个孩子拿去分。两个孩子高高兴兴地拿着钱去了，可不到两分钟，就在屋里争吵开了，因为分配不公，一个哭得很伤心，还拉扯了起来。三姐忙进去吆喝，把两人止住，这场景又让陆运红想到小时候大哥陆运新、自己和三姐为钱争吵的场景，哑然失笑。

陆运红第一次带队下乡，在几个村干部的大力协助下，三天时间，还算顺利地完成了任务。

第84章

郑彦秋带着孩子，还要上课，只能又让她母亲来帮她带孩子。陆运红的办公室有电话，可以随时给郑彦秋打电话，算是很方便。他和郑彦秋继续存钱，希望能在县城里找合适的地方买个住房，因为郑彦秋所在的化工厂分配的住房很老旧，离县城又远，做什么都不太方便。夫妻二人现在存有积蓄一万二千多元。郑彦秋不时拿出存折来看看数字，也是种难得的精神享受。以前缺钱的日子是刻骨铭心的，如今只要看看这个美丽动人的数字，都有提神醒脑、消灾祛病的效果。曾经羡慕钟强有摩托车，可是现在他也不想买了。虽然有了驾照，其实到现在他也不会开车，也没想过要买车。郑彦秋的理念是，有钱放在身边放心些，他也默认了。现在他的工资有三百七十元，郑彦秋的工资是他的三分之二。每月他领到工资，直接交二百五十元给郑彦秋，由她负责存到信用社，其他的他自己安排。至于补助什么的，并不固定，就算他的额外收入，他自己存着。

在镇里工作，能回老家的时间相对多些，隔几天，他可以骑自行车或步行回老家一趟，在村里随便走走，不时遇到往日的熟人。他发现他们既熟悉又陌生，因为这十多年，他只是偶尔回家，长辈们大都老了许多。年轻的同伴们大半都没在家里。村里一半人家都住上砖房了，其他的也是瓦房，只有三四家是草房。韩科的父亲韩天佑曾经带着陆运红去凤凰乡去种茶，陆运红这次见到他，发现他头发白了大半。他上半年上山找柴的时候摔了跟头，腿摔坏还没痊愈，使不上力。他见到陆运红，虽然知道他是副镇长，可一张口还是不由自主地叫"小四"，只是把"花猫"两个字去掉了。陆运红在他家里坐下，他忙捧几捧花生出来，聊到他儿子。现在韩科工作很好，也常回来，既能上班，又能照顾家里。韩科交女朋友了，女朋友是他们电站的收费员，他也满意。陆运红好多年没见到过韩科了，忙对韩天佑说："五舅，韩科什么时候结婚，要跟我说啊。"

"那肯定，那肯定，你俩本来就要好，而且有你参加，他也风光得多嘛。"

"我先把礼钱随了，免得到时忘记。"他给了韩天佑五十元，韩天佑谦虚两句，笑着替韩科收下，让他以后一定参加韩科的婚礼。他忙说，如果自己没来，由爹和娘代替也是一样的。

他又走到以前挨过批斗的钟德家里，钟德家在生产队的最右方大山脚下，很偏僻，独门独院的土墙草房。以前陆运红没来过，村里其他人也很少有来这儿。钟德早已去世，他的遗孀三奶奶在家里，他这才发现，这个家庭还非常穷。三奶奶今年七十六岁，驼着背，只剩下四颗牙齿，穿着当初陆运红外婆一样的衣服。她儿子四十多，大家都叫他钟老三，真名大概除了她和村干部，谁也记不得，钟老三三十多岁才结婚娶媳妇,结婚后生了一个孩子,取名叫钟小兵,现在只有七岁。因为家里很穷,生孩子后不久,媳妇跟人家跑了,至今杳无音讯。钟老三除了农忙时节,几乎脚不沾家,在外面跟着人干活,得到工钱就喝酒,也不管三奶奶和孩子,听人说他在外面前后和几个女的相好。三奶奶特别希望儿子能再找一个媳妇,成个像样的家,所以这么多年来儿子没给在家里的她和孙子小兵一点钱,她也没抱怨,她知道儿子谈对象是要钱的,可没想到其他。钟老三这么多年没再找女人回来成家,她也有些泄气。前不久下雨,屋里漏雨,老人家用几个木盆和水桶接水,接满了,她没力气倒出去,儿子又两个月没回来过,她正在让孙子用小盆舀出去倒。老人家感到最有脸面的事,是去年她花四十元工钱,请木匠师傅用家里闲置的七八根老木头做了张床,她自己一直舍不得睡,要给孙子留着结婚的时候用。她专门请陆运红看了这张床,虽然上面已经积了一层薄薄的灰,但是老人眼里不乏炫耀的神色。她自己睡的床,在左边一间黑黑的屋子里,是六七块木板搭成的板床,上面垫着稻草,有张席子也是破的。陆运红走出来,环顾了一番,所幸三奶奶身子没大的毛病,也算是老天保佑吧! 自从他出去念书以来,大家都在改变,三奶奶家居然没什么变化。

他又走了几家。钟强的父亲钟向尧现在为儿子自豪得很,虽然六十多岁了,越来越意气风发,说话唾沫横飞,走路也很有气势,好像全村没几个人能让他瞧上眼。每逢赶集,他就去镇上坐在茶馆跟别人吹牛,听别人吹牛,他已经成了镇上的名人。他虽然对别人很傲气,但对陆选南是很客气的。全村能说话批评他的,只有陆选南一人,其他的人他根本就不搭理。陆运红到他家里,他就死活拉着陆运红,要他吃过饭再走,陆运红只好坐下吃饭。钟强的哥哥仍然在家里,每天只一声不响地帮着做农活,父亲安排他做啥就做啥,从不讲一个字,见了人也不说不笑,如同木头一样,倒是他家里不可多得的劳力。钟强已经几个月没回过家了,钟向尧告诉陆运红,明后天钟强就要回来,钟强在外面忙得很,现在好多工程等着他做,去年做县交通局的一个工程，赚了四五十万。陆运红听着心里想笑，可没去说穿。可见钟强和自己常在一起的事，他并没有告诉他爹。吃过饭，他告辞离开，从程林家门前经过，没有碰到程林，路过的五婶说他随他父亲去外地了。

他回到家里，和父亲聊起三奶奶家的情况。陆选南说他也只是在钟德死时去过她家帮忙，如今有两年没去过了，因为他家实在偏僻。

"能不能这样，你看那个以前的面条厂的房子，也比他们家现在的房子好，反正空着没用，送给他们住吧，让他们搬过来靠近公路，周围又有人。"

"你也有这个想法？我去年碰到钟老三，跟他说过，他当时就说行，感谢我几句，还说拿些地来换，算抵面条厂的屋基占地，我也说可以。可是他事后一直就没动，太懒了，长年累月在外面漂，不管妈，不管娃娃，我也没再碰到过他。"

钟强回来了，他先到镇里找让陆运红。在陆运红的办公室里，他说又从县里承包到了两条公路，其中之一是从五河镇到柳池乡的公路，虽然只有十一公里，五河镇范围内有八公里，但是因为工程难度大，造价高，五十八万元，仍然是泥结石路；另一条造价三十万，三十万的那条路他自己提三万，转包给其他老板了。他告诉陆运红，上回交通局评的名次确实起到了大作用，这回指挥部就指定三个老板来做，他就位列其中，要不然，根本不可想象能挤进去，即便进去，也肯定要费很大劲儿。他对陆运红说："小四哥，你究竟是清高呢，还是害怕我将来害你呢？如果是后面这个原因，你就太瞧不起我了，我俩是什么关系？我即便将来遇到了麻烦，会出卖所有的人，也绝对不会牵扯你，否则我还叫人吗？这么说，我这个所谓的公司，你给我指点后，算是真正开始有点模样。公司甚至可算你我合伙的，我一个人也做不下来，尤其是工程上有些涉及资金和工程量的详细计算，现在必须由你帮我，我才能放心省事。每年找人帮我搞这些文字、数字的东西，都要花不少钱，给别人是给，给你也是给，所以给你的钱你没必要不收，这就是我开的工资，公开对人说也无所谓。如果你认为必须沉默，那我不会对其他任何人说。如果你暂时放在我这儿也行，总之你随时要，来拿就行。常言道，法不传六耳，我知道就是这个意思，对不对？"

陆运红笑了，没想到这位初中都没毕业的家伙，嘴里不时总会冒出来一句道行高深的话。他顾左右而言他："三蛮子啊，如果你方便，就多用点我们村里的人吧，让大家能在你工地上有点活干，在土地之外找到更好的出路。"

"嗯，行，你说我记着就是。还有谁要来，你随时告诉我，只要是你说的，来就行。上次你推荐的杨萍的男人钟正军，是可以，会写会算的，比我强，写什么文字都内行，可惜就是不大识图。我接大一点的工程，复杂的施工图，可以靠你给我看。这条路镇里肯定也安排你联系，到时有什么图纸上的事，就找你了。还是刚才那句话，我请别人是给钱，请你也是一样的，不请你请谁？现成的，你相当于我公司的技术总监，我是老总的话，你就相当于副总。"

陆运红笑了笑，想也没必要回绝，总之他找来，收不收费都得帮。从此，钟强把他在各地承包到的所有工程的图纸、工程量、资金计算事务都交给陆运红了，不管工程与他是否有关联。镇里为这条路成立了工作协调组，镇长任组长，陆运红虽然没有分管这部分工作，镇里仍安排在交通局工作过的他和分管交通的人大常委会主任胡素丽共同担任副组长，陆运红没有推辞。开工典礼后，钟强请大家吃了顿饭，就开工了。

因为本身是搞工程的，所以对工程事务有着特殊的亲切感，陆运红参与这条路相关的事，不自觉地就恢复了以前爱跑工地的习惯，没事就在工地上看，俨然成了工程现场负责人。经过工程现场的磨炼，他已经知道工程上哪些问题可以睁只眼闭只眼，哪些地方绝对不能马虎，图纸上的问题，拿到手上只要略翻翻，他很快能看出来。一般情况下，没有无问题的图纸，但也不会有大错误。但这些问题，有时可以成为施工方钻空子、推责任的依据。交通局里同事们设计的东西，他更是熟悉的，只是不好说，加之又是好友钟强在做这工程，他只能掌握好尺度，见机行事。交通局派人下来检查工程的时候，袁旭回老家，就跟着单位的车子来了。他碰到陆运红，告诉他，自从他离开后，他就越来越受到王进才的冷淡，现在几乎被闲置，领工资就是，上不上班都没有人过问。陆运红了解袁旭说的情况，但也不好再帮他，说："这也不是挺好吗？你想开些，你成天休息，别人求之不得呢。"

其实交通局待遇是相当好的，袁旭只是受到排挤，心里感到堵，两人聊了一阵，袁旭回家去了。

县里终于决定在全县试行工程招投标，文件下发到了各机关和乡镇，成立了招投标工作指导办公室，要求各机关单位和各乡镇在工程领域推行招投标制，以后所有造价三万以上的工程都必须实行公开招标，每次工程投标机构不得少于三家，择优选用。但还在探索阶段，大家都是摸着石头过河。

"五一"劳动节过后，镇里接到通知，要镇党委书记到县建设局开会，每个乡镇主要领导都参会，县级各机关主要领导代表参加。刚好马书记外出考察去了，正在县里刚准备回镇上的陆运红被马书记安排参会，他吃过早饭就去了建设局。

会议内容是县城发展规划，原来云津市将东永县县城作为规划试点，由县里根据自身特点和基础条件进行城市规划，完成后报市里审查，分管县长陶博主持会议。因为从来没进行过城市规划，以前县城的发展是很随意的，据说前几年撤区并镇后，各地开始重视县城的建设和规划了。分管县长在讲话中说，随着改革开放的深入，城市化进程已经加快，由于长期以来不重视城市规划，现在人才严重缺乏，县里没有懂得城市规划的人，已经请了市规划建设局的领导，还请来了省里分管城市规划的建设厅总设计师和东湖城市规划设计公司的专家莅会。县里让各乡镇分管领导参会的目的是让各个乡镇以后都要重视规划，树立规划发展的意识和理念，不能再率性而为。自从走出校门，陆运红就走上了一条与所学的城市规划与设计不相关的道路，现在对比几乎陌生了。县里现在提城市规划，他感到意外，更让他意外的是从省里请来的三位专家,其中之一就是当初双宁市建设局的总工程师,也是教过他的老师卫志希,在他的带领下,他们几个班十多个同学参与了双宁拓展西片区客运枢纽区域的规划。见到昔日的老师,他有些激动,可是老师已经忘了他,或者在众多的与会者中根本没注意到他。陶博介绍了县城的概况,包括历史沿革、建成区面积、城区人口、经济状况、自来水普及率、电话数量、人均公共卫生资源占有率等。中午吃饭的时候,大家喝了会儿酒,陆运红忙挤到老师身边,向卫志希老师敬酒、问候。老师确实忘了他,可也有点印象,端着酒杯望着他。陆运红忙讲述当初在他的带领下搞双宁市西片区客运枢纽区域规划的事,这事他当然记得:"你是不那位口哨吹得很不错的同学?"

"见笑,难为卫老师记得。"

"想起来了,你叫陆....陆运红?"

"卫老师你记性真好。"

"对,对,是陆运红,很不错的,现在在干啥?"卫志希老师说着,拉他在旁边坐下。

陆运红简单地把自己毕业以来的情况告诉卫志希,老师听着他的经历,笑了:"你为什么没在规划建设局?这样专业对口啊?当然做副镇长也不错。"

"命由天定,非人力所为。"

老师转过头去,对陶博说:"刚才你还说你们县没有懂规划的人,这个陆运红,就是咱们省建设学校第一届毕业生,城市规划专业的学生,还是我的高才生,曾参与我主导的双宁市西城枢纽片区二十多平方公里的规划。你这个县城不过几平方公里,巴掌大点,让他一个人主导都可以做下来,何必花钱老远请我们来呢?哈哈,你们把他搁在其他地方磨炼,是要等将来最关键的时候拿出来用在刀刃上吗?"

老师话里藏话,陶县长听得有些尴尬。其实陶博也是才从其他地方调过来的,并不清楚这些情况,不过他也马上对人事局那帮人乱点鸳鸯谱式的分配感到恼火。他也不了解这事,其实也不完全能怪人事局，因为当初陆运红这个专业比较超前，即使是建设局，也没有相对应的科室，所以随便给他分配了工作。陆运红忙说："卫老师过奖了，多年不接触专业方面的东西，早已生疏。当年分到县里来的毕业生，都是要先到基层的，县委很重视我们的成长锻炼，我能有今天，离不开组织培养和关心。"

卫志希老师又告诉他，他已经辞去在双宁建设厅的工作，现在在省城开了一家城市规划设计公司——东湖城市规划设计公司，陆运红的同学们也有在他的公司里工作的。他随便说了几个，其中就有冯正军，还有班长陈雨霏，还有和陆运红同寝室的赵林。他对陆运红说："有没有兴趣？把现在的工作辞了，来我的公司吧，省城里发展机会更多。"陆运红一听倒有点动心，可是想到十年寒窗换来今天，如果放弃，那是重大选择，他不敢轻易决断，犹豫地笑笑。卫志希老师说："舍不得现在的职位，是不是？怕待遇不好，是不是？"

"也不是，更多的是其他原因吧，比如父母、孩子、家庭，都在云津。"

"你可以考虑考虑，如果要来，给我打电话就是。"老师说着，把公司地址写给了陆运红，还有他的电话号码。几个规划专家都有手机，这在饭桌上足以让人暗暗震撼，因为大家只在电视上看到过这个物件，而陶县长也没有。

卫志希老师又告诉他，原来的学校和相邻的两个中专学校，正准备联合向教育部申报，改造升级为综合大学。他原来所学的城市规划专业当时为试点专业，前两年起就已经不招初中生了，学校升级成功后可能直接升为本科专业。两人聊了一阵，下午继续开会，陶县长又带领大家在县城里实地察看。凌乱随意的街道，没有明显的功能分区，完全是天然形成的集镇格局，显然不能承担随着改革开放而来的城市化和工业化进程的需要。卫志希老师与东湖城市规划设计公司其他专家一边看一边发表了些意见，直到下午三点过后才离开。

第 85 章

　　半个月之后,陆运红又接到通知到交通局代开本年度第二次公路建设工作例会。他刚到交通局,就接到通知会后到县政府办公大楼陶县长的办公室。开完会,他忙坐车过去。陶县长一个人在,他让陆运红坐下,说:"小陆啊,现在工作怎样?"

　　"虽然才到五河镇上不久,但五河镇是老家,是农业镇,我又是农民家庭出身,常和农民打交道,基本适应了。"

　　"嗯,我们原来不知道你是学城市规划的,还是高才生。我上周专门看了你的档案,不错。我向县委汇报了想法,想重新考虑你的工作。"

　　"……陶县长的意思是,让我参与县城的规划?"

　　"嗯,就是这个意思,县委同意了,不另外请公司。"

　　"……以前所学的,因为长期没用,确实也生疏了。"

　　"这个不是问题,只要学过就好……调回县里来。"

　　"建设局吗?"

　　"就到建设局,马上重新组建城镇规划股,负责县城规划和下面乡镇的规划指导工作。"

　　"可我刚到镇上,才十个月吧?"

　　"这不是问题。"

　　"建设局有没有另外的学过城市规划的同志?"

　　"有啥?我就知道建设局在执法办公室挂了个这样的牌子,还是去年挂的,可没有一个人懂,我们这地方落后啊。"

　　"那我一个人?怕也是不行的。"

　　"你懂就好,你到建设局后,和任局长商量着,根据工作来找人搭班子。肯定还需要专业方面的人,可以直接向我提申请,我去人事局协调。"

"那我听从组织安排吧。"陆运红虽然口头上说同意,但心里真有点担心,毕竟专业上的东西丢了这么多年。

陆运红回到镇里不到一年,又要回到县里,他母亲听了,有点想不通,因为她虽然不知道副局长和副镇长哪个官大,但是副镇长要贴近、好听得多,至少是她经常听人说起的。另外她总感到家里的房子空荡荡的,陆运红回镇上这十来个月的时间里,只回家住过几晚上,这一去,以后更没时间回来住。至于儿子也只生了个女儿的事,现在她已经无可奈何地接受了现实,不得不认为生男生女一个样。只是村里谁家生了孩子,而且是男孩,她总要偷偷地长吁短叹。陆选南倒什么都接受了,说都是天命,没什么可以改变的,他只希望儿子能平安就行,离家远才能有前途。

陆选南买的那个十四寸的电视机,杂音很大,按钮也坏了。陆运红走的时候,专门去市里给他们买了个十七寸的彩色电视机,花了一千八百元,这算是村里的第一个彩色电视机,他父母是一辈子都不可能花这笔巨资买的。家里存储的谷子很多,父母两人明年后年也吃不完,他临走前一天晚上,动员他们卖掉,父亲和母亲怎么也不同意:"你只是晓得说,不知道你爷爷奶奶以前的日子是怎么过的,不知道他们那一代不少人是怎么饿死的。以后哪一年大旱,没收成怎么办?"他知道不易劝动他们,也不再多说。

"你以后就不要割肉吃了,家里过年杀的猪,我和你爹两人的腊肉都吃不完,想吃的时候,回来拿就是。"母亲给他拿三块腊肉和一个腊猪腿,洗干净,又拿了二十个鸡蛋,还给孙女陆迎秋买了一套衣服,都让他带上,又说:"我和你爹年龄大了,身子又不方便,你逢年过节带着孩子回来,让我们多看几眼。"

他把母亲拿的东西放到车里,临走的时候,又到钟强的工地上走了一圈,跟他交代一些事,还是希望他怎么都得把工程质量放到最重要的位置,最终检验工程质量的是时间。"你比大多数人好,并不缺那点钱,在质量上不放松,回报会慢慢地来的。"

钟强大概是从小时候就养成了对他服从的习惯，一般不反对他的意见，表示尽量按他说的做。他要给陆运红饯行，陆运红推辞："咱俩就别说这些客气话了，只要以后验收的时候，我参与过的公路段你别出岔子就行。"

"今年你帮过我的所有的工程，不管最后怎么样，我都给你留出两万工资在这儿，上回还有一万，要用的时候，跟我说就是。你别介意这些，我的同行张老板，今年请人给他管工程，工资开了二万四千元……你到了建设局，以后涉及的工程肯定更多，你不要钱呢，我也要来找你。"

"以后的事，以后再看。"陆运红应付了一句。

就这样，陆运红在五河镇里只待了十一个月时间，屁股刚刚坐热又回到了县城，在规划建设局任副局长，负责城市规划，同时被任命为局党委副书记。

建设局局长叫任志华，今年四十七岁，在县里的正局级领导中算是年轻的一位，在建设局当局长已经三年多。他热烈欢迎陆运红来建设局，为全县的城镇建设和发展做贡献。把局里另外两位副局长李局长和张局长给陆运红介绍之后，任局长给他安排了一间大的办公室。两位局长都是五十来岁的人，李局长是从部队退伍后到建设局的。任志华又专门配了台新的电脑给他。来到建设局没两天，陆运红就发现，建设局行政办公室有一位很漂亮的女子，听大家说起，才知道原来是办公室副主任卫霞，大家都称她为霞姐，他也就跟着这样称呼她。他甚至感到，建设局里有了她，才显得有生机，否则死气沉沉的。陆运红来到局里，第一次到行政办公室复印资料，她开门说话的时候，总是带着很清澈的笑，绝不能让人产生邪念："陆局长，请坐。"然后给他倒了杯水，一边帮他复印，一边说，"以后叫我小陈就是。"

听别人都称呼她霞姐，陆运红觉得她的年龄可能比自己大点，即便自己是副局长，也不可能就如此托大称呼人家小陈，于是就说："不介意的话，我也称呼你霞姐吧。"

"嗯，我就恭敬不如从命。"她笑了。

任局长和三位副局长商量着组建规划股的上报方案。

去年就不再对大中专毕业生包分配，今年县里各单位还没适应新形势的变化，都没引进人，不少毕业生也不知道怎么就业。县里没有招过规划方面的人，他想到了向原来的学校打听，有没有城市规划专业的应届毕业生。让他料不到的是，建设局几位领导首先想到的不是这个问题，而是他们有亲戚的孩子毕业后还没就业，正在伺机行动。其中张局长的侄子是大专生，建筑材料专业的。李局长的外甥女是学工程造价的。他们含蓄地表示城市规划就是多此一举，以前从来没搞过城市规划，不也这样过来了？只要是高中生，工作久了看看都会，而他们亲戚的孩子是大专生，而且特别懂电脑，如果到这里来，肯定用不了多久，就会成为陆运红的得力助手。陆运红听着原来他们对城市规划是这么个认识，不知道该如何是好。因为刚来这里，不能轻易得罪这些领导，否则以后他们给自己使绊，工作开展起来就麻烦。如果选择两个不懂业务的人引进来，若上面认可了，以后大量的具体工作就会全部落到自己头上，自己会忙得不可开交。正该表态的任局长也不表态，好像是故意把难题丢给他。他纠结片刻，本着不得罪人的原则，先让他们把两人的档案提上来看看，然后再说。

回到住处，他和妻子闲聊起此事，就心里有气，毕竟不能什么事都立即向分管县领导汇报。郑彦秋让他问问李昌俊，他犹豫着，现在他逐渐远离李昌俊的关心，已经适应了，不想什么事都向他请教。

陶博交代的名额是三人，事情已经定了，没有更改的可能。如果这位副局长的侄女非常精通电脑，那也还行，在两个核心人员之外，需要有一个特懂电脑，尤其是熟练掌握工程制图软件的人。现在大家制图的时候，都还习惯于手工，工程纸一堆一堆在资料室里，很壮观。只有两位半生不熟的正在学习 CAD 的人员。陆运红自己才学会电脑不久，极需一位懂这个软件的人来参与工作，于是他也默认了这个人的到来。

他想当初自己被分配的工作与所学专业并不对口,其他同学难免也有这样的情况,如果他们愿意调来县里工作的话,是不是可以联系他们?他首先想到原来班上的同乡——和张艳结婚的庄涛,可是毕业之后,他们就几乎没了联系,只知道他在百谷县。陆运红查了好一阵,居然真查到了,他在百谷县教育局。庄涛接到陆运红的电话非常惊讶,两人在电话里聊了一阵,原来他在教育局负责基建,是副股长,妻子张艳和他一个办公室,两人的孩子已经五岁了。陆运红把自己的意思告诉他,他犹豫了一会儿,说不想去,以前学的东西确实生疏了,他们现在的工作很稳定。陆运红又想到当初的同桌戚永辉,他被分配到与云津市相邻的青台市屏西县,没用多久也联系上了。戚永辉自分配回来后,就一直在乡镇的建设办工作。他妻子在县里的一个电站上班,他的孩子也五岁了。戚永辉老家离他现在工作的屏西县城很远,云津和青台两市虽然接壤,可是相距有百余公里。陆运红询问他能不能来这边工作,他说可以来看看,因为他妻子的上班地点就在东永县与屏西县边界上的山沟里,平时和他相当于两地分居,如果他调到陆运红这边来,就和妻子近了十多公里。

戚永辉来到东永县建设局,陆运红接到他,两人又聊起分别后的情况,聊起同学们的情况,才知道其实毕业后大家几乎都没了联系,两人再谈起专业方面的东西,都感到隔膜了。陆运红希望他能过来,并暗示他过来后,可以帮助他升到副股长。殊不知,戚永辉对职务之类的事好像不太感兴趣。陆运红与他一同出校门,现在已经是副局长,而他只是一般职员,这个巨大的悬殊在一般同学看来,足以让他产生强烈的失落感,他们甚至会觉得陆运红是故意在他面前显摆才让他来的。庄涛却没这种想法,好像早看透并接受了命运的安排,他命中注定就是职员,没必要去羡慕谁。陆运红知道他的知识面比自己宽得多很多事情也比他看得淡得多,如果他答应来,也绝对和升职无关。果然,他说,他还是想来,是因为在一个地方待久了,很厌倦,如果能来这儿换个工作,换个环境,加之和妻子距离近点,也挺好的,他就这点愿望。

倒没费啥劲，他招来了当年的同桌戚永辉，让办公室派人专门协助戚永辉办理工调动手续。他想了想，有了自己和戚永辉，几乎能把事情应对过来，其他的人就打打杂也行了。他在思维上还是没把自己当成领导，而是只当成具体的工程人员。如果能再有一位专业人员，当然更好，实在没有也就算了，他把几人的档案报给陶县长，直接说缺少一名专业人员，如果陶县长发现有适合的人，比如今年相关专业毕业的学生没有找到工作的，找来就是。他把这些人的情况都简单说了说，在介绍的时候他肯定了李副局长的侄女和唯一的专业人员戚永辉，陶县长当然明白他的意思，就圈了两个人，然后说自己再考虑考虑。

陶县长那边几天后传来消息，说找到外省的应届毕业生叫马云涛，是园林设计专业的，让局里派人去面试。这两年由于建设局没有进人，能来个大专生，虽然专业不对口但也相近，也是比较稀罕的。陆运红和局长一沟通，只要是大专生就差不多，局长亲自去面试。其实面试只是走个过场。

建设局有一套空宿舍，一切都是现成的，陆运红直接安排给戚永辉住。新的规划股组建完成了，只有三个人，再从执法股和办公室安排两个文字功底好的职工，随时协助资料方面的整理工作和文案工作。局办公室行文，由副局长陆运红兼任城镇规划股的股长，日常工作由戚永辉负责。

第86章

新来的三个人正式见面，让他非常意外的是李局长的侄女李怡君是位非常漂亮的女孩，小小巧巧的，整个一个中学生的模样，让人油然而生保护欲的那种。前些日子陆运红在档案中看见的照片上的她很老气，可能是照片拍得不好。她说话声音脆生生的，喊陆局长，站得规规矩矩，拘谨得让人担心她马上要憋断气似的，她首先忍不住笑出声来，如同小孩子变脸一样让人猝不及防。外省的大专生马云涛，瘦瘦高高的小伙子，刚好二十岁，大概不太注重形象，或者是刚毕业，还没学会收拾打扮，胡须也没刮，给人小老头的印象。开会的时候他一动也不动，生怕一动就会影响到别人，把大家搞得都拘谨。他说话大家都不太听得懂，和他交流，关键句子得说普通话才行，而大家的普通话都不标准，带着土味，好长一段时间才互相习惯。

陆运红通过几个月前卫志希老师留下的地址，查到了卫老师的公司，并且查到班长陈雨霏的电话，就给她打了电话。两人电话里聊了会，互相吹捧一番，陆运红向她请教当今城市规划的一些新的理念和方法步骤。陈雨霏还记得他吹口哨的特长，说道："多年没听到你的神技了，吹首歌，作为交换，不吝啬吧？"

多年没吹口哨，他渐渐地反感自己这特长，但不可能为这点事拂同学的雅兴。为了避免被局里其他职工听到，有损他的形象，他起身掩上门，问她想听什么。陈雨霏说随便，然后点了正流行的《不让我的眼泪陪我过夜》。陆运红对这支歌有些反感，觉得太腻，听过却不会唱，可也得佩服她保留得很好的少女情怀，他说道："我的班长大人，你这是逼我产生吃天鹅肉的非分之想吗，不要这么肉麻的歌行不？"

陈雨霏哈哈笑了，另外点了首《弯弯的月亮》："这支总行吧？朴素也好听。"陆运红欣然从命，在电话里吹了半首，陈雨霏有事马上要离开，说不听了，通过传真发给他一本公司的做规划的模式资料。陆运红忙感谢，表示以后随时向她请教。

第二天，他把资料拿到手上，一下子就有头绪了，立即参考着把工作内容做了大致安排。首先收集基础数据资料，这项工作需要众多单位的配合。因为这对各单位都有干扰，应该先和县政府办公室对接，由县政府行文，要求各单位配合，否则直接去联系会很烦琐，坐冷板凳的时候多。其次是在第一阶段的基础上，再和市建设规划部门衔接，以市级规划框架为基础，准确定位城镇的性质和功能，确定县城未来的发展规模，同步对全县范围内的城镇体系的协调发展做一个勾勒。

第三是拟出初稿，征求社会意见，尤其是相关领导的意见。第四步是在分析各方面意见和建议的基础上，从专业角度剔选材料，进行具体的规划设计。第五步，完成初步设计后，再一次征求意见，主要是征求各部门的意见，然后再改，修改完成后，交人大常委会讨论通过，报市里批准，形成定稿。现在要开展第一项工作，先给县里打报告，具体工作先交戚永辉领着他们做。

他天生喜欢看地图，拿到地图就可以像看小说一样入迷，对绘图设计也上瘾，几天不拿绘图笔戳戳画画就浑身难受。他从建设局里拿到了各类与规划相关的地图，就放在办公室墙上和办公桌上，时时盯着看、分析。有时吃过晚饭，他带着戚永辉和大专生小马，散着步，沿着小路爬到县城的最高处察看，也算是浏览城镇的风光。县城最高处是座垮了一半的六和塔，周围也有人来，还不时碰到在偷偷谈恋爱的情意绵绵的中学生，石头上还有他们刻下的赌咒发誓的爱情承诺。大家一路看，一路取笑。平时，他喜欢自己动手画图。画草图的时候，他动不动就把李怡君和小马他们挤开，自己来操作。一般情况下，职工们都患有一种常见的"回避领导症"，和领导在一起就觉得浑身不自在，总是对领导敬而远之。开始，几个年轻人在他面前也是这样，渐渐地，因为专业上的交流，很快和他混得很熟，大家几乎感觉不到他是副局长。

县城的规划工作在顺利推进，大部分工作都交给戚永辉带着其他两个人做，戚永辉在做这些事的时候，比他细致得多。戚永辉的文字功底更在众人之上，行政办公室抽来的长年累月玩笔杆子的杨光成，也不如他。整个规划说明书编制初稿，也由戚永辉负责。

陆运红除直接负责规划股，还负责市政建设。市政建设内容繁杂，包括市政道路的改造，管网的改造和新建，城区范围建设的规划审批、建设管理等。马上到春节了，县里决定搞一个灯光工程，把县政府前面和左右的两条十字形的长约一千五百米的街道进行亮化，包括三十个表现庆祝香港回归的灯箱，以及一千五百米范围内的老旧建筑全部粉刷，预算只有二十万。对这类工程是第一次接触，陆运红详细地看了建设股报来的概算，抱着一个原则：工程按上面的要求完成，资金不能超额。然后交给局长签字。局长签了字，办公室行文，由招投标办公室对外发布，准备招标。

这是建设局有史以来的第一个公开招标工程，不到两天，报名的企业就有五家，陆运红把招标的事告诉了钟强。这类工程，钟强同样没做过，不过他是什么也不怕的，马上就来报名。

他仔细看了，都是那些似曾相识的企业。他虽然想帮钟强，可目前的身份使他不愿做这种偷鸡摸狗的事情，于是给钟强一个建议，让他按十七万报价，这样估计没太大的利润，但应该不会亏，权当一次学习做这类工程的机会，以后就再涉及，心里也有数，如果没中，那就算了。钟强听他安排，让钟正军帮他编了个十七万的报价书交来。

最后，开标的结果出来，钟强没有中，还有报价比他更低的，刘代坤的荣新建筑工程公司只报十六万九千元。一切正常进行，对方和局里签了工程合同。

陆运红简单安慰了钟强几句，以后有工程再说。钟强也理解不少事都不是以人的主观意志为转移，依然回去安心做自己的公路工程。

平常时间，陆运红大都待在规划股，参与着县城规划设计，市级规划中对县城的规划现在还只有个概念性的文字表述，没有具体方案，这一点给他们留足了弹性空间。

四月份的时候，初步规划图在县政府附近展示，主要对县城老城进行分批改造，然后在县城西面的原龙潭区所在地规划新区，新区五平方公里，由两条直通老城的主十道连接，以吸纳和延伸老城区的人气。方案公开征求意见。其间两易其稿。最后交县人大常委会讨论的时候，只做了局部的文字上的修改，基本就通过了。这是全市第一个完成县城规划和县域城镇体系规划的县，并且没有请设计公司，规划得到了市规划建设局的认可，同时被拿去让其他县做参考。

这天，他又被通知去县委组织部，接待他的是之前接待过他的那两人，可他一时把他们的名字忘了，很尴尬。两人没介意，又互相介绍，他才记起姓张的原来是科长，现在已经是组织部副部长了，另一个姓刘。他们让他坐下，然后问起他最近工作的情况，平时参加组织生活的情况，问起工作方面还有什么问题，他一一简单做了回答。姓张的部长说："组织上经过对你的考察，考虑由你担任建设局局长，你有什么想法吗？"

这个消息来得太突然，可是好像又在情理之中，因为早就听说现任局长要调走。他还是问道："任局长呢？"

"任局长要到市里工作，任市发展和改革局副局长。"

他到建设局才一年多点的时间，没想到这么快就又有了变动，而且还是在建设局内部。他不想因为谦虚而被人怀疑无能，但还是象征性地谦虚道："我其实擅长于专业性事务，在行政工作方面……我觉得自己最大的问题还是太年轻，经验不足，不知道自己是不是能够担起这个担子，还没做好思想准备。"

"你擅长专业工作，是好事，这个县委是知道的，我们县就缺乏专业型干部。县委历来重视年轻干部的培养，我们经过考察，认为你是适合的。年轻，有时会有经验不足的问题，但也代表着朝气蓬勃，思想活跃，在工作中扬长避短吧。"

二人又跟他谈了些廉政建设方面的要求，他急忙表态，决不辜负县委和组织部的信任，一定廉字当头，把建设局的班子带好。

任局长下个星期就要走。星期五，建设局召开全局职工大会，组织部张副部长来到会场，对陆运红的任命进行了宣布，对他的履历进行了简单的介绍，并对他进入建设局以来一手抓，领导完成的县城规划工作做了高度评价。任志华和陆运红都做了表态性的发言。会后，两人进行了工作交接，二十八岁的陆运红正式接任建设局局长。

第87章

　　作为一个新掌舵人，接任之后，如果一成不变，萧规曹随，是很容易被身边同僚轻视的，必须适当体现自己的独特风格，独立的思想，但一定不能添乱，不能折腾手下，惹大家不适应，陆运红已经深刻地懂得这个道理。在接任局长的第一周，他首先拟出工作重心——县域城镇体系的规划，原来县域城镇体系的规划只是为了配合县城的规划而开展的，只是粗线条的，现在要进一步体现深度，同时保证其对未来经济发展的应变力；其次对十个重点城镇展开详细规划，保持稳定性的同时保证一定的弹性。他自己直接主管规划股的工作。他把负责城市规划的规划股改成规划审批股，戚永辉被提为规划审批股股长，又从其他股室安排了两个人在戚永辉手下，加强了股室力量。城镇规划主要由他和戚永辉一块儿定框架，然后由戚永辉一手负责。建设股原股长退休，副股长汪怀剑接任。县委再没安排其他人来，他和其他两位副局长的分工又进行了调整。

　　陆运红被安排到省委党校学习了一个月，回来的时候，才知道县委原书记被安排到市政协，新来了一位县委书记，叫张昕。张书记来建设局听取了县城规划工作，听过汇报之后，他把老县城西边新规划的五平方公里的区域命名为经济技术开发区，准备展开建设。东永县以旧城改建的名义得到省里一笔八百万的补助，县里打算将它用来修建连接老城区到经济技术开发区的两条新主干道——东方路和中山路的建设。建设局参照云津市迎宾路的风格进行详细设计，这两条规划图上的干道平行延伸，每条长约一公里半，准备一次性建成水泥路面，包括双向六车道、路灯灯杆、绿化带、人行道等。征地费用已达到三百来万，还有五百来万，工程即将由建设局组织实施。在陆运红接任建设局局长的第三个月，迎来了建设局负责的这个较大的市政工程。

陆运红对招标工作进行了规范,最后与孔向军的向鑫公司签订了施工合同。

第88章

陆运红与李昌俊聚在一起的时候,聊起了国土资源局的工程,他打听到正准备实施五个矿山采后的土地恢复整理工程,资金量都不太大,每个二十多万。于是他就帮钟强要一个,李昌俊答应了。事后,他给钟强打电话,让他去找李昌俊把事情落实,有他的牵引,钟强很快就办妥了。不久,他知道了一个消息,原任县政府办公室副主任的秦超,已经调任城关镇代理镇长,同时也是副书记。他隐隐约约有一种说不出的不甘心,更希望以后的工作中,能够尽量不和他有交集。

此时的钟强,和建设局的职工的关系很融洽,不少人和他称兄道弟。建设局接下来的几个不大不小、资金量三四十万的城镇道路改建和排污管道工程、几个主要城镇公共卫生设施的建设工程,都交给了钟强来做。钟强的公司最缺乏的其实是人才,至今没有一个员工是真正的工程专业毕业的。陆运红给他推荐的杨萍的丈夫钟正军,也是全凭在工地上跑得多而成为半懂不懂的"工程师"的,不过钟正军也聪明,如今已经完全熟练,成为他的得力助手。图纸上的事情,稍复杂的,钟强还是拿来找陆运红帮忙看。

自陆运红离开交通局后,规划建设管理科由王进才负责,袁旭在里面被排挤到了边缘,上不上班没人过问,他也就懒得在办公室里待,经常借检查工程的名义不上班,闲着也没人管他。即便如此,他也不愿离开科室,毕竟待遇很好。和陆运红聚会的时候,陆运红问他,愿意不愿意到建设局来,他略打听下就谢绝了。陆运红又向他建议利用空余时间,干脆到钟强公司里帮忙,让钟强给他开工资就是,钟强急需一个懂工程的,至少能轻而易举看得懂图纸,会概算的。他答应试试看,于是陆运红让钟强和他见面,两人一拍即合。袁旭不用天天都到他的公司，每月能有一半的时间就行，工资直接按袁旭在交通局的工资等额支付，相当于袁旭多领了一份工资。如今钟强的工程大多在县城里，对袁旭的工作也几乎没有影响。他开始负责钟强公司的工程测量复核、现场施工等各项工作，因为在钟强的公司里受到"重用"，没多久，袁旭就几乎把钟强的公司当成自己真正的单位了。

这天，陆运红在规划股办公室里和戚永辉、建设股的汪怀剑一起审阅县农贸市场改造的设计方案。农贸市场很破旧，早就应该改建，要扩大用地范围，可能涉及二十多户拆迁，可是县里一时拿不出这么多的拆迁资金，只拆迁其中老式瓦房的单层的十来户，涉及的资金量小，其他的暂时不动。整个改建，包括拆迁赔偿，一共要耗资二百二十万元，资料做完后，交财政局审查复核。他正在和二人讨论，办公室主任过来告诉他，有一个女的来找他，自称他的姐姐，在他的办公室里。他很意外，忙回到办公室，原来是三姐陆运芹，她局促不安地在办公室里站着，强装镇定，办公室人员给她倒的开水放在桌上，冒着热气。他问："你什么时候来的县城，有事吗？"

"刚到一会儿。"三姐说，"我来这儿，一是想看看大哥，大哥埋在这儿十多年了，我还没来看过他；另外你姐夫杨成立的哥哥，有个孩子，今年毕业出来，一直还没找到工作，你看能不能帮个忙？"

"这种事，你怎么跑到这儿来说？"他说着，看看时间，已经可以下班了，于是用手机给郑彦秋打电话，说三姐来了，让她准备一下午饭，然后收拾好桌上的文件，带着三姐往住处去。

"好不容易来县城一趟，也想看看你在这儿是怎么工作的。"

"看到了吧，有什么好看的，不就是这样。"他说。

"我来这里不会影响了你的……形象吧？"三姐小声地问。

"有那么一点。即使我不介意，可别人会介意啊，你看你穿的衣服嘛，和娘穿的差不多。"

三姐有点不好意思："唉，你不说我也知道。刚才我进来，从人家看我的眼神中，我就体会到了。可是已经进来了，再退出去更让人笑话，硬着头皮也要撑下去啊。"

"好了，不说这了。"他说着，带着三姐一块儿下楼，离开了单位，也没叫司机送。

"这个侄子，是学工程的，现在不包分配，他又不大爱说话，找工作挺难的。"三姐说。

"学工程的，那行啊。"建设局明年确实要招人，他又问，"是不是以前来咱们老家那个李二姐的孩子？"

"就是，她家老大，男孩。"

"在哪儿？"

"就在这外面的马路对面等着呢．我说叫他一块来建设局里，他不。"

他俩走出大门，陆运红抬起头，看到马路对面有一个蹲着的男孩，十八九岁的样子，怯生生地注视着自己和三姐。三姐说的应该就是他。想到三姐来局里尚如此拘谨，年轻孩子就可想而知。城乡差别造成的农村孩子的卑微心理，虽然在改革开放大潮中开始有所改变，可是地处偏远地带的他们的羞涩、不自信，在这种场合中还是让人很容易感受出来。

他说："他叫什么名字？"

"叫杨休。"

陆运红听着，想到了在曹操手下的那位。他由衷地希望农村的娃娃能够像自己当年一样，挣脱各种束缚，找到自己的方向。两人来到马路对面，男孩羞涩地站起来，旁边放着两只鸡和一只鸭。三姐吩咐男孩："这就是你小四舅，就叫小四舅。"她让他跟着她自己的孩子称呼。

"小四舅。"男孩叫了一声。陆运红仔细地打量了他一下，男孩长得挺清秀的，眼睛很亮，眼神中的光彩很动人。陆运红问："听说你学的工程，建筑工程，在哪儿念的书？"

"是学的工程，建筑工程，小四舅，在南方建筑专科学校。"

"学得怎样？"

"……学得不好。"男孩搓着手说。

三人一路往前走，男孩提着鸡和鸭，陆运红说："那我随意问你几个简单常识问题，能答吗？"

男孩迟疑片刻后点点头。

"比如24墙体，每平方米需要多少标准砖？18钢筋每米重多少？如果以7级抗震标准计，10层以内的框架结构，每平方米钢筋用量是多少？一般门窗面积占建筑面积的比率是多少？模板比率呢？"

"这……"杨休脸色微红，吞吞吐吐答不上来，陆运红也没催促他。三姐看到侄子要出洋相，忙把话题岔开，说："我想这就去看看大哥埋在哪儿，让人家过会儿回答嘛，你别把人吓着，刚走出校门的孩子。这鸡和鸭是杨成立他哥哥带给你的。"

陆运新的墓地离这儿也不远，陆运红就带着三姐和杨休一块儿步行去。他一边走一边拍拍杨休的肩，小声说："别紧张，你能不能回答都录用你了，行不？"

"谢谢小四舅。"杨休这才放松，红着脸笑了。片刻后，他说："24墙体每平方米需要标准砖128块，18钢筋每米重2千克，另外……每平方米钢筋用量30公斤，门窗面积占比为0.2吧。"

"不是30千克，是40千克，其他几项基本对，这些在以后进行工程匡算的时候，都是基础的，经常用。"

"谢谢小四舅。"

"现在你可以来局里做实习工，先熟悉下，明年我们给人事局打报告招人，你直接报名就行。"

三人来到了陆运新的墓前，三姐从口袋里拿出纸钱铺上，然后点了香和蜡。她抹着眼泪说："大哥呀，你走这么多年了，没想到如今咱们兄妹三人只能这样相聚了。"

等香和蜡烛燃完，三人才离开。到了陆运红住处，郑彦秋已经把门开了，她在外面的小餐馆里买了几斤米饭，炒了几个菜。三姐把两只鸡和一只鸭拿进来,郑彦秋忙把它们放在卫生间里,三姐说一只鸡和一只鸭是杨休他父母送的,另外一只鸡是自己送的。她和郑彦秋客气几句,几个人坐下吃饭。陆运红的女儿陆迎秋中午没回来。杨休吃饭总是不声不响的,像只小老鼠。姐弟二人一边吃一边聊。三姐说爹和娘年纪大了,平时在家里,缺人照顾。陆运红对三姐说:"这事我也想到过,我平时不能回家,你和杨成立能不能够回来住,和爹娘住在一块儿,照看下他们?"

"这怎么行?"

"怎么不行?"

"我同意,怕杨成立也不愿意,老家我的土地已经退回去了。"

"自留地还在啊,而且现在家里不缺粮食吃。"

"我即便回来,怕爹和娘心里也不太乐意啊。"

"什么意思?"

"他们会怀疑我回来争你的房子,因为爹修的房子,原来就是给你和大哥准备的,现在大哥用不着,就留给你了。"三姐笑了笑说。

陆运红想到,如果三姐和杨成立真的来照看父母,那么他们和两个孩子一家四口都得来,来了确实又没土地,是个麻烦事;两边跑,路也不近。他一时也拿不出好主张,想到爹娘现在身体应该还没太大问题,只好暂时不提这事。

吃过饭,三姐又想到一件事情,从包里拿出个牛皮纸包,说:"我来的时候,娘搓了一把麻线,用雄黄酒泡过的,让我给你带来。娘说小孩子常犯头痛的病,犯的时候,用麻火刺激太阳穴和额头、眉心就行。"

"现在谁还用这个,没啥效果。"陆运红说。

"不一定,我的两个娃娃有时头痛,就是这么做的,能管用,只是怕你们不会用。"

郑彦秋拿过来,打开看看,然后包好,放在抽屉里,说自己以后试着用用看。三姐说道:"娘肯定想孙女,孙女长这么大了,她想为孙女做点什么。你们回去的时候,把陆迎秋带回去让娘看看吧。"

"嗯,娘大概觉得自己没参与到孙女的成长过程中来,过意不去。"郑彦秋笑着说。三姐又和陆运红谈起村里的事,说前两天秦祖寅二舅公升天,父亲去帮忙,陆运红感到意外,忙问:"那秦小军的父亲和母亲都没了?"

"是啊,二舅公七十来岁,病死的,我去帮了半天忙。我还碰到程夏,她也在家,带着孩子,孩子十二三岁了。我好多年没见她,都几乎不认得了,她没注意到我。我只是看到她身体好像不好,脸色挺暗的。她那个孩子不错,很耐看。"

陆运红听着有些意外,估计程夏只是暂时回家,他没把程夏的孩子认自己做保保的事告诉陆运芹。他一向很忙,好几年都没去长潭乡,没见到程夏和程迎夏了。他想抽时间去一趟,可是接下来被县里安排到省委党校第二分校学习,要一周左右才回来,只能以后再说。

末了,他对杨休说:"大胆些,别像个女孩一样,我去和局里其他同事说一下,你下周来吧。先实习一段时间,刚好有些工程需要人手。实习期大概到明年三月结束,这期间呢,工资没有,发补助吧,不会比工资少多少的。"

"谢谢小四舅。"

下午,他和郑彦秋带着孩子,送三姐和杨休到车站。郑彦秋买了些糖果让三姐给孩子们带回去,然后又给两人买了车票,待他们上车后才回去。

第89章

杨休来到局里上班,虽说是实习,但看在陆运红的面子上,大家都把他当成正式职工来对待了。明年建设局有四个职工退休,拟招四个人,除了杨休,还有两个本单位职工的孩子,毕业后还没落实工作,两位职工先后来跟陆运红说,陆运红就让两人也来实习。另外一个人就面向社会招聘。

杨休来到单位，引起了大家的一阵嘈杂，因为他人长得不错，年纪稍大的女职工们总是不由地关心他谈没谈女朋友。这和当初规划股来的小马的待遇简直是天壤之别，小马至今没谈上女朋友。当初大家都默认他和同一股室里的李怡君可能会谈到一起，现在都不抱希望。杨休来了不到半个月，大家就看见李怡君像受到了某种引力作用似的，几次三番地往建设股跑，和杨休搭话，撒娇似的向他请教问题。一只蚊子嗡嗡嘤嘤地绕着她飞，她也要立即大惊小怪地找杨休帮收拾，好像要专门向他申请保护。

消息传到刚学习回来的陆运红的耳朵里，他笑了笑，倒也乐见其成，如果杨休能和李怡君在一起，那自己和李局长的关系更近一层，工作会顺利得多。但是，想到小马来了这么久，同一办公室的女孩居然被后来的人抢走，他也替他感到难为情，担心他面子薄，难堪。陆运红找来能言会道的办公室副主任大美女卫霞，让她暗中帮小马物色物色。虽然现在年轻人自由恋爱早成气候，可总有个别的特例，需要关心一下。他觉得原来村里赤脚医生王和珍一类的角色其实还是需要的。卫霞惊奇地望着他："你一个大局长，居然还关心这种私事？"

"不算关心，是人之常情吧。"

"终于碰到一个这么关心我们的领导，我想我有必要感动得热泪盈眶。"

"如果你准备热泪盈眶，那我让财务明天买两张手巾送给你擦眼睛吧，不然哭坏了，大家追问起来，我难辞其咎。"

卫霞抿着嘴笑说："这个事，有局长交代，我就尽力而为吧，慢慢来。"

"好。"他答应道。

星期天，钟强在市里云津宾馆请客，邀请了陆运红全家，还有袁旭、钟正军，以及他的盛强建筑公司的十二位员工。以前在交通局做科长的时候，陆运红来过云津宾馆，后来因为单位的事多次出入这里，去年它已经升级为四星级宾馆。陆运红一家到达的时候,钟强和其他人都到了。在这里,陆运红第一次见到钟强的妻子和两个孩子。钟强的妻子是他师傅的侄女,名叫唐贤英,胖胖的,保养得白白净净,一张脸上总挂着笑,好像从来没看见过不满意的事情。她的主要职责就是带两个孩子和打麻将。有人说钟强的好运就是从娶了她开始的,她大概就是传说中的有旺夫相的女子。在钟强的介绍下,她称陆运红为小四哥称呼郑彦秋为小四嫂,她问有没有"大四嫂",独自咯咯咯地笑起来,惹得众人都笑了起来。

钟强手下的职员,包括袁旭、蒋承兵、钟正军,还有前不久招的一个施工人员兼会计的骆江平,在工程现场的时候,陆运红几乎都见过,只是有些人的名字叫不出来。他对蒋承兵他们几个文身的青年人的印象很深。他们都知道陆运红,分别过来恭恭敬敬地问候:"陆局长好!"

直到此时,钟强才说:"小四哥,今天咱们公司全体员工聚会,特别叫了你和四嫂来,也是为一件事情,后天是你的生日,再过十天,就是我的生日,咱俩从小就在一起玩,所以,今天这个宴会是我特意安排的,算你和我两人共同的生日宴吧,估计以后不太容易抽出时间。请的人也不多,就内部人员,咱们也不收礼,大家高兴一场,你不会介意吧?"

陆运红想起以前母亲说的生日是以农历为准的,而身份证上的生日是公历,两者总是相差一个月左右,因为这个错位,每次农历生日,他都莫名其妙地错过,也没在意。自工作以来,就没过过生日,虽然前不久想到自己今年要满三十岁了,可一忙又忘了。

难为钟强想到这件事,这是自初中以来,近二十年,他第一次过生日。大家一边喝酒一边聊,陆运红才知道初中时的班长唐海,原来在冷水关县被招聘进政府机关,如今已经是镇长了。钟强消息最灵通,因为他总是在各处打探工程。以前念书时,陆运红和唐海接触不是很多,感到他人特别好,只是他早早考上了高中,当时跨过大学的那道门槛太难,也许好事多磨,他终于踏上了本该属于他的道路。钟强和袁旭又谈到当初造成钟强退学的贾利群,贾利群现在在粮食局,已经结婚,生了个男孩。陆运红曾经和贾利群同桌,确实对她没有好感。因为县城规划的事,戚永辉他们到粮食局提取基础资料的时候,说见到过她,虽然建设局和粮食局相距不到三百米,但他从来没去过。大家又谈起林志明老师,钟强对他仍难以消气,对贾利群的憎恨反而轻了。陆运红对林志明也没好感,到五河镇任副镇长十来个月,他一次也没去过中学,没见过林志明,可时隔这么多年,曾经的不满也开始淡化。他对钟强说道:"当年他也是刚出校门站到讲台上不久,二十多岁吧,处事不成熟,可以理解。事到如今,你实在难以释怀,就当没有这个人存在,别放在心上。"

"我不这么看,你没我的体验深刻,他根本就是处事不公,偏见在作怪。一个刚出校门的人就带那么深的偏见!"

钟强属于爱憎分明的人,陆运红也不便为这事再和他讨论下去。大家继续喝酒,给钟强和陆运红敬酒,打酒官司。钟强半醉不醉地,当着大家的面,兴冲冲地说:"我和小四哥的关系,不是一般关系,小四哥的娘就是我的保姆,小四哥相当于盛强公司副总,咱们都靠他的照顾。有小四哥在,我不再为工程款的事担惊受怕,处处低声下气的。以后凡是咱们公司工程上的事,小四哥说的,就相当于我说的,你们照办就是。"

他手下的人就应声虫般地向陆运红敬酒,弄得陆运红百口莫辩,应接不暇。蒋承兵早就在他的同伴中宣扬陆运红的口哨神技,这一回机会难得,大家一致要他吹上一首听听。陆运红虽然把这个爱好基本封杀,越来越不想吹,但这个场合下也不便回绝,乘着酒兴,想到正流行的歌曲《约定》,努力找找感觉,调好嘴唇和舌头的配合开始吹;当然不管吹得好与不好,大家一致鼓掌,谁叫他是现在这个场合中的焦点人物呢。

大家兴尽而散,所有人都在钟强安排的宾馆房间里住下。到了房间，陆运红有些醉意，昏昏欲睡。郑彦秋在旁边说："运红，你让我想到当初念书的时候你吹口哨的情形。有次你吹《燕归来》，我听哭了，可现在听你吹，好像没当年那种刻骨铭心的感觉。"

"当年？那时咱们只有十三四岁啊，现在三十岁了，什么概念？人家说，半轮花甲了啊。"

"别说得这么恐怖。"郑彦秋说。

陆运红望着郑彦秋，想到初中同桌时他想入非非的那个情形，忽然笑了。陆迎秋也是第一次听到父亲吹口哨，他今晚吹的这支歌是她最爱听的。她在旁边说："爹吹得很好听啊，以后要教我。"

"女孩子家，千万不要学这些名堂，好好学习才是。"陆运红对女儿说。

"我学习很好，还要怎么好？"陆迎秋反驳说。

孩子睡熟后，郑彦秋悄悄对他说："运红，跟你说个事。"

"什么事？"

"钟强今天对我说，你存有二十万在他那儿，是吗？"

"他……他对你说的？"

"他说是给你的工资，放在他那儿许久了，说长久放在那儿没必要，他给我了，是存折。"

"你拿了？"

"是啊。"

"唉！"

"什么意思？"

"算了，拿就拿了吧。"

"这么多钱，你瞒我这么严啊，想干啥？"

"想干啥，想瞒着你，再娶个像你一样的女子呗。"

郑彦秋推了他一下，说："你这钱，真是你在工程上帮他，他给你的工资吗？"

"是啊，除此而外还有别的来源吗？别再说了，我现在头疼，他都跟你说过了。"

"……好吧。他让我们自己去取。他还说他想在市里买房，问我们要不要买。"

"既然在你那儿，你就做主吧，一切你说了算。"

郑彦秋看着他昏昏的样子，没再问。她揣着钟强给他的存折，如此数目的款项让人心灵震动，她一夜没睡着。她虽然有所怀疑，但还是愿意相信丈夫和钟强合伙是真的。

陆运红虽然睡在妻子旁边，一声不响，但同样没睡着。他对这笔钱心存顾虑，甚至不愿用手沾这笔钱，虽然自己常在技术上帮钟强，他付一些工资是应该的。让陆运红略为放心的是，钟强做工程极少像其他人那样不顾后果地再往下层层转包，基本都是亲手做。每回强调质量，都是认真的，钟强都听他的。不能偷工减料的地方，他绝不偷工减料。钟强的工程，基本没出现过因质量问题而返工的。

这天，钟强打来电话，说："小四哥，你才招进单位你那个远亲杨休，不错。我想让他帮我，来我公司上班，不晓得他愿意不愿意。"

"他现在还在局里实习，没正式录用。"

"总之是那么一回事嘛。这个小伙子可以，我在工地现场见过他两次，很精明，学识不亚于袁旭，再过两年，有了经验，肯定更强。"

"如果你要，我跟他说来看看。"

他来到建设股，没见到杨休，说在规划股那边，他又到规划股，戚永辉和小马因一个建设审批事件下乡去了，只有李怡君在办公室，屋里只有她和杨休两个人，他们面对面地有一搭没一搭地胡扯。陆运红问："上班时间，你们这是在代表股室交流工作吗？"

两人红着脸，不再说话。陆运红对杨休说："你马上来我办公室一下。"

杨休紧张地站起来，看着他，跟在他后面，进了他的办公室。陆运红让他掩上门。

杨休掩上门，在他对面坐下，怯生生地说："四舅，是我不对。"

"有一个更好的工作，可能适合你。"

杨休惊慌地看着他。

"怎么还是这样？是因为没正式录用你，心里不踏实，时时都在担惊受怕吗？"

"嗯。"

"那还有心情谈女朋友？"

"……是她找我谈的。"

陆运红听着这话想笑，忍住了，说："有一个工作，可能更适合你。只是要你做出选择，如果愿意在局里，局里马上要打报告了。"

他接着把钟强说的事告诉他，杨休忐忑不安的心才放下来，原来陆运红并不是要批评他。杨休说，他不想去钟强的公司，愿意在建设局。陆运红看着他，很理解此时他的心理，和十五年前自己的心理一样。此一时彼一时，如果他能够到钟强的公司，虽然有一定的风险，可收入会很可观。他见杨休很坚决，害怕失去的样子，安慰鼓励了他几句，就不再说了。

第二周，办公室把建设局招聘人员的报告递上去，没多久，笔试过后，李副局长主持面试，将杨休和其他几人招了进来，他们成了建设局的正式员工。

新招来的唯一的生面孔，是刚毕业的王新宇，和杨休差不多大，可是举手投足都比杨休成熟。在大学的时候，他是学生会干部，口才特别好。他到建设股半个月以后，陆运红把几位新人分别叫到办公室，想听听他们对工作有什么意见和看法，其他几位都怯生生的不说话，不太清楚情况不敢乱说话，也怕得罪老职工，王新宇却不拘束地说："新职工需要老职工带，可老职工之间的交流不多，即使他向老职工请教，他们也以一种只可意会不可言传的保守态度敷衍搪塞，基本靠自己跟着感觉摸索、总结、熟悉工作。"

陆运红点点头，这是机关单位的痼疾，幸好他刚到区公所时常常下乡，在区乡跑乡，这种感觉不是很强烈。陆运红试了试他的专业水准,也和杨休不相上下,对他更加好感。陆运红又问他家在哪里,王新宇告诉他,城关镇派出所所长王承明是他的父亲。

股室里,王新宇没有因为老职工的敷衍就对他们敬而远之,他还是主动同他们交流,而陆运红发现他每说话,就产生一种大然的氛围,好像整个建设股是由他在做主,汪怀剑倒像是他手下似的。他说他原来在学校曾经获得演讲比赛一等奖、辩论赛二等奖,看来他的语言表达能力应该还不错。不久,行政办公室把建设局半年工作总结的初稿拿来,陆运红把王新宇叫到自己办公室,让他看看有没有什么需要修改的地方。他也不推辞,拿过去,坐着看,不一会儿就看出了四个病句和九处标点错误,然后指出来,谦虚地对陆运红说:"我觉得可能这不对,虽然改了,但不知道是否得体,请陆局长指点。"

陆运红看看,确实,他所改的那些病句,自己也和众人一样,已经熟视无睹,只是经他一改,觉得更加通顺,可能产生的歧义消除了。建设股股长汪怀剑不久之后也将退休,陆运红心里产生了想法,这个建设股长的位置,好像是给王新宇预留的了。他决定日常工作的时候,多让他跟自己一路,多锻炼。至于杨休,让他多做专业方面的工作。

他曾经吩咐办公室的卫霞给小马介绍女朋友,这或许是道难题。这天卫霞来到他办公室,对他说起,说她给小马介绍了两人,都不成功,人家女的不太喜欢他的那身穿扮,太书生气,迂腐。陆运红开玩笑地说:"那事不过三,再麻烦你一次吧,这一回精心考察,力争成功,实在不行,你就先将小马改造一番吧,要让他入乡随俗。事情若成,将来人家小马肯定对你感激不尽呢。"

"我能力有限啊,陆局长。"

"做媒确实是个技术活,你就当继承这个传统,别让它受到自由恋爱的冲击而丢失了。"

卫霞只好继续去物色,不久,勉强介绍成功了一个。女方是县档案局的,和小马差不多,都不讲究形象,喜欢研究学问。她算勉强完成了任务。

第90章

郑彦秋所在的学校因为撤并，学生们全部转移到县城中学，她也直接在县城中学里了，来回更加方便。钟强已经在云津市里买房安家。星期六，郑彦秋去市里参加她同学周桂芳组织的同学聚会，和同学聊起买房，周桂芳是郑彦秋高中时很要好的室友，她给郑彦秋推荐她老公的兄弟刚建成的一个小区，团山回迁房小区，周桂芳在市公安局刑侦支队工作。团山小区回迁房中有几十套多出的房子。在周桂芳的动员下，郑彦秋订了一套，因为周桂芳的关系，每平方米优惠了一百元。郑彦秋选的这套九十平方米，约十五万。她把消息告诉丈夫，这个消息对陆运红没太大的吸引力。郑彦秋签了认购合同后，他到现场看过一回，也觉得很满意。能够不依靠单位住房，而有一个完全属于自己的家，以前是想都不敢想的，他甚至感谢郑彦秋促成这件事，否则自己可能再过多年也不会想到这条路上。总之买就买吧，他默认了妻子的做法。钟强给的钱，买房后还有大约五万，加上他和郑彦秋每月工资攒下的也有近五万，合计约有十万。刚好县城这住处不远处在出售临街铺面，两人又计划了一下，买一个铺面，现在铺面每平方米约五千，可以买个十五平方米的。铺面买来，每月可以有租金近四百元，相当于郑彦秋半个月工资，这比把钱存银行利息划算得多。而才购买的团山小区的住房，因为二人都没住在市里，干脆先以清水房出租，每月租金六百元。果然，没两天，就被人租走，签了三年出租合同。

这天，他下乡经过程夏做服装生意的长潭乡，想到好久之前就打算来看看他们母子二人，过午也没去给程迎夏压岁钱，孩子过生日他也没给，这个保保当得很不合格。刚好他身上还揣了四百元钱，就顺便表示一下吧，他叫司机停车，让他稍等，然后去程夏的铺面。殊不知，过去一看，店主已经不是程夏，一打听，原来程夏早在去年就退租离开了，据说是回家了，孩子也带回去了。他纳闷，怎么一点没听她说起？再一打听，听说程夏是生病了，好像病得还不轻，他吓了一跳。回到车上，想起去年三姐曾说到过程夏的事，当时自己没在意，原来她已经离开这么长时间了。

第二天，在外出开会时，陆运红遇见了李昌俊。好长时间没和李昌俊在一块儿，他问候道："李大哥，近来都顺利吧，欧军姐也好吧？"

"都还好，没什么。"李昌俊又告诉他，他马上要离开了。

"准备备高升到哪儿？"

"哪儿也不想去，就内退，想回湖南老家去。"

"你还很年轻啊，还不到五十岁吧？"

李昌俊笑了笑，说今年五十一，前不久因为胃不舒服去医院看病，意外查出了冠心病和糖尿病。他想借机退到二线。

"我回湖南老家，养养病，钓钓鱼，看看花，一日清闲胜两日，养病也就相当于延长了寿命。"

平时因为工作忙的原因，陆运红与李昌俊见面交流的机会越来越少，李昌俊内心是孤独的，以前常关心他，除了因为同病相怜，在他身上寻找失去兄弟之后的感情替补，也有因为他刚出校门单纯，容易交心。但是见到他逐步的成长前进之后，李昌俊觉得他基本不太需要自己的关心。和陆运红的交往，他知道必须保持一定的界限，因此自然而然地渐行渐远。在这种情况下，陆运红也不好说什么，在为官处事上，现在他不认为自己比李昌俊差，在内心深处，他一直很感激李昌俊，可是发现自己走不进李昌俊的内心世界。李昌俊做出什么决定的时候，他是没有能力参与的，其实这也是种界限与代沟的结合体现。他说："有机会，我也帮你打听打听，哪儿有医治糖尿病和冠心病的名医。"

"这个倒也不用，我已有不少线索，现在已经发现多了反而不好。"李昌俊笑着说。司机开着车来到旁边，他坐上车走了。

陆运红路过工地的时候，戚永辉和汪怀剑、王新宇几人还在工地上，工地上还有很多人。还在现场的公安人员中一位五十来岁的中年人走过来,忽然叫陆运红,说:"陆局长,你好。"

"你好,请问你是?"

对方指了指不远处的王新宇,说:"陆局长,我就是王新宇的父亲,城关镇派出所的王承明。"

"啊,是王所长。你好,你好。"他忙敬了对方一支烟。

"你可能不太记得,我还是你大哥陆运新的以前同事。你当年和你大哥一块儿来我们公安局食堂吃饭的时候,我见到过你,那时你还在念书,转眼这么多年了。"

陆运红努力回忆,勉强想起,确实是见过的,那时他才三十多岁。

王承明拉他到旁边,小声对他说:"陆局长,平时不容易碰到你,今天凑巧,有件事想对你说,但是不能在这儿说。"

"王所长,什么事?"他疑惑,估计是关于王新宇的事。

"这事……和你大哥陆运新相关……而且关系很大。"王承明欲言又止的样子。

他听着惊讶,陆运新的什么事?他忙说:"这样,王所长,你什么时候有空,你定时间、地点。"他急切地想知道。

"那好,明晚吧,我找个僻静的地方,给你打电话。"王承明说。互留手机号后,两人道别。

他回到自己的办公室,揣摩着王承明的话。事隔这么多年,还有什么事和陆运新相关?听他话的意思,明显不是台面上的事,难道陆运新当年牺牲另有原因?他想到这里,越发觉得不踏实,想要尽快见到王承明。

第 91 章

当天晚上他失眠了,躺在郑彦秋身边,双手枕在脑后,直到看着她入睡,还听她说教孩子做题的梦话。半夜,他才睡着,做了个梦,梦见陆运新居然拉着程夏的手,程夏穿着一身白衣服,微笑着,两人在前面飞快走着，忽然从他们后面掉下来一个灰色的包裹，然后他们不见了，他急得追上去，却绊到包裹上，他一下子醒了。他咂摸着这个奇怪的梦，再没睡着，早上就盼着王承明的电话，直到中午下班时候，他终于打来了。

王承明约的地点就是公安局旁边的电讯宾馆，二楼的一个小雅间。陆运红进去的时候，雅间里只有王承明一个人，桌上有几个菜，也不是很丰盛。他坐下，给王承明敬了烟，王承明忙推辞，说应该他先敬，两人谦虚了几句，王承明开始倒酒。陆运红酒量不大，要换小杯，他急着想知道他要说什么。王承明说："陆局长，今天的话长，慢慢来，别急。你就喝这大杯吧，只一杯。我也听孩子说了，你不喜欢喝酒，我是当兵出身，说一不二，就给你倒这一杯。"

陆运红只得接受，说："王所长，你是我大哥生前的同事，如同我大哥，就叫我小弟得了，别称我局长。如不介意，我也就叫你声王大哥。"

"那好，那好，我就倚老卖老，不推辞。"王承明说着，举杯和陆运红碰了碰，他一饮而尽，陆运红饮了一小口。王承明说："陆局长啊，我是个是个粗人，除了喝酒，别的不懂得什么，这一杯呢，也是感谢你对我娃娃的关心。"

然后，他自己又倒了杯，陆运红说："不，这你倒别说，王新宇从来到单位第一天起，我就喜欢上了他，没其他原因，因为他本身就很优秀，与同龄人大不相同。"

"嗯，这也靠你的关心和培养。陆局长……"

"王大哥，刚说过，就叫我小弟。"

"哈哈，这就忘了，好好。小弟啊，我今天要和你说的这个事，是关于你大哥陆运新的。而且，知道此事的人只有两个，我是其中之一。"王承明说着，起身，向门外看看，把虚掩的门完全关上，回到座位上，"十四年前，陆运新牺牲，他妻子欧军，也就是现在国土局李昌俊的妻子，这个你是知道的。欧军后来生了个孩子，就是你的侄女,叫欧晓新。"

"你是说,这个孩子,有问题吗?不是陆运新的吗?"

"不,不是。这个孩子是你大哥的,没问题。我想说的是另外一个女人,和你大哥有关系,他们还有个孩子,孩子现在也已经十三四岁了吧。"

"你是说,陆运新当年和欧军一起的时候,同时和另外一个女人在一起,并且生了孩子?"陆运红睁大眼睛。

"对,是这么回事。"

陆运红望着对方,惊住了,难以置信,因为陆运新在他心中的形象是很完美的。王承明喝了口酒,停顿了一会儿说:"此事无其他人知道,可是我和你大哥是好哥们,他的事我都知道。"

"女的是谁?孩子呢,是个什么情况?"他急忙问。

"说起来,这个女的,你也认识。"

"我认识?是谁?"陆运红觉得很离谱。

"这个孩子是我给上的户口,上面有一个曾用名,叫陆迎夏,是你给取的,知道吗?"

陆运红霎时间明白了,他说的这个女的是程夏,可是怎么都觉得不可能,愣愣地望着他,说:"你说的是她?"

王承明点点头,空气凝固了。

又过了片刻,王承明说:"这件事,除了我,其实还有一个人知道,这个人就是现在在监狱里服刑的前任局长曾局长。"

"就是因为受贿,去年被全县作为警示教育教材的曾县长?"

"就是。他和你大哥也比较好,你大哥牺牲前后,程夏并没到现场来,这个事我知道。大概半年后,有次我和曾局长一块儿出差,聊起陆运新救程夏的事,我说陆运新对她有救命之恩,他们又是亲戚,她怎么都该来看最后一眼,没想到这个女子如此寡情。没两天,曾局长把程夏与陆运新的事告诉了我,说他俩并不是表亲关系。程夏执拗地为陆运新生了个孩子,我听后,改变了对程夏的看法,曾局长让我多多照看她，不要声张。因为当时事情到了那步，既是为了陆运新的声誉，也是为了局里的声誉。这些年，我也一直在关注着她，既是受曾局长之托，也是替运新尽兄弟、同事之谊吧。所以，她的情况，我都清楚，她为孩子上户口的事，是我给全程办理的，我知道孩子的曾用名是你给取的。程夏为孩子拜保保找你这件事，我也是知道的。最初，我还以为她已经将事情告诉了你，曾问她，她说没有，而且不想告诉你，估计她是怕你瞧不起她。

"程夏因为当年因流氓行为被抓，那种事现在算不了什么，可此一时，彼一时。你大哥到曾局长家里去求情，说程夏是他的表姐，讲述了她坎坷的经历。曾局长很受感动，加之本来也不是多严重的事，最后帮她渡过了这个难关。然后你大哥见程夏无依无靠，就继续帮她，我们找了一个店面给她做服装生意。程夏确实是很漂亮的，至于是什么原因走到这一步的，当初我也听你大哥大致说了下，说和一个知青有什么关系，具体记不得了，是不是？"

"是，那知青姓范。"

"总之，就是这样的。你大哥当初是真心帮她的，一来二去，可能时间一久，两人有了瓜葛，具体过程我们就不太清楚了，应该是程夏主动的，可能怪不着陆运新。你大哥当时害怕极了，好不容易从农村出来，有了工作，要让程夏把孩子打掉，可是程夏无论如何也不同意，她说她不会连累你大哥和你嫂子。你大哥找曾局长帮想办法，曾局长好像也去劝过程夏，但她只想要个孩子，这辈子就和孩子相依为命，说绝不连累你大哥，曾局长也没办法。这事，当时搞得你大哥如坐针毡，他刚和欧军结婚，怀疑程夏恩将仇报，还不如当初不救她。后来，事实证明她真的丝毫没牵扯陆运新，自己生孩子、养孩子。

"这个程夏，也是苦，可是后来也让我渐渐地敬重，所以，陆运新牺牲后，我才一直比较关注她。"

陆运红听看，前后联想，明白了，程夏让他做孩子的保保，是用心考虑过的，他的干儿子，原来就是亲侄子。母亲曾经因为陆运新早亡又无男孩子，一直抱憾至今。没想到，老天爷以这种方式让她有了一个孙子，他忽然百感交集，问："为什么你今天告诉我这件事啊？"

"前两个月，我就想告诉你，可和你不太熟，也没碰到过你，这回正巧嘛。告诉你这个事情的原因，是我知道程夏得了病。她这病，是癌，治不好，也许是心情长期抑郁所致吧，我们再也帮不了她了。她已经回老家几个月了，现在是什么情况我不清楚。我想，她的孩子，你的亲侄子，以后或许只有你能照顾一下。"

陆运红吃力地点点头，王承明又说："我也马上要退居二线，以后也不方便了。"

"你也没到退休年龄啊？"

"还差几年吧。我能到所长这个位置，已经心满意足。现在大家也在讲究年轻化，我也就让贤吧，哈哈哈。"王承明喝得半醉了。

陆运红心里再无法平静，重新给对方倒满一杯酒，再给自己倒满，说："王大哥，这杯酒，我代表九泉下的陆运新，感谢你对程夏和侄子的关照；也表达我自己对你这么多年来如此重情的敬意，祝你好人一生平安。"

回到家里，他没对郑彦秋提一个字，躺在床上，慢慢地回想起了几次碰到程夏在陆运新墓前带着孩子扫墓的情形，原来根本原因不只是感激陆运新的帮助。再回想孩子的样子，他的记忆有些模糊，如今天上突然掉下个亲侄子，他必须照顾。他希望明天马上回趟老家，看看程夏的情况，如能送她去治疗，尽快送她去，不能待在家里等死。他又考虑了下，此事也不能对欧军说，否则对她的伤害也大，只能不动声色地处理。还有，尽管曾国祥此时进了监狱，守情守埋还必须去一趟，向他表示感谢，不能因为他的地位一落千丈就忘恩，假装不知。

第二天，他刚准备回家，又接到电话，市建设局召开会议，他必须参加，会议是关于城市规划修编建议的。他只好暂时改变主意，决定会议结束后，立即从市里直接回老家。

随着城市化进程的加快，城市规划被各地越来越重视。云津这一回要系统性地对中心城市的发展进行规划，同时对城镇体系的协调发展进行规划。东永县城的规划工作探索性地走在全市的前列，得到了市建设局的肯定，并被其他各县作为示范。作为全市中心的云津市，两次规划都像全国其他城市一样，请著名的城市规划公司进行规划，而这些公司大多是套公式般的设计，久而久之形成了规划疲劳，流水线般的作业，只是把城市当成了商业和工业集聚点来对待，搞出来的规划几乎千城一貌，缺乏鲜明的城市主题及人文标志，对城市精神气质的提炼基本谈不上。市里领导们对此分歧很大，常对规划提出质疑。陆运红因为是学城市规划的，自从到建设局负责全县城镇的规划后，就开始关注城市规划领域的各种信息。他知道当前城市规划领域这些急功近利情况是很难改变的，规划粗糙、快餐式的操作在所难免。

会上，前一次的城市规划每人一本，并附上市建设局本次规划修改初步设想稿。市建设局规划科的负责人介绍后，请各参会者以书面形式提修改意见，提意见时思维上就以设想稿为中轴线，下一次开会的时候提交。他大致明白这个意思，拿好资料，早早请假离开了会场。

第92章

曾国祥和王承明关照程夏母子这么些年，应该对曾祥国当面表示感谢，也可再次求证一回。想到表哥韩斌在恰好在岩口监狱工作，或许找他帮忙，能见到曾国祥，于是陆运红支走了司机，让他先回东永县，自己去附近批发市场买了两箱上等的龙眼干，打车直接去了岩口监狱。

韩斌在岩口监狱会见办理中心工作，已经转正。他自从初中毕业后参军，陆运红又考上了中专，虽然偶尔还在通信，但出来以后，各自忙工作，几乎再没再见过。陆运红到那儿的时候，韩斌正准备下班。陆运红根据里面几位工作人员的长相与年龄对比，倒是一眼就认出他来，他可辨认了好一阵，才确定是陆运红，然后急忙地出来，热闹地互相问候一阵,韩斌招呼他到里面去坐。

韩斌的妻子也在岩口监狱工作,可她并不在这儿,在下面的第四监区上班,离这儿还很远,中午没在家。他只有一个孩子,是个女孩,和陆运红的孩子陆迎秋同样大,马上小学毕业,孩子在山下的学校,下午放学才回来,中午只有韩斌一人在家。

陆运红让出租车司机把两箱龙眼干搬进来,一箱送给韩斌,另一箱打算送给另一个人。韩斌让门卫帮着搬到他的住处,先带陆运红到食堂吃饭,吃过饭才回到他的住处。

陆运红和他谈起曾国祥,韩斌很清楚,他说没想到他退休前却走到这一步,真不值得。陆运红说:"我想见见这位曾国祥,不知道你能不能够帮个忙,方便不?"

韩斌望着他问:"你和他有什么瓜葛?千万别是经济问题啊!"

"不是。我见他,不是因为经济问题,是另一件事,但此时又不便对你说,以后方便的时候可以对你说。"

韩斌说:"既然你这么说,我就不问了,这个忙肯定可以帮你的。他在一监区,离这儿很近,几个监区的同事们我都熟,他本人和他们更熟,我来安排就是。"

韩斌让他先等等,就出去了。

不到二十分钟,陆运红见到了曾国祥,他的头发已经全白了,可见精神打击之重,气色也不好,心理上还没有调整过来。大概刚才在路上的时候,韩斌已经对他说了情况,他一进来,见到陆运红,点点头。陆运红站起来,向他问候,两人坐下。他问:"你是陆运新的弟弟?"

"是的,我是陆运红,我以前见过你。"

"你找我有事吗?"

"我是专门来感谢你的,你对我大哥陆运新生前和身后都有大恩。"

"你是指什么?"对方有疑惑地望着他。

"陆运新有件比较隐秘的事,我最近才知道,所以特地赶来……

如今只能口头向你表示感谢。"

"哎，你是说那事？程夏的事？"

"正是，前天才听王所长说起。"

"这事过去了。你专门来这一趟，难为你，没必要。"曾国祥表情落寞，"估计王所长都已告诉你，我就不重复了。这个女子，还是重情义的。她那孩子，是她缠着陆运新生的。这个我们没必要谴责你大哥，你也肯定理解，男人都有自身软弱的地方，何况她主动呢。当初你大哥差点为此事和刚结婚的欧军离婚，我劝住了他。后来我让王所长平时照看照看她，我也十来年没见过这个女子了，不知她现在怎样。你以后可以照顾下她和孩子，你是有这个能力的。"

"是，这个责无旁贷……感谢你和王所长，如此义气。"

"没啥，举手之劳。"

"今天我来，只给你老人家带来一箱龙眼干略表心意，工作人员检查过了，其他的，我也帮不了你什么。"

"这么长时间，除了家里人，还没人来看过我。谢谢你不弃，我就不推辞，收下了。也希望你好好当官，好好做事，别学我。"

陆运红又宽慰他片刻，然后道别，出来碰到韩斌问："事情办完了吗？"

"办完了。"

"运红啊，你现在是局长，位置关键，一定要如履薄冰，知道吗？"

"我知道。"

韩斌向监区值守人员道谢后，出来，陆运红向韩斌告别，准备返回。韩斌给他找了个车，送他离开了。

他直奔家里，父亲和母亲两人正在合力给一只小猪灌药，原来刚买来的小猪可能因"水土不服"而不吃食，小猪正发出挣扎的嘶叫声，最后还是把药水吞下去，才被放下来。父亲和母亲洗了手，父亲望着大半年没回过家的儿子问："你每回回家，为什么总是一个人，没带郑彦秋和孩子呢？"

他说她们都没空余时间,自己是抽时间回来的。他放下包,问母亲:"听说程夏回家来了?"

母亲望着儿子,说:"程夏?你怎么问起她呢?"

"随便问问。"陆运红从来没把程夏孩子认自己做保保的事告诉家人,父亲和母亲也不知道。

"她去年回来了,带着孩子住在老家。上个月吧,上个月十号,死了,病死的。"

"她死了?"陆运红惊得差点叫起来。

母亲望着他,说:"是啊,已经一个多月了吧,就埋在老公房外的坎边,雨水多,恐怕坟上的草都冒了不少。"

陆运红几乎怀疑母亲在说胡话,怀疑自己在梦中,他一下子坐了下来,望着门外不远处的公路,心里一阵难受。母亲说,程夏回来这么长时间,一直就在家里,很少出来,自己也没见过她,只听说她生病,直到她死后,去帮忙才知道。只知道她患了是癌,什么癌不知道,人瘦得像一张纸。因为他们母子二人长期住在家里,那一段时间程林的老婆曾小英也嫌弃他们,他们母子日子也不好过。

"那程林呢,是什么态度?"陆运红忙问。

"程林倒没啥,毕竟是亲姐姐,可是程林经常不在家。程林家花费了些钱安葬程夏,听说他老婆常在和他吵。"

陆运红听着就心里难受,这么久,自己一直少留意他们母子二人,没想到如今是这个结局。母亲叹口气说:"程夏这辈子啊,真的命苦啊,落得这样。"

"那她的孩子呢?"

"那个孩子,倒长得挺讨人喜欢的,现在还不是只能在程林家里。"

"那程林的老婆不是同样嫌弃他?"

"可不是,早就听人说她嫌弃这孩子,有时程林和他爹外出,可能饭都没人管他,饿了他就自己弄点吃的,又有什么办法?程林家的事,现在是程林在做主,可他常不在家,程增福老了,有心无力。我们很少去那边,听说那孩子有时木呆呆的,不合群。"

陆运红半晌无言,试着对母亲说:"那个孩子曾经拜我做保保。"

"什么时候的事?"母亲惊讶地问。

陆运红把经过告诉了母亲。母亲听着,没说啥。末了,陆运红说:"如果让他到这儿来住,你们愿意不?"

母亲叹了声气,说:"唉,怪可怜的,如果他愿意来,来就是,反正你们又不在家,屋子空着,他来住还热闹些。现在粮食也够吃,他一个孩子,吃不了多少,没啥的,只怕人家不会来。"

在陆运红的心里,母亲从来就是这样善良,她的回答在他意料之中,他心里有底了。他再也坐不住,说好些年没见着程林,想去他家走走。母亲说饭马上蒸熟,吃过再去。他于是坐在灶下,帮母亲烧火,看着母亲日渐苍老的脸,他有些心酸,所幸她很有精神。一会儿,饭熟了,可他心里萦绕着程夏死去的事,根本吃不下饭,舀了半碗,吃了两口,不想吃,泡上半碗米汤才喝完,立即往程林家里去。

在路上,他逐渐冷静下来,这件事得谨慎操作,否则会引起轩然大波。

从老公房坝子路过的时候,他远远就看见不远的地坎边一座新坟。正如母亲所说,因为这段时间雨水多,坟上杂草稀稀疏疏,大概已经有两寸长。他走过去看,两个被雨水淋烂、与泥土搅在一起的花圈倒在坟边。杂草也从花圈里长了出来,他忽然觉得悲从中来:程夏,你不该走这么早,我真来迟了啊!

他望着这个土堆许久,过去的一幕幕从眼前浮过。不远处几个人走来,他一看,是韩科的母亲和以前踩缝纫机做衣服的大伯母,还有黄大文的媳妇张少群,几个人一路聊着什么,他忙走开,往程林家去。

程林在家里,他家的房子也已经是崭新的平房,只是大门上还贴着送走亡灵之后留下的咒符,他父亲和妻子也在,还有一个孩子,是个女孩,听说七岁了。程林对陆运红的忽然来访非常意外,他们好几年没见了。陆运红先是问候了程增福,程增福七十多岁了,眼力有些差,但还是认出了陆运红,忙给他拿凳子。程林又向妻子介绍:"这是陆三叔家的小四哥,在县里工作,建设局的局长。"

程林的妻子就称呼他"陆局长",他连忙制止:"我和程林从小一起玩,你千万别这样称呼,否则是想赶我走了。"

程林的妻子是村里赤脚医生王和珍的女儿曾小英,年龄好像比程林大点,和他在一起有点姐弟的感觉。她麻利地给陆运红倒茶,笑着说:"那我就只好称呼你小四哥了。"

陆运红接过茶,对程林说:"前几次回家,没见到你,都说你外出了。"

"有时是抽不开身啊。"程林说。

"看来真是很忙啊。"

程林笑笑,他腰间别着手机,这在村里还是非常罕见的,确切地说现在只有他一人有。平时,左邻右舍外出的人打电话回来,也由他也帮着接,他的手机成了附近不少人的共用电话。每代接一次电话,他收费一元钱,收费不多,给大家带来不少方便。为了方便联系,陆运红和他互相留了手机号码。

陆运红和他谈到他姐姐程夏,他只是说,他姐姐只是死得早了点,这辈子苦了点,但愿她下辈子能有个好的人生,他再不愿过多地提及他的姐姐。程林对生死这类事情已经很淡然,不管是谁,都要走这一关,大限到了,大不了眼睛一闭,去另一个世界。陆运红本来想知道程夏去世前后更多的情况,但已不便过多地问起,他发现他们已把程夏的事当成了家里不光彩的事。他和程林,也不像小学时候那样纯真质朴,不同的经历已经使他们之间有太多的隔膜。他始终没见到程夏的孩子。两人渐渐陷于沉默,他还是开口问程林:"听人说,你姐的孩子也在这儿,是吗?学习怎样?"

"是,他待会儿放学就回来了。"

"太调皮了,不听话,成天只知道吃、玩。"曾小英在旁边说。

"成绩不行吗?"陆运红问。

"现在念初二，下半年念初三，原来学习成绩还行，现在……"程林迟疑着，话没说完。

"没住校吗？"

"没有，每天骑自行车来回，没住校。今天星期六，应该放学了。"

"以后，他怎么办？"

"我想，我们还是等他读到初中毕业吧，然后让他出去干活，或者，跟着我干活。"

"还初中毕业？他那成绩，还念啥书？现在不念书，还能提前打工过日子。他老家没人，要不然送他回他老家去，早点学会伺候庄稼，又能自食其力，这儿又没分他的地。"曾小英说。

程林不满地看妻子一眼，叹了口气说："毕竟是我姐姐的娃娃，事情到了这步，我不管谁管？"

陆运红站起来，对程林说："咱们俩好多年不曾在一起聊，今天没事吧？走，咱们一起随便走走。"

程林勉强笑笑，站起来，打了个呵欠，随他出去了。程林的父亲忙让儿媳做饭，让陆运红待会必须吃了饭才能走，让儿子陪着他一定回来，他忙说吃过了。两人在屋旁的小路上散着步，屋后左方是山林，远远地望见当初的小学。程林说，去年小学合并，这个小学被并到了镇上，如今小学的四合院里房子都是空的。程林估计他又要问杨萍的事，就提前说了，以前的同学们各奔东西，大都在外务工，很少见到，杨萍在家里带着两个孩子，她丈夫钟正军也在工地上干活，就在钟强的工地上。他说钟强发达了，听说有上千万的资产。陆运红发现程林并不知道钟强和他的关系，看来钟强始终没把他们的来往在队里传播，他感到放心。至于钟强的资产被大家成倍夸张，他也不想去纠正。两人来到林边，四周没人，陆运红找个地方拉程林坐下，然后对他说："程林，我们是从小到大的好朋友，我有一件事，想对你说，希望你不要见怪。"

程林望着他，半晌说："小四哥，你是不是想说姐姐孩子的事？"

陆运红一惊，难道程夏对他说了一切？他忙回答："正是。"

"姐姐去世前，我听她说过，程迎夏曾经拜你做保保，所以你比较关心他，是不是？姐姐的娃娃，我会负责到底的，至少初中毕业没问题。我老婆刚才说的那些话，是女人的想法，在关键问题上是由我做主的，她不敢不听我的。"

陆运红这才知道程林并不知道更深层面的事情，程夏没对他说。只是程林在说这话的时候，总有一丝让人很容易觉察到的无奈。

他又纠结要不要对程林说，停了半响，说："我知道你是很负责的人。我的意思是，这个孩子我想管，把他交给我，以后由我来负责。"

"你来负责？"程林望着他，难以置信地说。因为即便陆运红是孩子的保保，也不至于如此，各人都有一个家。他摇摇头说："不妥当，你要知道，每个家里，女人的想法和男人始终不同。你瞧，孩子住一段时间，我老婆就已经是这个态度。即便你有此好心，但久住令人厌，将来嫂子也会不高兴的。"

"我另外想办法照看他。"

"这个怕不行。"程林怕这样旁人会笑话他，会让他难堪。陆运红也想到了这一层原因，可是成天受程林妻子的白眼，谁都会受不了的，他想把真相和盘托出，又怕程林更难以接受，想了片刻，决定改天换个方式再和他说。于是他站起来，对程林说："你再考虑考虑，和媳妇商量一下吧，明天我们再说。"

他是这样想的，程夏既然已去世，孩子的事情必须得到像样的解决，若让孩子跟着自己，确实如程林所言，可能时间一久，郑彦秋那儿会有问题。让孩子直接跟着程林，他妻子嫌弃的问题已经出现了，人之常情，可以理解。最好的办法莫过于向父亲和母亲把事情说清楚，让孩子暂时跟着他们，以父母的善良不会有那样的现象，尤其是他们一旦知道这孩子是他们的亲孙子，更不会出现什么问题。

第93章

陆运红回到家里，父亲正斜躺在靠椅上睡午觉，母亲又在补鸡圈，她问他："你去程林家了？"

"去了。娘，你先过来，和爹一块儿，我有个事要告诉你们。"

"什么事？"母亲奇怪地望着他，忙放下手中的活过来。父亲并没睡着，他睁开眼，也奇怪地打量着他，问："什么事？"

陆运红让母亲和父亲坐到一块儿，关上门，说："你们二老不是做梦都盼着有个亲孙子吗？"

"你这话是什么意思？"父亲问，"你们悄悄怀了二胎？是男孩？"

母亲惊讶地望着儿子，陆运红摇摇头说："不是我。这件事与我没关系，是陆运新留下的。"

他把关于陆运新和程夏的事一五一十地告诉了他们，父亲惊得坐了起来，半响说："你大哥啊，这是造的什么孽啊……这个娃，我们要，我们养，我和你娘还养得起，我马上去跟增福说。"

母亲已经听得几乎要哭："这个娃好可怜啊，原来是运新的啊！怪不得，程夏死的时候，我去帮忙，看到这孩子，总感到很面熟，像在哪里见过。唉！是亲孙子啊，程夏这是在做什么啊？早知道是这样，就该跟我们说嘛……我们养他，让他马上过来。"

母亲说着，止不住地擦眼泪。陆运红说："你们先别声张，不然对孩子不好。我明天去，再和程林说，你们现在只假装不知道。"

两位老人激动不已，母亲说什么也控制不住，一边擦眼泪，一边就要在家里收拾一个屋子，让程迎夏来住。明摆着儿子此去，肯定是只会成功不会失败。父亲也在旁边说："你现在就去，先去说来看看吧，如果不行，我晚上就去和他外公增福说，一定能成，我们不会对其他任何人说此事。"

陆运红反复劝说二位老人，说明天去不迟，给程林一个缓冲，两位老人才勉强地听他安排，整个晚上不停地向儿子问事情的始末。次日，他又去找程林。星期天，程迎夏在家，他的自行车就靠在屋檐下，只是没见到人，程林说在后山上帮他外公背柴。程林招呼他坐，他决定变换方式，对程林说："昨天我和你说的事，考虑得怎样？其实是我有个比较自私的想法，因为你三婶和三叔在家里，上了年纪，没人照看，我又无法在家，希望有个年轻的和他们在一起，也相当于帮我平日照看下他们，比如夜晚，有什么事，报个信儿给我。别人我又不放心，程迎夏呢，毕竟是我的干儿子，不错。"

程林倒没反驳他，他觉得有点奏效，可以看出，昨晚他们夫妻二人可能讨论过此事，可是分歧没解决，所以程林不好回答。两人面对面坐着，此时韩科的母亲和以前踩缝纫机做衣服的大伯母，还有黄大文的媳妇又串门来了。见到陆运红，大伯母问："是运红吗？昨天是不是你，你在程夏的坟旁看什么？"

他忙说是随便走走，看见新坟不知是谁的，就去看看。大伯母告诉他，程夏埋的那个地方，阴气挺重的，最好别去。然后几个人围着陆运红，说："运红啊，听说你又升官了，升的什么官啊？"

"升的庸官。"

"庸官是什么官？有多大？"大伯母不解地问。

"就是只吃饭不做事的官呗。"陆运红微笑着说。

"那多好啊，不做事又有饭吃，不像我们每天干活，才有饭吃。"黄大文的媳妇张少群说。

韩科的母亲对两人说："你们说的什么话？小四哥是谦虚，人家的意思是，自己没为老百姓做什么。"

她们几个人和程林的妻子一起不好意思地笑起来。

这几个女的在一块儿，简直就是个乡村新闻散播中心，张家长、李家短的，谁前天赶集买了个小猪，每斤便宜了几毛钱；谁卖的地瓜有四斤，哪个小地摊上镶牙的生意很不错，等等，她们全知道。此时，程夏的孩子还没有回来，陆运红看此时正是个机会，于是当着她们的面说:"大伯母、五舅娘,你们几位长辈帮参考一下,看这事行不?"

"你一个当大官的,什么事需要我们参谋啊?"几个女人马上感兴趣地问。

"程夏的孩子,原来曾经认我做保保。刚才和程林说起,我想让程迎夏到我家去住,原因是我爹和娘年龄大,又都有病,身边需要有个年轻人,他们万一有什么问题,也有人给我报个信儿。这期间,孩子的生活和学习费用,就算我的吧,别人我又不放心。程林呢,不愿意放他外甥走,担心别人说闲话,说他不愿意照看外甥,推给我的,唉。"

"这有什么嘛,可以的嘛,只要孩子愿意。他多大?十三四岁了,可以问问他,好事情嘛。"大伯母说。

"是,你爹和娘身体都不太好。"

程林的妻子忙在旁边说:"可以,完全可以,我保证他肯定愿意,待会儿他回来,我问问他。自从他跟他妈回来在家里住下以后,可以说,我们从来就没有嫌弃过他们母子,都是一块儿吃,一块儿住。他妈死了以后,我就把他当成自己的娃娃,你们左邻右舍都看得到的,我从来不是那种分内外的人。陆三叔、三婶的条件比我们好得多,他如果到你们那儿,简直就是落到福地里,我们从来没想亏待过这娃。程林他一个男人做事,怕这怕那的,这是为孩子好啊,还怕别人说,简直……"

程林狠狠地看了妻子几眼,示意她少说话。陆运红正是要借助这几个多嘴的长辈,把消息传播出去,提前消除可能给程林带来的闲言碎语,打消程林的顾虑。程林已经明白了他的用意,看着他,没再坚持,勉强说:"那你待会儿跟孩子说说看吧,如果他愿意的话,也行。"

陆运红感到自己成功了一半。和程林说事情,就得利用点攻心战术!接下来和孩子沟通,要不要对他和盘托出?毕竟他才十四岁!

孩子背柴回来了,已经长得很高挑,和以前判若两人。他挽着裤腿,腿上沾满了泥和露水,头发好长时间没剪。陆运红乍一看,很容易从他的长相上看到大哥陆运新小时候的轮廓,并非心理作用使然。虽然刚背了柴,身上脏脏的,可是他依旧很帅气。程迎夏用袖子抹两把脸上的汗,转过身来,看见陆运红,怯生生地想过来,又害羞,此时陆运红又发现他有点程林小时候的风范。他招呼他,他才过来,喊了声保保,然后站着。

程林的妻子大概是担心陆运红反悔,忙对他说:"来,舅妈跟你说个好消息,你保保说,让你去他们家……"

"不不不,这事我来亲自来说。"陆运红怕她心情急迫把事情弄砸,忙地制止了她。

程迎夏咬着嘴唇,一言不发,双手绞着,望着外边,脸上还在冒着汗,从侧面一看,更像陆运新小时候。他以前在县城,在平潭乡,跟母亲程夏生活,从来没接触过农活,来到这农村,居然很快就适应了,脏活累活都干了,可见他已经完全清醒地知道自己此时的处境,承受了不小的心理压力,没有十四五岁时常有的那种不知天高地厚的叛逆。陆运红走过去,站在他面前,抓起他的手,逗乐似的说:"走,咱们俩去外边,还是边走边说。"

然后,他对程林和几位长辈说:"你们先忙吧,我俩随便走走。"

程迎夏被他牵着手,他们一块儿往外走着,刚走到屋后,程迎夏说:"保保,我想回去一下。"

陆运红只好让他回去,说:"我在这儿等你。"

片刻后,程迎夏出来了,跟在陆运红后面,陆运红故意放慢脚步,让他能和自己并排走。两人朝着老坝子方向走了好长一段路,陆运红才说:"你娘什么时候得的病?我一点都不知道。"

"她应该病了很久,开始也没告诉我,要来舅舅家的时候,她才跟我说,那时她已经知道自己要不行了。"

陆运红这才发现,程迎夏说话的口气很成熟,远非自己想象的那样。为了尽量消除他的隔膜感,他把手搭在他的肩上,像老朋友一样。程迎夏没拒绝。从旧坝子经过的时候,又看见不远处程夏的坟,陆运红问:"想你娘吗?"

程迎夏眼圈一红,忍不住抽泣,眼泪流了出来,陆运红拍拍他的肩,说:"算了,别哭,我们不说这个了……"

两人渐渐走到公路上,陆运红又问:"舅舅、舅妈和外公对你怎样?"

"……舅舅和外公,还行吧。"

"以后,你是怎么想的呢?"

"我都不知道……我不想念书了,想离开这儿,出去打工。"

"那就给我打工,行吗?一边打工,一边念书。"

陆运红把自己的想法告诉了他,他迟疑着,陆运红说:"你不用担心,爷爷和奶奶(按当地习惯,他需要按陆运红的孩子辈,称呼他的父母为爷爷和奶奶)不会嫌弃你的。而且,你如果答应,他们会相当高兴的。"

两人走到了当年面条厂的房子前,原来陆运红建议父亲把这房子送给三奶奶家住,可三奶奶的儿子钟老三终没搬来,一直空着。两人在房子前的石凳上面对面紧靠着坐下,陆运红看着程迎夏,等候他回答,他不好意思地擦擦眼睛,望着旁边,好一阵才说:"保保,我还不会照顾人,不应该这样给你们添麻烦。"

"第一,想外出打工,你没到年龄,童工谁也不会用;第二,照顾爷爷奶奶是小事,不会可以学,什么都是学会的;第三,我说了,我绝对不会不管你。"

程迎夏忽然又哭了,说:"保保,那我该怎样感谢你呢,我现在是没有父亲没有母亲,又没有家,没法报答你。"

陆运红有些吃惊,刚才只是生活的打击让这孩子很成熟,可怎么也没想到这个稚嫩的孩子已经想到了这个层次,如果今天不和他一块儿出来,不可能了解到。他说:"别这样想,你不可能没有家。"

程迎夏擦了擦眼泪,说:"保保,我给你看一样东西。"

他说着,慢慢地从衣兜里拿出一张纸,这张纸折了几折,有点皱,他说是他母亲去世前一天,说话很吃力的时候,躺在床上时给他的,让他保管好,别对人说。陆运红接过来,纸上歪歪斜斜地写着几行字:

"我的迎夏,我不行了,不能照顾你了。一直没告诉你,你的父亲就是我常带你去祭拜的那个人,他叫陆运新,你保保的大哥,可惜你还没出世,他就死去了,你知道就行,别对人说,否则人家会瞧不起你,以后你要好好地过下去。"

陆运红替他折好,淡淡地说:"……这个事,我已经知道。"

"你知道?"

"是的,可我也是才知道的。你既然早知道,就应该来找我。"

"我想,连舅妈他们都讨厌我了,慢慢地所有人都会讨厌我,还能找谁?我在这个世界上,已经是个多余的人,没谁会管我了。"

"其实你舅舅还是很关心你的,你舅妈呢,可能只是一时接受你有些难……你早已经知道,咱俩是亲叔侄,那我不再瞒你,你爷爷和奶奶也已经知道。但是,此事就咱们四人知道,别再让其他人知道了。"

"嗯。"

"你母亲这辈子有点苦,这里面有客观原因,细想之下也有她自身性格的原因,我们就不再过多地去计较过去的事……另外,你叫我保保习惯了,还是就叫保保吧,行不?"

"嗯。"

"走吧,你还没去过你爷爷奶奶家。你爷爷奶奶早就盼着你能回来,这就去吧。"

只有两百来米的距离,陆运红带着程迎夏奶奶回到了家里。他父母一直焦急地在门口等着、望着。孩子刚到门口,他奶奶就已经流着眼泪,一把将他抱住,生怕他跑了:"孩子呀,我才知道呀,你是咱们陆家的啊,这么久,我咋就不知道啊,呜呜呜……这儿才是你真正的家呀!"

陆选南也有些激动,可他强作镇定,擦着眼睛小声对老伴说:"别大声,以免别人知道了乱说,娃娃来了就好,来了就好。"

母亲忙收住泪，拉着程迎夏左右打量，只说他跟运新小时候一个样。程迎夏不好意思地小声叫："奶奶，爷爷。"

怯生生、怕被拒绝的神情让人心疼。

第94章

韩叙芳和陆选南忙做饭、煮肉，带着史无前例的高兴，要做一顿好吃的招待孙子。陆运红带着程迎夏，重新去跟程林说。这一回，程林没再坚持，加之他妻子在旁边游说，事情很快就办妥。既然程林不知道这回事，陆运红也决定暂不向他提起，他们家这几十年经受的名誉上的不幸也够多了，不能让他们再承受压力。

程迎夏推着他的自行车，带着他的书包和几件衣服，随陆运红回家。韩叙芳欢喜得煮了几盘腊肉和香肠，还杀了鸡。韩叙芳一边给孩子夹菜，一边说："以后你叫程迎夏还是改叫陆迎夏呢？"

陆运红明白母亲的意思，她希望孩子的名字改过来，但此时就改不好，陆远南也在旁边说："现在改姓，别人会感到奇怪的，要不还是依咱们农村的习惯，下一辈再改也行。"

陆运红完全同意父亲的说法，母亲只得勉强认可了。

程夏去年在县城附近，无亲无故，没多少积蓄治病，说是回老家治病，其实就是拖，她让儿子转学回到了五河中学。程迎夏的成绩原来还不错，在班上的前三名之内，只是他母亲去世后，下降到十来名。陆运红只希望他加把劲，初中毕业以后，力争考上高中，以后所有费用他来承担。

所谓让程迎夏照顾二位老人，是没必要的事，两位老人现在还不太需要照顾的。陆运红希望他在家里待上一段时间后，最好住校学习。父母说，陆运新牺牲后，他们每个月国家发的抚恤金，就用这钱把孩子养大，不成问题。陆运红想了想，二位老人此时巴不得对程迎夏有所付出，弥补以前的遗憾，那就由他们，只让程迎夏好好学习。

陆运红安顿好程迎夏的事，回到局里，他斟酌一阵，没有把这事告诉妻子和女儿。

有几个乡镇街道改建的小工程，涉及资金只四五十万，并且稳当，陆运红就给钟强提供了一些信息。钟强在各处搜集工程信息，投标，稳妥的工程就交给手下的几个助手：袁旭、钟正军、蒋承兵他们。袁旭因为受到科室排挤，在单位没太多事，加之才买了房子，很缺钱，所以用心地帮钟强，成了钟强最得力的助手。

陆运红仍对钟强反复强调工程质量，钟强在这方面不敢放松。在企业信誉度方面，钟强听他的建议，努力争取，居然获得了去年云津市交通局、建设局各自发起的本系统建设企业评选的一等奖。两个一等奖成了钟强与别的企业竞争时含金量很大的一个砝码。

这天，陆运红听到戚永辉和王新宇在说，钟强和他老婆唐贤英闹矛盾，已经离婚了。陆运红听着很意外，进一步打听，原来钟强和几个客户前不久在市里胡吃海喝，酒醉之后，一起去了娱乐场所，由钟强买单。这种事对钟强而言，已是常事，他不以为意。殊不知，他老婆因为平时没事做，他又老不在家，就在城里胡逛，结交朋友打发时间。她结交的姐妹中有两个就是那个娱乐场所的服务员，那天晚上她到她姐妹那儿聊这家长那家短，恰恰就碰到钟强他们和几个女的醉醺醺地从楼上下来，撞个正着。他妻子本就因为他老不在家而有怨气，立即大闹开来，惊天动地，几个客户仓皇逃走，剩下钟强和妻子拉扯。酒醉的钟强和妻子大打出手，他居然把妻子打伤。两人一怒之下就决定离婚！第二天就离了。两个娃娃给了老婆，财产被老婆分走三分之二，据说现金被她拿走二百 十多万。平时钟强就喜欢胡乱花钱，听说如今现金几乎被掏空，只有些机械设备，他非常后悔。陆运红听着，才知道钟强这么些日子没露面，原来出了这么大的事，被一场离婚搞得几乎回到了原点。

这天星期六，程迎夏打来电话，告诉陆运红，他已经完成初中的学业，考试的成绩在班上排第二名，陆运红有些意外，因为听说上学期他的成绩还排在十来名。原来程迎夏这学期很努力，成绩又上去了，提高得很快。他这成绩不仅在五河镇上高中是可以的，上县城高中也能进重点班了。他说他愿意就在这五河中学上学，可以照顾爷爷奶奶，花费也少些。这个想法倒得到了陆运红的默认，毕竟他知道了自己的处境，懂得珍惜，并且懂得做人更重要。至于学习，知道关键是靠自己。程迎夏的费用几乎是他爷爷奶奶在承担着。程迎夏又告诉他，爷爷奶奶都很好，他假期在家里，帮奶奶割猪草、收庄稼。陆运红祝贺他几句，他希望他以后能顺利考上大学，自己帮帮他，让他尽快走上工作岗位，算是了却一桩心事。

　　关于云津市的城市规划，上回市建设局征求意见后，各参会者酝酿了意见。市里已经决定再请几家规划公司参会，听听他们对云津规划的看法，再决定将规划交给哪一家做。本省的东湖城市规划设计公司也被请来了，这次卫志希老师没来，来的是公司的副总经理陈雨霏，她还带来了两个年轻人，一男一女，他俩不时眉来眼去的，显然是正在谈恋爱。陆运红和陈雨霏聊起以前念书时吹口哨换几份肉的事，大笑起来。陈雨霏其实只比陆运红大一岁，她还是当初的样子，没多大的变化，只是那股成熟的气质更加吸引人，即便二十来岁的小姑娘和她在一起，男人们的眼光都会被她吸引走。平时，她总是把一绺长发从左侧垂在胸前，装得很年轻，可绝不会引人反感，反而让人觉得是那天然的造型，那绺头发本就该那样。她眼睛里有种让人陶醉的迷茫，男人们看她的时候，总会觉得她的眼睛里像打着问号：你觉得我怎样，你喜欢我吗？陈雨霏又是一个很随和的女子，平时一点也不做作，在公司里很得同事们喜欢，和谁都很融洽。大家都称呼她"陈姐"，她带来的这两位年轻人也是这样称呼她的。陆运红以前不敢大胆看她，这回下意识地打量她几眼，就被她吸引了。两人聊了一阵，约定会后由陆运红做东，尽地主之谊。陆运红忙给戚永辉打电话，让他一块儿来，提前去云津宾馆安排好。

　　市里对这次会议很重视。陆运红平时在办公室上网时，已翻阅过国内大量的城市规划方案，对大家提的无关痒痛的意见很不以为然。他一边听别人发表意见，一边简单拟了几个提纲，相对于城市规模，他更倾向于重视城市个性的打造。他发现如今的城市规划，问题主要还是出在规划者身上，轮到他发言的时候，他就不隐讳地谈自己的看法："大量的农村人口向城市转移，城市化进程加快，造成规划热炒热卖式的粗糙，千城一貌和可识别度低的现象在城市建设中特别严重。城市规划不仅要从生产力配置的角度进行考虑，更需要从人文艺术的角度进行设计，不仅要把城市理解为社会经济的载体，更要理解为一个艺术品。艺术创作有一条规律，重复与雷同就等于死亡，这恰恰是现代城市规划建设中的一个致命伤。因此，城市规划首先需要规划者有较高的专业素养，更需要规划者具有较高的人文艺术素养，融会贯通，在此基础上，再对所规划的对象有深入的了解……"

"继续说下去。"分管市长点点头，望着他说。

他早已对目前的城市规划抱有诸多的看法，就想借此机会一吐为快："我认为做城市规划，首先要把城市考虑成一件艺术作品，其次再考虑城市空间布局和各项建设内容的综合部署、具体安排。若比之于作文，规划就需先考虑如何先从人文方面立意，如何谋篇布局、起承转合，然后是词句加工等细节处理；比之于画作，就是考虑如何构图，画面布局如何协调匀称，而后勾画，落笔渲染，细节修补，最终做到与自然合一。"

"那你认为我们众多的城市规划，都没有过这方面的考虑，基本都没有让人记住的痕迹吗？"一个规划公司的代表说。

"不是。不少公司对城市的规划，在谋篇布局和立意上虽然花了些功夫，但蜻蜓点水，深度不够，没做好，最后多用头痛医头，脚痛医脚式的细节处理来补救，使城市给人以深刻形象，虽非完全无功，但那是绝对事倍功半的。"

他没客气地把自己的看法说出来。殊不知，把几家设计公司间接地得罪了。规划公司的人，走过的桥总比成天窝在办公室的人走过的路多,他们自信地微笑着,不能同意的他的观点。与会的欣荣城乡规划设计公司自信地列举自己的业绩,获得多少奖项,社会认可度如何,说了老半天。班长陈雨霏所在的东湖公司看来也被他轻率地伤害了,陈雨霏心里略有不快,她问陆运红:"老同学,那你如何看待我们公司的规划呢?我相信你是看过的。"

陆运红这才想到自己刚才的话打击面过宽,有点难为情,想了想,还是直言道:"首先感谢师姐,原来我负责的东永县县城规划,就是你给我提供的模板,非常不错。因为这个原因,我从那以后常在网上关注你们的信息。如果师姐不介意,我说一说我对你们公司的印象。你们的大部分规划是好的,让人看了之后受益匪浅,但是,少部分规划有点像饭店师傅炒菜一样,同样的菜,同样的味道,略一收拾就装在不同的盘子里应对不同的客人。当然,这不仅仅是你们的问题,据我了解,其他的公司这个问题更严重。"

陈雨霏有点生气,可人家是公司副总,脸上礼仪性的笑始终是保持着的,她听懂了,陆运红的最后一句话还是给她留足面子的。而陆运红所说的问题,其实在规划公司中普遍存在,她一时找不到话说。分管市长倒比较认可他的话,点点头补充说:"这似乎正是云津市此前的规划认可度不高的原因。"

所幸云津市的规划不是东湖公司做的。为了不失风度,陈雨霏忙以谦虚的口吻说:"感谢陆局长这样直言不讳,我们的少数规划确实存在这样的问题,当初我俩的老师卫老师也专门说过,只是没强调得这么深刻。这个现象伴随着城市规划的兴起和城市化进程的加速,越来越明显,以后我们会带头避免。"

"城市规划首先要树立量身定制的理念,规划过程如同艺术创作,不仅需要继承,也需要灵感,需要激情,需要创新……"陆运红说。

分管副市长又插话问他:"我听说,东永县的规划是陆局长一手做的。如果让你来负责云津市的规划,怎么样?"

"具体操作,我或许行,但肯定不如规划公司专业,这事还是依靠规划公司较妥。"他说。

"那如何在你的看法和如今的规划现象之间找到契合点？"

"应该让规划公司沉下来，融入城市之中，对城市深入了解，然后再进行规划，而不是走马观花后就开始动手。人文方面的规划必须成为规划的开篇词。在整个规划书中，它占的篇幅可能不大，却是最主要的，这是没有公式可套的。开篇规划关键要通过对城市的了解，提炼出城市的精神气质，它是决定未来城市品位的关键点。"

会议前后开了近两个小时，各方面在会上争论了许久，最后副市长让几个规划公司暂时离开，大家对规划公司的选择举手表决，并先听陆运红的意见。陆运红当然表态支持东湖公司，并翻箱倒柜地把东湖公司的规划赞扬了一番，这相当于为刚才逞一时口舌之快伤到陈雨霏作补偿。接下来，跟从他赞成东湖公司的居多，东湖公司获得了这次机会。散会后，陈雨霏知道了陆运红对自己的支持，微笑着满意地向他点点头。陆运红打电话给戚永辉，戚永辉已经在云津宾馆安排妥当。于是，陆运红和陈雨霏几人一起坐车过去。

第95章

三人见面，陈雨霏对陆运红说："陆局长，我以为你一个规划公司都瞧不上了呢！"

"瞧不上谁，也不敢瞧不上班长的公司吧。叫我陆局长，是明摆着还在生气吗？我只是急于给老班长留下个好的印象啊，好让你检验我们是不是荒废了以前所学的。"

"荒废？不敢。你职位高，你声音大，你正确。"

"有这么严重吗？不妥之处，多多原谅。如果今天还需要别的任何道歉方式，我都无条件照办。"

"那好，既然我们负责了规划，就会经常来云津，今后的生活费用，就拜托了。"

"没问题。我和戚永辉正想向班长请教,顺便帮你们公司打打工,也可以赚点外快,相信班长肯定会可怜可怜我们的。"

"刚刚还好大的口气,要无条件照办,顷刻间就喊可怜?让我花点时间来切换思维行不行?"

两人有一搭没一搭地胡扯。陈雨霏毫不拘束,很大方。戚永辉不喜欢开玩笑,但是他对别人任何级别的玩笑都能听之任之,过耳即忘,多年来就没太大改变,好像早已看透一切,对应酬失去了兴趣,当电灯泡也不感到尴尬。陈雨霏的两个助手是才从学校出来的本科生,因为不熟悉,也有代沟的原因,不加入两人的话题。结果一张桌子上,就成了他们二人在活跃气氛。陆运红说道:"班长,这个规划做下来,就是上百万的收入啊,分点活给咱们做嘛,就算是救济,行吗?"

陈雨霏说,他们公司的确实任务多,云津这个规划土地面积一百二十平方公里,涉及人口一百二十万,是算大的,可在他们公司的业务中,占比不是很大。如果仅仅为完成规划任务,不讲质量,倒是花不了多长时间,她从会上领导们的态度中已看出来,陆运红的意见是打在了点子上,已经引起他们的重视,因此这次规划要慎重对待。她见桌子上没有外人,说:"这么办,救济不敢当,是笑话还是认真的?这个规划,交给你俩,你们下去找人做,完成后我们审查一下盖章就是,行不?费用嘛,我向卫老师汇报一下,估计七十万不成问题,怎么样?"

陆运红一听,怦然心动,可仔细一想,此事接下来,可能就只有他和戚永辉两人来做,届时四处跑不现实,和相关部门联系时,动静太大,传出去影响也不好,他笑了笑,算了。陈雨霏又说道:"知道你是说的笑话,但我真想请你和永辉参与。我负责云津城市规划修编这段时间,你们二人就算为咱们公司参谋打工,只利用业余时间做,会不会觉得我降低了你们的身份?你所说的那人文板块内容的规划设计,当然就由你们负责。其他详规由我们做,最后规划完成,也由你们帮全面审核一遍。也就是从你们的角度,剔除一些我们规划中过于程式化的东西。我也不会对外说这件事，报酬的事，你们不用担心，我回去跟卫老师汇报下，估计十万左右，应该不成问题。"

"那行啊！感谢师姐，你对我们恩重如山。"陆运红和戚永辉两人忙向陈雨霏敬酒。

"当初卫志希老师曾说请你放弃你的工作到公司来，你舍不得。要不然，我这个位置可能早就是你的了。"

"师姐你高看我了，尊位岂可轻赐草民？"

他是有些怅然若失，但不后悔，因为别无选择。

几人又聊到职称的事宜，陈雨霏已经是高级工程师，陆运红和戚永辉都还是中级工程师，没再往上申报。陈雨霏说："你们要及时申报呀，现在负责高工评审的就是卫老师，你们俩赶快把资料弄好，按程序报上来。"

"那好，马上做。"陆运红忙向戚永辉交代，让他准备申报资料的时候，帮自己做一份。戚永辉答应回去立即就做。至于论文准备方面，陈雨霏可以帮忙。

两人决定利用业余时间，悄悄参与陈雨霏负责的云津市规划修编工作。陆运红甚至想到将来辞职组建个规划公司。

这天，陶县长检查经济技术开发区的道路建设的时候，对陆运红透露了一个信息："市建设局有意向调你去，不知你有没有这想法？"

"去做什么？"

"负责城市规划啊，就是规划科科长，市建设局需要一个有经验、真正懂的人，以后工作开展得顺利些。"

这属于平级移动，职权范围反而变单一了。关键是，刚从陈雨霏接了任务，此时又去负责这个板块，以后这事就容易说不清了。他迅速权衡了一下，说："我想还是就留在县里，如今的规划都交给了规划公司，规划科只负责日常的一些工作，并不复杂，他们可以引进培养大学生，新人用不了多久就会熟悉的。"

陶县长听了，也没再劝他。

这天，钟强终于又来了局里，他没了意气风发的气概，陆运红简单问问他的状况，他说自己今年倒霉透了，这是命。陆运红看着他，他能走到这步田地，或许少年时代就埋下了伏笔，如今功亏一篑，看来他是不适合做大事的。他狠狠地指责钟强几句，建议他马上回去，给夫人赔礼道歉，力争复婚。钟强摇摇头，说不可能了，他已经做过了，没效果。他老婆还故意气他，找了个二十七八岁的年轻人大搞姐弟恋，听说已经办理结婚手续。陆运红听着，只好为他死心。钟强的盛强建筑工程公司的业务量本来名列全县第三，现在公司成了空壳一个，十个员工的工资都没法发，人已经走了大半。钟强有些灰心地对陆运红说："小四哥，有一个工程，我想找你出面帮忙，可能性大些。"

"就是咱们五河镇到县城的五十公里的通县公路硬化，我想无论如何都把它揽下来，这是我起死回生的唯一机会，你一定要帮我。"

这条路，陆运红小时候就看着它修建。在交通局的时候，他又将它作为全县的交通主干线专门列入规划，部分路段按四级公路标准进行拓宽、硬化。因耗资巨大的问题，后来一拖再拖，殊不知到现在，各项费用更高，越往后拖，越不划算。县里开会讨论，终于咬着牙要实施，总费用约五百二十万。钟强这一瞎折腾，陆运红已经不太想帮他，这项工程的争取难度也很大，但看着他没落的样子，又有点不忍。如今招投标的流程更加成熟和完善，县里组织了专门的招投标中心，取代以前各个单位自行组织的招投标办公室。其实这对钟强还有利些，因为他的企业至少在前期，做得还不错，比其他不少企业更有名声。可是，另一方面，整个工程监督系统都逐步建立起来了，管理越来越严格。陆运红也在观察中，他从心底希望这些公平程序能够早日发挥作用。

县里成立的招投标中心，陆运红被列为评标专家团的成员。他还是评标中心副主任，专家团成员一共八个。陆运红看着桌上的文件，和钟强说："我现在没在交通局，不好帮你啊！"

"你从两方面帮我，首先这次的投标书，就由你帮我做。现在这些流程越来越正规,所以你再帮我做一次,这次做个像样的模式,以后的工程投标书就交给钟正军和袁旭他们。另外这个工程的情况你都清楚,当年的规划也是你领着做的,你帮我做一份投标资料,能够突出关键,避免过多的汤汤水水的内容。还有,我听说评标专家团这批人,投票的时候,是不计名投票的,你帮我去做这个通融工作,行不?总之,这个工程就算你我两人的,不说别的。"

陆运红看着专家团的八个人的名字,他倒是都认识,只是不太想帮这样的忙,也不想参与钟强的份额,因为招投标制度刚开始建立,他不愿去破坏。看着钟强可怜巴巴的样子,他沉默片刻,说:"此一时,彼一时。这样吧,我只能看情况定。"

"成败在此一举,你一定要帮我。"钟强抓着他的手说。

钟强志在必得的表情,让他感到难办。想了想,即便要帮钟强,他也不能亲自出面。这天晚上,他回到家里,教女儿做题,被一道奥数题难住,郑彦秋也解答不出来,两人正在分析着,接到电话,承包市政道路工程的孔向军有事找他,已经在他家楼下。他一想,会不会也是钟强说的这条公路的事?他下楼了,对方一个人开着车,在车里亲热地招呼他。他问什么事,对方又满脸笑容地拉他到车旁,关上车灯,然后不由分说塞给他一个纸包,小声说:"陆局长,公路的事,想必你也知道,就靠你成全。事情结束以后,再慢慢感谢你。"

对方不给他说话的余地,开着车,一溜烟跑了。他拿着纸包,掂了掂,大概有两万,只好拿着上楼。这钱他不准备要,但暂时也不便声张。于是他把钱放到内屋的柜子下,也不想让郑彦秋知道,静观事情的发展。

第二天,钟强也得到消息,说事情现在变得复杂了。陆运红此时也就顺水推舟告诉他,说现在即便帮想他,成功的希望已经很渺茫。

第 96 章

李昌俊已经办理了内退,准备回湖南老家,欧军也辞掉了工作,和他一起回去,据说在那边已经联系好工作,在商场做财务。星期六,他们简单举行个家宴,和大家道别,陆运红一家都去了。两家人合影留念,欧晓新和陆迎秋两姐妹,陆运红和李昌俊,又分别合影。第二天早上,他们三人离开了东永县。

李昌俊在东永县的时候,陆运红不觉得有什么,可他一离开,陆运红好长一段时间感到心里空空的,每天独自坐在办公室里,默然地抽着烟。他又接到组织部的电话,让他去一趟,他疑惑,难道要调动工作?陶县长问他的时候,他已经婉拒了。他来到组织部,接待他的还是那位姓张的副部长,他先问陆运红的工作情况,陆运红简单谈了谈,然后他直截了当地说:"我转达市委组织部的意思,准备调动你的工作,职位是市建设局副局长,还是主要负责城市规划。"

陆运红沉默了片刻,说:"如果确实需要,那我服从组织安排吧。"

"你的意思是还有些不情愿?"

"故土难离啊,一方面在这儿已经习惯,一方面人到中年,希望稳定,不想动了。"

就这样,陆运红再一次调动,离开待了三年半的县建设局,心里并没有升职的欣喜,更多的是平淡的感觉。

让他想不到的是,接任他在建设局的工作的竟然是城关镇的镇长秦超。他心里有些紧张,因为在建设局这几年,有些事难免被别有用心的人抓住把柄,如今来的恰巧又是此人。不知道他的性格是不是和他爹一样,陆运红也不了解他。三姐夫的侄子杨休已经和李副局长的女儿办了结婚手续,有李副局长在,杨休应该不会被刁难,他唯愿自己是在以小人之心度君子之腹。

陆运红离开建设局的前两天,王新宇被提拔为副股长,因为股长王怀剑还有两个月退休，这就相当于暗示，接下来由王新宇任股长。陆运红以此简单检测秦超对自己态度如何。

在组织部组织的交接会上，陆运红说自己经验欠缺，在建设局这几年，某些工作没做好，希望能得到秦超的纠正，使建设局的工作更上一层楼，秦超也祝他在新岗位上取得新的成绩。两人说的都是台面话，整个交接过程半个小时就完成。

他想自己去市建设局后，设法把戚永辉调去，戚永辉虽然平时不多话，但做工作井井有条，他发现自己有很多地方离不开他。可他到了市建设局的时候，县里却不让戚永辉走，因为建设局真懂城市规划的只有陆运红和他，陆运红一走，戚永辉再离开，规划股就基本被掏空了。

陆运红只好暂时不考虑。

他来到市建设局的第三天，东永县那边又传来消息，陶博由副县长升任代理县长，他忙给陶博发了个短信，表示祝贺。

市建设局局长郭永光，总工程师江正才，还有两位副局长，这又是一批新的同事，虽然以前开会的时候都见过，互相也认识，但并不了解。陆运红在上回的规划会上，言语犀利，切中云津规划之弊，加之他领导的县城规划做得还不错，因此被市领导看中调上来。建设局城市规划科才招进来的本科生好几个，陆运红面对他们，还是感到有一丝压力的。因为当初他学习城市规划，这个专业还是处于起步阶段的试点专业，学科越来越完善，课程结构越来越成熟，自己并没有系统深入地接触过如今的规划理论，某些东西还得跟他们学。这里几乎全是大学生了，全日制中专毕业的只有几个人，基本抱定了"时刻保持谦虚谨慎的作风"这个理念。

他在市里工作，郑彦秋在县城教中学，难以调动，他与妻子和女儿分开就是在所难免的事。他平时事多，经常在外面跑，不像郑彦秋那样单纯，女儿的教育几乎都是郑彦秋在负责。女儿的成绩还一向不错，也不用他操心，于是他放心地在市里安居。他们在市里那套住房，因为一直出租给别人，没有到期，而且离建设局还很远，陆运红没法去住。刚好市建设局在云津市南关商务宾馆常年包有两个专门的套间，每个套间有九十来平方米，供家不在本地的领导居住，陆运红来这里时，这两个套间都空着，他就住了其中一个。

他保持着和程迎夏的联系，隔三岔五打电话给他，程迎夏和他爷爷奶奶已经完全不生分了，这也让他很放心。他调到市里，对一切还比较陌生，钟强知道，也就暂时没来找他帮忙，他感到一丝解脱。

陈雨霏来云津市具体研究云津的城市规划，东湖公司已经把云津的城市规划修编工作全交给她负责。她这一回来，得知陆运红已经升职，她感到很惊讶。陈雨霏临时租用的办公地点就在陆运红所住的南关宾馆对面的朝阳宾馆。她带队的人员在二楼租了四间居住办公，带着电脑、打印机和大堆图纸，她的临时住处是三楼的一个单间。开窗的话，陆运红和她都可以互相看见。距离近，联系也方便，陈雨霏每次回来，都去找他。

要规划好一座城市，必须对这座城市的人文历史和人情风俗作深入的了解，才能从中提炼出城市的精神气质，从而刻画城市的风貌，这个过程不能浮光掠影。陈雨霏请陆运红和戚永辉参与到规划中，就是因为对城市精神气质之类的东西，很难形成统一的认识，难免谁也说服不了谁，让他俩参与这一项，等于把陆运红强调的难度较大的东西推给了他们自己，以后纵有异议，陆运红自会解释说服其他人。陈雨霏来了近半个月，这天下午没事的时候，专门邀请陆运红和她一起随便走走，在城里各角落看看。陆运红乐得答应，相当于给她当向导，陪她从底层了解民风民俗，了解这座城市的风情。

"如果真想把一个城市规划好，我建议最好在其中至少待上半年时间吧，把握住其中的人文气息，融入当地的生活中，否则你的规划难免会引发不小的分歧。"他对陈雨霏说。

"你想让我待在这云津市里头，你就有机会了？没有，一点机会都没有……"陈雨霏看着他认真的表情，模仿着《东成西就》里的演员的腔调小声说，笑着。

陆运红禁不住心里一动，忙控制住，还是止不住咂摸着她这句话的意思，不得要领。

陈雨霏虽然不可能像他所说的那样在这个城市里待上一年半载，可是她已经决定深入了解一下这个城市，再进行规划，避免以前那种程式化的操作，复制粘贴、查找替换。他们先后到了云津的几处名胜古迹：佛寺、道观、教堂、孔庙、七层塔、解放纪念碑、神话传说的古迹、小巷、茶馆，还有城边历代商旅风餐露宿和学子们进京赶考常走的古道。一块岩石上刻有一首古诗，风化大半，两人凑近仔细辨认，仍然看不清，由于凑得太近，陈雨霏不经意地挨上他的手，却没拿开，他也身不由己地握住了她的几个指头，陈雨霏侧过头，瞟他一眼，笑笑，然后把手抽回。一阵暖流从陆运红胸中激荡开去，他突然感到自己有点过分，幸好陈雨霏不介意。两人继续往前走，走到接近傍晚，路过建设路的时候，陆运红忽然想起，多年前就听说发小秦明明在市里帮他姑父开馆子，就在建设路一带。建设路并不长，二人就沿着这条路走着，陆运红一边给陈雨霏介绍着这一段街区自然形成的功能，一边看看能不能碰到秦明明。

也是凑巧，他与陈雨霏到建设路第三家店，进去随便问问，就问到了秦明明的姑父，秦明明的姑父告诉他，秦明明以前帮他开馆子，自立门户已经有三年。他没在这条街，在转过去大约一百米的红星路五十四号——明哥饭店。陆运红谢过，又和陈雨霏散着步去红星路。

明哥饭店在一栋商住楼的底楼，占地约有一百五十平方米，三间门面。倒不是什么高档餐厅，主要是为普通消费者服务，每天中午的时候生意特别好，晚上生意差些。他们二人进去坐下，里面热乎乎的，墙上的电扇扇着热风呼呼地响个不停，一位服务员拿着菜谱上来，对他们望了又望，然后试着问："先生，你俩是吃饭吗……需要点什么菜？"

原来他们二人的打扮和气质不像是进这个餐馆的人，引起了服务员的诧异，服务员说话客气得很。陆运红说道："你们老板叫秦明明吧？让他来一下。"

服务员听着他的口气，有些紧张，说："是他、他……"服务员大概把他们当成了检查食品卫生或者营业执照之类的明察暗访人员。显然老板就在里面，她也不好不叫，只好说："你们先坐一下，我去看看他在不在。"

服务员快速到里面去了，片刻后，一个肥肥的男人带着紧张的神色走出来，一边擦手上的油腻。陆运红看着，基本可以确信是秦明明，只是多年不见，他胖得有些变形，秦明明倒是马上就认出了他："你、你是陆运红呀？"

"是啊，专门来看你，才打听到你在这儿。"

秦明明忙叫服务员倒茶出来，两人坐在一起，抽着烟，聊着，又是近十年不见。秦明明吩咐里面的厨师快炒菜、然后指着旁边的陈雨霏问："这位是嫂子吗？"

"不是，是我的同学，来市里办事，有幸碰到的。"

秦明明露出了一个别有意味的笑，显然是误解了，陆运红倒没注意到。秦明明从旁边的橱窗里拿出一瓶沱牌白酒，要和陆运红边喝边等上菜，他告诉陆运红，刚才的服务员其实就是他的妻子，他们的孩子已经上初二。他听说陆运红在县建设局，没想到调到市里来了，忙对他说："以后你们单位有什么接待工作，方便时就来照顾我嘛。"

"嗯，行，行。"陆运红说。他这估计是不太可能的，不仅有距离太远的问题，也因为他这个街边饭馆的档次毕竟低，只是不好打击他。秦明明的生意其实是不错的，他说每天营业额平均有一千元二百左右，除去三位服务员和厨师的工资，以及水费、电费、燃气费、门面租金、食料成本，每月都能赚上五六千左右。这让陆运红也很吃惊，这个收入非常高，而且非常稳妥。秦明明又说村里韩东他们在平安小区买房了，他也想在市里买房。陆运红大加赞赏。有了这些具备可靠职业支撑又有进城愿望的人，所规划的云津一百二十平方千米，一百二十万城市人口的规模才能实现啊。菜端上来了，几人一边聊一边吃，秦明明问陆运红："我也想在平安小区买房，你在建设局工作，肯定更有眼光，这儿的房可不可买？"

陆运红知道平安小区的大致位置，记得在规划图上，附近有一个小广场，又问了问房价，觉得完全可以，以后上涨的空间比较大。

两人在秦明明的店里吃过饭，秦明明当然不收他们的钱，他们道谢离开。秦明明告诉他，小学同学韩兴贵也在城里，听说创建了民俗研究学会，可他不知道韩兴贵在哪里，韩兴贵也没和他联系过。恰好陆运红有程林的电话号码，他又打电话给程林，问韩兴贵在哪儿。程林告诉陆运红，韩兴贵在城区牛马巷，牛马巷离这儿也不远，大约只有三百米。他俩打听着往前走着，牛马巷是一条两百米左右的巷子，宽只有七八米，有的地方更窄，几乎只容一辆小车通过。不一会儿，他们就看到云津市民俗研究学会几个字。

韩兴贵不在，外出办事了，只有他的一个徒弟在守着店面。徒弟非要给陈雨霏算八字，搞得陈雨霏为难，因为她不信这个。他俩准备离开，恰巧此时韩兴贵回来，陆运红和他打过招呼，韩兴贵似乎有些不好意思，听说徒弟刚要给客人算八字，他拿起来，重新帮分析，让二人重新坐下。他没问陆运红面前的陈雨霏的身份，居然直接就把她当成陆运红的妻子，把两个人的八字一排，琢磨片刻说："你们二人真是天作之合啊，难得的好缘分。天赐夫妻好姻缘，共欢一世福禄全，儿女聪明多兴旺，富贵荣华满家园。"

"哈哈，别误会，老同学，这位是我的同学，因公事来云津，我陪她来逛逛，顺便走到你这儿的。"

"噢，原来如此，多有得罪，多有得罪，嗯，不过，你们二人的八字倒是挺合的。"

陈雨霏听着，不以为意地笑笑。

韩兴贵告诉陆运红，他和老婆孩子搬到城里了，村里的田地只有家里的父母在种。

他们聊着村里的各种事,不禁感慨万端。陆运红和陈雨霏离开韩兴贵的店铺的时候,天已经完全暗了。

第97章

陈雨霏带来的同事都是些年轻人,其中四人是两对恋人,他们来主要是为了多是学习。工作之余,他们会自己去逛,散步培养感情,陈雨霏不可能跟他们一路,去当电灯泡。陆运红每下班后,因为一个人在市里,也觉得无处可去,就去和陈雨霏研究讨论规划,戚永辉只有星期六才能来。

任何城市规划,都需首先遵从区域城镇体系的规划,按城市协调发展的一般规律,首先应确定云津地区大、中、小城市合适的配置比例,根据位置及其产业特点选择适合的小城镇进行培育,优先发展出至少三个卫星城镇,形成众星拱月的形势,再带动其他次级城镇,梯度推进。但围绕云津的七八个小城镇,都是产业分工不明显、小而全的综合型乡村集镇。他们又大量翻阅市政府各部门汇集来的相关资料,找到关于全市的区域产业布局蓝图,先对城镇体系培育做个概念性、描述性的规划,再配上规划图。陆运红当初在规划东永县城的时候,把整个云津几乎都揣摩透了,这一部分工作也由他指导着他们做。

在和陈雨霏一来二去的过程中,久已平静如镜的陆运红心里,隐隐地泛起了涟漪。两人讨论着规划方案,互相佩服。已不愿吹口哨的陆运红,甚至恢复了这个爱好,专门让陈雨霏点播,如同找到当初念书时的感觉。每天下班,他都只想快快回到住处,是想看陈雨霏在不在。有时陈雨霏回省城去,他马上失落得寝食难安,拿着手中的资料左看右看,一个小时、两个小时过去了,一个字也没看进去,只揣摩陈雨霏是不是也在想自己。

陈雨霏回来的时候,也是先给他打电话。他想着她醉人的神情,听着她好听的声音,再进一步想象,自己住在这个宾馆,陈雨霏就在对面，这没别的原因，就是缘分，产生了小学时对杨萍的感觉。和郑彦秋相处日久，他好像什么感觉也没有了，没有了激情，没有新鲜感，夫妻成了一种合作关系，一种机械组合，所谓的七年之痒，推迟一个七年之后，还是姗姗来到。

他觉得陈雨霏对他也是相当有好感的。陈雨霏回去好多天了，他简直度日如年。这天下午，他还在和手下的人一起督查一处倒迁房建筑工地，忽然接到陈雨霏发来的短信："在吗？"

"不在，待会儿回来。"他忙回复她。

"好。"陈雨霏回复一个字，其他什么内容都没有，好像他应该明白的。

检查工作一结束，他来不及吃施工单位的晚饭，就叫司机送他回宾馆。司机把他送到后离去，他没回自己的住处，直接去陈雨霏在三楼的住处。门虚掩着，没关，他轻轻地敲敲门，陈雨霏在里面，说："请进。"

他推门进去，说："班长。"

陈雨霏抬起头看着他，眼睛里简直充满了让人着迷的风情，好像在说：你怎么才来啊，怎么能这样叫我啊？

他再也控制不住，忽地把陈雨霏拉起，拥着，对着她的嘴巴就吻下去——陈雨霏没有拒绝，也回敬了他一个吻，两人就不停地互相回敬，终于，理智的牢笼被热烈的风暴吹得灰飞烟灭，冲动呈几何级数式上升，二人都迫不及待地，像久渴的孩子抱着饮料一样吮吸着对方，除了慌乱、冲动，就是冲动、慌乱。在慌乱和冲动中，两个匆匆整合的宇宙无所顾忌地膨胀，失去了时间和空间，一个个瑰丽的景象来而复去——腾起的太阳风，旋转的银河系，爆炸的超新星……无声无息，无始无终，世界就是一个由陆运红和陈雨霏构成的组合，谁是陆运红？谁是陈雨霏？二人一次次地从生命的虚化中挣扎出来，又一次次坠入洪荒中，他们拥着，笑着，望着对方，不知道世界还能给自己什么。许久，陆运红说："今生能拥有你一次，我宁愿少活五十年。"

"今生能拥有你一次，我更愿多活五十年！"陈雨霏说。

事后，陆运红回到自己的住处，独自躺在床上的时候，很快冷静了。激情过后是后悔，他辗转反侧，老半天睡不着，甚至担心郑彦秋是不是所有感应，会觉察到什么呢？于是坐起来，给郑彦秋打个电话，问她在做什么。郑彦秋正在教孩子数学，她对陆运红说："一个人睡不着吗？这么晚打电话干啥？"

"没别的事，就是想你们呗。"他说。

"明天就到周末了，你回来就是嘛。"郑彦秋说话的语调没什么特别之处，他放心了，让她们早点休息。

这样的事情，有了第一次，就会有第二次，连绵不断，虽然每次事后，他都自责，可自责越来越轻，直到完全没有。两人的关系，在无人知晓中更进一层，没有少男少女们的天真，却更加热烈。他有机会把当初念书时对她的暗恋讲给她听，陈雨霏很享受地听着，偎在他身边，说："那你为什么不追我啊？"

"崔老师的命令，不敢违背啊。"

"我不是就违背了吗，也没啥啊！"

"可那时，你已经交了男朋友，男朋友又是大学生，全班同学私下都知道啊。"

"爱情与学历无关。"

"当初，咱们同学多来自农村，我和大家一样，面对你们城里的女同学，尤其是长得这么漂亮的女同学，有一种天然的自卑心理，不可能有那么大胆的表现。能将你埋在心里，已经是一种享受了。"

陈雨霏听着很舒服，她告诉陆运红，当初她对他的印象确实一般，但自从听了吹口哨之后，对他的好感瞬间就上升了，私下也特喜欢他。但是她的丈夫、那时的男朋友也很爱她，即使班上谁能有勇气追她，她也不可能和男朋友分开。两人坦诚地交流，回忆着青春往事，都感到一股股甜蜜。

陆运红渐渐忘了在县城里教书、带着孩子的郑彦秋，电话也不想再打。只是他和陈雨霏的心里，都有着人到中年的清醒：这是不长久的，不能伤害到各自的家庭，否则谁都承受不起。

因为和陈雨霏甜蜜的关系，他们工作更有默契。在陈雨霏的指引下，戚永辉把他们二人申报高级工程师的资料备好交到建设局后，又准备了给卫老师的礼物，是云津的土特产，由戚永辉带着。二人借去建设厅开会的时机，去拜见了卫老师，请卫老师吃饭，结果反倒是卫老师请他们。没多久，两人的职称都评下来了。戚永辉成了县建设局唯一的高级工程师，随即被提拔为东永县建设局的总工程师，相当于副局级领导。

陆运红在云津市里工作，与妻子和孩子的距离变远，这里又有另一份柔情与温暖，他回县城的时间开始越来越少。他和陈雨霏的关系中没有物质的参与，他们互相帮助，更像是一种特别的友谊。陈雨霏的丈夫一直在省城工作，对这里发生的事一无所知。陆运红事后总后悔，觉得对不住妻子和孩子，又十分小心地享受着和陈雨霏的这份甜蜜，同时小心地提防着可能发生的不测。可是时间一久，戒备也就没那么严密。

星期五下午，陆运红从市里回到县城，遇到了麻烦事，不过这麻烦事倒与陈雨霏没关系。

他回到家里，以为妻子会像以前那样热情地迎接他，但在进门的瞬间，他就发现气氛不对。女儿不在，郑彦秋正坐在沙发上，一动不动，眼神冷冷地望着他，好像在专门等待着他回来。他的脑子迅速地转动着，难道是事情被她觉察了？不可能！这点他比较自信。他过去，站在她面前，笑着问："什么原因，心事重重的？"

郑彦秋依旧很冷淡，她理了理飘在额前的几丝头发，没说话。陆运红又问："孩子呢？"

郑彦秋依旧没说话，气氛变得有点怪异。陆运红站着，认真地看着她的表情。片刻后，郑彦秋说："你问的是哪个孩子？"

陆运红感到莫名其妙，说："什么意思？"

他思索着，难道是程迎夏的事？如果是这事，倒没什么，他本来就准备适当时候告诉她的，只是不知道她是从什么地方得到的这个消息。但他依旧觉得不太可能，因为现在知道此事的人也不多，郑彦秋应该还没有消息来源。他疑惑地望着她，郑彦秋认真地说："你有件事瞒着我，是不是？"

"你说什么事？"

郑彦秋说："我觉得我受到了欺骗。"

她说着，眼圈一红就要哭。陆运红感到惊讶，再次将思绪拉回与陈雨霏的事上，但又觉得不可能。他说："你说的什么话？你说明白行不？"

他放下手中的包，在她的对面坐下来，看着她。郑彦秋说："本周全县所有中学开运动会，我去学校里见到当初教我的马老师，说起她班上有个调皮的学生，十五六岁……"

"什么意思？"

"……这个学生叫王宣。"

"怎么了？"

"这个学生，吹口哨吹得相当好，可是学习不好。"

陆运红还是一头雾水，郑彦秋继续说，如果仅有这点，倒还没什么，关键是，这个男生，马老师那儿有他的照片，她仔细打量了，简直就是陆运红当年的翻版，让她产生错觉。她高度怀疑，接着暗中打听男生的情况，原来这个男生家就在距县城十多公里的胥河乡上，男生的父母只有他一个孩子，他父亲已经去世一年，母亲倒还在，他母亲已是七十来岁的人，而且他没有兄弟姐妹，据说他不是他父母亲生的，是被捡来养的。至于是从什么地方捡来的，谁也不知道。关键的两点，一是这个男生和陆运红长得太像，二是他也会吹口哨，她觉得此人和陆运红有关。当初听陆运红说曾和一位姓梁的女子恋爱，无果而终，这男生会不会是他们这段关系的恶果，因分手怕成为累赘，扔了被别人捡来了。要么是陆运红与其他的女人的孩子，至今隐瞒着郑彦秋。

"简直天方夜谭。"陆运红不屑地笑着说,原来是这事,他放心了。他当初与梁洁没任何"结果"。

郑彦秋从书里拿出两张照片,放到他面前,说:"你自己看看。"

陆运红拿过来一看,其中一张是自己念书时的黑白照,另一张大概就是郑彦秋所说的这位学生的彩色照,他顿时也惊住了,简直如出一辙。郑彦秋冷冷地问:"不会只是巧合吧?"

也许这就是万分之一或者五百万分之一概率的事呢,陆运红心里想。郑彦秋已经高度怀疑,说:"我觉得我被人玩弄了,本来就把你看清楚了,最终还是被骗了。"

"别想这么多,这是什么怪事,无中生有。"他嘴上这样说,心里也确实感到纳闷,又笑着说,"如果真如你所说,我也想见一下这个男生,究竟是怎么回事,抄袭我的长相,我可要收取专利费。"

郑彦秋脸上没有一丝笑。晚上睡觉的时候,他带着向她赔不是的心情,哄她高兴,她也根本不理,侧过去,一言不发,如同石人一般。陆运红只好算了,静静地躺着,仔细地猜想这件奇怪的事情。

他想到刚毕业时和梁洁结婚又离婚。当初和梁洁分手的时候,梁洁是怀孕了的,这个他知道,可是她去检查过,说是怀的女孩,后来分手之后,听说她打掉了,就没有下文了。难道是出了意外,检查失误?她并没有打掉?

他的疑心越来越重。这么多年,和梁洁再没过任何联系,甚至她现在在哪里,他都不知道,以前只听说她去了省城。他禁不住坐起来,对郑彦秋说:"明天,你和我去看一看这位学生,长得相像,也是种缘分嘛。"

"我不想去,要去,你自己去。胥河乡,一打听就知道,王学常家。"郑彦秋冷冷地说。

陆运红没有去。虽然感到有些蹊跷,但总觉得是无稽之谈,不太想去了解。自从与梁洁分手后,他与当初的介绍人、梁洁的表哥黎文才夫妇的来往也已中断，他听说黎文才在撤区建镇的时候，调到了响水镇。平时工作无交集，几乎没碰到过，只是记得他当初住在区公所附近。想了又想，他也没去乡里打听，因为只是种怀疑。过了一天，事情就淡了，他把郑彦秋说了一番，要她别胡想，然后又回到市里上班。

第98章

再说钟强的事，陆运红离开东永县建设局时，钟强在县建设局的几个小项目虽然完了，但并没完成验收，也就是说，最后的工程款还没结清。陆运红一走，他就感到了有些棘手，因为继任者秦超不仅和陆运红家原来关系就不太好，秦超的父亲和他的父亲也有着深刻的嫌隙，他本人和秦超之间也没交集。他不想在秦超面前低声下气的，可还有五六万工程款，不可能就不要了。所有验收资料都已齐备，建设局下面各股室分管人的字也已经签好，交到秦超那里，迟迟没有回应。钟强给陆运红打来电话，陆运红想了想，告诉钟强，现在既然已经和秦超不可避免地碰到一起了，将来可能还有打交道的时候，还有从他手上揽活的可能，为长远计，那么就低低头吧，抛弃前嫌，和他结交试试看。钟强明白他的意思，但仍然不想去求他。陆运红说："你就抱着另外的想法，认定那五六万元已消失，得不到了，在这个前提下找他行不？他果真死抱仇怨而不给，至少场面上也要给你个说法，因为你的工程质量还是过得去的。若实在不行，届时我再去和他说。"

"那好吧。"钟强说。接着，钟强告诉他，从五河镇到县城的通县公路的事，他的几个同行一个都没参与进来。姓孔的太张狂，为达到目的，不择手段。钟强说，他们都愿意鱼死网破，铁了心要拔掉工程界的这个姓孔的毒瘤："小四哥，这个事你就放心，现在我相当于一无所有，只有个空壳，啥都不怕。即便他反咬，我也知道利害，绝不可能牵扯到你。"

陆运红心里暗暗叫苦，只感到有种大难临头的感觉，没想到钟强在关键时候，依然是这样莽撞。他走后好半天，陆运红给他打电话说："我希望你们无论如何，不要牵扯到建设局，不要牵扯我手下的任何一个人，保证他们人人平安。"

钟强倒爽快地保证："这个你放心就是。"

他只觉得有一场风暴要来临，提心吊胆地祷告，后悔这么多年来和钟强走得太近。其实，即便钟强不来，也会有别的工程老板来填补他的空白，围绕在他身边。

他依旧和戚永辉一起参与着陈雨霏他们公司的城市规划的修编，基本把郑彦秋所提到的王宣的事忘了。他忽略了郑彦秋对此事的怀疑，女人的直觉一般是准的。这段时间他很少回家，工作忙的借口一般能瞒过局外人，却难以瞒过朝夕相处的人，他们能从蛛丝马迹上得出八九不离十的结论。郑彦秋越来越不放心，她高中时有个很要好的室友，名叫周桂芳，几年前在团山小区买房就是周桂芳介绍的。周桂芳的丈夫开了全市第一家私人侦所，专门替人调查婚外情和躲债人之类的信息，因为是地下的，鲜为人知。郑彦秋很容易就想到周桂芳身上，想到此事只要她搭手帮忙，可能会很快查清，并且不会出现差错。她背着丈夫，专门去了市里，拿着照片去找到周桂芳。周桂芳听着她的讲述，又看看她拿的照片，有些犹豫，并不特别想帮助她，因为类似的婚姻方面的事她接触得比较多。她反而劝郑彦秋别调查，既然事隔多年，就当事情与自己无关吧。因为她明白，这种事一旦调查属实，很可能会引来家庭的解体。可已经钻到这个思维圈里的郑彦秋怎么也钻不出来，再三央求同学帮忙，周桂芳也不好拒绝她，于是答应了。

周桂芳一旦做起事来，非常认真负责。她答应了郑彦秋，就不会对她敷衍了事。夫妻二人合力，没多久就查清了，顺便也查到了梁洁现在的一切情况。他们把结果查到手之后，完全证实了郑彦秋的猜测，周桂芳一点都不感到意外，孩子确实是陆运红和梁洁的，就是一份不成熟的爱情留下的后果。她仍然十分犹豫，要不要告诉郑彦秋。本着对同学好的想法，她想再调查一下现在的陆运红是怎么样的人，然后再作决定。

　　结果她这一调查，在陆运红完全不知情的情况下，其他的情况也被调查清楚了。

　　原来是这样的，陆运红和梁洁分手后第四天，梁洁在她母亲的陪同下，去市人民医院准备打掉孩子。为了避免被人知道，影响梁洁以后再结婚，她母亲特意联系了一位她认识的妇科医生，让她为梁洁检查，力争打掉孩子的过程中，对梁洁的伤害最小。那位妇科医生检查得特别仔细，殊不知，一番检查后，她告诉母女二人，孩子不能打。

　　梁洁和母亲同时吃一惊，忙问什么原因。医生对她们说，如果打掉孩子，以后不可能再怀孕，原因是子宫壁太薄，根本经起折腾；能怀上孩子，已让人感到意外，而且必须回去好好保养，否则，生孩子的时候还有大麻烦。

　　这个意外的消息当时把他们一家人的计划全打乱了，母女二人气馁地回到家里，母亲又做女儿的工作：“要不，还是回去和陆运红复婚吧。”

　　"不了。"冲动的梁洁受够了那场婚姻的麻烦，只想恢复以前那种洒脱、无拘无束的日子。

　　梁洁的父亲梁卫民知道了事情的原委，也不由得感到麻烦。他一直反对女儿和陆运红的婚姻，梁洁母亲说到复婚，他当时也反对，因为第一次见面就受陆运红奚落，他有点耿耿于怀。所幸梁洁和陆运红因为没办过婚礼，没有公开，知道的人不多，他为女儿重新考虑起来。

　　后来，他想到他有一个名叫王朝勋的老同学，听王朝勋说他有一堂兄，在胥河乡上，夫妇二人五十多岁，原来有一个儿子和一个女儿，一儿一女二十多岁的时候先后得病，好像是隔代遗传的疾病，长期发热，后来吐血、咯血，当时没查出是什么病，最后都死了。听说他们想抱一个娃娃来养，却一直没抱上。于是梁卫民告诉母女二人，实在不行就生下来吧，生下来后马上送给人家养，就对那姓陆的说，孩子打掉了，以后绝不能让外人知道梁洁生过孩子就是。

他们就是这样操作的,让女儿"失踪"了一段时间,小心翼翼地把孩子生了,是个男孩子,交给王朝勋的堂兄,双方约定不对外讲,然后梁卫民一家搬到省城去了。此事没过几年,还是渐渐地被人知道了,因为没有不透风的墙。个别人知道孩子是梁卫民的女儿梁洁生的,但大都不知道孩子的父亲是谁,毕竟他们的婚姻仓促短暂。周桂芳夫妇并不费力,暗中调查清楚了梁洁与陆运红短暂的婚姻,孩子的出生和寄养的事;并且查出梁洁到省城以后,嫁给了当时工商局的一位副科长,后来这位副科长升任副局长,前几年辞职下海经商,经营厨具、餐具批发业务,现在已经是身家千万的老板;两人结婚后,长时间没生育,主要是梁洁身体的原因,梁洁调理了七八年才好,终于生了一个男孩,孩子已经五岁。

　　随后,他们继续附带调查陆运红,调查了他这段时间的活动、所接触的人,调查了个八九不离十。就连他与陈雨霏过从甚密的事,都调查出来了。他们根据经验判断,二人无疑是情人关系。现在这样的事并不少见,几乎是一查一个准,周桂芳本人非常反感这类人。原本打算把事情遮掩过去的她,反而犹豫了,郑彦秋的丈夫原来是个这样的人,不值得再为他遮掩。但是,想到郑彦秋和她的丈夫都来自农村,一步步走到今天不容易,她也担心这一纸调查结果,即便不会让他们的婚姻结束,也会在他们之间撕开一条大口子,很难缝合。如果隐瞒下去,她又觉得这种对家庭不负责的男人,没受到丝毫惩罚,是让人心里很难接受的,至少她本人就难以接受。以后郑彦秋知道实情,最终难免也要怪自己。她又想,现在离婚的事也多,没什么大不了,郑彦秋并不需要靠她丈夫才能生活的,人又长得不错,说不定离婚之后,碰上更好的男人也不在话下。最后,犹豫再三,还是把调查结果交给她,由她决定。

　　预感到的事,就是这样精准,郑彦秋虽然有一定的心理准备,但从手机上看到同学发来的调查结果,还是如遭晴天霹雳,如同最初只怀疑害了感冒,最后确诊的结果竟然是癌!尤其让她想不到的是陆运红与陈雨霏的事。她强忍着上完课,回到家里,女儿不在的时候,扑到床上就放声大哭,觉得整个天空都黑暗的,从头到尾受到了欺骗!当上中学的时候,班主任林志明对他的看法就是正确的,这个人根本就不可靠,但她还是被欺骗,和他走在了一起,愚蠢啊!

此时,她除了自责,更怨恨陆运红。她想到女儿已经这么大,多年来几乎都是她自己在管。陆运红除了工作,还是工作,平时就没什么付出。即使现在离婚,她也并不需要依赖陆运红,思考了两天,她的思维几乎就在这离婚二字上面固定住,然后她决定开诚布公地和陆运红谈一谈。星期四,她下午上完课,直接到市里,没给陆运红打电话,却问到了她从来没到过的陆运红现在的住处。

在傍晚的时候,她来到陆运红住的地方,他在,他对妻子的突然到来感到有些意外,而郑彦秋冷若冰霜的脸,又让他感到疑惑。他问:"你什么时候来的,为什么不告诉我一声?"

"我没提前告诉你,是不是有些失礼?"

"你这话是什么意思?"他问,不知所措地望着妻子。

"我来,是想问你两件事。第一,那个叫王宣的娃娃,是你和你那个梁洁的,已经确定无疑,请你不要再瞒我,我受了这么多年的愚弄,再瞒我是对我的侮辱。第二,那个叫陈雨霏的,来市里搞规划的,要和你规划怎么过日子,我不想过问了,我只希望我们离了婚之后,你再和她去规划,算你给我最后一点自尊。"

郑彦秋说着,把闺蜜给的调查资料放在他面前。陆运红已经被她的这几句话震得方寸大乱,拿过来一看,资料只有两页。他看得很认真,也是第一次从这上面知道了王宣的事,知道了梁洁已变成富婆的事,除了震惊还是震惊,又是一个突然事件!而纸上所涉及的他与陈雨霏的事,他已很难再做出有力的遮掩。他额头冒汗,痴痴地说:"彦秋,你这是哪里来的,是哪里?你听我说,这事看来相当复杂,我也要理理头绪。"

"不用问是哪里来的,但请你相信,它的来源是绝对可靠的,这上面的查证内容丝毫不会假。"

　　门还没关，他忙起身掩上，一边绞尽脑汁地构思着措辞，首要的问题倒不是孩子，最关键的是要把与陈雨霏的关系撇清，让她相信。他慌不择路地说："这个陈雨霏，与我是同学，来市里搞规划。因为我也是分管城市规划的，常要在一起探讨，但是我和她绝对没有，这上面所说的关系，请你相信我，一定要相信我，好不好？"

　　"你认为我还能相信你啊，陆运红？"

　　他找不到话说，两人沉默着，恰巧此时，门轻轻地被人推开，他回头一看，正是陈雨霏！顿时他惊慌得不知所措，忘了刚才所说的，当然郑彦秋更看清了。陈雨霏是看见他屋里灯亮了，所以来了，因为他们俩习惯了，没想到回避什么。陈雨霏在推开门迈进第一步的瞬间，陆运红和郑彦秋两人的表情映入她眼中，马上意识到了问题，忙对陆运红说："噢，不知道你有客人，你忙。"慌忙地退了出去。

　　做贼的人始终是心虚的，虽然二人有过多次偷情，但不是那种久经沙场的老手，都没备有圆熟的应对预案。两人的表情，同样被郑彦秋看在眼里，她质问："她是谁？"

　　陆运红还没有回答，郑彦秋起身追过去开门，准备看个清楚，可陈雨霏已经无影无踪。消失得如此之快，不是心虚还能有别的原因？不用说，此人就是那个姓陈的女人，长相上就是那么回事！郑彦秋只感到心里一片冰凉，身子微微发抖，眼前发黑。她定了定神，要哭了："真没想到啊，陆运红，你是这样的东西！你……"

　　她站起来，盯着丈夫，此时的陆运红再想狡辩，再足智多谋，也无话可说，本来还想倾力编造说辞蒙过去，哪知老天爷把证据送来打脸。郑彦秋扬起手，想给他一巴掌，可手悬在半空没打下来，她的老师身份和修养此时把她约束住，她不会像撒泼的女人那样遇到这事就声嘶力竭，呼天抢地，大吵大闹。她擦了擦眼泪，拿起桌上的包就往外走，走到门口又回过头来，对陆运红说："你的一切财产，不管是你合理所得的，还是来路不正的，我一分一厘都不会要你的，孩子我养就是。下周二,办离婚手续。我只希望和平离婚,不要逼我上法庭,否则对我不好,对你更不好。"

郑彦秋离开了,陆运红头脑中一片空白,好半天,慢慢地坐下,只感到口渴,又不想喝水。过了十分钟,他才回过神来,马上和陈雨霏通电话,把妻子知道的事告诉她,其实不用告诉,陈雨霏已经完全清楚,两人迅速口头约定,以后除工作上的联系,不再有其他亲密关系了。这倒没问题,他俩都是自律能力很强的人,说到就能做到,中断了甜蜜的关系,只保持工作关系,而且陈雨霏在市里待的时间也只有一个月了。

躺在床上,他做好打算,力争保住婚姻,万不得已,暂时先同意离婚,待她气头过去后,再慢慢争取复合。此事是自己对不起郑彦秋,他不想再为婚姻折腾。第二天一大早天还没亮,他起身关上门,叫个的士,马上回县城的家里。

的士车开得飞快,一个半小时后,把他送到了家。屋里灯亮着,他忙敲门,开门的不是郑彦秋,是女儿陆迎秋。女儿问:"老爸,你这么早回来啦?"

"不欢迎吗?你娘呢?"

"她出去买菜还没回来,我要去上早自习了。"她正在收拾书包。

陆运红坐下,看到矮柜上还有郑彦秋没批改完的学生们的作业本,女儿换下的衣服放在凳子上,电饭煲里的余饭还有微温,吃过的碗筷也没来得及洗。他忽然感到了一阵内疚,这么多年来,有工作的原因,也有他大大咧咧的原因,他和女儿很少有像样的交流,女儿的成长基本都是妻子在付出。他默然地坐下,对陆迎秋说:"迎秋,平时,我没有关心过你的学习和生活,你会不会怨我啊?"

女儿诧异地问:"老爸,我怨你啥?我没觉得你关心不关心我有什么不同。"

"假如没有我呢?没有你妈呢?你会怎样?"

"没想过,老爸,你这是什么意思?"

女儿对他的话一头雾水,她背好书包走了。

过了一会儿,郑彦秋才回来,显然昨晚大哭了一场,眼睛还是红的。她看到陆运红,也没有任何激烈的表现,把包放下,忽然手机响起,她接听着,电话那头的声音听不清,只听到她回答:"我睁着眼想了一个晚上。"

"怎么可能啊。"

"不是怪你,这事要谢谢你。"

"事情没发生在你身上,你无法设身处地体会到。"

"这个事情我也考虑过了,她现在刚上初二,可是这件事对她来说是回避不了的,只能暂时先瞒一段时间。"

"对,以后,恰当时候告诉她就是,应该没什么问题。"

"说了,以后告诉你。我想清静清静,其他没啥的。"

电话那头的声音很小,陆运红只能猜测,至少是她一位要好的朋友,知道了事情的全部。郑彦秋刚挂断手机,陆运红站到她面前,忽然跪下抓住她的手:"彦秋,你所调查的一切,都是真的,我不再做任何解释,只希望你能再原谅我这一次。"

郑彦秋用力把他的手拨开,转身到旁边,说:"别来这一套,别来恶心我,如今我只想用我一个弱女子可能的手段来最后维护我这脆弱的尊严,希望你成全。"

"你听我说,这两件事,第一件,不完全是我的原因,要不是你的这个调查结果,我也被蒙在鼓里……"

"我说了,我不想再听,你知道了吗?你的这些事,与我无关。"郑彦秋忽然大声地说,"陆运红,以后你不要再到这里来就行。下周二,希望你准时来,如果你没来,我立即起诉。"

郑彦秋抹着泪,语气斩钉截铁,陆运红还在跪着。

两人再没说话,墙上的钟滴滴答答地走着,屋子里静得可怕。又过了许久,陆运红勉强说:"要不,我们都先冷静一段时间,比如一个月以后再说,行吗?"

"星期二，希望你准时来，离婚协议书我写，不要再说其他的。"

"总得为孩子着想啊，我不想离。"

"你从没为孩子着想过，也不配为孩子着想，甚至就不配说这句话。"

陆运红被妻子反击得哑口无言，还是退而求其次地说："彦秋，如果真的要离，那我也同意，我俩就先离一段时间，然后我们都、都冷静地考虑下，总之要为了孩子……"

"娃娃的事，我知道该怎么办。你我离婚之后，暂时不对她说，你如果愿为娃娃着想，随时可以来看她，这个事我不拦阻。当然，来与不来，你随便，总之娃娃我要。"

"就先离一段时间，以后再……"

"行，行，行，星期二，办理之后再说。"郑彦秋不耐烦地说。

"你想迎秋毕竟十三四岁了，什么也都会知道的，如果她问起，你就说以后用不了多久就复合的。"

"行，行，不用你说，我知道。你可以走了，跪着没意思。"

陆运红只好站起来，郑彦秋已经把门打开，他只得磨蹭着往外走去。

第99章

陆运红决定把王宣的事了解清楚，下楼后，马上找去当初黎文才住的地方。多年不见，二人已经断了联系，黎文才原来住的这片儿还是老旧住房，没什么变化，黎文才家住在二楼。他直接上去敲门，出来的是个陌生的年老的阿姨。他向她打听黎文才，对方告诉他，她儿子买了这个房子，已有好些年，原来的房主确实叫黎文才，现在黎文才在哪儿，她不太清楚。这时，屋里出来一位和陆运红年龄相仿的中年人，他努力回忆片刻，告诉陆运红，黎文才好像在市里购房了，房子在市里朝阳路安宁小区，至于详细地址，他就不知道了。

陆运红只好返回市里,他今天要找到黎文才,向他详细打听梁洁怀上孩子之后的情况。

他买一袋猕猴桃提着,找到朝阳路安宁小区,通过门卫,倒是很快查到了黎文才家的具体地址。他找过去,敲门,开门的正是黎文才,他已有些老态了,不过二人都一眼就认出了对方,黎文才让他进去坐。两人互相问候了一阵,他才说到当初梁洁怀孩子的事,黎文才看着他,慢慢说:"梁洁怀孩子,后来没打掉,是真的;送给王家养,也是真的,不过我当时也被姨父瞒过,过了多年才知道。自从姨父搬到省城后,我们来往很少,梁洁的丈夫姓甚名啥,现在的情况,我都不知道……但是这个叫王宣的孩子,已经知道自己是被抱养的,不是他父母亲生的,只是不知道自己的亲生父母而已。"

听到这里,陆运红更感到沉重起来,既然已经知道王宣是自己的孩子,那就应该找到他,他需要自己对他帮助和负责,一股压力又迅速浮了上来。但是这样,郑彦秋肯定更不可能原谅自己。郑彦秋此时更不能释怀的是陈雨霏的事,这事无可挽回。想着想着,他感到昨天设想的用离婚来缓冲与郑彦秋现在的矛盾,以后再复合的事希望不大了。

他沉默着,黎文才看着他,许久又说:"我听说,以前王宣的养父吧,对他很不好,常打他,如今他养父去世了,但养母对他还好。这个王宣和养母在一起,现在生活应该很平静,我倒觉得你没太大的必要去打搅他们家吧?就当事情没发生。"

他听着,不想仔细打听,勉强点点头,接受黎文才的建议。

现在先处理婚姻的事。星期二,他带着最后的希望,希望能和郑彦秋和解,来到县民政局门口。郑彦秋已经等候在那里,她依旧冷若冰霜,让他感到她现在依然在气头上,说什么话都是白费,还是依她,先离再说。郑彦秋把已经打印好的离婚协议书拿出来,让他看,整个协议内容就如郑彦秋那天所说的,她丝毫不要他们的共同财产,全归他。他看看,原来购买的那个在住家外面街道上的铺面郑彦秋也没要,他说:"那个铺面,就暂时由你管吧,一是由咱俩的积蓄买的,二是我也没时间来打理,孩子有个啥临时开支,有房租,你也方便。"

见郑彦秋没吭声,他拿起笔,在后面添上几句,让郑彦秋管理铺面。郑彦秋也没看他,一言不发。他想了想,看着妻子木然的脸,才发现此时纠缠这些财产,没有意义,郑彦秋根本没在意这些,他也有点心灰意冷。他又想如果将来要和她复合,那么此时讨论财产给谁,都没必要,写也是多余,只是写了就算了。他对郑彦秋说:"这个婚,按你的意思,暂时离吧,从今以后,我不会再结婚的,除非你能原谅我,回心转意。"

郑彦秋还是一句话也没说,两人签字办理了离婚手续。刚走出来,他猛地抱住郑彦秋,不容她回避,说:"这件事,是我对不起你,责任完全在我。"

他说完,转身离开,郑彦秋拿着两个离婚本子,呆了呆,也不回头地走了。

他们离婚,总的说来,也没有太大的动静,直到第二周,知道此事的人大概也只有郑彦秋的闺蜜。他们的女儿、双方父母、邻居、同事,谁也不知道。陆运红这边,即使陈雨霏,他也再没对她说,苦果只有独自吞咽。他又纠结要不要寻时机见一见这个叫王宣的孩子,考虑了好久,决定按黎文才说的,暂时不去打扰其家庭,何况自己现在也不顺。半个月的时间过去了,他还是无法收拾好乱七八糟的心情。

市里原来在郑彦秋的主导下买的住房,租期结束,他不再出租,收回来请人装修。钟强给他找了个装修队伍,大约十来天,装修完毕,他自己搬回去住,不再占据单位的宾馆。

陈雨霏他们的规划队伍回省城去了,规划修编资料还要一段时间才能拿出来。陈雨霏离开的时候,用同事的手机给他打了个电话,感谢他对他们工作的支持,平淡的口气像对偶遇的熟人一样,他也希望她离开,不再和她发生联系,让自己一切恢复到以前。

钟强离婚之后,更不沾家,距离陆运红不过三公里,二人几乎就没见过。不过他也基本在外面跑。陆运红和他联系，只有通过电话。他说最后在东永县建设局的余款已收到，是按照陆运红的建议去主动讨好秦超的，秦超也绝非那种想象中的清官，他给了他两万元，余款就全部都收到了。他发现，秦超对钱的爱，比别人都深刻，或许钟强送给他的是他迄今为止收到的最大一笔款。他与钟强的关系就从酒后得到了彻底改观。这点也倒是在陆运红的意料之中，只要钟强能把款要回来就行，他也不用再出面了。

但是，钟强他们几个老板展开的报复孔向军的行为，已经暗中发酵，结果是他早就担心却又始料未及的。

就在东永县交通会战的重点工程——五河镇到县城的通县公路开工典礼热闹举行后不到一周，在云津的官场上，忽然响起惊雷，东永县委书记张昕因为腐败问题被双规。关于他的问题，私下里消息漫延开了：长期插手工程事务，纵容其侄子孔向军围标、串标、弄虚作假，独揽工程，工程质量问题严重，长期和某女人保持不正当关系，收受贿赂，财产来历不明，等等。据说检举信指向特别明确。其实，在招投标还没有完全规范的阶段，这种官场与工程纠缠不清的病态现象，在云津是一种常态，人尽皆知。这是大家都知道的秘密，只不过没摆到台面上，大家就都假装不知道，假装没有这回事。但谁要是真揭开来，摆到台面上，影响就大了，那又是回避不了的。几个工程界的老板合力举报，手中的证据是绝对充分的，一下子就把昨天还光鲜亮丽的张书记拉下来，顿时全东永县变得风声鹤唳，人人自危。曾经在东永县官场上混过的人，都战战兢兢地观察着动向，陆运红也不例外。他连夜打电话问钟强，钟强告诉他，他知道举报的内幕，此事绝对不会涉及他及建设局，因为建设局的工程，多数是他在做，所以他让陆运红尽管放心，即便问到他头上，他也会替大家遮住。陆运红再三嘱托，才勉强放心。

但是，陆运红担心的就是秦超，因为孔向军的一些事就牵扯到建设局，自己脱不了关系，而秦超与他之间没有交流。他即使是不存心使坏，只让纪委看看单据，了解实情，比如小金库，他强行让施工老板们缴纳的金额不在少数。这足以让自己受到不小的纪律处分，政治生命也就基本到此为止。此时，整个东永县官场不少人都像他一样，紧张地收集着最新信息，都在根据信息预备自保方案，都在设法做切割预案。

最大的影响就是五河镇到县城的通县公路，因为这一告发，刚举行开工典礼就全面停工等待调查。这条路可谓一波三折。陆运红现在倒不关心这条路，身在市里，心悬县里，家庭问题也被他放到一边，他来不及去考虑。

他回忆着自在交通局当科长以来，手中所有的能称之为非正当收入的收入，除了钟强的三十来万，从其他老板那儿零星拿来的各类红包，能记起的大约有十来万。他反省着自己的行为，或许是孩提时代对钱的过于缺乏造成的穷怕了的心理在作怪。钟强给的那份工资，是不好定性的，其他的除了数目众多的零星红包，有几笔是百分之百的受贿，此外倒是哪笔似乎都难以上案。他捐了那几笔上万的钱款，票据也没留下，搬来市建设局的时候就丢掉了。

总之，东永县里已经撕开了一个口子，如他所预料的那样，随着案件的深入调查，不时传来消息，现在由陶县长暂时兼任书记，而这位县长届时能否安全，尚不得而知。不久，又有很多人被牵扯进来。

或许是陆运红有先见之明，或许是上天保佑，他从孔向军那里得到的两笔钱款全都捐了。他小心翼翼地打电话给袁旭，问他那边的情况。袁旭已经是惊弓之鸟，陆运红打的电话把他惊得声音发抖，他以为陆运红给他带来了不良消息。陆运红问："你究竟有多少？"

"不多……不多，几万吧。"

"才几万？估计会是什么结果？"

此时的袁旭，也已经做好心理准备，如果被纪委叫去，他宁愿马上坦白，力争保住工作。他已经非常后悔当初通过关系调过来，如果一直在下面，虽然无所作为，只领点儿工资，可终生平安啊。袁旭说如果这次平安无事，他想停薪留职，缓缓神。陆运红不好过度刺激他，只好安慰他几句，把电话挂了。他打电话问建设局财务股封股长，那边暂时没有消息。

第100章

他无法对钟强的保证完全放心，同样提心吊胆地过着日子，每天都在提防着灾难降临，又希望灾难已经过去。云津市的城市规划修编方案，陈雨霏他们公司已经拿下来，这个规划要比前几次的规划接地气些，城市的人口规模和用地规模在前几次的基础上只作了微调式的增加，部分教育和工业、物流、商贸用地，根据新规划的需要进行了大幅度调整。本次规划以三个控制着城市对外交通的节点来构建城市的骨架，脉络清楚，城市景观的打造也围绕着这几个节点展开，构筑六条景观轴线，作为未来城市风貌刻画的重点。这是按陆运红的建议来做的，局里开会讨论的时候，大家一致认为可行，给予的评价也很高，但是此时的陆运红已经心神不宁，敷衍着开完会就忙回到家里。陈雨霏说要支付给他和戚永辉十万，他忙让她暂时缓一缓，别打过来。

星期三，办公室副主任过来告诉陆运红，市纪委打来电话，让他立即去一趟。

他心里一紧，该来的还是来了，尽管做了许多心理准备，但还是慌乱。办公室副主任通知完，诧异地打量了他一眼，因为谁都知道，这不会是好事。他假装镇定地问通副主任是什么事，来不及等待对方回答，就匆匆离开。

其实就凭这个通知的方式，一般可以意识到问题不是很严重，可是他也没有这种经历，已经惊得不知所措。路上慌忙地给钟强打电话，没想到钟强的电话打不通，他心里更没底了，一路胡思乱想，懵懵懂懂地到了市纪委。

他敲了敲门，门没关，从里面传出一声"请进"。他轻轻走了进去，里面有三个人，两个男的，一个女的。他刹那间觉得那个女的有点面熟，立即就想起来，此人是自己当年刻骨铭心苦恋过的柳扬！没想到这么多年没有她的信息，今天却在这个场合，以这个方式相遇，他心里一阵难言的尴尬。柳扬显然也认出了他，只轻轻对他点点头，没说话。两个男的都是比他年龄略大，四十来岁的瘦瘦的中年人，其中一个坐在旁边沙发上不说话，另一个和柳扬坐在办公桌前。柳扬面前放着一个本子，负责记录。他们让他坐在对面，将门关上。一个男人对他说："请你报一下你的名字，出示你的身份证。"

他取出来递给他，对方接过去一边看一边写，右边的那位对他说："陆运红同志，以下我们对你的问话，希望你如实回答，我们只听事实陈述，不谈忏悔，不谈成绩，不谈思想认识，只谈问题。同时，我们向你保证，我们对你所讲的一切事情绝对保密，你相信我们吗？"

"相信。"

"在问话之前，你看看，我们三人中，有你认为需要回避的人吗？"

他看看柳扬，摇摇头说没有。

"好，下面我们就开始。"

"你和钟强是什么时候认识的？谈一谈你们的认识经过。"

陆运红想不到他们一上来就问钟强，心里更加紧张，他回答："我们认识得很早，小学的时候就是同班同学。"

"我们先问第一个问题，在你离开东永县建设局之前的最后一个工程项目中，钟强和你的电话联系共有几次，第一次是什么时候，主要谈的是什么内容？"

"这个事，确实记不得了，因为是朋友，有事无事都在聊，估计不少于十数次吧。"

"你在东永县建设局的最后一个月，他一共到你的办公室三次，分别是做什么？"

没想到对方打听得如此详细，陆运红基本记不得了，努力地回忆。听对方的意思，可能猜测钟强给自己送礼，所幸钟强没有一次到单位给自己送过，这点他自信。他回答说："如果有三次，那么三次肯定都是因为工程质量上的事，或者随便聊聊。"

"嗯……请说实话。"

"这就是实话。"

"钟强现在在我们这里，已经交代了一切问题。"

陆运红这才明白，原来钟强已经被叫来了。他的大脑在迅速地运转。

"我和钟强虽是同乡，但他做工程是凭借实力和质量，迄今为止，他在建设局接的工程，程序均是合规的。工程领域的事务，现在也正在随时代的进步而逐步规范中，比如以前建设局工程设计，多是在单位内部进行，后来是请设计公司设计，基本由领导说了算，如今工程设计在设计公司中招标。再如以前工程建设，没有引入监理机制，如今监理机制已经介入。现在的工程，设计完成后，交由建设局组织审批，审批通过后再交发改局批复，然后交由财评，财评通过后再招标。或许现阶段只能做到这样。据我了解，全市各地的工程操作，可能大致如此，有不足之处只能待以后进一步完善。钟强在建设局接触的工程较多，在他所做的工程中，可能还有不尽人意的地方。我和钟强在办公室说得最多的也是质量问题，他也是我在建设局几年来合作过的施工老板中，唯一没有发生过任何工程质量事故的老板。如果说关照他，首先是因为质量过硬的原因关照了，其次才是同乡的原因。"

他壮着胆子说完，当然始终没提自己在钟强那里领工资的事，非到万不得已，他不想提这事来自找麻烦。对方沉默了片刻，没再纠缠钟强的事，转而问："你和曹进祥、孔向军的来往，我们先不问，请你直接说，自认识你以来，两人给你送过多少次钱款？金额分别是多少？具体是什么时间？我们这里有记录的。"

对方边说边翻询问记录本。陆运红记得一共收过他俩三次钱款，六万元，所幸都捐给了残疾人救助中心。他估计对方已经调查得很清楚，自己绝不承认非男人所为，于是坦白了，听天由命吧，只是每次时间都记不得。对方听完点点头，说："第一次，是四年前的五月二十三；第二次，是三年前的三月十五；第三次就是前年九月十七。"

陆运红这才发现，这些老板原来私下把每一笔送礼都详细记录下来了，算是上了一堂课！

对方又问："你说捐给了残疾人救助中心，有证据吗？"

"我曾留过一段时间证据，可留着也没太大用处，弄丢了。但是，我估计他们该是有收支记录的，如果方便，你们应该可以查证。"接着，他把这三次捐款的大致时间说了说，对方记录好。

这时，旁边沙发上一直没说话的那位开口说："你不认为你这仍是受贿，是腐败吗？作为干部，你应该引导规范工程中的不良行为，而不应该不抵制，默认顺从，以这种方式来宽容，是不是？"

"以前，我也有良好的初衷，想为改变这些不良现象尽绵薄之力，但有心无力。仔细想来，现阶段大家就像一群饿极了的娃娃，都急于填饱肚子阶段，钻到厨房又挤又抢，手抓嘴啃，来不及讲究秩序、讲究卫生，在这个时候，很难约束住各种不健康的情况发生，这个现象工程领域表现得更突出……"

对方听着，没再说话。柳扬微微点点头，末了，她将所有问话记录拿来，让他签字按手印。他此时只想早早脱离这个环境，马上签了字，经同意后离开。

柳扬是什么时候到纪委的？他疑惑着，可也再不想去打听。

到建设局门口，局长郭永光刚好出来，他见到陆运红，有些紧张又诧异，走过来，把他拉到一旁僻静处，低声问："陆局长，听说他们刚才找你谈话，是什么情况啊？是否牵扯到我局？"

他摇摇头，说："怎么会牵扯到市局？是关于东永县的事。"

"那、那没事吧？只要你回来，就应该没事，没事我就放心了。"局长听说与局里无关，放心地安慰他。

他倒是希望对方这句话能管用啊。

晚上,他正要睡的时候,财务股长封树江又打来电话,结结巴巴地说:"陆局,你旁边有人吗?"

"没有,你说吧。"

对方欲言又止,他已猜到八九分。这位财务股长平时对单位一般职工报账的时候,总是故意刁难,陆运红私下里对他有些反感,但又不得不说,他这种"刁难"给自己减少了不少麻烦,让大家规矩得多,因而他又对他怀着感激。他说:"封股长,事已至此,需要共渡难关,你直说,不用隐瞒,你是不是有些私人的开支账目报在小金库里,没经审批,有多少?"

"陆局长……你平时是比较关照我的,我对你说实话吧,这几年,我一共挪了约两万,对不起你,有的没经你签字,我怕啊。"对方带着哭腔。

他不好说自己现在也自身难保。听说这个数目,他认为他值得帮,安慰他说:"或许没关系,他们估计不会来再来了。如果问到我,我也会尽量为你化解的。"

"陆局长啊,你帮助我过了这一关,是我的大恩人,我请你吃饭喝酒,我们好久都没聚了。"

对这些没滋没味的应景话,陆运红已麻木,他笑一笑,说:"没关系,这么多年的同事,只要是我在建设局这三年里的事,我尽力而为吧。但是,如果还要查之前的账目,那我可就没办法了。"

此后,近两个月时间,再没有动静,这种寂静,让有问题的人心惊胆战。有人已经面临精神崩溃,陆运红也预备着要被第二次询问,可是再没有人找他。

他被纪委问话的消息已经传得遍地都是,只是因为没"进去",大家反而觉得他应该是清白的了,这就像是小孩子出痘子,出了就算平安。钟强已经没有消息,据说他和其他几个老板检举孔向军和其背后的靠山,孔向军手上同样也有他们几个公司的材料,在纪委一交代,几个公司老板都受了连累,令人意外的是钟强被调查出牵涉一个刑事案件，一时根本出来不了。陆运红更感到钟强行事如此不听劝、不计后果，如今引火烧身，活该！

他的盛强建筑工程公司现在已经全面停摆，几个给他撑场面的人钟正军、蒋承兵、袁旭，几乎成了无头苍蝇。袁旭没被问话，但他已经办理了停薪留职。

盛强公司的几个人对目前的状况已经束手无策，都打电话来问陆运红，希望听到他的主张。陆运红虽然名义上一直参与钟强这个公司的事务，但此时自身难保，不好提意见，他毕竟不是正经的老板，只好让他们暂时保持不动，保住公司资产不受损，等待钟强出来再说。

第101章

他在痛苦中煎熬着，时间慢慢过去，听说查过了东永县建设局，又在查其他单位，一时半会结束不了。程迎夏打来电话，告诉陆运红，还一个月升学考试，升学应该没有问题。他想到如果今年升学，这孩子一走，父母在老家无人照料，此事已经成为问题显示出来了。而且，程迎夏考上大学，所涉及的费用也高得多，以后不可能靠父母那点抚恤金。他自己身上还有，先预备一万五千元给他，基本可以够一年的费用。他觉得自己即使被处理，问题也应该不大，最坏打算是，哪怕丢掉工作，或被判处有期徒刑，出来后也能再帮他，在校期间，他还可以勤工俭学，只能规划到这里了。

市里下达文件，从今年开始，全市所有机关单位都要对口联系一个经济欠发达村，帮助发展经济，革除机关单位的官僚作风，密切与人民群众的联系。文件要求每个党员干部必须下乡深入基层一线，每人每年至少一次，主要干部两次，并且要有记录，纳入个人年度考核。陆运红老家就是农村的，刚好市建设局抽签抽到东永县。县里提供了几十个经济落后村的名单，由各市级机关单位选择后，留给县里各机关；局长指派陆运红负责此事，陆运红看到东永县送来的名单，老家白雁村在列，又想到母亲几次打过电话来，他都没时间回去，于是就勾选了白雁村，顺便回家。他假装什么事也没发生，准备提前单独回家一次，安排一下，也把程迎夏上大学所需的费用先给他带回去。

建设局里的人基本没下过农村，没有具体接触过农村生活。局里抽出十万资金，用于帮助村里发展经济，由陆运红具体负责安排。陆运红虽然记挂着钟强的事，但无处打听消息。他让办公室和东永县里接洽一下，自己和财务科王科长一起先回了白雁村一趟，提前安排。

他和王科长、司机一路，先到五河镇，由县到镇这条自他孩提时代就修建的路，几十年了，还是碎石路面，如果上次招标不出差池，孔向军应该已经在做拓宽硬化了。路中间两道显眼的车痕，高低不平，雨后坑坑洼洼，深坑两侧有车辆打滑留下的轮胎印迹，人在车里犹如坐过山车。陆运红倒习惯了，两个城里人互相鼓励说，这是来扶助农村，不是来享受的。

原来的镇党委书记兼镇长马叙明早已退休，副镇长王国瑞现在已经升为镇党委书记兼镇长。也是曾经的熟人，两人互相问候了一阵，陆运红把对口联系白雁村的事情跟对方说了，对方已经得到县里的文件通知。三人从镇里出来，直接回村里接洽。

他们先到王洪堂家坐坐。现在正值收稻谷的时节，农村到处都是打谷子的声音，白雁村现在的村支书兼主任是王洪堂，陆运红小学时的同学王洪亮的堂弟。当年，王洪亮考上了县高中，可在高中毕业后又补习一次，还是没考上大学，就回家了。他父亲原来就是大队支书，父亲去世后，他又有文化，被镇里安排接了他父亲的班，但他不愿意当，才安排他堂弟王洪堂接任。在村里，他家和堂弟家是比较富裕的。王洪亮的大哥大嫂在云津市里搞衣服批发，已经在市里买房定居，王洪亮虽然在乡下，可他是副业发展得最好的农民之一，每年只蚕桑收入就有两三万元。他还有一个鱼塘，每年养鱼收入也可达上万元。王洪堂养羊，每年收入也有两三万，将工作和产业协调得很好。王洪堂介绍，村里另外比较富的人是韩兴贵，他在云津城里办着民俗研究学会，生意也不错，又回到家里来种植药材，六七亩地的党参，每年收入三四万元，陆运红听着很惊讶。韩兴贵要回乡种药材的事，他是听说过的，没想到他真的成功了。如今村里大约走了三分之二的年轻人，他们终于挣脱土地的束缚，都进城务工，庄稼基本是长辈们在种。这些情况，久不在乡下的陆运红也是第一次听说。

王洪亮让邻居摘来不少桂圆，陆运红、王科长和王洪堂讨论局里准备给的十万，用于村上做什么好。修渠道呢，村里的渠道太长，十万不够；只修某段，各队的意见肯定大。建公用蓄水塘呢，更不行，土地包产到户了，动个人的土地，麻烦事多。讨论的最后结果是分几次买肥料，由村里安排送给种粮户，这样省事。局里大队人马下乡来的时间就在后天。

村支书留他们吃饭，陆运红谢过，和司机三人一起回了老家。母亲和父亲正在做饭，侄子程迎夏也在，他喊过陆运红保保，接着给几人拿凳子坐，又忙着倒茶。母亲见儿子突然和客人来，忙去取腊肉来煮，责怪他怎么不提前打个电话来。父亲和母亲已经近七十岁了，身体虽然都一直有点病，但总体还好。父亲的肺心病时有发作，但不严重，吃药控制着，没大问题。程迎夏告诉陆运红，上周考试他考了全班第二名。此时陆运红再次发现，学习最关键的因素还是自己，他想起自己中学时沦落到差班却不放弃努力的情形。他把带来的一万五千元给他，让他自己先去存好，上大学的时候用。之所以提前给他，是怕以后有事来不及回来，程迎夏很听话，收下了。

村里经济欠发达，其实只有两个组比较落后，光棍比较多，在全县出了名，拖了全村的后腿。其他几个组条件好得多，比如陆运红所在的那组，迄今为止，全组人家基本都修成了砖混结构平房，只有两三家实在懒或因劳力弱而没有修。

秦正高和陆选南依然如同陌路，两人的敌对情绪估计这辈子是无法化解了。钟强的父亲和母亲，当初为钟强的事业蒸蒸日上而自豪，此时愁得吃不下饭。消息早在村里传开，不少有仇富心理的人感到莫大的欣慰和扬眉吐气。钟向尧大概因气极,突然偏瘫,如今在床上两个月了,病情好像越来越重。他却还在嘴巴硬,对到他家里看他的人说,三穷三富不到老,人总有大起大落的时候,钟强只要罪不至死,就有翻身的一天。在村里人面前,尤其是曾经的那些冤家面前,他假装出无所谓的态度。程永华的二儿媳妇来闲坐,一个劲地报料她丈夫在江浙打工做装修,已经开办了个公司,有上百万的资产,丝毫不亚于曾经的钟强,已经买了小车,准备明年在镇上买房子。陆运红听出她是专门过来炫富的,忙恭贺几句,让"二嫂子"心里乐开了花。老表叔、表婶邓荣华夫妇前半年在儿子的安排下,去了一趟北京旅游,专门去了天安门、毛主席纪念堂,回来后逢人就说,重复无数遍。趁着人多热闹,他们又来和韩叙芳、陆选南聊起,半年来的激动与兴奋还没散去,老人家脸上写满荣耀和满足。陆运红又听人说,村里已有五六家人在市里打工,买上了房。曾经念书才是走出农村的唯一途径,如今已有无数条途径,城市和农村的关节被打通。

吃过饭,村支书王洪亮又来陪他们继续走走看看,陆运红的父母也带着儿子看今年的庄稼。白雁五队原来的四组,是基本农田保护区,其中有一百亩还是镇里向县里申报的粮食高产示范片区之一。当年,陆运红和小猪儿、三三、钟强几人经常在这里玩。可是大家已经对这些高产示范区没了兴趣,绝大部分年轻人都出去了。今年的稻谷按理应该收割了,这里却好大一部分没收。年轻劳力都已外出,只有些老人在家里慢慢互相换工收割。财务科长建议,不如大后天局里面的人来,在这片示范田里,帮大家收割一回稻谷,这样既解决了实际问题,回去各人写总结也好写些。陆运红觉得他这个建议倒不错,让他回去跟办公室联系一下,届时把摄像机也带来,让市电视台做个报道更好。于是他和王洪堂商量,让他准备好二三十人用的收割稻谷的工具,就这样定了。

几个人回到局里,把任务安排了一下,不少没下过乡的职工有着强烈的新鲜感,报名参加第一批下乡队伍的就有二十多人。第三天一大早，局长郭永光亲自带队，去的人坐了足足六个小车。二十多人的伙食，村支书王洪堂也做好了安排，伙食点就在高产示范片对面的程永华家，附近几个邻居帮着做饭，又杀了几只土鸡，当然所有费用由村里报销。财务科长先转五万元支票给村上，由村上自己购买肥料。大家在王洪堂的安排下，来到预备收割的庄稼田里。这时，镇上知道了消息，派了七八个干部和农技员来陪同，再加上农户，一时间田里凑足了四十来人。他们也通知了县里，县报社的记者也在往这里赶。

建设局里的人，做这种农活都不行的，想法大都是应付本年度考核而已，不过有农民们在旁边指点着，都边学边干，还是很热闹。村里的老人们，包括秦代清、秦正高也拄着拐杖来看。秦正高不由得感慨："今天这个场景，真是壮观啊！"

秦代清转过来，对韩叙芳说："三婶，你带头唱支歌嘛。"

韩叙芳忙摆摆手："唱不来喽，嗓子都已经长锈了。"

忙了整整一个上午，大家都很累，记者们也完成了拍摄。局长郭永光还接受了记者的现场采访，说这次下乡，全局职工积极响应市委号召，深入农村，都接受了一次深刻的教育。吃过午饭，王洪堂无论如何也要把大家送走，送上车，说已经非常感谢大家，尤其是建设局拨来的买肥款，全村人民都会铭记在心。局长带着大家浩浩荡荡地回市里。

第 102 章

终于，东永县工程领域腐败案处理结果出来了，五河镇到县城的通县公路还没启动，就倒下了一批干部。陆运红涉事期间是科局级，而且责任较轻。纪委只认定他收了六万，但他又捐出，纪委去残疾人救助中心查证属实，收钱的行为仍按违纪论。最后综合考虑，他又是技术专家型领导，所以给予党内严重警告处分。让陆运红感到不幸中的万幸是东永县建设局里，只有两人受到警告处分，一个是已经退休的王怀剑，另一个是封树华，秦超没有受到牵涉。建设局其余人都安然无恙，受警告的这两名，都与钟强无关，是孔向军反咬其他几个老板，殃及池鱼扯出来的。从这件事上看，首先钟强对他是信守诺言的，其次秦超倒也没有落井下石。

接到处理结果，陆运红有种如释重负的感觉，久压在胸中的巨石被移开，忽然感到轻松。这下，他给封树华打电话，让他悄悄打听柳扬其人。陆运红这才知道，原来那天问话的两个男干部才是省纪委的，只有负责记录的是柳扬是市纪委的。

钟强被判刑，除了行贿罪，在这次与孔向军互相报复的事件中，还扯出他以前一起故意伤害案。也是因为和人家抢工程做，暗中指使人打断了别人一条腿。钟强被判处三年半的有期徒刑。受他指使打人的叫曾鹏，到广东打工，也被抓回来，判了一年半的有期徒刑。孔向军被判五年的有期徒刑，罚款八十万元。几个没入监的老板也受到了罚款处理，总之这次争斗中每个人都受到了应有的惩罚。

现在让陆运红和钟强的手下人共同担心的是钟强的盛强公司，老板入狱，公司肯定停业，而停业三年半之后，基本就相当于消亡。这天晚上，他正在住处和女儿QQ聊天，女儿说他好久都没回去了，是什么原因？他开玩笑似的说是被她娘郑彦秋赶出来，抛弃了——陆迎秋还不知道父母已经离婚。此时，袁旭打电话来，问他在不在家，他说在，袁旭又问嫂子在不在，他说她们母女不在，只有自己一人在。袁旭说正好，他和蒋承兵有事想和他商量一下，马上到。他起身，把门打开，虚掩着，等候二人。

十分钟后，袁旭和蒋承兵来了，他们轻轻地敲了敲门，他让二人自己进来。他给二人倒了茶。蒋承兵虽说文着身，一副社会大哥的派头，可到了这里，有些怯生生的，似乎不敢坐，陆运红再次让他坐下，他才坐下。袁旭坐下，说道："陆局，我俩是为钟哥的盛强公司的事来的，想找你拿个主意。"

"钟强这事，这几天我也在纠结中，只是前段时间自己尚如在炉中烤,无暇他顾啊。"

"你的事,我们已听说,算是过了吧。我们有个大胆的建议,供你考虑,你看行不?"

"什么建议?"

"盛强公司的事,你把它担起来。"袁旭说。

"我去探视钟哥了,他灰心丧气的,他没料到多年前打人的事被扯出来。他先是让我们告诉你,要你帮他个忙,把公司资产打折处理,估计能卖七八十万。缴了罚款后,剩下的给他父母,让他们有点钱在身边安心些。他是这个意思,可我们回来想,不如你把它担起来,我们都帮着你,让咱们兄弟有碗饭吃。"

"你来当法人代表,马上更换。至于钱嘛,估计只有你能想到办法给他凑齐。和盛强公司关系密切的人中,现在只有你能担,我们都不行,主要是你有更宽广的人脉,视野更宽,能担起来。"

"以我现在的身份,不能经商办企业,不能在企业兼职,这是谁都知道的。"

"谁都知道有这个规定,可是现在,暗中兼职的比比皆是。"

他听着二人的"劝进",默然不语。如果要接目前的盛强公司,其实跟自己白手起家没什么两样。他有些动心,钟强这种性子,老是关键时候不计后果,不听人言,是不太适合更高层次活动的。企业创始人的心胸、气质,决定着企业的走向和命运。他沉默了片刻,问二人:"钟强在哪里?"

"就在岩口监狱。"

"哦,我想去看看他。就这两天吧,我抽时间去一趟。"

"需要我帮你弄个亲属探监证明吗?"蒋承兵说。他大概是想借机炫耀他有这个能力找人帮忙。

"不需要。"

两人刚离开陆运红家,袁旭又返回来,对陆运红说:"运红,这个事你真的可以考虑下,或许……可以放弃你现在的工作。咱俩这么多年的朋友，我也可以放弃现在的工作，尽力帮你。我现在拿不出来钱，才买了房不久，欠一屁股账。要不然，我更愿凑钱来搞。蒋承兵呢，虽然爱赌，但管工地已经锻炼出来，做帮手也是很行的。"

"我考虑一下。"

"如果你决定接，我一定稍等等，跟你干。如果你不准备干呢，我也就离开，去其他公司找工作了。"袁旭说完，砰一声关门出去，追上蒋承兵，与他一起离开了。

其实这也是他前一段时间萌生过的想法，只是那时在精神困局中，如今解脱出来，这个想法又变淡了。真要放弃当年寒窗苦读换来的这份稳定的工作，也是艰难的选择！他斜躺在床上，一支又一支抽着烟，想着。

钟强这样的人，当初全凭胆子大，毛手毛脚地搞个公司都发展到现在，饱读诗书的自己，反而不如钟强的胆略？果真百无一用是书生？想到这里，他把烟一扔，决定试试。

星期天，他抽空去岩口监狱，顺便买了些礼物，给表哥韩斌带去。

他和韩斌刚见面，韩斌就问："这次东永县倒下一堆人，听说牵扯到你？"

"常在河边走，哪有不湿鞋啊。"他苦笑一声。

钟强光着头，大概已经度过了心理调整期，能够坦然接受现实了，不过面对三年多的刑期，他感到无助。他托付后事般地对陆运红说道："袁旭和蒋承兵大概已经跟你说了，你帮个忙，帮我把资产处置了。否则，等我出来，物非人也非，什么都没有了。我已想通了，等我出来，就回到老家，像老爸他们那样，老老实实种庄稼，照顾好父母，还有我那个不中用的哥哥，一家人有饭吃就行，不想再折腾了。"

"你准备怎么处置？卖吗？"

"是啊。卖了之后，帮我把罚款缴清吧，余下的，你及时给我爹娘吧。老爹已经瘫痪，受我这事的打击重，估计撑不到我出狱了，如果让他有生之年看到手上还有几十万，作为一种心理补偿，至少他会好过些。我总有预感,他撑不了多久。"

"袁旭他们建议,让我来接手你这个公司。"

"这更好,就算直接卖给你吧。不管什么方式,我都希望你能及时给我凑几十万,给我爹娘,至少让老爹有生之年能够看一看那么多钱,他好强了一辈子。"

陆运红把自己受到严重警告处分的事告诉他,说如今自己也想辞职。钟强听着,有点惭愧,虽然当初再三保证不会让陆运红受到影响,但还是没避免——这并不是他所能保证得了的,而是陆运红自己的问题。钟强叹口气说道:"小四哥,如果你瞧得起,并且用得着的话,这个公司你就拿去,有点基础,我写个委托书,委托你全权处理。我还是那话,我以后出来,真的不想再干了。你把公司拿去后,帮我把罚款缴清,余下的,能给我老爹和娘四五十万就行了。"

"这个都没什么……我现在也在犹豫中,如果我决定辞职,那就这样办吧。将来你出来的时候,咱们又一起有事做了。"

"哈哈,小四哥,不妨告诉你吧,我最初的那张施工资质证都是假的,后来你建议我完善公司形制,我才办了张真的,一直没告诉你。"

"你?"陆运红听得睁大眼睛。所幸当初每次做工程的时候,都对他严格要求质量,否则出了事,查起来的话,自己怕早都倒霉了。他暗暗的惊出了冷汗。

钟强说:"正如你说的,现在程序越来越规范,以前的那套不行了,你就把公司拿去操作,如果我将来出来的时候,能去找你,有口饭吃也行。或许这就是命,你看二十来年,我折腾到现在,最终还是一无所有,孤家寡人一个。"

钟强让他拿张纸和笔来,随手写了个委托书,委托陆运红全权处理公司事务,写得歪歪斜斜的。他说道:"小四哥,别笑,我的字就是这个鬼样子。如果不行,你自己随便写一个,按个手印,都行,我都认,总之就那么回事,拜托你了。"

"你在这里好好表现,力争早点出来。"

钟强点点头。

他想到刘备手下，还有五虎将帮忙，于是问道："你公司里，哪些人比较可以用？"

"这么说吧，蒋承兵、袁旭、钟正平，其实都行，都已经在工地上磨出来了，他们又都是你熟悉的。袁旭不用说，你也知道，他脑瓜子灵活，交际上行，工程上也行，设计、施工现场、做资料，都可以的。钟正平呢，特别细致，文字行，一般在工程现场也没问题。现在招投标书之类的，都是袁旭和他合编的。蒋承兵呢，现场经验大概不亚于袁旭，甚至比袁旭还强一些，只是在图纸方面还不在行。我和他在一起的时间长，更了解他，人是耿直的，虽然文化水平不高，但一旦他诚心追随谁的话，是不会有二心，绝对可靠的。搞工程，以前总会有三教骚扰，他是最懂得如何应对这类人的，镇得住场子的。只是不知道他们是否入你的眼，你可以根据自己的需要决定，其他人靠你去发现。"

"嗯，知道了。"

"另外，公司处理之后，你给我爹娘的钱，拜托你，一定给现金，让他们看到现金之后，再替我带着他们去存吧。他们一辈子没见过几十万，见着了，心里快乐些。"

陆运红很理解他这个想法，答应了。钟强离开后，陆运红和韩斌说起能不能减刑的事，韩斌告诉他，钟强刚来，先不要谈这个问题，慢慢争取，表现突出，以后可能好办些。韩斌带着他在监狱食堂吃饭，两人又聊到了曾国祥，原来曾国祥前几个月因病保外就医，不在这儿了。吃过饭，陆运红告辞回到市里。

钟强的公司类似只是搭了个房屋架子，简单地用三合土糊上，继续用，还得花大力气完善才行。陆运红先把重心放在物色几个得力的人上，把公司的架子做实在，然后设法搞到第一个工程，运行起来。现在真正在工程方面撑得起的只有理论和现场两方面都过得去的袁旭，而且他还不一定强于自己，当然完全能用。钟强推荐的其他两人，他看看，总感到有所不足。他也不想拒绝这些在工地上已经积累了相当经验的人，毕竟河海不择细流，王者不却众庶。他通过几次与骆江平的交谈，发现骆江平除了工程现场管理稍差点，测量、设计、资料等都行，只是现场锻炼不足而已，而且诚实可靠，只要用两个稍大的工程锻炼锻炼他，他就会很快成熟。陆运红决定把他也用起来。

他又想到了戚永辉，让他辞职加入不可能，让他把证挂过来没问题。一方面戚永辉胆量不足，另一方面让他具体参与工程不行，因为他已经是局级领导，参与公司业务在他这个层面的干部已经存在问题。接下来他就想到了两人，东永县城关镇派出所原所长王承明的儿子王新宇，此人脑瓜子特灵活，另外侄子杨休也行，经常跑工地，在工程上几乎能独当一面了。袁旭又推荐了交通局两位工程师——八〇后的大学生，陆运红让他们都把证挂在公司，同时暗中兼职。其他平时跟随钟强干活的，他略略了解了下，大都来自农村，没啥特殊技能，基本已经自动离开，去其他公司了。

第103章

他找来了袁旭和管财务的骆江平，详细了解公司目前的情况，公司现在确实没有负债，也没有未收款，这点比较好。他考虑了下，准备先把公司接过来，一切完善走上正轨之后，他立即辞职。袁旭马上表示，愿意鞍前马后，为他把一切手续办妥。他决定原则上暂时继承钟强的公司，但只在这段过渡时间用它，将其以前的施工业绩用在以后的招投标中，其他的用处不大。公司名称必须改，因为钟强的盛强公司名声已经被他搞坏了。自己新搞公司的话，简单点说也图个新，图个吉利吧。他斟酌了许久，新公司拟取名为红信建筑工程公司，取诚信之意。他准备先以盛强公司的施工资质为基础，房建、市政和公路三方面按三级资质进行申报，现在条件都不够，但这个倒没问题，因为本来就是由市建设局审批，抓住机会利用自己现在的有利条件，跟局长郭永光说通融一下就行。

他马不停蹄地开始干。接下来涉及不少的烦琐手续，不可能都由自己去做。他想了想，叫侄子杨休找理由请假，来帮处理这些事务，对他来说也是种锻炼，以后直接让他辞职到公司来。杨休听他安排，找理由请了半个月事假，在他的指点下帮助办理这些事务。他和袁旭、杨休几人这段时间几乎就忙开了。

钟强的设备，其实可用可不用，现在一切设备都可以临时租用的，待一切手续办理完毕后，再给他变卖。公司地址被注册成了陆运红现在的住处，陆运红的公司成立了。钟强原来的公司办公场所都是租的，资质办理过后，陆运红马上花了八千四百元，把欠的三个月房租结清，退掉。

建设局长郭永光知道他准备辞职的事，问道："你是不是因为受到处分，心里有梗？"

"有这方面的原因，但不是主要的。看淡了，现在想乱踩几脚来看看。"

"服了你，年近四十，还有这股劲。"郭永光说。两人聊了片刻，郭永光说："我有个侄女，有会计师职称，如果将来公司用得着的话……"

陆运红想了想："我所缺的，正是专业的财务人员。那好，说定了，公司开始业务不多……以后局里有工程，还靠你多多关照。"

"机会肯定是有的。"

陆运红把一切办妥，然后抽出十五万先把钟强的罚款交清。他之所以这样急地要把公司搞起来，主要是因为知道东永县干部倒下一大片之后，不少人被吓得噤若寒蝉，而东永县的公路建设工程不可能停止，陶博不任代书记了，新从同昌县调回来任县委书记的于向勋也是曾经的上级和熟人，他抓住机会的话，未来几年完全是有前途的。

五河镇到县城的通县公路升级改造工程被停，到现在已经又过了七八个月，新书记上台，仍然要把未完成的这几年的中心工作抓起来。

几经波折的五河镇到县城的公路,和其他三个乡镇到县城的公路一并被列为开年的重点建设项目,全部按四级公路标准进行拓宽硬化,总共资金量已上升到一千八百七十余万,其中包括县自筹两百万,另外县里争取到了省级专项资金一千六百七十万。通过袁旭的线索,陆运红也得知了大致情况,他马上到东永县,直接到县委大楼。

他到了东永县县委大楼下面,居然又听到几个人在小声地谈论一个消息,东永县原县长陶博因前次的案子也被牵扯了进来,只是问题不大,可能会引咎辞职。他听着这个消息,感到很可惜,原以为他平安了呢。陶博给他的印象其实是很不错的,他没再多听,去了书记于向勋的办公室。

于向勋正在办公室,似乎心事重重的,他给陆运红倒了茶,两人聊了一会儿,陆运红把自己接替钟强的公司,即将辞职,想参与县里的本次公路建设工程的事直接和他说了。于向勋苦涩地笑笑:"运红啊,你我是老熟人,就不转弯抹角了,经过这一次风波,你也有切身体会,都怕了啊,现在谁也不好暗厢操作。你知道吗,陶县长……"

"知道,刚刚在楼下听说了,他究竟是哪儿出的事?"

"就是这几年工程领域监管无力吧,出这么大的事,当然他也收了点钱,但这不是主要的。"

陆运红问:"现在,谁接任呢?"

"现在由我暂时兼任,另外从冷水关县调来了一位同志,叫唐海,任副县长,分管交通建设。"

"唐海?"

"你认识?"

"中学同学,认识。原来听说他在冷水关县任镇长还是书记?他也可以啊。"

"后来任冷水关县发改局局长,调过来的。"

"那我也找个时机,见见这位老同学。"

两人聊了一阵,才又回到正题上,于向勋说:"你离开县里,已经有三年了吧,辞职后来呢,时间是可以的。你来报名吧,我全力支持,但仅限于口头支持、鼓励,一切公平竞标。"

陆运红说道:"于书记,若说到公开公平,我比谁都更愿意它早日到来,因为我一介布衣,没有背景,你是知道的。尽管东永县经历了这么大的一场风波,但是可以预见,接下来这个项目的投标过程中,别的公司同样会采取围标串标的方式来拿下,这是目前无法回避的公开的秘密,且一时半响根除不了,除非从上到下来场系统性的、长时间的大整顿;还有呢,做到彻底公开,必然会出现低价中标,最后十之八九搞得甲乙双方互相卡脖子,两败俱伤,不得善终,还蔓生出其他问题。我在工程领域待了这么久,花样已见得足够多。我知道你的难处,口头支持,也要你支持,余下的我来操作,绝不再为东永县添任何黑疤,一切摆到桌面上来。我的优势,你是知道的,原来就是搞交通出身,和你一起战斗,坦率地说,钟强的公司,我以前一直在参与,我参与过的他的公司的工程,没有任何一个出过质量问题。做这些工程,我更清楚它的关键脉点所在,比别人更有优势。你愿意把这个明年的重点工程,交给一个你不了解的人来做,还是愿意交给一个长期从事这项工作的,你自己又了解的老部下来做?如果给我,这将会是我公司成立后的第一个工程,它既是东永县的面子与形象工程,也是我赖以立足的第一个工程,我宁可一分不赚,只保证不亏,也要把工程质量放到第一位。还有,这些工程,我当年参与规划和部分设计,详情我比别人更清楚。这个工程我决定投标,标书我也亲自来做。在这方面,我自信,应该无人能胜过我。"

"运红,这样说吧,只要你把质量放到绝对位置,我就不说别的,行吧。还有个情况,你是必须知道的。"

"什么情况?"

"工程总金额是一千八百七十万,上面只给一千六百七十万,县里还要自筹两百万,但是,县里拿不出这个钱来。"

"知道嘛,这个届时采用虚增工程量的办法,惯例。只是,至少要少做五公里。"

于向勋点点头,说大家已达成了共识,就是少做五公里。陆运红又说:"同时,工程结束后,不管专项资金审计,还是整合资金审计,要提前跟审计方打招呼,否则会出麻烦。"

"这个工作我届时可以去做。另外,另外……我有一个私下的要求……"

陆运红以为他还是有个人的考虑,即便如此,也可以理解的,先听听再说,毕竟人性如此。于向勋说:"这个工程,一千六百七十万是省级资金,我想……我想……"

"法不传六耳,你不说,我也是知道届时该怎么做。"

"运红,你别误会,我是想,工程完后,你从其中抽一百二十万,不多吧,交给我们县财政,县里穷啊。"

原来是这么回事,陆运红望着他,想了想,说:"总资金量一千六百七十万,抽一百二十万,有点多。这样吧,于书记,减半,我力争一分不少。亏,我也认填这六十万的坑。"

于向勋笑了笑:"嗯,这么办,八十万吧。"

"好吧,于书记,就这么说定,全靠你支持……另外,事后,于书记,我们会再感谢你的。"

"不不不,就八十万,完工后转给财政,这个风险万不得已时由我担。私人的,我一分不要,千万不要多此一举,别把我也往火坑里引。我话已说明白了,就不再重复。另外,本次工程中所涉及的所有干部,你一分也不要送,就此说定。如果还有人胆敢向你暗示什么的,继而故意为难的,私下告诉我,开会时我会明确提出。"

"确实,情势如此,如今这个工程从头到尾,估计有一大批人的眼睛盯在这儿。"

"对,是这个局势。问题往往是从质量上撕开口子。我答应支持你,你必须坚持质量第一,这四个字,算是你我的约定。余下的,你同学唐海和交通局那儿,我也要跟他们说说。"

"另外,这第一个工程,各方面都得靠于书记大力支持,因为公司刚刚成立,现在除了有资质,手头非常拮据,在工程预付款和进度款划款方面尤其……"

"这个尽力而为吧,重点工程肯定要照顾点,我让财政先垫付些。"

县里的招投标中心,原来陆运红是成员兼副主任,到市建设局后,他没再担任,可招投标中心专家组成员们,都是认识的,他当晚给他们挨个打了电话。第二天,他又去了东永县唐海的办公室拜访他,两人聊了半天,陆运红被严重警告的事唐海也知道,陆运红把自己准备辞职做工程的事告诉他,他说他也已经有所风闻。初来东永县,他也慎言慎行的,陆运红让他关照的事,他表示在不违法、不违规、不违纪的情况下,尽力而为。陆运红表示感谢。赶在工程招标文件正式挂出来的时候,陆运红已经把各方面的事都疏通得差不多了。袁旭虽然停薪留职,但是还是常在交通局出入,提前把设计资料拿来,两人把模板拿来,把标书也做好了。

根据县委书记的几点指示,本次工程招投标,首先要找信得过的公司,信得过的人,牢牢抓住质量第一的原则,同时要做到绝对公平、公开、公正。因为东永县才经历一次风波,不少公司还处于观望犹豫中,随即大家听说是陆运红的红信公司争取工程,都又在观望中礼让一步,好在以后的工程操作中参考红信公司,因此都没参与。最后,在县招投标中心开标,骆江平代表公司来投标,陆运红刚成立的红信建筑工程公司顺利中标,工程工期十五个月。同时,监理公司通过招标也出来了。

这个工程拿下来,陆运红信心大增,他分管的工作现在基本没有尾巴,也没有非他不可的事,他马上打了辞职报告。

他要辞职这件事,现在已经传得人尽皆知,大家一点也不意外,望着他这个位置的人多的是。第三天,市委组织部部长还带着几分好奇叫他去,和他谈了谈,知他去意已决,也就象征性地挽留了几句,祝他一切顺利。他回去,再不把这事挂在心上,立即投入工程中。

第104章

他首先把施工图纸和工程量清单琢磨了两遍，结合自己知道的现场情况，问题发现了一大堆，但都不是关键问题。按一般操作，这些问题届时可作为变着法子搞方案变更，增加资金量的依据，但既然同于向勋已说透了，君子之交就不为这些小问题纠缠。合同签订后的第四天，交通局主持的技术交底会上，他把几个相对主要的问题提了提，同时提出在不增加资金量的前提下尽量优化设计，被全部接受。接下来，他安排由袁旭与蒋承兵负责组织人力和机械设备，因为钟强那点家底远远不够用。蒋承兵手里有大量这类线索，这是他的长项，没到三天时间，基本组织调配好三条路所需的所有人工和机械。然后他安排蒋承兵、袁旭和钟正军各自负责一个段，设备协调使用。他根据他们的准备情况，几人一起先把工期做了个较细致的筹划安排，力争提前三个月完成，这份工期安排只是内部资料，不对外公开。然后按合同工期另外编了份十五个月的工期安排表，再向甲方和监理方递交申请，唐海打来电话要求取消开工典礼，说是县委的意思，要一切从简、从廉。于是陆运红让蒋承兵买来几串鞭炮放过之后，就算正式开工。

郭永光的侄女名叫郭欣，二十二岁，正在考副高级会计师，同时在攻读法律，在一个小木材厂兼职，那个厂子效益不是很好。她来这里先兼职，陆运红将财务板块的事务全交给她，她取代了骆江平。郭欣小小巧巧的，说话语速快得惊人，她在谈恋爱，让人怀疑她男朋友是不是听得清她说话。有时她只得说第二遍，特意放慢语速，又像是口吃，让人听着想笑。主要成员中现在只有她一人是女的，她成了公司里调节气氛不可或缺的角色。陆运红最初有点不放心，认真接触她的时候，才发现她原来在财务上是相当精明的，水平远在骆江平之上，骆江平和她相比简直就是门外汉。刚刚开工，就有几个小老板找来，希望能分包点，照顾一下。陆运红委婉的推辞了，这第一个工程，他绝对要亲自做到底，把工程过程中还未摸透的某些事情摸透，以后才敢放手，出问题才易于解决。接下来不少石材、水泥等材料商老板也蜂拥而至，这个板块由他自己负责，忙不过来时由骆江平协助，同时由他负责安全问题。身边几个人中，只有钟正军和骆江平是没有独立管过大工程的，他又给他们指点着，带着他们成长。蒋承兵基本不存在问题，只是在技术能力上不足，陆运红安排袁旭除了负责本段外，也帮蒋承兵负责起来，互相协助。袁旭停薪留职，这下基本一心在工地上了。在他的鼓动下，杨休和王新宇两人都已经有离开单位的意思，他俩也不时找理由找机会来工程现场学习，陆运红直接让他们二人利用工作之余负责做资料员。两人很自觉地协调好了时间。整个工程过程中，陆运红在质量上对几个核心成员反复交代："本工程质量第一，其次是保你们和工人的工资酬劳，再其次是那八十万，最后公司利润有多少算多少，不亏就是。大家既然跟我做，第一个工程就不要搞砸，否则以后无法立足。"

其实整个工程的资金，他心里时刻计算着，必须留好可控利润空间，否则是不行的，他并没有放任"不亏就是"。

工程顺利推进，他开始回过头来，完成钟强所说的给他瘫痪的父亲几十万的事。他从刚划到的预付款中抽出三十万，然后把钟强的挖掘机留下了，把他的二手设备折卖了三十五万，合计六十五万。盛强公司留下的资产满打满算，能值七十万左右，陆运红替他交清十五万的罚款，准备把六十五万交给二位老人。

陆运红按钟强的交代，将六十五万现金取来，用大口袋装着，给钟强的母亲和瘫痪在床的钟向尧带回去，两位老人见到这堆钱，当场就傻眼了。队里的老百姓，估计没谁真见过这么多的钱！虽然以前听钟强说过，他们常对人吹嘘儿子的成就，可儿子一落千丈，他们以为他什么也没有了，没想到如今居然还有这些钱，在他们心底，恐怕儿子坐上十年八年牢也是值得的。他们反复地摩挲着，舍不得放下。陆运红又安慰了他们一通，好不容易才带着钟强的母亲，和她一起去银行将钱存上。

　　令人想不到的是,钟强的父亲果然就在得到这笔款后的第五天半夜里无声无息地离世了。第二天,被钟强母亲李守珍发现的时候,人都已经僵硬。他的母亲哭得死去活来,大家去帮忙料理,钟强知道父亲去世,却没申请回家,他不愿意在狱警的监督下回家,怕丢脸。在他母亲和左邻右舍的安排下,又有钟强的大笔钱,足足做了整三天道场,钟向尧还算是风光大葬了。陆运红却是在事后七八天,从老家工程路段经过的时候,回家才听到父亲和母亲说的。他不由得暗暗怀疑,钟强坚持让自己凑钱给他父亲过目,原来是缘于一丝说不清道不明的血亲之间的预感!

　　工程顺利地推进,他几乎成天都在各处看,各处跑,因为他自己负责着经过老家这段路,回家的机会可以多些。监理是监理单位安排来的,才从学校毕业的大学生,对各方面还比较陌生。他又和袁旭、蒋承兵和钟正军、骆江平交代,不能因为监理不懂就敷衍应付,本工程不是要对监理有个交代,是要对信任他们的所有人有交代。路基、路面的施工都一道一道工序严格管控,尤其是三条路中所涉及的七座桥梁,他和袁旭虽然都有过桥梁施工的经验,却没有资质,公司专门请了个桥梁公司的专家当顾问。他跑在各个桥梁的施工场地。

　　公司成立后,渐渐有了名声。这天,县招投标中心评标中心的专家组成员国土局李树仪带来一个人到他的工程部,是他的同学,叫秦炳才。李树仪这位同学在邻近的安平市里联系了个房屋改建工程,资金两百万,想借公司的资质去投标。陆运红问问详情,这种事现在禁止不了,但他有点犹豫。所幸是熟人介绍的,他说道:"这么办吧,既然是老朋友介绍,中与不中,投标费不收你的……只是此事的风险大家都是知道的。"

　　"谢谢,如果中标,那管理费,我们就按现在的行规,百分之五,一分不少。"

　　"不,因为是老朋友介绍,我相信你。管理费也降低你两个百分点，目的是交朋友，取诚信。诚信是相互的，一是投标程中你绝对不能出纰漏，二是质量上更不能出差错。"对方连连答应。他让杨休从电脑中调出以前钟强他们常用的格式合同，改改。总之合同上主要强调了质量方面的问题，不能把公司名声弄坏。他们签了合同，陆运红还要不定时到现场抽看质量。

事情结束后，他决定以后杨休负责办理这类事务，把合同模板留好。不久，又有建设局金副局长介绍两拨熟人来借资质。他不放心，每次杨休和他们办理之后，他都到现场看一遍，听取对方的施工方案和安全措施，质量保证措施和安全措施，他再提具体意见，指出可能存在的问题，如何避免。他不会拒绝这类事，只为更快增加公司业绩，为公司资质升级加码。为此，只要对方能保证质量，不出问题，他宁愿少收两个百分点的费用。

星期一，他正在蒋承兵负责的工地上等候第三方抽检机构抽检，忽然间大地剧烈地颤抖起来，近处的电线大幅度地晃动，大家惊叫，是地震了，所幸所有人都在空旷的地上。忽然，不远处一间民房倒下去，紧挨着它的一间废弃的瓦房上的瓦倾泻而下，整个房屋已经斜靠在了后面的山壁上。大家又一阵惊慌，各自慌忙地蹲在地上，剧烈晃动约两分钟才停息下来，所有的人惊魂不定。

好半天，大家稍稍站起来，松了口气，来不及猜测哪里地震，哪里是震中心，各自忙不迭地给家里打电话询问。陆运红马上给郑彦秋打电话，这是离婚以来第一次给她打电话，打不通。他又给程迎夏打来问，通了，只听电话里传来一阵阵的嘈杂声，程迎夏告诉他，他们有教室开裂，全校同学都跑到操场上，学校的老小公楼垮了一间，有两位老师跑出来，受了伤。陆运红让他马上赶回家里去看看奶奶和爷爷。程迎夏马上答应，接着听见他招呼摩托车的声音。陆运红再次给郑彦秋打电话，依旧没有人接，他着急得不停地播，仍然不通，只好等等。

过了十来分钟，程迎夏打来电话说，爷爷和奶奶都在坡上割麦，没事，家里的房屋也没受损，他终于放心了。

他又拨郑彦秋的电话，仍然没通，只得暂时放弃。

到处都是惊慌嘈杂的人群，一个小时后，附近灾情渐渐地以不同的方式传播开来，所幸震中不是这里，是邻省四川的西北一带，让他感到万幸的是他的三个工程工地，居然没有一人受伤。只是有四处山体滑坡，施工必然受阻了。

蒋承兵已经问过他家里，他家里人都安全，他放心了。陆运红马上要往县城赶，蒋承兵开着车送他。刚进县城的时候，忽然接到一个陌生的电话号码，他忙接听，是女儿陆迎秋的声音，她带着哭腔："老爸，你还好不？"

"我没事，你娘呢？"

"你还不来呀？我知道你们已离婚了，你就真不管我们了啊？刚才地震，咱们的房子塌了，娘和几个邻居埋在下面，现在大家正在刨啊，没法啊。"

他听得大惊，顿时手抖得差点拿不住电话，忙对陆迎秋说："我马上，马上到了，还有七百五十米，你怎么样？"

"我？我还活着。"女儿带着股气愤的口气说。

郑彦秋母女二人现在的住处是一栋老建筑，没有圈梁，更没有抗震设计，整栋楼垮了大半，余下一半斜靠在旁边的楼上，附近也有楼开裂，听说下面可能埋了三个人。三十四个邻居正在用简单的工具吃力地刨，一边喧嚷着，不少人在哭，陆迎秋也在旁边哭。见此情景，陆运红心里已经凉透，估计郑彦秋没有生还的可能了。女儿说母亲因为下午没有课，就在家里洗衣服，没出去，结果就这样了。蒋承兵说："陆总，我马上打电话把工地上的挖掘机调来一个。"

"好，快点，快。"他说着，也站在女儿身边，望着已经高二，明年就要高考的女儿，忽然一阵心酸，如有隔世之感。

蒋承兵快速打电话安排着。地震来得太突然，本次破坏范围广，看来全县受灾不轻。现在县里所有领导都在忙着组织救灾，书记于向勋已经打来电话，他简单问了问陆运红家里的情况，陆运红只说现在家里的房子倒塌，妻子情况不明，于向勋忙安慰了几句，说马上派人来帮助挖掘救人，又问了公路工程的情况，他忙作了汇报，工程上暂时没有大问题。于向勋听后，对他说："工程上没大问题就好，现在你们红信公司已经是全县抗震救灾抢险组成员单位，文件随后给你们工程部送来，你继续留意后续地质灾害，保证施工的各路段畅通。另外，你工地上所有的挖掘机、铲车，有多少？"

"挖掘机十二台，铲车六台。"

"不管多少，现在统统借我用。一个小时，时间够不够？全部到县经济技术开发区路口集中听候调用，工程暂停。"

"我们也是租用的。"

"这个我不管，费用以后再说。"

"全抽走也不行。这样，我们留两台挖掘机，工程上抢险应急用，其他的全给你。"

"好。"

"一个小时可能不行，尽力而为。"

他忙又给蒋承兵打电话，让他火速调集车辆，开往经济技术开发区。

因为清楚房屋的结构和垮塌之后的各个部分的受力情况，他回过神来，忙分析着和大家挖掘，避免二次垮塌，抢险的公安干警赶来七八个，和大家迅速投入挖掘抢险中。没一会儿，挖出来一个老人，两条腿也已经折断，浑身血污，早没了呼吸。家属呼喊着把死者抬开，放在旁边，看着这个情形，想着郑彦秋，陆运红更感到没希望了，不由得走过去捧住女儿的头。

不一会儿，又刨出来一个年轻女孩，同样，颈部以下都是血，和着泥灰，人已经没有气息，身旁还有已经被压碎的饭菜。同来的医护人员拿来了一块白布，把她包裹起来，陆运红再也忍不住，流下泪来，看来郑彦秋真没希望了。陆迎秋还在哭，陆运红帮她忙抹了抹泪，自己也收住眼泪。

所有人继续往下刨,一个小时过去了,忽然从垮塌堆里传来呼救的声音,听不清是谁的,这瞬间燃起了陆运红的希望,他暗暗地祈祷是郑彦秋。陆迎秋急忙挤过来听,基本可以确定是从她家的位置传来的,十之八九是她妈妈。邻居们再一喊,里面回答了,确实是郑彦秋,虽然听不清,可以明显感觉到声音还很正常,大家一阵惊喜,陆运红与女儿喜极而泣,可是几块巨大的预制混凝土板盖着,于是所有的人更加小心翼翼地清理板子周边的散砖、杂物。半个小时后几块垮塌后形成人字形的预制板和着力点全部暴露出来,已经赶来的蒋承兵马找来个小型的混凝土切割机,所幸这一片没有断电,又牵了近百米电线接上,不到十分钟,割开一个直径五十厘米的椭圆孔,郑彦秋整个人都能看到了,而且受伤并不重。陆迎秋一边高兴地哭着,一边拉着她爬出来,她吓得脸色发白,两只手被破碎的胶质洗衣盆划了几道有被伤痕,医务人员让她去医院检查,她情绪稳定了,坚持不去。确定这儿没有被埋的人了,几个医务人员随着抢险队员们忙赶去别的地方。原来,郑彦秋正在卫生间洗衣服,卫生间狭小,垮塌后形成的空间反而很大,让她得以幸运躲过了一难。陆运红不禁在心里感谢上帝,他对郑彦秋说:"没事就好。暂时没住的地方,你俩只有住帐篷。钱,我这儿还有点,这就给迎秋,她来安排,你大难不死,就好好休息一下吧,如不够,跟我说。"

他把身上仅有的三千元都塞在女儿的荷包里,然后让女儿给舅舅和外公外婆打电话报平安。郑彦秋的手机已没了,又记不得他哥的号码,陆运红把手机给女儿,让她查到他们村上的电话,又问了一通话,才问到舅舅郑彦兵的电话。郑彦兵刚才一直给妹妹打电话打不通,他说家里没事,全家平安,于是大家基本放心了。

陆运红交代完毕,和蒋承兵一起回去安排疏通滑坡阻塞的施工路段。

这场地震,把原来有序推进的所有施工计划全部打乱。工程部马上通知，所有施工段全部暂停一周，让民工们回去料理灾后事务，直到傍晚的时候，还有陆陆续续的余震，但是规模都不大。县抗震救灾应急指挥部传来的消息，初步统计，全县死亡三十余人，主要集中在县城老旧房，占了一半，其余乡镇和农村一共有十来人，伤四百多人，房屋倒塌三千余间，县城里倒塌二十多栋，开裂的暂时无法统计，县内所有学校都暂时停课了。欧军他们也从湖南打电话来询问，陆运红向他们报了平安。

第105章

第五天，又下大雨。次日，雨停后，陆运红在工程路段上查看震后的隐患，是否有松动的山体和路基。经过胥河乡的时候，他忽然想到了王宣的事，因为听说他就在这里的王学常家，他下意识地在街道上问。地震造成了乡上十多座房屋倒塌，死了三人，一打听，其中一人正是王学常的遗孀，他家的房屋也已倒塌。陆运红忙问附近的邻居："那这个叫王宣的孩子呢？"

"他倒没事，地震的时候他在学校，这几天停课，他住在场口那边空地上的救灾安置帐篷里。"一位摆着针线摊子的六十来岁的老奶奶说。

"也就是说，他现在是一个人？"

"是啊，他父亲王学常前几年死了，现在他母亲也死了，就他一个人，不过他也长大了。"

陆运红心情沉重起来，工宣的事，他已经知道好久了，这场地震让它今天终于摆到了面前，不好再回避。他的责任，就必须担起来。

他来到灾民安置点，问到王宣所在的一顶小帐篷。他走进去，只有一个孩子，十五六岁的模样，头发长没剪，正无忧无虑地斜躺在被子上，打着俄罗斯方块游戏，孩子抬起头看见他，似乎张嘴想问，可也没有问。他大概怀疑来的人是视察灾情的干部，要问话什么的，把手上的游戏停下，坐了起来。

孩子的形象和原来照片上所见到的是一样的，同一个人，没错。陆运红坐下，问："你叫王宣吗？"

"是，我叫王宣。"

"听说这次地震，你母亲遇难了，现在是一个人，是吗？"

"是，我伯母死了。"（地方习俗，称呼父亲称为伯伯，母亲为伯母）

陆运红只觉得诧异，因为他才失去亲人，简直没有一点与失去亲人相对应的悲伤神色。他问道："还在难过吗？"

"嗯……"

"你伯母什么时候下葬的呢？"

"前天埋的。"

"你哭过吗？"

"这……"王宣没有回答。

陆运红仔细看着他的表情，然后又问："你今年多大？"

"差两个月，我就十八岁了。"

陆运红沉默着，年龄对上了，差不多，可是看上去怎么只有十五六岁的样子。他又问："如今你父母都已不在，以后怎么过呢？"

"……不、不知道。"

"还有多久高中毕业？"

"明年毕业。"

看来确实没有把学习放在心上，旁边没有书的影子，而且心智上似乎也只有十五六岁的模样。陆运红和他聊了会儿，才知道原来他小时候大概身子比较弱，一直瘦小，推迟一年念书的，要不然今年该参加高考了。

"听说你吹口哨很好，可不可以吹来听听？"

王宣不好意思地笑笑，搓搓手，显示出孩子式的羞涩，半晌才说："吹什么歌？"

"你喜欢什么就吹什么吧。"

"我就吹蔡淳佳的《依恋》吧。"

陆运红对他说的歌不知所云,这两年流行什么歌,他根本就没再关注,偶尔从大街上经过,无数音像店里反复播放、强行灌入他耳膜的有首《白狐》,他有点印象,记得两句而已。听王宣吹完,他没有感觉,于是说:"你吹《白狐》呢?"

"嗯,好。"王宣马上就吹了起来。陆运红认真听他吹着,嘴唇的翕动幅度、气流的掌控和舌尖的调节,舒缓自如,行云流水,让人很容易地联想到"大弦嘈嘈……小弦切切……"他从行家的角度看,也挑不出毛病,必须承认完美。他点了点头,说:"可以,可以。"

王宣得到表扬,很高兴,放松了,才问道:"你是谁啊?"

陆运红说自己是在这儿检查工程的,随便走走,又问:"听他们说,你不是你父母亲生的,是不是这么回事?"

"……嗯,别人这样说过。"

王宣渐渐地信任他,吞吞吐吐地说,最初他不知道,初中的时候,听别人说起自己不是父母亲生的,可是不敢问他们。父亲死后,他还是问了母亲,母亲骂了他几句,他就不敢再问了,但他从母亲的话中听出来,应该是真的,只是现在也没法问了。

陆运红沉默着,看着他,片刻又问:"听说你不认真学习,只知道玩?"

"我学不会,学习太难了,读书没意思,我想过些日子出去打工。"王宣眼睛里泛着一种让人不容易觉察的孤独。

"高中没毕业,出去谁要你?如今社会上竞争的门槛在各行各业都越来越高。一无所长,只能落在社会的底层,混衣食而已。"

"比尔·盖茨也只是高中生嘛。"

"这是个案、特例,不具有普遍意义。"

王宣不以为然,说:"也许我就是特例呢!难道中国就不可以出现这样的特例?"

王宣在幻想着彻底奔向自由，不知天高地厚的口气，心想走出学校的大门，一切都是美好无比的。

陆运红听着心里发堵，当年自己很逆反，但也没这么狂妄。他想了想，暂时不说其他的了："嗯，那好，我就在这一带施工，工地上正缺人，你要打工的话，可以来试试。"

"你是招工人的？做什么工？"

"是招工人，需要工人修路。"

"好，好哇，你什么时候要人，我怎么来找你？"

"过几天就复工。你要来，就记下我的名字吧，我叫陆运红，到工地上，你就说是陆运红介绍你来的。"

"好的。你叫陆运红？"

"嗯。"

王宣马上拿支笔，在一张皱的纸上很认真地记下了"陆运红"三个字，折好，小心地揣在荷包里，又问："工资高吗？"

"多劳多得。"

"我想放假就来，做一个假期，行吗？"

"当然可以。"

"你为什么想帮我，因为同情我吗？"王宣又问，好像有点在乎这个问题。

"不是，我希望我的工地上，将来能诞生一个盖茨，那该是……祖坟上冒青烟一类的事啊。"他微笑着说。

"嘿嘿。"王宣不好意思地笑着，但并没听懂他的话。

陆运红说完离开了。看他迫不及待的样子，陆运红想先不动声色地观察一下假期他怎么来工地干活挣钱，让他先苦一苦，再把他管起来，没有别的选择！

工程陆陆续续地分段开工。这次地震后降大雨，有好几处尚未施工的路面出现了塌方和滑坡，必须处理。还有胥河乡一段路因山体松动，有近一公里必须改线绕开，重新征地，重新设计，这工程量太大，预估就要两百万左右，再无法用"小事自己解决"的理念替于书记承担下来。他首先跟于向勋汇报说明此事，于向勋说现在正在向上面申请震后救灾资金，所涉内容纳入灾后重建安排就是，让他们按程序走。于是公司报请交通局甲方和监理，设计方现场调整设计，做变更增加工程量，他把这事交由袁旭去对接。

　　他想到的是本次灾后重建，工程多，涉及面广，机会难得，能抓住几个骨干工程，做出实绩，尽快申报，让几个资质由三级升二级变一级，这是关系到公司前途的大事，是最重要的。如今公司做的交通，只是"副业"，房建才该是"主业"；而今副业却成了主业，主业尚未开展。他给郭永光打电话，让他帮帮忙，震后肯定涉及危房改建及安置房之类的工程，多考虑考虑他，郭永光答应了。现在全市统计的震后一级危房已达二十万平方米，预估还要增加；已经纳入第一批紧急撤建和新建的安置面积有八万平方米，现在市建设局正忙这件事。陆运红谢过后，又跟郭欣说了这事，让她随时在她伯父面前撒撒娇，提醒提醒她伯父，郭欣笑着说行。

　　震后高考延期举行，程迎夏上了重本线，陆运红鼓励他仍然填报建筑类的专业，最好是交通桥梁方面的，程迎夏就按他说的填报，填报了省交通大学，应该没问题。陆运红说："你以后就自己去吧，我就不来送你了。"

　　"不用了，保保。"

　　没多久，郭欣来告诉他，有个安置小区的设计先出来了，位于市中区，小区占地二十五亩，招标公告马上发布。陆运红马上让她把详细资料先拿来看看，一共一千两百套房，建筑面积大约八万四千平方米，容积率大约在2.5，招标价一千五百元每平方米。因为是安置房，免税费。陆运红立即让袁旭、杨休他们几个编制标书。按纪律规定，他离开县建设局，三年期限内不应该涉足本单位的工程事务，但此时情况特殊，地震后应急工程大量开始，市委放宽了对投标条件的限制，希望所有企业都投入抗震救灾中。经过东永县的事件之后，现在的建筑公司基本都懂得了进退,彼此之间保持信息畅通,钱不是哪一个人挣得完的,只有合作、和气才能生财。陆运红第一次介入市级工程,加之他原来就是市局领导,因此大家都首先礼让一回。

　　这个工程要抢工期,政府方面催得比较急,在材料组织上建设局出面,负责优先照顾落实,材料款可延迟结算,这减轻了公司不少压力。公司的骨干人员根本不够用,现在袁旭、蒋承兵和钟正军各负责着一条路,骆江平在调配工程材料,陆运红本人不太可能就陷在这个安置小区的工地上,还要各处跑。此时如果钟强在,他是可以管理下这个项目的。现在没办法,在他的动员下,杨休先辞职了。本来他想动员王新宇也马上辞职过来,可是如连走两人,估计东永县建设局的工作也不好安排,只能一步步来。杨休原来跑过钟强的工地和建设局的各处工地,虽然没有施工方独立管理工程现场的经验,但总得先干起走。陆运红让袁旭把他现在负责的路段交给杨休负责,袁旭有空时再给他指点,带着他,然后将袁旭抽来负责这个安置小区。袁旭忙不过来的时候,让骆江平协助他,把工程全部推进起来。陆运红自己除了各工地到处跑,还要和郭欣利用熟悉的各路关系,尽力把各工程进度款划到。因为现在划钱还是个难事,有的公司甚至因此背上了沉重的借债,所幸他前期工作做得到位,这点压力相对较小。这个公司上上下下像小时候玩的一窝窝小蚂蚁,大家通力协作,基本没有闲人,各自忙碌着。

　　陆运红又去了岩口监狱一趟。钟强在判刑前被关了大半年,已抵刑期,现在又过去十个月,还剩两年左右。他赶到岩口监狱见到了表哥韩斌,韩斌告诉他,前不久地震的时候,监狱损坏垮塌,有几十个犯人受了伤,钟强迅速协助监狱抢险救人,手部受伤,已经得到表彰,正在申请减刑,应该没太大的问题。韩斌又替他约见了钟强,钟强果然没受什么罪,在这里大概生活有规律,又不能酗酒,身体反而变好了。他手部骨折,一时半晌还好不了。钟强说他继续好好表现,力争早点出来,只是实在没兴趣再在公司里待。

临走的时候，陆运红想到几次来这里，也没给韩斌的孩子带什么，顺便抽出一万，趁韩斌不注意塞到表嫂坐的旁边的沙发下，然后告辞了。上车的时候，才给韩斌打电话，告诉他，是给孩子买零食的，绝不是行贿，韩斌只好算了。

第 106 章

几个工程都在顺利推进。市里泰业建筑公司负责的一个道路修复工程因为抢工期，出了重大安全事故，造成三人死亡，两人受伤，这个事很快在全市建筑行业传开。市里马上对全市主要建筑企业展开安全检查，陆运红陪同检查组到各工地接受检查，每到一处，他又找来工地的主要人员，分别专门安排一次安全排查。最后这天，他陪检查人员一同来到蒋承兵的工地上，程迎夏打电话来，说他到了省城，找到了省交通大学，已经报了名。陆运红才想到这儿的学校都已经开学了，嘱咐了他几句，让他没钱尽管说。经过胥河乡地段的时候，他又想起王宣的事，这段时间忙来忙去的，基本忘了王宣。这孩子说假期里来工地上来打工，学费应该是挣够了，可能又上学了吧。他问蒋承兵，这两个月工地上有没有学生模样的年轻人来打工。蒋承兵不知所云，问下面的管理人员，其中一位名叫张再中的对他说："大约上上个月吧，来过一位，是个学生，好像叫王……什么名字我记不得了。他说认识陆总你，是你叫他来的，我以为他胡说八道，没理他。他又说了陆总你找他的经过，又拿出写的字条，写的你的名字，我见他出示你的名字，不管真假，都信他，就让他做，不知是不是真的。"

陆运红点点头，张再中又说："他做了几天，浑身难受，就私下逃跑了，工钱也没要。"

陆运红听着，愣了愣，说："几天就逃走了，那共做了几天？"

"三天吧，好像是三天。"张再中说。

检查结束后，陆运红送走了检查组，然后去胥河乡安置点。帐篷里没人，陆运红一问旁边的人，原来乡里民政所现在负责他王宣的生活，让他重新去学校上学了。他马上去了县城高中。

他来到学校，路过学校的宣传栏上，看到校领导名单才意外得知，原来他上中学时的班主任老师林志明已经调到这里任副校长。他急忙地赶往高三年级所在的敬业楼，正值下课，很容易就打听到了王宣所在的五班。下课了，他还趴在桌上睡觉，不想先去见班主任，因为没有理由。陆运红让学生帮叫醒了王宣，马上就有两三位女生兴奋地跑过去，争先恐后地把他叫醒。陆运红把他带到外边僻静处，说："还认得我吗？"

"认得。你是陆总，他们说你是陆总。"王宣说。他头发乱蓬蓬的，人倒是很精神。

"听说你只在我的工地上做了三天，是不是？"

"是。"

"为什么不做下去？"

"嘿嘿……"

"下午下课以后，你来到我的工程部，地址在开发区旁边建民路十八号，我会把三天的工资付给你，一百二十元。"

"真的？"王宣惊得不敢相信。

"如果一个企业，连小民工三天的工钱都不给，那它的存在是社会之害。"

"嗯。"王宣兴奋地答应。

他又去看了女儿陆迎秋，问了问她的学习情况，她学习很好，几乎不用他操心。他又问她母亲郑彦秋的情况，陆迎秋说她娘很好，县里正在修建安置房，现在她们母女二人住在帐篷里，人多还热闹些，以前住在楼上，门一关，话都没人说。陆迎秋已经知道父母离婚了，她刚想开口问父亲，上课铃声已经响起，陆运红给了她五百元钱后，才回工地。

下午，他在工程部里等候，下课时间早已过去，没见到王宣的人影。他耐着性子等，足足又等了近一个小时，要吃晚饭的时候，王宣才来。陆运红带着他，来到附近不远处的明悦饭店，找个没人的雅间，让他坐下，叫服务员上来几个菜，然后对他说："你很得女同学喜欢啊？"

"嘿嘿，不是的。"王宣眼睛里满是骄傲。

服务员端上菜来，鸡丁、大葱猪肚、蒸肘子、鳝鱼丝，王宣看着张大了嘴巴，没想到让他吃这么好的饭菜，他明显饿了，但又疑惑，望着陆运红说："你……"

陆运红见他的表情，说："你饿就吃吧。"

王宣又不好意思地笑笑，陆运红给他添了碗饭，他端过去就开始吃。陆运红看着他吃，片刻后说："我想告诉你一个事情。"

王宣奇怪地望着他，他继续说："你知道，你不是你父母亲生的，一直没打听过你的亲生父母吗？"

"没有。他们既然没有要我，我又何必打听他们？"

这句话让陆运红感到了内疚和压力，他又给他添了饭，自己喝着茶，缓缓地说："我知道你父母，不过也是最近才知道。"

"你知道，那他们是谁？"

"你的母亲叫梁洁，不说她吧，你见不着她。你父亲……该怎么说呢？"他思考片刻继续说，"这么办，你吃饭吧，一边听我给你讲一件事，一个纪实故事，讲完你就会明白的。"

王宣惊讶地望着他，慢腾腾地嚼着饭，陆运红让他继续吃，然后说："事情发生在十八年前，有个刚从中专学校毕业出来的男生，被分配到当时的龙潭区公所……"

他喝口茶，把与梁洁恋爱，梁洁父亲反对，和梁洁冲动行事的经过，和梁洁隐瞒了怀孕的消息，然后生下孩子，直到从郑彦秋那里知道王宣其事的经过告诉他："……后来，这个男的第一次到地震安置房里专门来找你，见到你，没对你说明，只留了名字给你，让你到他的工地上打工，你却只做了三天……"

王宣听着,没再说话,脸上没有表情,关于他的身世,再没有谜团。猝不及防的事让他堕入了尴尬的境地,他放下饭碗,不知道该如何面对同桌的这个中年人,不过他已经别无选择地相信了。他低着头,手在桌沿上胡乱地掐着,不敢看陆运红,陆运红看着他,两人陷入沉默。过了许久,王宣说:"你说我的亲生母亲梁洁,已经见不着了,怎么?难道她也死了吗?"

"没有,她当初丢弃你,决绝地去了省城,从此就没回来过,所以我也没见过,相当于见不着了。见着呢,意义也不大。"

陆运红继续说:"你现在一无所依,以后就听我的安排吧。这既是我的权利,又是义务,你应该没意见,是不是?"

王宣没说话,只是闷着,眼里依稀泛着了泪,许久,似乎勉强接受了这回事,问:"我的名字呢,要不要改回来,姓陆啊?"

"你自己做主吧,这个做爹的不强求。"

"我想我还是改过来吧。"好像这个姓要新奇、好听得多。

"我还想抽时间去看看你的养父母,他们埋在哪儿?"

"去看什么,我又不是他们亲生的。"

这句话让陆运红听着骇然,他如此说话,是无知还是绝情?还是他受过养父母的虐待?他顿时感到气愤,想了想,今天毕竟算是父子初相识,不要恶化气氛,可还是忍不住说:"他们养育了你近十八年,这份恩情,远非作为亲生父亲的我所能及的,不管中间发生了什么,你都应该永远铭记。"

王宣没有说话,只是手还在桌沿上胡乱地掐着。

看来这是一株已经长偏的苗子,得下手纠正,否则是不行的。

他因为经常住在市里,不可能在东永县里照看他,于是决定无论如何把他转到市高中来。市第二高中距离他的住处不过五百米远,他立即就联系第二高中。转学倒不难,可东永县高中负责办理转学的就是林志明,陆运红感到有点尴尬。如果王宣同样因为吹口哨闻名而又学习糟糕,和自己当年那么相像,自己前去办理转学手续,那与林志明相见，怕被怀疑有其父必有其子，他将无地自容。他不想面对林志明，委托郭欣帮忙。郭欣问他为什么为这位高中生办理转学，他觉得没必要瞒，就把原因告诉她了，她如听一个传奇故事，惊讶了一阵，点点头，就抽时间带着王宣去办理转学手续。王宣在东永县城高中成绩就不好，可以说是拖了班上的后腿，只要能转走，班主任老师是求之不得的，林志明大章一盖就放行了。云津市第二高中有十四个班，前面的班级都是成绩好的，不可能接收他，只有排在最后的班级，听说最后的班级教学水平比东永高中还差。他让郭欣和校长说了又说，甚至可谓低声下气，又给校长悄悄送了两条玉溪烟，人家才同意将王宣安置在中流的班级，第九班。

陆运红就在办公地点的下一层租房给王宣住，这样也能监督他。整个过程中，王宣完全听他的安排。办完这项事务，他呆呆地望着王宣，想到当初母亲多希望有个孙子，如今确实有两个孙子，可是程迎夏、王宣都不是姓陆的，这在父母心里是一种遗憾，尤其是母亲。他问问王宣想不想改名，王宣很愿意改。陆运红发现了，他之所以愿意改，并不是出自新奇，而是源于内心深处对亲情的一种渴望与认同。陆运红就给他取名叫陆迎宣，征求他的意见。他想了想，说也行，但是希望把宣改为轩，因为轩字更流行，陆运红就依他。于是让他写好申请，专门回社区说明情况，开了证明，拿上户口簿，二人同去公安局，往返了几次，才把事情办好。从此，王宣得到新的身份证，更名叫陆迎轩。

王宣改名之后，陆运红立即有个感觉，觉得他俩在心理上亲近了一层，二人的父子关系更加确切，他管教起儿子更加没有心理障碍。陆迎轩想还是称他为伯伯，他觉得别扭，让他称呼为爹。两人斟酌了一会儿，陆迎轩完全接受，并实验式地叫了两声，还挺自然，好像多年来就是这样叫的。

他打算暂时不把此事对父母讲，因为过程太复杂，怕把老人绕晕的。另外他感到认回陆迎轩这件事，对已归九泉之下的他的养父母也应该有所表示,心理上才过得了这道坎。他专门趁星期天,带着陆迎轩去看看他养父母的坟。一新一旧两坟,都是石砌的。他和陆迎轩一起,买来香烛和纸钱,烧给他们,让陆迎轩磕了头。又交代他,每年清明,都必须回来给他们扫墓,不能中断,陆迎轩完全接受。

陆迎轩对这个新父亲、新家带着很强的好奇。陆运红告诉他,老家在五河镇乡下,还有爷爷奶奶,有一个伯父叫陆运新,牺牲已有二十年,还有一个堂姐叫欧晓新,还跟他说自己有一个干儿子叫程迎夏,也叫陆迎夏,是他的兄长。陆迎轩听着,又问程迎夏的来历,陆运红只是说他同样父母双亡,陆迎轩听完惊讶地说:"原来家里的事情还有些复杂嘛。"

"是有些复杂。"陆运红说。陆迎轩说想回去见他所说的爷爷和奶奶,陆运红想了想,要他现在认真学习,完成升学考试后再去。他想到当初吹口哨的事,于是重点告诫陆迎轩,从此以后,不许在大众场合吹口哨,不要用吹口哨的方式来引人注目,如果实在想吹口哨,找没人的地方自我欣赏。陆迎轩大惑不解,原来还以为他欣赏自己的绝技呢,没想到他极其反对。这种小事都要管!又想到他是自己真正的父亲,既然确认了,也就要确认他有管辖权,于是勉强接受。

陆运红的红信公司,正做着数千万的工程项目,陆迎轩上楼来看到公司的一切,充满了好奇。这在高中生心里,其实冲击力是很大的,原来自己这个父亲是"大老板"。命运过山车似的改变,这份光荣升起来的自豪感使他感到前途一片光明,没多久,他就得意地把消息在班上传得人尽皆知,就连老师们也知道了。他的班主贺老师是个二十六七岁的女老师,对学生的要求很严格,本来她就对安排到她班上这么一个差生有气,更反感学生炫富。对学习不好又在班上调皮的这类学生,她几乎都采取漠视态度,不加关注,任其自生自灭。转弯抹角转学来的陆迎轩,在她眼里肯定是花钱买通校长塞到她班上的。两次小考,这位转学过来的学生都倒数七八名,她越来越看他不顺眼。

陆运红一边忙着手头的工作,一边关注着儿子的学习情况,每天都告诉他要好好学习。陆迎轩最初还比较听他的话，至少在这段时间，每天早早地上学去，晚上下了自习才回来，俨然一派认真学习的模样，陆运红感到陆迎轩并不是那种不上进的人，稍稍放心。可是，如此近距离的相处，陆迎轩的本性就渐渐显露出来了，他虽然在学，但其实心不在焉，眼睛盯着书本，不知在想什么。尤其看到他的成绩，陆运红无比揪心。他检查儿子的作业，但他以前没上过高中，在中专学校里学高中课程比较粗糙，想教他却没办法。想给他报校外补习班，陆迎轩很不愿意，说自己学习已经很紧张，校外辅导班也只是收钱的，教得并不好。陆运红看着他，不好现在就采取高压措施相逼，又想到学习关键还是靠自己，只好耐心地循循善诱。

这天晚上，他陪市建设局几位同事吃过饭回来，首先来到公司下面儿子的住处，打开电脑，看见女儿陆迎秋在线，就和她聊天，他想告诉她，她多了一个哥哥，又担心太突然，若她对她母亲说起，会造成郑彦秋的误解。忽然女儿发来一句话："老爸，你和娘离婚的原因我是知道的，你怎么是这样的男人？"

陆运红看着，知道郑彦秋应该只告诉了女儿关于陈雨霏的事，梁洁的事绝对没有说，于是说："我和你娘只是暂时分开，谈不上离婚。"

"你说这话是什么意思？她说你和别的女人有来往。"

"过去的事我已经跟你娘说过多次，是我不对。现在，我已经改了啊。"

"可是，你知道吗？有人在给娘介绍男人，他们好像还见了面。她不想告诉我，我也不敢问。可我已经打听到，对方姓施。"

这个消息才让陆运红真的呆住，他慌忙问："你见过吗？"

"我没见过，听人家说的。"

他盯着女儿打的字，一股前所未有的失落感涌上来，顿时心里空了，他原以为随着时间的流逝，矛盾会淡化的，会往好的方向转变的，这下不可能了，没想到今天等到这样一个结果。他知道郑彦秋毕业后处的第一个对象就是姓施，不用说，肯定是他，他没勇气再往下问。

他又想到郑彦秋耿耿于怀的除了陈雨霏,还有他和梁洁的孩子的事,如果没有孩子的事,事情变好的可能性还很大,如今陆迎轩和自己在一起,郑彦秋那边就很难交代,他很难再获得她的谅解。他又不能对陆迎轩能弃之不顾,得对过去的行为负责到底。半晌,他对女儿说:"你也马上要高中毕业上大学了,这些事,就不管它,如果你不适应呢,可以来,和老爸一块儿住,我来照顾你。总之,以后我是不会再结婚的。"

"我几乎都在学校里。"女儿说。

"那就好好学习吧,差钱的话,跟你爸说就是。"他简单回复一句,心乱如麻,把电脑关掉。片刻后,又想到一句话,重新打开电脑,对女儿说:"以后,你不要再跟我提你娘和其他人的消息,我不想知道。"

第107章

陆迎轩下晚自习回来,一边用热水洗脚,一边拿着游戏机玩游戏。陆运红在旁边,想给郑彦秋打电话,拿起来,只感到喉咙里发干,更不知该如何对她说第一句话,难道对她说,自己把和前妻梁洁的孩子接过来了,父子团圆,听她祝贺吗?想了一阵,他把电话放下,回到楼上的房间,关上门,强作镇定,靠在床上,一支接一支抽烟。

他干脆把时间全部放在工程上,用工程来抵挡不时涌上来的心理阵痛。工程顺利地推进着,倒还没有什么大的问题。他因为长期养成了爱跑工地的习惯,几乎到处跑,检查质量,生怕出纰漏,影响公司声誉,影响以后的工程招投标,影响公司的升级。他回来的时候,大都是晚上了。程迎夏在省城念大学,乡下老家又只有父亲和母亲在,家里没有其他人,所幸这段时间修路,陆运红要经常经过他家所在的村子,公路离家也不远,只几十米,只要路过,他可以都回家。这天,他回到家里,看见母亲弯着腰,在屋檐下捣着什么,一边捣一边还在轻轻地哼唱着那首二三十年前的老歌：

青悠悠的那个岭，

绿油油的那个山。

丰收的庄稼望不到边。

望呀么望不到边……

好多年都没听到母亲唱歌了，陆运红凑过来看，原来母亲在将炒焦的花生米用小臼捣成泥状，然后用糖和着，他奇怪地问母亲："你这是做什么？"

"你爹经常吃药，可能是药的副作用吧，牙齿不行了，嚼不动东西，只有这样捣碎才能吃。我的牙也有些松动了。"

陆运红听着，心里一阵难过，自己忙来忙去的，根本没注意，原来父亲和母亲真的已经老了。他怔怔地看着母亲一边将花生米和糖，一边尝。母亲向他打听程迎夏到学校以后的情况。因为两位老人不会用手机，老是不会按手机的键子，家里放的手机接听很麻烦，有时程迎夏打来电话，他们也只有让旁人帮接通，他们记挂着在远方念书的孙子。陆运红拨通程迎夏的电话，让他跟两位老人通话，让他们放心些。母亲问程迎夏在省城里水土服不服，肉多少钱一份，每天吃多少饭，唠叨了好一阵，才放下电话。陆运红仍然没把陆迎轩的事跟他们说，他想让父亲和母亲到市里去住，和自己住在一起。可他刚一说，父亲和母亲就说坚决不去，尤其是母亲，还有气："你们成天住在城里，什么也不管，这房子不要吗？这么多田地，庄稼，就不要了？还有猪，谁来喂？"

陆选南也不愿意，他说："你瞧，我的肺有病，老是要咳嗽，要喘，还痰多，在哪儿都弄脏人家的地，让人讨厌，我不去城里，只要你能常回来就行。"

于是，每次回来，陆运红都从超市里给他们买些炖得很烂的熟食菜，这个他们倒很容易接受。他想让父亲去看市里病，同样刚一开口，他就全力反对："我这是老毛病，三十多年了，谁能治好，除非是神仙。别花钱，去哪个医院还不是那个医法。"

其实陆选南因为生病，经常在镇上医院出入，医生们也认识他，那些医生让他产生了信任和安全感，他很放心。陌生的地方，把自己交给别人摆布，是他最害怕的。陆运红说服不了老人，仔细想想，父亲说的也是个道理，几十年来，没什么大恙，还不是七十多岁了！

他检查这条路，能常回家。村里不少二十来岁的年轻人都外出打工去了，还有一部分和陆运红年龄差不多的，趁他回家的时候，也找到家里来，要在公路的工地上找点活干。陆运红都答应他们，让负责这段公路的钟正军给安排好。三姐陆运芹的大儿子杨标大学毕业了，学的是也是建筑专业，只是他不想进企业，想进政府部门。陆运芹打来电话，希望陆运红帮外甥找个可靠的工作，像他当年那样，可以让人羡慕的。陆运红发现三姐的观念还停留在多年以前，在最近十年间，变化越来越快，甚至自己都感到有些跟不上，他说道："最好先来工地上，锻炼上一年，明年不用我去联系关系，他自己努力都可能考上任何建设类的政府部门，否则进去三五年，还是蒙的。"

他想只要让杨标在自己的工地上干上一年，或许观念也会跟着转变。

三姐于是让儿子来他的工地上。因为是杨休的堂弟，又是三姐的娃娃，他就直接安排杨标跟着杨休，让杨休带着他，从头学习工程上的事。他让三姐没事的时候常抽时间回老家照看一下爹和娘，如果差钱什么的，说就是，现在不同以前，毕竟自己手上有些。三姐说现在她家里已买了电瓶车，她也会骑，每隔两三天都能骑回去看看，二十来分钟，没事的，他勉强放心了。

他还要留意着陆迎轩的学习，可是陆迎轩每天早上就去了学校，晚上九点多才回来，父子二人少有在一起交流的时间，只能通过儿子的成绩来判断他学习的情况。

在高三，考试是常有的事，三天一小考，五天一大考，儿子转学以后的成绩都不好，而且渐渐地，他并不主动把成绩给父亲看，每回都是父亲问起的时候,他才拿出来。陆运红感到有气,在这个父子关系的磨合期,却不好发作。或许是以前他的养父母管教得并不严,如今他非常厌学,而且正在经历迟来的叛逆的高峰期。他来到新的家,觉察到新父亲对自己的学习不满意,勉强打起精神学习,只要他不在,他就打游戏来逃避学习,好几次被父亲回来撞见。每每看到儿子的成绩和他在聚精会神打游戏的样子,陆运红就只能压住胸中的恼怒,假装和风细雨地说,不要打游戏啦,好好看书,马上要考试啦。总之他忍了又忍,想如果大声指责他,肯定会引起他的反感。星期六,他看到他的数学考试成绩,班上的倒数第五名,他差点想撕掉他的大堆卷子,沉默好久,还是委婉地说:"这回考差了,下次努力点吧。"

陆迎轩马上答应,说一定努力,可是第二周考物理,成绩更差,名次还比上一次下降了一名。陆运红看着,有如坠深渊的感觉,高考越来越近,人人都把心提到了嗓子眼上,他却依旧懵懵懂懂,这成绩考什么学校?

有几次,他从工地上回来,都是晚上,他到楼下,从窗口上看到陆迎轩,他依旧在打游戏,不是打手掌游戏机,就是在电脑上打游戏。终于,这天晚上,他从窗户看到他还是在打游戏,马上推开门,再也忍不住,在他面前站了许久,提高声音质问:"你这成绩,自己估计能考上什么学校?"

"我又不是神仙,毕业的时候能考成啥样子,怎么能知道。"陆迎轩大概是打游戏打输了,也是心情不好,回答也不客气。

"你能根据现在的成绩和自己努力的程度,来大胆地预测一下高考的成绩吗?"

"你问我这些干吗?各科内容那么多,我本来基础就不好,我不好预测。"

陆运红从这个细节上,看出了当初他的养父母肯定管教不了他的。他坐到他对面,终于沉着脸说:"我既然把你带到这边来,就要对你负责……一个能关心自己的成绩,关心自己未来的命运的人,就不会这么回答我，就会争分夺秒地学习，不用别人管教！你现在是想如此冷漠地对待自己，还是想如此冷漠地对待我？我虽然要尽力照顾你，可你尤其要自觉。我即使想照顾，也不可能照顾你一辈子。"

"我从来没有请你照顾我，你愿意这么照顾我，关我什么事。"

陆运红听着这六亲不认的口气，心里只感到震惊："你这是什么意思？再……再没良心的话，都不过如此。难道这一生，你成天就盯着游戏机过日子吗？你应该明白，你马上毕业了，十八岁已经是社会承认的成年人了。"

"我知道，十八岁就是成人了，难道只有你才知道？我比你清楚。"陆迎轩说着，勉强放下游戏机。

陆运红被这几句无法无天的话激怒了，想忍也忍不住，原来儿子是这样一个人！他厉声教训："你既然什么都知道，那从明天开始，你准备怎么过，做出一个明确的表述。总之一点，不能时时抱着游戏打，我见到心里难过，如果再看到你这么打两天游戏，你倒没啥，我估计我会着急得害上一场病。"

"你说话不符合事实，我没有时时抱着游戏打。"对方抓住他话中的瑕疵反驳。

"我只想看到你做着十八九岁的年龄该做的事，只想看到一个勤奋的人，真正像人的人，而不是成天浑浑噩噩的人。"

"你根本不了解我。"

他气得够呛。看着对方不懂事的脸，听着他不懂事的话，又不是一颗糖能哄着解决问题的年龄，他反而不知道该如何回答了。好半天，他缓和口气，一字一顿地说道："今晚，算了。我希望，你以后不要和我顶嘴，认真学习，不要再打游戏，否则，我担心我会下重手，打得你魂不附体的。"

陆迎轩从他的话中感到了一丝恐惧，望着他，不敢再吱声。他说道："游戏机拿来，毕业以后再玩。"

陆迎轩闷着头递给了他。

这场让他气极的对话，倒也并非毫无用处，他至少从侧面看出来，陆迎轩在心里已经认可他是亲生父亲，符合一个叛逆期孩子对家人的态度，浮在了言语上，而没有死埋在心里，否则口气不会如此放肆，这让他在气愤之余又感到有点欣慰。他长期只忙于事业，很少同孩子包括女儿进行像样的交流接触，在管教孩子方面，方法是很欠缺的。他见不得懒惰的人，见不得不上进的人，哪怕对方是孩子，只要不努力，他就会反感，眼睛里容不得这个沙子。陆迎轩的养父母文化水平不高，精力不济，管教方面存在一定的问题，造成了他现在的散漫自由的样子，已趋于定型。陆运红接手管教，又心急，想把长歪的树苗一下子掰正是不太可能的，父子二人的冲突在所难免。刚刚合在一起的他们矛盾不断地显现出来。陆运红又担心他任性，甩手一走了之，届时自己也没有办法，只能一边教育，一边忍让，甚至忍气吞声，他发现自己捡来了一个十足的麻烦货。

第二天晚上，他又来到儿子的住处，给他耐心地讲如何努力，就把自己上初中时受老师冷落、排斥，最后奋发图强，努力自学的经历讲给他听，自以为这是真实的个人经历，起码比什么悬梁刺股、凿壁偷光、映雪囊萤之类的时空距离遥远的事更能打动人，应该让他有所触动。陆运红讲着讲着，如同回到了当年，首先倒把自己感动了，可高中生听着，只嗯嗯几声，表示值得自己学习，如同表态性的发言。

又一次考试之后，召开家长会，在路上的陆运红就接到了班主任贺老师的电话通知，贺老师要他无论如何也抽时间去一趟，要真实了解陆迎轩的学习情况。

虽然住处与学校相隔不远，但这是自送陆迎轩转学之后，他第一次来学校，甚至是第一次见班主任贺老师。贺老师年龄不大，戴着眼镜。班上四十八个学生，来参会的学生家长有四十三个，老师通报学生们这次考试的成绩情况，又点了学生家长的名。此时，听着陆迎轩的成绩和第　名、第二名相差两百五十分以上，就是班上倒数第六名，陆运红感到无地自容。陆迎轩的成绩差得出人意料，老师点到陆运红的名字，不少人回过头来看他，而排在最后几名的学生的家长都没来，陆运红成了"倒数第一"的家长。在这个场合下，他才感受到，一个人真正值得自豪的，不是自己有多能干，不是自己有多少财产，而是自己的孩子的成绩。

老师客气地在台上表扬了成绩好的学生及其家长，请他们介绍教育孩子的经验，然后又不点名地批评那些成绩差得没底的学生："这些学生的家长，你们是怎么当家长的？如果不想让孩子学好，那就不用来了，来到班上看着心堵，我教得不好。你们可以去给孩子报补习班，免得在这里影响大家的学习气氛。"

"如果以为自己家里有点财产，完全能给娃娃提供一个不愁吃不愁穿的未来，我恭请你把孩子带回去。这里不是炫耀财产的地方，是知识的天堂，是纯洁的，别让娃娃拿不正确的观念来此散布，影响别人。幸好这位家长今天来了，希望你能接受我的建议，回家和娃娃商量下，做好选择。"

陆运红隐隐约约感到老师是在指自己，是不是这个家伙在无知地炫富？十之八九！他可从来没被人如此刻薄、不留情地指责过，何况对方还是一位比自己小得多的女子。二十五年前，他受过老师的气，没想到今天居然再次受老师的气，即便是当年林志明，也只是采取冷暴力，没直接伤人面子。他有气，又无奈，默不作声。整个家长会，他一个字都没说，也没有说话的机会，只感到这是有生以来最大的一场"受辱会"，他当着四十来位学生家长的面无地自容。直到结束，他带着一肚子气回到住处，只等陆迎轩回来，决定马上把他送到附近的课外辅导班，不容他不同意。

第108章

公司的财务负责人郭欣又打电话来，说有人找陆运红，陆运红忙过去，原来是经常合作的同行众和公司要投一个标，希望红信公司帮陪标，他让杨休去配合他们。接着，金鸿公司打电话来，想竞标东城公园附近的一块六十来亩的地，搞房产开发，金鸿已经把前期工作做通了，价格是每亩六十五万，要四千万，只等招标，可是他们现在资金紧张，单独搞很吃力，希望合作开发，各自承担百分之五十股份。金鸿公司是个股份公司，几个人合伙的，规模也不大。他斟酌了一下，这个项目可以考虑，他忙叫上袁旭，一起去和他们老总蒋代锋具体洽谈。这一去谈，倒是很顺利，他和蒋代锋约定共同开发，因为双方的资金都有限，共同贷款先把土地拿下来，再由他通过建设局的关系，修改一下规划，把容积率提高点。今年有不少房地产公司因为这段时间次贷危机，开始持观望态度，但这位公司老总的观点和陆运红是一致的，房地产受次贷危机影响的可能性很小，至少云津这样的中等城市，处于广阔的农村包围之中的区域中心，不会受太大影响。如今枷锁已经解开，城市化进程在急速地推进，现在正是加速期。农村人走向城市，这种趋势基本不可能有什么改变，没必要庸人自扰。而城东公园区域，陈雨霏来搞城市规划修编的时候，陆运红参与过的，容积率是可以调整的，对城市风貌影响不大，他去建设局沟通，应该谈得下来。两人一拍即合，由于红信公司目前主要人员身上都有工程，两人约定这个项目由金鸿公司出人任项目经理，红信公司抽一个人配合。谈妥之后，双方又吃了一顿饭，忙了许久，陆运红回到住处就把陆迎轩是否在班上炫富和要不要进补习班的事忘了。

　　直到第三天，是星期天，他略有休息，才又想起，不由分说，敲开门叫上陆迎轩，要和他一起去找校外补习班。看着亲生父亲的表情，听着他命令的口气，大概高中生知道他生气了，不敢顶嘴，只好不情愿地跟他去。

　　两人来到学校附近，这地方的补习班是非常多的，收费大同小异，他们的收费标准是每堂课六十元，每堂课四十分钟，每天两堂课，每周两天，说是对学生进行针对性的补习，加上假期，总共需要一万两千元左右，说保证孩子至少能升上大专。陆运红一听感到吃惊，普通技工一天的工资,仅能抵一堂课,这就是知识的价值?奈何自己半懂不懂,要不然的话,他宁愿自己给他补课!想到这么多年自己对这个儿子没有付出,他毫不犹豫地交钱。能保证他考上大专,就感谢八方神灵了,对方的口气很肯定,他基本放心,签好合同,以后就可以忙自己的了,儿子的成绩肯定能提升,他相信这是进了大专保险箱。

工程多了起来,陆运红手下几个人平时都有摩托车,在工地上灵活的跑来跑去,他和大家平时也经常租轿车用。几个主要干将都会开车,他却连摩托车也不会,至今没有车,这是很不方便的。虽然在交通局的时候,早考下了驾驶证,可从来没敢驾驶车。他决定买车了,先把驾驶技术重新复习,但是得操作熟练才行,于是他就把租的车拿来,让蒋承兵没事带他练,在工地上教他。毕竟以前有一定基础,还是很容易的,没多久他就基本学会了。最后,蒋承兵用租来的车,带着他一次跑了三十多公里,各种烂路、水泥路、沥青路都经过了,他基本敢单独上路了。

他打算先买个稍好的二手车,继续练练手艺,熟练之后再买新车。刚好市建设局在拍卖一批公车,他忙和郭永光联系,就从建设局竞买到当初自己坐过的那个车,七成新奥迪,才十四万。终于,他有了人生的第一辆车,跑工地方便了。

渐渐地,公司里都知道了陆迎轩的事情,最初大家传言他是陆运红的私生子,而后才知道他与梁洁离奇的经历。因为郭欣话多,他们父子二人因为学习而发生矛盾的事,大家也渐有所闻。蒋承兵陪他练车的时候,就劝陆运红:"陆总,我说话你别介意,我认为,现在不一定念书好才是出路。远的不说吧,比如我,你是知道的,初中毕业,会什么?嘿嘿,关键是要在社会大学里面学。所以,如果侄子念书不行,也不必过分放在心上,顺其自然吧。当然,如果以你为标尺,那另当别论。"

陆运红也知道蒋承兵说的不无道理,只是每每看到儿子只知道玩游戏,就着急、烦躁,他说:"我也想顺其自然啊,可是他已经不自然，将来就怕被自然淘汰。"

他想到当初父亲对自己的一顿毒打，这家伙和自己相比，是就欠这样一顿狠揍，才会有所改变？想到这里，他又发现自己是不会运用雷霆手段的人。

市里要求加快灾后重建，各县区都在组织施工企业专门开会，要求各工程从现在开始，不讲条件，全部提速，每项工程工期都缩短。加大施工强度，大量需要人力物力，幸好公司的核心成员蒋承兵在这方面很能干，迅速就组织好了。由蒋承兵负责的东永县县城到舒岩镇的路，组织比平时多一倍半的机械设备和工人，陆运红也常在工地，于是抢在年前率先竣工了。平时，陆运红在公司管理上，除了在资金使用结构上自己掌控和在质量上常常过问外，其他方面原则上都尊重各段负责人，由他们自己做主，不再插手。因为陆运红老是在抓质量，不管各分项工程、分部工程，都没有出现返工的现象，线型和平面都做到了平滑、平整并且美观。这条路完工，在省、市、县交通部门领导、专家的初步验收下，切实达到了优良工程的标准，最后综合评分都在九十五分以上。市交通局为提高全市的交通灾后工程质量，又组织各区县交通局人员和工程单位的人员来参观学习。这让陆运红这个工程搞得很出名，东永县也很有面子。在于向勋的关照下，工程款没拖欠，扣除质保金之后，全部付清了。接下来没多久，其他两条路也接近尾声，陆运红对这项近一千九百万的工程资金进行预判性的综合测算，扣除答应于向勋给县财政的八十万，以及其他一切开支，还是有近一百二十万的利润。

公司现在几个主要人员蒋承兵、袁旭、钟正军、骆江平、郭欣、和后来进来的杨休，算是他的"六虎卜将"。在公司小组会议上，他对工资报酬和明年的工作进行了规划。这两年属于公司起步期，各项开支都严格控制，几个"虎将"的工资虽然相比于钟强时期有了大的上浮，基本都是以袁旭在单位的档案工资为标准，二倍发放，人均年工资基本为六七万。这个标准虽然不算低，而且大家还满意，但和大家的工作量是不相当的。如今公司的艰难起步期基本谨慎度过了，明年开始，应该更好。他的第一个目标计划是，明年再争取两三个项目，施工产值至少在三千万以上，然后从明年开始，这几个虎将实行年薪制，薪酬在现在的基础上翻倍，十万到十五万之间，以后随业务的增长而增长，具体再细化。第二个目标规划是，用两三年的时间完成公司的升级，建筑工程总承包、市政工程总承包、公路工程总承包三项资质均"三升二"，关键是实绩必须跟上，不来虚的。他表示，如果目标达成，正在开展的房产项目中，将给每人送一套住房，价值大约三十万，这个跟工资无关，只希望上下一心，通力合作。所有在建工程不能出现质量问题，另外安排袁旭负责联系，让蒋承兵、袁旭、钟正军、骆江平和杨休几个核心成员全力以赴，力争最短的时间内，都要拿到二级建造师资质，也为公司升级准备。这几人中，目前只有袁旭有这个资质。另外，公司下层人员中，有工程资质、职称的人员，也要推荐上来，实用人才优待，现在公司人才不够用。他把公司的路子规划出来，让大家跟着一个一个清晰的脚印踩下去。

期末考试的时候，陆迎轩的成绩有了一定的提高，至少比前几次小月考提高了三十来分，虽然远达不到陆运红的心理要求，但他没有再责备他。只要陆迎轩有点进步，他就会感到莫大的欣慰，还鼓励他几句，又给他发了两百元奖金，总之像在变着法子哄他学习，生怕他在高考前来个对抗，不学习，那他会无可奈何。春节的时候，陆选南打电话来问陆运红要不要回家过年，陆运红终于带着陆迎轩回到老家，给母亲和父亲讲他的来历。在陆运红的介绍下，陆迎轩叫了爷爷和奶奶，和程迎夏也相见了。

曾经为没有孙儿而愁得不得了的母亲，又得到一个孙子，虽然陆迎轩给老人带的精神快乐没程迎夏带来的那么强烈，可是爷爷奶奶还是很高兴。奶奶坚持给陆迎轩四百元压岁钱，陆迎轩收下了，说了声"谢谢奶奶"。虽然说得别扭，但这是这么久以来，陆运红听到的从他嘴里冒出来的稍有点人情味的四个字。人老了，最关注的就是逢年过节的时候，自己的子孙后代回没回家。这么长时间以来，郑彦秋和陆迎秋都没回家，过年也没见到她们，父亲和母亲就问起来。陆运红知道此事不能再隐瞒，就告诉他们，说和郑彦秋离婚的原因就是陆迎轩的出现，等郑彦秋思想上缓过来，估计明年就会再复婚的。他知道和郑彦秋复婚其实已经不可能了，只是随便说说搪塞一下父亲和母亲。因为经常听电视里说现在的年轻人离婚复婚很正常，二位老人听了也没说啥，有一个新的孙子在旁边，就暂时没再问陆运红与郑彦秋的事。吃年夜饭的时候，母亲还把钟强的母亲与他的哥哥请来一起吃。钟向尧死后，母子俩在家里冷冷清清的，年夜饭对他们来说没意义。两家人凑在一起，钟强的母亲和哥哥，和陆选南夫妇、程迎夏、陆迎轩及陆运红，一共有七个人。此时陆运红才发现，钟强的母亲李守珍也已经明显衰老，头发已白了大半，走路也有点驼背，钟强事件和丈夫的死给她的打击太大。钟强当初的几十万现金给她带来了短时间的满足，如今这种满足感已经消失，丈夫死后，她有苦独自承受，几近麻木。她只希望儿子能早日出狱，给她养老送终。陆运红从韩斌那里得到消息，钟强因为在大地震中抢救狱友立功，又负了伤，刑期减十个月，现在还有不到一年。他手上的伤虽然治好了，但因为是骨折，痊愈后也用不了太大的劲，因为这个原因，在监狱里他也没干什么活。如果钟强出来，帮他负责项目，他会如虎添翼。

村里出去打工的年轻人们，过年也没回来，过年的气氛明显比以前冷清得多。陆运红也没见到儿时的几个伙伴，韩科倒在，他的孩子已经十二岁，妻子和他同一个单位，他们在五河镇上买了房。他父亲韩天佑已经去世，母亲搬去镇上和他们同住。平时他母亲偶尔回来，打理一下地里的菜，韩科他们很少回家，只是节假日的时候回老家来逗留一天半天。两人聊了片刻，互相问问现在的情况，孩子上几年级？过年放几天假？好像也再找不到话说，就互相留了电话后告别了。

程林总在村里，他的服务对象都在乡里，就没在镇上买房。陆运红和程迎夏、陆迎轩一起去程林家里坐了一下午。此时，程林已经知道了程迎夏的事情，是没有守口如瓶的陆运红的母亲对程林的父亲程增福说的，他们也只能默然地接受这个事实。为孩子的将来计，两家人都没再让其他任何人知道，倒是在感情上更亲近一层。村里这几年也添了不少新出生的孩子，至少户口是在这里的，只是偶尔随他们在外面打工的父母回来，基本不认识了。傍晚他们回到家里，不一会儿，黄大文夫妇、五奶奶也来串门，几个老人坐着闲聊。听他们聊起过年这段时间，村里又有三位老人去世，每年村里都有几位老人离世，不知道明年又该轮到哪些人呢。陆选南就在旁边说："轮到我，我也不怕，明年先去把寿衣买好，买质量好的。见阎王，我也得要风风光光地去。"

五奶奶说她的寿衣早就买好了，试穿过，很合适。几位老人无所谓地谈着，不忌讳这是大年三十，谈阎王像是谈熟人，见阎王像是走亲戚，去去就会回来。说着说着，他们哈哈笑起来。

第109章

春节很快过去，陆迎轩的高三生活在继续，工程也在继续，陆运红几乎一直在工地上跑，基本没时间回老家。四月初，高三又进行一次诊断考试，结果陆迎轩的成绩再度下降，全班倒数第三名，这相当于数上万元的补课钱白扔了，以前提高的几十分说不定还是不真实的，是他作弊得来的。陆运红看着他的成绩，已经提不起精神来责骂他，只感到心里痛，他宁愿自己亏上两个工程项目，也希望他的成绩能提几十分，太不争气了！又逼近高考，他不敢骂他，强忍着怒气，假装心平气和地对他说："你为什么这一回考得这么差？是因为失误了吗？"

"每回你只说成绩、成绩，全班这一回都考得差，又不仅仅是我。"

"可是，你相对而言考得更差。"

"……这一回说明不了问题。"可能陆迎轩也因为考得差，又听他老说成绩,心里烦躁。

"我也是这样希望的,好好努力吧,时间不多了。"

"嗯,我知道努力。"

令人想不到的是,第二天下午,班主任贺老师打来电话,口气凶巴巴的:"请问,你是陆迎轩的家长吗?"

"我是,贺老师,有什么事吗?"

"我请你立即把你的娃娃领回家去,我不想再教他了,不想再见到他了。"

陆运红大吃一惊,忙问:"贺老师,什么事情?"

"什么事情?他公然在卷子上画图,丑化老师,骂老师,骂我教得不好,脾气怪;骂所有老师都是恶棍,我从来没教到过这样的学生。"

"贺老师,你说的是、是陆迎轩?"

"不是他,是谁?你来,把他领回去,我不想再见到他。"

陆运红惊得不轻,这个家伙吃了什么豹子胆?他不管三七二十一,马上在电话里给老师赔礼道歉:"贺老师,娃娃居然这样做,我几乎不相信,我马上赶来,让他给你道歉。"

"你还不相信?难道我诬蔑他不成?你自己的娃娃是什么样子你不知道?会做出什么,你心里没数?"

"我马上来,让他立马给你道歉。"

"这个歉,道不道无所谓,没必要,被他侮辱我不在乎,但全校的老师都被他侮辱了,你把他领回去就是。"对方掷地有声地说完,不再听他解释,把电话挂了。

陆运红气不打一处来,马上放下手上的事情,从工地上开车直接奔回市里。他来到学校,找到儿子所在的班级,儿子已经不在,位子是空的,班主任还在门口,监督着大家做卷子。陆运红忙走到老师面前,深深地鞠了一躬:"贺老师,这个事情,是我没把娃娃教育好,对不起,把他叫出来,我马上严厉地管教。"

"我已经说得很清楚,不需要你们道歉。我已经让他离开了。毕业的时候,他来考试就是,这段时间不要再来班里。"

老师的口气不容协商,喷出的怒火让陆运红都笼罩在愧疚之中,他已经不知道该如何措辞,如果能用向全校师生甚至全市人民公开认错的方式来化解老师的愤怒,他可以马上照办。他要求看看儿子的卷子究竟写的什么,老师说,卷子在陆迎轩那里,然后转身回到教室,不再理会他。陆运红虽然羞愧,但又对这位老师的表现感到一丝气愤,可她只是二十多岁的人,除了学校,鲜有同社会其他方面的接触,生活面狭窄,长期居高临下教育学生也让她的脾气比较大。不管从年龄还是阅历上,他都不应该和她计较。他再次对着已经背向自己的老师,说:"贺老师,这事真的对不起,我回去会狠狠地管教他。我这辈子没有出手打过人,这次要破例了。"

此时的陆运红,确实是已经气得忍无可忍,尽管还不知道孩子究竟画的什么图,写了什么无法无天的话,但已经不可能原谅他,纵使菩萨心肠,也必须有霹雳手段。他马上赶回住处楼下,咚咚咚地敲陆迎轩的门,门虚掩着,一推就开。他进屋就厉声吼道:"陆迎轩,出来,出来!"

屋里没人回答,他四处看了一圈,空空如也,心里大惑,又喊几声,仍然没人。他以为他出去了,会马上回来,一下子坐在沙发上,喘着气,手不自觉地用力地在旁边的桌上拍着,才知道自己亡羊补牢负责的儿子,原来是根本无可救药的货色,心口阵阵发痛。过了好一阵,仍然不见儿子的影子,他又站起来,忽然发现旁边的桌上有张字条子:

"爹,对不起,我早就不想学习了,我就是个废物。我实在没忍住,画画丑化老师,骂也就骂了,后悔也没用的。我知道这回你不可能原谅我,这么长时间让你操了不少心。爹,我走了,永远不回来了,谢谢你。"

这张条子,又让陆运红顿时恐慌,以为他要寻短见,刹那间觉得自己在哪方面都成了罪人。而这几声"爹",说明陆迎轩在心理上既害怕，又是认可他的，就凭这一点，他也不可能对他放弃不管！会不会真去寻短见了？到哪里去找他？陆运红再顾不得什么，忙给补课老师打电话，看他在不在那儿。补课老师回复他说，不在，这几天也不是补课时间，他没来。他忙拿着条子，重新跑到学校，此时已经下课，班主贺老师不在，他忙走进去，找到和儿子同桌的同学，把他拉到外面，悄悄向他询问陆迎轩究竟在试卷里画了什么，写了什么，老师念了没有，告诉他陆迎轩已经离家出走，问他能不能帮猜测可能去了哪儿。

这位同学也是成绩不太好，所以被老师安排与陆迎轩同桌。他小声告诉陆运红，陆迎轩自从转来班上，贺老师就不太喜欢他，因为他成绩不好，还让他最好别来上课。陆迎轩总受到老师的歧视，心里也不爽，确实在卷子上的作文旁边画画，把班主任画成了眼镜蛇，并且骂老师，老师念了。他在作文里说老师脾气比谁都怪，其实这是同学们私下里对班主贺老师的共同评价，不少同学都因为高强度的学习而对老师们恐惧又反感，私下里都对各科老师有着不同的非议，还给他们取了绰号。没想到这些就被他写到作文里去了，大概老师是第一次知道，所以特别气愤，指着陆迎轩骂了许久，还让全班同学都不要和他来往。

贺老师本就年轻，年轻自然爱美，又是女的，却被学生丑化，肯定心里愤怒至极，这是事实。卷子已经被陆迎轩丢了。同桌极力地帮陆运红分析陆迎轩可能去的地方，他说他俩平时关系还好，晚上陆迎轩可能会在QQ上给他发消息，一有消息，他马上联系陆运红。陆运红因为常与儿子在一起，反而没有他的QQ，想到这里，他忙回到住处，打开电脑，找到儿子的QQ号码，忙把他加了上去，焦急地等候回复。

直到晚上，仍然没有陆迎轩的任何消息，陆运红感到心惊肉跳，生怕他真想不通寻了短见。他再次来到学校，学生们正在上晚自习，他把陆迎轩的条子拿给班主任看，说："如果方便，请贺老师帮忙问问同学们，看有没有谁知道他可能的去向。"

"怎么，他自己离家出走，难道你要来怪我？"老师质问道。

陆运红忍无可忍，说："贺老师，我的要求并不过分。告诉你，我娃娃即使学习再差，纵有千条不对，这件事情上，你作为老师，也应该事先跟我沟通好，由我来做娃娃的工作。或者，你认为他侮辱了你，你甚至可以提起法律诉讼。如此粗暴地将他赶走，命令他不准来上课，已经违反了《教育法》，知道吗？今天，你在和家长没任何交接之前，不当地驱逐，导致他离家出走了，如果娃娃就此寻了短见，你有不可推卸的责任！要不我们一同马上去见校长，或去公安局报案。"

老师的口气勉强软下来，极不友好地站到讲台上，大声问下面的学生："有谁知道陆迎轩大概去了哪里？"

没有学生回答，陆运红站着不动，冷冷地看着她。老师开始不自在，心里也有些紧张，又将几个差生挨个叫起来问，她认为物以类聚，人以群分。终于，一个学生说："陆迎轩偶尔在人民路的青青草网吧、商业路的小猪猪网吧，还有平安大道的白云网吧里。"

老师说道："你马上去一趟，看看他在不在。"

"不用，我自己去，如果不在，我再回来找你。"陆运红说着，转身离开了教室。

他先赶到平安大道的白云网吧，平生第一次走进网吧，里面上百台电脑如同谁布下的一个军马阵。吧台的网管小声问他："先生，你找谁？"

"有没有一个叫陆迎轩的娃娃来？"

"是学生吗，多大？"

这里并不是实名制。陆运红忙说："十八九岁，男孩。"

网管努力地回忆，片刻后，领着他一排一排地查看，里面灯光比较暗，看了一遍，没有发现陆迎轩。陆运红又重新看一遍。网管说："要不如果待会儿有这样的人来，我给你留意一下。"

他忙把电话号码留给了网管，又直奔青青草网吧，同样没找到，他心里更急了，又留了电话号码，几乎想立即去公安局报案。他忍了忍，一路遇上不相关的网吧，只要看见了，就情不自禁地跑进去看。

到夜里十点多,他已跑了十来家网吧,既失望,又焦躁,怒火上涨。到了商业路的小猪猪网吧,和网管说了两句话,他就开始查,查到第三排,忽然,有个男孩站起来就往门外溜。他看清楚了,正是陆迎轩,忙厉声地把他叫住,陆迎轩还要跑,可脚下绊着什么,跌倒了。他怒不可遏地冲上前抓住他,再也忍不住,抬手就给他两巴掌。陆迎轩脸上出现几道红印,一言不发,闭着眼睛,眼泪流了出来,好像知道已经不可能再跑,干脆规规矩矩地站着,低着头,听天由命,准备迎接一次更猛烈的打击。此时,陆运红见到他的眼泪和这个神态,又猛地心软了,再次举起的手放下了。两人僵持着,网吧里其他人都开始往这边瞧。想到这公众场合,自己简直没给他留点面子也不对,他的态度不自觉地来了个一百八十度的转变,低声说:"我找了你这么久啊,一下午,有什么事不能跟我讲,我不责骂你,行了吗?"

陆运红拉着陆迎轩的手离开网吧。陆迎轩依旧一言不发,任凭他拉着。父子二人走着,没打车,一路上一句话也没说,回到住处。

陆运红用电热壶给他烧了水,让他先洗脚,然后说:"一切我都已经知道,我不问了,我求你,只做一件事,行不?首先写认错书,明天我和你去学校,一份交给老师,一份交给校长。你诚恳认错,再给老师道歉,请求上课,把这学期最后这两个月坚持下去吧。"

陆迎轩抽泣着,他恐惧老师把家长找来,不敢承担后果。父亲打的两巴掌,他一点没想到反抗地承受了,从来没被人打的他其实内心深处感到了自己是被爱的,至少从这两巴掌中,他体会到了亲生父亲对自己是真心负责的,这反而强化了他对父亲的认同感和归属感。陆运红却不了解儿子此时的心理,他心如滴血,只认为终极责任还是在自己,都怪自己当年的无知与仓促。最终,陆迎轩听了他的建议,表示按他说的去做,给老师道歉,只是他坚持自己去,不要父亲陪同。陆运红只得暂时依他,知道此时不能过分违拗他,这有如自己当年。第二天,他没心情去工地,送陆迎轩到校门口,在外面等候他给老师道歉的结果,看他是不是能被老师允许上课。

中午放学的时候,陆迎轩才出来,陆运红也等到了中午。他没有被老师驱逐,说老师答应让他上课就是。陆运红听出了这话的意思,不管从哪个角度来看,都是不可救药的,此时儿子面临的所谓高考,基本上大势已去。他对他死心了,不敢奢望他考什么学校,只要他活着就好。

他又担心女儿的成绩,忙给女儿发QQ消息询问。陆迎秋告诉他,她的成绩是很好的,现在已是班上的第一名,考重点大学应该不成问题。陆运红听着,不管真假,感到一丝安慰,只愿意相信它是真实的。他对女儿说:"做爹的,所有希望都寄托在你身上了,你好好考,如果你能够考上985或者211大学,我给你两万元奖励。"

"怪不得到处都在传说你是大老板,不简单,有钱人,果然出手大方!你想想,你除了给我钱,还能给我什么?"女儿口气中含着讥讽,简直是一副大人口气,"不过,钱亦我所欲也。"

他回复道:"我觉得我不仅活得累,也活得贱啊。"

"老人家,你什么意思?"

"准备双手给人送钱,却被人劈头就骂,人家骂完后,还是要收钱,贱不过如此。"

"老人家呀,我是怕却之不恭呀。"陆迎秋在QQ里发两个可爱的表情符号来扭转刚才的口气。

陆运红回复道:"这么大了,别再撒娇了,除非想申请最高龄吉尼斯撒娇奖。"

"在你老人家面前,再大也是孩子啊。"

和女儿聊了会儿天,陆运红暂时缓解了一下心情。但是,他真的感到了心累,开始大半夜睡不着觉,睁着眼到天明。他又想到必须抽时间,把自己念书时的某些经历和婚姻上的经历告诉女儿,因为她即将进入大学,他可以给她提供一些参考和教训。女儿是他唯一的希望。

第110章

由于管理严格，他的工程上基本没有出现过大的问题。东永县的几条公路高标准地完成，在全市获得了好评。今年就有四个县主动联系，邀请红信公司投标参与他们县的公路建设。东永县的公路已经建好，能够抽出人来。于是，他让袁旭带着杨休他们几个花上十来天的时间，把这些招标路段对照着图纸全部跑一遍，把重难点工程圈出来，要拍照，回来他再重点看，提意见让他们编标书。最后，按惯例程式操作，四个县的工程他们都中标了。四个县的工程都是第二批灾后重建项目，所涉资金量达到八千万左右。虽然是邀标，但同样要分别到各县去，分别拜访感谢主要领导，这也是铺垫人脉，为以后的业务打基础。他带着袁旭、蒋承兵和钟正军他们，一个个县去联络，用了一周时间才基本应付完。此时他不能再让袁旭他们陷于每一个具体的工程，而是让他们只抓安全和质量，其他的快速分包下去，基本每人负责一个县的工程。各县"甲方"转弯抹角介绍人来接工程做，陆运红宁愿少赚甚至不赚，也要牢牢将他们的质量盯住，不能让他们赚钱却毁了红信公司的名声。他建议每个县由公司先指导着做上一公里示范路段，所有参建单位都派人现场学习，然后回去照此样板施工，如此将任务安排下去。

在收到预付工程款后，他让财务上先抽出几十万。几个跑工地的"虎将"袁旭、蒋承兵、钟正军、骆江平、杨休等，每人补助十五万买车，超出部分自负。这既是工程上的需要，也是公司形象的需要，只是要求他们先以公司的名字开发票，因为将来可以在名义上将其纳入公司的资本中，为公司升级作财务资料上的准备。这个额外的福利让他们几个人欢喜不已，还没学车的骆江平也马上报驾校学车。同时他们也感到如此一来，陆运红的那辆二手车反不如他们的车，这是很不好的，建议他卖了，再买辆新车。陆运红已经开顺手了，倒不在乎这个问题，只要能让手下人感到高兴，他也就满足了。几个大将更加踏踏实实地工作，全力以赴，帮他分忧。

　　高考如期到来。高考的第一天，他没去工地，陪着陆迎轩，送他到学校，给他打气。陆迎轩反而更害怕了，希望他不要过分关心自己，他只好不再去。可这几天，他也没去工地。除了记挂着陆迎轩的考试，他还记挂着父母。三姐打电话来说，她昨天去了老家，母亲有点犯风湿病，她准备给她买药，母亲自己也在找草药，所幸最后她说没大事，他又勉强放心些。

　　考试结束，他看到陆迎轩的表情，就已经没勇气过问他的成绩，估计问一次就是受一次罪，却开始盼着老天爷能网开一面，让他在考场上发挥得好一点，只要他能考上个大专就行，至少让家长不至于颜面扫地。考试结束后第三天，他终于壮着胆子问陆迎轩："这回考得怎样？"

　　"一般吧，也不差。"陆迎轩说。

　　他希望他这句话是真的，不敢再往下问。如果终生能这样糊涂下去，得不到结果，他也愿意接受。他又给女儿打电话，希望能在女儿的回答中寻找点安慰，女儿满不在乎地说："老人家，你说给我两万元，届时别后悔啊！"

　　他顿时欣慰了，说："只要你能顺利把钱从我荷包里拿走，我马上回家去，去给列祖列宗烧香。"

　　父女二人又在QQ上聊了许久。女儿还告诉他，上回别人给母亲介绍的那个男人，母亲可能去看过，也可能没去看，但是后来就没有听到下文，她现在还是一个人。陆运红听着，已经没有信心给郑彦秋打电话。他和郑彦秋相处太久，彼此太了解，无须言语，其实都知道彼此的想法。根本原因不是陈雨霏，而是他身边的陆迎轩，这已经是无法回避的事。换位思考，自己若是她，这照样会是一道难以跨过的坎。他趁着女儿高兴，想到反正自己已不可能和郑彦秋复合，就坦率地把自己过去的婚姻经历告诉她，把和陆迎轩的关系也告诉了她，并且说明陆迎轩现在就在这里，自己责无旁贷。

他自从把陆迎轩接来以后，没对谁聊起过这个横在自己和郑彦秋之间的巨大矛盾，一直埋在心底自己咀嚼。这次对女儿说完，他才发现渐渐长大的女儿已经成了自己不可多得的一个倾诉对象。聊后，他感到一丝轻松。陆迎秋如同听着这个传奇故事，几乎不敢相信，发了几个迷惑的表情，又发几个佩服的表情，然后向他表示，她想去做母亲的工作，让她回心转意。陆运红忙制止，让她千万别掺和大人的事，此事是不可能的，陆迎秋也就作罢了。他又告诉女儿，让她在以后的生活道路上，汲取他的经验教训，毕竟她已经长大了，会离他越来越远的。

总之，女儿比儿子成熟懂事得多，两人不可同日而语。陆迎秋特别关注自己莫名其妙地多了个哥哥，她对此一股莫名的兴奋，毫不反感，年轻人的观念已然和上一辈大不相同。尤其是听说陆迎轩就是当初学校里的王宣，她更惊奇，因为王宣在同学中吹口哨好是很有名的，她远远地听过一次。虽然她知道父亲的口哨吹得很好，可怎么也没把王宣和她的父亲联系在一起，这下子啥都明白了，简直无须去做DNA鉴定，她恨自己没有遗传到父亲的这一特长。

她说她要来好好瞅瞅这个哥哥，陆运红认为可以。虽说陆迎轩的出现是个意外，可是仔细想来，这个年代的孩子基本都是独生子女，女儿能有个哥哥，这是难得的运气了。他又想到如果当初就让他们二人相识，说不定女儿就可以直接成为儿子的课外辅导员呢，说不定儿子的成绩还能好些。

他下楼下夫看陆迎轩。考试结束了，他当然可以名正言顺地轻松些，正在电脑前天不管地不管地打着游戏《雷电3》，这类东西他无师自通，陆运红看着，就又有一股无名火涌上心头。他自己是个将忙碌作为常态的人，见到别人无所事事就难以接受，尤其是最亲近的人如此，他心里更不能原谅。老天爷偏偏送一个这样的人来到他身边，故意要和他过不去似的。他说："你现在没事做，明天跟着我去工地上干活,做一天,有一天的工资,这比打游戏有意义。"

陆迎轩领教过工地上干活的苦,张口就找理由拒绝:"可是,我还要等着看成绩。"

"等着看成绩?"他惊讶于儿子这个理由,想说他那成绩,估计没有等的必要,顿了顿改口说,"我指的就是高考成绩还没下来的这一段时间,还有二十来天,你做活呢,每天五十元,还可以有千把元收入。"

千把元收入?这几个字把他吸引住了,可他又说:"爹,我知道,你就会让我做那些出苦力的活。"

陆运红确实是这样打算的,要让苦来磨炼他,便问:"那你想做什么?"

"爹,不是我卖惨,你想我这么多年来过得也算苦吧,我这辈子简直是来渡劫的……你的公司将来不是我来管吗,我想跟你学管理公司。"

陆运红听着他的逻辑,不知该哭还是该笑,看着他,即使笑也笑不出声。只能一步一步来,先引导儿子干活,不打游戏,陆运红愿意做出让步,于是说:"管公司,也得先从最基础的开始熟悉啊。这么办,不挑泥,不抬土,不和灰,不搬石块,先给你安排些稍微轻松的活,就学开搅拌机吧。"

他勉强答应,因为害怕坚持拒绝会激怒亲爹,陆运红一板着脸,他心里是很害怕的。

第二天,陆迎轩就在工地上学开搅拌机了。

高考成绩出来了,录取分数线也划出来了,陆迎轩的分数比平时几次摸底考试时提高了一些,可只是提高了三十来分,离专科线都差二十五分,隔着半个坡的距离,民办专科学校或者职高之类的学校倒是可以上。这类民办学校在陆运红心里,学习氛围不好,就是为了防止落榜而又青春期躁动的年轻人给社会添麻烦,把他们收进去约束着,让社会、家庭都省心的。他问陆迎轩愿意不愿意复读,陆迎轩说,宁愿在工地上干活也不想读书，更不想复读，打死都不想。陆运红近乎央求地要他继续念书，只是不复读，无论如何得有个大专文凭吧。虽然现在大专文凭已经和二十年前的情况不可同日而语，但有总比无好。他苦口婆心地说了许久，比当初母亲央求自己念书还费心，陆迎轩才勉强同意继续念书。陆运红决定让他选择本地的一所学校，因为远了怕更管不着他，后果更不可预料。

女儿陆迎秋的成绩果然是很好的，超出了重点本科线五十多分，陆运红得知消息，激动得在屋内踱来踱去，半天不能平静。陆迎秋说她想选择科技大学临床医学专业，陆运红完全支持，女儿的成绩冲淡了儿子给他带来的低落心情。他遗憾的是，在女儿的成长过程中，自己并没有付出什么，几乎都是郑彦秋在负责。为了弥补这份遗憾，他信守承诺，让女儿发来银行卡号，要第一时间把许诺的两万元打给她，陆迎秋当然马上就给他发来了。第二天，陆运红一高兴，又多给一万，直接打给女儿三万。这三万元，虽然只换来了陆迎秋美滋滋地发来的几个谢谢的表情，但他看着，感到前所未有的舒心。他告诉女儿："开学的时候，学费、路费和生活费另外给，你报数就是，以后都由我给，就别再跟你娘要钱了，她工资不是很高，就让她自己用吧。"

"我哪里还用得着跟娘要钱？有个这么有钱的爹，还怕后半生靠不上吗？我常说，我这个爹，有才学，品貌又好，还会赚钱，周府那些老爷、太爷，也没有我爹这样一个体面的……你不知道，得罪你说，本姑娘这一双眼睛，却是认得人的。想着先前，准备投胎时，看了多少人家，总觉得自己是有些福气的，毕竟要投个有钱的爹，今日果然不错！"

陆迎秋随手就把《儒林外中》中范进的老丈人胡老爷的话套过来，揶揄她爹。陆运红看着，虽然无心的轻狂表态招来了女儿的一番挖苦，但心里依旧有说不出的畅快。

末了，陆迎秋告诉他，开学的时候暂不另要钱，这三万元用完再要，然后她说想来市里看看这位哥哥。陆运红于是跟陆迎轩说了。陆迎轩听着，有些不好意思，明显是不想见，可又不能拒绝，只好吞吞吐吐地说："我也想看看……妹妹。"

第二天，陆迎秋来到市里，她一个人来的。陆运红前所未有地高兴，亲自开车到车站去接她来到工地，简直要让所有的人都知道这是他女儿。陆迎秋说，她没把今天来的事告诉母亲，只是说来见同学，母亲同意了。她又告诉父亲："娘已经知道陆迎轩哥哥在你这儿，我对她说的，娘确实心里很气愤，她听着就让我不要说，她不想听。"

陆运红对此一点不意外，没发表意见。女儿又告诉他，她把爹给她三万元的事也告诉了母亲，她倒没说什么。父女二人聊着，来到地震安置房的工地上。工程已经接近尾声，陆迎轩正在开搅拌机，戴着安全帽，身上尽是泥，红扑扑的脸上沾着灰。陆迎秋问："这位就是我哥啊？"

"不像吗？"陆运红说。

陆迎轩看着陆迎秋，觉得自己脏兮兮的，挺不好意思，差点想钻到地里。陆迎秋已经看得眼睛也不眨，说："老爸，难道你没感觉到我的哥哥是很帅的吗？怎么干这活？"

"我眼拙，没看出来。更没有哪本书规定，帅就可以不干活。"陆运红说。

"有些人，帅得很辛苦，拼命地搞些花哨的头型、服装，成天收拾来收拾去。瞧，哥哥一点没收拾，就胜过他们十倍。"

陆迎轩用搅拌机旁的抹布随便揩揩手，望着陆迎秋尴尬地笑着，还不知道该如何说第一句话。陆运红看看时间，还有至少半小时才能下班，说道："你忙吧，我和你妹就在旁边的工棚里等你。"

陆迎轩转身又去开搅拌机，父女二人来到工棚里。袁旭今天上午不在，手下的工程安全员小周在这里，他忙吩咐人买包好茶叶来。工地上一般不喝茶，都是喝桶装纯净水。陆运红忙制止小周，然后自己倒一杯水，又给女儿倒一杯，放在她面前，两人坐着等。工地上都已经知道陆迎轩是陆运红的儿子，大家都惊讶于老总的儿子被安排来开搅拌机，成天脏兮兮。大家和陆迎轩开玩笑的时候，他也绝没有那种趾高气扬的公子哥气，而是低声下气，好像比谁都矮一等似的。大家已经把这当成很励志的现实故事，传得沸沸扬扬，其实个中的苦只有陆迎轩自己知道。小周过来陪陆运红父女，不知内情的他张口就夸奖陆迎轩如何踏实肯干，如何从不张扬，将来肯定是难得的人才，只有陆总这样的家庭才能有这样优秀的苗子。陆运红听着，苦笑一声，不好接话，只是让小周多帮帮他，让他别制造麻烦就是。

不一会儿，下班时间到了，陆运红让陆迎轩过来，在工棚里用干帕子把身上的灰掸掸，摘下安全帽，再把水打来，把脸洗干净。陆运红带着二人来到附近的饭店，让他们俩点菜。陆迎秋没下过馆子，茫然地看看菜谱，递给陆迎轩，说："哥哥点吧。"

陆迎轩怯生生地拿过来翻着，只点了几样工地上民工们常吃的菜：炒回锅肉、卤猪头肉，还有豆腐。他说这几样菜就行，然后递给陆运红，望着他。陆运红拿过来看，陆迎轩点的是几样最便宜的，看来他知道只能吃与自己的收入水平相当的饭菜，不管他是真心的还是做给他爹看的，都让他感到一丝欣慰。他给添了两样店里的招牌菜——干锅兔子和十二味烤鱼，当然贵得多，再拿几瓶饮料。兄妹二人看着，笑了，然后三人开始吃饭。

陆迎秋对陆迎轩说："你吹口哨很好啊，咱们学校里不少人都说，你吹的口哨让人陶醉。我从你们教室外经过的时候，听你吹过一次。你和老爸相比，谁吹得好？"

"爹也会吹口哨？"陆迎轩惊讶地问。

"肯定嘛，你还不知道吗？不然你以为你是谁教的？"

"这……"陆迎轩回答不上来，说自己上初中的时候，好像某一天突然之间就会了。

"遗传也怪，传男不传女！偏偏我就不会。"

"我可以教你，妹妹。"陆迎轩说，这一点上他表现得很积极。

"那好啊，我想马上就学。"

陆运红看他们二人能聊到一块儿,说:"你们聊吧。陆迎轩呢,今天下午就算放假吧,我帮你请个假,你就陪妹妹在市里走走。"

"嗯,好的。"他急忙答应。

吃过饭,陆运红就不再陪他们,任他们自由去逛,加深感情。

第111章

秋季开学的时候,陆运红要开车送女儿,陆迎秋说不用,她想自个儿去上学,于是陆运红让她汇报了路线及时间安排,嘱咐她注意安全,然后放心地让她去。陆迎轩因为成绩差,在他爹的要求下,填报了云津第二职业学院,当然被录取了。这个学校离家有十来公里,每周末他可以回来,方便父亲随时了解他的学习、生活动向。

现在,陆运红基本上承担着三个孩子上大学的费用——程迎夏、陆迎轩和陆迎秋。可是三个孩子都在上学,平时不在他身边,孤独成了他的常态,他将更多的精力投入到公司的工程中,忙碌着。有时半夜醒来,他忽然感到现在除了工作,无事可做,甚至连人生的意义也找不着了,不禁觉得空虚。现在来他的工地上干活的老家的年轻人很多,大多数他都不认识,只是偶尔听他们互相介绍时才知道他们是本村的。他鼓励他们进城里发展,在城里安家落户,别浪费了现在的社会环境。市建设局又在进行一次小范围的城市规划修编,还请陆运红参加会议。他到会后看到专家很多,虽然没发言,但了解了未来云津发展的计划,也能为公司以后的发展多一些方向性的参考。

他经常忙于公司的事和陆迎轩的事,住了这么久,跟同栋楼的人几乎没有来往。这天从外面回来,他正准备回陆迎轩的屋子,见对面的门开着,四五位老人正在门口寒暄,手里都抱着几卷书画作品,讨论着哪个字的章法问题,他奇怪地多看了两眼。以前在学校的时候,他和戚永辉跟傅老师学习过书法,但已忘得差不多了。回屋之后,一个人待着也闷,于是他过去看,听他们讲解,不料对方还知道他,忙跟他招呼:"陆经理,屋里坐吧,屋里坐。"

对方很热情,于是他随着几人进了邻居的屋里,屋里堆满了书画作品。他略一问才知道这里住的原来是原副市长曹市长,他已经退休七八年了。他们几人都是市诗书画协会的会员,曹市长还是会长。诗书画协会是一批退休的老年人组成的团体,他们在诗书画的天地里老有所乐。为扩大队伍,传承传统文化,曹会长正在招会员,同来的几人都是才进协会的。陆运红看着他们的作品,只是说好,其实他根本没有这方面的判断能力,即使有点儿,也退化得差不多了。多年没摸过毛笔的他,在他们的鼓励下,从曹会长的书案上拿起毛笔来,铺开宣纸,随意写了几句贾至的诗:

"银烛朝天紫陌长,禁城春色晓苍苍,千条弱柳垂青琐,百啭流莺绕建章……"

"嗯,不错不错。"曹会长说,其他几个人也附和说不错。自己的书法是啥水平,陆运红是有自知之明的,当然没把人家的应酬话当回事。但是,曹主席拿着他的字,就动员他加入诗书画协会。他听着想笑,猜想这相当于大观园的女才子们办诗社,要邀请文墨不通的王熙凤参加。不过对方担任过市领导,结交他也不错,说不定以后对工程有好处。陆运红又抱着一点好奇和怀旧情结,便也乐意加入,向大家学习。除了工作之外,他一个人在屋子里,就算有了打发时间、排遣孤独的方法。

诗书画协会的会费倒也不多,每人一百元。曹会长说:"陆经理参加,我们这个协会就有救了。"

看来这个协会确实比较缺钱,对方言语中充满了期盼。因为大多数入会的人,他们的书法其实是不值钱的,既然对方这么婉转地说了,又是邻居,陆运红也不便表现得寒碜,表示给一百元会费,不破规,另外再赞助五千元,曹会长忙表示感谢。这是诗书画协会成立以来收到的第二笔五千元的赞助,第一笔是市文化局出的。曹会长又表示要给陆运红争取一个顾问的位置,下次协会开会,他提前邀请他,显然是有放长线的打算。陆运红在他的盛情之下，就在他家里和几位会员一起吃了晚饭，吃完才回到家里。从此，他便成了诗书画协会会员，尽管他不会写诗，不会画画，书法水平也值得怀疑。

过几天，曹会长把书画协会的证书给他办下来了，还在晚上等着他，待他回来，亲自送给他。曹会长还送他一套墨、笔、砚和一大卷四尺中堂纸，又聘请他当顾问，聘书也给了他。他欣然接受，算是让成天跑工地的自己沾点文气，说不定以后打造企业文化还用得着，平时一人在家里没事时，这卷书画纸也可以拿来胡乱写写。

钟强出狱了，蒋承兵组织好几个小车到岩口监狱的山下去接他，给他买了一套新衣服，带了鞭炮，还带了一个盆子，在山下先打了水，让他将手放在盆里象征性地涮涮，表示"金盆洗手"。全身的旧衣服换掉，表示将过去的一切全部抛开，迎来崭新的未来。最后燃放了鞭炮。这些仪式过后，他们接着他先回到市里。陆运红没去，他不想在监狱这种场合表现得与钟强过于亲近，虽然他丝毫没有歧视钟强的意思。他只在云津饭店里等候，备好了几桌酒，为钟强接风洗尘。

钟强此时已经不喜欢大家如此对待自己，因为进监狱总归不是有脸面的事。他只希望能够平静，悄悄地出来，可本地的风俗是这样的，他也无法拒绝蒋承兵等人的好意，像木偶一样被安排着，走完礼仪程序，来到饭店里。

大家都敬钟强的酒，钟强一杯都不喝了，说以白开水代替酒，感谢大家的好意，然后表示他明天就回老家，真不想再出来混了："我只想回家里，先给我死去的老爹磕几个头，然后把家里收拾下，照顾好娘和哥哥，过好后半生就行了。"

陆运红不同意他的想法，认为他现在应该这样办："第一，先打听前妻唐贤英，毕竟有两个孩子在她身边，你难道一个都不想？任凭人家男人养？争取要回一个孩子吧，要么再结婚生子。第二，还是回工地上。公司正在三个建筑资质三升二的最后阶段，工程上也需要人才。至于农村那个家，至于你母亲和你哥，万不得已，就全部搬到城里来。"

钟强只是摇摇头说不，俨然一副洗心革面的样子。陆运红看着他，说："如果你着实想回到老家修身养性，那也行，就先回去吧，其他的暂不多说。"

第二天，陆运红开车送他回老家去，这一路所经的路段，几乎全是红信公司新建的。两人一路聊着，陆运红这才又要求他回到自己的公司，一起打拼。钟强沉默了许久，说："小四哥，你看看，我在外面摸爬滚打近二十年，所做的工程，资金总量加起来还不如你这一个项目，这就是能力和境界问题。这辈子我都无法赶上你，你才是做工程的。即使是我要参与，也绝不敢承担你的'一起'两个字。"

"话也不能这样说，你二十年来所做的工程，资金量是不可能以现在的物价水平来衡量的；正如我现在做的工程，也不能以二十年后的物价来看待。当年你一个大哥大、一个传呼机，都把我惊得自信心受损，总的看来，你还是那个时代的佼佼者。"

"那时做工程，全凭胆大，那一套已经不适应现代了。"

"是的，现在所有流程越来越严谨，越来越规范，时代在进步。以前的手段、操作模式将会渐渐退场，只有跟上时代的风向，才能更健康地生存。"

"我现在只想清静。"

"那先清静一段时间吧，届时给我打电话就是。我有三顾之诚，如果需要的话。"

农村现在人越来越少，像钟强这样在外面热闹惯的，回去根本待不住，回老家长久住，其实只是一时的想法，陆运红是这样认为的。过些时候他想出来，再给他台阶下，请他出山就成，工地上确实需要他那样的人。

车到了白雁五队地界，钟强无论如何也要他停下，说他要步行回家。陆运红大不解。钟强说，监狱里有个黑社会老大，半年前出狱时，车车马马、吹吹打打、趾高气扬地回家，结果没到一个月，又被送进去，成了监狱里的一个笑话。他虽然不是黑社会，但总是坐过牢的，还如此坐着"大老板"的车回来，不好，而且他已经感到俗气。陆运红就依他，等他下车，过了许久，估计他到家了，他才开着车去老家。

陆运芹正在这边家里，还在帮着母亲收拾豆子，见到陆运红回来，她忙放下手中的活，给他倒了盅茶。陆运红发现，三姐有不少白头发了。他接过茶，望着她的白发，没回过神来，三姐问："你看啥？"

"没什么。"他说着，坐下喝茶。三姐问孩子在公司的工作情况，陆运红说，现在杨标的工资也至少是在机关单位工作的同龄人工资的两倍。杨标前不久去参加机关单位的招聘考试，考上了但没去，他已经不愿意去机关单位了。两人正聊着，母亲和父亲回家了，父亲背着猪草，母亲见儿子回来，准备做饭。陆运红发现，母亲越来越像当年外婆的样子；父亲耳朵有些背，陆运红和他说钟强已经刑满释放回家的事，连说两遍，他才听清。

陆运芹继续和弟弟聊着，她说父亲和母亲七十多岁了，还要在地里忙，已经忙得麻木。陆运红忽然感到，父亲和母亲几乎没问过自己办公司的事，他们和自己已经被分割成了两个世界，他的成功，好像已与他们毫不相关。他对三姐说："这样吧，我想你替爹和娘做几件事：第一，安排好明年的土地，别再种了，都租给别人；他们老了，让他们休息……"

"租给谁，哪家的地都种不完，都没人种了，谁还来租你的地种？"

"那就直接不种吧，以后买粮，钱从我这儿拿就是。"

"粮食倒不贵，每年他们两人在家里能吃多少，大不了千把斤谷子，千把元钱，我也能买。"

"毕竟现在我用钱比你方便些。"

"关键是他们闲着难受，看着地荒更是心疼，肯定会去继续种的，尤其是爹。"

"这个，就由你想想办法，让他们别再种了，你们家也别种了，回去把家里安排下。我要说的第二点是，给家里装上固定电话。第三点是，你和杨成立一起带着爹和娘，出去走走看看。爹和娘这辈子没出过远门，你也没出过远门，好像只有姐夫常在外面跑跑……你们路上小心些。杨标的爷爷不在了，奶奶还在，也带着一起出去吧，他们老人多个伴。你们计划着，愿意去哪儿就去哪儿吧，以上的所有费用呢，就算我的，我回公司去，让杨标先给你汇三万回来。用完后，跟我说就是。"

"那不如你带他们去，你还有车。"

"我着实太忙，抽不出时间，这事就拜托你和杨成立。"

"我们去哪儿？估计爹和娘也不会去。"

"慢慢做工作。"

吃饭的时候，陆运红接到杨休打来的电话，金鸿公司准备和红信公司合作再投一块地，要和他面谈。他吃过饭，匆匆离开了。

第112章

陆运红修的安置房已完工，可是工程款还有百分之二十没到账，相当于把工程的利润完全陷进去了。这样拖下去，是相当危险的，他所做的工程，还没有出现过这类事。他跟郭永光沟通，郭永光也在帮他努力，但市财政已经拖欠了很多家单位，一时半晌没法。好不容易，郭永光带来一个消息，市里分管领导给出了个折中的解决方案：在规划图上还有一大块空地，原准备用于修建小区广场，不建广场的话，还可以修建三栋楼。郭永光的意思是，分管领导打算让规划科修改规划，再加上三栋，这三栋由红信公司自己出资修建，自己卖，卖后抵工程余款，也就是土地性质变一下，按最低地价算，每平方米二十元，税费同样减免。他问这么办，陆运红愿意不愿意。陆运红在心里默算了一下，三栋楼，每栋两个单元，共六个单元，每单元八层，共九十六套，大约一万平方米，按如今商品房的价格算来，即使税费减免，利润能达到近两千万，还是抵不回尾款，差百万。虽然差得不多，可是这样拖下去，没完没了是问题。他不用多想，认可这么办，只是在建设局里调整规划的时候，他希望再放宽一点，多修一层。郭永光又跟分管领导反映，下午打电话来，告诉他，领导们开会讨论后同意了。陆运红想到届时将底层全部改成铺面出售，这样所获的利润应该能填补欠款。协议就这样达成了，他让袁旭与杨休一起去把协议签了。

也就是说，这个工程前期没有了任何结余，现在又要重新组织材料施工修建，投入成本。这点还不成问题，正如去年陆运红和金鸿公司合作时所预料的，次贷危机并没对本市的房地产带来伤害，房地产业的发展略有停顿，又在突飞猛进。红信公司先办了预售许可证，预售三分之二的房屋，用预售款作为材料费。预售六十套，每平方米三千二百元，两天就全部预售完。购房户的预付款现金到账八百多万，工程顺利开工。

王新宇也辞职来到公司，陆运红特别欢迎他，一边安排他与骆江平一起管工地，同时让他开始主管房产销售。

他给了杨标三万元，让他带回家里给他母亲。不久三姐打来电话，在电话里叹着气说："我已经多次做了爹和娘的思想工作，他们根本不愿意出去走，说年龄大了，害怕在外面出事，回不了家。娘说坐车晕车，不敢坐。至于田地的事，我和杨成立一起来家里劝他们，勉强劝服了爹，从明年开始，不再种田，我们也害怕他不慎在田地里摔倒。我和杨成立为了不给他们留后悔的余地，已经把牛卖掉，让他们明年绝对没法种，卖了三千元。为那牛，爹还和我们吵，他担心牛被别人买去杀来吃，后来听牛贩子说，卖给了一队的一户农民，对方是买去耕地的，距离不过十来里路，他才同意。卖了几天，他还不放心，又一个人走十多里路，专门去看了他的牛，看到确实没被杀，才放心。这两天，他心情还不好，在家里闷着，我们也不敢惹他生气。"

"那慢慢做工作吧，不急于一时，慢慢做。"

三姐说现在爹和娘只能种种小菜，养养鸡，让他们试着闲下来再说。陆运红也觉得没啥好办法。

公司负责的四个县的公路工程，虽然是分包下去的，但陆运红一手抓质量，形成了上下一致的理念，工程一直没出过问题。袁旭、蒋承兵、钟正军他们对工程上的某些环节已经驾轻就熟，比如如何抓住设计漏洞，提出方案变更，提出增加工程量，增加资金；如何与监理和跟审周旋。其实要增加资金，是不容易的，这个项目增加，就意味着县内其他公司建设的项目的资金要被减少，但总能想些法子增加，一般二三十万不在话下。陆运红把质量卡得紧，对其他的事不太过问。如此一来，就连到工地才两年的杨休，因为是从"甲方"过来的，也已然变得机灵起来。有钱赚的地方，能让一个人迅速走向成熟和老练。

　　上次和金鸿公司开发的项目，还有三四个月可全面完工，看看正在急速上涨的房价，已经可以预见到可观的收入。他们商定暂不卖，等完工的时候再说。两个公司诚心合作过一次，互相了解，对彼此放心了。这回，经过两轮的商谈，陆运红又和金鸿公司谈妥了一个合作开发项目，共同拍得一块土地，有四十亩，距离已规划而尚未开工建设的城市西山广场不远，这是未来的人气地段。只是上一次合作，是由对方公司安排人员任项目总经理的，这一次需要由红信公司这边安排人员任项目总经理。

　　陆运红想了想，仍由蒋承兵先组织机械设备和人员，然后去请钟强来。

　　钟强在家里待着，其实时间一长，就感到无聊，感到无所适从。他已经不会干农活，干上一会儿，就觉得腰酸腿痛。村里大多数人已经不种庄稼，他种着种着也没了兴趣，有时拿着锄头出去，只是因为无聊。回到家里煮饭吃，吃完饭干什么，成了他闹心的事。他已经不适应农村生活，原来计划出狱后在家安安心心过日子，却安不下心，确切地说，还没到安心的年龄。陆运红再来请他，他虽然有些不好意思，但半推半就后还是答应了，然后来到云津市里，开始帮陆运红管理项目。

　　公司每次承揽工程之前，几个主要人员都要私下里对风险进行评估，同时做一做工程款风险化解预案。公司迈的步子不大，但稳妥。陆运红没有蛇吞象的野心，不像有的工程老板被垫付工程款拖得奄奄一息，生不如死。因为特别注重工程质量，在几次全市检评中，红信公司都得了一等奖。两年间，他们又承接了几个县的公路建设项目，还有市里两条道路的改造项目，加之房产项目顺风顺水，公司处于良性发展的状态，可谓蒸蒸日上。不知不觉，已经进入了二〇一二年，公司的年施工规模突破两亿元。

陆运红成天奔走在工地上，有时吃饭也是为了应付，只要肚子不饿，他可以什么也不吃。回到住处的时候，屋子里总是空空的，有时中午到家，和负责清洁的家政服务员还能说上两句话，除此之外，几乎连个说话的人也没有。书法协会的曹会长送的笔墨、宣纸，他拿来练过几回字，就没再去动。他虽然习惯了孤独，但是在孤独中也养成了有害的生活习惯，他经常熬夜，夜里一两点钟了，还没有入睡。他总是斜躺在床上，抽着烟，看图纸，喝着茶，电视机在客厅里开着，开到早上，他从来没看过，只是用它的声音来证明屋子里有人。他有时想和女儿聊聊天，可是很多时候女儿都不在线，女儿在线的时候，他又没注意到；他又想到自己是四十多岁的人了，女儿、儿子，或者侄子，他们各有各的朋友圈，不能因为自己孤独就去打扰他们。陆迎轩离家较近，每周都回来，他依然没勇气问他的学习情况，看到他有了一定的改变，至少不再打游戏，只是更爱打扮。虽然他对男孩子爱打扮没有好感，尤其是学习差的，但看见儿子打扮得漂漂亮亮、干干净净的，也感到顺眼，也就不说他了。他开始怀疑儿子是不是在学校里谈了朋友，问他，他矢口否认。他见他表情很认真，也就不过多地追问。陆迎轩在那个学校读书，本就只是混文凭的。父子二人在一起的时候，其实也没什么话说，代沟形成的隔膜，在这种情况下比任何时候都明显，只是因为亲缘关系，他们坐在一起，各想各的，互相不觉得尴尬而已。他的目标是公司三个资质三级升二级，虽然目前资产条件已经达到了，业绩也已经够了，但市政方面要涉及十年来的工程业绩，申报的手续很烦琐。他跟陈雨霏咨询，刚好陈雨霏的小叔子原来就是专门搞资质中介服务的，前年不干了。她说她跟小叔子说一说，让他帮忙指导一下，公司里只需安排一个人专门和她小叔子对接跑省城就行，也避免找其他中介公司再花大钱。这个消息让陆运红感到眼前豁然开朗，于是，他派王新宇来对接这件事，全公司所有人，尤其是财务负责人郭欣全力配合。陈雨霏又与他聊起彼此的情况，都避免提及当初不应该发生的甜蜜和浪漫。陈雨霏倒是问起他和他妻子好不好，他瞒着她，说自己一切都很好，一切都很平静。

他和郑彦秋离婚的事，公司里大家早已知道。袁旭有次和他在一起的时候，劝他结识新的女子，以他现在的条件，结识个更好的女子不在话下，他没听他说完就转移了话题。经过与梁洁、郑彦秋两番波折，得到如今的结局，他已经对婚姻没有兴趣，长期的孤独又如同长了茧，让他难以破开这层束缚。即便如今郑彦秋愿意复合，他也难以感动，所以他没再想主动和她联系。郑彦秋离婚之后，其实也没有再结识新的男人。陆迎秋说她和一位姓施的男人见面，那确实是她的初恋，但他们并不是相亲，只是偶然相遇被人误传的。现在儿女都不在身边，他们各自过着与对方无关的日子。

晚上，陆运芹又打来电话说起父母，两位老人始终没有被说动，不想到什么地方去旅游。陆选南因为生病，在外面确实不方便。韩叙芳有风湿病，不时发作。至于庄稼，他们倒是没有再种，可是仍然改不掉习惯，一天不到地里去走走就难受。陆运红又和三姐商量，让她再劝父母，家里不用管，来到城里，和他一起住，那他就可以顺便让人照看照看他们。陆运芹说，这是更不可能的，他们根本不可能来。她已经跟他们说过两次了，现在就让母亲到云津的人医院里看看她的风湿病，她都不肯，平时就是自己找药来治疗，倒也有一些效果。陆运芹又告诉他，其实父母并不缺钱，他们每月的优抚金多数都存着，已经有两万多。经历过苦难年代的他们舍不得用，说要留给程迎夏将来结婚的时候用。陆运红听着这些，也无他法，看来只有顺着老人的习惯,于是不再多问。

因为经常抽烟,陆运红不时咳嗽,有时夜里一受点凉,就连续不断地呛咳,他也不以为意,继续忙自己的工作。过些日子,咳嗽症状消失,毫无感觉了,他就理解为偶感风寒。可是,渐渐地,他感觉到这种呛咳夜间越来越频繁,开始怀疑肺部是不是出了问题,想第二天到医院里去检查一下,可到了第二天,什么都正常,好端端的,他又把这事忘了。晚上回家的时候,想到可能又要咳嗽,于是去附近的药店里买点药回来,按说明服用,当天晚上就没再咳嗽。就这样,一要咳嗽,他就买点药,这种应对疾病的方法成了他的常用方法。

放假了,陆迎轩、陆迎秋和程迎夏各回各家。陆迎秋给父亲打来电话,又说要到市里来玩,来看他的哥哥陆迎轩。陆运红正想看看半年没见的女儿,就开着车,和陆迎轩一起去车站接她。他又给程迎夏打电话,让他也来云津市里,让几兄妹聚会。程迎夏和陆迎轩、陆迎秋互相加了QQ好友,程迎夏第二天就来到了市里。陆运红带着他们三人在市里逛了整整一天,又带着他们到市里才建成的最好的饭店泰和饭店吃饭,提前给每人准备了压岁钱三千元。最后兄妹三人喜滋滋地互相道别,他看着,感到前所未有的欣慰。

送走女儿和程迎夏的第二天一早,他感觉自己又感冒了,便下楼买药。买好药上楼的时候,很费劲,他只觉得累得慌,无意中想到父亲的肺气肿,难道自己也患上了?这一想,才开始重视,要不干脆去医院看看?想到这里,他马上转身,开着车,独自去了云津第一人民医院。

他直接挂了呼吸科专家号,然后去二楼的专家门诊部。二楼门口已经排了一支长长的队伍,约有二三十人,不过大多是六七十岁的老人,还有的坐着轮椅。一眼看去,只有前面不远处有一位四十来岁的中年人,他差点怀疑自己走错了地方,又看看门牌,确实没错,于是耐心地排队等着。一个半小时过去了,终于轮到他,他走进去,坐诊的是位年龄和他差不多的医生,白衣白帽,已经面带倦容。医生问了问他的基本情况和主要症状,以及平时吃的什么药,然后就几乎不再看他,开了一张 DR 单子,让他先去拍个片子再说。他拿着单子,去门诊收费处交了费,然后去负一层拍片。

医院里最大的景观就是人,每一个窗口都挤满了人,所幸拍胸片的窗口相对少点,只有六七个人排队。不一会儿,结果出来了,什么右肺门影紊乱,见一斑结影,感染灶及其他病变待排。他忙拿着这个自己看不懂的结果再去找医生,此时医生马上要下班了,接过片子看了看,接着又开了张验血单子和 CT 单子,说:"你马上去验血,然后去 CT 室排号,你这个情况还得再查。"

"什么病情,严重吗,医生?"他忽然紧张了。

"查过再说。"医生并不理会他,收拾一下,下班了。他只得先去验血,然后去 CT 室旁边排号。虽然是下班时间,但这里排号的人很多,在窗口交过单子之后,被吩咐继续等,等了近两个小时,等得他心焦烦躁,才轮到他。他走进去,按 CT 室人员的交代,把身上的金属物件都取下来,放在旁边的一个台上,然后被推上 CT 机器,他感到一丝丝的茫然和畏惧,难道自己平时没太在意的症状,隐藏着巨大的问题? 会不会是肿瘤之类的? 这样想着,他越来越紧张,CT 操作人员问他平时哪儿不舒服,有什么症状,他略微说了说。不到五分钟,检查结束了,对方让他明天早上来取片子和结果,他只得带着疑惑和担心离开了医院。

当天晚上,症状继续,加上心里紧张,他感到一种说不出的恐惧,他无师自通地忙打开电脑,根据自己的症状查对应的某些网页上的诊断,结果查了不到三条,就感到大难临头,所有的描述隐隐约约地指向了一个让所有人恐惧的字——"癌"。简直是晴天霹雳,他吓得寒意从头渗到脚,觉得屋子里空得可怕。

第二天一早,他在电话里把工作上的事情委托给袁旭和王新宇二人处理,急不可待地去医院拿结果。

等待,是一种精神折磨。他早上八点钟到医院,可直到十点过了,才拿到血液检查结果，他看不懂。他又到CT取片处，虽然片子他也看不懂，但是初步诊断结果是写得清晰的，肺部肺气肿是明确的，同时发现肺部中央有两个靠得很近的磨玻璃结节，每个近两厘米，还弥漫性散布一些小结节，肺Ca待排，建议进一步穿刺。

  冷冰冰的文字指向越来越明确，越来越逼近灾难性的后果。他基本认定了，这个结果十之七八是准的，不用穿刺都应该确定了。他瞬间感到天塌了下来，眼前有些发黑，他靠在墙边好一阵，略略清醒了些，忙到旁边的石凳上坐下来，望着旁边来来往往的陌生人，只感到他们遥不可及，自己与他们已经不在同一个世界。他多希望所谓的Ca这两个字母组合有这里其他的意义项，可是昨晚从网上已经知道，它就是那么个意思，没有别的意思。他休息一会儿，回到车上坐着，望着窗外，死亡的影子迅速笼罩在周围，他开始想到了公司里的事，三升二的事，正在进行中的工程又该如何安排，家里的父亲和母亲又该怎么办，还有三个在上大学的孩子，顷刻头脑中乱成一团麻。关键是此事如果让父亲和母亲知道，他们该怎么办？忽然间眼泪流了下来。

  冷静了大约半个小时，他才打起精神，拿着检查结果，下车重新去找医生。今天坐诊的专家又不是昨天的那位，也是一位四十来岁的医生，他忙把结果给他，由衷地希望他能得出个完全不一样的结论。这位医生比昨天的那位像是认真些，他没结论，拿着片子沉吟片刻，说："你看病是一个人来的？家人呢？"

  "只我一个人。"

  "应该让家人陪伴着来，有些事和家属交流比较好。"

  医生这句话让他心如死灰，刚才还抱的一点希望瞬间丧失，他强作镇定，至少不能有一个四十多岁的中年人不应该有的怯弱。他说："没事，大夫，你就和我说吧，我能承受。直说吧，还有多长时间？"

  "你这个结果，先不做穿刺了，直接做个核磁共振看。"

  "大夫，这个结果应该确定是肺癌？疑问不大了，是不是？还有多长时间？"他重复地问。

"先检查后再说,现在不能确定,但是可能性相当大,你平时没什么感觉吗?"

"除了咳,最近还气闷,没别的感觉啊。"他此时感到只要每和医生多说一句,就像多了一分希望。

医生司空见惯地说:"好的,没啥,放宽心,你是做什么工作的?"

"跑工地的。"

"平时多注意身体,多休息。下次来的时候,和家属一起来吧。"医生一边说着,一边已经开好了检查单。

他走出门诊室大门,前所未有的孤独包围过来。在工程上驾轻就熟、一帆风顺的自己,如同一个一流的骑手,此刻却像掉进了深渊一样无助。核磁共振室人不多,只有两三个在等,如今自己居然来到了这里,总之一切都是陌生的。做完检查,他又被吩咐第三天来拿结果,于是回家后又开始了煎熬。他宁愿以断掉一只手的代价,来换取这次的检查结果截然相反。

陆迎轩没再打游戏,已经和新结识的同学出去玩了。他再没心思管教他。袁旭来看他,问他这两天究竟有什么事,他默然片刻,把CT结果给他看,说:"没想到,突然检查出来,可能是肺癌。"

袁旭惊呆了,慌忙问:"不是吧?……是早期,还是……"

"不知道啊。"

袁旭看着结果,两人同时陷入了沉默。半晌,袁旭说:"多半是早期,赶快治疗!公司现在正处在关键时候,不能没有你,否则,大家该怎么办?"

"我想,此事现在不能声张,绝对不能。"

"这段时间的事,由你和钟强先处理起来,待会儿找他和他说。虽然最终结果没出来,但基本是不会有太大出入的。如有意外,也好有个准备。事情来了,不用回避,我想回趟老家,把一些事情安排下。"

"不,不,运红,你必须马上做手术,好好养,其他的事情不要想。现在公司里哪能没有你!一旦大家知道消息,人心就要涣散。哪怕你作为一个闲人在公司坐着,一句话也不说,大家心里都是安稳的。大家对你产生的信任和依赖感是无可替代的。这个公司不能没有你,绝对不能,不要想别的。"

袁旭忽然间也有天塌的感觉,因为他已经辞职,现在全部身心都在公司这里,而且非常满足,他将一切希望都寄托在这里。他情不自禁地抓住陆运红的手,眼圈泛红:"你不能想别的,是不是?现在有什么,马上让钟强来,可以先帮着你料理,总之,总之……"

他不等陆运红说话,马上给钟强打电话,让他快过来。片刻后,钟强来了。袁旭把陆运红的检查结果给他看,钟强也惊住了,望着陆运红,说:"小四哥,这是真的假的?别吓我,那该怎么办?"

陆运红让他们两人在旁边坐下来,说了检查的原因,然后把设想再交代一遍。钟强已经六神无主,听要让自己暂时负责,说道:"不是我不愿意,小四哥,我不适合了,要不让袁旭来,我暂时协助他。因为第一,现在公司的这个局面,我是驾驭不了的;第二,我是刚出狱之人,如果公司还让我出面,对公司形象的影响也不好,别人不说,私下里也会对公司的印象打折扣的。"陆运红听他说得也有理,决定暂时由袁旭负责,钟强协助他。袁旭此时却很犹豫,他虽然在工程上很精明,但从来没以带头人的身份主持过大小事情,久而久之,就适应了自己的服从式角色。只要领路人的路子正确又适合他的话,他会做得非常出色,可一想到掌舵,他就底气不足。另外,他认为这是陆运红的企业,而钟强和他关系更亲近,处理事务方便些,他说要不由钟强和自己共同承担吧。

陆运红听得心里有些烦躁,轻轻拍拍桌子,对袁旭说道:"那就这样吧,你无论如何先帮着担一担,钟强协助你,待度过这段时间,我另外考虑人。"

袁旭这才答应了。

袁旭离开后,钟强留了下来,陪着陆运红。他沉默一阵,建议道:"你好好考虑,我和袁旭显然都不是终极人选,所以,最好一步到位,在年轻的后辈中选择接班人。至于现在这段时间,工作上的事,你打打电话,其他的事我和袁旭来做都行。"

陆运红点点头。

当天晚上,袁旭和钟强回到公司里,马上安排陆运红的外甥杨标照顾他明天进医院。陆运红得病的消息只让公司的几个主要人员知晓,对其他中下层人员保密,保持公司稳定,一切工作照旧。

第 113 章

一股绝望的感觉早已压过来,笼罩住了陆运红,他担心明天去医院,最终的结果会使自己方寸大乱。想了又想,他决定在得到最终结果之前,先把家里的父亲和母亲的事在书面上安排好,至于公司谁接班的事,考虑片刻,仓促间只想到一个人——

他想给三姐陆运芹打电话,让她马上来一趟,家事如今只有三姐可托了。想到这里,他忍不住放声大哭起来,好一阵儿,收住泪,艰难地拿起笔,开始交代后事。他考虑着如何才能让三姐知道而不受太大的冲击,又想尽量铺叙得委婉一些。

这段时间身体一直不好,去了两趟医院,检查结果越来越可怕,这就是天命吧,不得不面对了,明天去拿结果。

好长一段时间来,我几乎都是药不离身,其实早就应该觉察自己的身体可能出了大问题,我不该强熬。想去检查又担心检查结果坐实了怀疑,无法承受。如今,我可能要像大哥运新一样,走在你们前面,该怎么对你们说?只有那几个字,别伤心,命运总是很突兀。明天的结果是最后的检查结果,明天进医院,我估计我是出不来了。在此之前,趁我思维还正常,为避免以后发生难以预料之事,先作个简单交代。

曾想让爹和娘能够出去走走看看,可他们就是不听你劝,我可能再也看不到他们高兴的那一天了。如今还是放不下爹和娘,他们在二十年前送走运新，现在可能又要看到我倒下，这是家里的不幸。

以后家里的事主要靠三姐你了，如我有意外，你要硬着头把某些事担起来，尤其是家里还可能碰到令人猝不及防的事，最要紧的是照看好爹和娘！三姐和姐夫，你们得要想想如何让爹和娘面对这个事，这是隐瞒不住的。爹可能好说些，他信命，这就是命，设法让他相信。你们二人也年近半百，辛苦这么多年，小孩子也基本有了安置，就别像我一样再忙碌。多休息，千万注意身体。你们也告诉陆迎秋、程迎夏，还有陆迎轩，以后全靠他们自己多努力，我已经没法了，不知道跟他们三个说什么，总之要面对现实。

公司的所有业务，现在由袁旭和钟强暂管。我明天安排杨标从公司的账上取两百万，打到爹的存折上，由你以后掌管取用，还要将几个孩子念书的事继续安排好。爹和娘以后的花销，也从这里支出，估计能够，如有剩余，你就自便。公司不能因我而垮，它是我四十多年在这世上努力得来的唯一成果，就让它继续下去吧。程迎夏还有半年毕业，以后由他来接管公司，袁旭和钟强两人帮助他，把他扶上路。陆迎轩如果毕业以后没事做，就到公司里打打杂，自食其力就行。家里这些事，就一并交代到此。公司其他事，我会专门向他们交代，就不再对你说了。

在我的治疗上，不要冲动。病在肺上，就是大事，治愈的可能性是很小的。如有意外，从简办理，不要回老家，太麻烦，可就在市殡葬馆处理。我喜欢清静，火化后悄悄带回家，找个偏僻的地方埋了就是，一切简，简，简。以后陆迎秋和陆迎轩如果能够想起我，清明节来烧两张纸就行。另外这个车呢，我开了这两年，也有感情，如不介意，就送给杨标，让他考驾照。以后如能说服老人，就让他带着他的外婆、外公一起去外边多走走看看，就当代替我陪他们，让老人开心些，只是路上千万小心点。你和姐夫也放心地陪着爹娘去。我想做的事已没时间做，只有再次靠你们了。

他胡乱写完这篇，心乱，文字也乱，有白帝城托孤的感觉。他擦干眼睛，折好遗书，揣在身上，在沙发上用铺盖一盖就睡下了。

次日，杨标陪着他来到医院，他抱着万分之一的希望，希望老天爷能网开一面，给个意外的结果，又明知这是不可能的，但还是暗暗地祷告。

结果很快拿到了，他战战兢兢地打开一看，没有疑问，仍然是那个结果——肺癌，只是更加肯定。所有临时抱佛脚的祷告没丝毫用处，他心如死灰，反而镇定了，居然没出现他先前所担心的方寸大乱，或许是他低估了自己的抗打击能力，也许是前期的心理铺垫和强大的精神应急调节机制发挥了作用。他拿着结果，若无其事地去找医生。给他开核磁共振检查的医生拿过去看看，淡淡地说："本来可以做个穿刺，但是没有必要了，以我的经验，基本可以确定。这……要住院才行，你先回去准备一下吧。"

"我已经准备好，现在就住吗？"他平静地说。

"不用，这两天病房紧张，你迟两天来就行。"

"能开点药吃吗？"

"没明显的症状，就暂时不用吃药。有点小咳喘之类的症状呢，你先服你平时服的药就行。"

因为封锁了消息，公司里除了几个主要人员，其他人都不知道。晚上，他在住处休息，陆迎轩回来，已经觉察到了什么，忍不住追问杨标。杨标觉得不能瞒他，跟舅舅汇报后，就告诉了他。陆迎轩听了，忙跑来，问："爹，表哥说的是真的吗，这该怎么办呀？"他说着就要哭。陆运红忙安慰他："没什么大不了的，别紧张，好好学习就是，我都不怕，你怕什么。"

陆迎轩流着泪，说："应该是早期吧，是不是啊？快快治呀。"

"但愿是吧。"

"爹，我爱你。"陆迎轩眼泪江江地抓着他的手，蹲在他旁边动情地说。他已经对陆运红严厉下的温暖完全认同，害怕好不容易得到的这一段稳定的呵护又要失去,害怕重新回到孤独无助的状态。

虽然在这个年代,"爱"这个词,在表达感情的分量上大大贬值,但此时陆运红听了孩子发自内心的话,也有些眼圈发红,发现他渐渐懂事了。他勉强笑着,拍拍他的肩,说:"没什么大事……我想清静一会儿。"

陆迎轩像头稚嫩的小鹿,靠着他,好一阵才擦着眼泪出去。

星期三,陆运红把公司里的事再次跟钟强和袁旭作了交代和安排,明确了以后由程迎夏来负责,要他们二人和其他几人一起,全力扶他上路。然后,他正式被安排住进了医院。袁旭和钟强他们通过可能的手段,已经把全市的几个大医院都作了了解。原来这个医院的呼吸科还是全省的重点医学科室,省内外不少地方的肺病患者都来这里看病。医院里呼吸科医生中医术最好的,叫袁成松,他是省肺病呼吸科专委会副主任,省里的拔尖人才。于是大家决定就让陆运红在本地治疗,不往别的地方走了。袁成松医生其实只有四十多岁,和陆运红的年龄差不多,就是陆运红第一次就诊时见到的那位医生。袁旭他们专门去拜访他,请他吃饭,他本不想来,但还是勉强来了。袁旭和钟强准备先送他三万元的红包,他无论如何也不收。因为他也姓袁,袁旭还和他认成了本家兄弟,更加敬重他,他成了陆运红的主治医生。

整个呼吸科人山人海,人满为患,手术已经排到了一周以后,与陆运红同类型的病人都在同一个区域。在这里,什么人都可以感到脆弱与无助,还有生命的平等。袁旭他们让医院为陆运红单独安排了一个病房。就在陆运红入住的第一天,隔壁病房里就有两人因为肺癌而去世了,一个七十多岁,一个只有三十多岁。生离死别天天都在这里上演。听着这些哭泣声,如同听到不懂事的小孩子的哭闹,陆运红又增添了一份感慨,所幸自己已经把遗书写好,把公司的事也基本安排妥当。

袁成松来到病房里,和陆运红聊聊天:"陆总,你放心,我马上组织研究手术方案。不幸中的万幸是什么,你知道吗?你的这个多发肺部结节，只有其中那两个最大的是原发性肿瘤，也就是肺癌，其他的微小结节都是良性的，可以不考虑的，也就是说，到你我这个年龄，不少人的肺部都有这样的微小结节。独立的肿瘤，无扩散，算早期，那就是最好处理的，我甚至应该祝贺你。"

陆运红明白这是医生宽慰病人的套路话，病到了这个地步，都进入了生命倒计时，还言祝贺！他谢过对方的宽慰，还是不由自主地把他当成了唯一可以拯救自己的人，见到他，他心里就有希望了。

几天时间，一大堆见所未见、闻所未闻的医学名词和概念跟他纠缠在一起，什么癌胚抗原、糖类抗原、造影、平扫、增强、核磁共振、三维重建等，活生生地挤进他大脑里，个个都像鬼一样狰狞，又无法回避。晚上，杨标正在陪着他吃饭，三姐和三姐夫、程迎夏、陆迎秋忽然来了。更让他想不到的是，郑彦秋也来了，看来大家全都知道了。陆运芹刚见到兄弟，抱着他哇的一声就大哭起来，其他人也不住地小声抽泣。他忙放下碗，说："别这样激动，医生都说了，没大事的，做过手术就行。"

陆运芹还是哭个不停，杨标只好过去，把他母亲劝住。陆运红问三姐："你们这么来，娘和爹他们怎么办？没告诉他们吧？"

"没敢告诉他们啊，只说来云津有事。爹老在嘀咕，说你好久没回去了。"三姐一边抽泣一边说。杨成立拿着他的诊断结果看着，沉默了许久，说："这类病，既不由人，可也由人。既来之，则安之，我听人家说的，心态要好，你放心治病就是，孩子外公外婆的事交给我，运芹就在这里照顾你。"

郑彦秋坐到他旁边，抓着他的手说："运红，没想到你……你为什么要活得这么累啊，为了啥？虽然我有些恨你，但迎秋也跟我讲了，我也不对，如果咱们在一起，可能你也不至于这样啊，以后还是我来照顾你吧。"

陆运红忍不住苦笑道："是啊，如果你当初能再原谅我一回，可能不至于吧。"

郑彦秋把脸埋在他的病床上，抽泣着，陆运红把她拉起来，说："再说一遍，你们都不要这样，我不是还好好的？否则反而会加重我的病情，现在没事！"

大家陆陆续续地止住了哭泣。陆运红并不知道，陆运芹和郑彦秋他们听到陆迎轩告诉的消息，赶来医院后，已经急不可待地向主治医生询问过了。医生告诉他们，要做好心理准备，这个病治疗之后，按以往的经验，可能只能维持半年到一年的时间，所以他们才感到这样绝望的。

因为主治医生的照顾，他的手术被提前了。这天，已经做完了手术前的各项检查，完全符合手术条件，袁旭、钟强、蒋承兵、钟正军、骆江平他们几个公司里的核心成员也来了。下午两点，陆运红被安排换了手术服，推上手术床。袁医生给他们交代完一些需交代清楚的事项，让病人和家属签字。郑彦秋说："我来签吧，我是他妻子。"

陆运红点点头，她签了名字。陆运芹看着兄弟被缓缓推向手术室，又忍不住大哭起来，郑彦秋也流着泪。陆运红忽然想起写好的遗书，虽然他相信手术一般不会有意外，但为防万一，他忙叫护士停下，从身上抽出遗书交给三姐，告诉她如有意外，照办就是。手术室大门缓缓关闭，他和亲人、同事们完全隔绝了。

两个小时以后，陆运红被推出来。他在迷迷糊糊中感到大家围了过来，默默地推着他，从漫长的楼道里经过，如同走过了一个世纪。回到病房，他清醒了，但一点也不能动，监护仪和呼吸机一刻不停地工作着。三姐陆运芹在旁边，红着眼，哽着声音说道："运红啊，你写些啥呀，你别吓我啊，如果你今天有个三长两短，我怎么回去跟爹和娘交代啊……我们什么也不要，只要你好好的就行。只要你这回好了，回到家里，我到附近的那个灵泉寺庙去许愿，逢年过节，我都要去磕头，每个菩萨都磕十二个头！"

"刚才袁大夫来过，他说你的这个手术是非常成功的，效果超出了他们的预期，甚至暂时不用服用化疗药物。先观察，一个月后复查，再定以后的日常治疗和调理方案。"郑彦秋在旁边说。

一切如一场梦一般,除了伤口有些隐隐作痛,他没有其他感觉。他说:"现在应该没事了,你们没事就回去吧,这么多人在这儿也不好。"

郑彦秋说她留下来照看就是,让大家都回去。众人又安慰他,闲聊了好一阵,才渐渐散去。陆运芹和杨成立带着陆迎秋几兄妹,还有杨休、杨标也离去了。病房里就只剩下郑彦秋和陆运红。郑彦秋说:"你这个公司能不能交给别人,别去管了,钱多了也没用。像我一样,够花就行。人啊,只活这一辈子,以后我陪着你,咱们也多出去走走,别窝在那一堆钢筋水泥中,行不?你瞧,这一折腾,把大家都吓得魂不附体,尤其是三姐,于心何忍?所幸爹娘还不知道啊。"

"把你吓回来,能看上一眼,我也就满足了。"陆运红勉强说。

"那就算咱们的命吧,可能这辈子上帝就是这样安排的,分分合合,合合分分。以后,我也不和你讲究了,认了,不再分。"

此时陆运红心里五味杂陈,其实他已经不太想和郑彦秋复合,因为自己重病在身,如果哪一天就死去,又要连累无辜的她。半晌,他说:"这辈子我给你带来了太大的麻烦,问心有愧啊。"

"过去了就别想那些,以后我们好好过日子就行。"

"如果我某天天果真驾鹤西行呢?"

"我等着仙鹤回来接我,驮着我赶上你就是。"

"可是,我和梁洁的孩子,总得面对,总得管,不能让他流落街头吧,你如何跨过这个心坎?"

"我既然决定再和你在一起了,这个坎就不是坎,更多的责任在那个梁洁。原来我不理解你,迎秋跟我说了之后,我懂了。反过来想,迎秋多了一个哥啊,他们这一代多是独生子,以后咱们不在了,有这个亲哥哥,她也不那么孤单,也是种幸运吧。如果迎轩再来,你就让他称呼我阿姨也行,称呼姊姊也行,娘也行。总之,我就当他是咱俩的孩子,只要你好好的就行。

我们学校现在允许内退，教育局领导想安置自己的亲戚，谁也不想退，可我已经想退了，这正好是个机会，大不了每年少点奖金，少点绩效，其他工资不变的。少点就少点吧，以后我就陪着你，咱们不分开了。"

两人聊着，不知不觉聊到了几近天亮。郑彦秋帮他翻过身，就靠在病床边睡着了。和郑彦秋冰释前嫌，这或许是这场大病带给他的意外的收获。

第114章

三个孩子都没有离开，去了陆迎轩的住处对付一宿，第二天又来了。陆运红把他们叫到面前，说："我这个病，即使能治疗，能出院，估计以后的时间也不多，再不敢像以前那样折腾。医生不说，我自己也比较清楚。程迎夏现在是什么情况？"

"保保，我们课程已经全部结束，下学期去，只是在工地实习，完成毕业设计和毕业论文，应该比较轻松，六月份就毕业了。"

"毕业后马上来公司，不用考研了。以后，我准备将红信公司交给你，由袁旭和你钟强叔他们全力扶助你，我已经跟他们交代过。当然，我一时半晌可能还没事，也会全力帮你。现在就对你说，目的是从即日起，你就要树立起这个意识，提前进入角色，严格要求自己，不要因为这段时间学习轻松就虚度光阴。"

"保保，这个……恐怕不行，我不行。我学的是桥梁设计……"程迎夏惊讶地张大嘴巴。

"三兄妹中，现在只有你适合，你要我交给谁？难道你还让我继续扛着公司走，早一天归西？现在，没有时间让你推让，我只希望我能够撑到那一天，至少走在你们爷爷和奶奶的后面，能够有机会给他们披麻戴孝，那就感谢上天了。"

"保保，你不会有事的，一定会出现奇迹。"

"人人都希望奇迹发生在自己身上,可上帝没准备那么多的奇迹施舍给大家,别想那么多,只能如此了。"

"公司两个字,我很熟悉,可是,它对我来说又是相当陌生的。"

"这个,你不说我都知道,所以就不要说了,现在的情势,别无选择。你曾说过报答之类的话,那就把公司接下来,算报答了。"

"我觉得……觉得迎轩更合适。"他抓着身旁的陆迎轩的手。

程迎夏老是推三阻四,陆运红忽然间觉得自己的决定仓促了,这种过于退缩的态度就不适合做带头人。想到人都是逼出来的,何况话已出口,而且别无选择,就是逼,也得逼他一下再看。于是,他反问:"你觉得他行吗?"

"我当不了,只要爹的病能好,我现在甚至愿意去学医。"陆迎轩忙说。

"迎轩以后如果找不到其他更好的工作,就在公司里帮帮你,这是可以的。这个公司,现在已经关系到数十人的未来,也算关系到咱们陆家的未来吧,这是重担,是责任,丝毫不是荣誉。"他的话不容置辩,程迎夏没再说话。

"从现在开始,你回学校就一边学习,一边赶快熟悉公司的事。你回学校的时候,把公司资料带去。以后,我会让他们跟我谈工作的时候,也开始跟你汇报交流。你毕业后到公司,要迅速进入角色,并且要在公开场合多出面,让大家逐步认识你,认可你。

"迎秋呢,现在我才知道你学的医学专业有大用处啊。以后呢,你就优先保障你的两位哥哥的健康吧,别让他们步我的后尘。"

"嗯,只要傍上一个未来的大老板,做健康顾问,不会毕业就失业,这辈子应该不愁吃喝的。"

她的话把在场的几人逗笑了,气氛变得不那么沉重。

第七天,他还在病床上,正输着液,接到父亲打来的电话。父亲说他这几天心里总不踏实,眼睛总在跳,问儿了在干啥,什么时候回家。陆运红忙说在工地上,过几天就回来。父亲听到他的声音,放心了，没多说，把电话挂了。不一会儿，钟强和袁旭来看他，钟强进病房就跟他报告一个消息：“小四哥，你几年来计划的三个总承包资质三升二，王新宇已经全部办下来了，另外一并办成七八个专业资质。"

"真的？"他惊喜得马上从床上坐起来。

"我们之所以马上跑来告诉你，就是要让你高兴高兴，病也好得快些。"袁旭在旁边坐着，望着他。

确实，陆运红心里一股轻松感荡漾开来，他长长吁了口气，拍拍床沿，望着二人，忽然笑了，问："花费了多少？"

"真不多，你同学的小叔子给指导着办的，最后按你同学的安排，象征性地给人家三十万的劳务费，他还不收，只收了五万。"

"什么时候还得去趟省城，请人家吃个饭，当面感谢感谢。"

"这事以后再说，不急，你安心养病就是。或许以后我陪着程迎夏代你去。程迎夏回学校前，来过公司两趟，我和他聊了一阵子，我认为他应该是合适的人选。他在学校学得不错，桥梁专业，又是本科，上学期还担任了学生会副主席。"袁旭说。

陆运红听说程迎夏担任学生会副主席，有些意外，从没听他说过。他搓搓手，对袁旭说："都得靠你们几个帮他。我说过，三升二成功，并且业绩实际上达标，那你们几个，你、蒋承兵、骆江平、钟正军、郭欣、杨休，我的六虎上将，如今再加上钟强，每人送一套房，都一百平方米左右吧，算我的心意。你俩去安排一下，这事要兑现。其他中层管理人员，尤其是几个重要的小将，也适当给点奖金。再过几年，根据业务情况，对他们也可同样考虑，届时再说。王新宇是个人才，在跑项目方面是不可多得的人才，这次不给他房子，但要奖励，考虑一下。"

"小四哥，我就算了，刚来，绝不能这样。"

"我也算是以你做引子过来的，你我就不要说别的了。"

"运红，这事不急，你出来后斟酌下再说。"袁旭说。

"不用，你们去办就是，让我同大家一起高兴，病还好得快些。

钟强还在犹豫,想说什么。陆运红望着他比了个手势,说道:"你就不要再推了,这事就这样定了。"钟强只好不再说了。

袁旭说:"你真这么想?当初你第一次提出来的时候,一百平方米的房子每套只是三十来万,按现在的房价已涨到五十多万,这相当于凭空给了每人三年的年薪啊,公司一下子付出近三百万!三升二也不是大不了的事,你没必要这么做。"

"这场病,让我进一步看清了,钱的用处在关键时候还是有限的。有福同享,才是幸福。"

沉默半晌,袁旭说:"好吧,这件事,姑且按你说的……于私来说,我非常感谢你,选择放弃工作和你一起干,没有错。同事们辛苦奋斗,不就是为了先有套房吗,如今在公司这几年,就达成了。原来按揭的那套,到明年四月份还清贷款,总共还了不过三年多,基本满足了,你又送一套。可是,这几年你也真的辛苦啊。比如我,或许如今能担下你做的小部分事情,但是我不敢这么拼,我估计自己的身体可能吃不消。所以,你必须从此把身体放在第一位,其他的往后放一放。以后,迎夏来了,我们全力帮他,让你超脱点,多休息。"

"另外,明年你们几个的年薪都提提,翻一倍吧,三十万左右。"

"不,不,运红,这个事你不要冲动,前年给每人送个车,如今又送房,其他的可暂缓。你在病中,现在再给我们涨薪,无异于让我们乘人之危,我做不出来。你有这个心意,我先谢了,有了房,估计大家也不会接受再涨薪的,虽然明年业务可能会大增。"袁旭说。

钟强也说道:"对,对,袁旭说得对。小四哥,涨薪的事,你就不要再提了。从企业管理的角度来说,你看淡什么也罢,有福同享也罢,都不要偏离义不掌财的古训,报酬的增长只能循序渐进,过多过快反而不好。既然你让我俩代管公司,我就跟大家说说,但不涨,让大家明白你的心意即可,你病愈后,缓两年再说。"

陆运红只好点点头,认可二人的想法。二人又聊了些别的,陆运红决定在已建成的楼盘中留出一层,做公司的新的总部,这个想法得到袁旭的支持。他说他和蒋承兵在工程开始时也议论过,看来不谋而合,他们马上拿个改建设计方案来,和程迎夏商量,让他开始参与,立即做这件事。

晚上,蒋承兵和钟正军又来看他。让他想不到的是,钟正军还带来了他的妻子杨萍。虽然常和杨萍的丈夫在一起,可是二十多年来,陆运红就没见过她,但立即就认出来了。杨萍依旧是当初的样子,还保留了一丝天然的羞怯,只是同样四十多岁,或许因为长期在农村,她的头发里夹杂着不少白发,形象和陆运芹相差不大。两人互相问候过,聊起当初念小学时的情景,陆运红说他最爱看她跳绳时争输赢争得面红耳赤的样子,帮她们当裁判胡乱判决,杨萍听着,红着脸笑了。他甚至不回避地说起当时暗恋她的事,搞得钟正军、杨萍和郑彦秋都笑了起来。杨萍和钟正军的两个孩子都二十多岁了,大儿子在广东打工,已谈朋友,背着父母,在外面和女朋友把孩子都生了。也就是说,杨萍已经正式当上了奶奶。陆运红听着这个突然冒出来的消息,才意识到,他们这一代人已经渐渐迈上"祖父祖母"的台阶,不知不觉地被笼上了一层"老"的薄雾。

十天后,陆运红可以出院了,医生先给他开了些简单的润肺止咳的药,嘱咐了禁忌事项,最主要的是,抽烟的习惯一定要改掉。袁医生来送行,告诉他:"陆总,你这个手术,效果远好于预期,等过了这段时间,伤口恢复得差不多了,力争用中药调理,以后别断药,届时再给你想法子。另外,今后必须定期复查,对自己负责。"

"感谢救命之恩!恩重不轻言谢,此后的岁月,可能都得常麻烦你们了。"

"别这么客气,这是我们应该做的,没事,我是以治病为乐的。"

钟强和袁旭他们筹划着要在公司里为出院办个庆祝会,他拒绝了,只想马上回老家一趟,因为三姐说父亲总问起他。钟强告诉他,公司三升二成功后,目前是全市第五个拥有三个二级总承包资质的公司。

自东永县工程界引爆反腐震荡以来,全市的建筑企业不约而同地意识到，不能无序竞争，只有共同发展，才能互惠互利。于是大家成立了市建筑企业协会，互通信息，尽量规避利益冲突和风险。红信公司拿到三个二级总承包资质，市建筑企业协会的几十家同行和一些行政单位发来祝贺信。这事要答谢大家，钟强问答谢宴安排在什么时候，在哪个宾馆，陆运红想了想，说："这事这么办吧，不急，先跟程迎夏说一说，然后以我和他的名义，在市里的几大报纸上致谢。今年市建筑企业协会的业务交流会还没举行，你们跟企业协会申请，由我们主办。等几个月，等程迎夏毕业回来，届时答谢会和业务交流会一并由他来主持。你们给筹划筹划，也跟他先说一下，总之让他准备，先参与锻炼起来。"

第 115 章

袁旭、蒋承兵和骆江平都打算让自己的孩子到红信公司上班。他们来给陆运红说，陆运红略微了解了一下，几个孩子都是学工程的，就同意了，让他们各自把孩子带好。这样，几位"虎将"会更加为公司发展而努力。

陆运红和郑彦秋一起回到老家，虽然以前多次回家，但都没有这一回体会深刻。他还能有机会回来，这是老天爷的照顾。三姐陆运芹在家里，父亲和母亲也在，她一直没把陆运红的病情跟他们说，他们不知道。

父亲看到陆运红，一句话没说，放心地栽葱去了。母亲看郑彦秋也来了，很开心地笑着，忙给她拿凳子。郑彦秋和陆运红复合的事，陆运芹已经告诉他们，他们不再打听儿子儿媳过去的事。母亲望着陆运红好久，说："运红，你这段时间在忙些啥？怎么这么瘦？怎么今年过年又没回来？电话也不打呀……这些日子，你爹说他总是感到恍惚，觉得好像有什么不吉利的事，你在外面要小心啊。"

"能有什么事，我这不是好好的？公司里事多，一时忙不过来，这回我可以在家里多待些天。"

母亲听说儿子要在家住一段时间，就把家里的一间屋子收拾好，要给住儿子住，郑彦秋忙帮着她收拾。父亲耳朵已背得厉害，不大听得清他们说什么，反复地问儿子在忙些啥，陆运红大声地说两遍，他才听清。陆运芹看着弟弟是消瘦了，但精神状态不错，两人在一起的时候，她才小声地问他现在的情况，服的什么药，以后怎么治疗。她说，她去伏龙村附近的那个庙里给菩萨烧过三回香，还真有菩萨给她托梦，说他的病没事的，会好的。陆运芹说着，喜极而泣，擦着眼睛。她又说，她向父亲了解了，他这么多年肺病没大的波动，估计和周围竹林多、空气好有关系，和家里这口井里的水也有很大关系，她建议陆运红最好回乡来住。陆运红听着，点点头，忽然意识到，应该是这么回事。他跟郑彦秋一起，帮着陆运芹做饭，两个女的商量着以后让陆运红用什么方法补补身子。郑彦秋也说，城市里空气不好，以后她干脆陪着他就在乡下住，公司里的事让他们手下人去做。其实二人还有一层害怕提到但又心照不宣的意思，医生对她们说过"半年到一年"的存活期，即使治疗效果好，多算一倍，时间也不长，就让他回乡下，看看能不能出现奇迹。

但是，从医院里出来之后，陆运红迅速而明显地感到症状比治疗前减轻了许多，即使不吃药，也日见好转，尤其是喘息的症状，近乎减轻了百分之八十。郑彦秋陪着他在家里住了几天后，他甚至感觉身体状态和生病前一样，就又想跑工地，他悄悄把这种感觉告诉了郑彦秋。郑彦秋坚决不同意："能达到这样的效果，可能一是因为医生的医术，二是因为你三姐拜了菩萨，神药两救吧，求你别再去折腾了，别再辜负医生和菩萨。"

"我闲不住啊。"念头一起，他就很难打住。

"如果你真的要去，那我陪着你，到每个工地走马观花，散散心就行，然后还得回来。"

"那也行。"

在家里待了一个星期,郑彦秋陪着他去各处工地上看,还是他开着车。因为有郑彦秋监督,他确实只能走马观花。各个工程项目在袁旭、钟强他们的管理下,都在正常推进。他生病的消息此时大家基本都知道了,只是不知道是什么病。大家见到他和以前简直没什么两样,以为只是小病,已经痊愈。中层管理人员们都争着向他殷勤地汇报各自负责的工程的进展和出现的问题,闻讯赶来的骆江平、蒋承兵和钟强他们忙陪着他,让大家小事情就自己想法解决,别动不动麻烦陆总。然后,他们陪着他随便走走看看,他们的想法和郑彦秋一样,让他散散心就行了。

因为自己的身体出了大问题,他让公司几个主要人员也都去医院检查身体,希望大家不要重蹈自己的覆辙。几天之后,几个人的检查结果出来了,让他想不到的是,袁旭和钟强、钟正军的身体都有点问题。钟强的问题在肝上,被严禁饮酒。袁旭也有肺部结节,医生让他每三个月来检查一次,一年后如果没事,可以暂不管。钟正军有胃息肉,虽然不碍事,但最好做个切除手术。或许这一伙沉浮在时代潮流中的人承载了过多的来自社会和家庭的压力,身体状况大不如前辈们。

在陆运红的安排下,王新宇现在专门负责投标跑项目,已然成了公司里的骨干。他和不少单位管工程的人员建立了关系网,经常联系。哪处工程挂网,他总是最先得到信息,甚至关系好的朋友事先会通知他,才挂网。他马上通知公司,组织人员了解情况,做出工程资金风险评估,然后编写标书。因为公司资质提升了,加之工程质量奠定了良好的名声,现在主动邀请他们参与投标的单位不少。如今工程领域在流程上越来越规范,以前那种明目张胆违规操作的风险越来越大。公司开始承接越来越多的大工程,转包和分包越来越多,陆运红既是公司的头儿,也是质量的总负责人,他急需一个和自己一样细致严谨的人,和自己共同承担起这个责任,这样才能完全放心。戚永辉是比较符合要求的,他的资质一直挂在这儿,在陆运红的再次动员下,他也有意向辞职来公司了。只是他除了有资质之外,工程现场经验还不如钟强、杨休他们丰富,不过底子在那儿,用了不了多久,就会赶上来。如果戚永辉来,适应一段时间,他真可以抽身,只问问面上的事。

虽然他总记挂着工程,但是在郑彦秋的监督下,也只能简单问问。每隔几天,几个"虎将"打电话问候他的时候,都简单向他汇报汇报,让他放心。他已经不敢过于操心,依旧大部分时间在老家,陪着三姐和父亲母亲,看看小菜,除除草。这天下午,他和父亲、母亲一起来到当初生产队两次学大寨开垦的那片地旁边的野桑坡上看。现在这片地几乎荒芜,杂草丛生,只有几小块地还有人种着豆,看样子也是没用心思种,草盛豆苗稀。路过的程永华告诉陆运红,村里有近六百亩农民放荒的土地,前年被省城来的一位搞废品回收的夏老板承包了,承包期为十五年,种植花椒苗。六百亩分散在各处,东一块,西一块,管理很不方便,老板又不懂种植技术,请人管理了两年,付了两年土地租用费和苗木、人工、农药、化肥费用,大约共一百四十万。据说他已经为当初的冲动投资后悔得不得了,现在没再请人管,半年没来过村里,正在找接盘的下家。这片地中有部分也是包给了对方的,陆运红听着,很惋惜,下意识地一看,才发现野草丛中确实有些高矮不齐的花椒苗,他还以为是野生的。

母亲说:"这些地,看着可惜啊。以前啊,咱们天天面朝黄土背朝天,种的粮食总不够吃;现在大家都不种田,可都不缺吃的,我想不通这是咋回事。现在的日子是好啊,想起我们的上一辈,他们才不值,你爷爷奶奶和外公他们是苦水里泡着过完一生的。瞧,现在居然不交公粮,还有补贴,咱们什么庄稼都没种,还每年领粮食补贴,这种日子,从盘古开天辟地以来,没有过的。"

父亲在一块石头上坐下,对陆运红说:"运红,你看这儿,我和你娘来看过几回,就在我坐的这个位置,比较高一点,面前又有这么大块平地,是很好做阴宅的。"

"爹,你说的什么意思?"

父亲说:"我和你娘今年都七十八岁了,有些事说来就来,你和你三姐要心里有个数。这地方，我和你娘很中意。"

程永华笑着插话说："三哥，你们说啥？既然都说现在日子这么好，怎么就莫名其妙地往这方面想？"

"我们终究不能长命百岁的，马克思他老人家才活到六十多岁。"父亲说。

"别说这些，你们俩只是身体差点，没大问题。"陆运红不以为意地说。他不敢对父亲和母亲说，其实自己的身体危如累卵了。

他们几个人在村里走了许久，路上人很少，老人们因为冷，都在家里烤火，年轻人几乎都在外地。陆运红才想起，自己项目的工地上也有不少本村的人。

一个月后，郑彦秋陪着做复查，袁医生拿着他的结果，把片子看了又看，皱了皱眉头，片刻过后，对他说："怎么还有点小问题？"

"什么问题？"他立刻又紧张了。这段时间他感觉不错，甚至信心满满。

"也不算什么问题。这么办，暂不管，过段时间再来复查。现在开始服用中药。记着，我开的中药方子简单且不贵，每天只需要十几元钱，但是贵在坚持，一天也不能断，否则效果不好。最初半年吧，每月来看一次，根据情况看要不要增减药味或换方子，一般不用换方子。"

袁医生说着，给开了中药方子，让他去中医部取药。郑彦秋说："以后，我就专门给你熬药吧。不过，三姐不是说吗，这样爹和娘他们肯定就会知道，怎么办？"

"袁大夫，这可以打成粉直接服用吗？"

"噢，那也行。"

"这就没问题了。"陆运红笑着说。

他接到了程迎夏给他发来的QQ消息：

"保保，这段时间，我一边做毕业设计，一边看公司的资料，熟悉着公司每个工程的情况，他们经常跟我联系。我明白了你的良苦用心,为了咱们陆家,我就不再推辞了,你已经把基础打在这儿,我将站在你的肩上向前走。还有两个月毕业,我的初步想法有两点:第一是我把公司接过来之后,力争在两年左右的时间,让公司再上一层楼,三个资质中至少两个'二升一'成功。其次,如今云津市范围内,还没有建筑企业得到过我国建设工程质量的最高荣誉——鲁班奖,我想在两年之内,参与到其他公司的有希望得这项奖的大项目中,共同夺个鲁班奖,对公司的发展有更大的好处……"

他还没看完,对程迎夏的疑虑渐渐消除了。他考虑的事情,也被他考虑到,这孩子可以。鲁班奖不是市里的企业得不到,而是地域限制了思维,大家没有意识到,他也没有意识到,程迎夏毕竟念书开阔了视野,很快能提出来,这就是不错的。作为带头人,关键是能提出明确而不空洞的目标,然后团结大家朝着目标行进。看来这两个月的时间,他是以陆运红和当家人的角度在思考,突破了心理约束,难为他了。程迎夏又发来他在自己即将主持的市建筑企业协会的第三届业务交流会上的发言稿,大约八百字,让陆运红帮着看看,修改一下。陆运红看看,发现他文笔一般,还带着股学生腔,给他指出了几个有问题的地方,让他自己改,告诉他改后再跟王新宇交流,因为王新宇在这方面在行得多。

程迎夏在QQ里又说到一个事情:"保保,我认为你对弟弟陆迎轩有偏见。这个偏见来自他最亲的人,他崇敬的人,这种伤害是无形的,也是很大的。他并不是你印象中那样,什么事都不会干。有的人聪明,可聪明并不表现在学习上,这类人总容易因学习成绩不好被否定得一无是处。弟弟有他自己的特殊经历,本来就不幸,好不容易回到你身边,找到依靠,却又常被你这样打击式关心,这样容易造成他的心理阴影,他的自我评价也会越来越低。多鼓励他,他应该比我优秀,这一点没疑问。保保,对你说一件事吧,我常和他聊天,得知他现在在网上做着生意,在同学中卖生活用品,还故意假装不知,买别人的假冒伪劣商品,买后进行投诉索赔,虽然方法有点上不了台面,但也还算名正言顺。这几个月，每月都有两三千元的收入，上月达到了五千，这脑瓜子，我是比不了的，他肯定没告诉你。所以，上帝给他关上了一扇门，就会给他打开一扇窗，我看好弟弟。要不，你暂时不管他，我来引导他？"

陆运红简直不敢相信陆迎轩在干这些事，而且就在自己的眼皮子底下。看着程迎夏说的这些，他发现自己既看低了程迎夏，又看低了亲儿子。他摇摇头，觉得自己确实老了，只是程迎夏越来越懂事的口气让他放心。

第116章

六月份，按红信公司的计划，要在云津宾馆承办本年度市建筑企业协会的第三届业务交流会，同时在会上答谢向红信公司发来祝贺的同行及其他单位。会议定于六月二十八日晚举行，请帖已经发出去了。程迎夏二十五日毕业当天就赶回来了，他已经在心里排练了好几次。陆运红这次见到他，发现他的精神气质上有了很大的变化。爱思考的习惯在他稚嫩的脸上留下了成年人的痕迹，陆运红发现他头上甚至有不少零星的显眼的白发，看来这半年他没闲着，不只是单纯的学习。陆运红心中有隐隐的不忍、难过，他承受着他这个年龄不应该有的心理压力。程迎夏将自己的一些想法告诉了陆运红，红信公司是从公路建设起步的，他也是学桥梁专业的，以后重点还是放在"修路架桥"和市政建设上，因为他感到房地产的发展现在已经达到巅峰，接下来的难免有调整期或者下滑期，公司当初参与时又滞后了一步，不可能在这方面与别人竞争，就别介入太深。陆运红听着他的看法，点点头。他同程迎夏交换了些意见，着力于帮助他树立自信。在公司宏观发展方面，只要他的看法没有明显的问题，他就不反对，只是慢慢交流引导。程迎夏又谈到以后公司可以改制，虽然遥远，陆运红也表示支持，只要看到程迎夏当家做主的意识已经树立起来，他就安心。程迎夏刚刚出校门，比自己当初担任交通局里的科长时还小两岁，就被逼到第一线，太难为他了。程迎夏告诉他，以后每个月跟他汇报一次工作情况，如果有特殊情况，随时跟他汇报。陆运红虽然病着，但目前对公司的管理还是游刃有余的，毕竟将公司理顺到了一条大路上，又有几个得力的人，一般不会有大的麻烦。现在重病缠身，不可能像孔明那样事必躬亲管到底，终究有放手的一天。他对程迎夏说："如遇一般事情，都先和袁旭、钟强他们商量，能定则定，着实不能定再跟我说。人事方面呢，都由你先定，然后跟我说，我再参考一下就行。"

两人又说到了建筑工程中广泛存在的偷工减料现象，以及天和公司最近因偷工减料而出现的质量事故。陆运红根据近年的情况告诫他："现在的工程，监管很严格，工程资金也是给足了的，能正常赚钱，不要让手下人去偷工减料。偷工减料这事，我可以做，凭借二十来年的老油子经验，我能偷到点子上，保证不出任何质量事故。但是，你不能。所以，尽量不要去做。"

"我不希望公司做到最大，也不可能做到最大，因为我起步比别人迟得多。我是农民家庭出身，能到这一步，算可以聊以自慰。以后的路子，还是要稳打稳扎，步步为营，少出差错，能做到效益好，小而精或中而精就行。精，还包括精细、精明。另外在用人上，德第一，要关心好公司骨干，尤其是要让核心成员与你同心同德，这样能省很多事。对关键的人而言，要深刻理解俗语所云，钱财毕竟是身外之物。"

他又和程迎夏谈到工程中大量存在的垫资和甲方拖欠工程款的事："如今被拖死的公司不在少数，做工程就是为了钱，为此大家挖空了心思。必须先进行工程资金风险评估，不要贪大而不顾家底地垫资。近些年各地竞相发展，唯恐落后，没谁能事事都按画好的格子走，竞跑的过程中，步步都不逾线的情况没有。也就是说，现在的工程环境，还没能达到每个环节完全操正步走的程度，因此必须学会规避风险。在向甲方讨要拖欠款的时，方法要灵活。我的原则是，首先要最大限度地规避自己的风险，同时要尽量为对方规避风险，如此才能赢得朋友，赢得尊重和继续合作的机会，我这些年基本没有外债的原因在于此。这点你多听郭欣、袁旭和王新宇的，他们清楚我的路子。每项工程决定投标之前，一定要通过不同的渠道了解——甚至这里应该用'侦察'二字，"侦察"工程资金的可靠程度、风险可控程度，制订意外情况补救措施，最后才决定投标与否，这一点比具体做工程更重要，应该尽快由你亲自掌控。"

两人也说到低价中标的套路，他又和他交代了一番，工程中难以避免这类事件，但先要把工程情况和甲方资金情况吃准吃透，同时要有底线。关于这一点，袁旭的经验更丰富。程迎夏一一记下，然后直接去公司，一头扎在公司里，废寝忘食地熟悉公司事务，跑工地了解情况，又和几个核心成员一起筹划答谢会的事。

陆运红去医院复查，现在恢复得很好，他感觉原来癌症也不像传说的那样恐怖。生化结果和CT结果二十五日得到了，他看看，生化结果完全正常，几个指标都是阴性，只是袁医生看着CT片子和报告，许久没说话，半天才说："陆经理，你可能还要做次手术。"

"怎么？难道是复发了吗？"陆运红不由得心里一惊。

"不，不是复发，别紧张。上次做手术的时候，其中一根细微的供血血管没处理到，CT结果提示还在强化，按理说，也可以认为没什么问题，可以暂不管。只是，我这个人求全心理比较重。上次你复查的时候，我就发现这个问题了，一直挂在心头挥之不去。想到你刚做了手术，又不是大问题，不急，就放到现在。这次耽误你一下，给你做了，也了却我一桩心事。"

"袁大夫，这又要在医院待多久？"郑彦秋忙问。

"不,不,这回不开刀,咱们做个小手术,就射频消融术。采用局麻,人都清醒的，局麻之后，一根针插进去，把强化的血管直接烧掉，如果顺利,十分钟到半个小时。但是，术后还是要在医院待上几天观察。"

"什么时候开始？"

"你们准备一下，明天就来，后天上午做，我来做。因为大后天我就要出国讲学,一时回不来。"

"那……嗯,行吧,我马上回去准备。"陆运红只能答应下来。大后天恰好是公司举办业务交流会的日子,看来自己是无法参加了,一切唯有靠钟强、袁旭他们帮着程迎夏安排,自己只能躺在医院的床上看看消息。

他跟程迎夏和公司几个主要人员交代完毕,又住进了医院。

陆运红旨在以交流会为契机,将程迎夏推向工程圈中心。事后传来消息,会议举办得很成功,程迎夏以公司副总的身份,代表陆运红主持。他上台讲话,虽是照着稿子念,但在台下揣摩过无数遍的他一点也没怯场。宴会上,向到会的五十来家建筑公司和机关单位的代表敬酒的时候,他因为不喝酒,在钟强他们的安排下,全程用矿泉水代替,几乎无人知晓。在这个会上,大家才知道陆运红身体出了问题,都明白了程迎夏已相当于接班人。程迎夏的接任在圈子内引起广泛的关注,原因有两点,第一点是他只有二十二岁,接管年产值三四亿的红信公司,成了全市所有建筑企业中最年轻的老总;第二点是他长得还挺帅气的,很符合年轻人们的审美标准,流行的说法是"颜值"很高,这一点或得益于他母亲程夏。会场上有不少人暗中打听他有没有女朋友,女朋友是谁,引起一阵猜测。

陆运红再次手术之后,袁医生来告诉他,这一次结果应该很圆满,他感到很开心。袁医生再次跟他说明了服用中药的禁忌事项,让他注意休息,以后每半年查一次,不能大意。程迎夏想请袁医生吃饭,以表示感谢,袁医生仍然推辞,说不用这样,随后就出国讲学去了。

在陆运红的邀请下,戚永辉正式辞职来到红信公司,他可以取代陆运红,担任公司的工程质量总负责人,让陆运红真正放心。戚永辉加入公司,陆运红这下真的可以当甩手掌柜了。虽然名义上他还是老总,但被这场病逼到了闲人的位置上。

他和郑彦秋常在乡下老家,和父亲、母亲住在一起。虽然他现在药不离身,但因为保密工作做得好,年迈的父母一直都不知道儿子重病的事，只是奇怪他以前一年半年才回来一回，怎么现在能常在家里了。其实老人还是细心的，陆运红有时气喘，加之身上弥漫着一股药味，母亲就觉察到了。一天，她闻闻儿子喝的茶，问："你是不是有肺病？"

陆运红心里一惊，以为母亲已经知道了，忙说："这段时间肺有点小问题，可能和爹的毛病差不多。"

母亲又说："你父亲就是肺上的病，怎么你也咳喘？"

"没什么大病，医生建议喝点保健药。"

她倒也没深究儿子的病，不管怎么说，陆运红常在身边，他们就很满意。至于陆运红事业上的成功，对年迈的他们来说已不重要，他们对此的感觉已经迟钝。

二老特别讨厌进医院，小病小痛都是自己找药医治。母亲前年还从当年的赤脚医生王和珍那里借来了一本《常用中草药图谱》。

去年，王和珍医生去世了，她的孩子们谁也没学医，都在外打工，于是这本医书就放在母亲这儿，没人过问。文化程度不高的母亲就把它当成了日常读物，戴着老花镜一字一字地认，对照着找药，这已经成了习惯。陆运红也不由得怀疑，母亲胡乱自学的这些药理，难道是他们调理身体成功的原因？

又是半年过去了，陆运红再一次复查，虽然每次走进"红灯亮时，当心电离辐射"的门口，都有些紧张，但最后得到的结果都没问题，他恢复得非常好，没有复发的迹象，完全出人意料。他按医生的交代，仍然不敢松懈。这正是他在郑彦秋的监督下，改变生活方式和习惯，配合医生的治疗取得的良好结果。陆运红慢慢地从死亡的阴影中走出来。郑彦秋绝不让他稍有好转就恢复以前的忙碌。在钟强、袁旭、戚永辉、蒋承兵、骆江平、钟正军、蒋欣、王新宇、杨休等人的协助下，公司的业务没出问题。其他公司接连发生的安全事故，红信公司从没发生过，所有人都把质量安全放到了最高位置。程迎夏原计划争取鲁班奖，但一时没有恰当的项目可参与。在公路建设上，他已经通过他的一位同学的父亲的关系,参与了省里一条旅游干线的路基工程中,这条路准备申报中国土木工程詹天佑奖,现在公司已经派钟强和戚永辉去负责。因为这条路在省城北面,不在本地,陆运红想去看看,却没法去。

第117章

陆运红总感到,进入二十一世纪以来,时间好像越来越快,往往一年刚刚开始,转眼就没剩几天,让人回不过神来。劳动节又要到了,节前,他回到老家,母亲又在捣药,捣不知名的草药。他忙过去看,问母亲做的啥。母亲说最近她觉得胸口有点疼,自己找药来捣好,然后敷上。陆运红问:"真的只有一点痛吗?"

"有时痛得厉害些。"

"怎么痛的?"

"有时绞痛,打嗝呢,就松快点。"

"那你敷药后,缓解了吗?"

"还没有。"

"要不去医院检查一下再说。"

"去啥医院,一痛就进医院,就能医好?七八十岁了,哪能没三病两痛的?过几天就好了。"

"已经疼了多久?"

"只有十来天。"

"还只有十来天?马上去医院检查一下,我这就开车送你去。"

母亲说什么也不去,说她坐不了车,头晕,说不定会更痛。陆运红说:"我开慢点,平时两个小时的路,就花四个小时,无论如何也要去检查。"

父亲在屋里听清了他们母子的对话,咳着出来,对老伴说:"你疼了十多天,就让运红带你去看看,也进一回城嘛,家里我看着。"

母亲好不容易在父子二人的劝说下，勉强答应明天去镇上医院看看，陆运红只得先同意。第二天一大早，她又在痛，不想去医院，在陆运红的强迫下，她只好换了身新衣服，那是去年陆运芹给她买的，她一直没穿的。她吃了几片药，坐上陆运红的车。陆运红开着车，直接往云津方向去，母亲见了，只好随着他，不过还在唠叨："哎，去市里面看啥，药医不死病，佛渡有缘人。该死的，什么医院的药也医不好；不该死的，在公社医院看看就行的。"

在路上，母亲忽然感到疼痛加剧，于是更怪儿子让她到市里来，肯定是颠簸的原因。陆运红尽量地避免急转弯急变速，郑彦秋扶着她，帮她揉着，到了市里，直接去第一人民医院。

疼痛依然在继续，陆运红忙和郑彦秋扶着母亲下车，挂了急诊。片刻后到了急诊室，一位看起来有六十来岁，戴眼镜的姓代的女大夫看看她，用手试了试疼痛部位，开了点止痛药，说："这可能是肝脏或者胰腺方面的问题，先止住痛，马上检查。"然后开了张CT单子，让去排号。

服药过后，痛很快止住了，母亲马上感到跟正常人一样，又开始埋怨儿子，说本来就是小毛病，跑到这儿来，动不动就花大钱。陆运红告诉她，既然来了，就检查一遍，把这病治好，改天干脆做个全身检查，看有什么问题。母亲虽然明显不愿意，但是到了这里，已由不得她，她只能任由儿子摆布。

检查结果半个小时就出来，最令人意想不到的是，明确的结论为胰腺癌晚期，并且已经出现了多器官转移。代医生拿着结果，再看看母亲的年龄，让郑彦秋带着病人先出去，然后对陆运红说："这是你母亲吗？你赶快送回去，没必要医治，很可能也就这几天了。"

这又是一个晴天霹雳，陆运红虽然看到结果后就已经知道非常不妙，但仓促间也没这个心理准备，只有几天了！自己刚从死亡线上逃过来，事情又来了。他望着医生，心里紧张："代大大，你别吓我呀。"

"你这么大岁数的人，我吓你干啥？我不给你开药了。"

"不，不，医生，你一定要帮着想想办法。"他鼻子一酸。

代医生看着他，微微地笑笑，说："如果真要开药，就开点止痛的吧，让她走得轻松些。如果她真要住院，也行，现在就住院，可能也就在医院走。"

"为什么拖到现在？她这个病，至少一年以上了。"

"一点手术的机会都没有吗？"

"没有手术的机会了。"

"才发现十几天啊！"

"才十几天？我还奇怪，这十几天她是怎么熬过来的？"

"你也可以去省军区医院，那儿的治疗条件比较好。但是，我们这儿可以直连省军区医院，远程会诊，一样的。要不，先听听他们的意见？"

"行，马上帮帮我。"

"远程会诊，院士级专家，费用两千元一次，加急两千五。"

"行，行，求你帮忙，大夫。"

"好吧，我马上跟院里报告，你们在外面稍等。"

陆运红出来，看着郑彦秋旁边苍老的母亲，这个陪了自己四十多年的生命，难道就要消失？他的心在发着抖。他从小到大，就没有想过母亲也会死。韩叙芳看看儿子异样的表情，问："什么病嘛？根本就不是什么病，搞得这么惊天动地的。"

陆运红强忍着在母亲旁边坐下，抓着她的手。不一会儿，代医生出来了，让他们去缴费，加急，然后准备联系会诊。

会诊就在网上进行，不一会儿，结果出来了，诊断意见仍然是错过了手术的最佳时机，没有治疗价值，和代医生的结论基本是一样的。陆运红心里一阵阵发冷，死亡的阴影曾笼罩着自己，自己勉强躲过，这一回降临到母亲身上，看来没有办法了。如果此时能以自己的生命换回母亲的生命，他愿意不做任何治疗。

从儿子阴沉沉的脸上，母亲忽然意识到什么，她望着儿子，说：

"医生是怎么说的？你告诉我，难道是……没法治了？"

"……没事，没事。"陆运红说着，忍不住自己声音发哽。

母亲看着他，推开郑彦秋的手，站起来，要拿儿子手上的会诊结果，陆运红不给她，继续说没事的。她收回手，望着儿子，一言不发，片刻又坐下，低低地说："运红，我们回去，我不在这儿。"

陆运红眼圈一红，忙转过身去，迅速擦擦，再转过来。

"我们回去，我自己会找药，我早就说不要来，这医生什么病也不会治。"

"娘，都怪我啊，平时只是忙啊……娘……"

陆运红又想到给自己看病的袁医生，他或许能从中医的角度，给想想办法，于是忙让郑彦秋陪母亲，拿着片子和会诊结果直接去找袁医生。袁医生今天没坐诊，在住院部，他又去住院部，袁医生拿着片子和会诊结果看看，摇摇头，说："陆经理，你母亲这个病，就不用治了。你母亲多大？噢，七十九岁。也行，老人家，算尽了天年吧。回去见见亲人。中医呢，这样吧，我给你开一服药，安慰安慰老人家就行了。"

这几句话来自最信任的医生，陆运红最后一丝希望跌到冷冰冰的地板上，算彻底绝望了。

袁医生问了问他母亲现在的症状，然后开了药，他拿着袁医生开的中药单子，去取了三服，然后拿好刚才代医生给开的镇痛药，回到母亲身边，忽然觉得自己像个孩子，想扑到母亲怀里大哭。

母亲还在催促着回家，陆运红一咬牙，说："好吧，娘，我们回家。"

他给三姐发了消息，让她马上赶回来。

晚上，他们回到了家里。陆选南见他们回来了，问儿子："你娘是什么病？好了吗？"

陆运红没有回答。老人见儿子和儿媳阴沉沉的脸，马上意识到了问题严重，看着韩叙芳，又问："你是什么病？"

"不是什么大病，我自己就会医。"韩叙芳说。

不一会儿，韩叙芳又开始隐隐作痛，郑彦秋忙照顾着她吃药，扶着她去床上，然后带上房门，回到正屋。陆选南充满疑虑地瞧着一家人，没说话。一会儿，陆运芹来了，让陆运红把检查结果拿来，在旁边的父亲也看见了。他眼睛不好，拿过去专门看二遍，看完一言不发地站着，许久，递给儿子，喃喃地说："今年正月初一的时候，我就感到今年要出事啊。我房里那个盛米的罐子，初一早上我刚捧在手上就破了，破成两半，不吉利，我一直没说，唉，唉。"

陆选南吃力地在椅子上坐下来，茫然地望着门外。三姐问："医生说还有多久？"

"说很快，或许就只这几天时间，但愿他们都误诊了。"

这几句话，父亲听得很清楚，他说："你们的娘，她也有预感啊，三月份的时候，她跟我说，人老了，有些事要准备准备，没坏处。她想把寿衣买好，免得你们年轻人将来不知道怎么做。寿衣她上月买好了，买了两套，包括我的，现在放在床头柜里。"

父亲说着，不断地叹着气，咳嗽着。难道真要为母亲做后事准备了吗？陆运红还不相信，急忙把袁医生开的中药拿去煎，这是最后的希望，希望它能产生奇迹。好久没抽烟的父亲，又一个劲地抽着叶子烟，完全忘了自己的肺病，陆运红也忘了劝。

一切如医生所言，母亲的痛开始加剧，她下床找药的力气都没有了。煎的中药，她服下后没有任何效果，完全靠代医生开的止痛药解决问题。第二天，韩叙芳生重病的消息在村里传开，钟强的母亲李守珍，黄大文的妻子张少群，程林的老婆曾小英，还有五奶奶、四婶，一批女人陆续赶来看望。陆运芹已经给舅舅和表哥们打了电话。下午，舅舅、舅娘、韩斌、韩雷他们都赶到了，还在念书的陆迎秋和陆迎轩得知消息也赶了回来。陆运红又给欧军打电话，欧军和女儿欧晓新也在赶来的路上。

这么多的亲朋好友都陆陆续续地到来，韩叙芳已经意识到什么，她半躺在床上，忍着不时发作的痛，对大家说："我早就说过，不去市里看医生，看医生不吉利，运红不信，硬要带我去，就这样了。死，我倒是不怕的。"

程永林家的四伯母坐过来，用手试着韩叙芳额头的温度。她比母亲大一岁，陆运红看着，心中涌起一股无奈和悲凉。村里曾经熟悉的长辈们，一个个离世，只剩下眼前这几个了，而母亲也已经到了生死的边缘。四伯母情不自禁地抓住母亲的手，强装笑颜鼓励道："三婶啊，你可要挺过这一关，没事的，过了就会渐渐好的。"

"四嫂啊，我这病，这次怕是好不了了。"母亲勉强挤出一个苦笑。

"没事，三婶，一定坚持住，年底我杀猪，还等着你来帮忙，咱们两姐妹一起灌香汤呢。"

"……四嫂，我帮你灌。"母亲说着话，只是越来越吃力。在止痛药的作用下，她的疼痛感减轻了。陆选南不忍心看到老伴这个样子，回到自己屋里，一个人闷着，不和谁说话，拼命地抽烟。

"没事，你们别紧张，我不怕死，谁都免不了过这道关的，早点死还好些。"

陆运红听着母亲反复说到这个死字，忍不住又背过去擦眼睛。程林赶来了，凑到床前，母亲见到程林，抓着他的手说道："程林啊，我死了，你要帮我拾掇拾掇啊。"

程林大声说："三婶，别老想着什么死不死的，难道你真想死啊？你老人家想想嘛，你死了，大不了我们就把寿衣给你穿上，让你上躺好，在你脸上盖三张纸钱，有什么好的？我这个做侄子的，就又敲又唱，叮叮当当的，有什么好的？你在那儿躺着，我们却在外面吃饭，你什么也看不见，你存的粮食，我们吃完了，你也不知道，这有什么好的？这些事你又不是不清楚，不是没见过，有什么好的？所以，三婶，你一定要坚持住，今年你命中有这一难，挺过这几天，过了这道坎，就会慢慢好的。你还要看着孙子们给你娶孙媳妇呢。明年我等着喝你和三叔八十大寿的酒哪，不然你存折里的钱怎么能取出来用？你老人家不能舍不得啊！小四哥已经准备给你们好好办了，我们都等着呢。"

"……程林啊，别哄我了，你有这份心，我感谢你。"母亲喘几口气，接着说，"程林啊，我就听你的，坚持几天，就会好的……"

晚上，韩叙芳的病势急转直下，完全如医生们所预料的。稍一延迟用药，她马上痛得浑身冒汗，老邻居们大都散去，只有年轻的还在，他们之所以在，是因为估计她熬不过今晚，他们留下来准备帮忙。韩叙芳服了药，好半天才止住痛。凌晨三点，她吃力地说："运红，你扶我，我坐到椅子上，舒服些。"

陆运红和韩雷两人忙扶起她，让她坐到睡椅上，半躺着。韩叙芳眼睛微闭，说："小四啊，刚才……我见到你外婆、外公……还有你奶奶，你大哥陆运新……来了，他们说来……接我。"母亲的声音飘忽不定，口中喘着粗气，气息越拉越长，陆运红没见过这样的情形，只感到从未有过的无助。程林又来了，他把陆运红拉到一边，说："小四哥，三婶已经不行了，这事你打算按咱们民间传统操作吗，还是……"

"这个，都行，先看爹的意思。"

沉默许久、蜷缩在一边的陆选南把程林的这句话听得很清楚，声音嘶哑地说："你娘辛苦一辈子，不能连个道场都不做。"

"那就按习俗办，你帮安排一下。"陆运红说。

"好吧，我就替你安排了。"程林说，"可以马上准备了，待会儿断气的时候，放鞭炮，我那儿有；烧断气钱，也有，让孩子来拿就是，其他的我也帮准备了。"他说完走过去，趴在韩叙芳的耳朵旁，大声说道："三婶，你能听见吗？我是程林。"

陆运红心如刀绞却哭不出声，蹲在母亲面前，抱着母亲的头。母亲忽然微微地睁开眼睛，眼珠却不能转动，他使劲地摇摇她，她望着儿子，眼角现出两条浸出的泪迹，好一阵，她的嘴唇动了："小四，你怎么才穿两件衣服,冷不冷啊？……给你爹说……那三只母鸡，只有那只……黑鸡生的蛋，是能孵小鸡的，其他两只……生的……不要孵。我还有点钱,放在床下面的脚垫子下,你取来,给几个孩子……别忘了。"

大家急忙围过来,程迎夏和陆迎秋大声喊着奶奶,他们的奶奶一动不动,眼神像婴儿一样无助,气息越来越弱,每呼一口气,如同从大海深处费尽千钧之力才勉强浮起,在海平面上晃了一下,又迅速往下沉。片刻后,她半睁的眼睛疲倦地闭上了,嘴角流着涎,几分钟过去了,再没见到她有费力呼吸的动作。程林把手放在她的鼻孔上试了试,说:"算了吧,三婶已经去了。"然后大声说,"三婶,你慢走啊。"

陆运红再也忍不住了,抱着母亲的遗体,泪水从脸上滑落。陆运芹和程迎夏大哭起来。钟强的母亲李守珍,程林的妻子曾小英,以及黄学勇的妻子赵桂芬劝慰着韩叙芳的亲人们,忙把她抱到已平放好的门板上。程永华家的四伯母开始给她净脸、换青黑色的寿衣。按程林的吩咐,所有晚辈都来到韩叙芳遗体前,跪好,送亡者往生,等帮忙的人把她的寿衣穿戴好,放平。四婶根据亡者的年龄,折了七十九根细黑线束住寿衣,再穿好寿鞋。其他人去烧断气钱,点燃鞭炮,然后又去把她睡过的床挪了位置,将床上的罩子全部拉开,免得它绊住死者的灵魂,再把她睡过的被褥和用过的毛巾拿到外面的十字路口烧掉。陆选南蹒跚着走过来,蹲在韩叙芳的遗体前,抓着她的手,捶着自己的头,哭了起来:"叙芳,你怎么就抢在我前面?该死的是我啊,我害了这么多年的病,怎么就不死啊?我还活着干啥?"

"你去年还和我说,也想和邓荣华他们一样,去天安门,去毛主席纪念堂,咱俩一起去啊……你呀,你醒来嘛,我陪你去!"

韩雷和韩斌忙把他劝回房里,让他回避这个场景,怕他伤心。陆选南勉强被众人扶着回到屋里,依旧哭个不停。他对韩雷和韩斌说:

"别管我了,你们去忙,去给你们的姑妈磕头,别管我了,别管我了,我就睡一会儿吧……"

程林将家里事先准备好的三支长烛、九支香和一盏长明灯点上,放在停放遗体的门板前方，然后整理衣衫，在遗体前跪下，恭敬地磕三个头，说道："三婶，你安心去吧，我会尽力协助小四哥和三姐他们给你料理后事的。"

陆运红如在云中，望着忙碌的亲友们。程林有条不紊地吩咐着，开始对陆陆续续赶来帮忙的亲戚和邻居们进行分工，谁帮着接待客人，谁帮着记账，谁帮着去买棺木，谁帮着打点这几天的生活。程林轻车熟路，安排好后，天色大亮，魂幡已经挂出去了。

第118章

一阵轻风吹过，母亲脸上覆盖着的纸钱被拂开，陆运红忙过去，重新给母亲盖上。几天时间，猝不及防的事情就发生了。他抚着母亲消瘦的脸颊，花白的头发，紧闭的双目，喃喃地说："娘，你这是在做什么啊？这不对呀，不是这么个理呀，怎么就这样了？"

他怔怔地立着，他从来没有想到死亡居然在今天能和母亲连在一起，她是一座永远不会倒的山，是要长生不老的！自从陆运新死后，这么多年来，再次与这个字零距离接触，巨大的冲击几乎让他无法相信眼前的情景。这些年在外忙忙碌碌，怎么就忽视了母亲身体的不适！

郑彦秋让他别过度伤心，否则对自己的身体也不好，他也担心自己撑不过这场事就要倒下，只好忍住，勉强走开，一切听程林安排。不一会儿，同学韩兴贵接到程林的电话后来了，帮着他打理。陆陆续续地，曾经的伙伴秦小军、韩科、秦明明等人和其他邻居都知道了消息，赶来了。因为陆运红也有病，在程林的安排下，程迎夏以长孙的身份，和陆迎轩一起，代替着他接待吊唁的各路客人，曾经的同事、市建筑协会和公司里的人员还有同行公司的代表陆续赶来。

一切都在程林的安排下进行，到中午，基本妥当，程林已把他的法事班子带来。他把陆运红、陆运芹、程迎夏、陆迎秋和陆迎轩叫到堂前，说："小四哥、三姐，你们不要太难过，三婶已经仙游，事情来了,就既来之则安之。接下来,就由我和徒弟们超度三婶。时间上呢,按七天还是三天,还是按小三天做?"

"小四哥,保保这事起码得按七天做才能应对过来。"钟强在旁边说。袁旭、蒋承兵几人也应和着,说必须做七天法事。

七天是大排场,陆运红知道钟强他们的意思,他们希望体体面面地把事办了,以他现在的身份,也应该高规格地办。他摇摇头,说:"快节奏的时代,大家都忙,别为这事耽误亲朋好友太多的时间。"

"确实,时间长,折腾活人,但姑姑这事三天我估计不行,可是……至少也三天吧。"韩斌说。

"不,按小三天吧。"陆运红说。

"说什么,小三天怎么行?"钟强问。

陆运红说:"就小三天。"

程林望着陆运红,沉默了一阵,说:"也行,那我们马上开始。"

"程林,先在这里谢谢你。"

"不,不说这些。另外,小四哥,这个费用呢,一般小三天道场是五千……三婶这事,我只收十二元钱,原本不该收,只是这种白事,一分不收,主人家不吉,所以……"

"那怎么行,程林,你已经帮我很大的忙了。这事我知道,农村的习惯是各说各,五千就五千,不应该少……"

"小四哥,咱们两家,老人那一辈就交情深厚。这事呢,是我作为侄子应该为三婶做的。我说了,就这样;你就别再说了,我知道你不缺钱。"

陆运红听他这么说,只好不再讲究。道场费用一般是开坛前付,陆运红给程林一个装着十二元的封包。程林收下了,安排人将韩叙芳初殓,移进漆黑的棺中,棺盖斜扣在上面。程林说:"下面呢,法事就要正式开始了,法事期间,大家需要长时间跪着。小四哥,听说你身体近来不太好,那你和三姐就开始时在灵前跪片刻,接下来由孩子们代替。后续过程中还有你们必须跪的时候,到时我再叫你们。"

"那……好吧，由你指示。"

程林又当着众人大声对程迎夏说："现在，你保保有些不便，就该由你代替你保保，顶着这场事，名正言顺，何况你经历过。别以为自己已经是公司老总，就放不开。"

法事进行有条不紊地进行着，陆迎夏、陆迎轩、陆迎秋、欧晓新等几个孙辈正在磕头，忽然从陆选南的屋子里传来韩雷惊慌的喊声："快来人，快来人，姑父好像不行了……"

原来大家都在忙，让陆选南待在屋子里，回避这个令人伤心的场景。把他安置好，大家就离开了，一时没人去照看躺在床上的他。吃中午饭的时候，也几乎没人想起他。这时韩雷进屋里帮寻找老石灰，准备做法事用，才想起他，忙到床前唤他，却怎么也唤不醒，又去推他，发现他没反应，而且似乎没呼吸了，才慌忙大喊。陆运红和陆运芹、韩斌等人忙冲进去，将他从床上扶起。陆选南一点知觉都没有了，垂着头，嘴半张着，眼睛紧闭，陆运芹大声地喊着："爹"，他依旧没有一点反应。正在做道场的程林让徒弟们暂时停停，跑进屋来，仔细查看了一下，愣住了，说："三叔也去了！"

他抓住陆选南再使劲地摇摇，陆选南随着他的手晃晃，他的手一松，他就差点倒在地上，众人忙将陆选南撑住。程林摇摇头说："是不行了，可能是长期患病，气血虚弱，如今禁不住悲伤过度，毕竟这么大年纪了！"

"我的天，今天这是犯了什么呀！"陆运芹再次哭起来。

众人七手八脚地将陆选南抬出来，放在正屋，才放过韩叙芳的门板还靠在里边。陆运红抱着万分之一的希望，再仔细看看，摸着父亲的心窝，看程林有没有判断错误，要不要马上送医院。学医的陆迎秋也挤进来，蹲下，掰开爷爷的眼睛看，用手机的手电筒照了照，说："爷爷瞳孔都已经放大了，恐怕离开近一个小时了。"

半天之内，老夫妻两人先后离世，消息迅速在周围传开，姐弟二人望着父亲还未完全合上的嘴，好像有话要说的样子。陆运红只有无声地流泪,用力帮父亲合上眼睛,抚着父亲已经经冰冷的面庞,还盼望有奇迹发生,或许躺一会儿,父亲就会醒来,等着,望着……

大家又忙着帮料理陆选南的后事,净脸、换寿衣、戴寿帽、点长明灯。陆运红盼望的奇迹始终没有发生,父亲的身体其实已经开始僵硬。袁旭和蒋承兵、戚永辉他们又安排车再去购买棺材,按程林开的单子补充法事用品。程林重新安排,对姐弟二人说:"今天三叔三婶这事,也算奇罕的,我学做法事近三十年来,头一回碰到。现在这么办吧,所幸三婶的道场刚开始,三叔就不再另开道场做法事,给他们二老合办,只是三婶多一个'破血河',其他的程序都一样。"

"这是不是他们常说的'犯重丧'啊?"二舅舅喃喃地问。

"不,这不是。首先今天日子没问题,其次土都没动,何来犯?在我看来,这应该算喜事,但愿你们能相信我的看法。"程林说。

"百年难遇的事!应该是喜事,老夫妻两人几世修来的福气才得到今天,既高寿又同年同月同日往生,我们怕再积几世的德也换不来。"韩兴贵也说。

一个道场法师,一个民俗学会的会长,都持相同的看法,于是众人的议论平息了。这种事情,此时往好的方向解释总比往不吉的方向解释更能缓解主人家的伤痛,陆运红知道他们的用意,更愿意相信他们的说法。

傍晚,吃过晚饭,在程林的安排下,两具棺木并放在堂屋,法事在锣鼓声中,简单重复前段,然后继续……

村里的男女老少都来帮忙,虽然平时村里人很少,但是谁家一遇到这种大事,其他人都会赶回来,帮着主人家料理,一般事务几乎不用主人家动手。和陆家很生疏的秦正高也拄着拐杖来了。晚上也有不少乡邻,大家一边聊着天,一边陪着主人家守灵。

次日中午,开始择地开井,因为陆远南生前说过要埋在那片大寨田地旁的野桑坡山腰上,韩兴贵就跟着陆运红来到野桑坡,陆运红把父亲当初中意的地方指给他看。韩兴贵站在正六位上,环顾片刻说:

"明堂开阔,案山圆润,水势回旋。嗯,你爹还比较懂嘛,他选的这个地方总的来说不错,唯一不足的是青龙长卧,而白虎缺位,但十全十美之地基本没有,这已经算不错的。"然后拿出罗盘,根据两位亡人的生辰八字进行推算。

傍晚,程林念完咒语,帮忙的众人抬着棺材,程迎夏和陆迎轩在前面捧着灵位,来到野桑坡上。韩兴贵用纸钱暖坑之后,两个棺木并排放入其中,然后由陆运红和陆运芹带头,每人三跪九叩,再捧三捧土撒在棺上。接下来,钟强、杨成立、程迎夏、陆迎轩、陆迎秋、欧晓新、杨标、杨妍、韩斌、韩雷依次,最后,帮忙的众人开始覆土。随着泥土越堆越厚,坟堆渐渐垒起来,天色已经大亮。望着父母的新坟,望着魂幡在火光中化作一股轻烟,望着前面乱草蓬蓬的田地,陆运红仿佛又看到当年村里的老人们在一起劳动的情景,听到当初母亲领着大家在这里唱歌的声音……

记得山间飞来的泥燕,陪着我坐在低矮的茅檐,
看着你们放下锄头,又拿起镰刀和补衣的针线,
你们的辛酸,尽染我无知的童年。
我背上书包迈进校园,一天天离你们越来越远,
你们年复一年,守着那种不完的田,
我忙忙碌碌行走在外,总以为你们在家安度晚年,
你们渐渐老去,我没看见,总以为你们会硬朗到永远。
每次接到你们让我回家的电话,几曾想你们已佝偻蹒跚。
一次次听着麻木厌倦,一次次难以如愿。
爹娘啊,我如今终于回来,却不是为你们望穿的双眼,
而是你们归天的锣鼓,外面那高挂的魂幡。
屋后不再有飘起的炊烟,檐前不再有飞来的泥燕,
几时再见你们苍老的容颜,听你们说对儿孙挂念。
风轻轻地吹着凌晨的鸣蝉,是不是你们又在把我呼唤?
历经沧桑的两位老人归天了。

第119章

  中午吃过饭,帮忙的邻居和红信公司里的人大都散去。程迎夏和陆迎轩、陆迎秋回到了城里,欧晓新也要回湖北上班,她告别陆运红和陆运芹,和程迎夏他们一起去城里。陆运红和陆运芹、郑彦秋一起送她上车。

  晚上,程林、钟强的母亲和几个邻居来和他们聊了一阵。程林交代了"复三"和"烧七"的时间,和这段时间要注意的禁忌事项。最后家里只剩下陆运红和陆运芹、郑彦秋三人,凄凉感笼罩上来。早上,陆运芹把母亲留下的鸡和猪喂了,她自己的家也要照顾,随后就回家了。这场丧事,所幸郑彦秋在身边时时提醒照看着陆运红,他没过分操劳,可是几天下来,他也感到非常疲惫。二人相对坐着,望着空空荡荡的屋子,和门上需挂四十九天的符咒。良久,陆运红对郑彦秋说:"或许我应该感谢老天爷,让爹和娘果真先我一步走了,免得他们看到我走在前面而伤心,这是老天爷的关照。"

  "这样想也对,能减少精神压力,以后没有更多的事可操心了,这样我也放心。"

  可是,明天,父亲和母亲建成的这个家,将以什么方式存在?

  想起父亲和母亲生前的点点滴滴,看着如今空空如也的家,陆运红又开始整夜失眠。早上起来,他看着父亲和母亲用过的背篓、刀、和母亲泡的不知名的药酒,最后医院给开的诊断书,一股股空虚感和自责感连绵不断地袭来,走去走来,满屋都是父亲和母亲苍老的影子,更可怕的是,人生的意义几乎找不到了。第二天,陆运红渐渐地发现身体不对劲,忽冷忽热,又开始憋闷,甚至有点恍惚。他觉得是旧病复发,忙委托邻居黄学勇的老婆帮照看两天母亲留下的猪,然后强撑着装着没事的样子,开着车,和郑彦秋一起去市里,直接去医院。

  到医院的时候,刚把车停好,他冒着冷汗,阵阵眩晕,忽然感到大难临头，一种生无可恋的感觉笼罩过来。郑彦秋忙扶着他直接去住院部，刚好袁大夫在。他正准备去手术室，忙把陆运红安排进病房，听说他是自己开车来的，吓了一跳，说："你胆子大啊，看你现在已经有休克的征兆了，如果稍迟点，在路上出事，那还了得。"陆运红还没听完就晕过去了，接着医生开始输液。郑彦秋已经打电话告诉了几个孩子，程迎夏和陆迎轩最先赶到。不知过了多久，陆运红清醒过来，陆运芹也赶到了。他望着大家，恍如隔世，如同经过了几世几劫，有一种前所未有的无助的感觉，他喘着气说："看今天这样子，我这病估计也拖不了多久，你们要有这个准备。阎王爷的通知书估计已经在路上，即便今天不来，往后哪天就出其不意地送来，现在再做些交代，免得来不及。所幸爹和娘的事我已应对完，算了却一桩事。程迎夏呢，基本能把公司的事理顺好吧，还有不熟悉的，只有赶紧熟悉。陆迎秋还有一年毕业，她的工作不用我操心。陆迎轩呢，听说你在开什么网店，怎么样呢？行就做，不行，你哥也可帮帮你。彦秋需要迎夏和迎轩照顾下。以后我的事，不以民间习俗处理，老人老办法，新人新办法，火化后拿回去简单埋在爹和娘的坟旁，我只想从此以后能陪着他们。"

"保保，你想多了，我认为你这次不是大病，不是复发，应该只是爷爷奶奶走得太突然，你没回过神来，精神紧张导致了身体上的一种反应。"

"但愿吧。"他有气无力地说。

一个半小时过后，陆运红的病情才缓和，呼吸才顺畅。袁医生也做完手术过来了，他看看陆运红，重新问了情况，安排CT复查。他去CT室，直接从仪器上看情况。袁医生出来，程迎夏问："袁大夫，我前不久从网上查阅了一下，这种情况，是不是可以考虑换肺呢？"

"换肺？你们想到哪里去了？他如今的情况很不错，不至于换肺，别想太多。"袁医生对陆运红说，"没事，有点肺不张和支气管哮喘，老毛病，不是复发，先在这儿住两天，开点药就行。还是必须记得以前的交代,平时要以休息为主,不能多劳心,不能多劳累,精神放松。"

医生一席话,让大家都放心了,看来程迎夏说的是对的,是精神原因引发的。袁医生听说他们常在乡里,也说乡间空气好,能在乡里待是最好的。看来以后果真只能像个闲人似的待着？陆运红苦涩地笑了笑。

他按医生的安排在医院住了两天。晚上,他做了一个梦,梦见父亲来到他床前,对他说道:"小四啊,你的病我知道,你就在家里调养吧,肯定有用。"

他霎时间醒来,一看床前,没有父亲的影子,已经五点多了,天微微亮了。他告诉陪床的郑彦秋,郑彦秋说道:"这多半是真的,你父亲因为肺病,不是也在家里过了几十年吗？何况袁医生也这么说,咱们还是从此长住老家吧。"

他点点头。

第三天,他和郑彦秋办理了出院手续,准备回老家,忽然接到已经任市政协副主席的市建设局原局长郭永光打来的电话,郭永光让他去一趟,他带着郑彦秋,开着车过去。

郭永光在办公室等着陆运红,他对陆运红说:"陆总,你的公司发展不错,我听郭欣说起你,他们几个每人分了一套房啊,她一个小姑娘,得到了房子,私下把你佩服得五体投地。"陆运红说:"郭主席,因为你们的帮扶、关照,红信公司才有今天,以后还需要你们的关照。"

"嗯,陆总,今天找你来,是有另一个事,想征求你的意见。"

"什么事？"

"城市规划方面的。这些年云津市膨胀太快,请规划公司也修编了几次,每一轮的规划没过两年,随着主要领导更换就被抛开,当然也有部分规划跟不上实际情况变化的原因,总之争议很大。如今云津的城市建设状况,几乎无脉络可循,有如一篇无中心无主题的杂文。而回过头去看,大家发现最初你主持的东永县城镇体系规划,长、中、短期都兼顾得比较好,如今实施效果也最好。云津市规划,你参与过的那一版，最初也是满意度最高的，可惜在后来的历次规划修编中没坚持那个理念。现在让市里才引进的本科生、研究生们来自己搞，这肯定不行，他们只能搞些依葫芦画瓢的书本方案。云津市现在的建设没逃脱与其他城市千城一貌的命运，识别度差，不仅市里领导们不满意，市民们也不满意。看来这个城市规划，必须有个完全懂得、理解这个城市的人来主持，不能全让外来人、外来公司包办，市委有个意向，打算让建设局的规划科独立出来，组建城市规划局，想请你回来任局长，先让我私下问问你的意思。"

陆运红听着，原来是这个事情，他问："现在分管城市规划的是谁呢？"

"总工王志成。"

"那他……"

"这个，你或许不知道。他对城市规划一知半解，还不如我，在这里过渡两年，马上要跳出去。"

陆运红摇摇头，说："现在，我心有余而力不足，感谢领导的信任，但我不敢再拼了，现在只有保命要紧。"

他把自己重病的事告诉了郭永光，说如有需要，可以尽绵薄之力，然后提出自己的看法：这些年来，主要领导更换频繁，城市规划修编也相应地频繁，总的来看，是因为各届政府意识到城市规划工作的重要，给予这项工作特别的重视，这种修编频繁是社会发展、城市间的竞争逼出来的，难免不尽人意，这也正常。但事已至此，很难改正。二十年间，云津的城市规模扩大了五六倍，人口规模也扩大了五六倍。现阶段，城市规划的着力点应该转向郊区化，约束中心城市规模，将吸引农民进城的生活元素向乡村扩散。他也不认为现在的大学生们就不懂，如果是才来的，或许还没进入角色，应多锻炼，自己当初也是这么过来的。只是时代不同了，物质生活水平提高后，大家对精神层面的要求更高了，在规划上，应该更重视这一点，否则依旧容易导致遗憾。城市规划，也是艺术活。两人聊了一阵，陆运红告辞了，和郑彦秋一起，回到乡下老家。

家里现在只有他和郑彦秋，两人学着照看那七八只鸡和两头猪。可是，他们都照顾不来，在给父母烧过"头七"过后，他先找来收猪贩，把两只猪卖掉。他们到黄大文家闲坐的时候一打听才知道，原来村里六十多家人，如今只有五六家在养猪，大家都嫌麻烦，不养了。当年为了吃肉，大家争先恐后地养，三十年后的今天，情况已完全逆转。养猪的几户都是老人闲着无事，用来打发时间的，没有谁真想养。猪被卖了之后，家里只剩下七八只鸡，其中一只公鸡早上还打鸣，母鸡产蛋后，它还会陪着母鸡咯咯咯地叫个不停，可以让家里热闹一些，让人感到不是那样死气沉沉的，加强一点家的感觉。

他和郑彦秋把父亲母亲遗留的东西收拾一遍，找到父亲以前记工分的本子，翻到其中的名字，发现有一大半的人已经不在了；还有母亲当初教大家唱歌时写着很多错字的歌词，又找到母亲记录的药方，还有他和三姐，程迎夏和一些邻居的电话号码，他收拾起来放到一边，他们把屋子收拾干净。地里还有老两口种的不少白菜、土瓜、辣椒、虎儿瓜等菜，二人还得学着照看，所幸他们都是农村出身，这些小事都做过，不是难事。

村里的老人们很多已离世，其他的同龄人秦小军、秦明明他们都在外面打工，孩子、媳妇都不在村里，只有三十多个人是陆运红认识的，在家里的村民也就占全部村民的不到三分之一。陆运红念书以后，嫁进村里的女人和她们生的孩子，他几乎都不认识，虽然母亲和父亲离世的时候，她们都来帮忙了。他和郑彦秋到各家走走，才又通过他们的相互介绍，开始重新认识。当初陆远南曾想把面粉厂送给钟老三钟长吉，他始终没搬来，听说他在外面不知道因为什么原因发了大财，就在县城里买了房。前年他母亲三奶奶去世后，被他直接埋在草房堂屋里，然后他决绝地和儿子离开了，离开这个让他感到没希望的地方，再没回来。远远望去，他的草房已经塌了，被乱草覆盖着，野葛藤放肆地爬到了屋上，吞没着草屋。村里新增了五六个年近三十还未结婚的年轻人,他们都没有外出打工,他们的婚姻成了大问题,他们虽然已经意识到,但是已经难以改变。总之他们和他们的父辈一样守着庄稼,被高速运转的生活遗留在了原地。全村被列入贫困户的有七户,几乎全是没出去务工的。

陆运红开始在家里长住,是因为养病,大家都已知道,大家更知道的是他的公司与财富。财富颇能震慑人,征服别人的眼光。陆运红与郑彦秋出去串门的时候,大多数时候去熟悉的几家,程林或黄大文家、程永林家,韩科有时回来,他们也去串门。每当他坐下,在村里的年轻人就围上来听他聊。他多是和他们拉拉家常,很难聊辞职创办公司的经过。可是在年轻人们的眼里,一个人只要有钱了,就句句都透露着发财的信息,甚至一句口水话也被赋予哲学味道。他也聊聊自己学车的经过,聊聊当初吹口哨被老师教训的事,这些事也被他们私下传播,当成不同凡响的人才有的事迹。要交什么样的朋友,什么样的朋友才是真朋友,才是贵人,怎么判断是聪明人还是傻瓜,这些事他们都拿来问他,要以他的说法为标准。他偶尔无意中说到工程上的事,他们更是聚精会神地听,要从其中咂摸出迅速发财的途径,他体会到他们的心理,只是难为情地笑笑。

也有在沿海打工发了财的,像表叔邓荣华的孙子邓小飞,去广东打工十多年,包了个皮鞋厂,据说最近四五年赚了两百多万。他是昨天回来的,陆运红和他互相不认识。他准备重修房子,一副衣锦还乡的派头,这两天信心满满地把昂贵的香烟"黄鹤楼"拿出来,泰然地发给见到的人,还特意说明:"知道不,这是一千元一条的烟,尝一尝。"

"这么多年在外面,都没回来,想不想家?"程林问他。

"有钱,哪里都是故乡;无钱,哪里都是流浪。"对方抖抖烟灰说,"我相信的是这句话!"

陆运红在家里比较闲,闲了反而不习惯,一有工程,无论大小,就犯瘾似的想参与。听说邓小飞要修新房,他就想帮着看看,说可以替他设计,多画几份参考图。邓小飞在外十多年,是见过世面的,有些不屑地说:"不瞒你们说,咱这地方房屋的设计,我是不太瞧得上的,我自己来搞,也让大家开开眼界。"

这份自信让陆运红感到不乏可爱。果然,没有几天就破土动工了,村里不少人都去看热闹。陆运红翻看了他手绘的草图,是一栋五层的高楼,面积近八百平方米,结构一如城里的建筑,如果建成的话,在村里算是鹤立鸡群。这在农村应该是不太合适的,他家里现在只有两位老人在,他们年老体衰,难爬到高楼上去做什么。邓小飞和妻子在外边,孩子也在外边,表叔邓荣华两口子一旦驾鹤西去,这么大的楼谁来住?即使将来邓小飞一家都回来,两层也足够了。大概贫穷与富裕转换太突兀,使他还没找到其他更有内涵的展示富有的方式。总的说来,他能回村里来修,就已经不错了。于是,全村第一高楼在大家的围观中顺利奠基了。

陆运红偶尔问问红信公司里的事,在几个得力干将的协助下,聪明好学的程迎夏快速熟悉了公司的业务。今年的工程都很顺利,红信公司与其他几个公司一起参与的省里旅游干线公路已经完工,工程质量等级被评定为优良,正在申报詹天佑奖。如他以前所说到的,如今建筑工程公司数量多,在竞标方面不少地方越来越规范,灰色越来越小。红信公司一直以"质量第一"为宗旨,已经树立了较好的名声。公司现在基本不再出借资质,大部分工程都自己做。利润大,但垫资多、资金周期长、风险高的工程,陆运红以前基本不会去参与,他的理念是小、多、稳,程迎夏现在也按他的理念来。公司的几个核心人员,包括钟强和袁旭以及后来的杨休都已经取得一级建筑师的资质。戚永辉和袁旭目前是公司的质量技术总负责人。让陆运红意外的是,程迎夏交了一个女朋友,是以前常合作的金鸿建筑有限公司的蒋代锋的独生女儿蒋苒,她是学工程设计的。据说在前年红信公司举办的业务交流会上,蒋代锋第一次见到程迎夏,就关切地打听程迎夏谈没谈女朋友,后来托人为女儿做媒。如今,蒋苒和程迎夏接触了近半年的时间，对彼此很满意。星期天，蒋代锋带着程迎夏和女儿蒋苒来白雁村乡下看陆运红。蒋代锋和陆运红年龄差不多，陆运红看他的女儿外形也不错，至少在观感上和程迎夏还比较般配。蒋代锋带了几盒托人从东北买来的老人参，从青海买来的虫草，说是补气润肺的，祝陆运红早日康复。陆运红只好道谢后收下了。两人简单聊了一阵，陆运红知道他的意思是就两个孩子的婚姻征求自己的意见。如果没有意外，这两个人的结合，可能也会引起公司的合并。对于公司而言，不仅二升一，甚至可以快速完成一个资质升特级。陆运红看了看程迎夏和蒋苒，两人正在眉来眼去，他各方面权衡了下，对这桩婚事大致满意。他和蒋代锋聊到自己原来的规划，说："看来以后就得靠你多多给两个年轻人指点，为公司发展掌好舵，我更可以当甩手掌柜了。"

"陆总，不是靠我，而是靠咱们哥俩啊，你身体欠安，平时我可以多跑跑，关键时候，还是必须靠你帮指点。"蒋代锋开怀地说。

程迎夏告诉陆运红，陆迎轩开的网店生意不错："隔行如隔山，弟弟的网店并不像你以前估计那种，经不起风吹浪打，会很快关门，也许他的天赋就在这方面。他除了帮人代销，还在帮人设计网站，月营业收入有时上万，他相当于白手起家，这点胜过我。另外，他现在总想参军呢，但是，我还是想以后让他到公司里来，他脑瓜子活，像王新宇一样机灵。"

"参军？"陆运红惊讶地望着程迎夏，似不相信，"如果他真有这样的想法，那可能是他这几年来最正确的念头，可是，年龄还适合吗？我看……再过几个月就过上限了，现在去倒合适，算赶末班车，来得及，我怎么没替他想到这个呢。"

"他马上就想去报名，可是我想，还是让他在公司里做……"

"不，不，参军很好，他就应该去，他终于做了一个正确的决定。"陆运红觉得如果能入伍，对陆迎轩来说，是难得的锻炼，遗憾的是时间短了点。

"那……以后他参军回来，再让他回公司。"

陆运红听了，说："可以，以后你做主，但让他先参军。"

事后，陆运红把蒋代锋送的礼带给了郑彦秋的父母，他不想在医生给开的药之外胡乱吃药。

第 120 章

每天晚饭后，郑彦秋陪着陆运红散步，沿着当初红信公司修建的公路走，在手机上计步必须达到一万步，否则算没完成任务，晚上是睡不着的。他接到诗书画协会曹会长的邀请，说诗书画协会举办迎春年会，一定要他参加，他才想起以前曹会长送给他的笔墨纸砚，他练过几次就搁在市里了，再没去碰过，应该带回乡下来，还用得着。想到这里，他就开着车，和郑彦秋一起去一趟市里。

郑彦秋感到很奇怪，陆运红什么时候居然和八竿子打不着的诗书画扯上了关系，她认为这都是老人们的事。陆运红说："这是老天爷在暗示我，我已经进入老年序列了。"

到了会场，他发现诗书画协会确实多是七八十岁的老人，有的是坐着轮椅来的，有的是挂着拐杖来的。让他意外的是，竟看到一位年轻人，是女的，她独自站在一边。他仔细一看，居然是他当初热烈思恋过的，原来在东永县检察院工作，后来又到市纪委的柳扬。她已四十多岁，依旧是那样清瘦，见到陆运红，似乎有点尴尬，也有点诧异。陆运红跟她打招呼："还在市纪委工作吗？"

"在，你是……陆运红吗？"

陆运红点点头，对方勉强笑笑，说："真不好意思……听说你的公司现在发展得不错，很成功啊……"

两人聊起家常来。柳扬的孩子是个男孩，已经大学毕业，在广东工作，她没了负担，一身轻，因为喜欢诗歌，就加入了这个诗书画协会。不一会儿，他又碰到了当年梁洁的闺蜜金春芸，互相都还认识，打了个招呼。年会看来是以书法为主打，他看看已经悬挂出来的书法作品，发现似乎至少有一半比自己高明不了多少。几个老人对着作品，很有兴致地讲解创作心得，一笔一画的来历。还有几个老人，名曰交流，说着说着就争论起来，几句话之后又开怀大笑。陆运红和郑彦秋旁观着他们讨论，算提高自己的艺术修养。

曹会长让服务员给陆运红和郑彦秋倒了茶，然后请他们和大家一起入会场，他们坐在台下的中间位置。台上是清一色的老人。曹会长汇报这一年来协会的工作开展情况和会费支出情况。时间稍长，许多老人的习惯就慢慢地展示出来，有的听着听着开始掏耳朵，有的挖鼻孔，有的眯着眼拔下巴上的胡须，还有的脱了鞋子抠脚，会场上还有接连不断的咳嗽声，大家都很随意。陆运红看了这个诗书画协会组织印刷的内部书，有不少书画作品很吸引人，尤其是他们作的诗，比书法更吸引他。参加这个会，他体会到了一种散淡的"慢生活"模式。

吃过饭，他还想去公司里看看，临时想到一件事，就是要安排公司里四十岁以上的职员每年做一次体检，四十岁以下的职员每两年一次，费用由公司出。大概是因为药物的影响，他发觉自己近来记忆力很不好，生怕忘记，赶紧找张纸来写上，将字条揣在身上，然后开车去了公司。

时隔两个月，他又来到了公司。程迎夏正在组织中层管理人员和各工地负责安全管理的人员在会议室开紧急会议，原来昨天下午鑫阳工程公司的施工现场一处围墙突然倒塌，当场压死两人，两名伤者送医院后抢救无效死亡，还有两人受了重伤。公司除了可能支付两三百万的赔偿金，还将面临重罚，明年不可能在市里接工程了。陆运红在外面听了听，没打扰他们，和郑彦秋先到隔壁办公室坐下。一会儿，散会了，程迎夏、袁旭、钟强、戚永辉、蒋承兵、蒋欣、钟正军、骆成兵、杨休、杨标陆续出来了，陆迎轩也在公司。见陆运红突然到来，大家都感到意外，忙围过来问候他。袁旭说："你既然来了，刚才就该跟大家见见面，给大家讲几句，一部分新来的中层人员还不认识你。"

他摆摆手，说："没太大必要，只要你们大家时时注意质量问题和安全问题就好。"

程迎夏正准备过两天向他汇报公司这段时间的情况，见他来了就直接汇报了，在袁旭、钟强、戚永辉等人的鼎力协助下，加之他自己勤奋，现在他基本能掌控住局面。现在公司的发展开始加速，主要原因是钟强、袁旭、蒋承兵他们都认为，陆运红头脑中积存的清规戒律太多，步子虽然迈得稳，但有时太放不开手脚，公司的规模扩展不快，这几个月他们在接工程上，步子开始放得比较大了。但有行事严谨而稳妥的戚永辉和郭欣的牵制，他们也未过于冒险和激进，公司的一切都在健康运转中，各人的经历不同，思维自然不同。公司的重点主要在市政和公路上。总的来说，陆运红因病放手后，程迎夏一来，开始还按他的理念走，但熟悉之后，就适当摒弃。刚刚得到消息，红信公司参与的省旅游干线工程，荣获本年度詹天佑奖，下周包括红信公司在内的几个参建单位都要去开庆祝会。这个奖必然奠定公司在本市公路建设方面更强的竞标优势。袁旭和钟强建议陆运红下周去省城参加这个庆祝会，权当散散心。他说不去了，这种事还是让程迎夏多多出面应对，开阔视野。程迎夏又向他汇报了三条市政道路中标基本没有悬念，市里也有意向照顾本市企业。还有过境高速公路，市里三个公司参与其中，红信公司分包了其中十公里的路基工程，现在安排戚永辉负责。正在施工中的工程有六个，今年的施工产值估计为五到六个亿，百万的小工程项目也有好几个，基本都转给了其他公司。这半年被拖欠的工程款现在已经近六千多万，本月内可以收回两千万。公司账上还有两亿三千多万，应付材料款四千多万，没有借过高利贷，财务状况比不少大公司都好。

程迎夏拉着旁边的陆迎轩，又告诉陆运红，弟弟现在还到公司里来，他一边搞他的网络销售事务，一边参与公司的事务，两不误。公司准备加强工程款方面的工作，成立了专门的小组，由程迎夏本人总负责，管财务又懂法律的郭欣和王新宇、陆迎轩为成员，他们脑瓜子灵活，嘴巴也会说，鬼点子多。其他人配合，力争最大限度地减少工程资金风险。陆运红听着，看着总在自己面前低着头的陆迎轩，问："听说你想参军，报名没有？"

"我有两个同学也要报名参军，我已经报名了，还有半个月就体检。"

"很好，去吧，我支持你。"

他没有看见王新宇，程迎夏告诉他，王新宇正陪着同昌县市政道路工程的跟审单位，应对最后一次跟踪审计。跟审如今不仅审工程量，审资金，也审整个工程程序。陆运红点点头。程迎夏又说，公司才组建了个微信群，准备把陆运红拉进去，以后工作上的事，他就可以直接在里面了解。他当初让程迎夏接管公司，实属不得已，现在听着他的汇报，知道他基本已经锻炼出来。程迎夏、戚永辉、袁旭、钟强、蒋承兵、钟正军、骆江平、杨休、王新宇等人，有的慎重，有的严谨，有的老成，有的大胆，有的细致，有的灵活，有的机敏，如同他一步步配制的一剂中药，大家各尽其能。加上郭欣又懂法律，如同甘草，可以调和药性，扶正去邪，使公司健康发展，基本不会跑偏。如今，工程上的流程越来越规范，已经远不是他创业之初的样子，关键是与之相适应的人才要配备好。在病的逼迫下，他渐渐学会了看淡，学会了放手，公司在顺利运转，他就不想再过多地去管。

程迎夏又告诉他，他和陆迎轩、袁旭、钟强他们都商量了，准备在永昌公司开发的云津市平湖公园别墅中订一套大的，大约三百平方米，给他和郑彦秋作为新家，装修好后，他们可以来安心休养。那里空气非常好，环境幽雅。陆运红连连摇摇头制止："都别去麻烦，我不会来的。你爷爷奶奶长生的地方，才是我永远的家，真正的家，其他都是虚的、不真实的。"

程迎夏顿了顿，说："那么，就把老家的房屋重新修建改造，你俩住起来舒心些。"

"老家的房屋，现在住起来就很舒心，还是暂时保持现状，将来也不要改变，否则你们爷爷奶奶回来，找不着家，找不着回家的路。"

程迎夏仍然坚持，说即使不重建，也要简单装修一下，让它更整洁得体。他只好认可了，对大家的心意表示感谢，鼓励了程迎夏和大家几句，然后去把笔墨纸砚带上，开车准备离开。他忽然想起职工们体检的事，差点又忘了，忙停下，跟大家交代一遍，交代完，开车又回乡下去了。

村里在按照上级的安排开展扶贫工作，听说评上的贫困户以后每年可以领专门的补助，直到脱贫为止。经过投票等程序，最终有六七户被张榜公示为贫困户。这几户人家，不是孤寡老人，就是有重病的人。公示过后不久，县里来的干部首先挨家挨户地调查，核对情况，兼任村支书的镇农办主任曾主任陪同前来。县里定点联系本村的单位是建设局，来的人正是陆运红在县建设局组建城镇规划股时招聘的大专生马云涛，他现在是政策法规股股长。他走访时路过程永华家，意外见到陆运红在这里闲坐聊天，忙走过来问候。聊起县建设局的事，他告诉陆运红，原来的局长秦超连任两届，现在任县政协副主席，现在的局长姓张。同来的农办曾主任知道面前的人原来是大家常说起的红信公司的陆运红，很意外，因为他从来只闻其名，不曾见过此人。两人聊了一阵，他得知陆运红因为在养病，可能不会外出，就坐下来，他探讨村里经济未来的发展方向。这也是陆运红这段时间待在乡下一直在思索的问题。他还是习惯从城市规划和发展的角度来探讨琢磨农村的路子，认为农村应该统一规划，小城镇化，如果再能在土地使用上挖掘出灵活性，或许能取得较好的效果。末了，曾主任对陆运红说："陆总，我有个不情之请，不知你能不能帮个忙。"

"什么事？"

"我想请你出山，担任白雁村的村支书，帮我解解这个围。瞧，我又是镇里，又是村里，两条腿跑不过来啊。"

陆运红勉强笑笑。对方忙说："你在村里养生，有点事在手上，容易打发日子，应该更有利于康复。"

有点并不繁重的任务在手上,对健康更有利,这应该是事实。自己这样天天东家坐坐,西家坐坐,每天和郑彦秋一起,披着风衣沿着公路聊着天走一万步,他感到对此越来越腻烦。他本来是闲不住的人,但是他也知道,其实村干部是很辛苦的,绝非只是"有点事"。曾主任看出了他的犹豫,说:"具体事务你不用太操心,镇里开会什么的,你也可以不用来,村主任王洪亮参加就行,你只帮帮大家,考虑考虑长远的事。"

陆运红知道他的意思,不过这也可以理解。他不在乎这个套路,点了点头,说:"如果你们认为妥当,我试试看吧,只怕当不好。"

"非常妥当,非常妥当,由你来主持村里的工作,这是全村人民之企盼啊。"

陆运红听着,忽然想起从市建设局辞职以来,这十多年他的组织关系问题。他跟对方说了自己的情况,对方或许是求才心切,立即说:"没关系,没关系,我回去后,马上替你联系。"

两人往回走,郑彦秋问他:"你果真要当村支书?人家叫你回规划局当领导,你都推却。"

"反正闲着也是闲着,不妨帮助琢磨一下村里今后的事,总不可能从此以后每天就瞧着手机计数走一万步吧。"

第121章

经过一系列程序,他担任了五河镇白雁村的村支书。村主任就是他小学时的甲班同学王洪亮。陆运红开始熟悉村里的事务。

全村一千九百多人,如今留在村里的只有五百多人,有五十多户还是贫困户,大多身体状况不佳,无法外出务工。能外出的家庭都已外出,年轻人在加速离开农村,奔向城市。看来大哥陆运新和自己算是第一批跳出农门的人。在云津和县城里买房的人越来越多,程迎夏他们开发的楼盘,也有不少是本村的人买走的。总有人开着小车回村里，转一圈再回城里，虽然炫富目的很明确，但也不得不说，外出打工的不少人已经富了起来。据王洪亮估计，目前白雁村在外打工，买了汽车的，大约占全村人口的八分之一。即便是没在外买房买车的，也不想回来。

陆运红开始散着步，走访了解本村的贫困户和其他农户。贫困户有县里专门的帮扶人员负责，他留意那些没评上贫困户但谈不上富的人，他们只要有一线可能，都想离开这里。他无意中走到了一户人家，虽然是四大间砖混平房，但屋里一个人也没有，门大开着，窗也坏了，正屋墙上挂着一张老人的遗像，被风一吹几乎要掉，堂屋里已经长草。一打听，原来这居然是小学时他的同桌许韵芹的家。许韵琴嫁到这儿来，丈夫姓张，夫妻在云津市里买了房，前年老人死后，他们就举家搬进城里，没再回来。墙上挂着的是她婆婆的遗像。不远处就是才去世不久的唐太福老人的家，远望过去，门窗还开着，大概也是为了散去屋里的气味。

陆运红给村里捐了一些钱，从中提出五万元，用于今年春节全村贫困户的解困工作，主要用于病残者，由王洪亮和文书、驻村干部去安排，先把弱势者扶一扶再说。

陆运红本质上是责任感很强的人，只要答应别人的事，就会身不由己地用心去做。既然担任了村支书，他就想对本村的未来做一个初步的规划。他仍然先从城市规划的角度，来考虑本村的人口和居住布局调整。城市的发展就是基于人的群居的原始特性，不能把城市规划方法套到农村，但群居特点必须考虑到，因此小集中是首选。同时，要保证城市生活方式在小集中地方的简单复制粘贴。他对照着电脑上的卫星地图和农办主任提供的基本情况，拟规划六个小集中地方。他研究本村的土地情况，发觉自己的初步规划设想几乎是空中楼阁，实施的话，成本和矛盾会很大，这很打击人。对土地进行调整，震动太大，村里难以独自行动。最好让城市的闲散资金来流向农村。曾经的城乡壁垒已经打破，从前农民想脱离农村进城很难，可三十年后的今天，来了个一百八十度的转向，城市人想回到农村很难。他第一次以当家人的姿态，面对冷清的村子，把全村的情况考虑来考虑去，感到有些束手无策，对着地图睡不着。

村里没有特色产业，那六百来亩地租给省城的夏老板种花椒，算是一个亮点，但据王洪亮说，这位老板已经认亏，不想再干，找接手的下家很久没找到，这让陆运红很惋惜。已到交明年土地租用金的时间，原来村里代表村民和对方签订的合同上规定，如果超出半个月未付土地租用金，就算承包方放弃承包，合同直接作废，村民可以无条件收回自己的土地。王洪亮已经和他联系过两次，夏老板也没来付租金，时间已过去一个月，他再没回音，可以认为合同已经作废。可是，也没哪一家把土地拿回来种，一任野草和花椒比肩生长。陆运红看着故乡的土地这样被放弃，父亲和母亲一辈人辛苦开垦的地方又退化为杂草地，百感交集。在空闲与忙碌的交织中思考，他感到越来越充实，贴近最熟悉的乡邻，一股前所未有的归属感和使命感涌上来。

经过一段时间的考虑，他依然决定用城市规划的手段，首先从规划和安排非产业因素入手。这种规划也要使留守在乡村的农民认可，如同白居易之作老妇皆能解。他和郑彦秋一起，花了两三个月的时间，以散步的方式在全村各处走，提取了四百多张照片，结合卫星地图和等高线分析，自己动手，用小时候玩泥巴的方式完成了村里的第一个沙盘模型。涂上各种色彩，沙盘约五平方米，因为太重，被他分割成易于搬动的八块，规划时候推来拼在一起，直观地对着沙盘研究很方便。

规划应该先提取村里的文化符号，如果没有，就在不过于跑题的前提下打造。白雁村能够标志记忆的东西，除了当年被改成小学，后又经过改建，面目变化太大的白雁寺，还有与之相邻的，同样被改得今昔迥异的周家三进四合院，很难再找到别的凝聚共识的实体建筑。两座古建筑也空无一人，所幸四合院被村里上了锁，修复难度相对较小。本着全面考虑的原则，他在草稿上仍将全村的房屋规划为六个小集中点，互相之间由公路连接，距离都大致相等，把为数不多的留守的人集中在一起，重新聚集人气。所有小集中点的村民建筑，采取近距离、单栋式布局，体现城市元素的同时，保留乡村本色，取二者之长，找到最大的人性化交集区。尤其是不能粗糙简单地让农民上楼，脱离土地，每家房后留足菜园地和养殖地，使农村的气息得以延续。每个集居点配置公共活动中心及小超市、小广场，还有小轿车和公交车停靠点，也为婚丧嫁娶留足场地。而四合院和白雁寺基本位于六个小集中点的几何中心，规划中要让这两个人文标志"复活"。还要在村里稍偏的小树林，规划几片墓地，这是农村规划中不可缺的内容之一。没有了祖坟，就没有了归属感，没有挂念，最终故乡也会变他乡，后人的灵魂会越来越单薄。

可几种规划要重新调整土地才能实现，置换出来的土地可以进行更好的产业集中规划、分片规划，他又想到应该把全村荒废的土地集中规划，以利于今后的现代化耕作利用，恢复大家种庄稼的兴趣。这样做，难度不小。他和几个党员干部讨论、完善，又把全村的党员干部召集了两次，就自己的规划初稿征求他们的意见，反复修改。最后提供给镇上征求意见，镇里的领导们意外又很满意，但同样感到实现难度大，因为土地政策暂时无法与之同频共振，资金也是主要原因。但他们准备将白雁村作为示范村建设，向上面争取资金和项目，并且申请把白雁村补列进了县里的贫困村名单，以争取更多的资金来源。在陆运红看来，在目前的形势下，如能借助各方力量，先做个点子出来，那也是不错的。

他不想动辄让红信公司参与白雁村的建设，除非本着单纯的回报社会的理念，适当地捐上一笔钱，倒是没问题。

在做做歇歇的简单忙碌中，他几乎忘了自己的病，最近几次复查，结果倒也很不错，别人和他自己都感觉不到这是个曾经重病缠身的人。而让他感到舒心的是，听说陆迎轩通过了征兵体检，马上要入伍，地点是东北。陆运红年轻时的梦想，意外地被这个本来不太靠谱的儿子实现了。

省城的夏老板忽然给村主任王洪亮打来电话，说他找到一个接盘的人，问王洪亮原合同是不是可以继续执行。此时合同已经过期两三个月，按理早已作废，但至今没有农民将土地收回种庄稼，都荒着。陆运红听王洪亮说起这事，忙不迭决定答应，如果能让合同继续，不管谁来接手，都对农民有利，首先各家各户可以继续收租金，其次优化了传统的农业模式，改变了大家的观念。但王洪亮说，这位夏老板不想再来白雁村，他在省城，说如果村里同意，带上合同去省城一趟，当面签，因为那位接盘的下家也是省城的。陆运红马上决定和王洪亮一起带上合同，开着车，按夏老板给的地址，开着导航去省城找他，不错过这个难得的机会。

他已有两三年没来省城，路上还想要不要去看看陈雨霏，最后还是决定不去了，和王洪亮直接去夏老板的住处。

夏老板叫夏卫国，五十六七岁，原来在省城搞废品回收，发财之后又转行搞供排水管材的批发。他的公司五百多平方米，生意不错。几年间，他听别人撺掇，在全省几个市投资种水果、种植药材、养鳝鱼，都失败了，损失了三百多万，现在打算回过头来，规规矩矩地干老本行。准备接手的老板是他的一个微信群里的"微友"，叫赵拥军，是省城边上专门经营花卉苗木的，资产数千万。赵拥军也是五十六七岁的人，一个大胖子，说话声音很大。他是想利用夏卫国便宜租来的土地种花卉，所以根本没想到现场来考察，只在才更新的卫星地图上看了个大概，就很满意，打算接他的盘。不管种什么，只要对村民有利，不让土地荒废就行，苗木比花椒适应性更强，环境效益更大，对方还表示会请三四十个农民帮着管理。三下五除二，转租合同就签订了，夏卫国的一切权利和义务交由赵拥军。接着，这位老板豪爽地将本年度的土地租用费十九万五千元先付了，他直接打了二十万，说另外的五千元给村里做工作经费，当见面礼，下个月再来村里具体安排。

第122章

合同签好后，赵拥军请陆运红和王洪亮到饭店吃饭。三人一边吃，一边聊。这位老板很健谈，谈起他的经历，他当过知青，回城后进过工厂，还在机关单位工作过，最后辞职下海种花卉，现在资产有两千多万。他说他和夏卫国是在省城的一个知青微信群里认识的，二人聊得来。他们微信群里有一百多人，资产过千万的有六七个，他这辈子算满足了。王洪亮听着这位有钱人的话，为了不被他轻视，于是故意不经意地说："现在你们有钱人啊，都往农村走，比如咱们这位村支书陆运红，放着年产值数亿的红信公司的老总不当，来农村当村支书。"

他以为这样说，一下就会镇住对方，因为赵拥军那两千来万在红信公司面前算不上啥。其实人家赵拥军没有轻视人的意思，也不是刻意炫富，只是豪爽，口无遮拦而已，抑或知道他们是农村人，没必要浪费精神去轻视他们。但得知陆运红和红信公司的情况的时候，说话声音确实降低了些，也更客气了。

他又说前天他们知青微信群里的人还搞第四次聚会，来了五六十人，大家吃饭、喝酒、唱歌，他本人负责全部费用，大家很高兴。现在这把年纪，就是要设法找乐子。陆运红听着他反复说起知青，想到三十多年前在家里待过的范朝，好像也是省城的，以前自己在建设局时虽然多次来过省城开会，但完全没想到他，就随意地问："你们微信群里有姓范的吗？"

"姓范的？有，有几个。"

"有叫范朝的吗？"

"你知道范朝？"

"当年他在我家住过。"陆运红接着聊了聊当初他在村里的事。

"哎呀，你不早说呢？他在东城经营着一个建材门市，叫东升建材公司，现在资产有三四千万。他在我们这个微信群里算有钱的吧，反正排前几位。"

"那他不错啊。"

赵拥军又摇摇头，说："他生意不错，可是其他情况不太好。"

"什么意思？"

"我只见过他两次，前天知青聚会他没来。听说他原来有个儿子，不成器，吸毒贩毒，几次被抓，戒毒又复吸，掏去了他几百万吧。五年前，因吸毒过量死了，才二十七岁，死在宾馆里。如今，他自己也有病，好像是肾病。幸好他还有个女儿，生得比较晚，今年才二十五岁，据说还比较漂亮，比较听话，女儿是他们夫妻唯一的寄托了。"

陆运红听着，想着这个当初一手制造了程夏的悲剧的人，也是曾经在童年时给过他很大帮助的人。沉吟片刻，他说："赵老板，你方便帮联系一下他吗？既然来一趟，就去看看他吧。"

赵拥军说："他的公司在东城建材城，离这儿大约只有八公里，我帮你打电话联系。"

好半天没翻到对方的电话号码，他说："噢，上周换手机，有些号码弄丢了还没来得及补，我用微信联系他。"

接着，他给范朝发了微信语音消息："范老哥子，有个三十年前你插队时的朋友，要见你。"

"是谁？"对方发来消息。

赵拥军一边发微信，一边微笑着对陆运红说："嗯，我先不告诉他，你突然去见他，看他认得出来不。"然后给对方发信息说，"他姓陆，陆总，马上就来，你猜得到吗？"然后退出了微信。

吃过饭，赵拥军热心地帮他们在车载导航上找到东升建材公司的位置。二人告别赵拥军，到附近的果品市场买了两大件新疆核桃。大约四十分钟后，他们终于到了东城建材市场，找到了东升建材公司。

公司门面有数百平方米，四五个伙计聊着，因是中午时间，生意较淡。二人走进去，陆运红问一位伙计："你们公司范经理在吗？"

"在，在里面。"伙计带着二人直接到最里面装饰得很漂亮的办公区域。对面坐着一个面容有些苍老的秃顶男人,有点虚胖,或者说是浮肿,白生生的,认真一看,是有当年的一点点痕迹。陆运红站到他面前,问:"是范哥吗,还认识我吗?"

对方有点吃力地站起来,撑着桌面,微微抖着手望着他,半晌,说:"你真是……没错吧?"

陆运红点点头,对方抓着他的手,激动地说:"刚才,赵拥军在微信上跟我说……我想了好久,只想到你们家,寻思会不会是你大哥陆运新,或者是你。没料到啊,真是你。"他擦了擦眼睛,继续说,"没想到,这辈子我们还能见到啊,你还没忘了我,运红。"

"我不会忘记,我这个名字,还是你给取的呢。"

"是,是,一颗红星向着党。"

范朝忙吩咐办公室文员倒茶,王洪亮把两件核桃搬了进来,他连声道谢。原来当年范朝由他父亲带着离开白雁五队,直接回到省城,在父亲的安排下,参加了当年的高考,可没考上。他又被父亲安排进了梁中地区档案馆工作,第二年又考了一次,还是没考上,就没再参加高考。在工作期间,他参加函授学习,得到了大专文凭。后来,因为梁中地区撤销,他工作变动,成了住房局的一员,还当过股长。在一九九七年的时候,他辞职下海经商,一直经营建材生意到现在。他的经历很简单。陆运红和他聊到家庭的时候,他说他妻子也是住房局的,只说自己有个孝顺的女儿,没说他儿子的事,陆运红也就假装不知道。他问到陆运红家里的情况,陆运红告诉对方,陆运新已去世二十多年,父母也在去年离世,当年生产队的老队长也去世多年。范朝听着,有种沧海桑田的感觉,叹息说:"都走了啊?我也老了。"

王洪亮让他们二人聊,他到外面去参观规模宏大的建材门市。范朝大概是因为肾病的原因,脚有点浮肿,行动迟缓,身旁还备有一根拐杖,只是他很少用。他站起来,陪着陆运红和王洪亮,给他们介绍他的生意情况,聊了阵公司业务。两人逗留了两个小时,要告辞,范朝无论如何也不答应,一定要他们住上一晚,明天再走,两人只得留下来。

晚上，范朝在附近的宾馆里为他们安排了住处，又安排他们吃饭。他把他的夫人和女儿也带来了，把陆运红介绍给她们，让女儿称呼陆运红为陆四叔，陆运红称他的妻子为嫂子。范朝对几人说："那时当知青，就在他家后面住啊，常在他们家出入。我们俩同睡一张床上做伴，晚上讲着故事就睡着了，哈哈，我讲三国，你讲什么，安安送米啊。"

他夫人是和他同龄的，如今已经退休，平时不是和老人们去跳广场舞，就是参加旅游团在国内国外旅游。女儿名叫范文丽，漂亮和气质兼有的那种，显然是他们夫妻的掌上明珠。席间，又聊起儿女，陆运红这才告诉他们，女儿陆迎秋还有半年毕业，陆迎轩去年毕业，已经通过了征兵体检，下个月就要走了。范朝感到奇怪："你为什么没让儿子在公司，将来接替你？"

陆运红摇摇头："关键是他不是这方面的材料啊，总得找个稳妥的人。"

对方也叹口气："是啊，我这堆摊子，将来也只有女儿可交。"

晚饭过后，王洪亮知道他们还要长聊，就不打扰他们，独自先休息。范朝陪着陆运红在附近大街上散步。两人又谈到村里的事，农村的荒芜，活力减退，面对这个情状，想改变却心有余力不足。范朝说他偶尔到省城郊外的农村，也有这种现象，但不是那么明显，看来越偏远的地方表现得越严重。末了，范朝有些艰难地提起程夏。陆运红从他的状态中，感到了他的一丝自责。如果他不问，他也不打算再提及，既然他问到，他也就说了："程夏在你离开的几天后，承受不住众人的议论和眼光，上吊自杀，在坝子外的那棵桢楠树上，还记得那棵树吗？但是碰巧有人路过发现，她被救了。后来她将怀的孩子打掉，匆匆远嫁给一个他并不爱的男人，对方又嫌弃她，打她，她离家出走，后来……"

对方听得屏住了呼吸，急切地问："后来她怎样？"

"她的经历，有点曲折。离家出走后，没有生活来源，被逼得走上一条出卖身体为生的路，后来被抓。"

"那……后来呢？"

"当时在县公安局工作的陆运新设法做了工作。后来她男人死了，她和他唯一的孩子相依为命，在县城经营一个服装店，孩子上初中的时候，她病死了。"陆运红说到这里，想到程夏和陆运新都已不在，就刻意忽略了陆运新和程夏的事，只字不提，看着范朝。

范朝不吭声，许久，才又问："那程夏的孩子呢，现在在哪里？"

陆运红把自己毕业后在县城上班，碰到程夏，应她所求，给她的孩子当保姆的事告诉了他。按习俗，先给孩子取一个名字，让他跟着自己姓，叫陆迎夏。上学的时候，他的名字叫程迎夏，现在就叫程迎夏。程夏去世后，孩子无人养，于是自己把他带大，孩子大学毕业后，自己因为有病，就把公司交给他管理。陆运红把这些事都告诉了范朝，范朝听得惊讶："原来你的公司交给了程夏的儿子啊！"

陆运红点点头，说："两家父辈关系较好，我身边又没其他合适的人，加之他又是我的干儿子，而且他也聪明好学。"

两人聊到了半夜，范朝在灯光下的石栏上坐下来，闷着，一支接一支抽着烟，他捧着头，说："这事……是我对不起程夏啊，今天你不来，你不说，我终生不知道。这么些年，其实我也在有意无意地回避。"

"运红，一晃咱们都这么大年龄了，你简直像是在替我弥补罪过啊……我想见见程夏的孩子。"

陆运红倒感到没必要，不过也没必要拒绝，说应该没问题。范朝说："我想抽时间回一趟村里，看看程夏埋在哪儿。我要对她说一声，这辈子我错了。"

陆运红瞧着他失落的表情，感到了他发自肺腑的忏悔，勉强安慰他："事情已经过去这么多年，有些事情是那个时代的原因，你也不必过于自责。"

"不，我要去看看她。"

"如着实想来，那你抽时间来吧，我经常在村里。要不这么办吧，下个月七号，我孩子她娘郑彦秋四十五岁，这么多年，没给她过个生日，刚好儿子参军要走，届时让大家聚聚，也热闹些。"

"运红，你也四十五六了吧？那时我才十六七，你才几岁啊，咱们同一个被窝，虽然被子黑，稻草垫的铺，可是很快乐啊，一去不复返了。"

"是啊。"

"好，好，我一定来。"

"首先声明，我请你，不是要收你的礼钱啊，别来这一套，人来就行。"

"知道，你现在是大公司老总，肯定不稀罕。只是我一点都不带，有悖传统，你总得让传统的东西在我们身上传承下去吧。瞧，你来看我，也带了礼。"

"你既然这么说，那愿意随点礼，比如三五十万什么的，帮助白雁村，我肯定也愿意替村里收下，其他的就不必了。"陆运红笑着说。

"哈哈，套路啊，运红……你我是兄弟，既然你这么说，那我就届时表示点吧。"

次日，陆运红和王洪亮返回，范朝开着车，要为他们带路，送他们出省城。虽然并没这个必要，但二人被他的热情打动了。上了高速路口，他目送二人的车离开后，才开车回去。

陆运红刚到家，就听说程永华昨天晚上去世了，和陆选南共事过的生产队领导，如今就剩下秦正高了。陆运红赶过去帮忙，程林他们正在筹备做法事，一切程序如同去年他的父亲和母亲去世的情形，历历在目。法事尚未开始，程林过来，和陆运红聊着写丧帖。陆运红一边按程林写的样子帮着写，一边向程林请教法事的具体含意。

程林说："其实宗旨不过三点，一是追忆亡者之恩，传承孝道；二是劝人向善，积德累行；三是敬天顺命，接受生与死的生命自然规律，只是形式上，有时表现出些许迷信色彩，是不是？这是长期在民间传播中演化出来的，到有些地方变了味吧。"

陆运红听着，再一次感到自己太不了解程林，程林远不是原来的程林，他有了他自己独特的见解。陆运红说道："你是不是可以琢磨一下，对它进行一定改革，以便让它更好地存在？"

"这个事情……没想过。"

这次赶回来参加程永华的丧事的原来在养猪场收猪草的八婶，今年已经七十八岁，拄着拐杖，身体也不太好。丈夫前几年去世后，她一直随着儿子和儿媳在城里生活，时间一久就完全习惯了，很少回来。因为老了，她有些失忆，行动不便，又不讲卫生，儿媳越来越看不惯，好几次说要把她送回乡下，让她自己过日子，她很害怕。这次回来后，程永华刚一埋上，她就着急地抓着儿子的手不放，催他快走，快快回城里，生怕真被儿子扔在乡里。他们的房屋也许久没住人，紧闭的大门门脚被雨水淋湿，有些发霉。门外的坝子，夏天雨水浇湿后，渐渐地被杂草侵占，也没人清理。

村里还没有找到路子进城的人，也在寻思着如何进城安家，陆运红的努力跟不上他们离开的速度。外出的年轻一代，虽然户口还在村上，但是他们在外结婚生子，陆运红只是在户籍登记资料上见到他们的名字，基本不认识其人。就在程永华的丧事要结束的时候，代替父亲回来参加丧礼的秦小军的儿子提议建立个村里的微信群，让大家互相都能知道知道，他们年轻人也几乎互相不认识，也许这个微信群还能起一种纽带作用，强化一下同乡的概念。

他的这个提议当场付诸实践，不一会儿就有不少人加入，陆运红也加了进去。一传十，十传百，居然在几天的时间内，现代科技手段把村里绝大多数人都聚集到一个群里，可是，大家都感到陌生，互相问着身份，问到祖宗三代，才知道彼此的来龙去脉。大家在群里嘈杂了几天，而后又平静了，偶尔有人在里面打打卖酒的广告，如成功营销人士的派头，或者发点"鸡汤文"，装装有文化的人，理会者少，最终只剩下几个互相熟悉的活跃分子探讨打麻将的技巧，报告昨天赢了多少，今天输了多少。平时，这个微信群就像一潭死水。

第123章

郑彦秋生日前一天，范朝来了。他拿着拐杖，由他的女儿范文丽陪着。赵拥军也带着助手兼司机同他一起来了，详细了解他接手的六百亩土地的情况。父母去世后，虽然陆运红和郑彦秋把家里收拾得很干净，但也不适合留客居住。陆运红和郑彦秋在五河镇接到他们，在镇里的旅馆里为他们安排好房间，然后和他们四人一起回到村里。

在家里坐了一会儿，陆运红给王洪亮打电话，让王洪亮带着赵拥军和他的助手去察看他接手的土地。陆运红和郑彦秋陪着范朝和他女儿在村里走走。范朝住过的草料场早已成为平地，上面种过庄稼，放荒之后，如今长满了构树，不知道是谁家的地。范朝走着，止不住叹息，这片记录着他的青春痕迹的地方，已经面貌全改。一路走去，当初生产队开会唱革命歌曲的屋子，也已经荡然无存，变成了草地。范朝来桑树坡上，看到当初自己亲手参与开垦的地上野草乱长。旁边就是韩叙芳和陆选南的坟，他在旁边坐下，说道："陆三叔、陆三婶，你们还好吗？我来看你们了。"

风轻轻地拂过，范朝说："我好像又听到你母亲当初带着咱们唱歌的声音……你们这一走啊，一个时代远去了。"

"是啊，人生后半场，就是无可奈何地送老一辈一个个离去，可是，明天还是要延续。"陆运红说。

他们来到了那株依旧高大茂盛的桢楠树旁程夏的坟前，范朝看着这个杂草乱蓬蓬的土堆，忽然跪下，说："程夏，我范朝对不起你，这辈子你安息吧，只求下辈子我能有机会给你当牛做马，偿还你。"

他一边铺纸钱、点香，一边对女儿说："这是你爹这辈子造下的孽，当初因一己之私，抛弃她，给她造成了终生的不幸，以后只能在九泉下再向她赔罪，你也别忘记你爹的罪过……像你爹这样的男人，是令人不齿的。"

旁边的大路上，没人经过，没人看见，范朝想去看看程林。陆运红虽然觉得他诚心可感，但他和程夏谈恋爱时候，程林还小，后来的事程林知晓，可他对范朝本人没什么印象，如今凭空去勾起他家的伤痛，总归不好。范朝说，他想把程夏的坟重新修修，总要跟程林说说。陆运红听着更觉得不妥，只是对他说："那我先帮你去和他沟通一下，跟他讲讲看。"

"也行，免得很突兀。"

范朝说的这事不仅关乎程林，更关乎程迎夏。傍晚吃过饭，陆运红先把范朝、赵拥军他们送到镇上的旅馆里，回来后和郑彦秋一起去散着步，顺便去程林家。程林夫妇在吃饭，陆运红和他说起范朝的事，程林半晌无言，早已沉入内心深处的事被搅动起来，确实心里难受。他淡淡地说："你回复他，没必要。姐姐已经去世好多年，大家都不要去打扰她为好，我也不想见他。"

程林的回答是陆运红意料之中的，他知道难以劝动程林，加之此事特殊，于是不再说了。在电话里，他委婉地告诉范朝，如果真想给程夏修墓，不急于一时，以后进行村容村貌整治的时候，自己可以代劳，对方同意了。临睡觉的时候，他又在电话里把今天这件事告诉程迎夏，想听听他的看法。程迎夏听着，这个一手制造了他母亲的人生悲剧的人如今回来忏悔，他沉默了好一阵，对陆运红说："保保，我想这件事，正如你所说，毕竟有一定的历史原因，可以原谅他，甚至见见他也没什么，人不能拒绝一个忏悔的灵魂，一切向前看吧。但是，我娘的坟，还是不动，以后我来修，和爷爷奶奶的坟一起修。"

陆运红点点头，这是一个做事业的人应有的包容风范。

郑彦秋的生日，并没有大操大办，来庆贺的只有陆运芹、杨成立、杨标、杨休他们，她大哥郑彦兵和孩子，还有红信公司钟正军、袁旭、戚永辉、骆江平、郭欣、钟强、王新宇等十来个人。当然，程迎夏的女朋友蒋苒和他的父亲蒋代锋也来了。钟强通过与前妻打官司，获得了最小的儿子钟涛的抚养权，儿子钟涛也被他带来了。可是这一下就把邻居们招来了，村里陆续有人知道消息，一会儿就来了十多家人，所幸大多数人都外出打工，在家的多是老人，这十来家也就十多个人而已。赵拥军和助手，范朝和女儿一早就到了，总的来说，客人还不少，家里的灶窄，没准备开伙，一切由程迎夏和陆迎轩安排。陆迎轩参军这事，得到他父亲完全的支持和赞赏，这让他特别舒畅，因为这么多年来，他做的事，父亲就几乎没正眼看过。他和程迎夏，在镇上联系饭馆把饭菜定好了，饭店安排人送来。陆运红只是习惯性地披着风衣，陪大家随处走走，或坐在一起闲聊。陆运红特意介绍了范朝，村里的几位老人还记得他，他迅速成为大家聊天的中心。但他已经把这几位老人忘得差不多了，只记得比他小的陆运芹，通过陆运芹的介绍，他才想起他们。程迎夏没有刻意回避，带着女朋友蒋苒走过去，大大方方地问候范朝，陆运红这才为他们介绍。得知眼前的人就是程夏的儿子，如今红信公司的实际掌舵人，范朝抓住他的手，有些颤抖，刚要开口，程迎夏说："过去的，今天就什么也别说了，保保都告诉我了。你们那一代也不容易，如今只要保重身体，安享晚年就行了。"

　　范朝呆了半晌，惭愧地点点头，当着众人也不便说什么，只好坐下，程迎夏给他倒了杯水，然后忙别的事去了。陆运芹在旁边，和他聊着当年的事情，他的女儿范文丽看到不远处的陆迎轩，小声问："这位兄弟是谁？"

　　陆运芹回过头去看，原来她说的是陆迎轩。陆迎轩因为长着一张娃娃脸，外貌并不符合实际年龄。陆运芹介绍说他是陆运红的儿子，后天就要入伍了。范文丽眼睛放光地惊叫："多大？"

　　大城市的女孩总是这样大方，陆运芹忙告诉她："二十三。"

　　陆运芹叫陆迎轩过来，让他称范朝为伯伯。

　　"有二十三吗，不是吧？像十七八的样子，哇，这么帅啊！"范文丽还在感慨。

陆迎轩显然不想在人家面前表现得像小地方的人,故作深沉地微笑:"有那么一点点吧,可人们又说,帅始终不能当饭吃。"

"谁说的?"

"多着呢,首先我爹就坚持这个观点。"

"你认为呢?"

"我认为这话是对的,人不能靠外表生存,尤其是男人。"

"言下之意是你还很有能力或者才华?"

"才华是稀罕物,我在自己身上打着灯笼都没发现,居然一下子就被你看出来了,非常钦佩你的眼光。"他谦虚地笑着说。

年轻人说话有时装模作样,又故作深沉,玩弄着技巧。陆运红在不远处听着儿子油嘴滑舌的话就头疼,人多,不好去说他,他假装没听见。不一会,程永江也来了,他今年六十五岁,完全记得范朝,两人聊起来。程林又外出给人做法事去了,他的妻子曾小英来了。王洪亮也来了,陪大家一起喝茶,几人将陆运红做的全村的沙盘模型拿出来拼着,所有人几乎都被吸引过去,大家聊着村里的规划,聊着如何让白雁村快速发展。

总的说来,陆运红的规划虽然是盘小棋,但是必须有大量的资金投入。他想先测算一下资金,以及推行的难易程度,在实践的基础上再做下一步计划。他跟程迎夏和公司的几个"虎将"说了自己的想法,征求他们的意见,在未来两年内,在不影响公司运行的情况下,想让公司提供一千五百万到两千万,就当公司的捐款。他先选择本村的集居点做一个实验,看能不能探索出一条有普遍意义的路子。几个人听着,并不赞成他这么做,拿出一两千万虽然对如今的红信公司来说,算不上伤筋动骨的事,但也不是笔小支出。而他的规划,相当于资金轰炸,程迎夏似乎也不赞成,可又不好说。钟强不管这些,认为他是在糟蹋钱,因为这种事,首先就牵涉土地,马上就会有各种意想不到的矛盾蜂拥而至,让人调解不完。虽然有钱可以任性,但如此花钱是费力不讨好的事,钟强说:"你在乡下,可能也确实闲得无聊,弄个三五百万，给村里修修路、建建塘什么的，打发打发时间，就可以了。"

"咱们东永县这地方的土地，不宜让农民集中操作，对全村土地进行集中的现代化的管理，然后让大家恢复耕作，想法好，但不现实，这也需要政策支持。另外你设想的动员城市的闲散资金到农村，再一次打通城乡壁垒，在你我这个层面，也只能等待。"戚永辉也说。

陆运红默然地点点头。王洪亮虽然支持他的规划，可他感到村干部事情太多，担子重，自己有时都力不从心。陆运红的规划大，操作起来确实非常麻烦。他对陆运红说："你还是多休息休息，先保重身体，其他事一步步来，不急。"

程迎夏表态说比较赞成钟强的建议。虽然公司是陆运红一手创立的，但此时既然交给了程迎夏，手下人又齐心协力地为着公司，他就必须尊重大家的意见，尊重大家的辛苦劳动，不能任性。他想了想，说道："好吧，那就不要三百万，也不要五百万，取个中间数四百万吧，我简单搞搞看。"

确实，他的规划牵扯面太宽，两千万也不一定能行。但有四百万，能把规划的全村路网骨干高质量地拉出来，为下一步规划的实现打好基础，这是大致可行的。

此时，在沙盘旁边观看的范朝开口说："运红，不管你做什么，你既然是出于公心，我支持你一点吧，就一百万，算我对村里的一点心意。"

范朝的表态出乎大家的意料，王洪亮忙带头鼓掌，表示要向镇上申请，给他发一面锦旗，然后拿一瓶酒来，要给他敬酒。范朝摆摆手，不敢喝，说："不用不用，咱们不用搞这些花里胡哨的，一点心意而已。"

"那咱们村该怎样感谢你？以后给你刻个功德碑吧？"

"更不要这样。如果非要表示感谢，那你们给贫困户建房的时候，方便的话就把我当年在这儿住的堆草场的看管房重建下吧，我有空时也再来住住，重温一下轻春岁月。"

"好,好,这点我们估计能办到。"王洪亮说,"可是,做泥巴墙的墙板都不好找了。"

同来的蒋代锋见此情景,也表示愿意捐一百万,让陆运红和村里安排使用,王洪亮又连连代表村里表示感谢。赵拥军见到这个情形,似有些坐不住,和助手嘀咕了几句,然后表示愿意捐十万,帮助村里发展。陆运红听着,人家初来乍到,人地两生的,如果这就收下,很不好,仿佛逼迫他,便拉着他的手,说:"赵总你已捐过,这回就不用捐了,你来承包土地就是对我们最大的捐助。我们都企盼你把这六百亩花卉经营好,再扩大面积,有大发展,以后多聘用咱们村的人,工资给高点,让大家增加收入,带动大家。你发展好就是白雁村的希望。着实要捐呢,以后有了效益再说。"

赵拥军于是罢了。这场宴会,为村里引进了约六百万。事后,范朝临走时,让女儿回去把款转过来。他拉住陆运红,私下告诉他,他给一百五十万,希望将其中的五十万给程林一家,不为别的,只为表达自己的愧疚,如今想不到别的更好的方式,只能以这种方式来表达。陆运红很认可他这个做法。

送陆迎轩入伍之后第三天,一收到钱,陆运红就专门去程林家里,和他说这事。程林听完,说:"小四哥,他的意思,我知道就行了,这钱我不想要。你既然在替村里做事,还是你拿着,做你的事吧。"

"人家的心意,你就收下,于情于理都说得过去,家里也用得着。我做事,钱可多可少,不在乎这笔。"

"你在为全村人做事,比我做的事有意义,还是你用。"

陆运红再三劝说,程林仍然不要。他说孩子已在云津买房,因为程迎夏的照顾,没花多少钱,虽然还差几万块,但自己能承担。钱这东西,多也是用,少也是用,人这一辈子,只要自食其力就行。

陆运红见没法劝动程林,他对自己说话基本是实打实的,就不再和他说了,但范朝的心意是真诚的,应该交代给他。他想到程林妻子曾小英,于是第二天曾小英过来和郑彦秋聊天的时候,他悄悄把这事给她说，果然，曾小英推谢了几句，就收下了，并且保证暂不告诉程林，陆运红然后把这事回复了范朝。

第124章

镇里基本认同陆运红的规划，于是，村里开始按照规划展开骨干公路建设。关于内外两条绕村公路和两条十字架穿村公路，村里原来有部分路可以利用，只是必须拓宽，拓宽后重新硬化，还有部分耕种路，涉及征地，阻力就不小。部分村民举家外出，对于家乡修路，他们的积极性并不高，补偿的那点钱，他们也瞧不上。部分在家的经济状况略差的村民，倒是巴不得新修的公路经过他们的土地，可绕得太多，增加成本不说，与规划大相径庭。最后，召开全村党员大会，党员干部带头并且分头做群众工作，终于解决了这个问题。新建公路有十七千米，加上原有的四千米公路，全村将有二十一千米公路，面积六平方千米，路网密度达到每平方千米近三点五千米，相当不错。但是在工程费用上，扣除原来已有的近四千米现成的土路基，做一定的拓宽，加上在积极性比较高的村民的田地上修耕种道，最后算下来，征地和建设费用就在三百八十万左右。这样规划的几个集居点的互通路网格局倒是形成了。

一接触到修路，他就身不由己的要亲自去操作，已经成了瘾，就连测量放线，他都二话不说，就准备自己去做。郑彦秋制止他，他才现场培训了村里的文书小魏和村干部小李，甚至培训了郑彦秋，由他们测量，他则给他们指点。即便这样，这一拨折腾下来，七八天时间，他依旧感到累，只好战战兢兢地改变工作策略，纯粹做点"指手画脚"的工作了。

余下的钱搞集居点是杯水车薪，加之做群众的思想工作也需要时间，只能暂时不动。他想着，能不能利用这次修村里公路网的机会，组建一个农村施工队伍，自己指导着他们锻炼，以后他们也可承揽农村的工程，他也可抽空考虑别的事。他把这事和王洪亮聊了聊，王洪亮完全同意，说他有个侄子在云津，带着六七个人包零工做，可也两年没见了。陆运红说："那也行啊，只要有一点基础就行。让他回来吧，先在村里凑上几个人，注册一个小公司，一步一步来，我带带他。"

"那好，只要你帮忙，他这辈子就明亮了。"

"主要是靠他自己，希望这几百万能为村里打造出一支小队伍吧。"

"行，行，这公司我督促他尽快搞起来。"

王洪亮的侄子王季飞，二十四五岁，毕业于云津第二职业技术学院。说起陆迎轩，他还认识，他们同年级。他现在带着几个人在云津一家酒厂做一些不稳定的基建维修工程，每年收入有六七万。在王洪亮的安排下，他拜陆运红为"师傅"，陆运红笑笑，也就接受了。于是，在师傅的指点下，他一边注册了小建筑公司"飞云建筑公司"，一边进行村里的公路工程。

陆运红抽出身来，准备先让白雁村的人文标志——周家四合院和白雁寺庙"复活"，给大家留下记忆符号。但是这笔预算不小，要恢复昔日的规模和辉煌，粗略一算，没有上千万估计不行，而单纯地恢复，意义似乎不大。如果只对周家四合院进行一般的维修，或许三百万能够。他对文物修复这个领域比较陌生，找到省文物局的网站，在网上进行了咨询，对方粗略估计，确实要两百万左右，他们答应派专家来看。

过了一周，省城的专家才来，他们四五个人来到四合院，对整个院子进行了全面的分析，提出了修复思路和环境整治方案，最后算起来，所需的费用倒不到两百万，只需一百八十多万。他和他们商量了一阵，最后以一百七十万的价格，将这项工程委托给他们做。准备修复后，派上用场，至少将村办公室搬到这里，可以解决无人居住而被损坏的问题。他顺便请他们看看白雁寺，口头估算了一下，仅择重点做简单的修复，最低也得四百万左右。若是标准高一点，复原度高一点，费用就要千万以上。陆运红决定先看看周家四合院恢复的效果，再做下一步打算。

没多久，专家带着几个技术人员过来，合同签订之后，展开修复工作。陆运红则让王季飞从小公司里抽出几个脑瓜子灵活的人，给他们做工人，在做工的过程中学学他们的修复技术。他每天和郑彦秋散着步去看他们修复，再顺便看看公路的施工质量。

程迎夏在微信里跟他汇报公司三个总承包资质二升一的事，这次都是王新宇和陆迎轩两人跑下来的，没找中介。公路方面难度还较大，暂时缓一缓。他又告诉陆运红，自己和蒋苒准备领结婚证了，只是他们约定暂不办婚礼，等最后一个公路资质完成升级的时候再办。陆运红听着，表示理解。程迎夏又说，上次范朝带着他女儿来过之后，陆迎轩和他女儿互留了微信，聊得很投机，有恋爱的迹象，只是范文丽比陆迎轩大一两岁。程迎夏和陆迎轩关系特好，几乎无话不谈，所以他对弟弟的情况很清楚。

听程迎夏的口气中，他有认可此事的意思。陆运红听着这个消息，心里就纠结，空虚和失落交织着袭来。作为奔五的人，开始有了一种悲凉的感觉，父母都已经离去，两个孩子常不在身边，陆迎秋已经在南方实习，将来回到他身边的可能性很小；如果陆迎轩将来和范朝的女儿在一起，从部队回来以后极有可能去省城，他只能和郑彦秋形影相吊了。他从心底不希望陆迎轩远离自己，希望他当兵后回来，留在自己身边，显然不可能——当初父母也是这样希望的，可是自己就没办到，直到有病才回来，他们却离世了。城市吸走了一代又一代年轻人，他因为生病还能在这里守着父母的坟墓，年轻人们只有逢年过节才回家看看，其他时间几乎都在外；他们的下一代，可能只在清明节回家看看；再下一代，可能清明节都不再回来了。他发现自己对村里的规划和投入，一时无法刹住这个惯性。他没权力左右陆迎轩的未来，只是暗中希望他们只是泛泛交往，过些时间互相发现不足而自然分手，不惊动大人最好。程迎夏说，如果陆迎轩能和范文丽走到一起，那么她家的建材公司和红信公司有合并的可能，资产增加公司升级更有保障。陆运红听着,木然地叹了口气,说:"那你们自己看着办吧。"

在云津市担任着民俗研究学会会长的韩兴贵,回到家里来种中药材,和他老婆一起回来,儿子、儿媳已经在云津市里买房定居。陆运红到他种的党参孩儿参地里看,共六亩,陆运红根据本地的价格在心里替他核算了产值,年毛收入可达七万,纯收入在五万左右。这个收入勉强能吸引年轻人返回农村。他马上从网上查了很多地方种植党参、孩儿参,全国各地的种植情况,发现中药材价格波动太大,只是这儿相对较少,一旦大面积推广,情势立即又要变,他只能鼓励韩兴贵尽量多带动几户老百姓,不敢大量推广。

用了三个月的时间,周家四合院才勉强恢复了大家记忆中的模样。陆运红了解参与修复工作的王季飞手下的几个人,因为他事前有交代,他们又用心,对这种古建筑修复工作已经积累了不少经验。陆运红想以后如果对白雁寺进行一般修复,就基本可以考虑不用再请外人了。

他想到自己的其余规划实施起来牵扯面太宽,暂时放一放,等相关政策出台再说。他先请艺术家们来为周家四合院"开光点相",在白雁村办一次诗书画艺术会,把白雁村的名声传播出去。他联系了曹会长,和他聊起了这个事情。市诗书画协会的成员多是离退休人员,经历了半生沉浮,到头来大都感到一场空,成了渐渐远离社会中心的群体,越来越找不到存在感,又想为身后留下点什么,于是加入了这个圈子。如果有人能组织他们,让他们展示自己的技艺,他们是非常乐于参与的。

陆运红的思路是,花一定经费,请这批老年书画家来周家四合院和白雁村闲聚一天,搞一次吟咏白雁寺的诗书画活动,择其优者,联系出版公司给出版,然后分发给全市建筑企业协会,利用公司的影响在同行中募捐结善缘。他不在乎大家能捐多少,而希望能通过他们扩大白雁村的影响,为以后村上的事情打基础。如能再凑上些资金,先对白雁寺局部进行简单维修,再配合村容村貌的整治,以及即将完工的四通八达的路网,加之赵拥军的苗木种植,可以勉强打造旅游村,总之务虚工作先行一步。将来能不能让村里恢复热闹，他没把握，但是改善环境还是能办到的，暂时努力做这一步。

他与王洪亮商量，测算了一下，费用估计在十万左右，应该会赚些，至少不会亏。于是他和曹会长联系，曹会长大力赞成，能够有人掏腰包请他们游玩，替他们出版作品，那是求之不得的好机会。他马上表示亲自安排，联系大家。对这种事务的安排，显然曹会长更有经验，陆运红干脆交给他，村里配合即可。王洪亮着手联系镇领导，让他们也光临，增加这场活动的分量。

把一批老人接到周家四合院里来参观、作诗、作画、展示书法，其实是担风险的，主要就是他们的健康问题让人担心。陆运红和曹会长商量，年龄很大的、行动不便的，就不要来了，届时给他们提供照片，让他们按图创作作品，如同庆历四年春，滕子京重修岳阳楼，范希文观图作记述一样。于是，曹会长委婉地劝说部分会员，在家安养。最后，来参加这次盛会的有七十来人。王洪亮联系了三个小客车专门接送，并托曹会长备办好笔墨纸砚，他们还做了条幅"周家大院落成典礼暨云津诗书画协会第六届诗书画研讨会"。

镇里准备派分管文化的副镇长来参加。曹会长事先准备充分，提前一天带来了不少现成的作品，村里忙安排人帮忙布展，次日再现场创作，这样更能带动气氛。

一大早，诗书画协会的艺术家们就坐车来了，可是原来准备来现场的副镇长因临时到县里开会，来不了了。陆运红和王洪亮在周家四合院下面的公路上迎着大家，曹会长将几个主要的协会领导做一番介绍，金春芸现在也是副会长，据说是女会员中写诗最好的。最让陆运红想不到的是，人群中有他初中时的班主任林志明老师，虽然他头发有些白，而且三十多年没见过了，但陆运红还是一眼就认出他来了。林志明刚退休三个月，才加入诗书画协会的，也任了副会长。陆运红有些纳闷，林志明是教数学的，居然有这些爱好，还是来凑数的？他忙走过去问候老师，林志明也很惊讶，陆运红回五河镇任分管镇长的时候，也没和他见过，但他记得他的名字。两人都没想到提以前的任何事。陆运红向他问起孙老师的情况，林志明告诉他，孙老师十年前就随他儿子去了青岛，现在的情况不知道，如果健在的话应该八十多岁了吧。陆运红点点头，先给林志明老师沏了一杯茶，又给柳扬、金春芸和其他艺术家倒茶。然后，他带着大家参观了四合院。不一会儿，研讨会正式开始，曹会长先祝贺四合院古建筑的维修顺利完成，接着又发表一通感谢白雁村村委会的客套话，然后大家交流前一段时间的诗歌创作体会，点评悬挂出来的书画作品，挥毫切磋。在大家的一致请求下，作为"顾问"和村支书的陆运红被曹会长要求第一个展示，给大家开个头，他只好略谦虚两句就拿起毛笔，怀着全心全意当绿叶的心情，随便写了句脑海中跑出来的不知名作者的诗句：剑在掌中泪在酒，身在江湖名在天。

大家还是说不错，甚至鼓起了掌。然后，大家开始轮流创作。他们写的多是毛主席的诗词如《沁园春·雪》《水调歌头·长沙》《长征》等，以及唐诗宋词。陆运红和几位村干部陪在旁边，既提供服务，也借此机会学习，深入了解他们。

不一会儿，他们又开始探讨诗歌创作，陆运红虽然对书法仅涉皮毛，但早年在背唐诗上用过些心思，读中专时又在傅元中老师的书法班旁听过，对诗歌至少是有鉴别力的。他听着老人们念各自创作的诗，交流写作技巧，他们的诗大多歌颂新风尚，歌颂新生活，歌颂新科技；还有到某个地方游玩归来的感慨，只要押韵就行，还有一半并不押韵，或押错了韵，基本就是顺口溜水平。在诗的立意和意境，字词的琢磨上，没太用心，缺乏思想深度是通病，想来这只是老人们老有所乐的方式，不必对他们过于苛求。但也有写得不错的，如林志明老师念的一首绝句《访贫途中偶感》。前年他还没退休，县里开始精准扶贫，他被安排下乡进村入户调查，路远又遇雪，泥泞难行，他东一脚西一脚，半夜才回到家里时写的：

离家千里客云津，半百书生访孤贫。

荒村十月飞残雪，夜路鸣蛩伴旅魂。

虽然林志明这首诗只是写个人感受，但很感人，让陆运红尤其欣赏的是后两句，简直神行语外，他无意中看到了当初严肃冷漠的数学老师如此富有人情味的一面。他又听了几首，曹会长的诗也写得不错，但功力明显不如林志明；金春芸的诗，比以前确实有大的进步，至少没了那份让人不安的矫情与造作。趁大家在继续研究，他坐到林志明身边，希望由他和曹会长主持这次创作活动的定稿工作，林志明略谦虚两句就答应了。

中午，大家吃过饭，在还没完工的村公路边随便走走看看。在路边一户村民的鱼塘旁看到个位钓鱼的人，他们就惋惜"坐观垂钓者，徒有羡鱼情"；到了小山丘树林边，几只麻雀喳喳地叫不停，于是又有了"鸟尽山中语，琴多谱外音"的赞叹；还见到五六块稻田，绿绿的一片，他们平时很少见到这种景象，又感慨"东风染尽三千顷，白露飞来无处停"。总之，诗歌来源于生活，而又高于生活，这在他们中间得到了很好的体现。活动之后，陆运红说村里决定把周家四合院安排出三大间屋，赠送给市诗书画协会，作为他们下乡采风的活动阵地，他们随时可以来开展活动。

星期五，和陆运红的父亲陆选南隔阂很深的秦正高因病去世，陆运红前去吊唁帮忙。在县政协工作的秦超回来给他父亲办理后事，两人见面，象征性地聊了几句，就找不到话谈。办完秦正高的丧事，秦超回到县上，秦超的大哥已经在云津买了房子，他这个家也就几乎没人了。以前修得很好的、全村数一数二的砖房，门被无声地关上了。

第 125 章

公司的市政总承包"二升一"已经完成，现在有两个总承包一级资质，程迎夏又在准备房地产资质升为特级，打算明年或后年筹建公司总部大楼。他说先在公司内部征求设计方案，拟建十层，兼做宾馆，为公司跨界发展做准备。陆运红听着，表示认可，原来自己就有这样的打算，只是因为生病而没再往前规划，看来程迎夏和自己不谋而合。程迎夏在微信里又告诉他一个消息：陆迎轩和范文丽决定等陆迎轩退伍回来就结婚。陆运红吓一跳，忙问他们为什么这么果断地决定，程迎夏告诉他，两人的关系进展得很快，出乎他的意料。陆运红听着，最初不希望这件事情能成功，没想到他们却发展顺利，是老天爷故意要跟他作对？他们会不会重复当初自己和梁洁的路子？会不会命运也有遗传性？片刻间，他心里五味杂陈。他问程迎夏："范文丽的父亲母亲知道吗？"

程迎夏说："可能知道吧，不太清楚。"

陆运红感到如坐针毡，他拿起手机，想给范朝打电话，犹豫了片刻又放下。晚上，他勉强想通了些，告诫自己不能动辄指责陆迎轩。他给部队里的陆迎轩打电话，以"关怀"的口气，询问他谈女朋友的事怎么样了。陆迎轩这才向他坦白一切，他确实和对方谈得很热乎，他说自己已经能够养家，再有一年多就退伍了，坚决要娶范文丽。陆运红压住心中隐隐上升的火气，按照程迎夏的规劝，压制着对他的偏见，不打击他，勉强说："好吧，我算支持你们，我也想见到你结婚，早抱孙子。"

他和郑彦秋聊起这事，郑彦秋也感到陆迎轩与范文丽的事让人没料到。她想到自己和陆运红在初中的时候的事，比较起来，人家陆迎轩二十多岁才恋爱，算给大人面子了。陆运红说道："现在我很矛盾，在内心深处希望看到陆迎轩早点结婚生孩子，否则怕没等到孙辈，大病缠身的自己就撒手而去，但又不希望看到下一代这就结婚，因为这更容易让我感到自己已经'老'了。"

郑彦秋说道："你是有病之后才变得这样多愁善感的，还是本质就是这样的人？你以前好像不是这样啊。一切顺其自然最好，别想那么多。别劳神费力考虑那些事了，平时抽空看看三姐从各个寺庙带过来的《金刚经》《地藏菩萨本愿经》，放下杂念，有利于健康。"

陆运红对这些经书没有兴趣，郑彦秋说："总之别想这么多，古人说了，情深不寿，虑极伤身。"

此时他听不进这些，不看好儿子的这场婚姻，只是事情到了这一步，陆迎轩必须主动征得范文丽的父母，尤其是范朝的认可；如果范朝夫妇没意见，他愿意再去一趟省城，拜会范朝，谈谈此事，这是对人家必需的尊重。他把这个意思告诉儿子，陆迎轩就回电话说，范文丽早跟他爹妈说过了，今天又说了一回，他们没意见。前不久范文丽还到部队里去看过他呢。陆运红听完又是一惊，只好硬着头皮给范朝打电话。

范朝接到他的电话，说："运红，年轻人的事，让他们自己做主吧，当然，如果你没意见的话。"

对方显然是认可这门亲事，陆运红忙不迭地说："我哪里还有意见，求之不得啊，侄女那么优秀，第一次见到她，我就有这个想法，只是不好对你开口呢。"

范朝告诉陆运红，上个月袁旭和程迎夏、蒋苒来省城办事，专门看望他，还给他带去不少东西，他觉得程迎夏特别有礼貌，很讨人喜欢。尤其是他不计前嫌的风度，让他很惭愧又感动。听程迎夏说，范文丽和陆迎轩很聊得来。陆运红听到这里，忽然发现事情不对，原来程迎夏去了省城，还去了女方家，他至今没对自己说！他隐隐约约感到程迎夏是这事的幕后推手，他根本不是"不太清楚"，也不是"才知道"，自己才是最后知道的人。

他琢磨一阵，这是程迎夏的步骤！算了，事已至此，还是假装不知道得了。但是陆运红唯恐现在的年轻人思维和情感过于活跃，欠缺稳定性，不负责任的行为将来把双方弄得很尴尬，于是抽时间打电话，告诫陆迎轩一通，又给程迎夏打电话，让他在这事上约束陆迎轩，能领证就让他们快领，不要出任何闪失。程迎夏满口答应，说他了解陆迎轩，会管着他，不会有事的。他说他们一旦结婚，就可以把两个公司融合在一起，再加上蒋苜父亲的公司，明年就能让房建总承包资质率先完成一级升特级，另外两个资质升级也问题不大，那时陆迎轩已经退伍，力争让陆迎轩的婚事和自己的婚事一起办。

程迎夏成竹在胸，似乎一切都在他的掌控之中，年轻一代的思维在不再受陆运红的控制。陆运红又和范朝聊了两次，感到暂时没必要专门去省城了。

陆运红常和郑彦秋散着步去韩兴贵那里，和他聊聊药材行情。韩兴贵告诉陆运红，他回来不仅是为了种药材，还要在附近几个村五六位韩姓老人的拥戴下，主持重新修订本地韩氏族谱。五河镇的韩姓人家很多，可是族谱多年来没有人续编。现在年轻人四处打工，天各一方，没人理会此事。他乐于参与，希望用这种方式把本地的韩姓子孙凝聚在一起。他还想主持修建一个韩姓宗祠，让大家找到家族的归属感。他本人准备捐上三十万来做这件事，再动员韩姓孙子都捐点，不论多少。宗祠修好后，他就在里面当个看守者，会会友，研究研究民俗、易经、休养休养。陆运红完全支持他的想法，说："我也可以给你们表示一点。两三万吧，只是你们这个宗祠就修在白雁村吧，不要选择别的地方。"

"哈哈，你毕竟是外姓人，捐款不合适吧，感谢了。"韩兴贵说。

"也没啥不适合的，我娘不也姓韩？我就算你们韩氏的亲人，血液里一半都是韩家的，可以为娘的家族尽绵薄之力。"

"嗯，这个说法讲得通。"

他问他宗祠选址在哪儿，韩兴贵告诉他，他正在考虑。陆运红想到自己正想修复白雁寺这个全村的文化符号，工程规模比较大，如果修复后，仅仅供上几个菩萨，恐怕人气不会很旺，最好能让他们的宗祠在寺庙里占用一块地方。他的想法韩兴贵不太认同，他认为宗祠与寺庙相邻，不合常理，再尊敬祖宗，也不能让他们和菩萨佛祖同在一屋檐下受香火，这会折煞杀后辈子孙的。

"这个得要作另外解读。其一，你们祖先肯定以前修行敬佛，故如今才有与佛为邻的机缘和善果。其二，佛祖菩萨心胸宽广，不会计较。想过没？当初多少学生在这里闹哄哄的，菩萨都没见怪呢。其三，你们祖先与佛为邻，常受佛祖菩萨照看，不仅不会折煞后辈，而且会福及子孙。"

韩兴贵听后哈哈大笑，指着他说："老同学，原来你懂得比我还透彻啊，好吧，就按你说的做。"

韩兴贵开始组织他那方面的捐款和修族谱、宗祠事宜。陆运红联系诗书画协会的曹会长和林志明老师，让他们早日把艺术家们前不久来周家四合院后创作的，以白雁村为主题的作品，加上水准较高的其他内容的作品选出来，联系出版，书名大致就是《白雁寺首届文化艺术活动作品选》。两人各自开展这项工作。通过一系列努力，尽量让白雁村的人气一步步恢复。

韩兴贵修编族谱，有不少韩姓老人配合收集资料。老人们大都七十来岁，文化水平也不高，韩兴贵本人对有些繁体字也搞不清楚，陆运红夫妇没事逛到他家的时候，他干脆请他们帮他校对文字，修改老人们写的族谱序言，两人也就成了义务编写员。

总之，想重新恢复白雁村的生机，得调动社会各方面的力量参与进来，要做到泰山不让土壤才行。

五月初，诗书画协会的作品集正式出版，他们拿了几百本回来，除了本协会人员可以人手一本外，又让他们发到一些渠道销售募资，其他的都交由白雁村，由村里使用。陆运红利用本市建筑企业协会第六次交流会召开的时机，让程迎夏带着作品集去，向大家赠送，再募捐："修复这个寺庙，红信公司独家也能办到的，只是结佛缘、积功德的机会，公司准备和同行兄弟们分享，好事情不能忘了大伙，提议大家捐物为主，捐款为辅。"

宴会上，四五十家企业都表示乐意支持，或捐五六吨钢筋，或捐十吨八吨水泥，或捐几十方石材，或捐几万块砖，或将他们工地上节省下的东西随便捐，数量都不少。有一个企业还打算直接捐个五米高的观音像，还有一个企业表示捐一对狮子。程迎夏在宴会过后，把捐助清单发给陆运红。陆运红一测算，这些材料够简单修复寺庙了，甚至有多余的，还可以在周家四合院和白雁寺的操场上建个广场。至于人工费，他手上还有几十万，陆运红和程迎夏商量，就由红信公司再出几十万。程迎夏说："保保，你先拿一百万自由安排吧，用于村里，都没啥。只是我建议你们先出去走走，多方看看，比较后回来重新筹划。以后咱们集思广益，共同参与，研究方案，再投入资金，把它作为公司的另一种产业来做，做个样板，可能效果更好。"

他虽然认为程迎夏的想法很好，但只想先把手上这件计划中的事做好再说。

不久，韩兴贵那边传来了消息，韩氏家族修建宗祠的捐款，包括他本人和陆运红捐的在内，总共四十多万，费用是够了。曹会长和林志明老师那边他们通过赠送诗集，募到了七万多元。想到他们的钱来得不容易，陆运红表示让他们象征性给点就行，于是他们给了两万，其他的他们自用。他又让曹会长和林志明他们商量，面向社会，在媒体上公开征集一篇文章《重修白雁寺序》，奖金大致定为两万，关键是媒体上要把动静搞大，以扩大白雁村的影响，总之把白雁村今后发展的基础打好，工作做在前面。

前一轮周家四合院的修复过程中，陆运红旁观琢磨后，学到了很多，又从网上查到不少古建筑修复的知识。他和郑彦秋开着车，到各处寺庙去参观，带着手机拍摄，研究，结合记忆进行白雁寺的修复设计，不再另外找人。施工方面，也不再准备另请专业人员，就交给王洪亮的侄子王季飞的飞云建筑公司做，测量、工程概算和施工都由他指点着他们，这样不仅直接省了不少钱，还锻炼了这支小队伍。

郑彦秋继续发挥监督作用："我只是想提醒你，只能将这些事作为调节，不要过于劳累，用情过深，本末倒置。既然回乡养病，就要有养病的样子，以你的身体状况，只能蜻蜓点水地做事，到此为止吧。"

"可是，这里的事一介入，还真放不下。"

"把路建好，把这个白雁寺恢复好，别的暂不去管了吧。管好自己就行，人各有路，你不是佛，管不了那么多人的未来……来，发个誓，不再做那么多事。"

"在村里做点事，就成佛了？知道佛有多难吗？地藏王菩萨就说过，地狱不空，誓不成佛；众生度尽，方证菩提。生在了这个年代，就要积极参与，不能做旁观者，不能因病自释之。人生的容量大小与质量高低，取决于你是给自己找理由不去做，还是不找理由要去做。"

"但愿如常言所说，人有善愿，天必佑之。"

写于 2019 年 3 月 22 日—11 月 7 日